헤르쉬트07769

 알마 인코그니타 Alma Incognita
알마 인코그니타는 문학을 매개로,
미지의 세계를 향해 특별한 모험을 떠납니다.

헤르쉬트 07769
Herscht

플로리안 헤르쉬트의 바흐 소설

László Krasznahorkai
크러스너호르커이 라슬로

구소영 옮김

희망은 실수다.
A remény hiba.

차례

앙겔라 메르켈, 독일 연방공화국 총리, 10557, 베를린, 빌리 브란트 슈트라세 1, 그는 받는 이 주소에 적어 넣고, 왼쪽 상단에 보내는 이 주소에는 헤르쉬트 07769만 적고 다른 것은 더 기입하지 않았다, 이 사안의 기밀함을 드러내는 징표다, 그것 말고도 그 자신과 관련된 직함이니 지표들을 덕지덕지 더하는 일은 괜한 시간 낭비라고 여겨서였다, 우편집중국은 우편번호를 기반으로 카나로 답장을 보낼 것이고, 여기 카나에서 우체국은 그의 이름을 기반으로 편지를 그에게 보낼 수 있으니까, 가장 본질적 문제는, 이 편지, 그가 방금 두 번, 반듯하고 정확하게 접어, 봉투 안으로 밀어 넣은 그 종이 위에 모든 것이 담겨 있었다, 자신이 가다듬은 말로 모든 것을 체계적으로 적어 넣었고, 학식 있는 자연과학자인 총리가 여기 튀링겐, 카나에 있는 자신의 마음에 담고 있는 바를 즉시, 그리고 명확히 이해할 것이라는 언급을 필두로, 총리 같은 저명한 인사에게 꼭 이 책무를 주목해 살펴주십사 요청하게 되었노라, 매일 일상사 골칫거리를 보살피고 분데스레푸블리크(연방공화국)의 관리 감독하는 일에 더하여, 때로는 얼핏 일상사와 한참 동떨어진 듯한 골칫거리와 걱정거리 들의 관리 역시 해야 하실 것이라, 특히나 이들 문제들이 그런 파괴적인 힘을 지니고 매일 삶을 포위하고 있는 작금과 같은 상황에, 지금 그 포위에 대해 말하자고 한다고, 그의 견해로는, 국가의 존재 자체를 위협하는, 사회질서는 물론이요, 실로 인류 전체를 근본적으로 뒤흔들어댈 사실, 항시 이런 일은 사방팔방에서 동시에 등장하여 닥쳐오겠지만, 하지만 그중에서도 그는 가장 중요한, 진공 실험 과정 중에 일어났던, 방법론적 묘사에서 도사리고 있는 항변할 수 없을 자연철학적 위험 신호를 강조하지 않을 수가 없다, 이는 오래전에 밝혀진 일이었지만 그 자신은 이제야 완전히 알았노라고, 흔히 사람들 속된 말로 풀어놓자면 '완전히' 텅 빈 공간에서 '사건들이' 일어나고 있다고 깨달았다, 그리고 이 자체만으로, 국가 지도자이자 전 세계에서 가장 영향력 있는 사람 중 한 명으로서 총리가 이 점을, 정확하게 이 점을 최우선시하고, 아주 못해도 최소한 UN 안전보장이사회를 소집해야 할 이유로 충분할 것이다, 여기 경각에 달린 위험이 단순히 정치적인 문제가 아니라 생사와 직결된 그런 중요한 문제이기 때문이다, 그리고 그는 세부를 간결하게 개략했다, 그걸로 되었다, 그는 수신자가 자신의 편지를 읽을 시간이 거의 없으리라는 것을 알기에, 아주 짧게 쓰는 편이 가장 좋을 거라고 여겼다, 실제로 전문가에게 쓰는데 장황하게 주절거릴 필요가 없지, 그는 편지에 서명하고 두 번 접고 봉투에 넣고 주소를 썼다, 하지만 아니다, 좋지 않다, 그는 고개를 젓고 봉투에서 편지를 꺼내 구기고 종이를 바닥에 던지며 그렇듯이 머릿속으로 혼자 생각했다, 총리는 물리학 학위를 소유한 전문가라는 점을 염두에 두고 나는 시작해야 한다, 왜 그런고 하니, 그가 모든 세부를 이러니저러니 설명할 필요 없이 곧장 요지로 파고드는 게 낫다, 그러면 총리가 이 문제의 중요성을 즉시 파악하고 즉시 최소한, 안보리를 소집할 수 있을 것이다, 그래서 그는 팔꿈치를 테이블에 기대고, 마주 쥔 두 손으로 턱을 받쳤다, 그는 종이를 집어 들고 주름을 펴고 자신이 쓴 내용을 읽은 다음, 자신에게 파란색, 녹색 그리고 빨간색이 나오는 볼펜이 있어서, 그 볼펜을 집어 들고 빨간색 잉크 카트리지를 딸칵 누르고 "안보리"라는 단어에 세게 여러 번 밑줄을 그은 다음 "최소한"이라는 표현에도 밑줄을 그었다, 어쨌거나 모든 일에 허락을 내리기라도 하듯이 혼자 고개를 크게 주억거리고 이전처럼 종이를 다시, 앞서 접힌 자국을 따라, 근사하고 깔끔하게 두 번 접고 편지를 봉투에 넣었고 어느 결에 그는 우체국으로 가는 길에 올랐다, 우체국에는 다 합쳐 두 사람이 그 앞에서 기다리고 있었는데, 첫 번째 사람은 금방 처리가 됐지만 작은 소포를 손에 들고 있던 두 번째 사람은 악착스러울 정도로 깐깐하게, 소포를 보통우편으로 보내면 얼마나 드는지, DHL 익스프레스이지 등기로 보내면 얼마나 드는지, DHL 익스프레스이지를 비등기로 보내면 얼마가 드는지, 혹은 등기우편으로만 하면 얼마인지 일일이 알아보려고 들며, 도무지 끝낼 생각이 없이, 계속 질질 끌면서 갈수록 더 많은 질문을 하더니, 급기야 결정을 내리는 데 큰 곤욕을 치르는 사람처럼 흠흠 거리며 뜸을 들였고, 허나 바로 뒤에 서 있는 사람은 점심시간을 길게 잡고 왔어도 시간이 많지 않았다, 보스는 그를 거의 놔주는 일이 없기 때문이기도 하고, 플로리안을 의심하고 있기도 해서였다, 분명히 보스는 그의 치통을 용납되지 않는 구실로 여겼고, 독일인은 치통을 앓지 않아, 하며 호통을 치긴 해도, 여전히 그는 플로리안이 콜리어치과 진료소에 갈 수 있도록 놔주었다, 그래서 카트린 의사에게 진료를 볼 수 있게, 그가 무서워하는 헤네베르크 의사는 절대 마주치지 않도록, 점심 휴식을 30분 일찍 시작하도록 허용하는 수밖에 없었다, 솔직히 말해서 플로리안이 다시 치통 얘기를 꺼내기 시작했을 때 긴가민가하는 눈치였다, 하지만 그로서는 선택의 여지가 없긴 했다, 그는 보스에게 진실을 말할 용기가 없었고, 더군다나 그런 점에 있어서, 이미 애초의 애초부터, 그러지를 못했다, 그는 보스를 아주 잘 알고 있었기 때문에, 보스를 잘 알고말고, 보스가 이런 문제에 개입하도록 한다, 그러면 플로리안은 자신의 자아, 더 정확하게는 보스가 아직 닿지 않은, 오직 링어 부인만이 도달한, 엄밀히 말해 숨겨진 자아의 한 단면을 엿볼 수 있도록 허용하는 것을 의미했다, 보스는 안 된다, 플로리안은 자신의 단 하나의 비밀을 넘기고 싶지 않았기 때문이었다, 아니, 이 단 하나의 비밀은 안 되지, 다른 일이라면 플로리안은 보스에게 상당히 많은 것을 말했으니까, 아니, 달리 말해 보스는 항상 그에게서 거의 모든 것을 떠보고 거니챌 수 있었고, 보스로 치자면 그에 관한 한 샅샅이 꿰고 있었다, 너에 대해 죄다 알고 있어, 보스는 거듭 말하곤 했다, 너 자신도 알지 못하는 너를 알아, 넌 내 책임이고, 항상 내게 모든 걸 일러줘야지, 네가 있는 대로 다 불지 않으면 내가 알아차릴 테고, 그러면 무슨 일이 일어날지 잘 알지, 플로리안은 잘 알고 있었다, 보스가 제빵사가 되려는 그를 가로막고, 자기 사업에 끌어들인 후로 플로리안은 그처럼 담벼락 청소하는 사람이 되었고 그로부터 쉴 새 없이 날아오는 수많은 맹타를 견뎌야 했다, 모든 일을 두고 맞았다, 그가 한 모든 일이 나빴기 때문이었다, 이렇게 하지 마라, 저기 두지 마라, 지금 하지 마라, 나중에 해라, 저건 나중에 하지 마라, 지금 해라, 이거 쓰지 마라, 저걸 쓰라, 그렇게 세게는 말고, 그렇게 약하게는 말고, 플로리안이 한 일은 뭐든 보스의 눈에 차지 않았다, 플로리안과 일한 지 5년이 되었는데도 그러니, 한마디로 말해서,

안 된다, 이 문제에 대해 입 다물어야 한다, 그리고 플로리안은 애초에 애초부터, 벙긋하지 않았다, 말하자면, 쾰러 선생님 댁을 나와 집으로 걸어가던 길에 처음으로 벼락에 맞은 듯한 충격을 받았던 그 시점부터 입 다물고 있었다, 그는 자신이 들은 말에 대해 생각하고 있었는데, 솔직히 말해서 그는 오랫동안, 아주 오랫동안 쾰러 선생님이 무슨 말을 전하려는지 이해하지 못하다가, 집으로 향하던 중 정말 벼락을 맞은 것같이 갑자기 쾰러 선생님이 무슨 말을 하려는지 깨달았다, 그리고 그는 겁이 더럭 났다, 왜냐하면 전체 우주가 이 설명할 수 없는 사실에 달려 있으니까, 폐쇄된 진공 상태에서, 10억 개 물질 입자 각각에 더하여 10억 개의 반입자도 발생하고 물질과 반물질이 만나면 서로 소멸되지만, 하지만 갑자기 이게, 이게 안 그렇다, 그 10억하고 '첫 번째' 입자 뒤에, 10억하고 첫 번째 '반' 입자가 생기지 않아서, 그래서 이 하나의 물질 입자가 계속 남아 존재한다, 아니, 이렇게 바로 존재가 발생한다, 풍요로움으로, 잉여로, 과잉으로, '실수'로, 이것 때문에, 오롯이 이것 때문에 전체 우주가 존재하며, 말인즉슨 이것이 없었으면 우주가 존재하지 않았을 것이다, 이 생각에 플로리안은 너무 기겁해서 오스트슈트라세 끝에서 왼쪽으로 틀어, 쇼핑센터 상점들을 향해 파브릭슈트라세로 출발하려고 하다가 멈춰서 벽에 기대지 않을 수 없었다, 몸에 열이 펄펄 끓고 뇌가 윙윙거리고 다리는 후들거려 더 이상 계속 나아갈 재간이 없었다, 쾰러 선생님에 따르면 과학은 아직 이것을 설명할 수 없다고 했지만, 선생님이 그 말을 하는 동안, 플로리안은 그러니까 무에서, 무 언가 나올 수가 있다는 언명에 여전히 붙들려 있었다, 분명히 퀼러 선생님이 그렇게 말씀하셨다, 밀폐된 진공 공간 속에서 그 과정이 그런 식으로, 무 안에서 무가 나오는데 어느 순간 무언가 생겨나는 식으로 시작한다고, 말하자면, 이 사건은 완 전히 불가능하지만, 비롯된다고, 하지만 그럼에도, 10억 개의 물질 입자와 10억 개의 반입자가 동시에 탄생했다가, 즉시 서 로 소멸하고 그렇게 광자가 방출되는 것으로 시작한다, 플로리 안은 퀼러 선생님의 설명 중 이 지점에서, 무슨 뜻일까 골머리 를 앓으며 계속 생각하고 있었고, 그는 이 과정의 결말을 설명 하는 퀼러 선생님의 목소리는, 그러려니 흘려만 들었는데, 그 결말이 그가 보기에는 더욱 놀라운 일이어서, 퀼러 선생님이 하던 설명의 요지를, 그가 버려진 기차역과 그에 딸린 철제 아 치에 고정되어 있는 창을 든 성자를 지나고 나서야 플로리안 은 완전히 체량體諒했던 것이다, 그는 판자로 막힌 창문들을 따라 비치적비치적 걸었고, 빈 거리를 따라 비치적거리며 걷 고, 어떻게 어떻게 해서 집에 도착했고,

무 안에서 무가 나오는데

그리고 계속, 그는 두들겨 맞은 사람처럼 질질 몸을 이끌고 계

단을 비치적거리며 올라갔다, 링어 부인에게 가보기에는 너무 늦었고 집에 가는 것 외에 달리 도리가 없었지만, 열쇠를 자물쇠에 넣는 일도 좀체 힘들었고 문을 여는 일도 너무 힘들었다, 부엌에는 어두컴컴한 안개가 가득 차 있어 어떤 악의 힘처럼 부엌에서 평소 자신이 앉던 자리에 다다르지 못하게 막아섰어도 마침내, 털썩 자리에 주저앉았고, 마침내 힘이 다 빠져, 그냥 거기에 앉아서, 욱신거리는 머리가 폭발하지 않도록 손으로 머리를 부여잡았다, 그리고 그의 생각만 혼자 알아서 비치적거리고 계속 나아갔다, 그러니 놀랍지도 않게 그 다음 날 크리스티안-에카르트-슈트라세와 에른스트-텔만-슈트라세 모퉁이에 있는 보스의 차에 올라타자, 보스는 즉시 뭔가 잘못되었음을 알아차리고 물었다, 무슨 일이야, 이 썩을 놈아, 지금 또 뭐가 잘못되어서 이 지랄이야, 플로리안은 고개만 흔들고 정면만 뚫어져라 응시할 뿐, 보스는 거기에 대고, 참나, 지금 뭐 하는 짓인지, 오늘 참 재수 좋게 출발을 하네, 네놈 면도도 안 한 모양이네! 덧붙였다, 이는, 플로리안 이 미친놈, 나사가 다시 풀렸다는 뜻이었지만, 아니다, 다만 그는 너무 답답했다, 어제 퀼러 씨가 그에게 말한 모든 것이 무섭게 짓눌렀다, 들은 말이 그렇게 쉽지도 않았다, 왜냐하면 먼저 퀼러 씨를 이해해야 했는데, 퀼러 씨가 무슨 말을 하는지, 그리고 그것이 무엇을 의미하는지 먼저 이해부터 해야 했는데, 그 자체만으로도 벅찰 정도로 어려웠기 때문이었다, 그의 물리

학 지식이 부분적으로는 어린 시절부터 읽었던 책과 또 일부
는 리히텐베르크 중등학교 건물에 위치한 볼크슈호흐쉴러(시
민대학)에 개설된 '현대 물리학의 행로들'이라는 과목에서 뭐
든 그가 이해할 수 있었던 내용에 국한되어 있었기 때문이다,
플로리안은 제빵산업 직업학교를 졸업한 뒤 받은, 중등학교
졸업장만 가지고 있었다, 매주 화요일 저녁마다 다른 학생들
사이에서, 2년 동안, 슐슈트라세 거리 언덕 위에, 앉아 있었다,
그는 경청하고 집중하고 메모하며 한 해를 성실하게 마무리
하고, 그다음 해에 다시 같은 과정을 수강하려고 재등록했다,
처음 들을 때 많은 것들을 제대로 이해하지 못했기 때문이기
도 하고, 강사인 쾰러 씨가, 그가 붙인 강연 제목처럼, '소립자
의 놀라운 세계'에 대해 설명하는 것을 다시 한번 들을 수 있
어서 좋았기도 했는데, 그러다 보니, 그러던 어느 날 쾰러 선
생님이 플로리안에게 오스트슈트라세 마당에 있는 바싹 마
른, 커다란 가문비나무를 베는 일을 도와주면 '소립자의 놀라
운 세계'에 대해 그가 이해하지 못한 모든 것을 설명해주겠다
고 제안하는 일이 벌어지는데, 그게, 둘째 해 수업 말미에 가
서야 플로리안은 용기를 내어 쾰러 선생님이 시민대학 강좌를
진행하는 리히텐베르크 중등학교 지하실에서 마지막 날 밤
에 쾰러 선생에게 건너가, 유감스럽게도 2년 동안 들었던 강
의에서 아직 완전히 이해되지 않는 부분이 몇몇 있다고 말했
기 때문이었는데, 괜찮다고 대답한 쾰러 씨가 플로리안에게

시간 나면 와서 나무를 베는 일을 도와주면 좋겠다고 제안했던 것이다, 당연히 플로리안은 손을 보태겠다는 퀼러 선생님을 물리치고, 바로 다음 주말에 혼자서 퀼러 선생님의 나무를 도끼질해 베고 나뭇가지들을 깔끔하게 다듬어 정원 문밖으로 나른 다음, 퀼러 씨가 얼이 빠져 지켜보는 가운데 나무의 몸통을 집어 드는데, 그냥 그대로, 플로리안은 마치 작은 나뭇가지 잡듯 몸통을 그러잡고, 단걸음에 밖으로 가져가서, 같이 짐차에 실어 가라고, 나뭇가지 옆에다 놓았다, 그렇게 큰일도 아니었다, 하지만 결과는 퀼러 선생님이 다시 모든 것을 설명해주는 정도가 아니라 그 순간 이후로 주욱, 플로리안은 매주 목요일 저녁 7시에 퀼러 씨를 방문하게 되었다, 사실 이것을 먼저 제안한 사람이 퀼러 선생님 자신이었다, 처음에는 그냥 다음 목요일이었는데, 그 후로 또 목요일이 되었고, 그런 뒤 정례가 되었다, 그리고 이제 그는 우체국에 서 있었다, 그의 점심시간이 20분밖에 남지 않았건만, 소포 일을 결코 마무리지을 줄 모르는 이 난감한 여자를 앞에 두고 있다, 늦으면 보스에게 뭐라고 말할지, 그가 치과에 사람들이 많이 기다리고 있더라는 거짓말을 더 이상 할 수 없는 것이, 보스는 이 시간에 치과가 그렇게 바쁘지 않다는 것을, 12시 지나면 새 환자는 접수받지 않는다는 것을 알고 있었기 때문에, 그는 그런 변명을 내놓을 수가 없었다, 가장 좋은 방법은 모든 일을 빨리 끝내는 것이다, 그는 유리 창구 뒤에서 제시카가 노파의 질문에 친절하고 참을성 있게 대답하는 모습을 지켜보았는데, 하지만 마침내 자신의 차례가 되었으나, 일이 금방금방 순조롭게 진행되지 않고서 제시카가 이제 질질 끌며 늑장을 부렸다, 하, 이게 대체 뭐야, 플로리안? 앙겔라 메르켈?! 하, 무슨 생각을 하기에, 네가 편지를 써서 보내면 떡하니 메르켈이 읽을 거라고 생각해? 플로리안은 이에 대해 뭐라고 말해야 할지 몰랐다, 제시카가 여기 우체국의 일상 범위를 벗어난 문제에 대해 깊은 이해력을 선보인다는 명성은 높지 않은 탓이었다, 제시카와 그녀의 남편은 바흐슈트라세에서 이사한 후 항상 모든 것이 한결같고 명료하다고 여겼다, 더 나아가 제시카의 남편인 폴크난트 씨는 제시카 말이 길어지는 때면 제시카에게 나팔처럼, 입을 비죽 내밀고 소리쳤다, 그런 허튼소리 늘어놓지 마, 딴말 말고 한 대 팡 박고 끝내, 간단히, 그 말에 플로리안에게 뭔가 다른 것이 떠올랐는데, 지금도 이런 식으로, 폴크난트 씨가 제시카 등 뒤 소포 보관실에서, 진짜, 읽지도 않을 건데, 말이야 바른 말이지, 플로리안은 80센트를 내고 이 편지를 보내고 싶겠지만, 그냥 80센트를 창밖으로 던져버리는 거랑 뭐가 달라, 이해가 가? 그리고 다시 그 말, 한 대 박고 간단히 끝내, 한 대 '박다'라는 언급에 정신이 번쩍 났고, 돌아가면 그에게 무슨 일이 기다리고 있을지 떠올라, 제시카를 재촉하며 카운터에서 80센트를 세어 내주고, 둘 중 누구에게도 대답하지 않았다, 둘은 그 문제를 더 밀어붙이지 않고 다만 서로 바라보고서, 빤하게 조금도 개의치 않고, 제시카는 어깨를 으쓱하고 찌푸린 얼굴로, 봉투에 힘껏 소인을 팡 박았고 얼굴에는 완전히 플로리안이 동전을 창밖에 내던져버리라지, '내' 알 바 아니라는 표정을 띠고 있었다, 그리고 보스도 아무 말도 하지 않고, 그를 세게 한 방 때리는 일로 끝, 이런저런 일로 꾸짖지 않고, 평소 버릇처럼 한 방 먹이니까, 플로리안은 묵묵히 목을 움츠려 사리고, 아무 소용이 없다는 것을 아는 사람처럼 아무런 변명도 하지 않았다, 시간이 12시 47분이고, 그는 17분 늦었으니, 뭐라고 말해야 하나, 카트린 의사의 진료실에 사람들이 많이 기다리고 있었다고? 아무 의미가 없었다, 어쨌든 보스는 플로리안이 치과에 가지 않았음을 알아챘지만, 그렇다고 플로리안이 비밀로 숨기는 일을 용납하고 넘기지 않았다, 이 녀석 내게 숨기는 일 없겠지! 차 안에서, 그는 비브라로 가는 B88의 교차로에서 차를 돌리며 그에게 고함을 질렀지만, 플로리안은 버텼고, 아무 대답하지 않고 앞만 뚫어지게 응시했다, 당분간은 그것으로 충분했다, 보스가 바트 베르카에 도착할 때까지 그에게 아무 말도 하지 않았기 때문이지만, 거기서도 "얼른 움직이지 못해"와 "빌어먹을 카처 Kärcher를 꺼내"라는 말밖에 하지 않았다, 하지만 화학 물질로 포장도로를 처리한 후에 그들은 여전히 입을 꾹 닫고 "처량하고 형편없는 멍청이"가 페인트를 흘린 곳을 문질렀다, 지우기가 쉽지 않은 페인트였고 그런 이유로 그들이 불려 왔다, 튀링겐 동부 전역에 이름이 나기도 했지만, 보스의 가격이 좋았고, 작업은 항상 철저하고 정확하여, 모든 이들에게 흡족하게 완수했으며, 무엇을 흘렸건 어떤 종류의 그래피티 낙서를 제거해야 했건 상관하지 않았다, 그들의 스펙트럼은 넓었고, 모든 것을 다했다, 세척, 보호, 샌드블래스팅, 긁힌 유리, 심지어 껌 제거하는 작업에도 모습을 드러냈다, 거의 모든 것이 보스가 칭하는 대로, '스펙트럼'에 맞아드는 셈이었다, '스펙트럼'은 거의 모든 것을 포함할 수 있도록 넓어야 해, 이해가 가, 플로리안, 그래피티뿐만 아니라 모든 것이, 그래야 우리가 생계를 유지하니까, 이해가 가, 물론 네놈은 이해하지 못하지만, 덩치는 사아아안만 해서는, 아무것도 이해하지 못해, 보스가 기분이 좋으면 그렇게 부르는데, 드물지만 그래도 가끔 보스가 기분이 좋을 때가 있어, 그는 이 사아아안만 한 덩치란 말을 꺼내곤 했고, 좋게 말해서, 이런 빌어먹게 떡 벌어진 사아아안만 한 완전히 순수 근육으로 만들어진 덩치지만, 아무것도 이해를 못 해, 그에게는 우주, 무울로온이지, 우주만 있거든, 그런 뒤 보스는 조종 핸들을 텅텅 치며 그를 흘깃거리며 보았고, 이후 툭툭 뱉으려는 말들도 기분 좋은 기색은 쏙 빠졌다, 플로리안, 우주는 유대인들이 알아낼 수 있도록 내버려 두고, 넌 좀 더 실용적인 일에 힘을 써, 예를 들어 국가의 가사 한 줄, 한 줄까지 빠짐없이 알고 있는지, 국가를 완전히 알고 있는지나 신경 써, 왜냐면 알고 있어야 하니까, 그리고 독일인은 항상 시작부터 시작해야 해, 이해가 가냐? 그리고 세 번째 연이 아니라, 어떤 진보 범죄 갱단놈이 우리에게 이런 어거지를 쎄워 갖고, 우리 국가인데 처음부터 끝까지 부를 수도 없게 나불거려, 아무도 빼앗을 수 없다고, 그 개자식들, 우리에게는 여기 모든 것의 시작점이기 때문이야, 그때쯤 보스는 목청이 떠나가라 고함을 지르고 있었고, 국가 전체가 마음에 떠올라 흥분으로 열을 올리며 가속페달을 세게 누르는데, 단어마다 강조할 때는 숫제 계속 밟아대다시피 하여, 오펠*의 엔진이 굉음으로 시끄러웠고, 그 이유만으로도 엔진 소음을 이기기 위해 더 크게 고함을 지르기 시작했다, 플로리안 노래해, 그 빌어먹을 개자식들아, 노래 불러, 멋진 첫 절을 불러제끼라고, 그리고 두 번째 절도 불러야지, 여기서 아무도 우리에게, **우리 국가**가 뭐니 아니니 하지 못해, 그럼 플로리안은 즉시 노래를 시작해야 했다,

Deutschland, Deutschland über alles (도이칠란트, 도이칠란트, 모든 것 위에)
Über alles in der Welt (세상 모든 것 위에 있도다)
Wenn es stets zu Schutz und Trutz (보호와 도전을 위해)

---

* 독일 자동차 제조업체.

Brudenrlich zusammenhält… (형제처럼 굳건히 뭉칠 때)**

엔진은 으르렁거렸고, 그들은 시속 135나 140킬로미터로
가고 있었다, 그게 보스가 오펠로 그다음 작업을, 그리고 다
음 작업을 하러 가며 속도를 올릴 때 내던 최고 속도였다, 그
리고 플로리안이 따라서 부르지 않을 가능성은 없었다, 그들
이 오펠을 타고 어딘가로 차를 몰고 갈 때마다 그들은 같이 노
래를 불러야 했기 때문이었다, 네 목소리가 너무 맥이 없어, 플
로리안, 너 유대인이나 뭐 그런 거냐? 보스는 온갖 경우에 그
에게 천둥처럼 소리를 질렀고, 그리고 지금도 버럭댔다, 귀 썩
겠다, 집어치워라, 넌 앞으로 무슨 이유로도 젬퍼오퍼(Semper-
oper, 드레스덴 오페라 하우스−옮긴이)에 오르지는 못할 거야, 그
건 확실해, 그러고는 마치 플로리안이나 아주 음이 나가게 노
래하는 누구든 경멸한다는 뜻으로, 액셀에서 발을 살짝 떼었
다, 독일인은 음악에 분명하고, 멋진 귀를 가지고 있어, 그가
거듭 뇌까리는 통에, 그래서 플로리안은 토요일 아침 링어 부
인 만나러 걸어가던 일과 산책을 포기해야 했다, 대신 금요일
에 작업복을 빨아서 다음 날까지 라디에이터에 널어 어느 정

** 서독의 국가는 하이든의 현악 4중주 〈황제〉에 제국을 찬양하는 가사였다가,
1841년 팔러슬레벤August Heinrich Hoffmann von Fallersleben이 독일을 찬양하는 애국적인
가사를 붙였는데, 이후 부침을 겪으며 국가로 사용되었다. 제2차 세계대전 후로는 시대
상에 맞지 않는 1절과 2절은 공식석상에서는 부르지 않고 3절만 부른다.

도 마를 수 있도록 두고, 매주 토요일 오전 11시에 음악적 청
감 훈련을 위해 리허설에 참석해야 했다, 하지만 음악적 청감
은 도통 좋아지지 않았고 목소리는 여전히 맥이 빠졌고, 오펠
안에서 반복적으로 국가를 부르는 일도 그대로였다, 오펠은
보스가 사사로이 중고로, 그를 끌어들인 뒤 얼마 안 되어 구입
하여, 4년 반이 넘었고, 그리고 차는 물론 여기 혹은 저기 부
분이 항상 고장이 나, 잦은 땜질이 필요했다, 오래된 차는 늘
이런 식이야, 보스는 투덜거리지만 욕을 퍼붓는 게 아니라 칭
송이 이어졌다, 왜냐, 적어도 독일제이기 때문에, 오펠은 늘 오
펠이야, 안 그러냐? 그는 짜증 섞어 설명했다, 다만 가다가다
이것저것 손 좀 보아야 하지, 그 양키들이 엉망으로 만들었기
때문에, 이 걸작을 정말 망쳐버렸어, 보스는 항상 차를 땜질해
야 했고, 그는 그렇게 손보는 일을 기쁘게 생각했고, 그것도
오로지 혼자서 다했다, 뜻인즉슨 그가 차를 손질할 때 플로리
안은 보스의 집에 없어도 되었고, 보스의 마당에 발을 들여놓
는 일도 허용되지 않았다, 그로서는 개 때문이라도 마당에 드
는 일은 마뜩잖기는 했지만, 때로, 보스는 가끔 이웃인 바그너
와 이런저런 의논을 나누곤 하긴 했지만 오직 바그너와만, 그
것도 그들은 말만 주고받을 뿐, 오직 그만, 보스만이 오펠을
만질 수 있었다, 아담 오펠이 누구였는지 알기나 해? 보스가
가끔 차 안에서 플로리안에게 말을 걸면 플로리안은 질문이
끝나기도 전에 그 사람은 빌헬름과 카를의 아버지라고 대답

24

했고, 이 대답에, 그들 둘이 늘 반복해도 마냥 재미있는 농담처럼, 빌헬름 **폰** 오펠과 카를 **폰** 오펠이라고 보스는 바로잡았다, 다만 플로리안은 이걸 반복하는 것이 그렇게 달갑지 않았다, 그에게는 그다지 재미있거나 흥미롭지 않았기 때문이었고, 사실대로 말하면 그는 이게 조금 지루했다, 이 모든 것이 네게 지루하지, 어?, 보스도 눈치가 빤했다, 또 같은 소리 꺼낸다고, 오, 아닙니다, 플로리안은 설득력 없이 고개를 저었지만, 다아아앙연히 이 모든 것이 지루하지, 딱 봐도 그래! 보스는 엔진 넘어 고함을 질렀다, 한동안 침묵을 지키다가 플로리안은 목을 한 대, 보스가 농담으로 부르듯이, 찰싹 맞았다, 말 그대로, 난데없이, 한 대 찰싹, 그리고 그걸로 끝, 플로리안이 오랫동안 당연시하던 손찌검으로 막을 내렸다, 보스는 대화에 오른 이런저런 주제는 한 대 때리는 일로 마무리했고, 그는 어깨만 한 번 으쓱하고 자신의 운명이 이런 것이려니, 털어버렸다, 보스가 자신의 운명이고 그것은 바꿀 수 없기에, 그런 때는 그저 목만 움츠려 당기고 말았고, 이를 받아들이고서, 베를린에서 보내는 답신을 기다렸다, 하지만 답신을 아무리 기다려봐도 지연되자, 폴크난트 부부가 오후 6시에 문을 닫기 전 우체국 영업시간에 갈 수 있는 기회가 나면 우체국을 다시 찾기 시작했다, 가끔은 오펠을 타고 늦게 돌아오는 때면, 소용없어도 플로리안은 알트슈타트(구시가)로 부리나케 달려갔다, 종종 우체국이 닫혀 물어볼 수 없지만, 간혹 간신히 맞춰 물을 수도 있었다, 플로리안은 우편배달부에게도 같은 일을 했다, 그는 매일 우편배달부가 저녁 IKS 술집에서 문을 닫을 때까지 술을 마시는 것을 알았기 때문에 물어보지만, 하지만 아무것도 없었다, 제시카나 우편배달부 모두 고개를 저었지만, 이제 늘 그렇다 보니 그런 점에서 우편배달부는 물어보기도 전에 지속적으로, 특히 폐점 시간 즈음에 쉬지 않고, 아니, 아무것도 없어, 고개를 저었다, 이윽고 보스도 묻기 시작했다, 왜 빌어먹을 우체국에, 제시카에게 계속 가, 좋은 말로 할 때 말해, 여기에 무슨 대답을 하나, 너 그 여자 좋아하지, 응? 아주 야단이 났네, 유부녀를 쫓아다니다니, 웃느라 오줌 지리겠다, 보스가 히죽히죽 웃으며 무릎을 찰싹찰싹 때렸고, 그건 시작에 불과해, 그는 자신 나름의 방식으로 웃기 시작했다, 입을 크게 벌렸지만 아무 소리도 나오지 않았고, 입만 크게, 쩌억 벌리고 고개를 휘젓다가 이 얼굴 그대로 상대방의 얼굴로 향해 고개를 기울였다, 그는 이게 웃기다고 생각했고, 보스는 늘 지금 웃는 것처럼 웃었다, 그리고 플로리안의 등을 한 번 철썩 때리고 다시 한번 더 때렸는데, 플로리안은 이를 인정한다는 의미와 매한가지로 느껴야 하지만 그런 느낌은 전혀 받지 못하고 얼굴이 완전히 빨개진 채 보스가 의심하는 바를 수긍하는 것처럼 억지 미소를 짓고, 결국 그는 보스의 시야에서 벗어나기 위해 몸을 빼고 슬그머니 달아났다, 왜냐면 둘이 함께 있는 한 그는 꼼짝없이 바짝 경계해야 했고, 보스가 대체 무슨 말을 꺼낼지 전혀 알 수가 없었기 때문이었다, 당분간은 그래도 보스가 제시카와의 사이를 의심하도록 두는 게 최적이었다, 보스가 조국이 모두를 필요로 한다고 말을 꺼내기 시작하면 모든 것이 훨씬 더 어려워졌으니까, 그런 만큼 플로리안, 너는 더 이상 너무 미루는 일은 관두고, 입대 신청 줄에 서서, 부대에 받아들여주십사 청할 시간이다, 보스는 어울리는 그의 친구들을, 부대라고 불렀지만, 그리고, 그것이 무엇을 의미하는지 완전히 또렷하진 않아도, 플로리안은 자신이 그들에 속할 마음은 한 치도 없다는 것은 알았다, 그는 그들이 두려웠고, 카나의 모든 사람이 이들에 대해 알고 있었다, 나치, 사람들은 낮은 목소리로 거듭 두런거렸고, 이 때문에라도 갈수록 사나워지는 가입하라는 보스의 압박이, 더욱 위협적으로 들렸다, 만약 플로리안이 부대에 등록하면 보스와 전투적인 헌신으로 매일매일 힘겹게 버둥거리며 싸워나가야 할 뿐만 아니라, 나치들 사이에서 물론 헌신은 없지만 그들과도 힘겹게 싸워나가야 할 것이다, 그들을 잘 알다마다, 자신을 가만히 내버려두지 않을 것이 뻔히 짐작되기 때문이었다, 꼼짝없이 문신을 받으라는 압박도 해댈 것이다, 그리고 그는 치과보다 문신이 더 두려웠다, 그는 죽어도 문신 새길 생각이 없었고, 보스가 열심히 추천하는 철십자도, 붉은 혀를 내민 독일 연방 독수리도 안 한다, 플로리안은 윙윙거리며 무섭게 돌아가는 바늘과 문신 기계 생각만으로도 온 팔에 소름이 돋았다, 리허설을 마치고 보스와 함께 아치의 스튜디오로 가끔 따라간 적이 있어, 제 귀로 직접 들은 것도 여러 번이었는데, 다른 신입 또는 오래된 멤버가 기계 아래에 누워 있는 동안, 다른 사람들처럼 그도 밖에서 기다려야 했고, 그러면 정신이 아뜩하니 무작정 달아나고 싶었다, 이 바늘과 문신 기계가 작동하는 곳에서 완전 반대 방향으로 도망치고 싶었다, 아니, 이건 안 한다, 있는 용기를 그러모아, 그는 단호히 거부했다, 아니, 절대 문신을 하지 않을 것이다, 부드럽게 그리고, 그건 그의 스타일이 아니다, 덧붙였고, 이 말에 당연히 보스의 얼굴이 분노로 시뻘겋게 달아올랐다, 뭐, 너는 우리 일원이 아니야?! 너도 다 같이 속한 거야!! 내가 속한 곳은 너도 다 속해, 왜냐, 너는 내 책임이라고 몇 번이나 말해야겠느냐, 귀먹었나, 네놈 먹은 귀에 대체 몇 번을 계속 잘 생각해보고 결정하라고 했냐 안 했냐, 철십자든 붉은 혀 독일 연방 독수리든, 하지만 생각을 너무 깊이 하지 마라, 다음 주에 넌 나와 함께 여기 와서, 그리고 아치의 손 아래 누울 거니까, 아가리 닥쳐, 거기서 꺼이꺼이 울면서 나오더라도 눕힌다, 그러나 다행히도 플로리안은 지금까지 잘 벗어났고, 아직 아치의 손 아래에 눕지는 않았지만, 그는 여전히 규칙적으로 순수한 근육으로 튼튼한 철십자가 피어 있는 보스의 가슴에 감탄의 찬사를 던져야 했다, 자격이 되니 있는 거지, 보스가 말했다, 너도 그럴 자격을 갖춰, 그는 다른 말은 하지 않고 다시 셔츠를 내리고 해명이라도 하듯이 다른 사람들에게, 플로리안은 아직 문신이 없어, 쟤는 아직 침대에서 오줌을 싸는 어린아이 같은 녀석인데, 유일한 문제가 그가 진짜 애라는 거지, 말했다, 하지만 잘 들어, 너무 강해서 우리 다섯 명이 한꺼번에 덤벼도 바늘 아래 그를 붙잡아둘 수 없어, 알겠어? 우리 다섯 명도 못 당해, 황소처럼 강해, 진짜, 바로 그런 놈이지, 지난번엔 도로 공사로 인해 B88 밖으로 미끄러져 나가버렸는데, 거긴 진흙뻘이라, 아무래도 차 오른쪽을 진흙에서 빼낼 수 없는 거야, 그리고 여기 플로리안이 차에서 내려 도랑에서 오펠 전체를, 나도 아직 타고 있는데 그대로 들어 올려 빼냈어, 알겠어? 내가 안에 타고 있는데, 차를 다시 도로로 들어 올려놓았다니까, 너희들 모두 플로리안이 이 문신을 하겠다, 나서도록 설득해야 한다, 이 말에 다른 사람들은 한마디도 하지 않고 보스만 바라보았고, 이 말 없는 시선에 그다지 기쁘지만은 않은 보스는 재빨리 맥주를 주문하고서 부대원들에게 나눠주며, 제4제국을 위하여, 말했다, 그리고 그들은 옛날 방식으로, 진짜 독일인들이 하던 것처럼 잔을 부딪쳤다, 잔을 부딪치면서 맥주 몇 방울이 다른 이의 잔이나 손에 떨어졌다는 뜻이었다, 지금 이날만큼은 이 질문에 대한 논의는 잠시 제쳐두게 되었고 플로리안은 약간의 숨을 돌리겠구나 희망을 품을 수 있었다, 평일에는 보통 문신에 대한 이야기가 안 나오지만 주말이 다가오면, 특히 보스가 다가오는 주말 회의에 마음을 쓰는 금요일 밤이면 대부분, 문신에 대한 이야기가 나왔다, 오펠에 문제가 없다면 그랬다, 오펠은 어떤 때는 프로펠러 축이, 어떤 때는 냉각수 펌프가, 또는 라디에이터로, 항상 문제를 일으켰다, 여기 아니면 저기, 무슨 표시등이 늘 번쩍거렸는데, 이러면 토요일에는 모든 일에 앞서 먼저 수리해야 해서, 그들은 예비 부품을 구하러 아델마이어 가게나 에카르트 가게에 갔다, 하지만 오피츠 가게는 근처에도 가지 않았다, 오만하게 코가 하늘에 붙은 놈들, 저들은 르노만 알아, 오펠에 대해 ㅈ도 모른다고, 보스가 플로리안에게 일러주었다, 그래서 그들은 아델마이어나 에카르트 가게에 갔다, 그 후로 플로리안은 마당에 발을 들여놓지 못하게 하고, 보스가 안으로 들어가자마자 뒤로 사슬을 잡아당기며 짖어대는 개를 두고 플로리안은 재빨리 대문을 닫았다, 그럼 전 이제 가보겠습니다, 그리고 그는 떠났고, 비가 오면 헤어프스트(가을추수) 카페에 가거나 도서관에 있는 링어 부인을 보러 갔고, 비가 오지 않으면 잘레 강둑에 그가 좋아하는 지점으로 갔다, 그 지점에는 운동장 앞에 두 그루 밤나무 아래 두 개의 벤치가 작은 다리 근처 강과 거의 정면으로 마주 보고 놓여 있었다, 플로리안은 진짜 이 자리를 좋아했고, 그리고 보스가 차를 고치고 있고 비가 오지 않을 때면, 오롯이 몇 시간의 여유가 나는데, 그 몇 시간을 그는 여기 두 개의 벤치 중 짧은 벤치에 혼자 앉아서 쾰러 씨로부터 들었던 내용을 곱씹으며 발달과 전개 과정들을 소화했다, 지금 이렇게 앉아 있으니, 핸드볼 경기장은 비교적 멀리 떨어져 있어서, 거기서 나오는 함성은 거의 들리지 않고, 그는 자신이 무엇을 해야 할지, 오늘까지 아무런 답신도 없는데 베를린에서 무슨 사연으로 지연될 수 있으려나 생각하고 있었다, 이미 어제 그는 폴크난트 씨에게 물어보러 갔었고 또한 벌써 우편배달부에게도 물어봤지만, 둘 다, 처음처럼 비웃는 표정이 아니라, 오히려 아쉬운 듯한 표정으로 고개를 저었다, 그러니 플로리안은 그 문제들에 머리를 좀 굴려야 했다, 즉, 무엇을 해야 할지, 아니면 뭔가 하기는 꼭 해야 하는지, 이를 두고 그가 작은 다리 옆의 밤나무 아래에 앉아 고심하고 있었다, 참을성이 지나치게 부족한 것도 한 이유가 되리라, 당연히 그는 독일 총리가 자신의 편지를 읽고 이해하고 바로 '답장'을 보낼 것이라고 기대할 수 없을 것이다, 그러니 아마 잠시나마 조금 더 참을성 있게 기다리는 게 좋을 것 같다, 결심하고 그는 작은 다리 근처 두 그루 밤나무 아래에 있는 두 개 벤치 중 짧은 벤치에 앉아, 잘레 강의 작은 급류 소리를 들었다, 찰박찰박 튀며 간지럽게, 졸졸 흐르는 소리를, 물길을 따라 얕은 강물이 매끌매끌 닦인 강바닥 돌을 만나 부서지는 소리를 들었다, 그는 차분하게, 다정하게, 졸졸대며 흐르는 잔물결 소리를 들으며 무에서 무언가 생겨나는 공간적 진공과 연결하는 것이 얼마나 참혹하도록 어렵고, 힘겨운가, 떠올랐고, 쾰러 씨가 하던 다른 말도 떠올랐다, 양자물리학 연구를 하다 만 이유도, 그리고 이런 내용은 저녁 수업에서만 이런 주제로, 그리고 등록하는 학생들이 충분히 있는 동안만 입에 올리려고 결심한 것도, 양자물리학이 상식과 조화를 이루지 않는다는 바로 이런 이유로 양자물리학에 등을 돌렸다고 했다. 그래서 오직 다른 것 없이 상식만을 필요로 하는 그런 분야를 찾아 나섰다. 물론 그는 끔찍한 소립자의 세계 대신에 '소립자의 놀라운 세계'에 국한되어 머무르는 시민대학에서는 이러한 문제를 입에 올리지는 않았지만, 그런 곳을 쾰러는 찾아 나섰고, 그리고 발견했다. 그런 이유로 그는 지금까지 수년 동안 오로지 기상학에만 마음을 썼다. 그 자신의 작은 아마추어 기상 관측소, MDR*과 〈오스트튀링어 차이퉁〉에 내용이 작게 인용되기도 하는, '프리바트 베터스타시온(개인 기상 관측소)'을 그는 혼자 오랜 세월 심혈을 기울여 구축했고, 지금은 이런 '개인 기상 관측소'에 필요한 모든 것을 갖추고 있었다. 온도, 풍속, 공기 습도, 기압을 측정할 수 있었고, 처음에는 그 정도까지 가능했는데, 그러다 명성이 퍼져나가고 노르웨이와 MDR의 기상 데이터를 둘 다 활용할 수 있게 되면서 그가 부르는 이름처럼, 이 '고성능 기구 공원'을 개선하고 싶은 욕구가 점점 더 강해졌다. 그는 자신만의 화학 광량계를 직접 만든다든지 하는, 왜냐하면 그가 가진 것은 중고로 구입한 미켈슨-마틴 광량계뿐이고, 화학 광량계는 가격 면에서 감당할 수 없는 수준이니

---

* 국영 라디오 방송사, 미텔도이처 룬트푼크Mitteldeutscher Rundfunk의 약자.

까, 혼자 곱씹어보고, 아마추어 기상학자가 자기만의 측정 장비를 채비하지 않으면 그럴 자격이 되긴 하는가 싶어, 그래서 퀼러 씨는 사제 공구 제작을 단행하기로 했고, 그 시도는 눈부시게 성공적이어서 이쪽으로는 도통 모르는 이웃들이 즉각 이 기적을 보기 위해 일부러 이 거리로 찾아왔지만, 또한 MDR과 〈오스트튀링어 차이퉁〉에서 나온 사람들도 들러, 유익한 협업의 시작점에 방점을 찍었으며, 아드리안 퀼러는, 퀼러 씨는 목소리를 조금 높여, 자타 공인하는 기상 예보 관측소를 마음대로 호령하게 되었노라고 했다, 그러나, 전문가들은 속으로는 이런 종류의 것을 좋아하지 않아, 대개 아마추어들에게 미소만 지어 보이는데, 처음에는 똑같이 그들도 웃으며 미소를 지었지, 아무려나, 그도 그럴 만했다고 그는 덧붙였다, 하지만, 다 이 사제 화학 광량계 제작 덕분에, 이런 식으로 말해도 될지 모르나, 결국 그들은 그를 받아들였다, 그는 독일과 노르웨이의 기상청이, 그리고 MDR도 마찬가지로 때때로 자신의 데이터를, 어쩌면 말이지, 그의 머리를 약간 한쪽으로 기웃하며, 엿보기를 바랐으며 또 그렇다고 믿었다, 누가 알겠어? 어쨌든 그는 카나와 주변 지역에 상당히 신뢰성 높은 날씨 예보를 제공할 수 있으니, 그 정도에 만족한다, 누구와도 경쟁하고 싶지 않다, 어떻게 그럴 수 있겠는가? 자신은 그저 기상학에 빠져 있는 촌로일 뿐인데, 이 일은 불합리, 불가능성의 수용이 전제 요건인 양자이론과는 생판 달랐다, 기상 예보에서는, 물론 그 자체 필연적으로 상대성과 불확실성이 수반되지만, 현실을 다루기 때문에, 오로지 눈이 내리기 전까지만 혹은 낮 기온이 섭씨 28도 이상으로 올라가기 전까지만 현실이 아닐 뿐, 그가 눈을 예보했다면, 그는 행복했고, 섭씨 28도 이상으로 올라간다 예보해도, 역시 행복했다, 왜냐하면 카나 정도면 그에게 충분했고, 사람들이, 적어도 여기 있는 몇몇 사람만이라도, 그의 일기예보가 주시하고 참조할 만한 가치가 있다고 인정해주면 그걸로 충분했다, 많은 이들이 퀼러가 거의 예언처럼 자신들을 위해 경고를 해준다고 느꼈다, 이른 아침 결로가 생길 가능성이 있으니 자이텐로다행 L1062번 도로를 너무 일찍 운전하지 말고, 숲길을 잠시 피하라거나, 오후 2시에서 6시 사이에 비가 올 확률이 35퍼센트로, 비 올 가능성이 있으니 우산을 챙기는 것이 좋다든가, 이 정도면 가방에 우산을 챙겨 넣어라 경고해도 무방할 정도로 충분히 높으니까, 나로 말해서, 그 정도면 충분하지, 퀼러 씨가 미소를 지으며 말했다, 플로리안, 솔직히 나는 이 모든 것을 나 자신이 즐겁자고 하고 있어, 어떤 사람들은 장미 재배하는 일을 좋아하고 다른 사람들은 매년 집을 다시 칠하지만 나로서는, 하지만 나 자신은 단순히 앞으로 사흘 동안 이른 아침에 B88에 안개가 끼는지 아닌지 알고 싶을 뿐, 이런 이유로 카나 주민들이 조금 늦게 차를 출발해야 한다거나, 그게 전부라고 그는 말했다, 사실 말이 나왔으니 플로리안, 너도 네가 즐길 수 있는 단순한 과학으로 뭔가 찾아봐, 네가 하던 공부를 다시 파고들어보지 그래? 제빵사 일을 하는 건 어때? 하지만 플로리안은 숙인 고 개만 절레절레 흔들었다, 마치, 불행히도 이는 내가 억지로 떠 맡은 것도 아니고, 이것은 내가 스스로 선택할 만한 일도 아닙 니다, 나는 선생님이, 퀼러 씨가 나에게 보여준 내용의 본질에 사로잡혔나 봅니다, 그리고 지금은 아주 걱정이 됩니다, 말하 는 것 같았다, 자자, 퀼러 씨가 손짓으로 막아섰다, 너는 걱정 할 필요가 없어, 이 친구야, 언젠가 양자물리학자들이 다 알 아낼 테니까, 다만 우리는 살아서 그날을 보지는 못하겠지만, 그러게, 그게 그래요, 플로리안은 큰 하늘색의 두 눈동자로 그 를 서글프게 바라보며 말했다, 그게 저는 두려워요, 내가 살아 서 그걸 보지 못할까 봐, 하지만 두려워할 것은 아무것도 없 어, 집주인은 고개를 가로젓고, 안경을 매만졌다, 하늘을 봐, 저 구름을 봐, 이렇게 들어오는 햇살을 봐, 이것들은 다 만져 지는 실제적인 것들이야, 너는 이 모든 진공 문제니 뭐니에 너 무 깊이 정신을 팔 필요가 없어, 결국 네가 아예 완전히 잠겨 헤어나지 못할 수도 있으니까, 특히 너를 무겁게 짓누르는 것 은 양자물리학의 무력한 실패가 아니라 제한적인 인간 정신 의 파탄인 탓이야, 말해주었지만 플로리안에게는 다 헛되었 다, 플로리안은 한 가지 생각에 너무 깊이 빠져들었기에, 퀼러 씨가 리히텐베르크 중등학교 지하실에서 2년 동안 매주 화요 일마다 그에게 설명해주던 모든 것에 확 사로잡혀, 정확하게,

그리고 일깨우는 계몽의 빛처럼, 마치 선동의 불길처럼 세차게 강압적으로 사로잡는지라, 그런 만큼, 플로리안은 가만히 정지하지 않을 수가 없었고, 거기 가만히 멈춰서서, 그러고 나서 그는 가라앉았다, 그는 그야말로 영원히 그 속에 침몰했다, 그리고 그는, 때때로 퀼러 선생님에게 고백하길, 다시는 이전과 같지 않을 것이라고 느낀다, 왜냐하면 그는 세상이, 가공할 한 가지 사실의 위험에 처해, 언제든 일어날 수 있는 파괴에 쉽게 노출될 처지라는 것을 꿈에도 몰랐기 때문이었다, 그리고 그냥 파괴만이 아니다, 바로 그 태초의 시작에 질겁했다고 말했다, 아시다시피, 사실 모든 것이 지금 이 파괴의 칼날 위에서 아슬아슬하게 비틀거린다면, 우리가 존재하게 되었던 그 옛적에도 칼춤을 추며 칼날 위에서 비틀거렸을 것이다, 그러므로 나는 하늘을 올려다봐도, 퀼러 선생님, 더 이상 행복하지 않습니다, 나는 두려움에 완전히 사로잡혀요, 왜냐면 내가 얼마나 무력한지, 우주가 얼마나 무방비한지 느껴져서 공포에 사로잡혀요, 그의 멘토는 플로리안이 이러다 항상 눈물을 왈칵 쏟으며 무너질까 봐 아주 겁에 질려, 그를 달래고 위로하려 들었다, 애야, 여기 봐라, 다 물리학, 과학에 지나지 않아, 그리고 과학은 지금 이 질문에 대한 답을 찾지 못하고 있다, 그건 확실해, 아직은 아니야, 애야, 당분간은 아직, 지금까지 계속 그랬지만, 과학은 항상 한동안 답이 없을 질문들을 던져, 그러다 온갖 어려움을 헤치고 그 해답은 언젠가는 튀어나올 것이고, 풀 수 없어 보이는 이 질문에 대한 답 역시 나올 것이다, 너도 그것 하나만큼은 확신해도 된다, 이런 대화 중 하나가 끝나고 플로리안이 떠나고 나면 쾰러 씨는 안락의자에 깊숙이 몸을 묻고 도대체 왜 플로리안에게 풀 수 없는 물리학의 문제들을 들려주었나 자책했다, 어떤 면면들은 이 아이는 놀랍도록 영리하고 감수성이 풍부했지만, 그는 아무것도 제대로 이해하지 못하고 단지 자신만의 뭔가 특이한 체계로 변형해버려, 다른 측면으로 보면, 잘못 해석된 그의 지식으로 지나치게 민감한, 멜랑콜리에 도취된 영혼을 불필요한 흥분의 상태로 들쑤셔놓았다, 이미 몇 번이나 쾰러 씨는 '소립자의 놀라운 세계'를 두고 나누던 말을 중단하려고 했다, 소립자의 세계는 엄밀히 말해 놀랍기는커녕 끔찍했다, 쾰러 씨 자신은 그다지 마음에 두지 않았지만, 여기 콜로수스 거인만큼 자란 이 아이가 떡하니, 과학이 언젠가는 이 문제를 해결할 것이라고 귀따갑게 반복하고, 어차피 지금은 그의 경우에 너무 늦었지만, 논증으로 설득하려고 들어도 요령부득인 아이가 있었다, 과학이 이 문제를 해결할 것이라는 확신이 없어서, 낙심한 쾰러 씨는 마룻바닥에서 작은 벌레가 어딘가에서 어딘가로 향하는 얇은 균열 안에서 앞으로 버둥거리며 나아가는 것을 지켜보았다, 물론 물리학은 부채처럼 갚아야 하는, 필히 답을 내놓아야 할 질문들이 있다, 즉, 물리학은 가장 '본질적이고 근본적인 질문'에 대한 답을 알지 못하고 있다, 더욱이 자신도 풀 수 없는 질문을 부단히 제기하는 입장에 있으며, 말 그대로 상충하여, 제 발부리에 걸려 넘어지고 사람들은 다음에 무엇이 올지, 이 모든 것에서 정확히 무엇이 나올지 절망에 빠뜨려 헤어나지 못하도록 내몬다, 이 말이 물론 디랙의 예측*과 램이동**에 대한 실험적 증명이 판도라의 상자를 열었다고 생각하는 플로리안이 옳다는 말은 아니었다, 쾰러의 신성한 신념에 따르면 미래는 그처럼 두려운 대상이 전혀 아니었다, 플로리안은 지나치다시피 과장하고 있다, 하지만, 플로리안은 생각이 달라서, 자신은 뭐 하나 과장하고 있다고 생각하지 않았다, 그러니 잠시 후, 문득 그의 편지가 수상에게 전달되지 않았을 수도 있고, 관료주의 요식 체계의 미로에 갇혀 헤매고 있을 수도 있다는 생각이 스쳤다, 그런 생각이 들자, 이번에는 인내를 발휘할 게 아니라 대신 자유 시간이 나면 맨 먼저 자리 잡고 앉아 '그 결과의 중대한 파급력'을 명확히 밝힐 목적으로 새 편지 초안

---

* 폴 디랙Paul Dirac은 반입자의 아버지로 불리는 인물로, 수학적 계산으로 반입자를 예측했던 영국의 이론물리학자다. 아주 작고 빠른 물질(광속에 가깝게 움직이는 전자)이 어떻게 행동하는지 설명하는 상대론적 파장이론 방정식(디랙 방정식)을 도출했다. 음전하의 전자만이 아니라 양전하의 전자에도 적용하면서, 예상하지 않고 발견된 적 없던 반입자를 '예측'해냈다.

** Lamb Shift. 램-러더포드 실험(1947)에서, 디랙의 이론에 따르면 동일한 값으로 나와야 할 2개 에너지 상태의 수소 전자 궤도 준위가 진공 상태 실험에서 작은 편차를 보인다. 진공에너지 요동으로 일시적 물질-반물질이 생성된 후 만들어진 가상 광자와 전자가 상호작용하여 발생하며, 재규격화이론 및 양자전기역학이 도약하는 계기가 되었다.

을 꾸미기로 결정했다, 하지만 이후 첫 자유 시간을 맞자, 플로리안은 총리가, 무엇보다 문제가 아원자 상태에서 우리가 인식하는 차원들을 향해 옮겨 갈수록 지속적인 감속을 목도한다는 점을 환기해달라는 말로 시작했다, 그 안에, 원자적 그리고 각각, 아원자 혼돈 속에서—저 아래는 "속도"와 같은 것이 존재하지 않는다는 사실과 상관없이—그 아래쪽에 끔찍한 속도로, 아니, 어떻게 말해야 할는지, 이런 끔찍하게 빠른 속도보다 훨씬 빠르게 일련의 사건들이, 총리님께 지금 쓰는 편지로 이루·표현하기가 쉽지 않지만, 지속적으로 "번개처럼 재빨리" 일련의 사건들이 일어나고 있으며, 심지어 이 "번개처럼 재빠른"이란 말도 실제 벌어지는 일에, 불행히도, 개략적인, 오히려 오해만 살 수 있는 말일 것입니다, 한편 더 큰 단위들을 향해 우리가 점점 더 갈수록 감속하는 '생생하게 그려지는' 분야로 나아갈 때, 즉 말하자면, 내부로부터, 쿼크의 깊은 세계에서부터, 시간에 해당하는 시간이 없는 곳 안에서, 이런 원근법을 채용하여, 계속 나아가면, 우리는 거시적 차원으로 접근합니다, 그리하여 이 매우, 매우, 매우 감속된 상태에서 우리가 세계로 인식하는 '무언가'를 가정해야만 하고, 이 엄청난 감속 상태에서만 이런 존재로 등장했다가 중단하는 미친 듯한 무한대 내부에서 시간과 공간에 대해 말하는 것이 타당합니다, 뭐든 아주 깊은 곳에는 이런 것은 아무것도 없으니까요, 그래서 여기서 절실한 문제가 나옵니다, 현실적인 진짜 깊은 구조의 관점에서, 존재로 등장하건 존재하는 일이 중단되건 이 문제는 **엄밀하게** 중요한 쟁점이 아니기 때문입니다, 거기, 예를 들어 물질과 반물질이 서로 소멸하는 세계에서는 아무것도 생겨나지도 않고 아무것도 존재하다가 사라지지도 않습니다, 왜냐하면 '무언가' 생겨날 즈음에 이미 존재하지 '않기' 때문이며, 그 순간에 유리되는 광자는 빛이고 빛은 '무 그 자체'이고, 시간과 공간의 속도는 '존재하지 않'으며, 불행히도 어떤 종류의 '무언가'도 '존재하지 않기' 때문입니다, 그리고 더 참혹한 문제는, 결과적으로 저 아래 깊은 곳 너머엔 '아무것도 존재하지 않는다'는 것입니다, 이를 위해 우리 자신은 다른 관점을 고양해야 할 것이며, 이를 위해 다른 상황이 필요할 것입니다, 그리고 이러한 상황의 본질은—거듭 반복합니다!!!—우리가 지각을 무시무시하게 감속시켜야만 공간으로, 시간으로, 사건의 현장과 지속으로, 그 '무언가'가 우리에게 나타날 수도 있다는 점입니다, 그러나 젠장, 여기서 말문이 탁 막히고, 펜이 그의 손에서 멈췄다, 플로리안은 그런 식으로 말해서는, 특히 총리에게 그런 말을 써서는 안 된다는 것쯤은 안다, 두말할 필요도 없이, 앙겔라 메르켈 총리는 욕설을, 특히나 저속한 욕설은 모르긴 몰라도 분명 좋아하지 않으리라, 이 편지를 상스럽다고 여길 것이다, 플로리안은 이맛살을 찌푸렸고 앙겔라 메르켈의 얼굴이 그의 앞에 나타났다, 그런 다음 앙겔라 메르켈 전체, 총리의 움직임, 자세, 걸음걸이, 사람 *끄*는 얼굴, **빼놓**

지 말아야 할 그 고운 미모, 그가 표나게 상스러운 표현을 쓴 것은 아니지만, 아니, 전혀 아니다, 여기 카나에서는 노인들도 "젠장"이라는 단어를 자주 사용했다, 하지만 이 경우에는 총리 앞으로 쓴 편지에는, 분명히 허용되지 않았다, 그는 편지를 다시 읽었다, 아주 그 단어가 눈꼴사납게 튀었다, 어쩌다가 편지 말미에서 그런 말이 자신에게서 비어져 나갔는지 몸 둘 바를 모르게 부끄러웠지만 물릴 수도 없었다, 대체 어떻게 보이겠는가, 총리에게 보내는 편지에다가, "젠장"에 줄을 죽죽 그어놓거나 시꺼멓게 지워버린 자국이 있으면 모양새가 어떻겠는가, 안 된다, 그는 다시 시작해야 한다고 결정했다, 그래서 그 일에 착수하여 그는 빈 A4 용지 한 장에 자신이 썼던 모든 내용을 다시, 이번에는 "젠장"이라는 단어는 빼고 옮겨 썼고, 그리고 침착하게 지속하여, 이전 편지에 간략하게 스케치한 위협적인 상황에 대해 부연할 필요성이 있다고 생각하기에 그는 이 모든 내용을 쓰고 있다고 적어 내려갔다, 다시 말해, 그는 머리카락이 쭈뼛 서는 세상의 상태에 대한 그의 이전 설명이 상황의 심각한 중요성을 적절한 실증 이상으로 보여주었다고 간주하고, 우리가 사는 세상에서, 우리가 살날의 수는 한정적이며, 그게 얼마나 될지는 거의 알지 못한다고, 아마도 거의 없을 수도 있다고, 봐야 한다, 이런 이유로 플로리안이 직접 용기를 끌어모아 총리에게 편지를 보내노라고, 그리고 그의 편지가 그녀의 이해를 받기를 희망하며, 또한 그는 여기 카나에서 총리의 답장을 간절히 기다리겠다고, 자신은 헤르쉬트라고 한다, 성명인 플로리안 헤르쉬트를 적고, 답장을 간절히 바라며, 쓴 뒤에 그는 새 봉투에 봉인하고 벌써 우체국으로 향하고 있었다, 시간은 충분했지만, 그는 반슈트라세를 따라 그리고, 예나이세 슈트라세를 따라 발을 서두르고, 그리고 로스슈트라세에 접어들어, 마침내 제시카 앞에 늘어선 줄에 합류했다, 폴크난트 씨는 플로리안을 보자 외쳤다, 어쩌나, 우리도 난처해, 오늘도 자네 앞으로 아무것도 오지 않았어, 이 말에 플로리안은 아니라고 손을 내저었다, 오, 그 일로 온 게 아닙니다, 그는 새 봉투를 가리켰고, 맙시사 시상에나, 제시카는 그가 봉투를 건네자, 수신인의 이름을 보고 고개를 흔들었다, 또야?! 플로리안, 저렇게 높은 곳에 있는 분들은 이런 편지를 읽지 않는다는 것을 이해 못 해? 우리는 가까이 가지도 못해, 알잖아, 그들은 저 위에 자리하시고, 그녀는 천장을 가리켰고 이어서 땅을 가리키며 덧붙였다, 우리는 여기 아래에 있어, 알겠어요? 그러나 플로리안은 미소만 띠고 80유로센트를 세서 주었다, 그는 이런 경우는 절대 그렇지가 않다, 그리고 앙겔라 메르켈 총리는 그럴 사람이 아니다, 앙겔라 메르켈은 평범한 시민의 목소리에 귀를 기울인다, 확신했다, 더욱이 지난 며칠 동안 그는 자신의 첫 편지가 늦건 빠르건, 관료적 미로를 거치건 아니건, 수취인에게 기필코 도달할 것이라는 확신을 품고 있었기에 첫 편지에 대해 한결 마음이 차분했다, 도달만 하면 총리가 수천 개의 업무 중에서, 무엇을 해야 하는지 분명 고심하지 않을 수가 없을 터이다, 이 문제는 아주 중요하기에, 다른 무엇보다도 중요하기 때문에, 총리가 이것을 이해한다면, 플로리안도 총리가 충분히 이해하도록 하는 한 최선을 다했으니, 그녀는 한순간의 지체도 없이 안전보장이사회를 소집할 것이 완전 확실하다, 왜냐하면 당연히 그녀, 앙겔라 메르켈은 이 문제를 혼자서 처리할 수 없고, '불행히도' 모든 국가원수가 필요했다, 아니, 적어도 가장 중요한 사람, 최고 의사결정권자가 필요했다, 그리하여 지체는 용납되지 않으니 번개처럼 빠른 속도로 처리하리라, 마음이 놓인 플로리안은 로스슈트라세를 따라 오르막길을 걸었다, 그는 다른 방향에서 언덕을 내려가 도자기 공장으로 가고 싶었기 때문이었다, 그 근처에 호흐하우스(고층건물)가 서 있는데, 이 건물 가장 높은 층에, 애초의 애초부터, 그가 시설에서 나와 보스가 그의 보호하에 거둬들인 이후부터 자신이 살고 있었다, 보스의 보호하에 들어, 이런 식으로밖에 보스가 한 일을 묘사하지 않을 수 없었다, 이 호흐하우스에 아파트를 얻을 수 있었던 것도, 이 엄청난 실업난 속에서 실직자로 남지 않게 된 것도 모두 보스 덕분이었다, 그가 익힌 제빵 기술은 아무짝에도 소용없었으리라, 생색내며 보스는 충고했다, 그에게 개인 소지품이 없었고 꽉 움켜쥐고 있던 배낭 하나뿐인지라, 보스는 그에게 회색 작업용 덧바지 한 벌과 피델 카스트로 모자를 주고 표면 세정 기

43

술을 가르쳐주었다, 이거야말로 너에게 진정 특별한 직업의 기회를 준다, 보스는 설명했다, 쌈짓돈으로 들어오는 주급과 하르츠 IV*수당과 임대료 보조금이며 모든 것을 제공받으니, 플로리안의 삶은 이제 든든한 발판 위에 서 있었고, 이런 점에 그는 보스에게 감사해야 했다, 자식도 아내도 없는 보스, 그래서 플로리안이 아들과 마찬가지였다, 너는 나에게 맡겨진 자식이다, 플로리안, 그게 내가 시키는 대로 해야 하는 이유다, 내가 하라고 할 때 일을 하고 네게 하라고 하는 동안에는 계속 그 일을 해야 한다, 보스는 모든 일을 차근차근 일일이 일러주었고 그러고도 계속 반복해야 했다, 왜냐하면, 어, 보스가 그의 동료들에게 설명했듯이, 어찌 보면 녀석은 대학을 다녔을 법한 먹물처럼 보이지만, 나는 개 손에 휴대전화도 안 길 생각이 아예 없다, 왜냐, 이렇게 보면 천재인데, 그러나 다른 한편으로 보면, 이 어린아이는 정신 나간 또라이거든, 어떻게 보면 자기 자신도 인식하지 못해, 너희들도 그가 얼마나 몸집이 큰지 알 테지만, 너희들이 고함 한번 질렀다 그러면, 냅다 도망쳐, 마주 서서 버티고 반격할 생각조차 하지 않아, 마음만 먹으면 맨손으로 우리를 끝장낼 수 있는데, 내 말이 그 말이라니까, 이 말에 다른 사람들은 아무 말도 덧붙이지 않았

＊   Hartz IV. 2002년 독일 실업자 수를 줄이려는 노동시장 재편, 개혁을 위해 적용된 법안을 기초로 한 편제들. 그중 하르츠 IV는 실업 부조 및 복리후생, 사회부조 및 고용 촉진 등을 아우르는데, 보통 실업급여를 일컫는 말이 되었다.

다, 어차피 말을 많이 하는 편이 아니었고, 이 사람들은 어쨌든 '말 대신 행동'이 신조인 부대라, 말은 적게 하고 실천은 많이 하자는 지침에 따라, 금요일이나 토요일 저녁이나, 휴일의 그런 저녁에 모여서, 무력을 보여주어야 할 때, 방어할 필요가 있을 때, 혹 항거를 선보여야만 할 경우, 한마디로 말해, 어딘가에 모습을 드러내어 그런 정신의 본때를 보여야 할 경우, 계획을 세운다면, 어떻게 할지 얼마 안 되는 몇 마디로 끝났다, 그들은 물론 '진정한' 휴일에도 함께 모였다, 휴일은 넘치게 많았기 때문이었다, 과거가 풍요로웠기 때문에 우리는 퍼내도 퍼내도 다 소진하지 못할 것이고, 아무도 그것들을 빼앗을 수 없다고 프리츠가 언급했다, 그들 중 누구도 우두머리, 사령관, 부대장으로 임명되지 않았고, 아무도 나서서 맡지 않았다, 그들은 보스를 단지 일종의 사상적 조언가쯤으로 여겼다, 왜냐하면 여기는 민주적이라서, '이는', 동지들은 서로서로, 진정한 평등한 민주주의이며, 여기 우리 부대는 개방적이고 직접적이며 진정한 말과 행동에 기반을 두고 있으며, 우리가 수호하는 바는 가치, 한때는 여실히 존재했던 단일 가치다, 지금은 그 생존이 우리에게만 달려 있지만, 형편이 늘 그런지라, 동지 여러분, 우리가 그 일을 떠맡게 된 것이다, 그들은 부르크슈트라세 19번지 건물에서 그런 말을 주고받았다, 이 집은 그들 소유인데, 그들은 이곳을 부르크, "성"이라고 불렀고 그 안으로, 성은, 그 더러운 짭새들이 여기 있는 그들을 다시 건드리지 못한다, 이는 그들을 하나로 묶는 바탕, 조국을 수호하겠다는 그들의 맹세를 완벽하게 상징하고 있으며, 그게 전부이고 더 이상도 없다, 이것은 그저 사소한 일이 아니었고, 적대적인 환경에 둘러싸인 탓에, 무엇보다 가장 중요한 일이었다, 당연히, 대부분 유역에, 도시와 귀중한 튀링겐 전체가 쓰레기, 겁쟁이, 기회주의자로 가득 차 있었으니까, 튀링겐뿐만 아니라 국가 전체가 거짓말쟁이, 프리츠의 말을 빌리면, 국제 조세 당국 등의 음모를 통해 반민족주의 세력에게 놀아나고 있다, 다 빼앗겼다, 한때 영광스러운 과거를 말해주던 모든 것이, 아버지와 할아버지의 희생, 자기희생, 신의, 독일의 이상, 자부심 넘치는 인종 보호가 사라져버렸다, 그래서 소수의 그들은 준비 상태에 있어야 한다, 그들은 이것을 알고 있었다, 아무도 그들을 그러라고 청하여 불러들이지 않았고, 모두가 자의로 모여들다가 다른 사람들을 찾았고, 그들은 조직화할 필요가 없이, 부대는 어느 순간 한데 뭉쳤고, 그리고 행동에 나설 그 시간을 기다렸다, 제4제국을 위한 전투가 시작할 순간을 가리키는 그들의 명칭처럼, 그 X데이가 오기를, 그들은 지금 몇 년 동안 그날과 그 시간, 그만 여기까지 더는 안 된다고 말할 때를 기다리고 있었다, 그리고 그들은 부르크슈트라세 19번지의 앉은자리에서 떨쳐 일어나리라, 그들이 숨은 곳에서 무기를 꺼내 자신의 임무를 시작할 것이며, 자비는 없을 것이다, 그들은 매주 금요일이나 토요일 저녁에 부르크에서 이를 위해 술잔을 들었고, 혹은 진짜 휴가 보내고 난 뒤에 이어서 부르크에 와, 이를 기렸다, 그들은 선술집이나 다른 데는 자주 찾지 않았다, 튀링겐이나 작센의 다른 많은 유사한 그룹처럼, 사람으로 붐비는 곳은 가지 않았다, 그들은 과시욕에 물든 사람들이 아니기 때문이었다, 튀링겐과 작센, 그리고 다른 곳에서도 그런 그룹이 있어서, 물론 그들도 그들에 대해 알고 있었다, 계속해서 인터넷에 오르내리면 그만인 사람들, 그들은 황갈색 유니폼을 입고 플라우엔에서 메이데이(오월제) 행진 때처럼 여기저기에서 교묘하게 숨긴 깃발을 흔들었지만, 부대원들의 눈에 이것은 서커스에 불과했다, 그들은 서커스가 아니라 전쟁을 원했다, 우리가 두려워할 것은 이민자가 아니다, 보스가 말했다, 매일같이 이민자가 이러니, 이민자가 저러니, 저들이 식탁보로 머릴 두른 사람들, 틀어 올린 머리에, 베일 쓴 사람, 연통 아편쟁이들을 다 들여보내 독일을 이런저런 식으로 다 빼앗아 가버릴 거라고 찧고 까부는 놈들과 달라, 죄 개나발이야, 그는 목소리를 높였다, 우리는 이민자에게 집중하지 않아, 우리는 유대인에게 집중해, 그들은 우리의 것을 '이미' 다 빼앗아 갔으니까, 아닌 건 아니지, 아니야, 우리는 다른 그룹과 동맹을 맺을 이유가 없어, 우리가 대단하자고 이러지 않아, 우리는 독일이 다시 위대해지기를 원하는 거지, 이것이 우리의 사명이야, 이 말에 다른 사람들이 고개를 주억거렸고, 날이면 날마다 이에 열정이 솟았고, 이런 말로 부르크에서 서로 열의를 북돋았다, 청산유수 구변이 아니라, 그들은 능변을 경멸했다, 이것은 부대이고, 그들은 군인들이다, 독일이 처한 심각하고 치명적인 상황에서 투쟁하는 동지였다, 보스는 플로리안이 이 엄청나게 구린 상황을 명확하게 이해할 수 있도록 자주 이 말을 해주었지만, 그의 말은 플로리안 귀엔 닿지도 않았다, 너 귀담아듣고 있는 거냐?! 그를 향해 날벼락을 내리고 목을 냅다 쳤고, 이 손길에 플로리안은 당연히 고개를, 듣고 있다고, 끄덕였지만, 물론 듣고 있지 않았다, 왜냐하면 그가 생각하고 있는 건 오로지 모두 그가 보낸 두 통의 편지에서 충분히 명확하게 할 말을 다했는지, 어영부영하는 사이 두 달이 넘게 지났는데, 두 번째 편지에서 시간과 공간과 소위 사건들의 상대성이 조만간 현실의 필연적인 소멸로 이어질 것이라는 점을 언급할 필요가 있었는지, 이런 이야기만 하고 베를린에서 어디에 초점을 두고 철저히 주목해야 하는지 상술하지 않은 것이 과연 잘하긴 한 건지, 그러나 그는 마음 놓일 만한 확실한 답을 찾을 수가 없었다, 그래서 두 번째 편지를 보낸 뒤 근무일이 되자, 시간이며 그와 관련된 기본 개념 전부 참담할 지경으로 근거 하나 없이 말을 꺼낸 것을 후회했다, 내가 총리를 혼란만 가중시켰구나, 점점 더 안절부절못하며 그는 생각했다, 이게 요점이 아닌데, 나는 총리에게, 나 자신의 당혹감이 아니라, 요점과 관련해 말해야 한다, 대경실색한 건 내 알 바이고 요점은 앙겔라 메르켈 독일 총리가 행동을 취해야만 한다는 점이다, 총리만이 믿을 만한 사람이니까, 내가 깔끔하고 조리 있게 작성하기만 하면 앙겔라 메르켈은 이해할 것이다—하지만 이 작심은, 그러니까 간단명료, 할 말만 하겠다는 일은 아예 되지를 않았다, 왜냐하면 그날 저녁, 퇴근 후, 그는 호호하우스 8층의 자기 집으로 돌아가 베를린에 대한 새로운 경고 초안을—이전 서한을 대체할 편지를 작성하기 위해 앉았는데—플로리안은 더 이상 간결하게 작성할 수가 없었기 때문이었다, 그가 말해야 할 내용의 요점을 포착하지 못할 수도 있다는 생각에 너무 신경이 곤두서서, 한 단어도 적어 내려갈 수가 없었다, 게다가 다음 날 출근할 필요도 없이 바로, 전투에 돌입해야 한다, 그런 말을, 보스가 평소 만나는 시간보다 한참 전부터 와서 8층 셋집 초인종을 누르며 고함을 질렀다, 사실이지 거의 한밤중에 초인종을 눌러, 플로리안이 졸려서 눈을 깜박이며 창문 밖으로 몸을 기울이자, 보스가 고함을 질렀다, 비상! 플로리안! 긴급사태다! 오늘은 면도할 필요 없어, 우리는 전투에 돌입한다, 소리쳤다, 조금 전 아이제나흐에서 전화를 받았는데, 오펠 안에서 설명하며 그는 핸들에 몸을 바싹대고 액셀을 밟았다, 바흐하우스가 더럽혀졌다더라, 마음 같아선 기관단총을 가져오고 싶었지만 지금 당장은 뭔지 한번 살펴보자, 그리고 그들은 가서 뭔지 살펴보았다, 아이제나흐의 바흐하우스는, 지금은 박물관으로 쓰이는데, 이전에 생각했던 것처럼 바흐의 생가가 아니야, 보스가 현장에 다다라 설명했다, 생가는 리터슈트라세에 있다고 추정되니까, 틀렸든 아니든 이 바흐하우스 건물이 이 도시에서 바흐의 유산을 가꾸는 구심점이 되었어, 우리는 그 점은 인정한다 이거야, 그래도 괜찮다, 그리고 이 정도 설명에 이르렀을 때 그러는 사이 도착해 설명이 끊겼다, 그들은 주차를 하고 건물 가까이 다가갔고, 그리고 보스는 문 앞에 멈춰 서서 뭐라 말로 하지 못할 울부짖음만 쏟아내었다, 전날 밤 입구 양쪽에 누군가 아크릴 페인트로 두 개의 큰 그래피티를 칠해놓았다, 하지만 어제 저녁까지만 해도 거기에 없었다, 항상 오후 6시에 문을 닫는 박물관 경비원이 말했다, 모든 것이 평소와 다르지 않았다, 내가 입구를 잠갔다, 그렇게 경찰관들에게 진술했다, 그리고 나서 나는 이렇게 돌아보았고, 그러면서 어떻게 돌아보았나 보여주고서, 나는 버릇처럼 항상 그렇게 하니까, 하지만 모든 것이 평소와 다를 바가 없었다, 늦은 밤에 일어난 게 틀림없다, 저녁에는 여전히 광장 주변에 몇몇 있으니까, 주로 저 위로 젊은이들하며 그리고 노숙자들이 둘러앉아 맥주를 마시지만, 그들일 리가 없다, 아니란 건 확신한다, 이 아이제나흐 출신 아이들, 아이제나흐 출신 이 노숙자들, 형편없고, 고약하긴 해도 이런 대담한 일은 하지 못한다, 어디 이민자가 한 짓이다, 맹세컨대 이민자가 틀림없다, 그러고는 박물관 경비원은 두 손을 들어 보였다, 같은 방식으로 똑같은 단어들을 사용하여, 혼잡한 소동과 경광등을 번쩍이는 경찰차를 보고 박물관이 열리자 헐레벌떡 모여들었던 호기심 많은 구경꾼과 공포에 질린 사람들에게 이야기를 다시 또다시 반복했다, 그리고 그들은 일에 착수했고 철저하게 보스는 일을 해나갔다, 적어도 오륙십 명의 현지인들이 뚫어져라 쳐다보는 가운데, 그는 샘플을 집어 들고 손가락 사이로 천천히 부수며 페인트를 꼼꼼히 살폈고, 마치 조사하는 것만이 아니라 손가락으로 면밀히 검사라도 하듯이 눈을 감고 하늘을 올려다보고 비벼보고서, 흐음 거렸다, 그런 뒤 또 다른 샘플을 집고서 손끝으로 페인트를 조금 입에 넣고 아주 힘껏 뱉어낸 뒤 분노에 차 주먹으로, 입구 왼편에 칠이 된 동물 얼굴이 있는 벽을 쳤고, 그림을 내리치자 군중이 약간 물러섰고, 마침내 보스는 플로리안을 외쳐 부르고 특정 용제와 특정 붓, 이런 압축 공기 분무기와 저런 사포를 가져오라고 말했다, 플로리안은 모든 것을 가져왔다, 그는 주변에 서 있는 사람들이 아니라 보스의 유다른 행동에 확연히 겁에 질렸고, 대체 무슨 일인지 도저히 이해가 가지 않아, 약간 혼란스러웠다, 보스가 이런 식으로 행동하니, 큰 문제가 있다는 것만은 알았다―이 눈꼴신 새끼 대체 뭘 바란 건가?! 보스는 돌아가는 차 안에서 얼굴이 벌겋게 달아올라 콧방귀를 끼었다, **우리**(WIR)는 대체 뭐고, 거기에 **늑대 머리**는 또 뭐 하자는 건지, 네가 한번 설명해볼래?! 물론 그럴 수 없지, 그런 눈꼴신 쓰레기에 무슨 설명이 있겠어, 말이 되냐고, 저 처진 입꼬리에 침이나 질질 흘리는, 매부리코에서 콧물이나 찔찔거리는 쓰레기 같은 녀석이, 왜 이런 곳을, 이런 '국가적 상징'을 훼손하고 욕보이느냐고, 어떻게 설명이 돼! 여긴 **바흐하우스**야!! 여기는 **아이제나흐**라고!!! ㄱ새끼야, 플로리안, 그 새끼 죽여버릴 거야, 씨ㅂ랄, 내가 반드시 찾아서 맨손으로 목을 조를 거야, 천천히, 할 수 있는 한 천천히, 눈이 튀어나오고, 혀를 빼물 때까지 지켜볼 것이다, '이 짓'의 죗값을 치르게 해주지, 우린 같이 '이런 짓'의 값을 치르게 할 거야, 그리고 핸들을 세차게 쳤고 때로는 액셀을 밟았다가, 다음에는 브레이크를 밟으며, 거울 한 번 보지 않아, 차 브레이크를 밟을 때마다 플로리안은 뒤에 오던 차가 언젠가 뒤에서 박을까 두려웠다, 그 새끼 ㅈ 대가릴 잘라버려! 길길이 보스가 소리쳤다, 침 질질거리는 입에 쑤셔 넣고 압축 분무기를 가져다 **궁뎅이**에다 쑤셔 박을 테다, 내 말 알아듣겠지?! 플로리안?! 듣고 있어?! 플로리안은 겁이 나서 고개를 끄덕였지만, 머리는 후들후들 흔들렸다, 너무나 긴장하여, 너무 뻣뻣하게 굳어, 집으로 돌아오는 길에 B88과 B90만 뚫어져라 쳐다보았고, 감히 아무 말도 하지 못하고, 물어볼 것도 없었지만 감히 아무것도 묻지 못했다, 그도 보스와 마찬가지로 바흐하우스 입구에 그려진 이 이해할 수 없는 그래피티를 무슨 의도로 그랬는지 알 수 없었기 때문이었다, 보스와 함께 일하기 시작한 이래로 이런 일은 없었다, 보통 콘크리트 벽, 외딴집, 다리 밑에, 철로 옆에, 기차, 교외 방화벽, 모두 이런 비슷한 곳에서 그래피티를 지우기는 했지만, 하지만 박물관은 완전히 전례가 없었고, 플로리안이 보기에도 분노가 치밀었다, 보스는 그래피티로 어지럽히고 다니는 이들이라도, 참고맙게도, 무슨 불문율처럼 동상, 분수, 궁전, 교회, 박물관은 절대로 공격하지 않는다고 설명했다, 이제껏 그랬는데, 이렇게 떠억—더군다나 다른 데도 아니고 바흐하우스를, 그 사실만으로도 플로리안은 충격으로 아찔했을 것이지만 이 문제로 길길이 날뛰는 보스의 상태가 더 충격적으로 다가와 그럴 경황이 없었다, 보스의 이런 모습을 본 적이 없었으니까, 하긴 플로리안은 요한 제바스티안 바흐가 보스에게 어떤 의미인지 잘 알고 있었다, 보스에게 바흐는 단순히 많은 작곡가 중 한 사람이 아니라, 그의 눈에는 하늘에서 내려주신 천상의 존재, 예언자이자 성인이었다, 그들이 호시기를 맞아 기분이 좋으면 플로리안에게 자주 언급했듯이, '독일 정신'의 본질이 뭔지를, '최고의 이상'이 어떻게 독일땅과 연결되는지 모든 음표에 또박-또박-새-겨-넣-은 인물이었고, 보스가 부대의 깃발에 그려 넣고 싶어 하는 인물은 다른 부대가 다들 그러듯이 히틀러도, 뮐러도, 되니츠, 모델, 디트리히*도, 심지어

---

* 하인리히 뮐러Heinrich Müller: 나치 독일 게슈타포의 수장.
카를 되니츠Karl Dönitz: 히틀러 자살 후 나치 독일의 수장이 된 인물.
발터 모델Otto Moritz Walter Model: 제2차 세계대전 초기에 승승장구하던 총야전사령관, 서부전선 벌지전투 및 루르에서의 대패 후 자살했다.

디넬*도 아니라 **바흐**였지만, 반대의 질타에, 다른 이들은 히틀러, 뮐러, 되니츠, 모델이 낫다, 심지어 디넬이라도 괜찮다는 야유에 묻혀버렸다, 그래서 그들끼리 합의에 도달할 수 없어서, 현재로서는 숨겨둔 부대의 깃발에 누구를 올릴 것인지에 대한 문제는 해결되지 않고 남아 있었다, 그보다 가장 중요한 점은 아주 은밀한 곳에 깃발을 잘 숨겨두는 일이었다, 경찰이 다시 덮칠 수 있는 부르크는 안 된다, 한 번 그런 적이 있어서, 크게 법석을 떨고 소동이 일어난 후에—어떤 인간 말종이 까바쳤고, 특별 기동대가 나타나서 프리츠를 끌고 갔다, 집을 프리츠 이름으로 빌린 탓에 프리츠만 체포했고, 경찰들은 자신 관련 법조차 제대로 모르는 탓에 나머지는 잡지 못했으나, 그런 일은 언제든 다시 일어날 수 있었다, 그래서 그들은 가장 중요한 물건들은 몇몇 비밀에 부친 장소에 분산시켜 숨겼다, 하지만 그런 이야기는 그만하면 충분하다, 보스는 플로리안에게 말했다, 깃발에 대한 말이 나오면 자신으로서는, 나는, 오른손으로 자신을 가리키고, 왼손으로 조종간을 잡고서, 그

요제프 디트리히Josef Dietrich: 독일 무장친위대 장군, 나치에 일찍 참여하여 히틀러의 수하 노릇을 했고, 정식 군사훈련 없이 무장친위대 및 제6SS기갑군을 이끌며 말메디 포로 학살에 관여하여 전범재판에 기소돼 복역했다.

＊   토마스 디넬Thomas Dienel: 1990년대 초 동독 및 튀링겐에서 활약하던 극단적 우파 활동가로, 인종차별 및 민족우월주의, 반공산주의, 반자본주의를 기치로 급진적 네오나치 활동을 했다. 1992년 그의 추종자들이 망명 신청자 및 외국 시설을 방화 공격해, 범죄를 조장하고 공공질서를 어지럽혔다는 혐의로 감옥형을 받았다. 이후 연방헌법수호청의 정보원으로 밝혀지면서 다시금 물의를 일으켰다.

는, 처음부터 끝까지 **바흐**밖에 생각이 나지 않는다고 말했다, 이것이 내가 카나 심포니를 설립한 이유이며, 그리고 이것이 네가 토요일 리허설에서 듣는 모든 소리에 몰입해야 하는 이유다, 바흐를 이해하려면 음악을 듣는 좋은 귀가 필요하기 때문이지, 너는 음악에 대한 영혼은 있지만 귀는 없어, 그리고 다시 찰싹 손찌검이 따랐고, 플로리안은 목을 당겨 움츠리고 꿈쩍도 하지 않고 가만히 앞유리를 통해 도로를 바라보았고 보스는 잔소리에 시동을 걸었다, 너는 항상 우주에만 관심을 그렇게 두는데, 왜 거기만 관심을 두느냐, 왜 바흐에 더 관심은 안 두느냐, 바흐는 여기에 살았다, 네가 모를지 모르나 모든 바흐 가문들이 여기에 살았어, 사실 여기는 '국립 바흐 지방'이야, 진정한 튀링겐 사람은 우주가 아니라 바흐에 몰두해야지, 우리에게 우주는 베흐마르에서 시작하여 라이프치히에서 끝나, 이해해?— 플로리안은 고개를 끄덕였지만 이해하지 못했고, 삶은 다시 일상으로 돌아가기 시작했다, 아이제나흐에서 일어난 일이 다시 일어날 수 있다는 생각은 하지도 못했고, 야만적인 공격은 일회성으로 보였으며, 조금 지나자 보스조차도 언급을 중단했고, 몇 달이 지나고 여름을 넘기고 가을이 시작되어 날씨가 추워졌지만, 플로리안은 난방을 거의 켜지 않았다, 거의 틀 필요가 없는 것이 오히려 호호하우스 중앙난방이 너무 뜨거워 창문을 열어야 했다, 날씨가 온화한 날에는 밤에 여전히 따뜻해서 열린 창 옆에서만 잠을 잘 수 있었다,

그다음에는 진짜 겨울이 왔고, 그러던 어느 날 라디오에서 겨울도 다 갔다고 방송을 했다, 이제 봄이 온 까닭이란다, 다시 한번 벌써 서둘러 여름으로 몰려가고, 그날이, 플로리안이 분데스칸츨러람트(연방총리청)에서 응답이 오길 기다리며 정해두었던 기한에 도달했다, 하지만 어떤 회신도 도착하지 않아서, 이 기한 이후부터 플로리안은 칸츨러람트에서 장애를 초래하는 어떤 공무원이 있다, 모두 그런 탓이다, 다른 이유가 있을 리가 없다고 판단하기로 했다, 편지를 보낸 지 이미 1년이 지났고 벌써 8월 31일이었다, 그래서 플로리안은 마지막으로 우체국으로 갔고, 어떤 편지도 도착하지 않은 것을 알아내고서, 언덕을 부랴부랴 내려와 바우마르크트(건축자재시장) 옆에서 일로나가 운영하는 뷔페에 앉아 보크부어스트(데친 소세지)와 짐힘 라즈베리 소다를 마셨다, 이번에는 다른 손님과의 대화에 참여하지 않았다, 말하자면, B88 아우토반의 수리가 얼마나 터무니없이 오래 걸리는지, 하르츠 IV 수당이 또 하루 늦어진다거나, 아무 조치도 취하지 않고 송구하다는 사과도 없다느니 하는 이야기에 귀를 기울이지 않았다, 플로리안은 어떻게 해야 할지 결정해야 했기 때문에 그들의 말을 듣지 않았고, 그리고 결심을 하고서 그는 보크부어스트를 먹고 짐힘 라즈베리 소다를 다 마신 다음 호흐하우스 8층 아파트에 올라가 A4 용지를 꺼내 반으로 접고 접힌 자국을 따라 반을 뜯어내고 위쪽 반에 글을 썼다, 앙겔라 메르켈, 독일 연방 공화국 총리, 그리고 그는, '제어 게에르테(존경하는) 총리 각하, 저는 9월 6일 정오에 도착할 것입니다, 헤르쉬트'라고 썼다, 그리고 이를 봉투에 넣고 그가 평소 하던 대로 주소를 적고, 편지를 폴크난트 부부에게 주었다, 그런 후 서둘러 쾰러 씨 집으로 갔다, 마침 이날 반갑게, 잘되었다, 플로리안에게 아주 중요한 의논 할 일이 있었는데 마침 잘 왔다고 맞아들인 쾰러는 플로리안을 앉히고 한참 동안 방을 왔다 갔다 한 후 아무 말 없이, 플로리안 앞에 서서 두 손가락으로 콧등의 안경을 조정한 다음 말했다, 이것 보게나, 자네, 내가 자네에게 해야 할 말이 있는데, 무엇보다도 자네는 두 가지를 혼동하고 있는데, 내가 설명했던 모든 것 중에서, 적어도 두 가지를 혼동하고 있어, 자네는 어떻게 해서인지 무에서 무언가가 생겨났고, 그래서 무언가도 무에서 끝날 거라고 생각해, 자네는 내가 항상 이 주제를 어떻게 에누리해서 다루기는 했지만 감안해서 받아들이지 않아, 주의를 기울여 듣지 않았어, 그러니 지금 주의해서 잘 들어, 결과는 매우 민감한 전제에 밀접하게 달려 있고, 무턱대고 추론으로 건너뛰어서는 안 돼, 나는 원래 수학과 물리학 교사이지만, 그저 교사야, 고도의 교육과 숙련을 거친 과학적 지성이 아니라, 아마도 이런 이유로 이러한 문제에 대해 충분히 깔끔하게 말하지 않았고 자네가 내게 물어 오는 질문에 대해 믿음직한 밑그림을 맞아떨어지게 제공하지 못한 거지, 그러나 이제 나는 네가 너만의 해석에 점점 더 빠져들고 있는 걸 더 이상 방관하지만은 않을 테야, 왜냐하면 폴크난트 부부로부터 네가 앙겔라 메르켈에게 편지를 보내고 있다는 소식을 들었기 때문이지, 그러지 말게나, 앙겔라 메르켈은 결코 자네 편지를 읽지 않을 것이고, 사람들이 총리에게 전달해주지도 않겠지만, 더 나쁜 것은 만약, 설령 이를 건네준다고 해도, 앙겔라 메르켈이 여기 카나에 있는 우리를 어떻게 생각하겠어? 여기 있는 모든 사람이 미쳤다고?! 나는 네가 앙겔라 메르켈에게 무엇을 끼적여 보내는지 알아, 엄밀히는 짐작하는 거지, 자네가 무얼 그렇게 두려워하는지 알고 있어, 그것에 대해 총리에게 썼지, 맞지? 맞네, 맞아, 쾰러 씨는 플로리안이 입을 다물고 있어서 자신의 질문에 자답했다, 하지만 여보게나, 이 사람아, 선생은 지금 플로리안 맞은편에 앉아서—

어딘가에서 어딘가로

이런저런 기회에 헛되지만, 이미 몇 번이나 좋이 말했지, 하지만 자네는 전혀 주의를 기울이지 않았고, 그래서 두 가지를 혼동하고 있어, 빅뱅 후 추정상 처음 100분의 1초 동안 일어났을 사건과 그리고 그 이후 우리가 살고 있는 현재까지 계속되고 있는 과정, 너는 이 둘을 혼동하고, "무에서 생겨나는" 일이 지금 일어나고 있다고 생각하지만, 그렇지 않아, 이 친구야, 내 말을 귀에 새겨들어, 빅뱅과 관련하여 불필요하게 자학하고 있어, 게다가 이론적으로 그럴 뿐, 실험적으로 입증되지않았어, 비율은 그때 내가 세상이 만들어지던 때 설명하다 진짜 그냥 떠오른 것이야, 당시 물질세계의 출현에 대한 해석에 따르면, 10억 개의 물질 입자와 10억 개의 반물질 입자가 동시적으로 발생한 다음, 어느 시점에 또는 그 첫 100분의 1초 후 즉시 우주가 출현한 후에, 이것은 진짜로 아직 알 길이 없지만, 그 이후 10억하고 한 개의 물질 입자 후에 10억 한 개째 반물질 입자가 생겨나지 않는다, 그래서 이 10억 한 개 중 물질 입자 하나가 잉여로 남아, 물질계의 출발점, 그로부터 무언가가 생겨나, 현실이 생겨, 이 모든 것이 '빅뱅' 시대에 일어났어, 플로리안, 오늘날이 아니라, 오늘날로 보면, 10억 한 개 물질 입자가 발생한 뒤에, **항상** 10억 한 개의 반입자가 발생하고 서로 파괴하고, 이 소멸은 지속적이고 완벽해, 그러니까 그들끼리 서로 소멸하고 그 충돌에서 10억 개의 광자가 방출되지, 알겠지, 이 두 가지는 다른 일이야, 이 사람아, 한편으로는, 단 하나, 빅뱅이 있던 당시 일어났던 일, 아니, 일어났을 수도 있었던 하나의 단일 사건이 있고, 다른 한편으론 그 후로 일어나고 있는 일, 그리고 현재에, 더불어 무한한 미래에 일어날 일이 있는 거지, 자네는 이 두 가지를 계속 뒤섞고 헷갈려 해, 그리고 자네는 이 하나의 오류에서 세상이 생겨난 만큼, 하나의 오류가 다시, 다만 반대로 일어날 것이라고, 잘못해서, 결론을 도출해, 그리고 나는 네가 대체 어떤 식으로 상상하는지 모르겠다만, 어쩌면 다가올 언젠가 어떤 사건이 일어나 현재 존재하는 물질세계 전체가 전멸할 거라고 생각하니? 터무니없는 생각이야, 얘야, 그런 일은 일어나지 않아, 제발이지 이해하고, 제발 부탁이네만, 이런 걸로 실의에 빠지지 말아, 내 말 믿고, 괜한 일로 골머리를 앓고 있는 거야, 아무 쓸모 없이 이 편지를 총리에게 반복해서 보내고 있는 거지, 네 감정을 해치고 싶지 않다만 하지만 그 편지들은 너를 조금 우스꽝스럽게 보이게 해, 하지만 너만이 아니야, 나도 마찬가지요, 우리 마을 전체도 우습게 만들어, 카나는 사람들이 뭐라 해도 자랑스러운 곳이고, 네가 우리 카나의 명예를 실추시킨다면 우리 시민들 분개가 대단할 거야, 하지만 플로리안은 이 퀼러 씨의 연설 초반에 귀를 닫아버렸다, 왜냐하면 그가 보기에 이 설명은 퀼러 씨가 그들에게 지워진 무겁고 아주 끔찍한 부담을 덜려는 시도에 지나지 않는다는 확신만 심어주었기 때문이었다, 하지만 이 부담감은 덜어줄 필요가 없었고, 덜어줄 수도 없었다, 대신 일어날 수 있는 최악의 경우를 막기 위해 무언가 해야만 했다, 일어날 수 있기 때문에, 일어날 것이기 때문이다, 플로리안에게는 의문의 여지가 없었고, 빅뱅 당시와 꼭 마찬가지로 이유 없이 일어날 것이다, 플로리안에게는 위로가 되지 않았다, 너무나도 잘 속속들이 일을 알아보고, 위험을 인식하고 있었으며, 대재앙이 일어날 거예요, 슬프게 말하고 그는 푸른 두 눈을 천천히 퀼러 씨에게로 들어 올렸다, 퀼러 씨가 다시 위로 몇 마디를 해준 탓이 아니라 자신이 위로받을 수가 없다는 점을 분명히 밝히고 싶어서였다, 이 문제는 위로고 뭐고 할 여유가 없다, 말 그대로다, 유일한 희망은 총리와 UN 안전보장이사회, 그리고 그런 자리에 앉은 책임자들이, 세상이 직면한 가장 중대한 문제에 대해 세계 최고의 전문가들을 동원해야 한다, 그러자 쾰러 씨는 고개를 저으며 안경을 벗고 콧대를 지그시 눌렀다, 그런 후 이제 안경도 다시 쓰지 않고 힘없이 손에 안경을 그대로 두고, 플로리안이 방을 나가며 안녕히 계시라는 인사에 답도 없이 그냥 앉아 있었다, 부분적으로는 머리를 마치 정통으로 얻어맞은 느낌 때문이었다고 나중에 아이젠베르크의 친구 야코프-프리드리히에게 전화로 이야기했다, 이런 식으로 문제에 접근하지 않는다고 치면, 빅뱅 후 10의-마이너스-43승-초(플랑크 시간) 사이에 이미 물질 입자와 반물질 입자가 있었다고 하면, 그리고 이 모든 소멸 이론은 접어두고 물질 세상이 있고, 그리고 반물질 세상이 있다는 점에만 집중한다면 따라서 그 당시 물질세계가 존재하게 된다, 하지만 반물질은 어디로 사라져버렸나? 현실에는 없다, 우리는 어느 곳에서도 찾을 수 없으며, 어디에서도 감지되지 않는다, 그러니 **어디 있는가?!** 그렇게 부분적으로 플로리안이 떠날 때 쾰러가 생각에 잠겨 있던 까닭이기도 했지만, 부분적으로는 자신의 무력함을 깨달았기 때문이기도 해서, 그는 그 상황에서 해야 할 일은 다 했다, 플로리안이 무책임하게 낙담한 일에 아무도 책임지라고 물을 수는 없으리라, 뭔가 일어날 테니까, 그는 씁쓸하게 생각했다, 그리고 실제로 일어났다, 다만 그가 생각하던 바가 아니긴 해도, 다음 일요일 이른 아침, 보스의 전화가 울렸다, 아주 깊이 잘 자던 중이라 보스는 전화 소리에 간신히 깼다, 저 따라지 새끼들, 일요일엔 나를 좀 조용히 내 버려둘 수 없나? 그리고 그는 오펠로 달려갔고, 차를 몰고 출발하려다가 계기판 시계를 보니 겨우 오전 4시 10분이었다, 출발하기에는 너무 일렀다, 이 시간에 베흐마르에는 관리인을 제외하고는 아무도 없을 것이다, 보스는 다시 집 안으로 들어 갔지만, 다시 잠들지 못했다, 그럴 염도 나지 않았다, 모든 것이 너무 믿기지 않아 보였다, '당최 믿을 수 없다'고, 그는 차 안에서 계속 혼잣말을 하고, 평소처럼 핸들을 반복해서 두드려댔고, 플로리안은 조수석 좌석을 꽉 잡았다, 믿을 수 없어, 보스는 믿기지가 않아 고개를 저었다, 그 썩을 더벅머리 잡놈과 동일범이야, 플로리안, 똑같은 놈이야, 그러고는 다시 핸들을 쳤다, 그저 말문이 막혀서, 무슨 말을 해야 할지 몰랐다, 같은 손모가지가 베흐마르의 복원된 바흐 제분소에 **우리**와 **늑대 머리** 그림을 스프레이로 칠해놓았기 때문이었다, 관리인은 겉잠 자는 사람이라, 하룻밤에도 항상 몇 번씩 깨어 건물 밖으로 나가서 신선한 공기를 마셨다, 그는 그래피티를 알아보고 정신이 아찔해, 당황한 중에도 즉시 경찰에 신고했고, 그런 뒤 보스에게 바로 오라고, 가급적이면 당장 와보는 게 좋겠다

고 전화를 넣었다, 무슨 일인지 지역 주민들이 보면 아주 어수
선하게 대단한 난리통이 일 것이다, 그러니 보스가 즉시 여기
로 건너오는 게 좋을 것이다, 수위는 오전 4시가 겨우 지난 시
간에 전화로 떨리는 목소리로 말했지만, 보스는 오펠 계기판
시계를 보고 순간 정신을 차리고, 여유를 갖고서 그의 계산으
로 에르푸르트에서 나온 경찰이 도착할 시간에 맞춰 떠나, 당
연히 플로리안을 중간에 태우고서, 실제로도 그래서 보스는
거의 동시에 경찰과 도착해, 바흐 제분소로 접어들었다, 제분
소는 바흐 가문이 처음 자리 잡은 '첫 정착지'이지, 아까 차 안
에서 보스가 플로리안에게 일러준 말이었다, 보스는 바흐에
관해 모든 것을 알고 있었고, 플로리안은 보스의 이런 점에 정
말 감탄했다, 그는 모든 것을 알고 있었고, 파이트 바흐*가 헝
가리에서 베흐마르에 도착한 이후로 모든 일을, 그 후에 일어
난 일 모두 가장 작은 세부 사항까지 알고 있었고, 그는 바흐
기념관을 모두 암기했다, 자다 깨워도 즉시 읊을 수 있다고,
그는 금요일이나 토요일 저녁에 다른 사람들에게 튀링겐에서
바흐 가족에게 일어난 일, 무엇보다도 요한 제바스티안에게
일어난 일을 들려주고 또 이야기해주면서 호언했다, 하지만
아무 소용 없이, 그들 누구도 바흐에 관심이 없었고, 히틀러,

---

* Veit Bach. 헝가리에서 건너와 제분업과 제빵업으로 튀링겐에 처음 정착한 인물,
이후 증손자 요한 제바스티안을 비롯해 바흐는 독일 음악계의 중요하고 유력한 가문을
형성하였다.

뮐러, 되니츠, 모델, 심지어 디넬에게만 흥미를 두지만 바흐는 그다지, 그들은 바흐를 진정한 튀링겐 사람으로 인정했지만 그게 전부였다, 그들은 음악에는 심드렁했다, 그러니 카나 심포니 음악가들만 이해했고, 기쁘게 귀를 열었다, 보스가 바흐 제분소에서 파이트 바흐, 그리고 그의 아들 한스가 헝가리에서 가져온 치터zither를 꺼내어 연주하더란 이야기, 밀이 밀가루로 바뀌는 동안 한스가 치터로 너무나 아름다운 음악을 연주했다더라, 너무나 아름다워서 그런 전승이 아직까지 남았다, 그렇지 않았다면 내가 어떻게 알 수 있었겠는가? 보스는 자신을 가리켰다, 이건 항상 가슴에 있는 철십자를 가리키는 몸짓이긴 했지만 그런 설교를 해대는 동안, 음악가들은 기꺼이 경청했다, 보스는 그들이 바흐에 대한 보스의 이야기를 듣고 싶어서가 아니라 그가 이야기를 하는 동안 리허설이 중단되었기 때문이라는 것을 결코 깨닫지 못했다, 사실을 고백하자면, 카나 심포니는 아마추어 음악가들로 자기 악기에 어느 정도 능숙하게 다루긴 해도, 요한 제바스티안 바흐의 음악이 요구하는 수준까지 아니었고, 그들은 뮤지컬 〈헤어Hair〉에 나오는 〈태양이 비춰주길Let the Sunshine In〉이나, 비틀스 노래, 〈왕좌의 게임〉에 나오는 〈드래곤스톤〉 혹은 〈내 피의 피〉 같은 늘 사랑받는 멜로디의 연주에 좀 더 적합한 악단이었고 그럴 목적이지만, 에둘러 표현하자면, 바흐는 그들에게 어려웠고 그래서 보스는 조바심치고 화를 냈다, 그의 생각에 연습 횟수가 너무 적었고 일주일에 한 번으로는 충분하지 않았다, 그러니 아무것도 제대로 돌아가지 않았고, 〈브란덴부르크 협주곡 5번〉이나 〈마태 수난곡〉의 악기들이 계속해서 따로 놀고 흐늘거려서 보스는 이런저런 리허설을 할 때 더 이상 감당할 수 없다 싶으면, 그는 팀파니에 주먹을 세게 내리쳤고, 그 서슬에 모든 사람이 즉시 악기를 내려놓고 그로부터 쏟아져 내리는 통렬한 비판을 창피한 표정으로 경청했다, 그렇다 보니 그들은 그가 바흐에 대해 이야기하며 리허설을 잠시 멈추는 때를 더 좋아했다, 클라리넷 연주자가 그들을 너무 몰아붙여서는 안 된다고 했지만, 보스는 그를 끽소리 못 하게 꾸짖고, 스스로 큰 목표를 세우지 않으면 카나 심포니 전체가 허사가 될 것이다, 요한 제바스티안이 큰 목표라고 말했다, 어, 나도 그 말에 동의한다, 클라리넷 연주자가 말했지만 다른 말은 더하지 않았다, 음악가들 중 누구도 오케스트라를 설립하고 이런저런 일을 하는 보스와 심각한 갈등을 빚고 싶지 않았기 때문이었다, 그들 대부분은 꼬리를 내리고 순순히 악기를 들고 더욱 닦달질에 밀치이며, 일은 그렇게 계속 돌아갔다, 플로리안은 매주 토요일마다 리히텐베르크 중등학교 체육관에 앉아 음악을 듣는 귀를 키우기 위해 노력했지만, 허사로, 귀가 도통 트지 않았다, 보스는 그냥 이해가 되지 않았다, 이해가 안 된다, 그는 동료들 사이에서 고개를 가로저었다, 우리가 리허설을 한 이후로 플로리안에게 거기에 앉아 있어야 한다고 하니까 거기 앉아 있어, 음악에 대한 그의 귀는 옛날이나 지금이나 매한가지로 마찬가지로 막귀야, 이 플로리안에게는 아무것도 달라붙지 않는다, 전혀 아무것도, 그러나 나는 포기하지 않을 것이다, 보스는 그의 발언을 끝냈고, 다른 사람들은 무덤덤하게 반응했다, 예, 포기하지 마세요, 보스, 뭔가 나오는 게 있겠죠, 그는 보스라고 불리니까, 다들 이렇게 맞장구쳐주기를 기대했다, 아무도 그를 이렇게 부르기 시작했을 때와 그 이유를 알지 못했고, 그의 진짜 이름을 아는 사람도 거의 없었고, 때로는 그도 심지어 자신의 진짜 이름을 이제 잘 모르겠다고, 누군가가 그의 엉덩이를 세차게 차면 가물가물 뭔가 떠오를지도 모르겠다고 말했다, 그들은 이를 위해 건배하고 맥주병을 서로 부딪쳤고 그리고 맥주가 꿀꺽꿀꺽 내려갔다, 플로리안은 술을 마시지 않았다, 모두가 알았다, 오직 무알코올 음료만, 그리고 그는 절대로 부르크에 가지 않기 때문에, 어딘가 부르크 바깥에서 같이 모일 때만 마셨다, 저는 오직 무알코올 음료만 마셔요, 플로리안은 그들이 주문을 취합할 때면 손을 들곤 했다, 물론 아무도 체면 구기고 싶어 하지 않아서 플로리안은 자신의 음료를 직접 가져와야 했다, 이런 일이 다른 사람들은 불편했기 때문에 플로리안은 좀체 그들 주변에 모습을 보이는 일이 없었고, 보일 때도 그들은 그를 들볶거나 하지 않고서, 그가 무알코올 음료만 마신다는 것을 순순히 받아들였다, 아무도 이유를 몰랐고 보스만 이유를 알았지만 아무에게도 말하지는 않았다, 알코올을 마시면 플로리안은 즉각 온몸에 붉은 발진이 돋았다, 엉덩이에도? 보스는 플로리안이 이런 점을 처음 자인하자, 비웃으며 보스가 꺼낸 첫마디가 그랬다, 네, 거기도요, 플로리안이 고개를 숙였다, 전신이 그래요, 그럼 좋다, 맥주는 마시지 말고, 와인을 마셔, 와인도 마실 수 없어요, 플로리안은 대답했다, 어떤 종류이든 상관없이, 알코올이 들어 있으면 붉은 얼룩이 생겨요, 간이 문제야, 보스가 고개를 끄덕였다, 네 녀석 간이 허약해, 음, 여전히 바흐가 있으니까, 매주 토요일 오전 11시에 거기로 와, 그러면 간도 튼튼해지고 음악에 대한 귀도 좋아질 거야, 내 수하의 직원이 맥주도 안 마시고 음악 듣는 귀도 없으면 사람들이 어떻게 보겠어, 안 될 말이지, 곤란해, 11시에 거기로 와, 그 후로 플로리안은 항상 11시에 거기 있었고, 한 번도 늦은 적이 없었다, 늦으면 보스가 가만있지 않았을 것이다, 보스는 어떤 이유이든 늦는 일을 그냥 봐 넘기지 않았다, 예를 들어 바이올린 연주자, 관악기 연주자, 콘트라베이스 연주자 혹은 첼로 연주자 중 한 명이 1분이라도 늦으면 보스는 즉시 그들의 해명을 따져 묻고 조국과 의무에 대해 일장 연설을 하고, 늦은 일을 결코 잊지 않았다, 아니, 지각한 사람을 결코 용서하지 않았다고 해야 할 것이다, 지각하는 사람은 기질이 약해빠졌다, 지휘자의 지휘대를 상징하는 의자 옆에 말했다, 이 의자는 평등민주주의 때문에 아직도 요원하기만 한 그들의 첫 공연이 있을 때까지 아무도 올라선 사람이 없었다, 늦는 사람은 어떤 종류의 음악도 할 자격이 없으며, 특히나 바흐를 다룰 자격이 없다, 보스가 농담이 아니란 것을 모두가 알고 있었다, 즉, 보스는 농담을 한 적이 없으며 농담했다고 해도 아무도 이해하지 못했다, 아니, 그가 한 말이 농담이라는 것을 아무도 깨닫지 못했다, 보스는 위압적으로 무섭게 생겼으며, 이런 외모로 부르크 동료들은 공손하게 떠받들었다, 그들은 보스처럼 근육질에 어깨가 넓고 목이 굵지 않아서였다, 이 사람들 보게나, 꼭 생김새가, 처음에 보스가 종종, 아마 농담을 노리고 한 말이겠지만, 창백한 얼굴이며 흐느적거리는 관절이 너희들 모두 곧 숨넘어갈 폐병 환자처럼 보인다, 아무도 웃지 않았다, 그는 동료들에게서 뭔가를 감지했는지 농담으로라도 반복을 멈췄다, 하지만 이후로는 실없는 농담으로라도 그런 말을 많이 하지 않았다, 그도 아마 이들 동료들로부터, 그들이 이를 농담으로 받아들이지 않는다는 것을 눈치채기도 했고, 또한 그들 눈에서 다들 께름칙한 뭔가를 본 탓이기도 했다, 그래서 그는 어휴, 뒤로 물러서서, 그가 하던 말을, 뭔가 하던 행동 한가운데서 멈추고 코를 후비거나 면도한 머리를 뒤에서 앞쪽으로 문지르고 앞에서 뒤로 쓰다듬기 시작했고, 막판에는 가슴의 철십자를 긁었다, 그가 그런 행동들을 완전히 끝낼 즈음에 다들 그러려니 딴 일로 넘어가, 그 일에 관해 다 잊었다, 그 후 보스는 때때로 그럴 엄두가 나는 때만 오로지 신체 운동의 이점에 대해 그들의 관심을 촉구하는 말을 했다, 당신들 같은 순수 독일인은 두 가지 종류의 힘이 필요하다, 육체적 힘뿐만 아니라 인격적 힘도 마찬가지로 필요하다, 그리고 보스는 진정한 모범을 보여, 일 마친 후 시간이 날 때마다 철도 건널목 뒤의 밸런스 피트니스 클럽에서 역기를 들고 러닝 머신에서 뛰고 로잉 머신에서 노를 젓고 팔굽혀펴기 100회를 했다, 그래서 쉰셋의 나이에도 그가 플로리안에게 말했듯이 여전히 몸매를 그대로 유지하고 있었지만, 너는 우라질, 아무것도 할 필요가 없어, 아, 운발 기맥힌 놈, 나는 매일 밤 집에서 또는 밸런스에서 역기를 들어 올리는데 너는 아무것도 하지 않아, 왼통 우주만 파고드는데 백오십 킬로를 무슨 깃털 베개처럼, 기우뚱거리지도 않고 들어 올려, 한번은 내게서 백오십 킬로 역기 치워달라고 했는데, 보스는 어느 금요일 모임을 하다 다른 이들에게 말했다, 그냥 이 자식은 역기를 들어 올렸어, 그러고는 내가 말을 하니까—허이고야, 내가 겨우 말을 하니까!!!—그제야 도로 돌려놓더라고, 아무렇지 않다는 듯이, 이해도 못 하더라니까, 젠장, 믿거나 말거나 그 자신은 아아아무 생각이 없어, 완전 목석이야, 우라지게 단단한 중경재重硬材로 깎아 만들어졌다는 걸 저언혀 몰라, 글쎄, 오늘은 그쯤 하고, 보스는 슈타인 잔을 들고 '강인함'을 위해, 소리쳤다, 하지만 오늘은 일요일이고, 바흐 제분소에서 하루 종일 일했음에도 불구하고, 그는 부르크에 내려가 다른 사람들 사이에 끼고 싶은 기분이 나지 않았다, 게다가 엄밀히 따지면 한 시간도 안 돼 벽 청소가 끝났지만, 벽을 청소하기 시작하기까지 반나절 넘게 걸렸다, 에르푸르트 경찰이 꼭 해야 할 중요한 일이라도 되는 것처럼 계속 부산을 떨며 꾸물거리고만 있었기 때문이었다, 바쁜 척하기는, 보스는 플로리안에게 이 경찰들이 단순히 보고 돌아다니고 사진 몇 장 찍고 그게 다야, 일을 질질 끌어서 뭐 어쩌자고, 왜 이 모든 전화를 계속 걸고 있냐고, 아니, 전화는 하라 그래, 하지만 우리 일을 끝내도록은 해줘야지, 정오가 되어가자, 보스는 더 이상 참을 수 없었고, 플로리안은 보스를 진정시키려고 했지만 되지 않았다, 보스는 계속해서 이 경찰관이나 저 경찰관에게 가서, 새벽부터 여기 자리 지키고 있었다, 언제부터 청소를 시작할 수 있느냐, 몇 차례나 물었지만 경찰관은 그들에게 손을 흔들어 쫓으며, 진득하게 굴어라, 언제 시작할지 알려주겠다, 그리고 한동안 아무 일도 일어나지 않았다, 경찰은 휴대전화으로 전화를 걸고 여기저기 어슬렁거리고 서로 이야기하고 커피를 마셨다, 한마디로 계속 꾸물거리고만 있었다, 그렇게 해서 보스와 플로리안은 오후 2시 몇 분 전에야 페인트 제거제 작업을 시작해도 된다는 허락을 받았다, 하지만 보스는 그의 표현대로 꼭지가 딱 돌 지경이라, 플로리안만 보내고 자신은 오펠에 남아서 담배를 피웠다, 담배는 자신은 불행히도 도저히 포기할 수 없는 그의 유일한 중독이었다, 누군가 흡연하는 사람에게 그 모든 근육운동이 무슨 소용이냐, 물으면, 그는 마지못해 중독이라고 인정했다, 그 자신도 진짜 이유를 모르겠다고 덧붙이긴 했지만 그는 진짜 이유를, 흡연이 내면의 지속적인 긴장을 달랠 유일한 방법이라고, 입 밖으로 내지는 않았다, 이 긴장이 늘 그를 못살게 고문을 하기 때문이었다, 정확하게 그 '철십자' 뒤에 있는 긴장을 도저히 없앨 수가 없었고, 담배가 유일하게 그나마 도움이 되었다, 특히 지금 튀링겐에서 속이 다 뒤집어질 추문이 일어날 수가 있다는 생각에, 그는 경찰에게 이 화증을 돌려야 하는지, 아니면 "미상의 범죄자 혹은 범죄자들"에게 느끼는 무력한 분노에, 그 지속적인 내적 긴장으로 부글거리며 솟은 살인 충동에 휩쓸려들어야 할지조차 알지 못했다, 경찰이 그렇게 "미상의" 그리고 "범죄자들"이라고 불렀지만, 그가 보기에는 침 질질거리고, 손톱이나 잘근거리는, 다 망가진 약골 호모 새끼, 절대 잡히지 않을 거라고, 보스는 차를 타고 돌아가는 길에 말했다, 이 에르푸르트 경찰은 ㅈ나 쓸모없다, 그들은 이런 잘도 도망가는 도마뱀 녀석은커녕 에르푸르트 전차 안 소매치기조차 붙잡지 못해, 그리고 에르푸르트, 거기가 그놈들은 아주 대단한 줄 안다고, 보스는 분노했다, 에르푸르트, 순 쓰레기 도시야, 너도 동의하지? 그는 플로리안에게 물었고, 동의 외에 선택권이 없던 그는 어쩔 수 없이 또 동의했다, 에르푸르트는 그 정도로 남겨두고, 그들은 A4를 타고 실레지아 방향으로 시속 130킬로미터로 달렸고, 다시 B88을 타고 시속 90킬로미터로 돌아

왔는데, 이것이 법정 제한 속도였기 때문에 지금 보스는 그 속
도를 지키고 있었다, 그뿐만 아니다, 몇 번이나 이 코너, 저 코
너에서 속도를 줄였고, 뭐가 꺼름칙한지 에르푸르트 갈 때보
다 돌아올 때 운전이 더 조심스러웠다, 그 미상의 범죄자가 정
말 보스의 마음에 걸리는 건가 플로리안은 추정했다, 그것이
사실인지 확인하려고 옆눈으로 흘깃 훔쳐보지만, 알 수 없었
다, 보스의 얼굴은 깊은 생각에 잠겨, 입꼬리를 씹으며 무언가
를 곰곰이 고민하는 모습만 내보일 뿐, 하지만 그는 플로리안
에게 무슨 생각인지 귀띔하는 일도 없이, 그날은 아니지만 담
아두었다가 부대원들에게 털어놓았다, 왜냐면 그날, 일요일은
그는 집에서 좀 더 생각을 해봐야 했기 때문이었다, 혼자서,
곱씹어봐야 한다, 그는 방에 앉아서 TV를 등지고 두 팔꿈치
로 테이블에 기대어 대머리를 손에 묻고 계속 마음속으로 반
복했다, 생각을 해야 하니까, 그런 다음 얼음처럼 차가운 샤워
를 하고서 생각해보자, 침착하게 생각하는 일이 지금 그에게
딱 그게 필요하다, 생각을 떠올릴 수 있는 차가운 머리, 생각
은 저절로 떠오르질 않는다, 그는 다른 모든 것을 닫아걸고,
그 문제에만 집중해야만 했다, 여기서 무슨 일이 일어나고 있
는지 파악해야 했고, 최선의 전략이 무엇인지 짜내야 했기 때
문에 집중력뿐만 아니라 시간도 필요했고, 보스는 일주일 내
내 머리를 쥐어짰다, 그 일주일이면 충분해서, 모든 것이 통합
되었고, 그래서 다음 주 금요일에 부대가 부르크에 모였을 때

보스가 무슨 일이 일어나고 있는지 말했다, 그가 말하는 모든 음절이 이미 그 자체 명령인 것처럼 그에게서 딱딱 빠르게 튀어나왔고, 누구든 올 수 있어 얼굴을 보인, 동료들은 그의 말을 경청했다, 더 이상 논의할 것이 없었고 계획은 몇 분 안 되어 수렴되었고 많은 방향으로 부대는 일사불란하게, 하지만 모두 다른 방향으로 흩어졌다, 그러니까 달리는 새끼 사슴을 쏘려면 달리고 있는 지점에 쏘지 않고 사슴이 달려가고 있는 지점을 향해 쏴, 내 말 맞아?! 보스가 말했지만, 설명할 필요도 없었다, 위르겐조차 이해했고 다른 사람들도 이해했다, 흥분하지 말고, 의심하지 말고, 그 개자식을 잡자고, 그들은 모두가 당연하다 동의한다는 뜻으로 서로의 눈을 깊숙이 들여다보았다, 보스가 그들에게 나머지 세부를 알려주자, 마치 그들이 하려던 말을 보스가 대신 뱉기라도 한 듯, 그들은 즉시 알아들었다, 이제 그들은 튀링겐과 작센의 바흐 지역들에 빠삭한 보스의 지식을 잘 활용하여, 당분간 튀링겐에 집중하기로 합의를 보았다, 그리고 바로 그날 저녁 길을 나서, 한밤이 지나자 모두 자리를 잡았다, 오르드루프는 카린, 아른슈타트는 위르겐, 뮐하우젠은 프리츠, 보스 자신은 에르푸르트에*,

---

*   오르드루프(Ohrdruf, 1695~1700): 아이제나흐에서 일찍이 부모님을 차례로 여의고 10살에 요한 제바스티안은 나이가 차이나는 오르간 주자 맏형 요한 크리스토프가 있던 오르드루프로 갔고, 형으로부터 클라비코드, 오르간, 악기를 배우고, 음악을 접하며, 지역 김나지움을 다니며 쿠렌더(학생 합창단)로 활동한다.

다른 이들은 모두 카린이나 위르겐이나 프리츠나 보스와 합류했고, 모두가 몇 분 안 되어 다음 공격의 추정 지역을 감시하기에 적합한 은신처를 각각 찾아 숨고서, 휴대전화로 서로 연락했다, 하지만 아무것도 없다, 그들은 매시간 서로 보고했다, 다음 날이 되고 사방이 밝아오자 그들은 카나로 돌아왔다, 우리는 아무런 움직임도 감지하지 못했다, 왜냐면, 그래, 저 망할 놈이 겁나 머리가 비상해, 늘 그랬듯이 때를 보고 기다리고 있는 것이다, 보스는 으흠 거리며, 고개를 끄덕였다, 한편으로 나는 말입니다, 나는 계속 망보는 곳을 옮겨 다녔어요, 안드레아스가 말했다, 저도 그랬어요, 프리츠가 처음 맞장구를 치고, 게르하르트와 카린, 그리고 다른 사람들도 모두 끼어들었다, 하지만 아무것도 없었다, 위르겐이 결론짓고, 그는 평소 습관대로, 혀끝을 송곳니 빠진 틈새로 눌렀다, 이러면서 얼굴을 약간 일그러뜨리고, 마치 그 후레자식을 낚아챌 준비가

아른슈타트(Arnstadt, 1703~1705): 뤼네부르크에서 2년간 성 미하엘 학교를 마치고 성 보나파치우스 교회에서 첫 오르간 연주자로서 일자리를 얻었고, 미래의 아내를 만났으나 고용주, 교회 연주자 들과 불화를 겪고 싸움에 휘말려 자리를 옮긴다.
뮐하우젠(Mühlhausen, 1707~1708): 22세에 성 블라지우스 교회 오르간 연주자로 일하며 칸타타 곡들을 작곡했다. 이후 작곡가 및 궁정악장으로 왕성하게 활동하며 바이마르, 쾨텐, 라이프치히 등에서 명성을 쌓아간다.
에르푸르트: 바흐 가족들은 몇 대에 걸쳐 에르푸르트(튀링겐 주도)에 자리 잡고 다방면에서 음악가로 활동했다. 하지만 아버지 요한 암브로지우스가 따로 아이제나흐에서 음악감독으로 일하고 있어서 요한 제바스티안은 아이제나흐(1885~1695)에서 태어나 어린 시절을 보낸다.

되었다는 표시라도 하듯 틈새에 대고 혀를 찼다, 일단 잡히면 어떻게 해야 할지에 대한 아이디어는 많았지만, 그 후레자식이 이제 무엇을 할 작정인지, 다음에 어디에 해코지를 할지 추측하는 데는 머리가 전혀 돌지 않았다, 그리고 이 "해코지"라는 단어는 사실 카린이 한 말이었는데, 그녀는 마치 빈 맥주병을 누가 수거할지 논의하는 것처럼 이런 일에 무관심해 보였고, 딱 자신이 해야 할 일만 했다, 그녀는 자신의 다 찌그러진 작은 CJ7에 타서 같이 다른 셋을 데리고 오르드루프로 출발했고, 서둘러 작은 마을 정적 속으로 안착하는데, 오르드루프는 아주 늦은 시간, 자정을 넘긴 뒤라, 이미 인적은 없이, 텅텅 비어 있는 정도가 아니라, 어느 집에도 불이 켜진 데가 없었다, 카린은 요한 크리스토프 집, 리세움(여학교)과 미하엘리스 교회 사이를 차로 돌며 잠깐씩 기웃거리다가, 빌헬름-보스-슈트라세에 주차하고, 따라온 세 명에게 자신의 자리를 잡으라는 신호를 보내고, 자신은 교회에서 몇 미터 떨어진 곳에 자리 잡았다, 왜냐하면 공격 대상이 될 가능성이 있는 지점들이 어디인지 참작하여 모든 위치를 정밀하게 도면으로 그려놓았던 보스에 따르면, 오르드루프에서 교회가 가장 취약한 지점으로 필히 한눈팔지 말고 아주 잘 지켜보아야 한다고 했기 때문이었다, 그 비질할 놈팡이가 박물관을 훼손하는 일에 그치지 않고, 더욱 천인공노할 목표물을 찾아 나설 테니까, 이 말에 카린은 고개를 끄덕이고 평소처럼 침착하게 발꿈치로 휙 돌아서 차에 다가가면서 총검을 재차 확인하는데, 항상 오른쪽 레그 포켓에 넣어두었기 때문에 그저 습관적인 행동일 뿐, 이후 다른 세 명의 동료들과 함께 차에 올라타 각자 차례차례 문을 콰당 닫았다, 그리고 그들은 알트슈타트를 질러 차를 끌고 가, 해야 할 일을 했다, 카린은 동료들조차도 조금은 두려워하는 그런 존재였다, 왼쪽 눈이 있어야 할 자리에 유리 눈이 있어서 무서워 보였기 때문인지, 아니면 무슨 일에도 늘 침착함을 잃지 않기 때문인지 어려워했고, 항상 완벽하게 기강이 잡혀 있고, 어떤 상황에서도 늘 한결같다고, 저게 바로 카린이라고 그녀에 대해 말하곤 했다, 이런 모습은 강인한 내적 힘을 풍겼고, 그런 면모가 몸무게가 53킬로그램도 안 되고 키가 160센티미터에 불과하다는 사실을 보완하기도 했다, 프리츠는 그녀의 부대 입단을 극구 칭송하며, 그녀는 어떤 종류의 감정도 나타내지 않을 것이라고 언급한 적이 있었다, 그녀는 지금도 끔뻑하지도 않는 특이한 그녀의 시선으로, 고개를 짧게 끄덕이며, 부대원들에게 키르히슈트라세의 가장 좋은 감시 지점을 가리켜, 게르하르트와 다른 두 사람을 거기 배치하고 그녀 자신은 교회를 둘러싸고 있는 공원 벤치 중 하나에 교회를 등지고 옆으로 누워, 가져온 긴 코트로 몸을 완전히 가리고 벤치에서 밤을 넘기려는 노숙자인 척했고, 다른 사람들도 꼭 마찬가지로 그렇게 했다, 한 무리는 아른슈타트에, 다른 무리는 뮐하우젠에, 세 번째 무리는 에르푸르트에, 모두 자정 전에 도착하여, 완벽하게 적막한 이들 마을에서 나타나기만을 기다렸지만 그는 나타나지 않았다, 다음 날 아침 8시에, 모두가 카나로 돌아가 전날 밤의 일을 다시 간추려 보고했다, 이런 일은 주로, 아랄 주유소에 앉아 나디르에게 커피를 주문하는 일로 시작했다, 출신에도 불구하고, 나디르는 미워할 수 없는 인물이었으며, 게다가 여긴 가장 중립적인 만남의 장소이기도 했다, 잠시 조용히 듣고 나서, 보스는 자신은 이만 가야 한다고 말했다, 밤에 계속하자, 그게 다였다, 각자 일을 보러 흩어졌고, 보스는 에카르트와 탈만이 만나는 모퉁이에서 플로리안을 태웠다, 토요일이건 아니건, 그들은 이미 휘몰아치듯 몇몇 군데 거리의 그래피티를 지워야 하는 예나로 들어갔다, 보스는 목록을 집에서 미리 다운로드해두었고, 플로리안은 그들이 일하는 동안 정확한 집 번호가 적힌 그 목록을 지니고 있어야 했고, 그 목록을 따라 그들은 한 주소에서 다음 주소로 움직였다, 사실 이들 의뢰는 어제 자 일로 들어왔는데, 하지만 무슨 일이 벌어지는 바람에, 아니, 사실 보스가 어떻게 해야 할까 고심하는 데 하루가 더 필요했기 때문에 그들은 청소를 하루 미뤘다, 예나에서, 보스가 첫 번째 주소에 멈추자, 꽉 다문 잇새로 투덜거렸다, 호모 새끼들 난리가 났구나, 들었지, 플로리안, 호모들 모여 잔치를 벌였어, 오케이, 플로리안은 알았다고 대답하고 트렁크에서 다양한 강도의 AGS그래피티 제거제 세 개를 꺼내 270을 시범적으로 뿌렸다, 하지만 바로 뒤통수를 한 대 철썩 맞았다, 왜냐, 우리가 아이제나흐에서 뭘 썼는지 기억 안 나냐, 이 멍청아? 이건 그것하고 똑같은 종류의 아크릴이잖아, 안 보여? 그러면 60이 필요하다고, 보스가 60 강도가 든 분무기를 가리키자, 플로리안은 재빨리 작업복 앞판 주머니에 불필요한 분무기 두 개를 넣고 작업할 곳에 얼른 뿌렸다, 보스는 두 손을 벌리고 하늘을 올려다보며 계속 툴툴거렸다, 알다가도 모를 일이야, 어떻게 사람이 그렇게 멍청할 수 있을까, 쟤는 아무것도 기억하지 못해, 내가 몇 번이고 모든 것을 설명해야 하다니, 그리고 시선을 내리고 플로리안이 다시 뭐라도 멍청한 짓을 하고 있는지 확인했다, 하늘은 무겁고 어두운 구름으로 덮여 있었고, 지난 며칠 동안 점점 여러 기미가 더해가더니 이제는 다가오는 가을 기운이 완연했다, 그럼 곧 얼음 비와 아침 안개가 뒤따를 것이고, 다시 한번 L1062를 따라 운전하는 것은 불가능할 것이다, 비록 최근에는 B88로 들어가는 지역보다, 그 방향에 위치한 노이슈타트, 베르크, 뮌히베르크에서 거의 더 많은 작업 요청이 들어오긴 했지만, 일은 충분했고, 그런 점에서 불평할 것이 없었다, 그런 탓에 플로리안이 목요일에 하루 쉬겠다고 요청하자 보스는 꼭지가 돌아 엄청 크게 폭발했다, 딱 하루만요, 보스에게 그는 말했다, 보스는 처음에는 이해가 안 되어, 마치 귀가 먹은 사람처럼, 그를 쳐다보더니, 되풀이해 되물었다, 딱 하루만요, 플로리안이 고집을 피웠다, 저는 그날 아침에 떠났다가, 밤이면 돌아올 겁니다, 뭔가 공무상의 일이라 주말에는 갈 수 없고 예나의 고용 센터에 가보는 일만으로 충분하지 않다고 하네요, 그래서 내가 베를린에 가야 한다고, 그것도 직접 아르바이트샴트(노동청)에 가야 한다고, 플로리안은 거짓말을 했다, 필요하다면 가라는 허락이 떨어질 때까지 거짓말도 불사하겠다고 결심했기 때문이었다, 하지만 처음에는 그가 성공한 것처럼 보이지 않았다, 왜냐하면 보스는 플로리안이 무슨 부탁을 하는지 깨닫자 당연히 길길이 날뛰기 시작했기 때문이었다, 그리고 이제 베를린에 가!!! 너 정신 나갔어?! 할 일이 넘쳐나는데 지금 떠나겠다고?! 아니, 아니, 아니요, 플로리안이 방어에 나섰다, 그냥 하루만요, 그리고 저는 보스를 절대 떠나지 않아요, 그리고 어쨌든 플로리안은 정말로 그렇게 생각했다, 그는 절대 보스를 떠나지 않을 것이다, 그럴 생각은 꿈에도 없었다, 비록 보스가 플로리안을 다루는 방식이 마음에 들지 않는, 도서관 사서 링어 부인이나, 호호하우스의 나이 든 노부인 중 한두 명이 그에게 가끔 그 일 그만두고 체코 제과점이나 도자기 공장에서 괜찮은 일자리를 찾으라고 말했지만, 플로리안은 그들이 무슨 뜻으로 그러는지 이해하지 못했다, 보스는 늘 그랬고, 앞으로도 그럴 사람으로 여겨졌다, 플로리안의 눈에는 삶은 전혀 변하지 않았고 모든 것이 항상 같은 식으로 일어났다, 아침, 저녁, 계절, 세월, 모두, 항상, 같았다, 그는 언젠가 일어나보니 호호하우스도, 보스도, 카나도, 심지어 독일 연방

공화국도 없는 일은 생각도 못 할 일이었다, 그에게 상상할 수 없는 일이었고, 마찬가지, 하르츠 IV 수당 가외로, 암암리에 어디 다른 일자리를 구하라는 분명히 선의에서 우러났을 권고들을 이해할 수 없었다, 어떻게 그런 일을 할 수 있습니까?! 그는 되물었다, 보스는 그의 고용주일 뿐만 아니라 자신의 아버지를 대신하는 아버지이기도 했다, 할머니들은 체념에 손을 젓고, 찡그린 채 떠났고, 플로리안은 웃으며 그들 뒤에 대고, 조언에 감사드린다고 소리쳤다, 하지만 안 된다, 안 되고 말고, 안 돼, 보스가 말했다, 너는 아무 데도 못 가, 내가 항상 고용 센터 일을 돌봐왔고 이번에도 이걸 처리할 것이다, 네가 받은 종이를 보여줘, 오, 종이요, 플로리안은 계속해서 거짓말을 했고, 종이는, 집 어딘가에 있어요, 정확하게 어디 뒀는지는 모르겠어요, 하지만 꼭 직접 오라고, 편지 내용에 그렇게 쓰여 있었어요, 이해해주세요, 그는 끈질기게 반복했고 그는 보스를 애원하는 듯한 눈빛으로 바라보며 '가야만 한다'고 계속 반복하자, 보스는 그 끈질긴 모습에 진짜 놀라, 한참을 떨치던 분노가 한풀 꺾인 뒤에 아무 말도 하지 않은 채 그저, 그렇게 가고 싶으면 가라는 뜻으로 손만 내저었다, 아무튼 계속 혼자 알아서 하려고 하겠지, 그는 생각했다, 그리고 목요일 아침 플로리안은 카나 역을 의미하는 복선 철로 옆에 섰다, 왜냐면 역 건물 자체는 더 이상 역으로 쓰이지 않고, 다만 거리에 면한 정면만 장거리 버스 정류장으로 쓰였기 때문에, 과거 출입구

맞은편에 창을 든 여인을 묘사한 얇은 부조만 세워 복원되었고, 이제는 눈부시게 화려한 색으로 도색되어, 공공 기념물의 지위를 누리고 있었고, 지역 주민들이 이 얇은 부조상을 조롱하듯이 "용을 죽이는 성 게오르그의 아내"라고 불리는 거기와는 다르게, 역사 건물은 안이며 밖이며, 문이며, 창문이며 모두가 폐허가 되었지만 허물어지도 않고서 오직 지붕만 수리했다, 결딴날 운명이란 점은 점지되었고 아무도 이를 필요로 하지 않다 보니, 철도 승객은, 혹여라도 있다면 복선 철로의 한쪽 또는 다른 쪽 바로 옆에서 기다렸다, 그렇게 플로리안도 기다리고 있었다, 그러나 그는 오를라뮌데에서 오는 가장 이른 기차가 카나에 도착할 예정 시간보다 한 시간 전부터 그곳에 서 있었다, 깜빡 잠들었다가 기차를 놓칠까 봐 지난밤에 한숨도 자지 못하고, 자기 앞에 놓인 대단한 임무를 생각하며 침대에서 잠을 설치며 이리 뒤척 저리 뒤척였고, 한편으로 메르켈 부인에게 직접 전할 내용의 단어들을 이리저리 머릿속으로 굴려, 단순하게! 아주 단순하게만! 그러니 시작하는 말로, 누구든 양자물리학에 대한 그의 지식의 정도에 대해 걸고넘어질 수 있을 것이다, 타당한 지적이다, 하지만 쾰러로부터 얻은 지식으로 독일 국가와 그 화신이자 상징인 앙겔라 메르켈 총리에게 신속하게 움직이지 않으면 어떤 일이 기다리고 있는지 경고하기에 충분한 정도의 지식은 있다는 점에 대해서는 딴말을 하지는 못할 것이다, 우발적 사태에 대비해 무언가를 구축해야 하는데, 사실 그가 보기에, 언제라도 발생할 수 있는 문제이므로, 우발적이라고 칭할 수 없다, 정말 왜냐하면 닥칠 수 있는 일이니까, 더군다나 바로 다음 순간에라도 일어날 수 있다, 나중에 메르켈 총리에게 그렇게 말할 작정이었다, 물론 그는 이 아원자 세계 속을 들여다볼 수 없다, 어떻게 그럴 수 있겠는가, 하지만 그래도 이 세계는 최고 지성인에게 이해의 길이 열려, 그렇게 무에서 무언가가 발생한다는 것이 사실로 드러난 만큼, 10억 개의 반입자가 동시다발로 10억 개의 입자에 대응해나와 공격한 후에, 퀼러 씨가 말씀하신 대로, 추정상 빅뱅 때 발생했던 것처럼, 하나의 잉여 물질 입자가 나타나지 않고, 하지만 예를 들어 그런 식으로 보통 입자와 반입자가 균형 잡혀 등장하던 중에, 대칭의 사악한 위배로 인해, 끔찍한 어느 순간 갑자기 +1 '반입자' 하나가 생겨나, 한편으로 이 두 겹의 10억 개의 입자와 10억 개의 반입자 쌍이 서로 다시 한번 소멸시키고, 잘 알려진 10억 개의 광자로 떠나 사라지는 동안, 남은 하나의 +1 반입자가 새로운 현실, 반우주, 현실의 치명적인 반거울상을 창조할 수 있다, 물론 이 10억이라는 숫자는 입자들이 출현하는 과정에서 일어나는 비율을 나타낼 뿐이라고, 자신이 한 말을 플로리안은 그렇게 설명을 덧붙여, 제 말인즉슨, '매' 10억 개의 입자와 10억 개의 반입자가 출현한 후에는 늘 +1 잉여 입자와 +1 잉여 반입자가 나온다, 하지만 어쩌면, 무시무시한 우발적인 사태의 결과로, 사악한 잉여가 생긴다, 등등, 이런 말을 할 때, 여기 이 숫자는 물론 오로지 비율을 표시하는 예제, 우리가 본질을 더 잘 이해하는 데 도움을 주는 치수일 뿐이다, 본질은, 메르켈 총리가 중단하지 않는다면 계속 설명해나가야지, 빅뱅 당시 설명할 수 없는 하나의 잉여 물질 입자가 출현한 것처럼, 하나의 잉여 반입자가 10억 개의 반입자와 10억 개의 입자가 존재한 후에, 똑같이 대칭성이 깨지면서 출현할 가능성 역시 배제할 수 없다는 것이다, 똑같은 방식으로, 역시 설명할 길 없이, 이런 일이 일어날 수 있다, 그 결과로 반물질로 된 현실의 탄생이 일어날 수 있다, 이런 일은 우리에게, 여기, 오늘까지, 더는 없다는, 말과 다름없다, 플로리안이 그만 뒤척이고 일어나서 나서 한 시간 일찍 기차 선로로 떠나자 결정하던 때, 내린 결론이었다, 이는 우리에게 대재앙이란 의미이고, 이 지구뿐만 아니라 우리 은하계뿐만 아니라 전체 우주가 대재앙이라는 의미였다, 왜냐하면 물질의 우주가 이 반물질의 우주와 충돌한다면, 플로리안의 추정에 따르면, 둘 다 즉시 소멸할 것이고, 이에 더불어 '무언가'가 사라지고 정반대되는 부호의 '반-무언가'도, 아니, 퀼러 씨가 하던 표현대로, 반전하를 지닌 '반-무언가'도 남지 않을 것이고, 이는 곧 우리에게는 '무'의 속발을 암시할 것이다, 우주의 모든 것이 우리가 시작한 곳으로, '죽음의 빛'으로 돌아갈 것이며, 우리에게 이는 '무'와 동일하다, 이 '무'가 존재한다는 데 반박은 헛되다, 문명 속 최상급 천재적 지성들은 이

'무'에 대한 생각만으로도 두려움에 부들부들 떨었지만 우리는 떨 필요가 없다, 우리는 사실을 직시하고 '무언가'와 '무' 사이의 '위대한 대화'에, 뭔가를 해야 한다, 플로리안은 적어도 카나에서 퀼러 씨 강좌에서 이만큼 걸러냈고, 이렇게 칸츨러 람트에서 보고를 마무리할 것이었다, 그리고 그는 기차를 기다렸고, 기차는 오를라뮌데에서 도착이 늦어지고 있었다, 주변에는 앉을 곳이 없었고, 선로 옆에는 걸어 다니도록 아스팔트로 덮인 보도만 있었고, 예나 쪽으로 가는 방향인 콘크리트 터널 위로 건너온 사람은 그저 서서 기다릴 수밖에 없었다, 거기에 벤치를 두지 않아서, 마냥 서서 기다리는 일, 그게 기차역이었다, 플로리안은 서서 기다리고 있었고, 그는 예나-괴쉬비츠나 할레의 연결편에 시간을 대지 못할까 봐 걱정이 여간 아니었다, 기차는 12분 늦기는 해도 도착했고 플로리안은 여정 내내 환승 걱정으로 보냈다, 그는 평생 기차로 그렇게 멀리 여행해본 적이 없었고, 예나를 벗어난 외곽으로 다른 곳에 기차로 여행한 적도 없었다, 항상 보스가 모는 오펠로만 다녔지, 이런 경험은 전혀 없구나, 플로리안이 장기 여행의 기차표를 사기 위해 매표기를 사용하는 법을 도와달라고 청했던 호흐하우스의 베어트레터(대리인)가 말했다, 플로리안, 잘 들어라, 플로리안, 갈 때나 돌아올 때 갈아타는 일에 너무 긴장하지 마, 요즘 기차는 항상 늦어, 하지만 갈아타는 역에서 이쪽 연결 기차가 다른 연결편을 기다리며 머물러, 이쪽 기차가 조금

늦거나 다른 기차가 조금 일찍 출발해도 걱정할 필요가 없어, 너는 잘 도착할 거다, 다 그런 식이야, 라이히스반(구동독 국영 철도)이 예전 같지 않아, 예전 같은 건 아예 없어, 오늘날 세상은 정확히 시간도 안 지키고, 시간표도 없고, 아무도 신경 쓰지 않아, 대리인이 말하고서, 플로리안에게 자동 발매기 아래쪽 매표구에서 승차권을 집으라고 손짓했다, 다 됐어, 플로리안이 승차권을 집어 들고 대리인에게 아주 고맙다고 말했다, 뭘 이런 일로 고마울 것까지, 내 나이에 너 같은 젊은이가 부탁하면 오히려 내가 기쁘지, 알잖아, 내 나잇대 사람들은 더는 아무짝에도 쓸모가 없어, 대리인은 서글픈 기분에 플로리안이 알트슈타트에서 볼 일이 있어서 이전 기차역 건물 앞에서 그만 가보겠다는 작별 인사를 했을 때도 되받아주는 인사도 없이, 그는 그저 손을 흔들고, 자신이 뱉은 말에 자신이 울적해져 터벅터벅 걸어 멀어졌다, 그는 더 이상 누구에게도 이런 서글픈 말을 할 수 없었고, 그런 말을 할 사람도 없었다, 호흐하우스의 다른 거주자들 대부분은 이미 누가 누구인지 몰랐고 거주자들은 인사도 하지 않았으며, 대리인이 누구인지도 몰랐고, 그도 그다지 말을 하지 않았다, 뭐 하러 그러나, 대리인은 호흐하우스 쪽으로 천천히 집으로 걸어갔다, 주머니에 승차권을 지닌 플로리안은 그가 베를린에 간다는 소식을 링어 부인에게 필히 전해야 한다고, 생각했다, 물리학 관련 책을 찾기 위해 도서관을 찾기 시작한 때부터 그녀만이 그가 마음

속 깊이 제일 신뢰하는 유일한 사람이기 때문이었다, 찾은 도
서관에는 물리학에 대한 책이 단 한 권도 없었고, 하지만 링어
부인만 있었다, 그녀는 그의 말을 경청했고, 게다가 그의 말
듣는 일을 기꺼워해서, 그도 기꺼이 이후로 그녀를 찾아가 이
런저런 비밀스러운 심정을 조금 전하고 일이 생기면 조언을
구했다, 비록 마흔이 넘었을까 말까 한 나이긴 해도 링어 부인
은 그에게는 어머니 같은 존재였고, 젊은 나이라고 그녀를 모
친 같은 존재로 여기는 일이 곤혹스럽거나 하지 않았다, 그렇
다고 그가 모든 것을 털어놓는다는 뜻은 아니었다, 하지만 모
든 것을 털어놓으려면 털어놓을 수 있었지만, 그러지 않았다,
말할 수 없는 것들이 있었기 때문이다, 이를테면 그가 여성을
두려워한다거나 하는 일은 솔직히 그녀에게라도 털어놓을 수
없었다, 아니, 그가 여성을 진짜로 두려워하는 게 아니라, 육체
적 사랑은 그로서는 완전 관심 외라거나, 그런 문제에 대해 그
는 링어 부인과 이야기를 나눌 수 없었다, 어쨌거나 링어 부인
도 한때 여자였고, 없던 친어머니가 난데없이 나타난다고 해
도 이 문제에 대해 의논하지 않을 것이었다, 이런 일은 혼잣말
로도 대놓고 꺼내지 않을 일이라고 플로리안은 생각했다, 이
문제에 있어서는 모든 사람이 혼자다, 그래서 링어 부인은 몇
몇 지인들이 분명 그에게 그게 문제라며, 플로리안을 도우라
고 제안했을 때도, 굳이 이런 화제를 꺼내거나 몰아가진 않았
다, 스물은 족히 넘었는데, 아니, 몇 살인지 아무도 정확히 모

르긴 해도 결혼도 하지 않았는데, 플로리안이 여성과 뭐든 관계를 맺은 적이 있는지도 아무도 모르지 않느냐, 하지만 그래도 링어 부인은 성적인 문제를 입에 올리는 일을 피했다, 그녀는 플로리안이 이런 것에 대해 말하고 싶어 하지 않는다는 것을 이해하고 존중했지만, 보스는 대체, 그 짐승 같은 놈이, 그가 있는데, 왜 플로리안에게 이 문제에 대해 말하지 않는가, 링어 부인은 혼자 생각했다, 입말이 아주 대단한데, 속에 그런 고약한 능구렁이 꿍쳐두고 있으니 별일도 아닐 텐데, 하지만 보스는 항상 플로리안의 등을 한두 번 때리고, 어허? 토요일에 결혼한다며, 왜 말을 하지그랬어, 소리치고, 시뻘겋게 얼굴이 단 플로리안을 지분거리며 놀리는 정도로 만족했다, 다만 이것은 보스가 자주 들먹이기 좋아하는 주제가 아니었다, 보스가 부르크의 다른 사람들에게 설명했듯이, 그가 결혼한다면 내가 좋을 게 뭐 있어? 아니면 이악스러운 창녀에 그의 머리가 회까닥 돌아버리면? 좋을 것 없지, 애가 너무 물러빠져서, 홀딱 낚여서 자신은 여기 두고 떠날 테니까, 보스는 그런 주제는 내버려두고서, 보통은 아주 밀어붙이지는 않고, 그는 플로리안의 얼굴 빨개지는 모습을 보는 정도는 즐겼지만, 거기 급소를 찌르는 농담이 없어, 되레 그런 문제에 진짜 시작도 말아, 보스 말마따나, 그도 다리 사이에 가운데 다리가 있다는 생각이 떠오르기 전에 그 주제는 벗어났고, 그리고 그 정도 선에서 끝났다, 당연히 플로리안은 더 이상 못된 장난으로 놀림을 당하지 않아 안도했다, 그래도 맨 처음 이들 사이에 끼였을 때 이 주제가, 여성이 항상 그들 사이의 주된 주제일까 봐 두려웠지만, 그렇지 않다는 것을 알게 되자 안도했다, 왜냐하면 여성들이란, 사실 보통, 링어 부인이나 호호하우스 집의 노부인들, 그릴의 일로나, 총리 같은 사람들이 아니라, 하지만 그는 이 사실을 잘 알고 있었다, 그를 바보로 여기지 말라, 연인, 아니면 창녀, 심지어 더 험한 사람들, 가슴이 있고 다르게 오줌을 누고 치마나 뭐 그런 것을 입는 사람들이었고, 이들은 플로리안에게 몹시 당혹스러웠기 때문이었다, 그는 여성과 성생활에 대해 어찌할 바를 몰랐고, 여성에 대해 그런 식으로 생각하는 것이 옳지 않다는 것을 알았지만, 차마 다른 방식으로 생각할 수가 없었다, 덧붙여, 한쪽에 늘 링어 부인 아니면 호호하우스의 노부인들, 그릴의 일로나, 그리고 최근에는 마담 총리도 있었는데, 항상 그들에게 매달리고 의지할 수 있었다, 왜냐, 그들은 그가 알지 못하는, 그리고 '그런 식으로' 알고 싶지도 않은 다른 여자들과 같은 여성이 아니었다, 그리고 말을 안 들어주려는 게 아니라고, 링어 부인은 자신을 변호했다, 왜 그녀가 무언가를 하지 않는지, 남편이 묻는다면, 보스와 연을 끊고 속박을 벗어날 수 없다면, 그 악마에게 귀 기울이지 말아야 한다고, 그녀 말이라면 들어주었을 것이라고 그녀는 항의했다, 하지만 누구도 아니고 플로리안이면, 플로리안이 그런 주제로는 얼마나 관심이 없는지 그녀만은 확실히 안다, 그

성생활 이야기 나올 때마다 그가 보이는 당혹감은 그저 겉모습일 뿐이다, 사실 이런 화제는 그가 지루해한다, 이것이 링어 부인의 뿌리 깊은 확신이었다, 이전에 이런 사람을 만난 적이 없었지만, 플로리안이 성은 그가 알 바가 아니라고 여긴다는 게 틀림없다고 생각했다, 얼굴이 빨개진다면, 그냥 빨개지는 거지, 그녀의 견해로는, 사람들이 그에게 이런 질문을 하니 적이 당황하지 않을 수 없어서다, 그가 어찌할 바 몰라 하는 건 성 자체가 아니라 그 사람들이라고, 링어 부인은 말했다, 그로서는 성이 부끄러운 일이라고 감히 말할 수 없었기 때문이다, 이는 예속이며, 자연과 야생을 능가하려는 초월성의 부족이라, 사람을 야생에 묶어두는 성이든 뭐든 모두, 사람들이 벗어나야만 한다고 말할 수가 없는 것이다, 그리고 그녀의 의견으로는, 그런 뜻이 그가 조롱을 받으면 붉어지는 얼굴 이면에 숨은 것이다, 링어 부인은 말을 마무리했다, 이에 맞물려 플로리안이 그녀의 의견을 알았다면, 단연코 그는 자신은 결을 달리한다고 부인했을 것이다, 왜냐하면 그는 마음속 깊이 사람은 자연으로부터 거리를 두어야 한다고 생각하지 않았기 때문이다, 그가 자연의 일부인데, 어떻게 그럴 수 있겠는가? 게다가 그의 모든 분자, 모든 원자, 모든 아원자적 현실의 모든 것의 지배자가 자연인데, 다만 우리는 이 자연이 누구인지, 우리가 "자연"이라고 부르는 것이 정확히 무엇인지 모른다, 우리는 자연이 누구인지 전혀 알지 못한다, 플로리안은 종종 키가 큰 나무 아래 있는 짧은 벤치에 앉아 이 생각을 했다, 이건 쾰러 씨가 어떤 방면으로 사색에 잠기고 순전한 명상으로 향할지 그의 눈을 틔워주기 전이었다, 그 방향으로 사색과 순전한 명상을, 모든 것의 밑에 놓인 바탕에 도달해야 한다, 이런 인식은 지난 두 해 동안 쾰러 선생님에게 얻었다, 당시 그, 쾰러 씨는 한편 청강생 중에서, 플로리안에게 '양자의 놀라운 세계'를 주제로 매주 한 번씩 리히텐베르크 중등학교 지하에서, 그 지하 외에 다른 공간은 없어서 배정을 받아 강연했는데, 처음에는 쾰러 씨가 학교 교장과 시민대학의 지역 책임자로부터 협상한 결과로 얻은 게 겨우 이 지하 교실이라 자존심이 상했지만, 그는 체념하고 받아들였다, 청강생들은 비할 바 없이 열성적이었고, 학생은 많지 않았지만 정기적으로 그의 강의에 참석하는 사람들의 눈에는 열의로 반짝거려, 마음속으로 쾰러는 보람찬 일을 한다는 생각이 들어, 가르치는 일을 멈추지 않았고, 매주 화요일 저녁 6시에서 7시 30분까지 마치 어린이들에게 이야기하듯이 차근차근, 심오한 물리학의 신비 속으로 청강생들이 입문할 수 있도록 도왔다, 어린아이들 가르치듯, 그런 느낌으로 가르쳤는데, 아예 틀린 말도 아니었다, 그가 청강생들을 인도하던 신비로운 물리학 깊이가 실제로 심오했고 그의 학생들은 이렇게 깊이 이해할 준비가 되어 있지 않았기 때문이었다, 쾰러 씨는 이를 일찌감치 알았다, 그가 수업 마지막 10분 동안 청강생에게 질문할 기회에 하는 질문들이 수학과 물리학에 대한 기본 지식이 심히 부족해 간파하고 있었다, 기본 지식을 갖춰야 강사가 무엇을 드러내려고 하는지, 강사가 무엇을 소개하고 있는지 파악할 텐데, 그래서 그가 한 강의를 다 한 후 학생들이 무엇을 얻을지, 이들 준비되지 않은 이들 머릿속에서 그가 말과 그림, 단편 영화, 아주 드물긴 해도 가끔 직접 실험까지 해가며 보여주는 것들이 어떻게 될지 무슨 결론에 도달할지 컨트롤할 수가 없었다, 하지만 결국에는 그도 아주 많이 심란하지는 않았고, 딱히 많은 부담은 되지 않았으며, 그의 강의로 청강생들을 어느 방향으로 인도하는지에 대한 책임은 아예 느끼지 못했다, 그러다, 이 플로리안이란 아이가 그에게 다가와 우주에 대한 소위 걱정들을 공유하고 조언을 구하자, 허어, 그제야 그는 자신이 곤경에 처했다는 것을 느끼기 시작했고, 자신이 무모하게 행동하거나 그가 좋을 대로 마냥 말할 수 없다고 느꼈다, 플로리안 때문에 전례 없이 처음, 그리고 지금도 그렇게 느끼지만, 어느 정도 죄책감을 느낀다고, 그의 좋은 친구이자 정신과 의사인 야코프-프리드리히에게 털어놓았다, 야코프-프리드리히는 카나에서 조금 떨어진 이웃 마을에 살았고, 그는 퀼러 씨가 어린 시절부터 알고 지내며 좋아하는 유일한 사람이었는데, 대학을 마치고 얼마 안 되어 고향 근처로 돌아와 그 이후로 움직이지 않고 머물고 있었고, 퀼러 씨가 친구로 여겼던 다른 사람들은 모두 죽거나 멀리 이사를 가서, 야코프-프리드리히만 유일하게 남았다, 그에게 쾰러 씨는 최근에 뒤늦게 아릿한 양심의 가책을 느낀다고 이야기하자, 의사는 처음에는 이 문제를 농담으로 대수롭잖게 넘겼다. 실제로 아드리안이 이 젊은이가 가까이 다가오는 일을 허용했다는 점을 기쁘게 생각했기 때문에, 그래서 그는 딱히 특별한 이해를 내보이지 않고, 특별히 친구가 양심의 가책에 뉘우치는 일에 깊이 빠져들지 말라고 채근하고서, 친구에게, 만약 네가 죄책감으로 거리낀다면, 네가 그럴 만한 빌미를 주지 않았다고 자기기만은 하지 마라, 상황을 직시하고, 그를 도와서 스스로도 도울 방편을 구해봐, 그러니까, 이 플로리안의 논거들을 짚어볼 말미를 달라고 설득하고 그사이에 한편으로 그가 네 기상 관측소 주변에서 일을 도울 수 있는지 물어봐, 그런 식으로 그를 근사하게 점진적으로, 조심을 다하여, 자네로서는 마법 같은 기상학의 세계로 꼬여들여, 장담해, 그는 모든 것을 잊을 것이고, 그는 걱정을 다 떨쳐버릴 것이고, 그렇게 되면 너도 네 걱정은 다 떨쳐버릴 테니, 내가 보기에 플로리안의 이론에, 네가 그에게 미친 영향보다 플로리안이 끼친 영향이 더 큰 것 같다, 그래서 네가 그렇게 안절부절못하는 게지, 이렇게 아이젠베르크 출신 그의 오랜 친구, 야코프-프리드리히가 말했고, 아드리안은 플로리안이 그에게 영향을 미친다는 생각에, 아니야, 그럴 리가 없다, 묵살을 하긴 했어도 하지만 그의 말을 끝까지 귀담아듣고서, 야코프-프리드리히의 조언에 일리는 있다고 생각했다, 심지어 어떻게 이를 적용하

나 방도도 짜냈지만, 불행히도 플로리안은 다음 목요일 저녁
에 나타나지 않았다, 퀼러 씨는 토요일에 호흐하우스로 혹시
어디 잘못되었나 확인하러 갔다, 하지만, 퀼러의 이웃들이 플
로리안을 부르는 명칭처럼, 그의 젊은 제자는, 집에 없는 것 같
았다, 아니, 적어도 인터콤에는 응답하지 않았다, 정오가 다
되어가고 있어서, 당연히 퀼러 씨는 플로리안이 집에 있을 것
이라고 짐작했던 건데, 그리고 사실 플로리안은 집에 있었고,
인터콤이 윙윙 울리는 소리도 들었지만 바로 그 순간 그는 네
번째 편지 중간에 있었고, 대리인이 자주 인터콤을 울렸기 때
문에 이를 누른 사람이 대리인이라고 넘겨짚었다, 눌러도 보
통 그 시간은 아니고, 오후 7시경에, 주로는 가을에, 저녁이 영
답답하게 내리누르면, 그는 플로리안을 잡담이나 나누자고 내
려오라 불렀다, 하지만 그는 잠깐 망설이다가 초인종에 응답
하지 않았다, 혼잣말로, 하지만 오직 혼잣말이다 — 그는 혼잣
말을 할 때만 감히 대리인을 프리드리히라고 칭했으니까 — 좋
습니다, 프리드리히 아저씨, 알겠습니다, 참을성을 가지고 제
가 끝날 때까지 기다려주세요, 그러면 제가 직접 아래층으로
내려가겠습니다, 중얼거렸다, 플로리안은 찾아온 사람이 다른
사람이라고는 생각하지 못했고, 특히나 퀼러 씨일 거라고는
감히 꿈도 꾸지 못했다, 어떻게 퀼러 씨가, 그렇게나 크고 중한
인물인데, 그를 방문하러 이 건물에 찾아오겠는가, 호흐하우
스는 카나에서 남부끄러운 일종의 오점이었다, 이 건물은 원

래 도자기 공장에서 아직 수천 명의 노동자들을 부릴 때, 도
자기 공장 부속으로 지어졌고, 그리고 여러 가지 이유에서 불
명예로 여겨졌는데, 우선은, 소위 형제 국가인 '베트남인'들을
위해 지어졌기 때문이었다, 말이 되는 게 도자기 공장 작업대
는 베트남 초청 외노자들로 대부분 채워져 있어서였겠지만,
물론 그곳에는 베트남인만 자리 잡은 게 아니라 아프리카와
다른 대륙의 비슷한 "형제" 국가 출신의 수많은 아들딸들도
자리를 틀었다, 한편으로 하지만 또한 이곳에서 일어나는 삶
의 방식이 치욕이기도 했다, 왜냐, 여기가 어떻게 될지 눈에 훤
하지 않느냐, 카나 주민들은 아파트 공사가 시작될 때 처음에
이렇게 서로 수군거렸다, 이 모든 남자들이며 그 세 배에 달하
는 여자들이며 다 같이, 참 근사할 것이다, 허, 하지만 현실에
서 결국 일이 어떻게 될지 예측할 수 있는 지역 주민은 단 한
명도 없었다, 수렁이었다, 난국이었다, 당시 계속 비어 있던 감
독관을 대신해, 대리인으로 임명된 건물 감독관 대리인이 요
약한 말이, 이것에 비하면 소돔과 고모라는 '쩝'도 안 된다, 대
리인은 '베트남인'들이 자리 잡은 지 1년 뒤에 이미 에른스트-
텔만-슈트라세에 있는 이웃들에게, 우리에게는 경찰이 필요
하다고 치를 떨었다, 진짜 경찰들을 배치해야 한다고 했다, 보
고서도 썼지만 소용없었다, 아무도 오지 않았다, 바로 이런 걸
도자기 공장을 고안해낸 사람들이 노린 것이리라, 정확하게
이런 걸 계획했다, 전부 5개년 계획에 담겨 있었다, 동무들, 지

역 주민들은 IKS 술집에서 껄껄거리며 웃어젖혔다, 도자기 공장에서 모두 일자리를 잃은 이들이 다들, 특히나 호프만이, IKS의 농담꾼, 하지만 그릴호이젤에서도 재담꾼이던 그가, 사람들이 다들 달아나버렸어, 멍한 눈빛의 청중들에게 말했다, 상상해보라, 대리인에게서 들었는데, 거기 있는 남자들은 베트남인이든, 흑인이든, 황인이든, 밝은 파란색인이든, 일 마친 후 집으로 가지 않고 도로 집으로 '몰래 숨어들었어', 그래서 걔네 귀부인들이 아주 굶주렸지, 같은 몇몇 농지거리가 뒤따랐고, IKS 술집에서만 그러고 있지도 않는데, 다 끝을 맞았다, 마찬가지로, 호호하우스 자체가 사람들 입에서 시들시들 오르내리지 않기 시작하더니, 조금 지나 아무도 거기서 무슨 일이 일어나는지 관심을 갖지 않았다, 어쨌든 딱히 특별히 흥미로운 일이 벌어지지도 않았지만, 그 추악한 평판은 그대로 남아 있었다, 특히 이후로, 도자기 공장이 파산을 선언하고, 1990년대 초 뮌헨의 한 사기업의 손에 결국 매각되어 수백 명의 직원만 고용할 수 있게 되면서, 베트남인들은 다들 귀국하고 호호하우스의 아파트는 대부분 빈 채로 남았고, 비어 있지 않은 아파트에는 주로 예나에서 대학에 다니는 학생들과 혼자 사는 몇몇 노인들이 살자 평판이 더 떨어졌다, 물론 8층 한쪽 끝에 자리 잡은 플로리안은 거의 이해할 수 없었다, 보스가 이사 들라고 해서 이사 들고 나서 그는 너무나도 행복했다, 자신의 첫 아파트였고, 침대, 테이블, 몇 개의 의자를 넣고, 혼자 남겨지자 형언할 수 없는 만족감으로 가득 찼다, 작업복과 카스트로 모자를 쓰고 배낭을 움켜쥐고 천장이 키에 비해 낮아서 고개를 모로 약간 기울이고 방과 주방 사이를 왔다 갔다 했고, 여러 번 욕실의 수도꼭지를 직접 틀어보고, 두 번, 세 번, 네 번까지 진짜 흘러나오나 틀어보았다, 행복했다, 그는 창밖으로 아름다운 풍경, 물론 전부는 아니지만 카나를 둘러싼 산이 내다보였다, 하지만 여기 8층에서 돌렌슈타인 산이 보인다는 게 어딘가, 이전에는 그의 유일한 소유물은 이 배낭이었는데, 이제는 자신에게 탁자가 있고, 침대가 있고, 의자 세 개가 있었다, 다 자기 것이었다, 그로서는, 보호시설에서는, 거기 입소했을 때 시설에서 나눠준 배낭 외에 개인 소유물이 허용되지 않았기 때문에 아무것도 소유할 수 없었다, 그는 사실상 누군가 무언가를 소유한다는 경험이란 어떤 건지 거의 모르다시피 했는데, 그 누군가가 나라니, 하물며, 그 같은 사람이, 자신의 아파트를 가지고 있다니, 그의 환희는 몇 주고 몇 달이고 사실 절대 가시지를 않았다, 환희는 단지 그가 보스를 향해 느끼는 감사한 마음과 뒤섞였을 뿐 줄지 않아, 얼마 후 그는 둘을 더 이상 구별하지 못했다, 그는 돌렌슈타인 산의 가파른 경사, 겨울의 눈 덮인 숲, 봄에는 새로 돋아나는 초지를 바라보았고, 보스에 대해 생각했다, 때때로 그는 테이블에서 일어날 때 저도 모르게, 그렇게 무심결에 탁자의 가장자리를 쓰다듬었고, 늘 그럴 때면, 보스를 떠올리며, 이 모든 것, 이 아파트, 이 테이블, 모든 것이 그의 덕분이라고 생각했다, 그래서인지 그가 이사한 후 아파트에는 큰 변화가 없었다, 때때로 보스는 그에게 옷장이나 제대로 된 욕실 거울을 주고 싶어 했지만 플로리안은 얌전히 사양했고, 보스가 어딘가에서 찾아냈다던, 여관에서 쓰는 그런 종류의 나무 벤치 그리고 독서등만 받아들였다, 하지만 이런 자그마한 것들도 난처했다, 그는 원래 모습 그대로 두려고, 맨 처음 이사 왔을 때 모습 그대로 보존하고 싶었기 때문이었다, 때때로 보스는 그에게, 왜 커튼이나, 그런 비스무리한 썩을 것들은 안 사는 거냐, 물었다, 플로리안은 항상 농담조의 말로 이를 받아넘겼다, 예를 들어 커튼에 관해서는, 보스, 대체 누가 8층에 있는 제 창문을 들여다본답니까? 그러니, 안 하렵니다, 그는 일주일마다 받는 돈에서 꼬박꼬박 저축했지만, 아무것도 사지 않았다, 보스와 함께 일하기 시작한 지 족히 3년이 지난 후에야 그는 보스에게 370유로를 저축했다고 말했고, 보스에게 휴대전화를 사게 도와달라고 부탁했다, 그는 항상 휴대전화를 한 대 갖기를 꿈꿨고, 어쩌면 노트북도 괜찮을 것 같다, 왜냐하면 자신이 보기에, 일을 하려면 전화기가, 공부를 위해 노트북이 유용할 것 같았기 때문이다, 처음에 보스는 완전히 부정적으로 일축했고, 노트북에도 몹시 화를 내며 반응했지만, 이 휴대전화는 아예 길길이 날뛰며 플로리안을 닦아세웠다, 네가 휴대전화가 왜 필요해?! 뭐?! 네가 말하는 사람이 나뿐인데, 쓰브놈아, 그까짓 일

로 휴대전화가 왜 필요하냐고, 하지만 적어도 노트북만이라
도, 플로리안은 보스에게 사정했다, 이 말에 보스는 마치 자
기 앞에 선 사람의 숨은 의도를 샅샅이 뜯어보려는 사람처럼
조금 뒤로 물러섰다가, 그에게 호되게 딱딱거렸다, 이게 다 그
베라묵을 우주나 들입다 연구하고 싶어서 그런 거 아니냐?!
맞지? 그럴 바에야 바흐를 공부해야지, 빌어먹을 놈아, 나를
봐, 내가 바흐를 들으면 목뒤에서 으스스 소름이 돋아, 잘 들
어, 왜냐하면 나한테도 심장이 있거든, 그렇지 않으면 바흐를
들을 때마다 어떻게 그토록 존경하는 마음이 샘솟겠어? 들으
면 죽어 나가떨어져, 팔에서 힘이 쑥 빠져, 때로는 이 약해진
팔로 어떻게 연주를 하나 싶기도 해, 드럼을 치려면 힘이 필요
한데, 강한 의지가, 그래서 내가 드럼을 치는 거야, 그래서 누
가 뭘 연주할지 배분할 때 내가 드럼을 선택한 거야, 항상 드
럼을 계속 쳐야 한다는 뜻이 아니야, 늘 치지는 않지, 하지만
가끔은 드럼을 세게 쳐야 해, 악보를 쳐다보고 쾅! 4분의 4박
자?! 3분의 4박자?! 다 내 손바닥 안이라 빠삭해, 들어보라고,
뭐든 낸들 아나 싶은 자질구레한 이런저런 D장조 몇 번을 뜯
기 시작한다, 그럼 나는 우주에 있는 거야, 알았지?! 이게 우
주니까, 베라묵을, 네가 이런 특별한 곳에서 태어났기 때문이
야, 아니, 적어도 여기다가 네 머리를 떨궈놓았으니까, 여기서
는 말이지 우리가 반편이로 태어나지 않아, 그러니 내가 네 머
리에서 멍청한 반편이를 두들겨 패 쫓아내고 바흐를 때려 박

아주마, 하지만 플로리안은 보스의 이런 독설을 너무나 잘 알고 있었다, 그는 버릇처럼 입에 달고 살 뿐, 실제로 화가 난 건 아니었다, 그렇게 헛되이 씩씩대며 보스는 휴대전화는 어림도 없고, 노트북이 대체 뭐 하러 네게 필요하냐, 호호하우스에는 인터넷도 없다, 그런 건 절대 안 들어올 거라고, 썩을 놈아, 그리고 너를 내 집에 들이리라고 꿈도 꾸지 마, 몇 시간이나 줄기차게 키보드 두드리며 앉아 있도록 하나 봐라, 이놈아, 하지만 그는 끈질기게 요구하고, 설득하고 또 설득하면서, 호호하우스에는 인터넷이 절대 안 들어올지 모르나, 헤어프스트 카페에는 인터넷이 있고, 거기 우타 아주머니가 사용해도 괜찮다고 허락했다, 이미 물어봤다고 따박따박 구워삶았다, 그러다가 보스가 마침내 항복하고 그에게 HP 노트북을 중고로 사주고, 기본적인 것들을 설치하고, 첫 단계들을 보여주는데, 이상하게도 플로리안은 마치 모든 것을 바로 이해한 듯했고, 마치 그가 이미 노트북을 사용하는 법을 알고 있는 듯했다, 그렇지 않다고 이를 부인하긴 해도, 그래도, 여전히 구글에서 검색하는 것이 무슨 의미인지, 어떻게 터치패드를 사용하여 무언가를 저장하거나 삭제하거나 바탕화면으로 끌어다 놓는지 금방 알아들었고, 정말로 그는 바탕화면, 프로그램, 배터리 충전 및 기타 모든 기본 사항을 바로 이해한 것 같았다, 그래서 보스는 그에게 많은 설명은 덧붙이지 않고, 그가 노트북에 빠져드는 대로 두었다, 하지만 그 후로 플로리안은, 바로 그 첫 날에 실제로 노트북을 만져보려고도 하지 않고, 그저 아파트 주방 테이블에 노트북을 모셔두고서, 넋을 빼고 바라보고, 식탁 주위를 돌아다니고, 거의 잠도 자지 못하고, 계속해서 그것이 정말 거기에 있는지 확인하기 위해 나가기 바빴다, 그리고 둘째 날부터 그에게 이 HP 말고, 다른 건 아무것도 존재하지 않았다, 자신의 HP, 그는 이를 열고, 이를 닫고, 다시 노트북을 열고, 전원을 켜고 키보드의 키를 눌렀다, 한마디로 완전히 몰입했고, 이런 상태가 그가 모든 것을 시험해보는 며칠 동안 지속되었다, 그 이후에야 그는 노트북을 헤어프스트 카페로 가져가서 그에게 중요한 것을 찾기 시작했다, 물론 그에게 중요한 것이 물리학에 관련된 자료뿐이고, 쾰러로부터 처음 들었던 내용을 의미했지만 그렇게 해도 여전히 그는 이러한 문제의 본질이 영 와닿지 않았다, 그는 자신이 접할 수 있는 논문과 연구 자료를 천천히, 여러 번 반복해서 읽었지만 소용이 없었고, 단순한 설명과 해석을 찾아보았지만 헛수고였다, 결국 어느 날 그는 헤어프스트 카페에서 노트북을 닫고서, 그리고 2년 후에 용기를 끌어모아 오스트슈트라세로 내려갔다, 그때부터 상호 공유한 이야기가 시작되었고, 다른 이들도 당연히 금방 알게 되었다, 카나는 작은 마을이었고 여기 사람들은 모든 사람에 대해 모든 것을 알고 있었다, 아니, 적어도 모든 것을 알고 싶어 해서, 처음에는 오스트슈트라세의 이웃들이 플로리안이 그곳에서 무엇을 하고 있는지, 기상 기기가 작동하지 않을까 봐 날씨를 예측하기 위해 개구리를 들인 것이냐, 농담으로 퀼러 씨에게 물었다, 그러고는 어느 날 리들 슈퍼마켓에서 링어 부인을 만났고, 부인이 보통 칭하던 명칭으로, 그 아이가 마침내 자신의 인생에서 진정한 버팀목을 얻었다고 크게 기뻐했는데, 퀼러 씨에게는 그렇게 달갑지는 않은 말로, 그는 플로리안의 버팀목이 되고 싶은 마음은 없었다, 그저 소년을 아끼고 동정할 뿐, 게다가 자신의 엄청난 체력과 선의를 지니고 있어, 필요할 때 많은 도움이 되긴 했다, 지붕을 고치거나 기상 관측소 지붕에 기기를 얹거나, 너무 높아 그로서는 하기 어려운 일이 항상 즐비했고 플로리안은 기꺼이 그를 도와주니까, 퀼러 씨도 이런 자그마한 목요일 강연을 처음에는 즐겼다, 그는 강의하는 것을 좋아했고, 그래서 이론물리학자나 컴퓨터공학 연구원이 아닌 물리학 교사의 길을 택했는지도 모른다, 이들 역시 그는 소질도 있었고 그에 필요한 지식도 갖추고 있었지만, 아니, 자신 앞에 사람들을 세우거나 앉히고 자신이 정통한 지식에 대해 이야기하는 일을 좋아했다, 그들을 설득해 마음을 얻고, 학생들 눈 속에서 반짝이는 눈빛을 보는 것을 좋아했다, 그는 이런 눈의 반짝임을 가장 큰 인식이라고 여겼는데, 왜냐하면 반짝이는 눈은 누군가가, 6학년 건방진 애송이, 아벤트슐레(야간학교)에 자의로 다니는 연금생활자 학생, 심지어 이번에는 플로리안까지, 무언가를 이해했다는 뜻으로 받아들였기 때문이었고, 이런 모습이 수십 년 동안 무엇보다 큰 자부심과 만족감을 안겨주었다, 내가 무얼 더 바라겠는가, 사실 자네도, 잘 알겠지만, 그게 내가 바라는 전부야, 그는 야코프-프리드리히에게, 오스트슈트라세에 있는 자신의 집이나 아이젠베르크에 있는 야코프-프리드리히의 집에서 2, 3주에 한 번씩 만날 때면, 설명했다, 그리고, 바로 이런 이해의 초롱한 눈빛이 뜻하는 바를, 특히나 이 플로리안 때문에 이제는 철두철미 따져보아야 했고, 그렇게 살핀 결과가, 다시 플로리안 때문에, 아주 뜻밖으로 간담이 서늘하게 다가왔다, 이는 그의 교육자적 경력의 일소이자 과학에 대한 환멸을 한꺼번에 의미했다, 아마 얼추 이러던 즈음에, 퀼러 씨는 처음 플로리안에게서 위험한 집착의 징후를 감지했고, 그 아이가 실제로 아무것도 이해하지 못한다고 지각하고, 그 연한 푸른 눈동자의 반짝임은, 그리고 이는 그의 경력 전체에도 적용되는 진실로, 문제의 사람이 완전히 잘못된 길로 접어들었다는 뜻이며, 문제의 사람이 완전히 잘못된 해답에 도달했다는 뜻이며, 문제의 사람이 완전히 잘못된 결론을 도출했다는 뜻이며, 이런 결론들은 그의 학생들을, 특히 플로리안을, 어느 방향으로든 몰아갈 수 있음을 깨달았다, 퀼러 씨는 그에게 어떤 영향력도 발휘할 수 없었다, 그는 플로리안이 들은 내용에 대해 잘못 해석하고 있으며, 그가 올바른 해석에 사보타주 놓는 꼴이라고 더 이상 그를 설득할 수 없었다, 왜냐하면 플로리안은 무모하게 독자적으로 오해하고 있으니까, 정보를 잘못 해득하고, 너무 단순하게 해득해서 하느님이 와도 곤경에서 구할 수 없었다, 왜냐하면 플로리안은 이미 오해에 기반한 이 세계 해설에 깊이 파묻혀서, '무'는 존재하지 않는다는, 철학적 공허와 진공이 동일하지 않다고 파악하지 못한 플로리안은, 이 인물은, 마이크로파 배경 복사에 대한 분석은 초해조차 못하고 상대론적 양자장론*의 요소는 하나도 알지 못했고, 이론적 결론을 맺을 요량이라면, 종말론적인 병발에 대한 갈피 못 잡는 이론으로 정신 못 차려서는 안 되며, 즉시 인간 머릿속에 번쩍하고, 물질과 반물질 입자가 상호 소멸로, 소위 전자기적 복사선이 생성되고, 도로 이들은 물질과 반물질로 완전히 분해되는데, 결국 마침내 우주가 약 3,000켈빈 온도로 냉각되어 우리에게 보이는 영역에서 빛이 탄생한다고 떠올라야 하는 것을, 왜냐하면 빛은, 모든 사람이, 플로리안까지 다들 공책에 받아 적었다시피, 이 전자기 복사의 특정 시간 범위에만 생성되기 때문에, 특정 켈빈 온도 이하에서는 빛은 존재할 수 없으니까, 그 이후에 정확히 언제인지 모르지만, 태양과 별이 탄생과 더불어 다시, 이 새로이 등장한 원천이 떠올라 거듭 여명이 시작되었는데, 플로리안! 이 애물단지야! 그래서 이 빛은 오늘도 빛나고 있다고, 하지만 그래봤자 오십보백보다, 방법이 없

---

* 특수상대성이론과 양자역학을 결합하려는 시도에서 시작하여, 디랙의 상대론적 양자 파동 방정식 이후로 발전했으며, 장Field의 양자화를 통해 물리 현상을 기술하는 이론.

었다, 이를 바루고 고칠 수 있는 방도가 아예 없었다, 이로 문제가 생기겠구나, 쾰러 씨는 플로리안이 베를린에 갔다가 돌아온 사실조차 몰랐지만, 그런 생각을 했다, 플로리안은 한 주 빠진 뒤에 다시 나타났을 때 그가 어디 다녀왔는지, 아니, 어디 가기라도 했는지조차 말을 한마디도 하지 않았다, 다만 이틀 뒤, 토요일에 쾰러 씨는 다시 리들 슈퍼마켓에서, 이번에는 야채 매대에서, 가지에 달린 토마토를 반값에 팔고 있던 터라, 링어 부인으로부터 소식을 들었다, 플로리안이 베를린에 갔다 온 모양인데, 잘 안 된 것 같다, 자신에게도 그 일에 대해 말을 않더라, 쾰러 씨가 혹시 이것에 대해 아는 바가 있는지, 하지만, 글쎄, 그는 시무룩하게 찡그린 얼굴로, 나로서는 그 소식이 금시초문인 건 고사하고, 이 모든 일에 대해 전혀 알지 못한다고, 대답했다, 도대체 베를린에서 그 녀석은 무엇을 하고 있었던 건지, 그는 나중에 집에서 저녁 식사를 하러 앉아 곰곰이 곱씹었다, 그는 송이송이 가지에 달린 토마토를 좋아했는데, 주로 푸릇한 가지의 향기에 이끌려, 그는 약간의 치즈를 곁들인 얇게 썬 살라미와 그에 더해 토마토를 먹었다, 그게 그의 저녁 식사였고, 보통 그는 저녁에는 조금 먹었지만, 제철에 난 가지가 달린 토마토라면 말이 달랐다, 그로서는 사족을 못 써, 냄새를 맡고 이들을 입에서 천천히 풍미를 맛보았다, 가지에 달린 토마토보다 더 좋은 건 없어, 그는 야코프-프리드리히에게 말했다, 이걸 위해 겨울을 살아남은 보람이 있다니까,

불행히도 그는 이미 한 꾸러미를 다 먹어치웠다, 글쎄, 다들 그렇지, 모든 사람은 약점이 있고 이건 내 약점이야, 그는 야코프-프리드리히에게 약간 쑥스러워서 웃음으로 얼버무리며 설명했다, 가지 달린 토마토가 내 약점이야, 그러자 그의 친구는 자네 약점이 페라리인 것보다는 훨씬 낫지, 대답하고 두 사람은 호탕하게 웃음을 터뜨렸다, 항상 이런 식으로, 야코프-프리드리히는 매번 분위기를 가볍게 북돋는 방법을 알고 있었다, 그는 그런 일에 매우 능숙했고, 그래서 퀼러 씨는 그에게 그런 친구를 점지해준 운명에 감사했고, 감사의 마음을 표현하려고, 친구의 생일은 물론 친구 아내와 막둥이 아이의 생일, 그들 결혼기념일까지 외워 챙겼고, 중요한 명절 전에 작은 선물을 들고 빠짐없이 찾았다, 왜냐하면 그는 그들과 함께 명절을 보내지 않았고, 퀼러 씨는 명절은 가족을 위한 때라며, 이를 존중했기 때문이었다, 야코프-프리드리히도 이런 점에 감사히 여겼다, 그는 친구의 도타운 배려에 공개적으로 감사를 표한 적은 없지만 세심함에 늘 감사하고 있다는 속마음은 늘 묻어나, 한마디로 그들 둘은 매우 잘 지냈다, 그들 중 누구도 이것이 언젠가 끝날 것이라고 받아들일 수도 없었고, 아니, 상상으로라도 하고 싶지 않았을 것이다, 하지만 둘 다 한참 그럴 나이로 접어들어 이런 일을 염두에 두어야 했다, 하지만, 아니다, 퀼러 씨는 이 문제에 괜한 신경 쓰지 않는 것이 최선이며, 할 수 있는 동안 서로의 우정을 즐기자고 생각했고, 그게 전부다, 그래서 문제는 종결되었고, 기상 관측소는 계속 작동했고, 데이터를 수집했고, 퀼러 씨는 DWD, MDR 또는 노르웨이 관측소에서 데이터를 주시하고, 그는 자신의 웹사이트를 업데이트하며 유지 관리했고, 때때로 거리에서 사람들이 그를 '웨더맨 퀼러(기상관 퀼러)'라고 부르면 흡족했다, 그는 평화롭게 살았다, 혼자서, 하지만 평화롭게 평온하게 살았다, 이런 삶을 어느 것으로부터도 방해받지 않으리라 결심했고, 플로리안 문제도 방해를 못 한다, 그래서 그는 플로리안과 인연을 어떻게 끊을지 골똘히 몰두하기 시작했다, 그는 심지어 리들 슈퍼마켓에서 다시 링어 부인을 만났을 때 링어 부인에게 조언을 구하기까지 했다, 하지만 링어 부인 얼굴이 하얘지더니, 아니요, 아니요, 그러지 마세요, 그럴 생각은 아예 꿈도 꾸지 마세요, 선생님, 플로리안은 당신을 숭배합니다, 선생님 만나러 오지 말라고 한다면 앓아누울 거예요, 그의 문제에 대해 그에게 직접 이야기하는 것이 낫습니다, 말했다, 선생님이 그 아이를 열렬한 추종자로 만들 수 있으시니, 선생님이 이 상황에서 벗어날 수 있도록 하실 수도 있다고 확신합니다, 선생님은 훌륭한 교육자입니다, 모두가 잘 알고 있어요, 진정 현명한 사람이시니, 저는, 그녀는 조금 더 가까이 퀼러 씨에게 다가가며, 교수님이 플로리안에게 착각과 오류를 깨우치고 그에게 더 이상 선생님 관계에 부담을 주지 않을 명확한 목표를 보여줄 수 있다고 확신합니다, 링어 부인은 계속해서, 선생님은 기적을 일으킬 수 있고, 이곳 카나의 많은 사람에게 장한 일을 하셨으니까요, 이 마을은 선생님께 고마운 학생들로 가득하고, 이들은 당신의 훌륭한 중등학교 재임 덕분에 물리학과 뭐든, 과학 전반에 접하게 되었습니다, 아무쪼록 드리는 말씀이지만, 링어 부인은 두 손으로 퀼러 씨의 손을 잡았다, 플로리안을 포기하지 마시고, 혼자 내버려두지 마세요, 플로리안은 특별한 사람이고, 그는 단지 조금 예민할 뿐이에요, 제 말을 들어주세요, 조금은 절실하다시피 링어 부인이 말하자, 퀼러 씨는 잡힌 손을 당겨 빼내고 작별 인사를 했다, 링어 부인은 두 사람이 이번에 마주쳤던 고기 판매대 옆에 한동안 꼼짝 않고 서 있었다, 플로리안에게서 벗어나고 싶다는 게 퀼러 씨의 의중이라니, 위협적으로 들려서, 거의 처참한 일로 들려, 너무나 놀라고 당황한 나머지 그녀는 '진짜로' 얼마나 그, 플로리안이 퀼러 씨에게 홀딱 빠져 있는지 말도 꺼내지 못했다, 그녀는 이 예찬과 흠모가 지극히 당연하다고 인정했다, 마을 전체가 전직 물리 및 수학 교사에 대해 이런 식으로 느꼈다, 바로 그런 이유로 그가 플로리안을 혼자 두고 떠나서는 안 된다고, 특히나 지금 그럴 수는 없다, 그녀는 남편에게 나중에 집에서 이 이야기를, 돼지 갈빗살을 굽고, 따로 여기 곁들일 갈색 소스를 졸이며 전했다, 그녀 자신은 이 소스에 그렇게나 애호하는 편이 아니었고, 더욱이 솔직히 털어놓자면, 도서관의 충성스러운 독자 중 한 명인 잉그리트 할머니에게 몰래 밝혔듯이, 그녀는 갈색 소스에 신물이 났지만, 남편은 이를 좋아했고, 그렇게 항상 이런 식으로만 찾으니, 등심 갈빗살에 늘 함께 낸다, 그리고 그녀와 잉그리트 할머니는 서로 웃고서 잉그리트 할머니는 자신도 마찬가지라고 털어놓았다, 자신이 어렸을 때부터 갈색 소스와 삶은 감자를 돼지갈비에 곁들여 만들었고, 그게 우리 집 전통이다, 그게 그랬어, 노부인은 로맨스 소설 몇 권을 손에 들고 말했다, 이미 대여 목록에 기입한 책들이라, 노부인은 이들을 벌써 가슴팍에 품고 있었다, 그리고 그들은 다시 한번 웃었다, 그래요, 갈색 소스가 돼지갈비 구이와 가장 잘 어울리긴 하지만, 다만 그녀는, 링어 부인은 자신을 가리켰다, 솔직하게 말하면 그녀는 진짜 조금 식상해서, 그으으래서 다른 것을 갈빗살과 올리려고 했지만, 남편이, 뭐, 그래요, 고개를 끄덕인 잉그리트 아줌마는 작별 인사를 하고 도서관을 나섰고, 링어 부인은 주말 점심에 뭔가 다른 걸로 슬그머니 섞어 올려볼 수 있지, 생각했다, 항상 똑같은 갈색 소스를 곁들인 돼지갈비가 아니라, 맛있고 싸고 그런, 하지만 한 번은 다른 것으로, 그래도 한 번쯤은 시도해도 되겠지, 한편 퀼러 씨는 리들 슈퍼마켓에서 집으로 돌아오는 길에 대체 지금 이게 다 뭐람, 반추하고 있었다, 플로리안은 왜 베를린에 갔으며, 이것이 그들 사이에 일어난 일과 무슨 상관이라도 있는가? 그는 그 자리에서 속단할 수는 없었지만, 못내 플로리안의 편지를 생각해보면, 녀석이…… 무모하게…… 총리에게, 폴크난트 부부의 말을 빌리자면 그렇지 않던가, 총리에게 보냈다는 편지가 마음에 걸렸다, 어쨌든, 퀼러 씨는 문제의 진상을 철저히 파헤치기로 결심했다, 그는 무슨 문제를 두고 몇 주고 곱씹으며 미적거리는 그런 사람이 아닌데 그렇게 오래 기다렸다는 점이 수치스러워, 그는 이렇게 시급한 고민거리는 가능한 한 빨리 해결하는 것이 최선이라고 생각했다, 그런 생각이 들어 집에 도달하기 전에 우선 돌아서는데, 하지만 그가 지금 비닐 쇼핑백에 할인된 닭고기를 오롯이 일주일치 분량이나 나르고 있고, 그에 더해 저민 송아지 고기와 돼지 갈비도 몇 점 들어 있다는 기억이 났고, 이것들은 냉장고에 넣어두어야 하기 때문에 우선 거기 가기에 앞서 집으로 돌아와서 닭고기 몇 점씩, 돼지 갈비 두 대씩, 저민 송아지 고기를 포장랩으로 두 번 잘 둘러 차례차례 싸서 냉장고에 나란히 차곡차곡 넣어두었다, 그리고 그는 길을 떠나, 이미 플로리안의 아파트 벨을 울리고 있었다, 이번에는 플로리안은, 일주일 전에도 누군가가 그의 아파트 벨을 울렸지만, 누구인지 알아낼 기회를 놓쳤는데, 저번에는 대리인이었을지도 모르겠으나, 이번에는 프리드리히 어르신일 리가 없었다, 그는 보통 저녁에 플로리안 집의 벨을 울렸고 지금은 거의 정오라서, 이건 일주일 전과 똑같네, 플로리안은 생각했다, 그는 주방 식탁에서 하던 일을 멈추고 창문을 열고 몸을 내밀고 내려다보다 현관문 옆에 서 있는 퀼러 씨를 보고 너무 놀라서 창문에서 떨어질 뻔했다, 바로 내려

갑니다! 문 열러 갑니다!! 외치고 그는 계단을 달려 내려갔다, 평소처럼 엘리베이터가 고장났기 때문이었다, 안타깝게도 엘리베이터가 고장났어요, 퀼러 씨, 그는 숨이 턱에 차서 거의 알아들을 수 없는 말로 그에게 말했다, 그런 건 괜찮다, 퀼러 씨가 진지하게 대답했다, 평소와 많이 다르시네, 플로리안은 즉시 알아챘다, 퀼러 씨가 아파트로 직접 만나러 오다니 뭔가 심각한 연유가 있을 것이다, 무엇을 어떻게 해야 하나? 고민하며 플로리안은 위층 아파트에서 선생님을 맞아들일, 엉망진창 집안 꼴에 미리 사과하러 손님 앞에 경충 나섰다가, 무례하게 그의 앞에 방해하고 섰을까 봐 얼른 퀼러 씨 뒤로 물러섰다, 그들은 어떻게든 힘겹게 위층으로 올라갔고 플로리안은 형편없는 엘리베이터가 고장나 죄송하기가 그지없다고 사과했다, 저희도 수차례 대리인에게 말을 넣었지만, 우리 대리인도 힘이 없어, 늘 팔만 크게 벌리고서, 자신도 관련 회사에 보고하지만, 안 오는 사람들을 어쩌냐, 난감해한다, 고칠 사람은 오지 않고 우리는 이미 이 일에 익숙해졌다, 플로리안이 신이 나 설명하는 동안, 위로 향하는 손님의 속도는 갈수록 점점 늦어지고, 느려지며, 오랫동안 아무 소리도 내지 못했고, 손님이 아파트에 도착하고 주방 의자에 앉을 즈음에, 퀼러 씨는 숨을 제대로 가누지를 못하고 헐떡이기만 했다, 그는 안경을 벗고 주방 의자에 몸을 구부리고 앉아서 여전히 숨을 가눌 수가 없어, 숨을 못 쉬겠다, 헐떡이며 말했다, 그러고 나서 물 한 잔을 달라고 했다, 플로리안은 즉시 수도꼭지로 달려가 물을 가져왔다, 그리고 그와 마주 앉아 방문객을 향해 행복하고 자랑스러운 시선을 던졌다, 대리인을 제외하고는, 대리인은 엘리베이터가 작동 중이면 가끔 그를 보러 올라오기는 했지만, 손님을 맞이한 적이 없었고, 보스는 그의 아파트에 아예 올라온 적이 없었다, 널 보러 8층에 내가 올라가야 한다고? 내가 바보냐, 누굴 엿 먹이려고, 플로리안이 그에게 커피 한잔 대접하겠다고 넌지시 비추자, 평소 그다운 태도로 퇴를 놓았다, 게다가 네 커피는 아주 맛대가리가 없어, 플로리안, 꼭 바꿔, 하지만 아무것도 바뀌지 않았다, 플로리안은 커피에 무엇을 바꿔야 할지 전혀 감이 잡히지 않았다, 그래서 퀼러 씨가 플로리안이 물을 조금 더 드릴까요? 아니면 커피라도? 아니면 물 한 잔 더 드릴까요?라고 묻는 말에 답으로, 그래, 좋아, 커피를 마시겠다고 대답하자, 사과를 먼저 했다, 왜냐면 플로리안의 커피는 도회지 커피만큼 좋지 않긴 하지만, 퀼러 씨 비위를 맞추기 위해 할 수 있는 모든 일을 할 것이다, 퀼러 씨는 당연히 플로리안이 무슨 뜻으로 굳이 덧붙이나, 커피로 누구 비위를 어떻게 더 맞추겠다는 것인가 이해하지 못했다, 커피는 모든 곳에서 똑같은데, 상당히 묽게 섞어, 따뜻하게 덥혀 놔둔 것일 텐데, 다 그런 거지, 그건 그렇고, 퀼러 씨는 어떻게 말을 시작하고 무엇을 말할지 생각하고 있었고, 그러다 망설이는 자신에게 점점 화가 나, 어느 정도 숨을 고르고 나자, 마침내 말을 시작했다, 플로리안, 내 말 들어봐, 일이 지금까지 흘러가던 대로 계속 이대로 두어서는 안 되겠기에 여기 온 거야, 나는 이미 늙었다고 할 수 있어, 사실 맞는 말이지, 더 이상 매주 기꺼이 너를 도와줄 처지가 못 된다, 내가 말하고 싶은 것은 그게 아니다, 보아하니 이미 너는 있을 법한 대격변 이미지를 머릿속에 그려두고서 거기다 도로 나를 가져다 대고 있는데, 하지만 이 그림은 틀렸고, 그중에서도 네가 나에게 언급하는 그런 일들은 잘못되어도 한참 잘못된 일이야, 지금 네게 말하는 바는, 내가 아벤트슐레에서 2년 내내 네게 했던 말은, 여기서 네가 주워들어 이해한 내용이 전혀 아니야, 보거라, 네가 그린 세계 개념은 나와는 아무런 관련이 없으며, 전적으로 자네 혼자 생각인 거지, 이런 생각으로 더 큰 문제를 일으키기 전에 네게 꼭 네가 틀렸다고, 올바르지 않다고 경고해야겠다, 너는 나에게서 들은 내용에서 완전히 용납할 수 없는 결론을 내리고 있어, 하지만 그 일로 내가 힐난과 손가락질을 받게 되겠지, 이미 사람들이 마을에서 이를 두고 수군거리고 있어서 입맛이 영 써, 내가…… 이를 작금에, 부분적으로는 네 덕분이라고 인정한다만, 거대한 블랙홀을 계산하는 새로운 프로젝트에 참여해서 보완할지는 모르겠으나, 이 속으로 나는 반물질이 사라지지 않았을까, 의심하고 있긴 해도, 우리는 그게 어디로 사라졌는지 모르지, 하지만 이것은 단지 취미로 삼은 일일 뿐이야, 왜냐하면 내가 주로 관심 두어야 할 데는 기상 관측소이지 양자장이론이 아니고, 너의 우선 관심 대상은 너희 회사 차량에 쓰인 대로, **알레스 비어트 라인**(ALLES WIRD REIN, 모든 것이 깨끗하리라)이야, 그런 식으로 그대로 머물러 있어야 한다, 이건 잘되라고 해주는 작은 충고이긴 한데, 네가 이 충고를 받아들이든 들이지 않든, 하지만 네가 내 말을 귀담아들었다면 받아들일 것이고 아무런 문제가 없을 것이다, 쾰러 씨는 커피를 마셨지만, 도저히 마실 수 없는 커피여서 딱 한 모금이었다, 아마 물 때문인가, 생각했다, 너무 커피를 적게 넣었을 수도 있거나 내린 지 벌써 며칠이나 된 묵은 커피인 탓일지도 모른다, 누가 알겠는가, 그리고 컵을 멀리 밀어, 부엌 식탁에 놓고, 플로리안에게 감사를 표하고 일어섰다, 그리고 작별하며 딱 이 말만 했다, 아니, 넌 이 문제는 이렇게 받아들이면 될 것이다, 여기서부터 내가 맡을 테니 너는 너 자신을 돌보거라, 애야, 그리고 다음 목요일에 쾰러 씨는 초인종에 응답하지 않았다, 플로리안은 계속 누르고 또 계속 누르며 점점 더 세게 눌렀고, 벨을 세 번 연달아 빠르게 누르고, 그런 다음 그는 초인종의 가장자리만 살짝 눌러보았다, 하지만 매번 어떻게 하든 초인종 소리는 들렸고, 들을 수 있었지만, 아무 일도 없었다, 쾰러 씨는 평소처럼 문을 열고 나오지 않았다, 그런데 대체 어디 계신 걸까, 플로리안은 궁금했다, 쾰러 씨는 목요일에 오후 6시 이후로 항상 집에 있었다, 뭐가 잘못되었나? 창문을 통해 들여다보았지만 블라인드를 내려놓아 문 뒤가 어떻게 된 건지 알 수 없었고, 정문에서 안뜰 마당을 들여다볼 수도 없었다, 기구들을 갖고 밖에 있을지도 모른다고 생각해서 소리쳐 불렀다, 저 왔어요, 접니다, 플로리안이 왔어요, 하지만 아무 반응이 없었다, 그래서 그는 슬그머니 물러났다, 몇몇 이웃들이, 특히나 그들 생애 후반부에 밖에서 무슨 일이 벌어지고 있는지 내내 창밖을 훔쳐보던 두 이웃은 이 일이 유달리 반가웠다, 허, 저 노인네 플로리안을 들여보내지 않았네, 이게 무슨 뜻인지 모르긴 몰라도, 그들은 반색했다, 하긴, 그들은 모든 일에 기뻐했으니까, 특히 좀체 흥미로운 일이 드문 여기 오스트슈트라세에서 특이한 일이 발생했을 때 반색을 했다, 부르크뮐러 부인은 창문까지 열어젖히고, 슈나이더 부인 댁 쪽을 바라보았다, 슈나이더 부인이 아직 놀란 마음이 진정되지 않아서, 나중에 그 문제를 두고, 둘이 각자 집 앞에 나와 섰을 때야 의견을 나눴다, 그제야 슈나이더 부인 편에서, 글쎄, 이 일에 대해 어떻게 생각하세요? 물어 왔고, 이 질문에 부르크뮐러 부인은 그 사람 분명 집에 있다, 대답했다, 글쎄, 집에 있을 리가 없다, 슈나이더 부인은 그녀를 반박하는 사이, 한편 플로리안은 고개를 숙인 채 반호프슈트라세를 따라 걷다가 바흐슈트라세를 따라 걸어 올라가다, 오른쪽으로 접어들어, 바로 다시 돌아갔다, 도서관에 가기에는 너무 늦었고, 헤어프스트 카페는 문을 닫아서 어째서 퀼러 씨가 집에 없을까 두고 누구든 이야기를 나누고 싶었으나 갈 수 없었다, 누구보다 시간에 철저한 사람인 그가 집에 없다니, 플로리안은 한 시간 동안 돌아다니다가 다시 오스트슈트라세로 돌아와 초인종을 눌렀다, 여전히 퀼러 씨는 집에 없어서, 건너편 집의 초인종을 눌렀더니 슈나이더 부인은 바로 창문을 열었다, 플로리안은 이웃 사람이 어디로 갔는지 혹시 아느냐고 묻자, 그녀는 고개를 절레절레 흔들며 아무 말도 하지 않았다, 그녀는 남의 일에 끼어들지 않았다, 일이 어떻게 돌아가고 있다 괜한 말을 넣을 사람이 아니었다, 다시 플로리안은 터벅터벅 멀어졌고, 걸어가며 혹시 다른 방향에서 갑자기 퀼러 씨가 나타나지 않을까 계속 뒤로 앞으로 돌아보았지만, 그는 나타나지 않았다, 플로리안은 집에 가서 면도를 했다, 수염이 너무 빨리 자라서 어떤 때는 하루에 두 번씩 면도할 때도 있었다, 면도가 끝나자, 물을 큰 잔으로 한 잔 마시고, 오늘은 이제 그만하고 내일 다시 시도해보자 결심하고서, 식탁에 앉아 노트북을 열었다가 도로 닫고서, 새 초안을 식탁 가장자리에서 자신 앞으로 끌어당겼다, 베를린 여행 후 시작했던 편지 초안인데 도통 내용이 만족스럽지 않았다, 왜냐면 모든 줄에서 베를린 여행의 영향이 감지되었기 때문이었다, 이것은 그가 원했던 것이 아니었고, 그 여행은 이와 아무 관련이 없다, 초안을 다시 읽을 때마다, 왜냐면 이제 네 번째로 다시 읽고 있는지라, 매번 자신을 책망했다, 그는 초안에서 자신의 확고한 의도에도 불구하고 그곳에서 일어난 일이 여전히 그를 짓누르고 있다고 해석될 수도 있을,

그런 속이 훤히 드러나는 단어나 구절이 여기저기 발견되었다, 빈 종이에 다시 시작해야 한다고 그는 결정하고 새 종이에 글을 쓰기 시작했고, 그리고 자신에 대해 무언가를 밝힐 때가 왔다고 썼다, 이것도 전체 진실과 결부되긴 하지만, 더 정확하게 말하면 실제로는 자기 자신에 관한 내용이 아니라 그를 기본 입자물리학으로 인도하고 그가 앞서 세 번에 걸쳐 설명했던 그의 후속 결론들로 이끌어준 퀼러라는 분과 관련해서다, 혹시라도 그에게 퀼러 씨가 얼마나 큰 역할을 했는지 총리에게 공개하기로 결정하고, 그, 플로리안 헤르쉬트가 그의 신분을 밝히려고 한다는 것을 퀼러 씨가 안다면 매우 화를 낼 것이다, 불과 일주일 남짓 전에 퀼러 씨가 그를 만나러 다녀간 적 있는데, 플로리안이 퀼러 씨를 이 사건에 연루시키려 든다면 그로서는 매우 심려스러울 것이라고 강하게 다그치며 못 박았다, 그래서 플로리안은 혹시 혐의와 의혹이 있다면 절대적으로 퀼러 씨는 면하게 해달라고 바라 마지않는 이유이며, 그래서 자신이 도출했던 모든 결론, 그가 세 번이나 베를린에 서면으로 전달했던 결과는 퀼러 씨와는 절대적으로 무관함을 총리께서 알아야 하기에 다시 보고하는 것이다, 오히려 퀼러 씨는 자신의 결론을 칸츨러람트에 전달하지 말라고 여러번에 걸쳐, 그리고 갈수록 강경하게 그, 플로리안을 만류했다, 간단히 말해 그런 이유로, 그는 이 사건에서 무슨 역할을 했나 혹시라도 의문이 제기되면 퀼러 씨는 완전 면제해달라고 밝히기 위해 지금 글을 쓰고 있다, 퀼러는 그가 만난 사람 중 최고이자 가장 존경스럽고 가장 현명한 사람이었고, 그를 베를린으로 같이 데려갔더라면 매우 기뻤을 것이지만, 익히 아는 퀼러 씨의 결사반대로 이것은 상상 속에서만 가능했다, 그런 생각을 안고 여행했다, 그는 좌석표를 갖고 있는데도, 기차에서 앉을 자리가 없었다, 승객들이 엄청나게 많았고, 하여튼 할레부터는 모든 곳에서 사람들이 서 있거나 누워 있거나, 바닥이나, 여행 가방에 앉아 있었고, 더군다나 사람들이 계속 오가느라, 마구 뒤섞인 군중이 잠시도 평화롭게 쉴 틈을 주지 않았다, 그는 화장실 중 하나 옆에 붙은 자리를, 이것도 자리라고 할 수 있다면, 찾았다, 링어 부인에게도 역시 이 말을 했다, 대리인과는 별개로 자신의 여정에 대해 말했던 유일한 인물, 링어 부인에게, 모든 것을 말하지는 않았지만, 플로리안은 그렇게 붐비는 기차는 상상조차 할 수 없었다, 그런 일이 있다고 해도 믿을 수가 없었다고 했다, 허, 나도 그런 일이라면 할 말이 많지, 팔을 긁으며 링어 부인이 대답했다, 그녀의 친척은, 플로리안이 아는 것처럼, 카나가 아니라 츠비카우에 살아서 지난 몇 년 동안 그녀는 적어도 1년에 네 번은 그곳으로 여행했다, 그리고 시외 열차에서만 그런 일이 일어난다고 말하는 사람들은 기차로 여행해본 적이 없는 이들이야, 그녀는 플로리안에게 말했다, 때때로 우리가, 특히나 주말에는 무슨 일을 겪었는지 알고 싶지도 않을 거다, 그렇긴 해도 상관없지, 지금은 남편과 1년에 한 번만, 때로는 혼자서, 부활절이나 크리스마스에 가니까, 그러니 네가 어떤 일을 겪었을지 알아, 글쎄, 기차를 타면 다 그런 식이지, 더 이상 창밖을 바라보며 편안하게 앉아서 지나가는 풍경을 볼 수 없어, 특히나 요즘에는 기차 여행에서 두리번거리며 구경을 할 수 없으니까, 제시간에 맞춰 도달하는 적이 없어, 이 전체 라이히스반, 아니, 지금은 뭐라고 부르지? 모르겠네, 그러니 철도 전체가 하나의 엉망진창 대재앙이야, 하지만 차가 나을 줄 알아? 아니올시다, 길 위에 차가 너무 많아서 교통 체증에 교통 체증이 잇달아, 더욱 예측 불가능한 데다가, 오늘날 사람들은 예전처럼 운전하지를 않아, 아무도 더 이상 규칙을 따르지 않는다고, 나는, 링어 부인은 자신을 가리켰다, 보통 그녀가 말을 하다가 "나"라는 단어를 꼭 써야 하는 때면 단호함을 강조하는 뜻으로 자신을 가리켰고, 이는 버릇이 되었다, 자신은 미친 브란덴부르크 운전자는 아니다, 하지만 오늘날 도로에서 벌어지는 일이란 게, 정말 끔찍하다, 차로든 기차로든 사람들은 집 밖으로 발을 들이기 전에 정말 한 번 더 생각해야 한다, 그래서 링어 부부가 카나를 떠나 밖으로 발 들이는 일은 아주 많지 않았고, 주변 지역만 여행 다녔다, 링어 부인의 표현처럼, 마을을 둘러싼 산만 해도 많은 즐거운 순간들을 만끽하기 충분해, 한번 우리와 함께 가자, 그녀는 플로리안에게 말했다, 정말 아름다운 곳들이 많아, 돌렌슈타인 산만 보아도 그렇지, 전망대가 있고 잘레 계곡의 광경하며, 물론 로이히텐부르크도 있어, 멋진 곳들이야, 그리고 그녀는 나중에 집에서 남편에게 그날 저녁 식사를 데워 그의 앞에 차리며 말했다, 우리는 언젠가 플로리안을 데리고 가야 하지 않을까, 어떻게 생각해요, 글쎄, 그런 아이디어는 높이 사고 싶지 않은데, 여보, 링어 씨는 아주 조심스럽게 고개를 저었다, 그는 아내 마음이 이 반편이 고아에게 유난히 여리다는 것을 알고 있었기 때문이었다, 그래서 그는 그녀에게 외출은 그들이 단둘이서만 있을 수 있는 드문 기회다, 물론 부엌과 침대에서도 둘뿐이지만, 그들이 진짜로 함께 있는 것은 산에서만이라고 상기시키려고 했다, 그래서 이 문제는 더 이상 진척을 보이지 않았지만, 링어 부인은 포기하지 않고, 그녀가 남편을 성가시게 졸라대면 언젠가는 그가 그녀의 말에 동의할 것이라고 확신했다, 플로리안은 여행이라고 할 만한 외출을 한 적이 없기 때문이었다, 링어 부인은 그의 삶이 어떻게 그리고 어디로 흘러갈지 정확히 알고 있었다, 이 불쌍한 아이는 그 짐승의 삶에 단단히 묶여 갇혀 있다고, 그녀는 남편에게 불평했다, 그녀는 항상 보스를 '짐승'이라고 불렀다, 아직도 기억이 생생하지만, 그 짐승이 그녀가 열일곱 살이던 때, 그녀보다 여덟 살은 족히 많던 바로 그놈이 로젠가르텐 뒤에서 그녀를 강간하려다가 실패한 적이 있었다, 천만다행으로 그녀는 보기보다 강단 있고 억실억실하고 견고한 인물이었고, 가해자 중앙에 선방을 날려 쫓아버렸다, 그녀는 이것을 결코 잊지 않았고, 잊지 않을 것이며 용서하지도 않을 것이다, 보스가 플로리안을 카나에 데려와 호흐하우스에 집어넣고, 링어 부인이 도서관에서 플로리안을 만나 알게 되었을 때에도 그녀는, 만약 그가 이 아이를 조금이라도 해악을 끼치면 기소해버리겠다고 보스를 위협했다, 링어 부인은 항상 보스 머리 위에 떠나지 않도록 위협을 하지만, 보스는 그다지 위협받은 것처럼 보이지 않았다, 하지만 부인의 강한 성격과 이보다 더 강한 그에 대한 증오 때문에 그는 여전히 그녀의 말을 가볍게 넘기지 않고 조심해야 했다, 경찰에 신고 때문이 아니라, 그가 뭐가 두려워서가 아니라, 그는 링어와 갈등을 빚고 싶지 않아서였다, 아마도 아내와 농탕치던 일 전부 아무것도 모르는지, 쇼핑센터에서 마주칠 때면 항상 그를 아무도 아닌 사람처럼 바라보았다는 점 외에도, 그는 그냥 보기에도—넓은 어깨! 울뚝불뚝 불거진 가슴! 튼튼한 뼈대! 두꺼운 팔과 등과 다리와 복근!—자신보다 훨씬 강했다, 게다가 링어는 철도 건널목 옆의 헬스장에 전혀 가지 않았는데, 링어는 그렇게 태어난 거지, 보스는 이를 두고두고 이리저리 곱씹었다, 물론 그는 플로리안같이 아주 크고 굵은 근육과 뼈 구조를 가지고 있지 않았다, 왜냐하면 그런 사람은 세상에 하나뿐이니까, 하지만 그 호로새끼에게 자신 정도는 직사하게 두들겨 맞을 수 있다, 게다가 링어의 교육 수준은 예나에서 중등직업학교를 다닌, 그것도 일을 시작해야 해서 끝내지도 못한 보스와는 비교도 되지 않았다, 게다가 링어는 유대인, 그러니까, 음모 공모자라고, 보스는 링어를 포함하여 개인적으로 유대인 몇몇만 겨우 알 뿐이지만 유대인 욕할 기회가 있으면 절대 놓치지 않는데, 그와의 관계가, 적어도 그의 시선에서 볼 때 미묘한 구석이 있어서, 그래서 입을 조용히 다물었다, 나는 입 다물어 걸었다, 그는 다른 사람들에게 금요일이나 토요일 저녁에 링어의 이름이 어쩌다가 튀어나오면 나는 입을 다물었네, 말했다, 그 근육질 놈이 카나에 문제만 불러들이기 때문이야, 튀링겐 하이마츠슈츠(향토방위군)*가 어떤 꼴로 끝났는지, 로이히텐부르크 아래에서 그리고 티모 브란트 사건이 어찌 되었는지, 헤이트브라더즈**나 볼플레벤***이 어떻게 되었는지, 매들리가 어떻게 끝장났는지 봐, 이 모든 일의 배후에는 빌어먹을 링어가 있어, 진짜로 그는 우리의 가장 큰 적이다, 하지만 나는 지금은 입을 다물 테니, 여러분도 그의 이름이 거론된다면 똑같이 하라고 제안하고 싶다, 언젠가는 그의 수리점을 폭

---

* 튀링겐 하이마츠슈츠(Thüringer Heimatschutz, THS). 1994년 네오나치와 경찰 정보원으로 밝혀져 이후 큰 물의를 일으킨 티노 브란트Tino Brandt가 세운 조직으로, 루돌슈타트에 돌격대원 형태의 극우 과격파들이 구성원으로, 이후 NSU(지하 국가사회주의자) 테러리스트들로 진화해 살인 사건까지 일으켰다.

** Hatebrothers. 예나를 근거지로 하던 스킨헤드 네오나치, 매들리라는 문신-잡화점을 운영했다.

*** 티모 브란트, 볼플레벤: 네오나치 관련 살인 사건에 연루되어 형을 산 Tino Brandt, Ralf Wohlleben을 염두에 둔 이름으로 추정된다.

파할 테니까, 의심의 여지가 없도록 하자고, 지금은 적절한 때를, 타이밍을 기다려야 해, 동지들이여, 우리의 강점은 타이밍이지, 자, 오늘은, 보스는 다른 사람들을 훑어보더니, 오늘은 때를 위해 술을 마시자고, 타이밍을 위하여, 그리고 **아흐툰다호치크**(팔십팔)* 외쳤다, 그러자 다른 사람들도 **아흐툰다호치크**를 외쳤다, 그리고 나서 그들은 맥주잔을 부딪쳤고, 맥주가 기분이 좋았다, 맥주 항상 좋지, 부르크에서는 항상 쾨스트리처** 흑맥주를 마셨고 물론 다른 때에는 우르-잘펠더를 마셨고 알텐부르거와 아폴다어와 같은 모든 튀링겐 맥주를 마셨다, 예를 들어 위르겐이 헝가리에서 열린 모임에서 한 헝가리 동지에게, 우리 튀링겐에는 상상이 가세요, 총 409가지 종류의 맥주가 있어요, 거짓말 아니고 진짜 놀랍죠, 젠장!, 설명한 적이 있었다, 그리고 헝가리인은 독일어를 조금 알고 있었기 때문에 위르겐이 하던 말을 이해했고 인정한다는 고개를 끄덕이며 말했다, 다스 이스트 구트(das ist gut, 그거 조아요), 씨발, 쉬페터 부주헤 이히 디히 도히 다(shpater buzuche ich dich doch da, 난중에 내가 너를 그럼 방문하겠다), 왜냐하면 실제

---

*　ACHTUNDACHTZIG. 알파벳 H가 여덟 번째라서 Heil Hitler를 뜻한다.

**　Köstritzer. 1543년에 설립된 유구한 양조장, 바트 쾨스트리츠Bad Kostriz에서 나는 맥주. 괴테가 즐겨 마신 걸로 유명하며, 이곳은 바흐 이전에 가장 유명한 교회음악 작곡가, 르네상스에서 초기 바로크 음악을 이끈 하인리히 슈츠의 고향이기도 하다. 바흐도 맥주광으로 유명했다. 일례로 오르간 건설을 자문해주는 2주간의 여행 경비 내역에 약 30리터에 해당하는 맥줏값이 포함돼 있다고 한다.

로 위르겐이 가끔 함께 모여 있는데 사람들이 할 이야기가 없다는 눈치가 보이면 자기 사는 지역에 409가지 종류의 맥주가 있다고 할 사람 누가 있겠냐고, 말했다, 그런 때면, 그냥 맥주는 맥주지, 보스가 삐죽거리고 응수했다, 우리에게는 요한 제바스티안 바흐도 있으니까, 그렇지 않아? 하지만, 하지만, 늘 바흐 얘기를 들고나오는 보스라, 이제부터 지겨워지겠구나 해도, 나머지 사람들은 인정은 해주었다, 그래, 바흐, 좋아, 하지만 매주 바흐가 이러니저러니 들어야 한다면 입이 잔뜩 부어오르지 않겠냐고? 프리츠는 카린에게 볼멘소리를 했다, 다 아 좋다 이거야, 우리에게는 바흐도 있지만 차이스***도 있고 브렘****도 있잖아, 왜 안 쳐줘? 아이들은? 프리츠는 카린을 쳐다보았다, 그들은 중요하지 않아? 안 하냐고, 젠장, 아이들 모두 브렘이 누군지 알아, 근데 누가 바흐를 알아? 보스 같은 몇 명, 잘난 척 좀생이들이나 알지, 그렇다고 내가 바흐가 중요하지 않다는 것이 아니야, 프리츠는 계속했다, 중요하지, 그냥 바흐만 있는 게 아니라, 우리가 다 꼽을 수 없을 만큼 유명한 사람들이 너무 많다 이거야, 우리는 큰 책을 만들어, 튀링겐에서 살면서 무언가를 한 사람을 모두 넣어야 한다고, 안

*** 칼 차이스(Carl Zeiss, 1816~1888). 현미경을 비롯해 과학 기계 제조자이자 안경 제작자로, 현존하는 독일 회사 칼차이스의 창업자.
**** 알프레드 브렘(Alfred Edmund Brehm, 1829~1884). 동물학자로, 각 가정마다 지니고 있던 베스트셀러《동물의 생활(Brehms Tierleben)》공저자다.

그래? 프리츠는 카린을 바라보며 동의를 구했지만 카린은 담배를 물고 정면만 응시했다, 카린은 그런 때 거의, 아니, 통상 이런 자세였다, 그런 때에 너무 오래 그녀를 귀찮게 하는 것은 보통은, 좋은 생각이 아니었다, 프리츠는 말을 끊고 다른 동지들을 향해 멀어졌다, 프리츠는 항상 이것저것 수다를 떠는 말 많은 사람이었고, 카린은 정확히 정반대였기 때문에 둘은 잘 어울리질 않았고 때로는 카린이 프리츠에게 조용히 담배 좀 피우게 저짝으로 네 친구들에게 꺼지라고도 했다, 그런 점에서 사실, 위르겐과 안드레아스도 서로 아주 눈에 거슬려 했다, 그들 중 한 명은 물불 안 가리는 케미 카나의 광팬이었고 다른 한 명은 카나가 아닌 게라 출신이기 때문에 BSG 비스무트 게라의 열렬한 서포터였는데, 예를 들어 마르셀 카이슬 또는 막시 엔켈만, 둘 중에 누가 더 나은 선수인지 같은 것에, 서로 마음이 맞은 적이 없었다, 그래서 다른 사람들, 축구에 건전한 관심은 가지지만, 위르겐이나 안드레아스처럼 진짜 피에 굶주린 완고한 광팬은 아닌 사람들은 이쪽 혹은 저쪽 팀이 경기를 하면 충실히 카나 또는 게라로 갔고 두 팀을 모두 자신의 팀으로 보고 온통 방문 팀의 팬들에 맞서 드잡이하는 일에 너무 행복해하며, 같이 어울려 팀의 응원가를 고래고래 질러댔다, 그러나 단 한 가지 문제가 있었는데, 오스트뷔링겐(동부 튀링겐)의 두 위대한 팀이 카나 또는 게라에서 서로 마주 싸울 때, 그들은 관중석 자리에서 때로는 위르겐의 논평이 맞네, 때로는 안드레아스의 발언이 옳으네, 동의하면서 침묵했다, 일이 이렇게 계속될 수 없다, 게라 미드필더 수비수가 퇴장당해야 한다, 심판은 죽사발로 갈아버려야 된다, 어떻게 저런 파울을 멀쩡히 두 눈 뜨고 넘길 수 있단 말이냐, 어쨌든 중요하지 않다, 시합 후에 저 두 눈을 아예 뽑아버릴 테니까, 한마디로 그들은 모든 일에 같이 끼어들었지만 잠시라도 진정한 사명을 잊지 않았고 특히 보스가 그랬다, 스포츠는 뭐든 다 괜찮다, 다 커뮤니티를 하나로 모으니까, 튀링겐과 관련된 일이라면 모두가 한층 더 그런 식으로 느껴야 한다, 그래서 11월 중순 어느 월요일에 모두의 휴대전화가 울리고, 보스가 동지들! 완전 전투 대기하라!! 말하자, 그런 다음 오후 8시까지 모두 부르크에 모여, 자정 이후에 새로이 감시초소를 세워야 한다는 보스의 최신 관련 전략을 들었다, 이번에는 오직 한 곳, 뮐하우젠이다, 그 ㅈ 같은 쓰레기가 다시 나타났기 때문이다, 보스가 씩씩거렸다, 그의 매부리코와 눈까지 한쪽으로 덮은 성기고 기름진 머리카락이 보여, 보스가 계속해서 말했다, 티셔츠 아래로 얇은 뼈가 다 드러나고, 후드 티를 입고 있지만 그놈의 얼굴이 다 보인다, 딱 그런 모습으로 내 앞에 서 있어, 봐, 그는 마치 그를 붙잡으려는 듯이 두 손을 들어 올렸다, 뮐하우젠에서 전화드립니다, 그날 아침 일찍 걸려 온 전화였다, 저는 슈바르츠 주임 사제인데, 누가 우리 교회 입구가 훼손했는데, 얼른 지울 수 있게 가능한 한 빨리 청소할 사람을 보내주실 수 있을까요? 보스는 회사에서는 물론 사람을 보낼 수 있지만, 만약 디비 블라지이*가 맞다면 본인이 직접 차를 타고 가서 뮐하우젠 일을 손보겠다고 대답했다, 보스는 뮐하우젠부터는 아예 쉿소리로 으르렁거려, 사제는 당최 영문을 몰라 황당했는데, 청소 회사 대표가 도착하고서야, 보스 자신이 선대부터 오래된 튀링겐 사람이란 소개 인사를 해 의문이 해소되었다, 저는 오래된 튀링겐 사람입니다, 보스는 악다문 잇새로 으르렁거렸고 보통은 이 말을 입증할 배경을 설명하곤 하지만 더 이상 말은 하지 않고서 이미, 그는 슈바르츠 주임사제로부터 돌아서서 교회 입구로 향했다, 그리고 멈춰서서 믿을 수 없다는 듯이 얼굴이 온통 붉어져서 간신히, 내가 저놈을 죽여버릴 테다, 말만 뱉었다, 그는 이를 빠드득 갈면서, AGS 60을 바르고 두 개의 그래피티를 지우는 일에 착수했다, 그는 플로리안도 이번에는 데려오지 않았다, 그는 필요하지 않다, 자신이 여기서 필요한 사람이다, 뭐든지 간에 그들 모두 필요로 한다, 여기 여러분 모두가 필요하다, 그는 부르크에 있는 동지들을 가리키며 그날 저녁 모두 다 같이 뮐하우젠으로 출발하기 전에 말했다, 그 절름발이 쥐새끼가 이번에는 늑대의 머리를 다 끝내지 못했기 때문이다, 이번에 분명 중간에 방해받은 거지, 하지만 나는 그를 잡을 것이다, 그리고 충

---

*   Divi Blasii. 성 블라지우스 성당. 젊은 시절 바흐가 오르간 연주자로 일했다.

분히 생각하고 자시고 할 것 없이 다른 사람들도 뮐하우젠으로 몰려가며, 분개와 분노의 감정을 느꼈다, 복수심이 불타올랐다, 지난 몇 달 동안 그들은 어림짐작으로 예상한 이 바흐 성지들에서 헛되이 기다렸기 때문이었다, 이놈이 다음에 어디를 공격할지 한발 앞지르지도 못했고, 알아낼 수 없었는데, 이제 뮐하우젠에서 이 야단이었다, 더 이상은 진짜 못 참는다, 이 말라비틀어진 망둥이, 보스는 부르크에서 교회 주변 어디에 동지들에게 자리를 할당할지 브리핑하다가 잠시 멈추고, 으르렁댔다, 이놈은 튀링겐에 대고 음모를 꾸미고, 독일의 과거에 대고, 우리를 상대로 음모를 궁리했어, 보스는 오펠의 시동을 걸었고 그들은 뮐하우젠으로 출발했다, 그리고 모두가 자정 전에 맡은 자리를 잡고 큰 교회 주변으로 조용하고 텅 빈 마을에서 기다렸다, 새벽에 카나로 돌아왔을 때, 아무도 분노로 얼굴이 시뻘게 단 보스에게 감히, 즈랄, 뮐하우젠에서 대체 무엇을 찾고 있었던 건지, 물어보지 못했다, 이 스프레이어가 교회 입구를 온통 칠해놓은 뒤 자정에 잡힐 위험을 무릅쓰고 돌아와서 **늑대 머리**를 끝낼 가능성은 제로였다, 이 문제는 훨씬 더 냉정하게 다뤘어야 했는데, 동지들은 서로를 바라보며 아랄 주유소 벤치에서 손에 펄펄 끓는 커피를 들고 앉아 있지만, 아무도 이런 말은 하지 않았고, 담배만 뻑뻑 빨아들였다, 나디르는 다른 손님이 없을 때만 그들에게 오직 그들만, 그것도 꼭 안에서만, 담배를 피우라고 허락, 아니, 오히려 그들에게만 담배 못 피우게 말리지 못했다, 하지만 오직 여기에서 예외적으로, 불을 붙이고, 그들은 담배를 빨아들이고 연기를 내뿜었다, 침묵으로 조용했다, 그런 뒤 그들은 흩어졌고 보스는 플로리안을 데리러 갔다, 명단 갖고 있어? 차 안에서 그가 물었다, 그는 오늘 예나로 가야 한다는 걸 알긴 알았지만, 플로리안이 노트북을 얻은 이후로 거리와 집 번호가 포함된 주소 목록을 편집하는 것이 그의 일이었기 때문이었다, 목록은 순서대로 제대로였고, 주소는 헤어프스트 카페에서 예나 시 행정 웹사이트로부터 다운로드했기 때문에 보스가 책 잡을 거리가 없었고, 다만 그 나이가 되도록 플로리안은 왜 제대로 면도하는 법을 배우지 못했느냐, 보스는 항상 아무리 작고 희미한 수염 그루터기라도 발견했기 때문에, 지금 또 마찬가지로 그는 문제가 되는 지점을 지적하고서, 찰싹 때리는 일도 빼놓지 않았다, 플로리안은 목을 움츠리고 빽빽한 차량들을 응시했다, 호모 마을 저리 가라네, 예나는, 보스는 딱딱댔다, 너도 알았냐, 플로리안, 이 예나가 씨부럴 남색가들 집합소인 거, 보스가 예나에 무슨 문제라도 있나, 완전히 이해하지는 못했지만 플로리안은 고개를 끄덕였다, 그는 보스를 이해하려는 일은 진즉에 관두었다, 보스는 이해할 수 없어요, 그는 보스를 링어 부인에게 설명하며 변호했다, 속으로 그는 아주, 아주, 아주 충동적인 삶을 살고 있는데, 하는 말로는 마음속에 무슨 일이 일어나고 있는지 드러나지 않아요, 링어 부인은 플로리

128

안이 보스 이야기를 꺼낼 때면 항상 그랬듯이 얼굴을 찡그렸고, 그런 다음 그녀는 그에게 충동적이란 그런 단어는 어떻게 아는 거니? 물었다, 그리고 그걸로 그 화제는 끝이었다, 플로리안은 계속하지 않았다, 그는 링어 부인이 보스를 좋아하지 않는다는 것을 알았고, 그 이유를 결코 알지 못했지만, 이를 받아들였고, 이제 그는 그녀에게 베를린에서 일어난 일을 들려주었다, 하지만 링어 부인은 다소 정신이 딴 데 팔린 얼굴로 듣고 있었다, 플로리안은 그녀가 건성으로 듣고 있다고는 생각하지 않았다, 그녀는 확실히 주의를 기울이고 있기는 한데, 마치 무언가가 그녀를 묵직하게 짓누르고 있는 것 같았고, 이런 점을 얼굴에서 숨길 수 없었다, 아니, 숨기고 싶지 않았기 때문이었다, 그래서 플로리안은, 뭔가 문제가 있어요? 물었다, 링어 부인은 다만, 오, 아무것도 아니야, 대답했다, 즉, 그녀는 말하고 싶지 않다는 뜻이었다, 그러다 그녀는 도서관 대출 카운터 뒤에서 플로리안에게 작별 인사를 하기 직전에 물었다, 플로리안, 쾰러 씨가 어디에 있는지 혹시 알아? 그리고 플로리안은 깜짝 놀란 얼굴로 그녀를 보고, 그 질문에 너무 놀란 나머지, 당혹스러워 불쑥, 자신도 모른다고 내뱉었다, 그도 이것이 매우 이상하다고 생각한다, 왜냐하면 링어 부인, 상상해보시라, 그가 목요일 저녁 6시에 평소처럼 그 집 초인종을 눌렀는데, 쾰러 씨가 문을 열지 않았다, 그래서 그는 이웃들에게 물었지만, 이웃들은 아무것도 몰랐다, 이런 일은 전에 한 번도 없었다, 왜냐면 쾰러 씨는 시간을 아주 잘 지키는 분이니까, 금요일이 되고, 주말이 되고, 그다음 주 초가 되고, 선생님을 방해하고 싶지 않아서, 목요일이 돌아오기만을 간절히 기다렸다, 정말 학수고대했지만, 한편으로 베를린 일이 중간에 끼여, 다음 목요일에야 다시 초인종을 눌렀다, 아무 대답이 없었다, 문을 열고 쾰러 씨는 나오지 않았다, 그는 몇 번 더 눌렀다, 안에서 소리가 울리는 걸 보면, 종은 잘 작동하고 있었지만, 여전히 아무 대답이 없었다, 쾰러 씨는 집에 없어, 건너편에 사는 이웃이 소리쳤다, 우리도 못 본 지 오래야, 이 이웃은 슈나이더 부인이었고, 역시 창가에 나와 서 있던 부르크뮐러 부인이 즉시 그녀 말을 바로잡았다, 아, 그 노인네 말은 듣지 마, 그녀는 이 일에 대해 상세히 모르니까, 젊은이, 사실이지, 쾰러 씨는 정확히 13일 동안 살아 있다는 징후를 보이지 않았어, 무슨 소리, 아니야, 슈나이더 부인이 반박했다, 13일은 훨씬 더 되었지, 3주는 지났어, 이 사람아, 그리고 그들은 이를 두고 잠시 논쟁을 벌였다, 어쨌든 플로리안은 그들이 어떤 결정에 이를지 기다리며 머물지 않았다, 슬픔에 잠겨, 그는 고개를 숙이고 오스트슈트라세를 떠나 천천히 발길 닿는 대로 걸었다, 슬프게도, 쾰러 씨가 그의 아파트를 방문한 일과 쾰러 씨가 집에 없다는 점 사이에 어떤 연관성이 있을지도 모른다는 의구심이 일었다, 그 이후로는, 그가 도망쳐 앉아 있던 잘레 강둑에서, 모든 일이 그 때문이라는 결론에 도달하는 것은 어렵지 않았다, 퀼러 씨는 더 이상 그를 만나고 싶어 하지 않는구나, 그것이 유일한 설명이었다, 물론 이웃들도 그를 한참이나 보지 못했다, 왜냐하면 퀼러 자신이 밖으로 나오지 않을 충분한 이유가 있었기 때문이다, 그는 문을 열지 않을뿐더러, 플로리안을 잘못 이끌었다고 자신을 책망하고 있었을 테니까, 그건 절대로 아닌데, 전혀 그렇지가 않은데, 플로리안은 두 밤나무 중 큰 나무 아래에서 비통하게 고개를 흔들었다, 그리고 그는 잘레강 급류의 포말에 부서지는 빛을 지켜보았다, 누가 자신을 잘못 이끈 게 아니다, 플로리안은 다시 고개를 저었다, 단지 퀼러 씨에게서 배운 것에서 온통 자신이 걸러냈을 뿐이다, 자신 혼자서 골라냈다, 모든 일의 책임은 자신에게 있다, 퀼러가 웹사이트를 업데이트하지 않는 것도, 그가 플로리안에게 문을 열어주지 않는 것도, 아마 그런 탓으로 누구에게도 열지 않는 것도, 이 모든 일이 다 자신 때문에 일어나다니, 몹시 속상했다, 이제 그가 할 수 있는 일은 아무것도 없었다, 그런 것이다, 퀼러는 헛된 노력으로 그에게 물러서라고 말리려 했지만, 플로리안은 물러서야 할 존재가 아니었다, 아니, 물리쳐야 할 것은 플로리안이 아니라 재앙이었다, 재앙은 벌어지지 않을 만큼이나 일어날 가능성이 다분하여, 이런 일이 사람을 미치게 했고, 이런 극히 비상한 위험과 그에 대한 진정한 각성으로 퀼러 씨가 세상과의 연결을 끊었으리라고 확신했다, 웹사이트를 업데이트하지 않았다는 사실 외에도 퀼러 씨는 다음 날이나 그다

131

음 날에도 집에서 나오지 않았기 때문이었다, 플로리안은 하루의 일과가 끝나고 카나로 돌아오면 언제나 서둘러 퀼러 씨의 집으로 가서 초인종을 눌렀지만, 초인종은 여전히 작동하고 있었으나 아무 대답이 없었다, 길 건너편 대각선에 사는 두 여자 이웃은 더 이상 그에게 한마디도 하지 않았고, 고개를 젓고, 서로를 바라보고, 의미심장하게 입을 다물고, 문전에서 박대받는 그를 측은하게 여기는 눈빛으로 플로리안을 계속 쳐다보았다, 하지만 거기에 대고 그들은 퀼러 씨가 집에 없다고 고함치지도 않았고, 정말로 아무 말도 하지 않았다, 뭐 하러 그래, 그들은 고개만 약간 까닥하고, 플로리안이 떠난 후 각자의 집 앞으로 나왔다, 슈나이더 부인은 고개를 저으며, 퀼러 씨가 그들도 모르는 사이 집을 떠나는 일은 있을 수 없다, 그럴 리가 없다고 했고, 부르크뮐러 부인은 상당히 생각이 달라서, 이제는 슬슬 실종에 대해 말이 나와야 한다고 생각했다, 실종은 무슨, 절대 아니라고 이웃이 화를 내며 반박했고, 그녀는 이 마을에 오랫동안 살면서 모든 사람에 대해 모든 것을 알고 있는데, 우리의 사랑하는 이웃은 집을 떠나지도 않았고 떠날 리도 만무하다고 했다, 플로리안은 이런 말다툼에 참여하지 않았지만, 편든다면, 부르크뮐러 부인 편에 섰을 것이다, 왜냐면, 만약 퀼러가 이 모든 일에 너무나도 지치고 기운이 빠져 개인 기상 관측소도 다 버리고 그냥 떠나버린 건 아닐까, 계속 의심이 들었기 때문이었다, 그러면 플로리안은 더 이상 그에게 질문을 할 수 없을 것이고, 이런 일이, 늘 부담으로 짓누르지야 않았겠지만, 분명히 많은 부담이 될 테니까, 그리고 상황이 그 정도로 팽팽하다 보니, 어딘가로 가버리는 일, 주위 환경의 변화라든가, 어디 다니러 간다면, 머릿속에서 모두 내쫓아버릴 수 있다고 생각하는 일도 당연하다, 어떻게 이런 식으로 벗어날 수 있는지, 어떻게 잠시라도 잊을 수가 있는지, 세상은 언제라도 사라질 수 있는데, 플로리안은 할레에서 도시 간 열차를 잡아탔을 즈음에, 자신이 제대로 올바르게 판단하고 있다고 확신했다, 그리고 몹시도 그악스러운 여행 끝에 하우프트반호프(중앙역)에 도착했고, 베를린 지도에 한참 몰두해 라이히스타크(독일제국의회)에 가려면 어떻게 가야 하나 살폈다, 그즈음에 총리 앞에서 망신스러운 모습을 보이지 않으려 그가 일일이 고심해서 찾아, 연습했던 모든 말들이 딱딱 제자리에 들어가 있었다, 아마도 하우프트반호프 지도를 앞에 두고 불안하거나 자신감 없이, 적어도 다소 주저하는 것처럼 보였을지 모르나, 그는 불안하지도, 자신감 없지도, 특히 주저하지 않았으며 자신이 원하는 바가 뭔지, 가야 할 곳이 어디인지 알고 있었고, 자신이 도달한 깨달음을 누구에게 전달할지도 정확히 알고 있었다, 그렇기 때문에 그는 이 시끌벅적 북새통 수도에서 길을 잃을 수도 있다는 것을 고려하지도 않았다, 그는 길을 잃지 않았고, 한술 더 떠 지도에 라이히스타크가 아주 가까이 있고 걸어서 갈 수도 있다고 분명히 나와 있어서, 그는 걸어서 갔다, 슈프레 강둑을 따라 출발하여 서둘러 크론프린첸브뤼커(왕세자 다리)를 건너 이번에는 다른 쪽 슈프레 강둑을 따라 계속 걸어 금방 라이히스타크에 도착했다, 그는 건물 옥상에 있는 거대한 둥근 지붕을 입을 벌리고 올려다보고, 건물의 다양한 층층에서 이쪽저쪽으로 이동해 다니는 자그마한 사람들을 바라보다 그만, 각양각색 아시아인과 비아시아인 관광객 그룹에 섞여들었다가, 간신히 빠져나왔다, 저렇게 사람들이 많다니, 무시무시했지만, 우리 마을에는, 예나도 그렇고, 더 나아가 드레스덴도 이렇지 않다, 과연 여기 베를린이 맞긴 맞구나, 감탄했다, 그는 이 모든 것을 보게 되어 자랑스러웠지만, 이런 자부심도 잠시, 그 잠깐 여기에 온 이유를 잊었다가, 이 순간적인 망각 이후에 그는 곧 자신이 편지에서 충분히 전달하지 못한 모든 내용을 개인적으로 직접 세세히 설명해야 한다는 사실만 생각했다, 그는 여기 라이히스타크를 마주 보고 서 있자니, 이 점이 분명해 보였다, 집에 있을 때, 그가 여기에 오기로 결정했을 때보다, 훨씬 더 명확하게 보였다, 다 이러는 진짜 이유가 라이히스타크 그 자체로, 그는 라이히스타크를 보자, 즉시 그가 보낸 편지가 한 푼도 가치도 없으며, 그가 바라던 바를 명확하게 묘사하지 못했다는 것을 깨달았다, 그는 이런 점을, 기나긴 대기 행렬 끝에 건물 안으로 들어가면서 경비원에게 언급했고, 메르켈 총리가 어디 있는지 찾을 수 있는지, 그러자 경비의 얼굴에 순간 아연실색하는 표정을 보고, 총리를 안심시켜달라고 요청했다, 이번에는 그가 편지에서 말했던 내용을 총리에게 모호하지 않게, 명확하게 설명하겠다고 했다, 경비원은 이마에 주름을 잡고, 잠시 생각에 잠긴 표정으로 그를 바라보고서 한참 있더니 마침내 갑자기 그에게서 멀어지더니 잘못된 방향으로 가고 있는 떠들썩하고 혼잡한 학생들 무리에게 뒤로 물러나라 명령을 내린 다음, 다시 플로리안에게 돌아서서 오늘 의회 공개일이라고 했다, 공개일요, 하지만 그렇게 활짝 공개되지는 않는다, 한편으로 플로리안은 주제를 벗어나지 않도록 다잡으며, 경비원의 팔을 그러잡고 자신을 향해 끌어당기고 은밀한 목소리로 자신이 헤르쉬트 07769이고 총리가 그의 도착을 기다리고 있다고 말했다, 그가 정오 12시에 오겠다고 총리에게 편지를 썼는데 이제 정오가 다 되었다, 그는 시계를 가리켰고, 진짜 거의 정오가 다 되었다, 경비원은 플로리안이 그의 팔을 잡았을 때 아주 살짝 빗나간 그의 가슴 위 출입 신분증을 바루고서, 플로리안에게 정중하게 말했다, 총리가 여기 없다, 총리가 여기 없다고? 플로리안이 물었다, 어, 그럼, 어디 계신가? 어, 그는 모른다고, 경비원이 대답했다, 이런 일은 플로리안은 누구 다른 사람에게 문의해야 하나,

세상이 사라지고 있는데,

하지만 그는 그런 점에 자신은 전혀 정보가 없다, 이런 경비원

목소리와 시선에서 플로리안은 자신과 자신의 대의에 동조하는 친절한 사람을 대하고 있다는 것을 감지하고서, 그는 이전에 자신을 헤르쉬트 07769라고 밝혔을 때 튀링겐의 카나에서 왔다는 뜻을 전하고 싶어 한 말이었지만, 이것은 단지 지리적인 장소일 뿐이라고 말했다, 다른 관점에서 보면 입자물리학의 세계에서 왔기 때문에, 바로 거기에서 왔다고, 그는 경비원에게 고개를 끄덕였고, 이것은 심각한 사건이며 신속한 조치가 필요하다, 그런 이유로 가능한 한 가장 이른 베를린행 기차편을 타고 왔다, 이에 경비원은 플로리안에게 그를 따라오라고 손짓하고 플로리안을 계단까지 이끌고 가, 왼쪽을 가리키며 물었다, 공원 끄트머리의 저 가판대들 보이세요? 어, 네, 보입니다, 머뭇거리며 플로리안은 대답했고, 거기에서 청량음료라도 마시고 계세요, 거기서 마시는 동안, 제가 총리 각하가 어디 있는지 알아보고 알려드릴게요, 아시겠죠? 저기 짐힘 라즈베리 소다 있을까요? 플로리안은 물었고, 아마 팔걸요, 경비원은 대답했다, 그럼 그러죠 뭐, 플로리안은 감사한 마음으로 그의 눈을 바라보았다, 그런 만남은 라니스 킨더하임(라니스 고아원)에 처음 보스가 왔을 때와 매우 흡사하다고 느껴졌다, 누군가 그를 그런 식으로 쳐다본 것도 그때가 처음이었다, 보스가, 저기 저 아이가, 플로리안이다, 소개를 받았을 때, 그는 즉시 '그런' 식으로 쳐다보았다, 그는 아무 말 하지 않았다, 보육사들은 대부분 제 할 일 제대로 하지 않는다고, 절대 말은 못

할 것이다, 대부분은 평범하게 할 일을 다 했다, 하지만 보스가 플로리안을 바라보는 시선은 달랐다, 보스는 아버지가 아들을 바라보듯이, 아니면 삼촌이 조카를 바라보듯이 플로리안을 바라봤다, 아무도 그런 눈빛으로 바라보는 사람이 없었다, 플로리안은 즉시 자신이 좋은 사람 밑에 들었구나 감지했다, 우리는 벽을 청소할 것이다, 보스는 예나에서 카나로 출발하면서 그보다 머리 두 개는 더 큰, 뼈대 굵직한 소년을 위아래로 가늠하듯 바라봤다, 우리는 씨발 네 또래 ㅈ 같은 동갑내기들이 더럽게 망치고 다니는 벽이며 온갖 것을 청소할 것이다, 그래에에에에피이이이티 예에에수우울가라압시고, 보스는 조롱조로 길게 말을 뺐고, 플로리안은 보스의 입버릇이 얼마나 고약한지 정말 놀랐지만, 익숙해질 것이라고 생각했고, 정말 익숙해졌다, 한 달 후 씨발과 호로새끼와 ㅈ과 ㅈ랄과 개뿔이라는 단어는 아무 의미도 없었고 귀에 들어오지도 않았다, 마치 그가 "그리고"와 "하지만" 같은 단어를 듣듯이, 그가 신경 쓸 필요 없는 단어가 되었다, 누가 "그리고"나 "하지만"이라는 단어에 눈살을 찌푸리겠나, 아니, 알아차리기라도 하는가, 아무도 아니다, 물론 플로리안은 더욱이 라니스에서의 모든 일이 나쁘거나 이질적이라고 절대 단정하지 않을 것이다, 거기의 모든 것이 나쁘거나 이상한 것은 아니었다, 하, 그래도 보스가 그를 호호하우스 8층으로 데려가서 그에게, 글쎄, 플로리안, 이 씨새끼야, 여기가 네 아파트야, 말하자, 플로리안은 거의 목까지 벌떡 뛰었고, 보스는 감사의 인사를, 누가 알긴 알겠냐만, 거의 때려눕힐 듯한 공격을 간발의 차로 막아내고 겨우 플로리안의 강력한 팔을 풀어내고 말했다, 하지만 너는 나를 도와 옆에서 일해야 한다, 일요? 플로리안은 환한 웃음으로 대답했다, 저 성심껏 착실히 일하겠습니다! 그리고 그는 성심껏 일했다, 하지만 아무 소용 없었다, 보스의 눈에는 전혀 차지 않았기 때문이다, 한편으로 플로리안은 일을 잘 해낸다는 말이 사람이 더는 충분히 잘할 수 없다는 뜻은 아니라는 것을, 그저 알아먹으라는 뜻이라고 알아들었다, 다 과정이야, 보스는 때때로 설명했다, 너는 더 나아져야 한다, 그게 우리 독일인의 전통이기 때문이다, 모든 것에서 항상 더 나아지고 더 나아진다, 그래서 플로리안은 보스로부터 모든 일이 항상 더 나아지고 나아지는 훈련 과정의 일부로 이해했다, 그는 노력했고, 보스는 엄격했지만, 플로리안은 꽤 빨리 기술을 터득했다, 그는 먼빛으로도 그래피티가 아크릴로 뿌린 건지, 오일 페인트 또는 펠트 마커로 그린 그래피티인지 그 차이를 한두 달 지나자 알아볼 수 있었고 한두 달 지나자 제법 요령까지 붙었고 그가 해야 하는 일을 했다, 그는 항상 정해진 시간에 작업복과 피델 카스트로 모자를 쓰고 크리스티안-에카르트-슈트라세와 에른스트-텔만-슈트라세*의 모퉁이에

---

* 크리스티안 에카르트(Christian Eckardt, 1790~1867): 카알라Kahla로 이주하여,

서 있다가 차에 올랐다, 똑같이 오늘도 그래서 보스가 정확하게 오전 7시 30분에 그를 태우러 왔고, 그는 차에 올랐다, 보스는 플로리안에게, 일찌감치 그 ○병할 목록 꺼내놓지, 말하는 대신 그는 오늘 고타로 간다고 말했다, 어, 정말 멀리 가네요, 플로리안이 말했다, 하지만 보스는 아무 말도 하지 않고, 그는 반쯤 열린 차창 밖으로 담배 연기를 뿜으며 운전만 했다, 그는 플로리안이 운전면허증을 가지고 있었음에도 불구하고, 플로리안에게 몰아보라고 운전대를 넘긴 적이 없었다, 운전면허증 역시 보스 덕분이었다, 보스는 첫해 그를 운전 학교에 등록시켰다, 직접 플로리안에게 3점 방향 전환** 하는 법, 백미러만으로 주차하기, 겨울에 비상 브레이크 거는 법이나 그런 소소한 것을 가르쳤다, 하지만 절대 오펠을 몰게 하지는 않았다, 언젠가는 너도 차를 사야지, 그럼 우리가 둘로 나뉘어 일하러 갈 수 있을 거야, 딱 한 번 보스가 불쑥 내뱉었지만 다시는 입에 올리지 않았다, 그는 플로리안을 믿지 않았고, 그가 알고 있는 일이라도, 가장 단순한 일조차 혼자서 처리하게 두지 않았다, 플로리안은 보스가 노트북을 사는 것을 도울 때,

---

소매업 사업가로 시작하여 자수성가한 인물. 시멘트 공장을 양도받고, 카알라 도자기 제조공장(1844)을 설립했다. 그 외 지역저축은행 설립을 돕고 지역 교육 및 사회사업에 힘썼다. 에른스트 요하네스 프리츠 텔만(Ernst Johannes Fritz Thälmann, 1886~1944): 독일 공산주의 정치인. 독일공산당 당수로, 게슈타포에 체포되어 부헨발트 수용소에서 살해당했다.

** three-point turn. 차량을 전진, 후진, 다시 전진해서 방향을 돌리는 방법.

좋은 일이다, 지금부터는 차를 살 돈을 저축할 것이고, 그럼 우리는 더 많은 일을 떠맡을 수 있다고 말을 꺼냈다, 아니, 그럴 수 없어, 넌 절대 나를 데리고 차를 몰고 다니지 못할 거니까, 보스가 말했다, 넌 도로에서 공포의 대상이 될 거야, ㄱ새끼야, 우주에 대한 공상에 빠지기 시작한다, 그럼 끝나는 거지, 이미 도랑에 처박힌 것과 다름없어, 그러니 안 돼, 그래서 차도 없었고, 둘이 나눠 가는 일도 일어나지 않았다, 이 바보 같은 애 데리고 다니는 일도 버거울 지경인데, 하물며 어떻게 혼자 하라 내버려둬, 보스는 부대에 말했다, 당연히 나중에 다들 날 다그치러 오겠지, 다 내 책임일 텐데, 그럴 게 뻔한데, 그러니, 그놈 빌어먹을 인생에 단 한 번이라도 운전하라고 맡기지 않는 거라고, 그리고 그걸로 차에 대한 이야기는 끝이었다, 사실 플로리안은 오펠 조수석에 앉아 있을 때조차 두려웠기 때문에 그렇게 마음 쓰이지 않았다, 그는 결코 입 밖으로 내진 않았지만, 보스가 앞서가는 차를 바짝 따라잡는 방식이나, 갑자기 브레이크를 밟는 게 두려웠다, 저러다 언젠가는 누군가 들이박거나 다른 차가 뒤에서 들이받을 것이라고 확신했다, 사실 지금도 보스가 다시, 누구든 자기 길에 끼어드는 사람에게, 두려울 정도로 바짝 운전하고 있었고, 고타로 가는 길에 자신 앞에 있는 모든 차량을 들이받아버리고 싶어 하는 모습이 역력하지만, 보스는 왜 고타로 가는지 말하지 않았고, 플로리안도 그들이 도착해서 슐로스(궁전)에 주차할 때에도 이유를 알 수 없었다, 게다가, 한 시간 주차나 그런 일에 그렇게 높은 요금을 부과하다니 뻔뻔스럽다느니, 보스는 보통 주차 요금기에 돈을 넣어야 할 때마다 늘 투덜거렸는데, 그런 말도 없이, 보스는 곧장 슐로스 교회로 걸어갔다, 하지만 안으로 들어가지 않고 건물 주변을 천천히, 끊임없이 주변을 둘러보고, 계속해서 뒤를 돌아보며 돌았다, 그의 꽁무니에 종종거리며 플로리안은 보스의 주의를 끌어보려고, 청소 작업이 아니라면 보스가 여기서 무엇을 하고 있는지 밝힐까 싶어서 바싹 따라가지만, 보스는 아무 말도 하지 않고, 아무것도 설명하지 않고, 그저 담배를 계속 빨아들였고, 가끔 코를 큼큼거리며, 핸드폰으로 이런 각도에서 몇 장, 또 다른 각도에서 몇 장 이런 식으로 사진을 찍었고, 플로리안에게 차로 돌아가라고 손짓했다, 플로리안이 차에 오르자, 보스는 주차 요금기로 갔는데, 아직 시간이 남았기 때문에 그는 버튼을 눌러 남은 잔돈을 받으려고 했지만 물론 아무것도 나오지 않았다, 그가 할수 있는 화풀이라곤 주차 요금기를 한 방 세게 먹이는 일뿐이었다, 벌써 그들은 다시 A4로 돌아가는 길에 올랐는데, 보스는 여전히 입을 열려고 하지 않고, 미친놈처럼 가속 페달을 밟고, 미친놈처럼 브레이크를 밟고, 창밖으로 소리를 질렀다, 빌어먹을, 씨발놈아, 눈을 얻다 둔 거야?! 그리고 그게 전부였다, 그는 다른 말을 하지 않았다, 돌아오는 길에 그가 뭐라도 말을 할 수 있었을 텐데, 적어도 플로리안은 뭐라도 속 시원히 드러나기를 매 순간 졸이며 기다렸지만, 아무것도 드러나는 게 없었다, 보스는 다시 한번 동지들과만 공유했기 때문인데, 그러나 이번 경우 그는 평소답지 않게 간결했다, 다음 공격이 고타에서 일어날 것이라고 그는 의심했고, 그가 틀렸다, 부대는 다음 이틀 밤 동안 고타에서 보초를 섰지만 허사였다, 보스가 자신의 예감에 속고 있다고, 위르겐은 카나로 돌아가는 길에, 한마디 했다, 그의 목소리에 묻어나는 조롱을 숨기려고 하지도 않았다, 물론 보스 면전에서는 아니었고, 하지만 그들 모두 아랄 주유소에서 늘 하던 자리에 앉아 담배를 피우고 커피를 마시기 전 걸어가며 나온 말이었다, 커피는 뜨끈뜨끈했고 특히나 맛이 좋았다, 나디르는 항상 남편에게, 공급가가 얼마나 되든지 신경 쓰지 마라, 왜냐면 커피콩 로스팅이 잘되면 손님이 제 발로 찾는다고 말했다, 그녀의 말이 맞았다, 이곳에 많은 이들이 연료를 채우러가 아니라 커피만 마시러 들렀다, 나디르네 커피가 맛있다는 소문이 퍼지기 시작했고, 아랄의 허락을 받아 네온사인을 주문해 만들기도 해서, **나디르 특산 커피** 네온사인이 깜박였다, 가끔 나디르는, 사람들이 하는, 주로 위르겐이 송곳니가 빠진 자리를 혀끝으로 끌끌 차며 하는, 이렇게 기가 막힌 커피의 비결이 뭐냐? 너무 맛있다, 같은 질문을 받았다, 그러면 그녀 남편 로자리오가 바로 그녀 옆에 다가와 섰다, 그는 사람들이 커피 맛을 추켜올리려는 게 아니라 나디르의 미색에 알랑거리는 것을 알았기 때문이었고, 그, 로자리오는 그냥 두고 볼 사람이 아니었다, 그는 질투심이 많은 것으로 악명 높았고, 덕분에 아내의 위신은 갈수록 높아졌고, 트럭 운전사들과 개인택시들이 동쪽과 서쪽과 북쪽과 남쪽에서 와서, 나디르에게 집적거려보려고 했지만, 로자리오는 빈틈없이 날선 사람이었다, 자신이 일컫듯 그는 육감이 뛰어났다, 사람들 사이에서 유혹자를 감지하고, 항상 위험을 감지했다, 그의 친구들은 옹기종기, 주말에 로젠가르텐에서 테이블축구를 하러 모이면 로자리오의 등 뒤에서 웃었다, 그렇게 살면 신경 거슬리고 짜증나겠지만, 그녀, 나디르는 그리 거슬려 하지 않았다, 그녀의 여자 친구들이 헤어프스트 카페에서 로자리오를 어떻게 참아 넘기냐 물으면, 그녀는 어깨를 으쓱하며, 오히려 기분이 좋지, 적어도 두 방향에서 내가 남자들에게 여전히 의미가 있다는 걸 아니까, 하는 대답에, 웃음이 왁자하게 터져 나왔다, 이런 이야기가 오르내리면, 나디르의 여자 친구들은 항상 굳건하게 잘 참고 대처하고 있다고 수긍하는 그런 표정으로 나디르를 바라보았지만, 그녀의 상황이 그렇게 장밋빛은 아닐 거라고 의심을 두었다, 자기네 남편들을 다 쳐도, 이 로자리오가 가장 짜증 돋우는 사람이었기 때문이었다, 게다가 아래로 힘없이 늘어진 작고 둥근 맥주 배는 티셔츠나 항상 밖으로 내어 입던 긴팔 윗옷이나, 뭐로든 가려지지 않았다, 그도 이를 남부끄러워하는 눈치였지만, 나디르는 그저 매 순간 광채가 났고, 일종의 동물적인, 저항할 수 없는

143

관능미를 지니고 있었다, 주유소 옆에 마련한 일종의 작은 티가든(다원) 테이블에 커피를 가져다줄 때면 그녀는 환하게 빛이 났다, 뷔페에 자주 일을 도우러 오는 플로리안은 이런 모습에 눈에 띄게 쑥스러워했고, 나디르도 이를 조금은 즐겼다, 왜냐면 이 카나의 골리앗은, 그녀와 그녀의 남편이 가끔 이 별명으로 칭하는 그로서는, '그런' 식으로 그녀를 보는 일과는 완전히 거리가 멀다는 걸 그녀가 넘겨다보지 못했기 때문이었다, 그래서 플로리안은 전적으로 남편, 로자리오와만 이야기를 나눴다, 우체통에 넣어둔 전갈을 받을 때마다 주유소에 와서 일을 하는데 일이란 게 짐을 부리거나 칠을 하거나 나무를 베는 일로, 보통은 로자리오와 함께 일을 했고, 로자리오는 주로 힘 쓰는 일에 단순 보조로 도와주었으며, 일하는 동안에 잡담할 시간이 없었지만 다 끝나면 로자리오는 항상 플로리안을 앉혀두고 그가 먹고 마시고 싶어 하는 것을 주었다, 로자리오가 젊은 친구, 여기 우리 집에서 뭐든 원하는 대로 다 먹고 마셔도 된다고 말했고, 플로리안 앞에 맛있는 샌드위치나 특별한 시럽 음료 같은 것들이 차려질 즈음에, 로자리오는 벌써 신이 나 이야기에 돌입했다, 그는 이야기하고 또 이야기했고, 이야기하는 것도 좋아하지만, 훌륭한 이야기꾼이기도 해서, 그는 가족이나 브라질에 관한 이야기를 했고 플로리안은 로자리오가 정말로 우화를 들려주는 듯이 들었다, 그렇게 그는 로자리오를 아주 많이 좋아했다, 로자리오가 플로리안

이 딱 그런 것처럼 그 지역 사회의 주변부에 위치해 있다는 점
이 이런 애정에 모종의 역할을 해서, 그들 사이에 다른 카나
사람들과 사귀며 지낼 때는 느껴지지 않은 강한 동질감을 느
끼는 일은 어렵지 않았을 것이다, 더군다나 로자리오는 플로
리안의 황소 같은 힘뿐만 아니라 그가 힘든 일에 몸을 사리지
않고 끈기 있고 철저하게 해내는 점도 높이 쳐주었고, 로자리
오는 이런 값어치에 응당, 뭐라도 쥐여주지 않고 플로리안을
맨손으로 보내는 법이 없었다, 플로리안은 괜찮다고, 맛있는
음식만 먹어도 충분하다고 이유를 대며 손사래 쳐도 소용없
이, 일의 성격에 따라 로자리오는 플로리안의 작업복 주머니
에 10유로 또는 20유로까지도 지폐를 찔러 넣었고, 얼마 안
가 나디르는 자신의 아름다움에 플로리안이 쑥스러워한다
는 걸 감지한 뒤로, 그가 주유소에서 일할 때는 남편과 둘만
남겨두곤 했지만, 그녀가 샌드위치나 마실 거리를 그의 앞에
놓으면 미소를 짓지 않을 수가 없었다, 그 미소가 친절의 표
시일 뿐이었지만, 플로리안은 즉시 바닥을 응시하기 시작해,
바닥에 고개를 박은 채로 그녀에게 고맙다고 말했다, 나디르
는 아름다웠고, 그녀가 미소를 지으면 더욱 아름다웠기 때문
에, 아무도 그 미소의 영향에서 벗어날 수 없었다, 위르겐이
부대에서 그녀에게 누구보다 많이, 비록 그가 말한 적은 없지
만, 빠져 있었다, 카린 때문에 부대에서 섹스는 금지된 주제
였지만, 그녀가 커피를 들고 저쪽에서 나타날 때마다, 빠진

송곳니 자리를 혀로 끌끌 차대는 모습만 보아도 그가 얼마나 그녀에게 홀딱 빠졌는지 훤했다, 또는 밖이 추울 때, 안의 카운터에서 그녀가 위르겐에게 미소를 지으며 무엇을 드릴까요? 물을 때, 위르겐은 무얼 달라, 한마디 간신히 더듬거렸다, 나디르와 로자리오는 옛날 시절의 카나에서 남은 이들이었다, 도자기 공장이 감축하던 때, 대부분의 이민자는 마을을 떠났다, 아니, 아예 독일을 떴다, '베트남인들'이 떠난다 — 라는 말은 변환기 시절 당시 카나의 거리 곳곳에서 들렸다, 예전에는 '베트남인'이라는 단어가 안 좋은 어감을 띠고 있었지만, 그들이 떠나자, 카나 주민들은 뼈저린 후회와 애석함을 담아 되뇌었다, 왜냐하면 변환기 시절에 모든 것이 한꺼번에 달라졌기 때문이었다, 모든 것이 텅 비었고 황량하게 버려졌고, 때로는 늙고 아픈 사람들만이 거리에 돌아다니는 느낌이 들었다, '베트남인들'이 떠났을 뿐만 아니라 무언가를 해보겠다고 덤비는 꽤나 괜찮은 지역 출신 젊은이들도 떠났고, 아무데도 갈 곳이 없는 사람들만 뒤에 남았다, 그래도 얼마나 작고 예쁜 동부 튀링겐 마을에서 사는데, 사람들은 비통해했다, 주택 개조 보수가 시작했을 때 상황은 변하지 않았다, 예를 들어, 알트슈타트는 과거 어느 때보다 이 새로운 시대를 맞아 아름다워지고, 조금 지나자 매년, 5월 이후로 관광 가이드가 줄줄이 팀을 이끌고 나타나기 시작했지만, 방문객을 데리고 오래된 건물을 구경하고 기껏해야 호프 식당에서 점심을 먹은 다음 쌩하니, 예나나 에르푸르트 또는 대개 바이마르로 넘어갔다, 추운 계절에는 호프 식당은 완전히 문을 닫았다, 곧 우리는 문 닫아요, 호프 부인은 가르니*를 찾은 투숙객마다 일일이 우리는 시즌 초에만 문을 연다고 알렸다, 부분적으로는 우리같이 많은 나이지만 뭐라도 바쁘게 일할 거리가 생기고, 부분적으로는 연금이 많지 않기 때문에, 우리는 이 약간의 추가 수입이 필요하다고 했다, 그러면, 손님은 동의하며 고개를 끄덕였고, 이 노인들이 무엇을 할 수 있겠는가, 호프 부부를 이해했다, 대부분 손님은 주말에 하루 또는 기껏해야 이틀 저녁을 묵으면서 예나에서 공부하고 있지만 여기 카나에서 살고 있는 성인 자녀를 만나러 내려왔다, 예나 인근이긴 해도, 거의 19킬로미터 떨어진 카나에서, 여기가 훨씬 저렴하기 때문에 자취한다, 그들은 호프 부인에게 말했다, 불쌍하게도 아이가 매일 예나에 있는 대학을 오가야 하더라도, 훨씬 싸게 먹힌다, 이해하시지요, 물론 호프 부인은 이해했다, 비용 든다는 말이 무슨 의미인지 그녀가 어떻게 모르겠는가? 그녀는 고개를 끄덕이며 다정한 미소를 띠고 아침 식사로 주문한 내용에 따라 손님에게 차나 커피를 내놓았다, 플로리안도, 노부부가 성수기에는 종종 물품 배달일에 물건 부리는 데 도

---

* Garni. 독일 및 프랑스에서 객실과 아침 식사, 간단한 음료만 제공하는 소규모 호텔을 일컫는 말.

움을 요청했기 때문에 호프 노부부를 잘 알았다, 물론 그는 그들을 기꺼이 도왔고, 특히 그는 호프 부인을 좋아했다, 호프 부인이 항상 정겨이 대했기 때문이었다, 남편도 친근하게 대했지만 아마도 아파서인지 더 조용해, 손님이나 플로리안과는 아주 많은 대화를 하지 않았다, 다만, 뭔가 배달물이 들어오는 때면, 거듭 놀라워하고 거듭 놀라워했다, 플로리안, 어떻게 그 많은 상자와 궤짝을 '한꺼번에' 옮길 수 있는 거냐?! 플로리안은 이게 뭐 대단해서 그렇게 놀라워하는지 이해가 가지 않았다, 이 두어 점 상자와 궤짝 다 합쳐도 그에게 솜털처럼 가뿐한데, 그는 그것들을 하나씩 아주 멋지게 쌓아서 '한꺼번에' 날랐다, 호프 부인은 항상 플로리안에게 점심이나 아침을 주었고, 배가 고프든 아니든 그는 점심이나 아침을 먹어야 했다, 잘 먹어야 한다, 너처럼 건강한 젊은이는 먹어야 한다고, 안 그러면 다 쪼그라든다고 호프 부인은 말하고 미소를 지었다, 플로리안은 그 미소를 좋아했고, 호프 부인이 웃음을 터뜨리면 그도 좋아했다, 호프 부인은 곧잘 크게 웃었다, 플로리안은 부인에게 튀링겐에서 무슨 일이 일어나고 있다고, 반복해서 다시 누군가 위대한 작곡가 요한 제바스티안 바흐와 관련된 건물을 흉측한 물감칠로 덕지덕지 훼손하고 있다고 말했고, 호프 부인은 목소리를 낮추고 바깥 어딘가를 향해 고갯짓을 하고서, 플로리안의 푸른 눈을 바라보며 딱 한마디, 나치라고 말했다, 플로리안은 무슨 의미인지 이해했다, 보스가 주말마다 가는 부르크슈트라세 19, 부르크의 거주민들을 가리키는 말이었다, 물론 플로리안은 이에 대해 아무 대답도 하지 않았고, 괜한 말을 꺼냈다고 후회했다, 그리고 더 이상 호프 부인이나 다른 누구에게도 위대한 작곡가와 더불어 튀링겐에서 무슨 일이 일어나고 있는지 꺼내지 않았다, 하지만 뭔가 하긴 해야 하는데, 지금은 벌써 12월이었고 하루 이틀 아침나절에 산에 눈이 내렸다, 그런 때 플로리안은 평소와 다른 보스의 행동으로 보아 스프레이어가 또다시 어딘가 습격했다는 것을 알았다, 보스는 핸들을 두드리지도 않고 대신 말없이 창문으로 담배 연기만 뿜었고, 플로리안에게 국가를 부르게 했지만, 그는 도로에 시선을 꼼짝 않고 고정하고서, 그의 얼굴 근육은 입안에 아무것도 없는데 무언가를 계속해서, 리드미컬하게 씹는 것처럼, 움찔거리고 있었다, 보스는 껌을 씹지 않았고 껌을 싫어했다, 플로리안만이 아는 이유로, 윗니가 있을 자리에 완전 제거 가능한 틀니가 있기 때문이었다, 플로리안에게 한 말로는, 언젠가 보스가 어렸을 때 복싱을 하다가, 심하게 나가떨어진 적이 있었고, 앞에 끼고 있던 보호구가 빠져서 중요한 치아들을 모두 잃었고, 그래서 껌이 실수로 이 위 보철물에 붙어 아래로 당기지 않도록 껌을 씹지 않았지만 보스는 다른 누구에게도 이것에 대해, 플로리안 빼고 말한 적이 없었다, 부대 사람들은 아는 바가 전혀 없이, 보스가 껌을 씹는 것을 좋아하지 않는다고만 알았다, 그게 다였다, 플로리안은 국가를 부르고 나서 보스를 곁눈질을 했지만 보스는 한마디도 없이, 꼼짝 않고 앉아 있었다, 다만 그날 저녁, 부대만이 이 작은 바셀린 왕이 아이제나흐에 돌아온 것 같다는 이야기를 들었다, 애매한 게 이번에 그가 원하는 것이 분명하지 않다, 아마 중간에 방해를 받은 모양이다, 두루 아우성이 터져 나왔다, 가자, 카린이 말했다, 다 가자, 안드레아스와 위르겐, 게르하르트와 모두가 말했다, 어디로? 보스는 분노에 찬 표정으로 그들을 바라보고 어디로 갈 거냐고?! 너희들 정말 바보야?! 숫제 고함을 치고 있었다, 내가 이미 말했잖아, 그놈보다 '앞서' 가야지, 뒤꽁무니를 '쫓을' 게 아니라!! 그는 설명하고서, 그는 체념에, 아무 소용도 없는데 꼭 이 말을 반복해야 하나 생각이 든 사람처럼 손을 내저었다, 그런다고 어디 달라지지도 않는다, 이 쓰레기가 무슨 생각을 하는지 그들은 알아낼 수 없었기 때문에 갈 데도 없다, 문제는 우리가 그가 어떤 생각을 하는지 알아낼 수 없다는 것이다, 보스는 말하며, 손바닥을 펴고, 마치 자신을 깨우려는 것처럼 이 문제의 해결책을 일깨우려는 것처럼, 얼굴을 문질러대었다, 이것이 문제다, 우리는 그가 왜 이런 일을 하는지 이해하지 못한다, 보스는 계속 말을 이었다, 지금까지는 우리는 나가서 그를 잡고 싶어만 했지, 생각은 하지 않았다, 이제 우리는 생각을 해야 한다, 알겠지? 그리고 모두가 고개를 끄덕였지만 생각하는 것처럼 보이지도 않았고 해결책이 머릿속에서 튀어나올 기미도 보이지 않았다, 튀어나올 리가 있나, 보스는 그들을 죽 살펴보면서 이 사람들과는 되는 일이 없을 것이고, 더 많은 사람이 필요하다는 것을 알았다, 그는 그날치 자신이 할 말을 마무리하고 맥주를 따서 마시고 부르크에 있는 다른 사람들을 말없이 떠나 오펠을 타고 집으로 가, 대문을 잠그고 개의 목줄을 풀어주고 집 안으로 들어가 노트북 앞에 앉아 담배에 불을 붙인 다음 연기를 내뿜고 천천히 위로 길게 올라가는 연기를 바라보고서 그런 뒤 두 손으로 벗겨진 머리를 받치고 생각했다, 그러나 하루가 정말 길었다, 그래서 화들짝 놀라 잠에서 깨어보니, 머리가 노트북 위에 기대어 있었고 담배는 꺼져 있는데 여전히 두 손가락 사이에 놓여 있었다, 담배를 비벼 누르고, 비틀거리며 침대로 가서, 옷을 벗어던졌고, 그날은 더 이상 생각하지 않고 아침까지 아주 깊이 잠을 잤다, 오랫동안 그렇게 잘 잔 적이 없는데, 자신도 이상하다고 생각했지만 나중에 그는 올바른 질문을 제기한 탓이라고 여겼다, 소위 왜, 이 질문이 모든 일의 열쇠구나, 생각해낸 것이다, 왜냐면 그게 전체 일을 푸는 열쇠니까, 그는 그날 저녁에 반복해서 말했다, 그리고 상황이 특수하니만큼, 그들은 더 이상 평소 만나던 날에만 만나는 것이 아니라 아무튼 매일같이, 일 마치면 날마다 보자, 그야 운 좋게 일 있는 사람에게 해당하는 말이었다, 카린과 안드레아스는 하르츠 IV 수당으로 생활하고 있었고, 위르겐은 청소부로 일하며 고생하지만 입에 간신히 풀칠하는 처지여서 일자리에서 발을 빼려고 하고 있었다, 이유에 대한 답을 찾을 수 있다면 그놈을 바로 후려 잡아챌 것이다, 보스는 말을 이었다, 한 가지 확실한 점이 그래피티들이 모두 바흐와 연결되어 있다는 점이다, 그가 집으로 가는 길에 계속 혼잣말을 이었다, 바흐는 그놈에게 그냥 신성하디신성한 이를 더럽혀야겠다는 의미만이 아니라, 아주 노골적으로 바흐를 혐오한다! 이 침 질질거리고, 여드름 수북한, 후드 티 덮어쓴 사이코패스 새끼, 그리고 보스는 바흐의 전체 역작들 중에서 늑대와 연결된 건 뭐든, 아무거나 찾으려고 노력했다, 그는 이 **우리**는, 적어도 지금은 관심을 접고 **늑대 머리**에만 신경 쓰고 있었기 때문이었다, 얍삽하고, 심보 고약한 해충 녀석이 벽에 매번 똑같이 스프레이로 뿌린 이 **늑대 머리**는 서로 닮은 정도가 아니라 마치 스텐실을 사용한 것처럼 실제로 모두 동일했다, 어떤 인간말짜들은 때로 스텐실을 사용했다, 보스도 많이 봐왔지만 전에는 항상 삼류의 옹졸한 좀생이들은 젖비린내 나는 초짜들, 진짜 그래피티 예술가가 아니었는데, 이놈은 진짜다, 보스는 결론지었다, 그는 비통에차 예나이셰 슈트라세에서 반호프슈트라세로 내려가면서 운전대를 꽉 움켜잡았다, 여기서 우리는 전문가를 다루고 있다, 그것은 확실하다, 그는 못 박았다, 그는 스텐실도 사용하지 않는다, 이 늑대 머리를 아주 여러 번 연습해서 다시 또다시 똑같은 모습으로 뿌릴 수 있다, 분명 그자는 이것을 아이제나흐에서, 우리가 청소해서 닦아낸 것을 다시 두 번째로 작업을 벌여보려고 획책했다, 그는 노란색, 녹색, 갈색 아크릴을 사용한다, 우리가 아는 한 가지다, 보스는 그들이 아는 것들을 꼽아 보았다, 그는 아주 늦은 밤, 동트기 전에 일한다, 그게 둘이다, 보스는 이 지점에서 멈추고 집 앞에서 브레이크를 밟았지만, 대문을 열고 차를 안으로 몰고 가지 않았다, 어떻게 그자가 그렇게 안전하다고 느끼고 행동했는지, 퍼뜩 머리를 한 대 맞은 것처럼 떠올랐기 때문이었다, 아이제나흐에서 처음 신성모독을 저지른 후에도 이 손톱의 때만도 못한 놈이 완벽하고 전적인 안전함 속에서 "작업"을 벌였다는 인상을 받았다, 어떻게 가능할까? 보스는 대문 앞 오펠에 앉아 자문했다, 벼락 맞을 놈들, 그랬던 거야, 퍼뜩 깨달았다, 혼자 행동하는 것이 아니야, 그는 혼자가 아니야, 혼자가 아냐, 그리고 그는 대문을 따고 거기에 걸려 있는 **마인 하우스, 마인 호프, 마이네 튀르, 마이네 레겔른*** 문구가 적힌 명판을 조정했다, 그리고 그는 차를 몰고 들어와서 오펠을 잠그고, 밤 동안 개 목줄을 풀어주고, 집으로 들어가서 앉았다가, 빙글빙글 맴을 돌고 가끔가다 주먹을 공중에 휘두르며 계속 반복했다, 그는 혼자가 아니야, 이건 잘 짜인 범죄 조직이야, 그리고 이 말을 그는 다음 날 저녁에도 부르크에서 반복했다, 알고 보니 다른 사람들은 아무

---

*   Mein Haus, mein Hof, meine Tür, meine Regeln(내 집, 내 마당, 내 출입구, 내 규칙).

생각 없는 사이 궁리하며 뭐라도 결론을 이끌어낸 사람은 그
가 유일했다, 이건 갱단이기 때문이야, 그는 그들에게 말하고,
담배를 공중으로 흔들며 펄쩍 일어났다, 우리는 더 많은 사람
이 필요해, 그는 분명히 모종의 든든한 뒷배가 있는 거야, 알겠
지, 그는 우라질 프로야, 그리고 모두가 동의했고, 약간 안도하
기도 했다, 처음에는 이것이 그들의 무능을 면책하고, 그래서
다들 그를 잡기가 아주 어려웠구나, 성공하지 못한 이유를 설
명하는 것처럼 보였기 때문이었다, 그래서, 보스 얼굴은 빨개
져서 말했다, 우리는 여기서부터 우리끼리만 조직화하지 말
고, 현지 동지들을 찾아 확보해야 한다, 알겠는가?! 그래, 맞
아, 다른 사람들도 고개를 끄덕였고, 더 이상 논의할 필요도
없었고, 다들 보스가 원하는 바가 무엇인지 이해했다, 플로리
안도 변화를 감지했다, 보스가 마치 다른 사람으로 돌변한 것
같았고, 플로리안은 더욱 호기심이 동해서 뭐라도 말해달라
그에게 청했지만, 이제 조바심 내지 말고 짜그러져, 씨새끼야,
대답만 돌아왔다, 장차 네가 해야 할 일 있으면 그때 가서 알
게 될 거야, 그때까지는 입 닥치고 가만있어, 그래서 플로리안
은 입을 다물었다, 자신이 아는 바가 전혀 없는 일을 누가 떠
들고 다니겠는가? 보스가 스프레이어를 두고 하는 말인가 짐
작이 맞는지도 모르겠고, 문제가 좀 진전되었는지도 확신할
수 없는지라, 그는 더 이상 떠보려고 하지 않았다, 어쨌든 그는
자신의 문제, 자신의 개인적인 위기에 봉착해 있었다, 그는 퓔

러 씨에게 일어난 일에, 여기 안 계신다는 난문제에, 완전히 얽매여 있기 때문이었다, 여기 안 계신다, 링어 부인은 도서관에서 플로리안을 볼 때마다 이런 말로 맞았고, 점점 더 수심에 차 불안한 눈빛으로, 플로리안을 거의 비난하듯 바라보았다, 플로리안 자신도 이것이 부당하다고 생각하지 않았다, 그래서 집에 돌아온 그는 베를린의 앙겔라 메르켈 총리에게 새 편지를 쓰기 위해 또 다른 종이를 꺼내 들고, 그 편지에 다시 한번 퀼러의 무조건적인 무죄방면을 간구했다, 총리 각하 부디 양해 바랍니다, 이 문제의 중대한 중요성을 인식하시고, 국가안보국에 이 문제를 다루도록 맡겼을 것인데, 아마 분명 그러셨을 것이라, 그렇다면 이제 국가안보국에 퀼러 씨는 이 문제에서 완전히 배제하도록 지시해주십사, 호소했다, 실로 이제껏 자신이 올린 보고서들로 말미암아 유발된 동요에 대한 책임은 오직 그 자신, 헤르쉬트 07769에게만 있다, 퀼러 씨가 아니다, 퀼러 씨는 어떤 일에도 귀책 사유가 없음을 거듭 천명하는 바다, 그 결론은, 그 자신, 헤르쉬트 07769는 전적으로 그 혼자 도달했으며, 더욱이 퀼러 씨의 승인이 명시적으로 없는 상황이었다, 즉, 퀼러 씨가 플로리안 결론의 적절성에 직접 단호하게 부인했음을 되풀이 밝힌다, 다만 그분은 그를 보호하기를 원했지만, 아무도 그 결과로부터 보호될 수 없으며, 전 지구적 결정과 해결로만 직면할 수 있는 결과들이다, 분명 작금은, 세상이 순전히 우연에 의해 생겨났다고, 또 순전히 우연으로 쉽사리 무효로 돌아갈 수도 있다는 점을 직면해야 한다는 그 사안이, 이슈화되고 있을 것이다, 과학은 그리 똑똑하지 못해 그저 인식도 이해도 하지 못한다, 왜냐하면 여기서는 무서울 정도로 알려진 바 없는 시작점에 접근하는 일이 필수적인데, 이것은 명백히 불가능하며, 도저히 불가해하고 끔찍한 내용은 다만 빅뱅 이론이라는 용어로만 붙일까, 그것도 다만 이름일 뿐, 저 일에 대해서는 아무것도 전달하지 못한다, 수학이나 물리학도 못 하고, 특히 우주론은 더욱이 할 수 없었다, 과학은 당혹감에, 안절부절못해 우물쭈물거리고, 무엇보다 참혹하게는, 입 꾹 다물거나 그저 되는대로 계속해서 나불거리고 있다, 우리가 이것을 이해하지 못한다면, 이 사실에 정면으로 맞서기 위해 전 지구적 차원에서 뭔가 조치하지 않는다면 우리는 다 잃어버린다, 그러면 우리는 세상이, 우주가, 이 전체가, '뭔가'가 '끝나기'를 기다리는 수밖에 없다, 그리고 우리는 모두 없어질 것이지만, 대재앙의 파멸을 기다릴 필요는 없다, 우리는, 플로리안은 편지로 베를린의 앙겔라 메르켈 총리에게, 대재앙의 파멸은 삶, 세상, 우주의 자연스러운 상태이며, 그리고 무언가의 '자연적인' 상태이며, 대재앙의 파멸은 지금임을 이해해야 한다고 썼다, 총리 각하, 이것이 우리가 수십억 년 동안 살아온 세상이고 '시작'과 비교하면 아무것도 아니다, 플로리안은 총리 각하의 답변을 오래 기다리지 않아도 될 것이라 확신하며, 그때까지, 메르켈 총리에게 퀼러 씨의 귀가 '조치를 시행'해달라고 아주, 아주 간절하게 애원하며 편지를 마쳤다, 하지만 퀼러 씨는 돌아오지 않았다, 마찬가지로 답장도 도착하지 않았다, 제시카는 플로리안이 새로 작성한 최신 편지를 부쳐도 전혀 신경을 쓰지 않았고, 그러고 나서 받은 답신이 있는지 그가 계속 들르자, 다들 로스슈트라세의 우체국에는, 아침이 있고, 저녁이 있고, 항공우편이 있고, 등기 우편이 있고, 헤르쉬트라는 이름 앞으로 도착한 우편 있느냐는 질문을 달고 사는 플로리안이 있다는 점에 익숙해지기 시작했다, 그리고 슈나이더 부인 역시 부르크뮐러 부인에게 이 헤르쉬트라는 아이가 더 이상 사람 좋은 우리 이웃을 방문하러 오지 않는다고 언급했다, 그들끼리 퀼러 씨 별칭이 사람 좋은 우리 이웃이었고, 다른 사람들이 흔히 "웨더맨 퀼러"니 부르는 그런 별명은 입에 올리지 않았다, 얼마나 무례한 언사인지, 슈나이더 부인이 이죽대자, 부르크뮐러 부인도 아주 예외적으로 그녀 말에 동의했다, 누구 퀼러 씨가 얼마나 좋은 사람인지 아는 사람 있다면, 당연히 그들이었다, 둘 다 그를 아주 훌륭한 이웃으로 여겼고, 좋은 이웃은 진정한 축복이었다, 특히나 퀼러 씨 같은 신사는 최고라는 칭송 외에 할 말이 없었다, 항상 환대로 그들을 맞이하지, 국제 여성의 날에 그들에게 창문 너머로 몇 마디 기분 좋은 말을 잊지 않고 붙이지, 단 한 번이지만 그래도, 안뜰로 들여보내주어, 그들에게 그의 새로운 기계를 하나 구경시켜준 적도 있었다, 그 기계에 대한 소식은 어떻게 그들도 들어 알고 있었다, 진정한 젠틀맨이었어요, 글쎄, 슈나이더 부인은 그녀의 이마에 내려온 구불거리는 옛날식 머리카락을 가다듬었다, 이는 현시대의 요구에 따라 오래전에 머리를 짧게 깎은 뒤 유일하게 남은 옛날식 머리카락 꾸리였다, 그리고 분명히 교육받은 사람이기도 했다고, 부르크뮐러 부인이 질 수 없다는 듯이 덧붙였다, 인물평은 그 정도에서 접고, 그런 다음 그들은 퀼러 씨가 어디로 갔을지 밝혀내려는 짐작에 돌입했다, 이 방면에 부르크뮐러 부인의 의견이 승기를 잡은 이후로, 사람 좋은 이웃이 집에 없다, 그가 그렇게 오랫동안 아무 기척 없이 집 밖으로 나오지 않는 일은 불가능하다는 이유로 둘 사이에 더 이상 논란거리가 아니었다, 그들이 잠들어 있는 한밤에 떠났을 것이다, 예를 들어, 예나행이 23시 46분에 있다, 부르크뮐러 부인이 먼저 날렸다, 그 차편으로 친척집에 족히 갈 수도 있다, 자정이 넘어 방문해? 다른 여자가 말을 되받아쳐, 그럴 성싶지 않다고 했다, 그들은 그 문제를 두고 대해 잠시 옥신각신했지만, 퀼러 씨가 어느 기차나 버스를 타고 떠났을지에 대해서는 합의에 이르지 못했고, 그가 떠났고 집에 아무도 없다는 사실에 대해서만 타협을 보았다, 그들은 떠난 일이 꽤 달갑지 않았고, 그렇게 플로리안이 목요일이든 어느 다른 날이든 더 이상 오지 않는 일도 꽤 행복하지 않았다, 분명히 이 문제로 플로리안은 뭔가 알고 있을 텐데, 두 이웃은 마음이 맞았지만 플로리안이라고 이 문제에 대해 더 아는 것도 없었다, 그는 아무것도 몰랐다, 그는 헤어프스트 카페에서 퀼러 씨의 웹사이트에서 옛날 데이터만 보일 뿐, 업데이트되지 않는다는 것을 알았고, 하루하루 걱정에 걱정이 더해갔으며, 가혹한 악몽들로 몹시 괴로웠다, 그의 악몽 속에 보이는 퀼러 씨는 어떤 때는 감방에, 어떤 때는 취조실에 앉아 있었고 강한 빛이 눈에 내리쬐고 있었다, 그리고 이러한 고문 같은 이미지는 호흐하우스 앞 공원에서 사복을 입은 두 남자가 자신을 기다리고 있던 어느 화요일 이후 더욱 자주 나타나기 시작했다, 이 둘은 대리인과 이야기를 나누고 있었는데, 대리인이 플로리안을 보자 저기 저 사람이다, 그를 지목했고, 그러자 두 남자 중 한 명이 다가와 플로리안 앞에 섰다, 몇 가지 질문드릴 게 있는데, 시간을 조금 내주시겠습니까? 그리고 그들은 에르푸르트에서 왔다고 말했다, 그러시겠지요, 플로리안은 불길한 예감을 느끼며 말했다, 그러고 나서 그는 두 사람을 8층으로 데려갔고 물 한 잔씩 주고, 그들이 헐떡이는 숨을 진정할 때까지 기다렸다가 첫 번째 질문을 했다, 퀼러 씨 때문인가요?! 있잖습니까, 두 남자 중 한 명이 대답했다, 아니요, 우리는 당신에게 관심이 있습니다, 네, 네, 하지만 퀼러 씨는 어떻게 지내세요? 퀼러 씨가 누구인가요? 그들이 물었다, 뭐, 뭔지 모르겠지만, 말하며 손짓으로 더 이상 플로리안 말을 막았다, 들어보니 사실 그들이 알고 싶은 바는 메르켈 여사를 라이히스타크에서 만나게 해달라 찾아다닐 때 그가 혼자였는지, 그가 편지를 혼자서 썼는지, 메르켈 여사로부터 무엇을 원하는 건지 물어왔다, 그리고 플로리안은 묻는 내용을 확언해주었고, 그들은 오랜 시간 이야기를 나누며, 두 남자는 질문을 하고 플로리안은 대답했고, 그게 전부였다, 그들은 퀼러 씨에 대해 아무것도 몰랐다, 아니 적어도 그들의 주장이 그랬다, 하지만 플로리안은 다른 것에는 관심이 없었고 그들이 떠난 후에 퀼러 씨가 어디에 있는지, 어디에 갇혀 있는지, 아니, 아무것도 속 시원히 밝혀진 것이 없어 플로리안의 낙담은 이만저만이 아니었고, 평소에 일로나의 뷔페가 열려 있으면 저녁을 먹으러 갔는데, 일로나 가게로 가지도 않았다, 가도 해될 것 없었을 것이다, 왜냐하면 지금처럼 힘든 시간을 겪을 때면, 파트타임 아스팔트 근로자이며, 연금 수급자, 하르츠 IV 수당 수급자 등등, 그가 수년간 알고 지내던 사람들이며, 그리고 맥주 한잔을 하러 일로나의 가게에 매일 모습을 드러내는 단골손님들과 어울려 잠시 한눈팔고 기분 전환을 할 수 있는 곳이니까, 일로나는 남편과 함께 이동식 주택을 뷔페로 개조했는데, 그래서 안에 앉을 수도 있었고, 그래서 카운터도 있고, 선반, 벤치 세 개, 의자세 개도 있었다, 문 안쪽에는 밀리테어게비트-레벤스게파(Militärgebiet-Lebensgefahr, 군사지역-생명에 위험)라고 적힌 재있는 명판이 걸려 있었고, 트레일러 지붕에는 **그릴호이젤**이라는 간판이 있었는데, 대단한 건 없었지만, 단골손님들에게는 친근한 분위기를 주기에 충분했고, 뷔페는 바우마르크트 앞에, 호흐하우스에서 대각선으로 맞은편에 세워두고 있어서, 플로리안은 몇 걸음만 내디디면 항상 활기를 북돋워줄 사람이 있는 곳에서 말벗과 어울릴 수 있었다, 그런 점 하나는 일로나 가게에 비할 데가 없었다, 특히 도자기 공장에서 네 시간 창고 교대근무를 하는 호프만이 버티고 있는데, 그는 최고 농담꾼 담당으로 치부되었고, 농담은 두 가지뿐이었지만 항상 대히트였다, 단골손님들이 이미 농담을 잘 알고 있었기 때문이란 딱 그 이유였다, 호프만은 특히나 둘 중 하나를 생판 모르는 누군가가 보크부어스트를 먹으러 어쩌다 일로나에 멋모르고 들어오는 사람이 있으면 즐겨 써먹었다, 호프만은 이 손님이 여기 와본 적 없다 싶으면 부푼 열의를 띠고, 여기 들어 보세요, 그는 방 한가운데로 팔짝 뛰어들어 바닥을 가리켰다, 여기는 런던입니다, 아시겠지요? 그리고 이건 템스강입니다, 이해 가시죠, 네? 왼쪽 강둑에 나무가 있고, 호프만은 어디인지 가리켰고, 오른쪽 강둑에 나무가 있어요, 그는 두 번째 자리도 가리켰고, 자, 질문입니다, 가운데에 뭐가 있을까요? 그리고 물론 낯선 사람은 전혀 모르는 눈치라, 단골손님들은 아주 환희에 겨운 모습이었고, 그러면 이에 호프만은 낯선 이를 향해 손짓하고 말했다, 자자, 그렇게 어렵지 않아요, 잘 들어 보세요, 한 번 더 말씀드릴게요, 여기가 런던입니다, 그는 다시 바닥을 가리켰고, 이건 템스강입니다, 왼쪽 강둑에 나무가 있고, 오른쪽 강둑에 나무가 있어요, 가운데에 뭐가 있을까요?

그러면 물론 이제 낯선 사람은 완전히 당황해 어찌할 바를 모르고, 단골들은 와자하니 웃어졎혔다, 사람들은 얼굴에 붉은 반점이 있는 호프만을 한껏 즐기고, 그가 항상 똑같은 열정으로 누군가를 속이려고 드는 것도 즐겼고, 항상 이 장난이 먹혀들어, 호프만은 이로 또 행복을 누렸고, 일로나의 분위기는 최고조에 달하여, 맥주 한 순배는 더 주문이 들어갔다, 당연히 플로리안도 항상 그 순간에 그를 짓누르거나 그의 생각을 사로잡고 있던 일들을 싹 잊을 수 있었는데, 바로 그런 이유로 그가 지금 일로나에게 가지 않았다, 그는 사복 차림 이 두 사람이 좀체 퀼러 씨에 대해 아무것도 알려주려고 하지 않는다는 사실에 억눌리지 않기를, 들러붙지 않고 그냥 넘기는 일은 바라지 않았기 때문이었다, 더군다나 플로리안은 그들이 모든 것을 알고 있다고 의심했고, 그들이 모른다는 생각은 아예 들지 않았다, 그는 퀼러 씨가 끌려갔다고 확신했고, 퀼러 씨가 자신 때문에 끌려갔다고 또한 확신했다, 그는 자신이 한 일을 어떻게 해야 바로잡을지 하나도 생각이 떠오르지 않았고, 퀼러 씨를 어떻게 풀려나도록 할지 몰랐다, 그는 다른 누구보다도 퀼러 씨가 완전히 결백하다는 것을 알고 있었고, 그들이 누구이든 그를 풀어줘야 한다, 풀어줘서는 안 될 사람은 그, 플로리안이니까, 그런 비슷한 일이 마침내 일어난다 해도 문제조차 되지 않을 것이다, 그러면 퀼러 씨는 마침내 돌아올 수 있고, 또 한편으로 플로리안이 이 문제에 대해 행동을 취할 수 있는 사람들에게 더 가까이 갈 수 있을 것이기 때문이었다, 만약 그들이 이미 행동에 돌입하지 않았다면 말이지만, 플로리안은 이 점에 대해 자신이 없었다, 이날까지 그가 보낸 편지에 어디 하나라도 답장을 받지 못했다는 사실에 그의 해석은 대부분 그가 어떤 하루를 보내고 있는지에 따라 다양하게 변하기 때문이었다, 어쨌든 그래도 저곳에서 확실히 무슨 일이 일어나고 있다, 그들은 그와 그의 말의 요지를 관심 깊게 주시하고 있다, 어쩌면 이런 일도 가능하다, 플로리안은 때때로 베를린의 침묵은 바로 그 자신, 플로리안이 자신의 사명을 완수했고 이제 다른 사람들이 그 문제의 책임을 넘겨받았다는 의미라고 상상을 펴기도 했다, 그래, 그렇다, 그럴 가능성이 매우 높아, 그런 때 그는 눈앞에 아주 선명하게, UN 안전보장이사회의 거대한 회의 테이블이 보였다, 그 테이블 위에는 똑같이 거대한 서류들이, **그의 서류**들이 놓여 있었다, 앙겔라 메르켈, 독일 연방 공화국의 총리이자 세계에서 가장 강력한 여성인 그녀가 경고받은 내용을 즉시 이해했을 것이라고 확신했기 때문이었다, 메르켈 부인은 매우 영민했고, 누군가가 한때 물리학을 접하고 배웠다면, 아닌 게 아니라 총리도 그쪽으로 공부했으니까, 의심의 여지 없이 즉시 이해하고, 즉시 조치를 취했을 것이다, 게다가 그녀의 남편도 과학자였다, 이런 내용은 〈오스트퇴링어 차이퉁〉에도 실렸다, 메르켈 총리와 남편이 집에서 문제를 논의하는 광경이 그의 앞에 떠올랐다, 음, 어떻게

생각하세요? 메르켈 부인이 묻고, 음, 잘 모르겠습니다, 남편
이 대답한다, 그러고 나서 잠시 이리저리 생각한 후 그는, 이
문제를 꼭 처리해야 한다는 점은 확실하다, 우리는 위험을 과
소평가해서는 안 되기 때문이다, 덧붙인다, 플로리안은 어느
정도 이런 식이리라 상상했지만 베를린은 조용했고, 그리고
그는 보스 앞에 서 있었다, 보스는 일이 끝난 뒤에 그날은 유
난히 일찍 일이 끝났지만, 우리는 아직 집에 안 가고, 너도 나
와 함께 간다, 말했다, 그는 오펠을 타고 보스 옆에 머무른 채,
그들은 아랄 주유소에 주차했다, 왜냐하면 나중에 거기에서
부터 출발할 예정이었기 때문이었다, 플로리안은 로자리오와
시선을 맞추려고 계속 시도했다, 지금까지 그는 항상 아랄 주
유소에 혼자 오지 않은 적이 없는데, 지금은 전체 부대원과 함
께, 흡사 그들 중 한 명에 속하는 것처럼 와 있었다, 하지만 아
니다, 그는 오로지 보스 때문에 거기에 있다, 그는 어떻게든
표정을 통해 로자리오에게 전달하려고 했지만 로자리오가
그의 시선을 피해서 전할 수 없었다, 그런즉슨 플로리안은 아
무도 그에게 어디로, 그리고 왜인지 말해주지 않는 건 전혀 관
심 밖이었고, 부대원들끼리는 이제 그들만 아는 은어로 서로
대화하며, 담배를 피우고, 커피를 마셨다, 보스가 플로리안의
커피값을 내줬고, 플로리안이 고맙다고 하려고 하자 보스는
초조해하며, 냅둬라, 체면치레 인사 필요 없다며 손을 내젓고,
보스는 급히 가야 하니 얼른 커피나 마시라고 손짓으로 다급

하게 플로리안에게 재촉했다, 그래서 그들은 떠났다, 먼저 바이마르로 가는 B88을 타고, 그다음 A4를 타고, 그다음 겔메로다에서 그들은 도시로 들어가는 도로로 방향을 틀었다, 보스는 이리저리 차를 몰더니, 마침내 어느 집 앞에 차를 세웠다, 그는 말없이 플로리안에게 따라오라고 하고서, 보스는 집의 초인종을 눌렀고, 실내복을 걸친 나이 든 남자가 나왔다, 그의 머리는 문신으로 뒤덮여 있었지만 온 곳에, 턱이며, 이마며, 정수리며 두 귀에 있어, 플로리안 눈에는 오직 이 턱, 이마, 정수리, 그리고 저 두 귀에 있는 그려진 것들만 들어와 다른 것은 살필 겨를이 없었다, 보스는 오랫동안 무언가에 대해 이야기했고, 그 남자는 꿈쩍 않고 가만 서서 조용히 귀를 기울이고, 오직 그들이 떠날 즈음 마지막에 알아들었다는 표시로, 고개를 한번 까딱, 끄덕였다, 그리고 그는 그들을 집 문까지 배웅했고, 악수했다, 악수하는 손은 강했지만 땀에 젖어 있었다, 플로리안은 차에 탈 때까지 작업복 바지에 손을 닦았다, 그가 무언가를 물을 짬이 나기도 전에, 그들은 이미 다른 건물 앞에 섰다, 여기도 호흐하우스였지만 플로리안네 건물보다 더 높았다, 그들은 벨을 눌렀고, 누군가가 게 누구냐고 물었다, 보스가 대답하자, 바로 갈게요, 응답이 나왔다, 이번에는 문 앞에 젊은이가 나와 섰다, 공원으로 갑시다, 거기가 더 낫습니다, 그는 보스에게 낮게 말했다, 오케이, 보스가 대답했다, 그리고 그들은 몇 걸음 내딛고, 침묵 속에 공원 끝 아파트 건물 앞에 있는 벤치에 앉았다, 다른 사람이라고는 세 개 떨어진 다른 벤치에서 자고 있는 노숙자뿐이었다, 플로리안은 노숙자가 저러다 벤치에서 떨어질 것 같다는 느낌이 들었다, 그는 정말 딱 가장자리에 누워 있었다, 그는 보스의 관심을 끌고, 머릿짓으로 노숙자를 가리켰다, 입 닥치고 있어, 보스가 그에게 입꼬리 끝으로 다그쳤고, 플로리안은 입 닥쳤다, 당연히 그도 여기 이 일이 더 중하다는 것을 알았지만, 그는 그저 노숙자가 벤치에서 떨어지지 않을까 걱정으로 조마조마했다, 만약 그가 어쩌다 반대편으로 몸을 뒤집는다면 그는 보나 마나 떨어질 것이 뻔했다, 그래서 플로리안은 내내 여차하면 뛸 태세로 기다렸다, 그래서 그 남자가 뒤집으려고 하면, 플로리안은 반대편 벤치로 뛰어가 그를 잡으리라, 하지만 노숙자는 움직이지 않았고, 다시는 일어나지 않을 사람처럼 벤치에 누워 있었다, 심지어 차 안에서도 플로리안은 그 생각을 떨쳐버릴 수 없었다, 조만간 노숙자가 다른 쪽으로 몸을 뒤집을 것이고 그때는 그를 잡아줄 사람이 아무도 없을 것이라는 생각이 들끓어 머리에 맴돌았다, 그는 아무것도 묻지도 않았다, 매우 중요하고 비밀스러운 문제를 두고 대화가 진행 중이란 게 확연했기 때문에, 묻는 게 훨씬 좋았을 테지만, 나와는 아무 상관이 없어, 플로리안은 생각했다, 그러나 그것은 그의 착각이었다, 왜냐하면 그로부터 바이마르에서 오는 아우토반 A4로 진입한 지 얼마 안 되어 보스는 침묵을 깨고 말했다, 방금 네가 내 보증보험이었다는 걸 알았으면 하는데?! 그래서 지금 아주 중차대한 작전의 일부로 참여하고 있고, 작전요? 플로리안이 놀라서 되물었다, 그래, 씨발, 작전, 보스가 그를 향해 호통쳤다, 우리는 더 이상 기다릴 수 없어, 이참에 너도 입회했다고 쳐, 우리 편에 모든 독일 애국자가 필요해, 그리고 너는 애국자지, 그렇지?! 그리고 그 대답에 그렇다는 말 외에 달리 할 수도 없어서, 애국잡니다, 그럼, 좋다, 보스는 종결지었다, 그러고 나서 다시 플로리안은 국가를 불러야 했다, 저쪽은 한마디도 하지 않았고, 분명히 다시 제 생각에 깊이 잠겨 있는 모양이었다, 그리고 B88에서 그들은 오래된 슈코다의 후면을 들이받았다, 플로리안은 방금 무슨 일인지 영문을 몰랐다, 일순간에 일어난 일이었다, 그와 보스가 모두 앞으로 밀려났고, 두 사람의 머리가 앞유리에 상당히 세게 부딪혔으며, 빠르게 풀린 에어백이 그들을 좌석으로 도로 밀어 넣었고 안전벨트가 그들을 꽉 조였다, 쟈랄, 재수도 더럽게 풍년이야, 보스는 주섬주섬 차에서 내려 이미 슈코다의 뒤편을 살펴보고 있던 운전자에게 다가갔다, 그리고 그는 한 방 날려 그를 쓰러뜨린 다음, 바닥에 누운 상대방의 얼굴을 세게 발로 차고, 마치 아무 일도 없었던 것처럼 그는 오펠로 돌아가 앉아서 시동을 걸고, 차를 몰아 벗어났다, 누구 좋으라고 내가 경찰 기다릴 것 같아?! 그는 야단스레 혼자서 투덜거렸다, 사실 그는 이 모든 일에 대해 아무 상관 않고 될 대로 되라는 사람처럼 보였다, 될

대로 되라지, 신경이나 쓰나, 보스는 나중에 플로리안이 그 남자가 다쳤을지도 모르잖아요? 물었을 때 던진 말이었다, 그 말에 즉시 플로리안은 다시 입을 다물었다, 그렇다고 매를 부르고 싶지는 않아서였다, 아니나 다를까 맞기는 했다, 주의를 기울이고 있지 않다고 뒷목을 손바닥으로 한 대 맞았다, 물론 그는 차 사고로 엄청나게 충격을 받았고 그는 보스가 꽤 오랫동안 그에게 말하고 있었다는 것을 깨닫지 못했던 것이다, 계속 딴청을 피우고 있으면 내가 너에게 하는 말이 무슨 소용이냐, 썩을 놈아, 하지만, 하지만, 하지만 듣고 있었어요, 플로리안은 고개를 끄덕였고 정말 그 지점부터 그는 주의를 기울여 들었다, 그는 보스로부터 저런 놈들은 모두 일렬로 세우고 머리에 총을 쏴버려야 한다는 말을 주워들었다, 왜냐하면 그들은 도로를 보지 않고, 브레이크를 밟고, 내가 바로 뒤에 따라오는데도 눈곱만큼도 신경 안 써, 고개 빳빳한 기고만장, 아냐, 눈꼴신 우라질 씨발 나리들은 그 자리에서 그대로 깨꼬닥 뒈져야 해, 그런 사람들이 왜 차를 타고 다니고 지랄이야? 어? 왜냐고?! 플로리안이 대답하지 않자, 보스가 대신 대답했다, 뭐, 엿이나 먹으려고, 내가 제대로 본때를 보여, 그 멍청이 새끼는 이제 한 방 먹었으니, 다시는 우회전하면서 내 앞에서 브레이크를 밟지 못할 거야, 그런 놈들은 말뚝에 꽂아버려도 시원찮아, 슈코다도 같이, 슈코다가 뭔지 알아, 플로리안?! 완전 똥무지야, 그게 바로 슈코다야, 씨발, 체코 놈들이 우리 독일

산 VW를 훔쳐서 이제 150으로 여길 휙휙 지나다녀, 휙 하니
내 앞에 지나가보라고, 그러면 끝장일 거야, 황천길로 나가떨
어져, 그놈은 그래도 싸지, 그 병신 놈들 전부 그래도 싸, 이제
내 앞범퍼는 어떻게 하나, 썩을 놈이 해치백으로 내 라디에이
터를 부숴버렸어, 저런 라디에이터가 얼마나 드는지 알아? 플
로리안은 몰랐고, 다시 귀를 닫아걸고 보스가 계속 말하게끔
내버려두었다, 보스가 실수하면 무슨 일이 일어나는지 경험
으로 이미 알고 있었기 때문이었다, 지금 보스는 실수를 저질
렀고, 그냥 슈코다 운전자에게 덮어씌울 것이다, 이건 확실했
고, 플로리안은 보스도 이걸 정확히 알고 있다는 걸 정확히 알
고 있었다, 그래서 그렇게 화가 난 거지만, 상관없다, 이런 때
면 플로리안은 신경 딱 끊고 귀를 닫아걸 수가 있었다, 왜냐하
면 보스는 마침내 진정될 때까지 계속 이야기하고, 이야기하
고, 이야기할 테니까, 기껏해야 한 대 맞으면 그만, 그게 전부
였다, 그들은 에른스트-텔만-슈트라세로 접어들고 집 앞에
멈췄고 플로리안은 차에서 내려 대문을 열었고, 오펠이 굴러
들어가고, 플로리안은 대문을 닫았다, 그런 뒤 그는 혹시 보스
가 뭐든 자신을 필요로 할까, 잠깐 서 있었다, 하지만 보스는
사위가 어둠이 이미 내리기 시작하여 손전등을 켜고, 어디가
부서졌나 차 앞부분을 살펴보고 라디에이터의 손상이 얼마나
갔나 재보았고, 사슬을 끊을 듯이 잡아당기며 개가 짖고 있었
다, 글쎄요, 저는 지금 갑니다, 플로리안이 대문에 대고 외쳤지

만 대답이 없자 그는 조용히 집으로 슬그머니 돌아갔다, 돌아왔더니 그 일 말고도 우편함을 열어보니, 처리해야 할 일이 넘쳤다, 첫째, 링어 부인이 그에게 즉시 이야기를 나누고 싶다는 메시지를 남겼고, 둘째, 그의 도움이 필요하다는 호프 부인이 보낸 메시지도 있었고, 세 번째, 대리인 또한 우편함에 플로리안에게 즉시 찾아오라, 아주 **중요한 일**이다!!! 시간은 상관없다, 언제라도!!!라고 지시가 적힌 세 번째 종이쪽을 넣어놓았다, 그럼 플로리안은 무엇을 먼저 해야 하나? 그의 시계는 오후 5시 11분을 가리키고 있었다, 먼저 프리드리히 어르신에게 내려가야겠다, 그는 초인종을 울렸다, 허, 마침내 네가 왔구나, 대리인이 그를 맞이했다, 들어와서 앉거라, 안 됩니다, 플로리안은 못 들어간다고 사죄했고, 그래서 그들은 문간에 마주 섰고, 대리인이 매우 가까이 몸을 기울이며, 너는 몸조심하는 게 좋아, 왜냐면 이 사람들은, 내가 누굴 두고 하는 말인지 알지, 글쎄, 장난 아니게 심각하거든, 그리고 나도 다 겪어본 경험자이고, 네게 아무 해가 없기를 바란다는 건 잘 알지 않느냐, 그러니 내가 하는 말 주의해서 잘 들어, 왜냐면 넌 좀 더 조심하고 다니는 게 좋을 거니까, 에르푸르트 그 사람들은 농담 아냐, 나는 그들을 옛날부터 알고 있고, 그들은 예전이나 지금이나 틀린 게 없어, 내가 다 경험을 해봤어, 한마디로, 내 충고를 따르는 것이 좋아, 네가, 네놈이 무슨 일에 휘말렸건 즉시 벗어나라고 충고한다, 그 사람들은 농담이 아니라고, 잘못

되면 몸져누워 오금도 못 펼 정도로 호되게 다룬다, 그러니 몸 사리고 조심해, 그들 마음만 먹으면, 평생 너를 망가뜨려놓을 거야, 거짓말이 아니라 다 사실이다, 좋아요, 알겠습니다, 플로리안이 고개를 끄덕이고 출구 쪽으로 슬슬 발을 빼기 시작하며, 양손 다 들어 보이며 그렇다, 자신은 이걸 진지하게 받아들인다, 필요하다면 대리인의 조언을 따를 것이지만, 지금 가야 한다는 뜻을 전했다, 그가 도서관에 도착해서도 대체로 이와 비슷한 말을 링어 부인에게 들었다, 오, 너를 계속 기다리고 있었다, 말하고 그녀는 한숨을 쉬고서, 잠시 플로리안을 바라보았다, 얼마나 오랫동안 말없이 보고 있으려나 조금씩 불편해지기 시작하자, 들어봐, 플로리안, 나는 네게 항상 나에게 매우 솔직하게 말하던 사람이라는 걸 안다, 말해보거라, 너는 정말로 쾰러 씨에 대해 아무것도 모르니? 아니, 아니, 아니, 그녀는 두 손을 들어 올리고, 바로 대답하지 말고 우선 여기 앉으렴, 대답하기 전에 잘 생각하라고 했고, 플로리안은 대출 카운터 앞의 등받이 없는 의자에 앉았다, 그리고 생각하라는 일을 생각했다, 그런 뒤 그는 링어 부인이 무슨 생각을 하고 계신지 자신은 모르겠다고 했다, 뭐라, 뭐라고, 그녀는 언짢아하며 역정을 냈다, 뭔지 너도 아주 잘 알고 있잖으냐, 플로리안은 여전히 그녀가 그로부터 무엇을 알기를 바라는지 전혀 감이 잡히지 않았다, 그리고 이해한 후, 그는 쾰러 씨가 어디에도 없는 일에 자신은 직접 연관된 바는 없노라고 말하려고 했으나,

아마 너무 늦었는지, 왜냐면 링어 부인이 중간에 말을 가로챘다, 너는 너무 오래 생각하고 있어, 나에게 솔직하게 답하지 않는 거야, 그렇지 않아? 그리고 플로리안은 무슨 말을 해야 할지 몰랐다, 왜냐면 저기, 물론 당연히 솔직히 말씀드려요, 저는 부인이 저에게 무엇을 원하는지, 무슨 말을 해야 하나 모르겠어요, 그러니 무엇이든 차분하게 물어보십시오, 하지만 링어 부인은 이다음 질문은 차분하게는 고사하고 마구 쏟아냈다, 퀼러 씨가 문을 열지 않았다는 점을 근거로 네가 그 어르신이 집에 없다고 내게 말하기 전보다 더 일찍 퀼러 씨 집에 간 적 없었니? 제가 언제 갔냐고요? 이해를 못 하겠어요, 플로리안은 고개를 저었다, 네게 물었다, 링어 부인은 이전보다 더 엄하게 그를 바라보았다, 네가 나에게 퀼러 씨가 네게 문을 열어주려고 하지 않는다고 말하기 전에 퀼러 씨네에 갔냐고, 어, 물론 저는 거기에 갔죠, 매주 목요일에, 지난 마지막 목요일에도, 그 후에 퀼러 씨가 저를 찾아왔죠, 너한테? 어딜? 링어 부인이 놀라서 물었다, 네, 플로리안이 계속했다, 퀼러 씨가 제 집에 왔어요, 그분은 전에 제 아파트에 온 적이 없었는데, 저는 정말 기뻤어요, 다만 계단을 걸어 올라오느라 숨넘어갈 듯 턱에 차서, 왜냐하면 한참 엘리베이터가 고장나가지고, 우리 대리인도 여러 번, 멈춰! 링어 부인이 말을 끊었다, 화제에서 벗어나지 마, 퀼러 씨가 호흐하우스에 너를 보러 왔다고? 왜, 세상에 무슨 일로? 제가 생각하고 있던 일을 생각하지 말라고

저를 설득하시려고요, 무슨 생각을 하고 있었던 건데? 허, 세
상이 이제 끝장날 거라고요,

베를린의 침묵

그리고 그때 퀼러 씨가 어딘가 갈 거라고 너에게 말하지 않은
게 확실해? 아니요, 그 비슷한 말씀도 하신 적이 없어요, 그저
제가 그분을 제 일에 연루시키지는 말라고만 하셨어요, 하지
만 너는 제대로 휘말리게 만들었고, 링어 부인은 모든 것이 이
미 다 끝장난 일처럼 슬픔에 고개를 떨구었다, 아직은 끝난
게 아니야, 보스가 그에게 말했다, 플로리안, 이제 우리 시간
이 왔다, 며칠 후 일을 마치고 나자 그런 말을 했다, 이번에도
평소보다 훨씬 일찍 끝나, 일메나우에서 일을 마무리한 후, 카
나로 돌아가는 대신, A71을 타고 도른하임으로 향했다, 보스
는 트라우키르헤(결혼 예배 교회)*로 곧장 차를 몰고 가서 파람
트(목사관)의 초인종을 눌렀다, 그러고는 목사와 한참을 이야
기했고, 플로리안은 몇 걸음 뒤에서 기다렸지만, 그들이 나누
던 말을 정확히 들었다, 다음 몇 주 그리고 아마도 다음 몇 달
동안 소중한 튀링겐의 유산을 보호하기 위해 특정 사람들이

＊　1709년 도른하임, 상크트 바르톨로뫼우스St. Bartholomäus 교회. 여기서 요한 제바
스티안 바흐와 육촌인 마리아 바르바라가 결혼했다.

밤에 교회를 순찰할 것이라고, 그래서 목사가 교회 주변에서 비정상적인 활동을 목격하거나 특히나 낯선 이방인 젊은이가 눈에 띄면, 여기 내 번호다, 낮이든 밤이든 즉시 보스에게 연락해달라, 그런 다음 그들은 목사에게 작별 인사를 했고, 낭패한 표정이 역력한 목사가 파람트 안으로 물러나자, 그들은 교회 주변을 돌며 걸어 다녔다, 보스는 지난번과 동일한 일을 했다, 이리저리 되는대로 둘러보고 다양한 각도와 간격에서 그리고 암앙어토르에서, 노이에슈트라세에서, 키르흐가세에서 등등, 다양한 길거리 유리한 지점에서 입구의 사진을 찍었지만, 그들은 도른하임을 떠나지 않고 이후에 교회에서 그렇게 멀지 않은 볼프스바흐에 주소를 둔 무슨 뮐러라는 사람 집 초인종을 눌렀다, 무슨 무슨 뮐러, 보스는 벨을 누르기 전에 확인을 했고, 플로리안을 의미심장한 시선으로 건너다보았다, 이번에는 플로리안은 그들이 말하는 것을 듣지 못했다, 왜냐하면 이 무슨 뮐러라는 인물이 나타나자마자 보스가 그를 멀리 포피츠의 메뉴에 무엇이 있는지 알아보라고 보냈기 때문이었다, 포피츠에서 점심거리를 판다고 보스가 기억을 잘못한 건지, 포피츠가 식당이 아니라 빵집이고, 그가 돌아가서 포피츠는 기껏해야 빵이나 아펠슈트루델(애플파이)이 파는 게 전부라고 말하러 가기도 전에, 이미 보스는 오펠을 이끌고 하우프트슈트라세(간선도로)에 모습을 드러냈다, 하는 수 없지, 상관없다, 그는 어깨를 으쓱했고 그들은 A71로 향했고, 그럼 우리는 나중에 집에서 점심을 먹지, 그리고 그 말 그대로, 그들은 평소처럼 집에서 점심을 먹었다, 따로따로, 보스는 집으로 돌아가서 차가운 점심을 먹었다, 대부분 차가운 식사라는 뜻이 아니라, 통조림을 데워 먹었다는 뜻이었다, 반면 플로리안은 맛있는 보크부어스트도 먹고 기분도 돋우기 위해 일로나 식당에 갔다, 잘레 강변의 벤치로 나가 앉기 전에 그 정도만 어울려도 되었다, 그곳에서 도대체 링어 부인의 기이한 질문이 무엇을 의미하는지 진지하게 생각해보아야 했기 때문이다, 링어 부인은 무슨 생각을 하고 있었던 걸까, 게다가 실제로 비난받아 마땅한 행동을 비난하는 대신에 왠지 그에게 완전히 근거 없는 일에 비난이 덧씌워져 옥죄는 것 같았다, 하지만 그보다 더 막중한 걱정거리는 퀼러를 찾기 위해 무엇을 해야 하나, 행동 계획이었다, 왜냐하면 이미 강변으로 가는 길에, 클라인가르텐안라게(주말농장)를 지나 잘레와 운동장으로 가는 작고 좁은 길을 따라 걸으면서 그는 이미 가만히 비켜서서 벌어지는 일들을 지켜보고만 있지 않을 것이며, 자신이 그를 찾기로 결심했기 때문이다, 그러자 즉시 퀼러 선생님의 친구가 떠올랐다, 누구라도 퀼러 씨의 행방을 아는 사람이 있다면 확실히 그일 것이고, 퀼러 씨와 가까운 모든 사람은 그의 가장 친한 친구가 더욱이 어린 시절부터 동무가 그, 아이젠베르크의 티츠 박사라는 것을 알고 있었다, 거기에 갈 것이라고 플로리안은 결정했다, 그는 시계를 보는데, 오늘은 이미 너무 늦었고, 좋아, 그러면 내일, 그리고 그는 그렇게 했다, 그날 밤 헤어프스트 카페에서 버스와 기차가 언제 아이젠베르크로 출발하고 돌아오는지 알기 위해 일정을 살펴보고, 다음 날 일을 마친 후 부랴부랴 그는 다시 면도를 해야 해서, 면도를 하고, 그는 딱 시간 맞춰 예나 파라디스 역으로 가는 3시 30분 JES 기차를 탔고, 거기서 버스로 갈아타고 정확히 스무 정거장 후에 도착했다, 비록 그는 아이젠베르크에 와본 적이 없었지만 그와 함께 버스에서 내린 첫 번째 사람이 즉시 티츠 박사가 진료하는 건물을 가리켜 알려주었기 때문에 티츠 박사를 찾는 일은 아주 쉬웠다, 다만 티츠 박사는 그날 일을 마치고 없었다는 게 문제였다, 하지만 플로리안은 이미 여기까지 왔는데 그렇게 쉽게 포기하지 않을 작정이었다, 운 좋게도 티츠 박사가 진료하는 곳이 거주하는 데여서 플로리안은 용기를 끌어모아 그 집의 초인종을 눌렀다, 한동안 아무 일도 일어나지 않다가, 초인종을 서너 번 누르자 예닐곱 살쯤 된 어린 소년이 나타나서 아빠가 집에 없다고 했다, 언제 집에 오시냐고 플로리안은 물었고, 저는 몰라요, 작은 소년은 쾌활하게 대답하고 휙 숙여 뒤뚱거리며 엔진 돌아가는 듯한 소리를 흉내 내는지 위잉 거리며 도로 달려갔다, 플로리안은 이제 대체 무엇을 해야 하나 고심되긴 했지만, 그를 기다려야 된다는 점에서 의문의 여지가 없었다, 그가 늦게 집으로 돌아온다 해도 문제되지 않았다, 시외버스가 있어서, 예나 파라디스 역에서 21시

16분에 떠나는, 예나에서 카나행 기차를 잡아탈 수 있기 때문이었다, 하지만 그가 어디에서 기다려야 할지가 막막했다, 리하르트-바그너-슈트라세에 있는 박사의 집 가까이에는 아무것도 없었고, 만약 그가 버스 정류장으로 돌아가면 거기서는 티츠 박사가 집으로 돌아왔는지 알 길이 없었다, 그러나 플로리안은 선택의 여지가 별로 없었기 때문에 자판기 말곤 아무것도 없는 버스 정류장으로 돌아갔고, 다행히도 주머니에서 동전을 넉넉히 발견하고서 커피와 셀로판지 포장 샌드위치를 사서, 의자 역할을 대신하는 금속 바 중 하나에 앉아서 기다렸다, 30분마다 돌아가 살펴보자고 작정했는데 좀이 쑤셔 가만 기다리지를 못하고서, 계속 작심보다 먼저 혹시나 하고 돌아갔고, 항상 나와보는 어린 소년이 점점 더 쾌활하게 아빠가 집에 안 계시고 언제 돌아올지 모른다고 묻지도 않는데 대답을 하더니 또다시 윙윙거리는 소리를 내며 몸을 뒤뚱거리며 집 안으로 뛰어갔다, 이런 식으로 한참 계속되다가, 밤 9시가 조금 안 되어 마당에 불이 켜지고 안에서 한 남자가 나왔다, 이 사람이 티츠 박사였다, 친절한 인상에 안경을 쓰고, 퀼러 씨와 거의 비슷한 나이인데, 표정은 아주 친절하다기보다는 무언가를 하다가 방해받은 사람에 가까웠다, 그는 눈을 가늘게 뜨고, 누구를 찾으시냐고 물었고, 이 말에 플로리안은 사실은 퀼러 씨를 찾고 있다고 대답했다, 퀼러 씨? 그는 여기 없다, 어, 그게 바로 그가 박사를 만나러 온 이유다, 플로리안은 공손하게 말했다, 왜냐하면 상황이 이렇다, 퀼러 씨가 여기만이 아니라 어디에도 없다, 카나의 누구도 그의 행방에 대해 감감하게 모르고 이미 많은 사람이 그분을 매우 걱정하고 있고, 특히 그는 아주 속이 탄다, 플로리안은 자신을 소개했다, 그러자 박사는 음, 안타까운 소식이지만 도와드릴 수 없다고 말했다, 마지막으로 퀼러 씨를 본 지 얼마나 되었나요? 벌써 몇 주가 지났습니다, 플로리안은 고개를 떨구었다, 저기 잠시만, 박사는 방문객을 위아래로 바라보며 말했다, 그 친구에게 물리학 배우러 온다던 그 청년이 아닌가요? 플로리안이 예라고 대답하자 그의 얼굴이 약간 밝아졌고, 그가 플로리안 헤르쉬트라고 했고 자신은 퀼러 씨가 너무 걱정되어 박사가 뭔가 알 수 있지 않을까, 알아보러 카나에서 건너왔다, 그런데 당신은 전혀 짚이는 데가 없고? 티츠 박사는 플로리안에게 물었다, 아니, 아무것도요, 그는 퀼러 씨가 갈 만한 데가 전혀 짐작 가지 않는다, 나는, 플로리안이 티츠 박사를 가리켰다, 아마도 선생님이 어디 떠날 만한 데 짚이는 데가 있기를 바랐다, 왜냐하면 카나에서 우리는 퀼러 씨가 여행을 떠났다는 생각 말고는 달리 떠오르는 게 없기 때문이다, 박사는 문간에 서서 그저 고개만 흔들었다, 떠나요? 그리고 그는 계속 고개를 흔들었다, 아드리안이? 자신의 기상 관측소를 누군가에게 맡기지 않고서? 아니요, 아니요, 게다가 그가 어딘가로 여행을 간다면 내가 분명 들었을 것이다, 그는 항상 그런 일에 대해 나에게 말하고, 달리 방도가 없으면 나에게 적어도 전화로 메시지는 남겼을 것이다, 어, 정말 감사합니다, 플로리안은 갑자기 작별 인사를 했고, 박사는 손을 내밀었지만 플로리안은 제때 알아차리지 못했고 그가 알아차렸을 때 마주 내밀기에도 너무 늦어서 어정쩡하게 한 번 손을 흔들었다, 그리고 그는 또 버스 정류장에 도착하여, 가장 가까운 철제 바에 앉아 두 팔꿈치를 무릎에 대고 몸을 앞으로 숙인 다음, 자신이 앉은 횟대 같은 자리 옆 쓰레기통 주변으로 온통 흩어진 담배꽁초들에 정신이 팔려 있다가 버스가 정류장에 들어온 것을 마지막 순간에야 알아차리고서, 벌떡 일어났다, 그 시점 이후로 돌아오는 길에 무슨 일이 있었는지 다시 나열해보라고 한다면, 어떤 말도 할 수 없었을 것이다, 돌아오는 길에 아무 일도 없었기 때문이다, 아마 그런 말은 할 수 있었으리라, 머릿속에 짙은 안개가 내려앉아, 생각할 수 없었고, 죽을 정도로 피곤한 몸을, 완전히 적막한 마을을 가로질러 호흐하우스로 이끌었다, 밤에 카나는 사람들이 곤잠을 평화롭게 자고 있는 장소라는 인상이 들지 않고, 이미 모두가 떠난 곳이란 느낌을 주었다, 그래서 낯선 사람에게는 유령 같은 광경으로 다가올 수도 있지만, 물론 카나에는 낯선 사람이 없었고, 특히 밤에, 필치 않으면 하룻밤이라도 머무르려는 사람이 없었다, 마치 이곳을 방문한 단체 관광 나온 연금 수급자 노인들 이마에 아주 또렷하게, 하지만 보이지 않는 글씨로, **아니** 하고 적혀 있는 것 같았다,

얼음장 같은 바람과 비가 추적거리는 진날처럼 궂은 날씨에 접어들고, 설상가상으로 마침내 눈까지 내리면 카나의 밤은 특히나 비참했다, 호프 부인 자신은, 하지만, 이런 날씨를 아주 좋아했다, 눈이 내릴 때 여기가 가장 마음에 듭니다, 정말이지, 둘도 없이 귀중한, 완전 풍경화 같은 그림이에요, 손님, 그녀는 가르니의 몇 안 되는 손님들과 아침 식사 테이블 옆에 서서 혹시라도 그중 한 명과 이야기를 나누게 되면 하룻밤 더 머물라고 부추기곤 했다, 내가 여기 방문객이라면, 하룻밤 더 머물 겁니다, 그러고는 몇 번이고 다시 찾겠지요, 하지만 특히 겨울은 다시 찾을 겁니다, 아시죠, 산이며 나무들이며, 눈 덮인 산비탈을 따라가는 기막힌 산책 오솔길, 다 헛되었다, 그녀가 말을 붙이는 사람들은 기가 차다는 듯이 의아해하며, 주인장 무슨 말을 하고 있는 건가요, 이보세요, 카나는 이미 지금, 봄이건, 아니, 여름이건, 나로서는 왜 당신이 여기서 도망치지 않는지 도무지 이유를 알 수 없는, 그런 그림으로밖에 안 그려지는데요, 그러나 손님들이 그녀를 이런 시선으로 바라봐도, 호프 부인은 도통 이해하지 못했을 것이다, 그녀에게는 모든 일에도 불구하고 카나가 고향이었다, 아시겠지만 전 여기서 태어났어요, 그녀는 가끔 성인 자녀들과 함께 아침 식사를 하는 이런저런 작은 가족으로 향하여 바싹 다가들었다, 이들은 매 순간을 서로, 아이들은 이 황량한 곳에 남을 것이고, 그들 부모는 그들은 집으로 돌아가야 해서 같이 붙어서 지냈다, 아시겠지만, 호프 부인은 미소를 지었다, 저에게 카나가 집이에요, 저는 여기서 태어났고, 죽으면 남편과 아이들과 더불어 여기에 묻히겠지요, 다른 많은 이들이 그러듯이, 여기가 나치의 둥지니 그런 데로는 보이지 않아요, 제 눈에는 수 세기 동안 산 사이로 작은 진주알처럼 꿰며 뻗어 나간 목걸이로 보입니다, 여기는 작아요, 그건 인정합니다, 그녀는 고개를 한쪽으로 기울였다, 하지만 여기 사람들이 말하듯이 여긴 우리 것이에요, 여기에서 나는 모든 골목, 모든 거리, 모든 집을 알아요, 아무도 나를 여기서 쫓아낼 수 없을 거라고, 사실 이 점은 아주 확신은 못 했다, 그래서 이런 말을 계속 되풀이하는지도 몰랐다, 나치가 무서운데 하필, 참으로 기구한 운명의 장난으로 가르니와 그에 딸린 레스토랑이 부르크 19의 측벽을 정확히 마주 보고 있었다, 거긴 수시로 흉악한 인물들이 들락거렸고, 지금도 그만큼 극악한 상판들이 둥지 삼아 틀고 있는 악명 높은 데였다, 낮에 자주 열려 있는 부르크슈트라세의 그 문 앞을 지나다니지 않을 수가 없는데, 너무 두려워 도저히 안으로 눈길조차 주지 못했다, 무서워 발걸음을 재촉하고, 심지어 자신은 지나친 적도 없다, 그곳에 발 디디지도 않았다, 족적조차 부인했고, 매한가지로 이 이웃이 누군지 알고 싶어 하지도 않았다, 이런 치들도 이웃이라고 칠 수 있다면야, 지질구레한 외관에, 하나같이 귀와 입, 코에 피어싱을 하고 문신으로 온통 뒤덮인 뜨내기들, 완전 공포다, 호프 부인은 도와달라고 호소라도 하듯이, 적어도 남편의 동조라도 얻으려고 남편 쪽을 바라보았다, 그러나 도움이 될 수 없던 남편은 그저 동의만 했다, 그 자신이 한층 더 나이 많은 데다가 이미 평온함 외에는 아무것도 더 바라지 않았기 때문이었다, 자신의 마음 같아서는 이미 가르니의 몇 안 되는 방을 영원히 닫아걸었을 것이다, 그의 소박한 바람이라곤 손자들이 가끔 드레스덴에서 방문하고 매일 오후 TV 앞에서 졸고 있기를 바랐다, 그게 자신이 가장 좋아하는 일이었다, 점심을 마치고 오후 나절 TV 앞 자기 흔들의자에 자리를 잡고 있으면, 아내가 그에게 격자무늬 담요로 부드럽게 덮어서 혼자 남겨두고 늘 일이 바쁜 부엌이나 가르니의 카운터 뒤로 할 일을 하러 간 뒤, 그는 호젓하게 게으름에 빠져들었고, 그는 흔들의자에 앉아 조금씩 흔들, 흔들거리며 그날 오후 꼬박 졸음에 들었다, 그런 점에서 그만이 아니었다, 플로리안도 한때는 주말에 그런 몇 분 혹은 몇 시간을 보내는 일을 좋아했다, 헤어프스트 카페에서, 잘레 강변 벤치에 앉아 있을 때, 카나 심포니 리허설에 참석하는 중에, 때로는 집에서 그냥 식탁에 앉아서 아무것도 하지 않고 아무 생각도 하지 않았다, 그런 때만 그럴 수 있었고, 밤은 아니었다, 밤 시간에는 간담 서늘한 꿈자리 사이사이 곧잘 섬뜩한 이미지에 화들짝 놀라 깨었다, 오직 낮에만, 그리고 예외적인 상황에서만, 그리고 이해되지 않는 것을 이해하려고 노력하려는 호된 매타작의 시련이 시작되기 전에만 그런 일이 가능했다, 이제 밤뿐만 아니라 낮에도 이런 경우가 잦아져, 그는 끊임없이 걱정들로 골머리를 앓았고 당연히 그 최선두는 퀼러 씨였다, 그는 무엇을 해야 하나, 다시 베를린으로 가야 하나, 다시 아이젠베르크에 가야 하나? 어떤 선택도 그리 가망이 크지 않아서 다음 주말에 카나 심포니 리허설이 끝난 후 보스가 그만 가거라 놓아주었을 때 그는 기차를 타고 에르푸르트로 출발했다, 물론 그는 아무에게도 말하지 않았고 지금은 혼자서 티켓을 사는 방법을 알고 있는 데다가, 알았더라면 대리인은 하지 말라고 그들 설득하려고 들었을 것이라서, 아무도 그가 에르푸르트에 갔다는 것을 알지 못했다, 오래 묻고 다닌 끝에 안드레아슈트라세 38에 있는 거대한 경찰서 건물 입구에서, 그가 원하는 바를 그들에게 말하려고 벨을 눌렀다, 무엇을 원하십니까, 한참을 미적거린 뒤에 나타나 문을 열어준 경비원이 그에게 물었다, 그러자 플로리안이 사정을 말하기 시작하자 경비원은 플로리안에게 잘못 찾아왔다거나 모른다는 그런 말 한마디도 벙긋 않고, 무표정한 시선으로 문을 닫아버렸다, 호헨빈덴슈트라세에서도 플로리안은 운이 없었다, 또 다른 조언을 찾아 새로 갔던 거기서, 왜냐면 한 경찰관이 이런 주말에 너 같은 문제로 나라면 헬리오스 클리니쿰*에 갈 것이라고 말하고는 그를 보고 아주 이상하게 웃어서, 플

---

* 에르푸르트 소재의 대학 부속 병원.

로리안은 이 헬리오스 클리니쿰이 무엇인지 안 묻고 넘기는
게 낫겠다고 생각했다, 아무래도 퀼러 씨는 육중한 감시, 구류
하에 있는가 보구나 혼자 생각했다, 그는 기진맥진 작살이 난
채 기차를 타고 돌아왔다, 그는 더 이상 어느 작전에 그가 참
여해야 하는지도 관심이 없었고, 더 이상 보스가 흥분해 길길
이 날뛰는 일에도 관심이 없었고, 보스도 관심 밖이었다, 네
염세주의는 네놈 속에나 담아둬, 보스는 오펠에서 투덜거려
도, 플로리안은 듣지도 않았다, 그는 조수석에 보스 옆에 앉
아 보스가 시키는 대로 하고, 집으로 가, 식탁에 머리를 손에
받치고 앉았다, 더 새로운, 더더욱 새로운 아이디어를 찾아 머
리를 쥐어뜯어야만 했지만, 불행히도 더 이상 아이디어는 떠
오르지 않았다, 편지에 여전히 답장은 없었고 아이젠베르크
와 에르푸르트에서의 시도는 실패로 끝났고 그래서 겨울이
지나고 아무 일도 일어나지 않았다, 그들은 눈으로 질척이는
거리를 걷고, 벽을 청소했고 때로는 보스가 그를 여러 작은 도
시와 마을에 밤새도록 주둔하라고 시켰지만 그는 자신이 그
곳에서 무엇을 하고 있는지 몰랐고 누구를 상대로 제국을 방
어하고 있는지 알아내는 일도 관심이 없었으며, 다만 매주 토
요일에 열리는 바흐 리허설만이 점점 더 중요해졌다, 이전, 몇
년 동안 플로리안은 크게 주의를 기울이지 않고서, 그곳에서
보내는 시간을 수심에 잠겨 골똘히 생각하며 자신의 자아 속
으로 깊이 잠겨들어, 카나 심포니는 의식에서 배제했지만, 지

금은 무엇 때문인지 가끔 연습 중인 음악의 이런저런 세부에, 자꾸 그쪽으로 귀가 갔다, 그는 이 연주자 혹은 저 연주자가 리듬을 벗어나거나 콘트라베이스 연주자가 템포를 따라갈 수 없든 큰 문제가 안 되었고, 호른 연주자들이 그들 파트를 다시 어지러이 뒤섞어 불었다고 계속되는 보스의 역정도 상관없이, 하모니의 기이한 아름다움이 때때로 뭉클하게 마음에 와닿았다, 이전에는 들을 수 없었는데 그러나 지금은 들렸다, 아마 그가 퀼러 씨를 잃어서 그의 영혼에 금이 가며 갈라졌고 이 균열을 통해 뭐든 마음 달래는 위안거리가 쉽게 파고들 수 있었던 탓인가 보았다, 일부 주제부에, 때로 여러 악기가 조화로이 화음을 이루는 데 성공했을 때 진정 위로가 되었고 어떤 부분들은 단순하고 고통스러운 멜로디가 한껏 마음을 고조시켰다, 그도 이제 이해했다고 느꼈다, 나도 이제 이해하는구나 생각했다, 그리고 체육관에서 일어나는 일에 주의를 기울이기 시작했고 이제 그는 많은 것을, 부차적인 일이라고 여겼던 것들을, 하지만 전에는 전혀 눈치채지 못했던 일들을 알아차렸다, 예를 들어 음악이 연주되면, 보스는 팀파니 뒤에 앉아 아무것도 하지 않고 있다든가, 그리고 카나 심포니의 진짜 지휘자는 오히려 펠트만 씨라서, 이 은퇴한 독일어 라틴어 교사는 제1바이올린을 연주하며 활뿐만 아니라 온몸으로 오케스트라를 통제하려고 애를 썼으며, 그리고 보스가 지휘자의 자리로 돌아오는 일은 다만 멈춰야만 하는 때, 아니면 다음에 연습할 곡을 논의할 때나 악보를 누가 복사할지 논의할 때뿐이었다, 이 악보 사본은 바로 이 펠트만이 일일이 문제가 되고 있는 바흐 곡의 단순화된 편곡으로 준비했다, 카나 심포니는 항상 이런 식으로 굴러갔기 때문에, 그들은 〈브란덴부르크 협주곡 제1번〉부터 시작했지만 얼마 지나자 도무지 되지 않아 중단했고, 〈브란덴부르크 협주곡 제2번〉부터 시작했지만 그것도 잘되지 않아서 중도에 포기했고, 그래서 이제 몇 달 동안 〈브란덴부르크 협주곡 제4번〉의 안단테를 계속하고 있었지만 그것도 바라는 만큼 잘 뭉쳐지지 않고 따로 놀았다, 이딴 식으로 다 따로 놀 거냐고, 보스가 팀파니 뒤에서 막대를 세게 내리쳤다, 그리고 처음부터 다시 시작하게 시켰고, 너희들 이것밖에 더는 못 뽑아내지, 그러면 오케스트라 앞에 나와서 섰다, 너희는 플루트를 갖고 노는 거냐, 이 호로새끼들아, 그는 두 플루티스트를 가리켰고, 지적받은 둘은 바로 고개를 숙였다, 다른 사람들도 그렇게 꾸중에서 벗어나지 못해, 결국 오케스트라 전체가 한마디 들은 모습으로 앉아 있었다, 됐고, 그만 접어, 그런 간단한 일도 버겁다면 악기를 싸서 집에 가는 게 낫지, 그리고 현악기 파트에서 베이스 연주자 두 명에 이르기까지 모든 사람이 보스의 분노가 정당하다고 느꼈고, 그들 자신에게 가당치도 않을 일이란 것도 알았다, 그래서 보스가 요한 제바스티안 바흐와 어떤 관계를 맺어야 하는지 화제로 바꿔 일장 연설을 시작하는 일은 그들에게 일종의 구원이었다, 이미 그러면 그들은 이 시점부터, 운이 좋으면, 잔소리는 바흐로 바뀐다는 것을 알았기 때문이었다, 그들은 운이 좋았고, 그리고 언제나처럼 안도의 한숨을 돌렸다, 그런 다음 그들은 다시 시작했고 모든 일이 처음부터 또다시 시작되었다, 이제야 보스와 펠트만 사이에 얼마나 투쟁이 벌어지는지 플로리안 눈에 보이기 시작했다, 이런 싸움에 오케스트라가 연주하는 동안 역할이 없는 보스가 힘을 잃었다가, 즉시 그리고 항상 다시 되찾고, 카나 심포니의 예술적인 방향을 잡았다, 왜냐면 예술적 방향이 가장 중요한 부분이니까, 그는 오케스트라를 향해 소리를 지르고 우리의 예술적 방향은 좋지만 노력이 더 필요하다, 당신들은 그런 야심 없어? 자신을 뛰어넘고 싶지 않아?! 더욱 고함을 쳤고, 그들 얼굴에는 온통, 저기, 아닙니다, 적혀 있지만, 그동안 보스가 바흐에 대한 자신의 열정에 혼자 휩쓸려 갔다, 리허설이 이렇구나, 이제 그들이 한치 어김없이 이런 패턴에 빠져 허우적대는구나, 플로리안 눈에 들어왔다, 그런 식으로 평생을 바흐가 아닌 〈렛 더 선샤인 인〉과 〈드래곤스톤〉, 〈내 피의 피〉를 기반으로 준비해온 오케스트라 멤버들을 훈련시키는 것은 대부분의 경우 보스였다, 그는 그 후로, 몇몇 선율이 그의 영혼에 둥지를 튼 후 플로리안은 왜 바흐에 대해 이렇게 엄청난 열정을 품는지 보스가 점점 더 이해가 가기 시작했다, 그리고 헤어프스트 카페에서 처음에는 다른 사람을 방해하지 않기 위해 아주 조용, 조용히, 나중에 이어폰을 구입한 뒤로 최대 음량으로 바흐를 듣기 시작했다, 〈브란덴부르크 협주곡〉뿐만 아니라 다른 곡들도 들었는데, 예를 들어 위대한 수난곡에는 바로 매료되었다, 왜 아주 처음부터, 요한 제바스티안 안에 삶의 모든 비밀이 들어 있다고 하던 때에 보스 말을 듣지 않았나 자신이 이해되지 않았다, 비록 보스가 팔을 잡아당기면서 "그리고 그것도 해독이 되어서!" 덧붙이면, 이걸 어떻게 받아들이나 갈피를 못 잡긴 했지만, 플로리안은 이 말을 백 번, 천 번도 더 들었지만 전혀 진지하게 받아들인 적은 없었다, 이 말이 뜻하는 바를 굳이 이해하려는 시도도 하지 않았는데, 이제 자신도 더럭 사로잡히고 나니, 헤어프스트 카페에서 〈마태 수난곡〉을 들으면서 바흐가 삶의 비밀이라고 생각하기 시작했다, 하지만 "그리고 그것도 해독되어서!" 들어 있다는 말을 파고드는 일은 어디에도 이르지 못하고, 제자리걸음이었다, 거듭 연상해보아도 허 사요 수수께끼는 좀체 정체를 드러내지 않았고, 그는 심지어 오펠에서 평소 국가 송창 연습을 마친 후 보스에게 뭐가 해독되었다는 것인지 귀띔해줄 수 있느냐 묻기도 했다, 허, 이 녀석 보게나, 이제 철이 들기 시작하는데, 보스는 놀랍다는 듯이 그쪽으로 머리를 돌렸지만, 그는 그 해답은 내비치지 않았다, 이것은 모든 사람이 스스로 찾아야 한다고, 수수께끼 같은 표정으로 덧붙이고, 더는 말을 하려고 하지 않았다, 당분간 가능한 한 바흐를 많이 들어봐, 왜냐하면 네가 걸어야 할 그 길에서 양도 중요하기 때문이다, 양이요? 플로리안은 그래, 양, 씨발놈아, 그는 플로리안의 목을 찰싹 때렸고, 그걸로 대화는 파장 났다, 플로리안은 칸타타로 시작했지만, 인터넷에 칸타타가 너무 많았고, 그는 끝내지도 못하겠다고 느꼈다, 하지만 그러다 그는 끝내고 싶지 않다고, 단지 칸타타에 푹 잠기고 싶었다, 헤어프스트 카페에 항상 사람이 있기 때문에, 이어폰으로라도 바흐를 아주 낮게 살살 듣기는 했지만, 그래도 그는 메시지가, 여전히 그에게 도달한다고 느꼈다, 소리와 소리의 앙상블을 그는 메시지라고 칭했는데, 하지만 그는 이 메시지를 해독하고 싶지 않았고, 더욱이, 사실 그의 즉각적인 인상은 이 메시지들이 의미가 없다, 그 자체로 아름답고, 그 자체로 경이롭고, 그저 그대로 존재하며, 옮기고 바꾸고 싶지 않았고, 그럴 필요도 없었다, 무언가를 전달하는 것이 아니기 때문에, 그들은 단지 있는 그대로일 뿐, 그는 보스가 무슨 생각으로 해답이니, 해독이니 말한 건지 해득할 수 없었지만, 그, 플로리안은 이 정도까지만 이르러도, 이걸로 만족했다, 그렇게 다음 해 봄이 찾아왔고, 여전히 퀼러 씨는 깜깜 종적도 없고 소식도 없었다, 더 정확히는 웹사이트에 어떤 변화도 보이지 않았고, 몇 번 더 오스트슈트라세에 있는 집에 벨을 울렸는데 아무 반응이 없었다, 결과적으로 그는 가능한 한 퀼러 씨에 대한 생각을 하지 않으려고 노력했다, 부분적으로는 매일 거기에 내려가서 초인종을 눌러야 한다는 강박에서 벗어나고 싶었고, 부분적으로는 그의 머릿속에서 더욱 자주, 그 안에 머물러 있던 멜로디가 계속 들렸기 때문이었다, 그리고 이들은 어느 정도는, 여전히 베를린에서 어떤 응답도 없다는 심각한 사실의 통한을 덜어주었다, 이즈음에 그는 다시 한번 운을 시험해봐야겠다고 생각했다, 왜냐하면 처음 갔을 때 그는 누군가, 특히 그렇게 중요한 사람을 찾아내는 데 여전히 아주 미숙한 상태였기 때문이었다, 단순히 라이히스타크 문까지 올라갔다가, 경비원의 조언에 따라 가판대로 가서, 짐힘을 팔지 않았기 때문에 클럽 콜라를 마셨는데, 플로리안의 기억한 대로 약속한 경비원이 그를 찾으러 오지 않아, 다시 의회 입구에 갔을 때는 그가 아니라 다른 경비원이 서 있었다, 플로리안이 오픈하우스 기회를 이용하여 의회를 방문해 구경하고 싶은 게 아니라고 하자 새 경비는 그저 그를 쫓아버렸고, 그래서 플로리안은 한동안 당황한 채 서 있다가 클럽 콜라를 샀던 곳과 같은 매점에서 샌드위치를 사서 라이히스타크 계단에 앉아 샌드위치를 먹으려고 했는데, 제복을 입은 다른 사람이 그를 갑자기 쫓아내어, 결국 티어가르텐(동물원) 근처 벤치에서 샌드위치를 먹었다, 다시 여기저기 문의를 시작하자, 두건을 쓴 한 터키인 여성이 총리를 의회에서 찾을 게 아니라 칸츨러람트에서 찾는 게 어떠냐 제안했다, 저는 칸츨러람트가 독일의회 안에 있는 줄 알았어요, 그가 말했다, 아, 아니요, 그 여자가 말했다, 칸츨러람트는, 그건 저쪽이에요, 그녀가 지

190

목한 방향으로 플로리안은 따라가기만 하면 되어서, 금방 그
는 초현대적인 건물에 도착했다, 처음에는 어디로 들어가야
되나 전혀 알 수가 없었다, 전체 건물이 외부 세계와는 울타리
혹은 슈프레강으로, 혹은 제복을 입은 사람들로 차단되어 있
었다, 이들 제복 입은 사람들 중 딱 한 명만, 그가 무슨 일로
여기 있는지 말을 걸어, 대꾸하는데, 경비는 그에게 이상한 질
문을 했고 플로리안은 검지로 시계를 계속 가리키며 메르켈
여사와의 만남이 예정된 정오가 훨씬 지났다고 알려주었지만
헛되이, 경비원은 그가 어디에서 왔는지, 그의 기차표는 어디
에 있는지, 누가 그를 여기로 보냈는지, 계속 물었다, 플로리안
은 그에게, 그런 것들은 전혀 중요하지 않다, 중요한 것은 시간
뿐이라고 해준 말도 소용없이, 어느 의미로 보나 제복을 입은
사람에게는 아무런 영향을 미치지 않았고 대신 플로리안은
티어가르텐에서 머리 두건을 쓴 터키 여성이 어떻게 생겼나
정확하게 묘사해주어야 했다, 그러다 결국 그는 제복을 입은
사람과 뜻이 영 잘 맞지 않는다는 것을 깨달았다, 게다가 이
사람은 그가 의회에서 처음 말을 나눴던 경비원만큼 친절하
지 않았고, 울타리 틈새로 그를 더듬고서, 그의 이름, 거주지,
전화번호, 하르츠 IV 신분증이며 그런 모든 내용을, 마치 그
의 시간을 끌려는 것처럼 적어 내려갔다, 플로리안에게 입구
가 어디 있는지 말하지 않은 것은 물론이요, 어떤 이의도 막
아버리는 권위적인 태도로 그를 멀리 쫓아버렸다, 그래서 플

로리안은 칸츨러람트를 계속 돌아보고 또 돌아보고, 이제 일이 어떻게 되려나 의문에 싸여 자리를 떴다, 하지만 어떻게 될지 몰랐고 자신이 어떻게 해야 할지 알지 못했다, 기분이 심히 끔찍했다, 그는 저기 저 건물 어딘가에서 메르켈 여사가 그를 기다리고 있다고 확신하는데, 그는 안으로 들어가지 못하고 있으니 끔찍하고 참혹했다, 특히나 이에 따른 결과들이란, 생각만 해도, 하지만 그는 무력했다, 칸츨러람트 건물로 돌진할 수도 없는 노릇이어서, 어느새 시간이 흘러, 그는 머릿속에 한 가지 질문, 대체 어쩐다, 이제 어떻게 해야 하나 건물을 맴돌며 어정거리다 보니, 날이 어두워지고 있었고, 그는 이곳까지 온 일이 다 수포로 돌아갔다는 생각에 매우 낙담했지만, 할 수 있는 일이 없어, 할레로 돌아가는 기차가 출발할 것이라 중앙역으로 돌아가야 했다, 그저 창밖만 하염없이 바라보았고, 실패의 무게가 묵직하게 짓눌러 자리를 잡았다는 기쁨도 느끼지 못했다, 노력은 허사였고, 모든 것이 무용지물이었다, 기차가 할레를 향해 달려가는 것처럼 세상은 종말을 향해 달려가고 있었고, 의회 문이나 칸츨러람트 밖에 그가 서 있을 때 앙겔라 메르켈과 아주아주 멀리 떨어져 있다고 느끼던 일이 계속 머릿속에 떠올랐다, 그러나 그는 이들 건물에서 멀어지면서, 특히 기차를 타고 할레에 가까이 다가가자 그녀와 점점 더 가까워지고 있다고 느꼈다, 어째서 그럴까? 왜 이런 느낌이 드나? 아마도 앙겔라 메르켈은 베를린에 있지 않았을지도 모른다, 그녀는 이미…… 튀링겐으로 가는 길에 오른 건지도? 아니면 아마도? ……바로…… 카나로 가고 있나? 이런 상상이 터무니없이 허무맹랑하다고 아무리 마음속으로는 알고 있더라도, 문득 망치로 머리를 맞은 듯이, 아무리 터무니없고 터무니없어도…… 불가능하지는 않다고 생각이 들었기 때문이었다, 그리고 그때부터 한동안 주말과 평일 늦은 오후에 역으로 나갔고, '앙겔라 메르켈'이라고 적힌 팻말을 만들어 예나에서 기차가 도착하면 팻말을 마지막 승객이 내릴 때까지 아주 높이 공중에 들고 서 있었다, 그러나 앙겔라 메르켈은 도착하지 않았고, 게다가 얼마 안 되어 보스만이 기차역에 나가서는 그를 지분거리며 놀릴 뿐만 아니라 그가 만나는 모든 사람이 그랬다, 물론 플로리안이 기차역에서 누구를 기다리고 있는 줄 아느냐, 이놈이 메르켈이 기차로 이곳에 온다고 생각한다더라, 그런 식으로 카나에 빠르게 퍼졌기 때문이었다, 그렇게 우스갯소리들이 점점 더 비 쏟아지듯 쏟아지자, 플로리안은 당연히 기차역에 가는 것을 그만두어야겠다, 그리고 가능하면 반호프슈트라세도 피하는 게 좋겠다는 생각이 들기에 이르렀고, 전반적으로 그는 마을에 오가는 사람들로 바쁜 동안에는 어딘가에 숨어 있는 것이 가장 최선이라고 생각했다, 로자리오나 링어 부인에게 감히 가지 않았지만 링어 부인이 어느 날 네토 마르켄-디스카운트의 통조림 선반 앞에서 그를 붙잡았다, 나도 더는 네가 이해가 안 간다, 그녀는 걱정이 잔뜩 드리운 표정으로 말했다, 기차역에서 너 뭐 하는 거야, 플로리안?! 그러자 그는 고개를 떨구고, 해명조로 웅얼거렸다, 총리가 도착할 경우를 대비해 자신은 그곳에 있어야 한다, 그렇지 않으면 총리가 어떻게 그를 알아볼 수 있겠는가? 누가 도착한다고?! 링어 부인은 화가 나 목소리가 올라갔다, 앙겔라 메르켈이 여기에 올 거라고 진짜로 생각하는 건 아니지?! 하지만 저는 그렇게 생각해요, 진짜로, 플로리안이 대답했다, 그도 이를 믿는 자신이 조금 부끄러워서 고개를 숙였다, 링어 부인, 그는 출구에서 그녀에게 말을 붙였다, 이제 고개를 들고서, 저에게 이걸 믿는 일 말고는 아무것도 남은 게 없어요, 그리고 완전히 불가능한 일만은 아녜요, 플로리안, 잘되기를 빈다! 링어 부인은 날카롭게 쏘아붙였다, 계속 같은 말을 반복하며, 한편 쇼핑백을 던지듯 쾅 놓고서 그를 붙잡고 그의 팔을 흔들기 시작했다, 정말 잘되기를 빈다! 정말 잘되기를 빌어! 이는 플로리안이 조심스럽게 몸을 뺄 때까지 계속되었다, 정말 나빴다, 링어 부인을 저렇게 남겨두고 가는 일은 정말 참담했다, 그가 어떻게 달리할 수 있겠는가, 어느 누구도 이해하지 못하는데, 하물며 링어 부인도, 메르켈 총리가 편지에 쓴 내용을 이해했다면, 분명히 총리가 오리라는 것을 알지 못하는데, 이게 그렇게나 미친 짓인가? 의아했고 집으로 가는 길에 그가 알 만한 사람을 어떻게든 피하려고 했지만, 아니나 다를까 일로나의 뷔페에서 나와 그를 향해 오는 호프만이 있었다, 그의 얼굴에 큰 진홍색 얼룩이 평소보다 더 밝게 빛났다, 너, 플로리안 녀석, 그렇게 부리나케 달아나지 말어, 그리고 어떻게든 플로리안은 급한 일이 있어, 얼른 가야 한다고 핑계로 몸을 빼자, 그의 팔을 잡고 늘어졌다, 저기 있잖아, 호프만이 그에게 아주 가까이 기울이고, 1유로 좀 빌려줄 수 없나? 나는 5유로 지폐밖에 없어요, 플로리안은 대답했다, 문제없어, 그것도 괜찮아, 호프만이 말했다, 그는 벌써 손에서 돈을 낚아채고 행복하게 가던 길을 갔다, 플로리안은 8층으로 달려 올라가 문을 두 번 잠갔다, 그가 기차역에서 어슬렁거리던 일은 끝내야 한다는 점에는 의문의 여지가 없었다, 그래서 끝냈다, 이치에 맞다고 믿지 않아서가 아니라 그냥 쏟아지는 수많은 조롱의 말들에 묵직하게 짓눌려서, 특히나 링어 부인조차 이해하지 못하는데, 대체 뭐 하러 하나?! 플로리안은 제 앞이마를 쿵쿵 연달아 쳤다, 총리가 도착하면, 좋다, 총리가 도착하지 않아도, 괜찮다, 세상이 화를 면하든 면하지 않든, 이 시점부터는 더 이상 그가 알 바 아니었다, 플로리안은 더는 베를린에 편지를 쓰지 않을 것이고 더는 기차역에 나가지 않을 것이다, 바란다면 단 한 가지, 쾰러 씨가 풀려 돌아오는 일이었다, 다시 베를린에 갈 생각을 포기하고 대신 보스에게 도움을 청해, 전체 이야기를 보스에게, 샌드위치를 먹기 위해 잠시 들른 A4의 어느 휴게소에서 들려주었다, 보스는 중간에 말을 끊지 않았고, 정말 기쁜 일은, 플로리안이 말을 끝내자 메르켈 여사를 마중하러 나갈 때와 대조적으로 그는 놀려먹던 일도 착수하지 않았다, 사실 보스는 한동안 조용히 앉아 있었고, 더군다나 한참 담배조차 빨아들이지 않고서, 골똘한 생각에 입술을 쭉 내밀었는데, 마치 좋아, 오케이, 사정이 이해가 간다, 문제는 이제 무엇을 하느냐다, 같은 생각을 하는 표정이었고, 그리고 플로리안에게 그는 정확히 그렇게 말했다, 좋아, 이해한다, 이제 문제는 무엇을 어떻게 해야 할까다, 플로리안의 눈이 빛났다, 보스를 믿을 수 있다고 파악했기 때문이었다, 다시 그를 믿을 수 있구나, 몸을 던져 와락 보스의 목을 끌어안고 싶은 마음이 굴뚝같았으나 그렇게 할 수 없다는 것을 알아서, 보스가 지금 무엇을 해야 하는지 말하는 것을 조용히 듣고만 있었다, 이 웨더맨 퀼러와 나는 곤란하게 엮인 적은 없긴 하지, 보스가 언급했다, 그야 유대인이지만 그들 중에서도 예외가 있고 웨더맨 퀼러는 예외야, 점잖은 인물이다, 나도 인정해, 나도 늘 그의 예보를 들여다보곤 했고, 나도 기상 정보가 오랫동안 얼어붙은 듯이 그대로라는 것을 알고 있었다, 그래서 그가 유대인이라는 것이 정말 안타깝지만, 뭐 어쨌든 그러니까 이 일이 몇 달이나 되었다고 너는 지금 말을 하는 거고, 네, 플로리안은 열정적으로 대답했다 그래요, 몇 달 정도, 이상은 아녜요, 흠, 보스가 이를 듣고, 나도 뭔가 들었는데, 전해 들어 알고 있기는 했는데, 네가 이 말을 꺼내니까, 이건 정말 이상하네, ㄴㅁ랄, 퀼러는 하루도 빠지지 않고 웹사이트를 새롭게 업데이트했는데, 그들은 A4로 접어들어, 카나로 돌아왔다, 그리고 보스는 오스트슈트라세에서 대문을 별 어려움 없이 밀어 부수고, 마당 쪽으로 열리는 현관문을 살짝 들어 올리고 집 안으로 들어갔다, 플로리안은 그를 따라가지 않고 밖에서 기다렸다, 집에는 아무도 없어, 보스가 말했다, 모든 것이 아주 깔끔하게 정돈되었지만 먼지로 덮여 있어, 먼지요? 플로리안은 고개를 쳐들었다, 하지만 쾰러 씨의 집에는 먼지가 전혀 없었는데요, 어, 지금은 있어, 이건 네가 옳다는 증거야, 그가 어딘가로 여행을 갔거나 끌려갔다는 말이다, 보스는 다시 입술을 삐죽이 내밀었다, 그래요, 저도 그런 생각을 했어요, 플로리안이 말했다, 하지만 에르푸르트에서도 어디에도 성과가 전혀 없었고, 그들은 돌려보내려고 하지 않아요, 네가 사근사근하게 요청하면 돌려보낼 거야, 보스는 그에게 윙크했다, 그날로 보스의 입장에서 이런 문제는 결판이 났다, 왜냐하면 그 문제에 그가 집에 가는 길에 생각을 해보았고, 그리고 차를 주차하고 집에 들어갈 즈음에, 이 모든 일이 상당히 문-제-의-요-지-가 많다고, 그로서는 어정쩡 애매해 보였기 때문이었다, 말인즉슨 여기서 문제는, 이 웨더맨 쾰러가 감쪽같이 사라진 이유는 무엇인가? 아무것도, 세상 어디라도 전혀 이유가 없었다, 그렇다면 플로리안이 앙겔라 메르켈에게 보낸 이 편지들?! 그 불어터진 위선적인 성직자의 딸한테 쓴 편지? 전혀 중요하지 않다, 이 웨더맨 쾰러가 꽤 이상한 연줄

들이 있을 수 있긴 하지, 그 전체 기상 관측소인지 뭔지 전부
가, 그런 쪽으로 의미하지 않을 것이고, 흐음?! 그런 후 보스
가 맥주를 땄다, 위르겐은 튀링겐에는 409종류의 맥주가 있네
마네 주절거리지만 실제로는 보스의 입맛에 맞게 빚은 맥주
는 단 하나뿐이었다, 병뚜껑을 멀리 던지고 병을 입으로 들어
올렸다, 역시 쾨스트리처, 당연히 이거지, 그는 한 모금 마시
고, 그는 사람들이 3단 트림이라고 하는 트림을 하고서, 단 한
마디, 쾨스트리처, 뱉었다, 그리고 그걸로 그날은 끝났다, 왜냐
하면 그가 노트북에서 이것저것 검색하는 동안 또 다른 쾨스
트리처가, 그리고 또 다른 쾨스트리처가 뒤따랐고, 끝에는 평
소대로 옷을 입은 채 침대에 뻗었다, 한편 플로리안은 저녁을
매우 다르게 보냈다, 그는 바로 집으로 가지 않고 링어 부인에
게 갔다, 하지만 아무 생각 없이, 자신의 손목시계를 보지 않
아, 그가 전에는 한 번도 한 적이 없는 일을 하게 되어, 도서관
이 닫힌 것을 발견하고 그는 링어 부부의 아파트로 내려갔다,
하여튼 이런 일은 전에 일어난 적이 없었고, 링어 부인과 만나
는 유일한 장소는 늘 예외 없이 도서관이었고, 그게 다였다,
플로리안은 링어 씨가 두려웠다, 링어 씨는 사람들이 존중해
주지만 동시에 다들 두려워하게 만드는 그런 면모도 지니고
있었다, 그만이 아니었다, 다른 사람들로부터 같은 말을 들었
기 때문에 그렇다고 알고 있었다, 대체 그게 뭐냐, 정확하게
집어내기가 매우 어려웠지만 모두가 그런 점을 감지했다, 그

건 확실했다, 플로리안은 감히 그들이 사는 아파트로 링어 부인을 만나러 가지 않았을 뿐만 아니라 이전에는 링어 부인이 어딘가에 살고 있으리라는 생각도 해본 적이 없었다, 그는 항상 그녀와 이야기하러 도서관에 갔고, 그들 사는 집에는 결코 가지 않았다, 링어 부부에게 가려면 그는 프리드리히-루트비히-얀*-슈트라세를 따라 올라가야 했다, 거의 닫혀 있는 경찰서에서 멀지 않은 곳이었다, 링어로서는 왜 다들 그에게 이런 생각을 품는지 이해하지 못했다, 파리 한 마리 해치지도 않을 사람을, 그는 거의 하루 종일 수리점에서 보내는데, 왜 그와 같은 사람을 두려워한단 말인가? 게다가 카나와 같은 마을에서 얼토당토않게 사람들이 두려워하는 이가 바로 자신이란 점에 되지도 않는 소리라고 여겼다, 1990년대 초부터 낫치가 튀링겐과 공화국 전역에서 사람들을 지속적으로 공포로 뒤흔들고 있는데, 폭동에 또 폭동, 살인과 공격들 모조리 다 낫치의 탓으로 돌릴 일이지 왜 나를 걸고넘어지나, 링어 씨는 항상 그 단어를 이런 식으로, 그와 친구들이 이에 관해 이야기가 나올 때 잇몸을 드러내고 이를 번뜩거리며, '낫치'라고 발음했다, 두려워하려면 다들 낫치를 두려워해야 한다, 라트하우스(시청) 평일 공개일에 그가 발언했다, 우리 마을과 튀링겐 전역에서

＊　프리드리히 루트비히 얀(1778~1852)은 독일의 체조 교육자이자 민족주의자, 독일 체조(터너)의 창시자이자 아버지로 불리며, 평행봉, 링, 철봉, 안마, 도약대 등을 발명했다.

낫치를 숙청해야 한다, 그 사상을, 아시다시피, 그는 라트하우스 발언대에서, 낫치 사상을 근절해야 한다, 그래서 어영부영 기회 다 놓치고 전 세계에 잔학 행위로 몸서리쳤던 과거가 다시는 반복되지 않도록 해야 한다고, 말했다, 위험이 사소하다고 생각하지 마라, 부르크 19의 그 집에 게으름뱅이 낙오자 몇 명밖에 없다고 떠들지 말라고 링어는 얼마 안 되는 청중을 앞에 두고 논평했다, 왜냐하면 그런 일은 항상 그렇게 시작되기 때문이다, 한두 명 낙오자, 한두 명 처량하고 구질구질한 정신병자들, 이는 사실이지만, 그들이 "우리 모두 시대의 맥동"을 틈타 치고 들어오는 순간이 항상 오고, 그런 호소력으로 치고 들어오면 모든 것이 다시 돌아온다, 사탄이 돌아온다, 내 말을 믿으라, 링어는 말했지만, 그러나 아무도 사탄이 되돌아오리라고 믿지 않았다, 반인도주의 사상은 발붙이지 못한다고 입으로는 떠들어대도, 지역 대표들은 이런 일이 다 사소한 일에 지나지 않는다고 생각했다, 그들은 그들이 누구인지, 이름까지 정확히 알고 있는데 이 서넛 튄다고 튀링겐 전체에 위협이 되겠는가?! 그들 스스로 안도했다, 아니고말고, 아무우쪼록 다아들, 이런 식으로 과장하는 일은 문제만 더 불러들일 뿐이니 잘 생각하시라 자기들끼리 서로 주고받았다, 벽에 사탄을 그리면, 사탄이 나타나기 때문이다*, 링어 생각은 이와

---

* "호랑이도 제 말 하면 온다"는 뜻의 헝가리 속담.

달라, 사탄이 그 벽에 '이미 그려져' 있으니 사탄이 제 말 듣고 등장하지 않기 위해서 뭐든 해야 한다고 확신했다, 링어 씨는 게으름 피우지 않고 일에 착수했고, 할 수 있는 일을 했다, 심지어 그의 아내도 그에게, 마르크, 여보, 이러지 마라, 이런 일에 끼어들지 마라, 수리점이 있고, 수입도 괜찮고, 가족이 먹고사는 데 부족하지 않은데, 괜히 제 복 걷어차는 일은 하지마라, 여기 있는 거의 모든 사람이 나치다, 비록 그 사람들 모르고 있다 해도 나치다, 이것에 대해 아무것도 할 수 있는 일은 없다, 다만 개인적으로 꼭 보호해야 할 것들, 당신 가족, 나, 당신이 하고 있는 일을 보호해라, 아니, 링어 씨는 아내 말에 격렬하게 반박했다, 나는 당신이나 나만 책임을 진 게 아니야, 허, 야단났네, 아주 잘나셨어, 링어 부인이 말했다, 이제 선지자가 수리점에서 짜잔 하고 납셨네, 나를 내버려둬!!!, 그걸로 그날 링어 부부 대화는 끝이 났고, 링어 씨는 흥분한 채로 집을 나와 차에 올라타, 그는 기분 전환할 일 있으면 바람을 쐬러 가던 곳으로 갔다, 기분 전환할 일이 많았던 그는 그래서 예나에 도착할 때까지 쉬지 않고 가서 천문관 근처의 카페바 엘라에서 커피를 마시고 숨을 조금 고르고, 친구들이 이미 모여 있던 카페 바그너로 갔다, 바그너는 위험을 자초할 수도 있을 곳이고, 그들 나이만으로 그곳에서 벌써 쫓겨났을 데이지만, 링어와 친구들 모두 낫치에게 이곳을 넘길 수 없다고 생각했고, 낫치 역시 똑같이 망할 유대인들에게 이곳을 넘길 수 없다고 생각했다, 게다가 커피하우스도 아름다웠다, 그래도 커피는 솔직히 진짜 아니어서, 링어는 시간이 충분하다면 오늘처럼 엘라에서 먼저 커피를 마시고서, 여기서는 물과 소금 땅콩 한 봉지만 주문했다, 그들은 머리를 맞대고 목소리를 낮추고 링어의 제언을 들었다, 그들은 모두 카나뿐만 아니라, 예나뿐만 아니라 튀링겐 전체에서, 확고하게 민주적인 환경 조성이 필요하다는 데 동의했다, 그런 주제로 질질 끌다가 결국 대화는 낫치가 요한 제바스티안 바흐 몇몇 기념관에 대한 이상한 공격을 수행하고 있더라는 것으로 바뀌었고, 지금으로서 우리가 아는 바로는, 아이제나흐, 베흐마르, 뮐하우젠에서 이 기념관의 입구가 그래피티로 훼손되었다고 링어가 말했다, 자신을 가리키며 그, 링어는, 이 모든 배후는 카나 출신 그래피티 청소부가 틀림없노라고 감히 장담한다, 누구보다 유명한 낫치로, 물론 증거는 없지만 조만간 나올 것이다, 그러니 그는 지금 바로 여기에서, 그가 가장 좋아하는 표현대로, 바흐 보호위원회를, 지금 바로 여기에서 발족해서 이 불법 갱단을 잡자고 촉구했다, 바흐는 튀링겐에 속하기 때문에 그들은 이러한 모독이 계속되는 일은 한가하게 좌시하고 있을 수 없다, 다른 것도 아니고 바흐라니, 수치다, 믿기지도 않는다는 얼굴로 그의 친구들은 머리를 저었다, 그리고 그들은 바흐 관련된 모든 것과 튀링겐 관련 모든 것을 보호할 만반의 준비가 되었노라며, 링어를 제외한 모든 사람이 맥주를 마셨다, 쾨스트리처는 그들이 가장 좋아했고, 그들은 그들의 동의에 건배했고, 링어는 자신이 에르푸르트에 있는 헌법수호청*과 접촉해 말을 나눠보겠다고 제안했고, 그렇게 했다, 하지만 링어 부인은 못 본 척 조용히 넘길 사람이 전혀 아니었다, 그 외에도 그녀 자신은 보스가 낙서에 반대한다는 것을, 적어도 플로리안에게서 들어서 알고 있다, 하지만, 링어 씨는 그저 웃음만 지었다, 모르겠느냐? 아주 약아빠진 비열한이라서 딱 그렇지, 밤에 칙칙 뿌리고 다음 날 청소하고, 그런 쥐새끼라서, 그게 다야, 링어 씨는 이 주제에 대해 왈가왈부하려고도 하지 않았고, 하지만 링어 부인은 여전히 플로리안 때문에라도 몇몇 반론을 제기하지만, 남편은 들으려고도, 아예 궁금해하지도 않았다, 이 일은 아니다, 그는 어떻게든 행동을 취하고 싶었고, 남편은 어쨌든 보스라면 진절머리가 났다, 그는 아내가 젊었을 때 보스와 모호하지만 무슨 사연이 있다고 의심했지만 정확하게 아는 바가 없었고, 그는 뭔가 일이 있었을지도 모른다고 의심만 하는 정도였다, 아내는 이 건장한 근육 덩치 낫치 늙은이로 화제가 돌아갈 때는 항상 침묵을 지켰고, 그녀가 말하지 않은 무언가가 있었고 확실히 보스와 관련된 일이고 하니, 링어는 최악의

＊　　연방헌법수호청Bundesamt für Verfassungsschutz은 제2차 세계대전 후 독일연방에 일어난 방어적 민주주의를 기치로 한 국내 정보기관이다. 반연방 활동 및 자유민주적 질서에 적대적인 활동을 감시하고 정보를 수집했다. 일부 불법적인 일에 연루되기도 하지만, 최근에는 극우 세력이나 테러 세력에 대한 정보를 수집하는 역할을 맡고 있다.

상황을 가정했다, 부르크슈트라세 19번지에서 그놈이 동지들과 벌이는 꿍꿍이짓들로 검은 속이 찰 리가 없을 테니까, 모두가 이미 20년 넘게 그곳에서 무슨 일이 있었는지 알고 있었지만 아무도 아무것도 하지 않았다, 한두 번 경찰 급습이 있었고, 그 후 잠시 잠잠한 기간이 있었지만, 그들은 스멀스멀 몰래 돌아와서 지금 다시 부르크슈트라세 19에 둥지를 틀었다, 최근에는 오가는 이들이 많아 부쩍 복작거렸고, 그 구역에 상존하다시피 늘 모습이 보였다, 하지만 아직은 성공까지 매한가지로 멀었어, 여직 아니야, 보스는 강조하고 그는 수차례 인내하라고 귀에 못이 박힐 정도로 외쳤다, 참다 못해 카린조차, 좋아요, 보스, 씨발 우리도 인내하고 있어요, 하지만 다른 전략을 시도할 때가 되지 않았어요? 그럴, 아니야, 보스는 격렬하게 반응했다, 그렇게 생각하지 않는다, 그리고 그는 이유를 설명하지 않았기 때문에 그걸로 그대로 끝났고, 네토에서 쾨스트리처의 가격이 다소 상승하여 보스의 초반 반대가 있었으나 부르크에서 그들은 우르잘펠더 맥주로 갈아탔다, 꽤 큰 변화였지만 그 외 나머지는 평소처럼 계속되었다, 봄이 왔고 어떤 날은 태양이 몇 시간 동안 계속 빛나, 카나의 주민들은 잘레 강둑으로 가고, 반호프슈트라세 거리 벤치에 나가 앉아 있었고, 쇼핑센터가 활기를 띠고 카나는 축구장에서 게라와 충돌했고, 여전히 카나에서 가장 중요한 공휴일인 오월제가 되었다, 이미 아침부터 노인들이 테이블에 좋은 자리를 잡기 위해 로젠가르텐에 왔고, 그들은 등을 곧게 펴고 거기에 앉아, 조금 상상을 발휘하면 얼핏 그럴듯하게 보이는, 조개 모양인 콘크리트 무대에서 가벼운 음악이 시작될 때까지 말없이 기다렸다, 무대는 마을의 다른 지역보다 낮은 고도로 로젠가르텐의 한쪽에 콘크리트 반구형 구조물로 디자인되고 그렇게 지었는데, 그 위 지붕으로 깔끔하게 나무로 덮었고, 무대 위와 뒤로 기차가 거의 15분마다 지나가면서 몇 초 동안 현지에서 유명한 카나 심포니의 음악가들 일부와 정규 교육을 받은 고등학생들 일부가 연주하는 음악을 완전 삼켜버렸다, 연주단 앞줄에는 플루트 연주자와 클라리넷 연주자가, 그 뒤에는 색소폰 연주자들이, 세 번째 줄에는 트럼펫 연주자, 클라리온, 프렌치 호른, 트럼본 연주자가, 맨 뒤에는 타악기 연주자, 보스가 대놓고 혐오하는 고등학교 2학년 학생이 앉아 있었다, 그의 동지들이 맥주 쟁반을 들고 나타날수록 그는 팀파니 드럼 세트 뒤쪽에 앉아 있는 그 소년을 더더욱 질색했지만, 그가 더 싫어하는 것이 소년인지 그들이 연주하는 곡인지 딱 집어내기가 애매했다, 왜냐하면 여기 비틀스의 〈하드데이즈 나이트〉니 〈내 피의 피〉 그리고 〈드래곤스톤〉이나 그런 비슷한 쓰레기들이 아주 매끈하게 먹혀들었기 때문이었다, 보스는 휴식 시간이 될 때까지 내내 참지 못하고 콘크리트 무대에 있는 학생들을 험담하고 혹평했고, 나도 참으려야 참고 들어줄 수가 없어, 때때로 고개를 흔들고 담배를 흔들며 이것은 음모라고, 튀링

겐이 상징하는 모든 것에 대한 가장 사악한 종류의 음모라고
말했다, 음, 너희들은 안 들려?! 네, 네, 당연히 들립니다, 다른
사람들은 고개를 끄덕이고 맥주를 마시고 모두가 테이블 아
래에서 리듬에 발장단 맞추는 것을 보스가 보지 않도록 매우
조심했다, 그들은 보스가 테이블 아래 발을 지켜보고 있다는
것을 알고 있었고 진짜로 그는 내내 그들 발을 지켜보고 있었
다, 그러다 기차가 콘크리트 조개 껍질 무대 위로 예나를 향해
다시 한번 지나갔고, 보스는 벌떡 일어서 자신이 맥주 한 순
배를 살 차례라는 말을 던졌다, 그리고 그는 사람 수만큼 맥주
가 든 쟁반과 그만큼 보크부어스트를 날라왔다, 그가 두 쟁반
을 흔들, 흔들거리며 판매대에서 도로 군중 사이로 운반하는
데 계산대와 그들 앉은 테이블 사이에 다니는 길이 사람들로
빽빽이 막혔다, 제발 좀, 길 막지 마라, 보스는 고함질렀지만,
그러지 말았어야 할 것을, 잠시 주의를 기울이지 않은 사이,
왼손에 부어스트가 담긴 쟁반이 약간 기울어져 보크부어스
트가 반이나 바닥에 굴러떨어져버렸다, 이 빌어먹을 쓰새끼들
아, 여기 사람이 쟁반 두 개를 들고 오는 게 씨발 안 보여?!! 어
어, 그러자 역시나 맥주와 보크부어스트 기다리고 있던 군중
사이가 약간 벌어졌다, 보스는 두 쟁반을 바닥에 내려놓고 부
어스트들을 모아들였고, 다시 쟁반의 수평을 잡으려고 노력
하며 들어 올리고 그는 간신히 성공적으로, 그들의 테이블에
도달했다, 얘들아, 나는 배가 터지도록 먹었다, 그리고 의자에

털썩 주저앉았다, 나는 아주 오래는 더 이상 버티지 못할 거야, 그리고 아무 일도 없었다, 생맥주가 소시지와 함께 술술 부드럽게 내려갔기 때문이었고, 물론 생맥주가 서빙되는 곳에서 굳이 병맥주는 필요 없었기 때문이었다, 동지들은 갈수록 흥에 겨워 행복하게 주위를 둘러보았고, 아주 가끔 무대에서 연주하는 오케스트라에 슬그머니 눈길을 주었다, 물론 보스는 즉시 알아차리고 펠트만 씨를 깎아내리기 시작했다, 펠트만은 지휘자로서 밝고 활기찬 분위기를 조성하는 데 크게 기여하고, 또한 각각의 곡들을 자신도 크게 즐기며, 고령에도 불구하고 음악에 따라 리드미컬하게 움직였다, 몸가짐이며 표정이, 청중에게 자그마한 흥분에 보답하여, 전문 빅밴드 리더처럼, 한쪽 다리로 몸을 지탱하고 다른 방향으로 몸을 기울이고 손을 흔들어 종지부 소절의 마지막 4분음표를 마치자, 맥주로 더욱 노곤한 대중 사이에서도 산발적인 박수가 터져 나왔다, 분위기가 좋지 않기는 해도, 테이블 중 하나를 차지한 노인이 논평을 했다, 막 아들과 함께 엄청난 보크부어스트의 반을 해치운 어르신이었다, 그리고 노부인은 맞은편에 앉아 있는 낯선 사람에게 과거에는 오월제가 생판 달랐다고, 그건 정말 오월제였지만 여기 이건, 그리고 입술을 삐죽이 내밀고서, 참 가관이네요! 그리고 그녀는 남자들처럼 큰 슈타인 잔에 담긴 맥주를 한 모금 마셨고, 그녀의 아들은 병에 담긴 쾨스트리처를 마시고 있었다, 그녀는 보크부어스트의 절반을 아들에게 주었다, 아들이 배가 고파서요, 그녀는 테이블에 앉은 낯선 사람에게 말했다, 이 아이는 끊임없이 뭔가를 먹어요, 먹는 양을 댈 수가 없어요, 상상해보세요, 아침에 아들은 기름 베이컨과 함께 계란프라이 한 접시 다, 먹어요, 한 접시 가득, 이해 가십니까? 매일 아침 계란 여덟 개를 먹어요, 말수가 많은 편은 아니던 소년은 이 말에 여전히 보크부어스트를 부지런히 먹으며, 그렇다는 뜻으로 쑥스러운 자부심에 얌전히 웃어 보였다, 그게 그의 아침이고 점심은, 노파는 계속 말을 이었다, 말을 말지, 더 말해 뭘 합니까, 고기, 고기, 고기, 고기, 온통 고기예요, 하지만 이 지점에 그녀는 침묵했다, 옆에 앉은 사람이 카메라를 집어 들고 밴드 사진을 몇 장 찍었기 때문이었다, 하지만 운도 없게 무대와 사진을 찍는 사람 사이에 얼마 안 되는 몇 개의 식탁이 있었는데 보스와 동지들이 앉아 있는 테이블이 포함되어 있었고, 카린은 누군가 사진을 찍고 있다는 낌새를 즉시 알아채고 바로 사진 찍는 사람 옆에 서서 말했다, 당신 마음대로 사진은 찍어도 되겠지만, 우리는 그 사진에 담기고 싶지는 않다, 그러니 카메라를 내놓아라, 그 남자는 순간 놀라 잠시 바라보다가 약간 겁에 질린 표정으로 자신은 오케스트라 사진만 몇 장 찍었다고 말하고는 순순히 카메라를 넘겨주었고 카린은 용납되지 않는 사진들을 찾아 하나씩 지우고 카메라를 탁자 위에 놓고는 남자에게 양호한 한쪽 눈을 절대 떼지 않고서, 카메라 쪽으로 몸을 기울이고 그녀는 카메라

렌즈를 조준해 입을 내밀고 침을 한 덩어리 콱 뱉었고 그걸로 끝이었다, 그 외 이번 오월제에는 다른 일은 크게 있지 않았고, 이미 어두워지고 있던 마지막에, 보통 있던 일만 있었다, 무대에서 꽤 오래전에 내려온 오케스트라가 큰 박수와 브라보! 외침 속에 테이블에 앉았고 정원에 등불이 빛났다, 여전히 구운 고기들은 많이 남았지만 더 이상 보크부어스트는 없었다, 로젠가르텐의 뒷부분에서 몇몇 사람들이 서로 머리 박고 싸우기 시작했고 달이 아름답게 빛나고 있었고 로젠가르텐 가장자리 건물 옆에서 테이블축구를 하는 젊은이들이 이런저런 성공적인 움직임 뒤에 아이쿠 그리고 와아 함성이 들렸고, 노부인은 아들의 팔을 잡고 함께 철로 아래 굴다리 지나 천천히 마을로 갔다, 보스 무리도 짐을 쌌고 역시 짐을 꾸리고 있던 상인들로부터 부르크에도 쟁여놓으려고, 맥주를 상자째 샀다, 하지만 프리츠만이 부르크로 돌아가고 다른 사람들은 모두 집으로 돌아갔다, 그들이 헤어지기 전에 프리츠는 **'오월제는 엿먹어라'** 고함 질렀다, 이 소리에 호프 부인은 바로 고개를 치켜들었다, 그녀는 항상 창문을 열어두고 자는데, 창문으로 모든 소리가, 특히나 부르크 19처럼 근거리에 소리를 지르는 경우는 다 들렸다, 허, 또 저런다, 침대에서 화를 내며 중얼거리고 자신은 창문을 열고 자는 것을 좋아했지만, 창문을 닫았다, 나로서는, 그녀는 재방문한 이런저런 손님에게 아침 식사 때 털어놨다, 항상 열린 창문 옆에서 자고, 저에게는

신선한 공기가 아주 중요해요, 창문이 닫힌 방에서는 한숨도
잘 수 없어요, 신선한 공기에 익숙하고, 습관처럼 침실에 통풍
이 되도록 두는데, 하지만 그래도 가끔 창문을 닫을 때가 있어
요, 그리고 그녀는 한숨을 쉬고 얼굴을 찌푸리고, 부르크 19
방향으로 고갯짓을 했다, 나치, 그런 다음 손님에게 근방에 방
문할 만한 멋진 장소들과 그곳으로 가는 방법을 설명하고, 식
탁을 치우고, 재빨리 모두 다 털어낸 뒤, 필요한 경우 식탁보를
갈고, 아침 식사 공간을 마지막으로 둘러보고 확인한 후 불을
껐다, 그러면 사방이 어두웠다, 그녀는 아침밥을 내놓는 작은
방 말고는 다른 방에 전기를 허투루 낭비하지 않아서, 다른
방들은 항상 어두웠기 때문이었다, 때로는 플로리안은 맥주
궤짝이나 와인 상자를 탑처럼 쌓고, 작은 방 건너 부엌으로
가는 길에 거꾸러지기도 했는데, 지금도 호프 부인이 힘을 빌
려줄 수 있는지 그에게 남긴 메모에 답하여, 그 집에 들어오다
가 거의 거꾸러질 뻔했다, 어제 올 줄 알고 기다렸는데, 하지만
신경 쓰지 마라, 호프 부인이 말했다, 평소처럼, 플로리안아,
남편이 더 이상 나르지를 못해서, 하고 싶어야 하지만 내가 아
무것도 못 들게 했지, 그녀는 플로리안에게 설명했고, 몇 분 안
에 운반해야 할 물건들을 다 운반해 들여놓았다, 그는 그녀가
준 아침 식사를 먹었고 그동안 그는 호프 부인의 말에 귀를
기울였다, 저기 있는 네 친구들, 그리고 그녀는 부르크 19 방향
으로 고갯짓을 했다, 그들은 어젯밤에 다시 미친 듯이 날뛰더

라, 말 좀 해보거라, 그녀는 그를 향해 몸을 기울였다, 어떻게 그런 사람들과 친구가 될 수 있느냐, 그들이 모두 나치라는 것을 모르느냐?! 그리고 저들이 퀼러 선생 일에 관여했을 수도 있는데, 오, 호프 부인, 저는 그런 일들 아무것도 모릅니다, 플로리안은 대답했다, 어쨌거나 보스 때문에 가끔 저 사람들과 같이 어울리는 것뿐이에요, 아시겠지만 그들은 뭐 나쁜 짓을 하지 않아요, 호프 부인은 이미 이때부터 말이 귀에 들어오지 않았다, 어떻게 이 아이는 그렇게 깜깜 모를 수가 있는가, 이렇게나 코 꿴 송아지처럼 다른 사람에게 놀아날 수 있는지 믿을 수가 없었다, 그녀는 나중에 남편에게 물었지만, 대답은 기다리지 않았다, 그 아이는 바른 청년이라서 그래요, 이 플로리안은, 하지만 여기 뭔가가, 그녀는 자신의 관자놀이를 가리켰다, 제대로가 아닌 것 같아요, 그리고 정말 뭔가 그 머리에 잘못되었다, 플로리안 역시 이를 알았다, 앞선 지난 몇 시간이 매우 무겁게 그를 짓누르고 있었기 때문이었다, 그는 대리인의 말을 들었고, 그는 링어 부인의 말을 들었고 이제 호프 부인의 말까지 들었다, 그는 세 장의 쪽지 일을 다 돌며 해냈지만 속만 상했다, 그가 가장 사랑하는 세 사람, 대리인, 링어 부인, 호프 부인이 오늘 그에게 경고하기 위해서 만나고 싶어 했던 것 같았다, 최근 퀼러 씨의 실종이 퀼러 씨가 그의 삶에서 사라졌다는 의미일 수도 있다고 이해시키려 드는 것 같았기 때문이었다, 물론 링어 부인의 말이 특히 마음 아팠다, 그 말들

211

이 그의 마음을 아주 쓰라리게 후벼팠다, 물론 링어 부인은 조금도 그럴 의도도 없었고, 그럴 마음은 아예 없었다, 그녀는 진짜로, 마을 사람들 다 그렇듯이, 플로리안을 사랑했다, 마을 사람들 말대로 그들은 조금 별난 그의 행동들을 보아넘겼고, 정신 나갔다고 여기지는 않았고, 다만 아주 가다가다 가끔 카나 거주민 한 명이 그에게 인내심을 잃을 때가 있었다, 예를 들어 얼마 지나자, 오스트슈트라세 이웃들 중 한 명, 부르크뮐러 부인의 의견이, 퀼러 문제가 사건으로 바뀌고 에르푸르트에서 수사팀이 나타났을 때, 그녀가 보기에 이 미스터리의 열쇠가 플로리안 헤르쉬트라는 특정 청년에게 있다고 생각하는지 질문을 받자 피력한 내용이, 비록 그가 마을 바보에, 예측할 수 없는 인물이라고도 할 수도 있지만, 참말이지, 그리고 형사 중 한 명의 팔을 붙잡고 그를 가까이 당기더니 마치 비밀인 것처럼 그의 귀에 대고,

유일하게 전한 메시지는 그들이 있었다는 것이다

그녀의 개인적인 소견으로, 카나의 수치라고 생각한다고 말했다, 참말이지, 그는 이 마을에 온 이후로 엄청나게 공격적인 사람 밑에서 일해왔다, 그가 어디서 왔는지 아무도 모르고, 그의 가족이 어디 있는지 아무도 모르고, 고아라고들 하지만 그야 모를 일이지 않은가? 아까 그 엄청나게 공격적인 사람이

예나에서 여기로 그를 데려왔지만 그녀는, 부르크뮐러 부인은 한 손으로 자신을 가리키고 다른 한 손으로는 못 가도록 형사의 팔을 잡고서, 속 시원히 톡 까놓고 말해서, 나는 아예 믿지 않는다, 헤르쉬트 관련한 모든 건 미스터리다, 그는 어디 잡아가둬야 한다, 그녀 말을 들으면 그들도 그를 잡아 데려갈 것이다, 그 소년은 매주 여기에 오곤 했는데, 퀼러 씨가 사라졌을 때 그는 그를 걱정하는 척하며 몇 번이나 계속 돌아와서 찾는 척하며 돌아다녔다, 하지만 그녀, 부르크뮐러 부인은 그것이 모두 가식이라고 확신했다, 그랬군요, 알겠습니다, 사모님, 형사가 잡힌 팔을 풀었다, 저희가 살펴보겠습니다, 정보를 받아 적었다, 즉 부르크뮐러 부인의 개인정보를 적었고, 그녀가 이 정보를 전달하는 동안, 슈나이더 부인을 자랑스러운 눈길로 흘깃흘깃 훔쳐보았다, 슈나이더 부인에게는 형사들이 질문도 하지 않았고 그녀는 얼굴에 상당히 떨떠름한 표정으로 이 과정을 지켜보며, 부르크뮐러 부인이 여기서 한데 뭉뚱그리고 있는 허위를 바로잡을 차례를 노심초사 기다리고 있었지만, 그녀의 차례가 오지 않았고, 아무도 그녀를 심문하려고 하지 않았다, 그래서 부르크뮐러 부인은 머리를 높이 들고 집으로 돌아갔다, 이웃집 창문은 한 번도 훔쳐보지 않았지만, 그래도 슈나이더 부인이 무너졌다는 것을, 슈나이더 부인이 끝장났다는 것을 알았다, 안으로 들어가 슬리퍼를 다시 신고 창문 옆의 감시 자리에 앉았다, 창문을 열지 않고 창문 뒤에 그저 앉아만 있었고 그러고도 그녀는 모든 것을 상당히 또렷하게 관찰할 수 있었다, 형사들은 다정하고 사람 좋은 전 이웃의 집에서 약 한 시간을 보낸 뒤 그들은 커다란 상자를 가지고 떠났다, 그리고 밖이 아주 조용해졌고 갑자기 거리가 쥐 죽은 듯텅 비었다, 아무도 오지 않았고 아무도 가지 않았다, 부르크뮐러 부인은 차 한 잔을 끓였고, 부엌 찬장에서 비스킷 두 개를 꺼냈다, 그녀는 차에 그 이상 곁들여 먹지 않았고, 비스킷 두 개, 그만큼이면 충분하지, 그녀는 수십 년 전에 그런 결정을 보았고, 이를 굳건히 고수했다, 비스킷과 차 한 잔, 창가에서 지내는 평상시 오후였지만, 오늘의 비스킷 두 쪽과 오늘의 차는 아주 오랫동안 맛본 적이 없을 정도로 맛이 좋았다, 그녀는 다시 한번 창가에 앉아 차를 홀짝이고 밖을 내다보며, 불과 몇 미터 떨어진 곳에서 슈나이더 부인이 똑같은 일을 하며 그녀 역시 창문 옆에 앉아 있다는 것을 알고 있기 때문에 말할 수 없이 좋은 기분이 차올랐다, 하지만 어떤 심정일까? 부르크뮐러 부인은 자신에게 질문을 던지고 다음 마지막 한 모금 차를 입에 털어 넣었다, 그게 다였다, 그날은 그걸로 끝났다, 다음 날 티츠 박사가 이번에는 쾰러 씨의 문 앞에 나타났다, 다시 볼거리가 생겼다, 티츠 박사도 에르푸르트에서 온 형사들에게 질의를 받았기 때문이었다, 그를 찾아 그들이 들어섰을 때 아침 예약 진료를 마치기 전이었고, 보조원이 얼굴이 벌겋게 달아 그에게 경찰이 여기 왔다고 알려주었지만, 괜한 헛짓으로, 말이 끝나기도 전에 형사들이 사무실 안 그의 책상 앞에 서 있었다, 그는 환자에게 사과하고 밖으로 모시고 나가 잠깐 기다려달라고 요청한 다음 형사의 질문에 대답했다, 하지만 그는 아무것도 모른다고, 다만 친구에게 무슨 일이 생겼을 수도 있다는 것만 안다고 말했다, 그리고 그, 티츠 박사는 안경을 벗고 콧등을 문지르며 그 소식은 여기로 그를 찾으러 왔던 한 젊은이에게서 들었다, 하지만 헛걸음이었다, 왜냐면, 마지막으로 그들이 만난 뒤에, 아니, 전화상 마지막 대화 뒤에, 친구에게 이런 일이 생기리라는 어떤 조짐도 없었기 때문이었다, 왜요? 형사 중 한 명이 말을 가로막고 물었다, 무슨 뜻으로 그렇게 하신 말인지, 왜라니요? 박사는 그들을 놀라서 쳐다보았고 화들짝 놀란 모습에 본인도 당혹스러웠다, 하지만, 형사가 무슨 뜻으로 "이런 일이 생기리라"고 하셨는지, 형사가 물었다, 무슨 일이 생긴 걸까요? 그런 질문이었습니다, 그들은 이 질문에 대한 대답을 기다렸고 이에 박사는 전보다 더 놀라 곤란해하며 한층 더 당혹스러워, 마치 그들은 중요한 정보를 숨기고 있다고 그에게 혐의를 두고 있는 것처럼 그들을 쳐다보았지만, 그는 아무것도 아는 게 없어 어떤 것도 감추는 것이 없었다, 나는 정말로 아무것도 모릅니다, 그는 되풀이했고 그는 망신살을 고스란히 내보였구나, 그들에게 그가 놀란 모습도 다 드러났으리라 느꼈다, 자신이 왜 그런지 전혀 이해가 가지 않았다, 왜냐면 그렇게 할 이유가 전혀 없었는데, 아드리안에게 무슨 일이 생겼을지 정말로 몰랐으니까, 그는 아내에게, 길길이 역정을 내며 말했다, 형사들이 마침내 떠나고 나자, 그는 서둘러 점심을 먹으러 그의 아파트로 갔다, 당신은 이게 이해가 돼?! 그들은 내가 뭔가 아는 것처럼 대했지만 나는 아무것도 몰라!!!, 이런 반응에 그의 아내는 단지, 물론 당신이 알 리가 있나요, 그가 당신에게 아무 언급도 하지 않았는데 대체 당신이 무슨 수로 알 수 있겠어요? 그만 앉아서 밥 먹어요, 말했다, 배고프지 않아, 박사는 내키지 않아 접시를 멀찍이 밀었다, 자신이 좋아하는, 삶은 감자, 파슬리, 비트를 곁들인 튀긴 돼지 간 요리였지만 입맛이 싹 가셨다, 정말 좋아하는 음식인데, 하지만 집에 오는 손님들에게 비밀로 숨겨, 손님 상에는 첫 번째 전채는 항상 츠비벨티겔(양파 냄비 요리) 또는 그와 비슷하게 계절에 맞는 재료로 요리를 내고, 메인 요리로 토테 오마(피순대 요리) 혹은 프리카델레(독일식 비프스테이크) 그런 종류 요리나, 혹은, 에르푸르트에서 약사나 헬리오스 클리니쿰의 정신과 주임과장 같은 남다른 손님을 맞는 경우 굴, 랍스터 샐러드 또는 가자미 야채 구이를 내놓았지만, 돼지 간은 절대 없었다, 오직 그만이 이를 먹고, 오직 둘만 있을 때만 나오는데, 이것도 그의 아내가 그의 건강을 염려해, 2주, 때로는 3주에 한 번만, 더 자주는 안 되게, 돼지 간을 허용했기 때문에 먹을 기회가 아주 드물었다, 고기 먹는 날 하루, 생선 먹는 날 사흘, 하루 파스타 먹는 날, 그리고 때로는 그가 좋아하는 튀긴 돼지 간에 후추를 약간 뿌린, 아니면 몰래 속으로는 더 좋아하는 맥주 한 병을 다 붓고 삶은 돼지족발은 정말 아주 드물게 아마 두 달에 한 번 나올까 말까 나왔다, 왜냐하면 아내 말이, 당신 나이의 사람은 자신의 건강을 돌봐야 하는데, 당신은 알아서 기꺼이 챙길 사람이 아니니, 내가 무엇을 언제 먹어야 하는지 알려줄 것이다, 모든 걸 당신 뜻대로 맡겨두면, 매일 허다하게 고기를 먹고 아마 더 많이 간으로 배를 채울 것이다, 하지만 잘 안 될 건데, 아쉽게도, 박사는 혼잣말로 덧붙였다, 상황이 심상찮아요, 아내가 계속 말을 이었다, 뭔가 의심쩍어, 뭐? 티츠 박사가 물었다, 저기 있잖아요, 아드리안이, 아드리안이 뭐 어때서? 글쎄, 그가 당신에게 아무 말도 하지 않은 이유가 있었을 수도 있다고, 이유가, 있을 리가 있나, 박사는 비꼬듯이 대꾸했다, 이유가 없어, 우리 둘은 항상 모든 일을 두고 함께 논의하고, 아드리안이 나에게 아무 말도 하지 않은 이유는 할 말이 없었기 때문이야, 이 상황은 딱 그래, 여보, 그럼 뭐가? 아내가 발끈 되받았다, 그럼 뭐라니? 무슨 그럼?! 티츠 박사는 김이 나는 접시를 자신 가까이 당겼고, 실의에 잠겨 마지못해 간을 한 조각 잘랐다, 전혀 식욕이 없었고 사무실에서 경찰 심문에 그의 신경이 극도로 날카로웠지만 여전히 간은 간이었고 갓 갈아 얹은 후추의 향기가 박사의 저항을 무찔렀고, 한편 아내가 계속 말을, 왜냐하면 아드리안이 이러니, 저러니 말만 하고 있어서, 아드리안이 언젠가 모습을 보일 것이다, 아드리안에게는 아무 일도 일어나지 않을 테니까, 그러니 당신은 진정하고, 점심을 제대로 먹으라고 말을 되풀이했다, 박사는 한입 또 한입 씹어 삼켰고 그러다 점점 맛이 살아나고 입맛이 돌아 결국에 그는 조금 더 먹어도 되겠냐고 청했고 그의 아내는 특별한 상황을 고려하여 한 번 더 접시를 채워주었다, 그가 음식을 먹지 않으면 그대로 남을 것이고, 그녀는 배가 불러, 냄비에 남은 것을 모두 그에게 퍼주었다, 다른 점에서 보스 역시 돼지 간을 아주 좋아했다, 직접 요리까지 하는 일은 아주 드물긴 하지만, 돼지 간은 프라이팬에 튀겨서 요리했다, 이걸 하려면 물론 일찍 일어나야 했다, 가게가 열리자마자 노인네들이 이미 와서 거기에 더럽게 버글거려, 그는 때때로 플로리안에게, 네토가 열리기 전부터 서서 이 노인네들이 신선한 돼지 간을 잡아채러 그 앞에 얼쩡거리며 서 있다, 싸기 때문이라며, 몹시 투덜거렸다, 그래서 그는 창고 하차 담당 한 명에게 돼지 간이 들어오면 자신 몫으로 따로 두 팩을 떼어놓아달라고 말을 넣어야 했다, 그냥 전화만 주시고, 언제든지 들르기만 하세요, 담당이 그에게 윙크했다, 보스가 요리한다 하면 토요일이었기 때문에 이런 일은 보통 금요일에 일어났다, 리허설을 마치고 집에 돌아오자마자 바로 만들지는 않았다, 항상 진정하는 데 적어도 한 시간이 필요해서, 텔레비전 앞 벤치에 앉아서 텔레비전은 켜지도 않고 그냥 그 앞에 앉아서 카나 심포니가 다시 무슨 짓을 했는지 잊으려고 노력했다, 그저 이해가 가지 않았다, 마침내 그들 모두 연주하는 법을 아는데, 모두 각자 수준이 있지만 할 줄 아는데, 그러고도 왜 안 되나?! 보스는 1년 안에 리히텐베르크 중등학교에 대단한 연주회로 감사의 표시를 하겠다는 약조를 주고 체육관 사용 허락을 받았는데 이제 거의 3년이 지났다, 조금만 더 시간이 필요합니다, 보스는 연주회가 언제 가능하겠느냐는 교장의 문의를 단호하게 물리쳐 회피했다, 요한 제바스티안은 그렇게 쉽게 항복하지 않는다, 그와 카나 심포니 모두 최선을 선보이기만을 바라며, 이보다 더 나아질 수 없다, 아주 명약관화해지기 전까지 대중 앞에 서지 않을 것이며, 바흐에 걸맞은 공연을 산출할 것이고, 교장 선생님이 조금만 참아주시면 리히텐베르크 중등학교의 이름이 튀링겐 전역에 빛날 것이라고 설명했다, 아니, 하지만 모든 것에는 한계가 있다, 처절히 통감했다, 보스는 체육관에서 리허설을 마치고 벤치에 앉아 진정하려고 노력을 벌이다가, 이 일을 얼굴 차마 못 들 정도로 말아먹었구나, 깨달았다, 음악가들을 당최 어떻게 해야 할지 알 수가 없었다, 그들이 그 빌어먹을 비틀스와 비슷한 쓰레기들은 그렇게 잘하는데 왜 바흐는 아무런 진전이 없는가! 적어도 그가 약간의 향상, 약간의 개선, 작은 진전을 볼 수만 있다면, 그러나 그는 어떤 향상도, 어떤 개선도 볼 수 없었고, 진전이라고는 전혀 없었다, 하지만 왜 진전이 안 되나?! 그는 벤치의 팔걸이를 세게 쾅 쳤다, 진정은커녕 꼭지가 돌도록 분노가 치솟았다는 뜻이었다, 하지만 보스는 포기하지 않고 돼지 간 요리를 시작했고 다음 토요일에 그들을 탈탈 털어 모든 것을 끌어내리라 결심했다, 하지만 다음 토요일, 그들에게서 그 어떤 것도 끌어낼 수 없었다, 펠트만에게 이미 체육관에서 저들이 해볼 만한 아주 더 쉬운 곡이 없느냐고 물었지만 펠트만은 멸시조로, 바흐에 관해서는 쉬운 게 없다, 그러니 다 잊어버려라, 아니면 다 접어라, 그가 보스에게 늘 하던 제언을 늘어놓았고, 보스는 자제력을 발휘하여 쏟아내고 싶은 말을 꿀꺽 삼켰다, 그가 다 펠트만에게 휘둘리는 처지였기 때문이었다, 왜냐하면 이 펠트만은 그들이 연습하고 있는 바흐의 작품들을 그들의 실력에 걸맞게 오케스트라 편곡을 만들 수 있었기 때문이었다, 다시 말해서 걸맞게 '되리라'는 것이, 카나 심포니가 바흐를 향해 공과 노력을 들이고자 하는 의지를 '보였다'면 그렇게 되겠지만, 다만 보스는 이것이 바로 문제라는 걸 알았다, 음악가들은 노력하려고 하지를 않았다, 그래도 그는 팀파니 뒤에서 참다 못해 펄쩍 튀어 올라 어느 순간 더는 들어줄 수 없는 불협화음을 멈추고 그들에게, 그래도, 음악가들은 노력 없이는 절대로 정점에 도달할 수 없다고 설명했다, 그리고 그는 조용히 숨죽이고 앉은 오케스트라 단원들을 바라보았다, 왜냐하면 이럴 때면 다들 입을 다물고 조용했기 때문에, 결국 평소처럼 보스는 체념의 손을 흔들며 팀파니 뒤에 앉아 처음부터 다시 시작했다, 그에게 조금이나마 위안거리는 플로리안

안에서 깨어나는 독일인의 애국심을 눈치챘다는 정도였다, 마침내 리허설에 참석하는 일이 바라던 결과를 가져오고 있었다, 바흐가 그에게 영향을 미치고 있다는 점이 확실히 감지되었다, 너도 좋아하지, 맞지?! 보스가 담배 태우는 휴식 시간 동안 그를 떠보자, 저도 좋아합니다, 플로리안은 웃으며 대답했다, 그리고 그는 바흐를 정말 좋아했다, 점점 더 많은 곡조가 그의 머릿속에 들러붙어 남아 있었다, 점점 더 깊은 안위를 느끼며 어느새 장조에서 단조로 갑자기 전환되는 멜로디에 사로잡혔다, 이런 전환들에 망연자실 아뜩해졌다, 어떻게 그렇게 놀라운 것들이 있을 수 있단 말인가? 오펠을 타고 보스에게 열변을 토했고, 보스는 만족으로 고개를 끄덕이기 시작하고, 너도 알겠지, 이 고집불통 ㄱ새끼야, 내가 너한테 리허설에 오라고 했냐 안 했냐, 왜냐하면 거기서 다른 곳에서는 얻을 수 없는 씨발, 대단한 것을 얻을 수 있을 테니까, 사실 플로리안은 이런 것은 다른 곳에서 얻지 못했고, 그런 이유로 그 무렵 처음으로 라이프치히에 있는 성토마스 교회로 바흐 연주회를 들으러 가야겠다는 생각이 들었다, 그는 보스에게 아무 말도 하지 않았다, 그가 이 계획에 어떻게 반응할지 몰랐기 때문이지만 그래도 다른 사람들에게 비밀리에 일러주었다, 제일 먼저 말한 링어 부인은, 그의 계획을 지지했는데, 이번 여행을 플로리안이 쾰러를 잃었다는 울적한 마음에서 치유되기 시작했다는 신호로 보아서였다, 그리고 그는 대리인에게도 말했고, 그는 한층 진중하게 이 아이디어를 환영했다, 그의 표현에 따르면, 바흐라는 이름은 그의 마음속 알맞은 품계의 선반에 고이 모셔두었기 때문이랬다, 그렇기는 해도 그는 음악을 아주 오랫동안 참고 앉아 듣지를 못한다는 것도 사실이다, 나는 실용적인 사람이지 음악광이 아니기 때문이라고, 그는 IKS 술집에서 다른 사람들에게 설명했다, 그는 일로나 뷔페에 있는 하인리히를 도저히 참고 넘기지를 못해 그곳에 다녔다, 그게 전부라고, 왜냐하면 나에게는 이런 음악이나 다른 음악이나 매한가지, 똑같다, 이어서 그는 말했다, 나는 그중 어느 것도 좋아하지 않는데, 다만 브라스 밴드가 빠방거리는 것 빼고, 그래, 그렇지, 대리인은 맥주병을 들고 브라스 밴드를 위해 마셨다, 그래 맞아, 다만 불행히도 옛날식 작고 근사한 군대식 퍼레이드는 가버린 지 오래야, 요즘은 이런저런 맥주 축제나 그런 곳에서 아주 드물게 브라스 밴드를 듣지, 그것도 예나나 라이프치히나 에르푸르트에서만 있는데, 그걸 들으러 예나나 에르푸르트나 라이프치히까지 누가 가? 야ja, 그래 맞아, IKS 술집의 다른 사람들이 고개를 끄덕였다, 하지만 그릴호이젤의 단골손님들도 고개를 끄덕였다, 근사한 옛 시절이 끝났다, 이를 두고 마시고 그들은 또 다른 맥주를 비웠고, 흐뭇하게 일로나는 새 병들로 카운터를 채웠고 거기로 사람들은 병을 가지러 갔다, 이런 식으로 여기는 돌아갔다, 누가 보크부어스트를 주문하지 않는 한, 카운터로 가 직접 맥주를 집어 와야 했다, 부어스트 주문은 다르게 돌아가, 일로나는 손님이 앉아 있는 쪽에서 나와서, 뷔페 진열대 옆에 덧붙여놓은 작은 주방으로 나가야 했고, 그곳에서 그녀는 부어스트를 데우거나 튀기거나 삶은 다음 이를 들고 들어와 손님 앞 테이블에 놓았다, 물론 그녀는 여기 있는 모든 사람을 알고 있었고, 그녀 가게에는 단골손님만 왔다, 단골은 이곳 돌아가는 방식에 익숙했고, 일로나는 때때로 단골에게 맥주나 부어스트를 외상으로 주기도 했다, 모든 사람에게 다 주는 것은 아니라 갚을 만한 사람에게만, 그런 경우에 다음에 돈을 가져오라고 말하고는 외상 공책에 적어넣었다, 공책은 전체 그릴호이젤의 마법 중심이었다, 이런 일은 자주, 특히나 손님들 주머니가 텅 비는 하르츠 IV 수급액이 지급되기 며칠 전에 상당히 자주 있었다, 수당이 들어오자마자, 대체로 다 갚았고, 가끔은 이런 일이 플로리안에게도 일어났지만 일로나는 앞뒤 재지 않고 그에게 외상을 주었다, 그녀는 플로리안을 잘 알았고, 다른 사람들 다 그렇듯이 그를 좋아했다, 그녀가 그에게 무엇을 요청하든 배달물들 몇 개의 상자를 들여오라거나, 지붕에 광고 간판을 설치한다거나 하면 그가 즉시 해줬기 때문만은 아니었다, 아니, 그는 착한 소년이었기 때문이었다, 애가 착하잖아요, 그녀는 집에서 남편이 수첩에서 하루 수입을 보고 고개를 저으며, 플로리안도? 한마디하면 그렇게 사과조로 말했다, 플로리안은 착한 녀석이란 말로 일로나는 싹 물리쳤고, 그들은 에르푸르트에서 형사들이

와서 퀼러 씨의 실종을 조사하고 있더라는 소식, 그리고 플로리안을 용의자로 파고 있다더라는 말이 퍼질 때까지 그 문제는 다시는 입에 올리지 않았다, 글쎄, 그 순간부터 일로나에게 남편은 그에게 어떤 외상도 주지 말라고 금지시켰지만, 물론 그녀는 그 금지 사항을 지키지 않았다, 그녀는 끊임없이 플로리안에게 부어스트와 청량음료를 비밀로 해야 한다는 단서를 달고 외상으로 주었다, 알겠지, 여기든 어디 다른 곳이든 내가 이리저리 외상으로 얻었다고 아무에게도 말해서는 안 돼, 일로나는 설명했다, 플로리안은 정말 이해가 가지 않았지만, 물론 그는 약속은 했다, 비록 그 약속을 지킬 수가 없어도, 아니, 그는 카나 주민들에 얼마나 감동받았는지, 더욱이나 일로나의 사랑이 얼마나 살갑게 다가오는지 표출하고 싶었기 때문이었다, 일로나는 정이 깊다고, 그래서 다음 날 이미 그는 보스에게 그 사실을 털어놓았다, 그들이 다시 고타에 나가 임무를 수행하다가, 일로나 부인이 정말 마음씨가 착하다고 말했다, 상상해보세요, 보스, 남편이 플로리안의 평판이 나쁘니까 더 이상 제게 외상 주지 말라고 했지만 일로나 부인은 따르지 않았고, 플로리안에게 그 사실을 아무에게도 말하지 말라고 다짐을 받았다, 뭐? 보스가, 슐로스 근처에서 잠복하느라 불을 끄고 있던 시꺼먼 오펠 안에서 콧방귀를 뀌고, 정문을 탐색하느라 사용하던 쌍안경을 내리고는 플로리안에게 버럭했다, 네 나쁜 평판 때문에?! 무슨 나쁜 평판, 누가 그런 말을 해?! 플로리안은 무슨 말을 해야 할지 몰라서 대답하지 않았다, 이미 평판이 나쁘다고 한다면, 그렇다고 해도, 그는 이것이 완전히 부당하다고 느끼지 않았다, 퀄러 씨에 대한 죄책감이 가시지 않은 탓에, 그는 계속 침묵을 지켰고 그동안 보스가 계속 쌍욕을 퍼부었다, 이 썩어빠지고 말라비틀어진 늙다리들, 내가 아작을 내버리든가 해야지, 네가 평판이 나쁘다고? 플로리안 넌 내 사람인데, 내가 버티고 있는 한 염병, 아무도 네 평판을 헐뜯으며 벙긋거릴 수 없어, 내가 산 채로 머리를 뜯어내버릴 테니까, 알겠어?! 알겠습니다, 플로리안은 재빨리 자신 앞을 바라보았지만 괜한 걱정이었다, 보스가 한 대도 내리치지 않았고, 계속하지도 않고 그저 쌍안경을 다시 눈에 대고 훨씬 더 차분한 낮은 소리로 으르렁거렸다, 이 엿먹어도 싼 고자 늙탱이들, 그게 다였다, 다음 날 소식이, 토요일 리허설이 체육관에서 한참 이뤄지는데, 링어 부부가 병원에 입원했다는 말이 들어왔다, 늑대에게 공격당했다고, 적어도 둘 다 그렇게 진술했다, 그들은 날씨가 좋으면 자주 그랬듯이, 로이히텐부르크 성이 있는 언덕에 올라갔고, 그들은 막 점심을 시작하던 참이었다, 링어 부인은 체코 빵집으로부터 신선한 둥근 빵을 사는데, 그들은 비교적 일찍 문을 열었고, 링어는 하루 묵은 번은 싫어하지만 그날 갓 구운 번은 아주 좋아해서 마을을 떠나기 전에 체코 가게에 갔다, 링어 부인이 아무 말할 필요조차 없이, 제빵사는 다 알고서 이미 여섯 개의 롤을 넣은 봉투를 그녀 앞에 놓았다, 그들은 그녀가 토요일에 자주 와서 항상 여섯 개 롤빵을 달라고 한다는 것을 알고 있었다, 빵이 그녀가 산 유일하게 신선한 제품이었고, 다른 것은 모두 어제 사두었고, 지금은 모두 작은 플라스틱 용기에 나뉘어서 담겨 있었다, 얇게 썬 파프리카 따로, 저민 햄 따로, 치즈를 따로 보관하는 3단 보관 용기는 예나에서 할인가로 발견했고, 그 이후로 그녀는 아주 잘 활용하고 있었다, 정말 실용적이라고 그녀는 친구들에게 자랑했다, 우리에게 항상 이 통이 맞춤이라 사용했고, 오늘도 그렇게 했다, 플라스틱 식품 용기며 신선한 롤빵에서 로이히텐부르크 성 꼭대기의 작은 공터까지 모든 것이 항상 똑같았다, 아침나절에 그들은 밖에 나가 있기를 갈망했고, 그즈음에 이미 나가 있었으며, 놀랍도록 아름다운 풍경 속에서 오랫동안 산책했다, 몇 시간 후, 마을에서 울리는 종소리는 아직 들리지 않았지만 손목시계는 정오를 가리켰고, 링어 부인은 담요를 깔고 평소처럼 성곽과 주변 시골 풍광이 고루 잘 보이는 자리에 앉아 점심을 먹기 시작했는데, 정말 난데없이 늑대 한 마리가 나타났다, 링어가 병원에서 신고를 받은 경찰관에게 말했다, 링어의 아내는 목이 물려 수술을 받은 후에 중환자실에 머무르고 있어 아직 제대로 진술할 처지가 아니었다, 모든 일이 아주 급작스럽게 정신없이 일어났다, 조금 전만 해도 저기 없었는데 다음 순간에는 거기에 떡 서 있어서, 우리는 완전히 얼어붙었다고 말했다, 우리는 그게 뭔지도 모르는데, 이미 우리에게 덤벼들어 공격하더라, 여기에는 늑대가 없습니다, 경찰관이 끼어들었다, 알고 있다, 링어는 여전히 충격 상태로 침을 꿀꺽 삼켰다, 전에는 여기에 늑대가 전혀 없었는데, 지금은 있다, 늑대는 아주 드물게 사람을 공격한다, 내가 아는 한 늑대는 사람들을 두려워한다, 경찰관은 계속 말을 이었고 링어는 고개를 끄덕이다가 버럭 소리를 질렀다, 당신 내가 진실을 말하지 않는다는 뜻으로 하는 말은 아니겠지요, 그렇죠? 아니, 아니, 물론 아닙니다, 경찰관은 그를 달래 안심시켰다, 저는 의견 내거나 판단하지 않습니다, 저에게는 사실만 중요합니다, 보십시오, 지금까지 동부 튀링겐에서는 늑대가 없었어요, 바이에른에는 있어요, 브란덴부르크에서는 발견이 되었어요, 우리가 아는 한도 내에서 늑대의 동선은 면밀히 모니터링되고 있어요, 알겠습니다, 링어가 중간에 짜증을 내며 끼어들었다, 하지만 이것 보세요, 그리고 팔을 가리켰고, 그리고 이걸 보시고, 그는 다리를 보여주고서, 그리고 제 등을 보세요, 그는 경찰을 등지고 조금 몸을 돌렸다, 온 곳이 붕대로 휘감겨 있었지만, 붕대가 이미 스며든 피로 얼룩이 졌다, 이것 좀 보시라고요, 링어가 목소리를 높였다, 몇 시간이나 되었는지 가늠도 안 되지만 늑대가 이런 짓을 했습니다, 그리고 여전히 활보하고 있습니다, 그는 덧붙였다, 그러고는 비통한 표정으로 고개를 돌려 베개에 얼굴을 파묻었다, 대화가 끝났다는 신호였다, 늑대가 여전히 활보하고 있다는 소식이 카나 전체에 들불처럼 퍼졌다, 자유롭게, 학교 관리인이자 잡부인 토르스텐이 체육관으로 뛰어 들어와 보고했다, 토요일에는 건물에 아무도 다른 사람은 없었고 스포츠 훈련은 오후 3시 이후에야 시작되었다, 토르스텐은 링어에게서 들은 끔찍한 소식을 전할 수 있는 사람을 무조건 찾아야 했다, 링어는 무슨 이유인지 휴대전화로 그에게 전화했고 그에게 다 죽어가는 소리로 속삭이며 즉시 도움을 요청해서, 그래서 제일 먼저 오케스트라에게 달려갔고, 그다음 건물 밖으로 뛰어나갔다, 하지만 밖에는 아무도 없었고 그래서 그는 그 순간에 약국에서 할인가에 비타민 C를 사려고 줄을 서 있던 아내에게 전화를 걸었다, 그리고 아내는 너무 놀라고 겁에 질려 다스려지지 않는 고함밖에 나오지 않았고, 모든 사람들이 다 들릴 정도로,

바흐와 관련이 되면 모든 것이 쉽지 않다

로이히텐부르크에 늑대들이 있다, 소리 질렀다, 이미 누군가가 공격을 당했다, 줄을 서 있던 사람들은 처음에 무슨 소리인가 영문을 몰라 어리둥절해하다가, 토르스텐 아내가 이어서 하는 말을 듣고 나자 이해했다, 남편은 두 사람은 이미 병원에 있다는 것만 알고 있으며, 그중 한 명은 치명적인 상처를 입었다고 하더라, 하지만 이는 완전 사실은 아니었다, 링어 부인은 과도한 실혈로 위독한 상태이긴 하지만 생명을 위

협할 만한 부상은 입지 않았다, 당직 의사의 설명은 그와 같았다, 예나 대학에서 파견 나온 이 레지던트 의사가 제일 처음, 현장에 직접 번개처럼 빠르게 등장한 〈오스트튀링어 차이퉁〉 기자에게 성명을 낸 사람이었는데, 부상자의 상태는 나쁘지 않다고 덧붙였고, 다른 말은 꺼낼 것이 딱히 더는 없어, 관심 주셔서 감사드립니다, 더하고는 그는 충격으로 침묵이 감도는 틈에 말을 마치고, 말문이 막혀 이러지도 저러지도 못하고 가만히 서 있는 벙찐 기자를 두고 돌아섰다, 이 뉴스가 기자에겐 언론인으로서 아니라 인간적으로 다가왔기 때문이었다, 적어도 그가 나중에 쓴 글 내용이 그랬다, 전반적으로 카나 주민들은 하나같이 로이히텐부르크에서 공격에 대해 들었을 때 얼떨떨하니, 그런 일이 있다니, 받아들이기 어려워했고, 그럴 수가 있다니, 믿지 않는 사람까지 일부 있었다, 그러나 대부분에게 오래된 두려움이 즉각 부활했다, 예전에는 여기 산에 늑대가 있었기 때문이었다, 사실이었다, 노인들은 그 아버지들이 늑대에 관해 나름 직접 자신들이 겪은 이야기들을 해주던 기억이 생생했다, 아이들을 그저 겁주려고 하는 게 아니라, 사람과 늑대가 거의 이웃처럼 나란히 붙어 위험스럽게 살고 있다는 점이 그 기억 속에 깊이 뿌리 박힌 탓이었다, 다음 월요일, 나투르슈츠분트(자연보호연맹, NABU) 튀링겐 지부에서 누군가 모습을 드러내어, 그런 발상이 오히려 더 우려스럽다고, 늑대가 사람을 공격했다는 소문이 완전히 거짓이며 늑대는 결코 사람을 공격하지 않는다, NABU의 사람들은 이것을 정확히 알고 있으므로 두려워할 필요 없다고 주민들에게 공표했다, 그런 부상이 뭔가 관련이 있다 해도 절대 늑대 때문은 아니다, 그 말을 남기고 NABU 팀은 신속하게 로이히텐부르크를 향해 올라가서 지프를 타고 샅샅이 돌아다니며 늑대 흔적을 찾았고 금방 발견했다, 2인 대표단의 책임자인 토마시 람스탈러는 동료에게 당분간은 이에 대해 이야기하지 말자고 제안했고, 볼프스프륀더 튜링언(튀링겐 늑대의 친구들) 지부와 카나 대표 사이에 대화 그룹을 소집하여 일어나지 말았어야 할 일이 어떻게 일어났는지에 대한 자신들의 의견과 상황에 대한 평가를 보고하자고 제안했다, 왜냐면 일어나지 말았어야 하기에, 도른부르크-캄부르크의 토마시 람스탈러가, 완전히 이해할 수 없는 일이 일어났다고 말했다, 하지만 다만, 나흘 후 열린 소집회의 브리핑에서 그는, 다만 나는 이해할 수 없는 사건을 좋아하지 않는다, 나는 그런 것들을 믿지 않기 때문이다, 모든 것에 대한 이유가 있기 마련이다, 반드시 이유가 있어야 하기 때문이다, 늑대는 인간을 공격하지 않는다, 절대, 부디 이런 점에 동의하시기를 바라 마지않는다고 설명했다, 더욱이 늑대가 대낮에 아무 외부 강압 없이 매복했다가 대놓고 공격하는 것은 그 천성에 완전히 거스르는 일이다, 이것은 말도 안 되는 일이다, 말도 안 된다는 말은 수도 없이 그들 입에서 튀어나왔고, 그리고 야생 늑대의 천성을 설명했다, 늑대는 겁 많고, 소심하고 수줍음이 많고, 위험을 피하고, 신중한 행동가라고, 다시 한번 말씀드립니다, 토마시 람스탈러가 말했다, 수줍음이 많아, 수줍음은 개뿔, 링어는 병원 침대에서 툴툴거리며, NABU 대표단이 라트하우스에서 했던 말을 그에게 전해주자 팔에서 정맥주사를 뜯어낼 태세로 냅다 소리쳤다, 나는 그 눈을 똑똑히 '봤다'고, 잇몸을 드러내고 이빨로 으르렁거리는 모습을 '봤어', 그러니 이 짐승이 수줍음 잘 탄다고 내 앞에서 주절거리지 못할 것이다, 그 망할 짐승 새끼가 시빌의 목에 이빨을 박아 넣으려고 들 때 수줍은 기색은 씨알도 없었어, 내가 그 새끼를 잡아당겼더니, 그다음 나를 물기 시작하더라고, 보스가 나타나지 않았다면 우리 둘 다 죽었을 것이다, 이것은 상당히 과장된 것이지만, 보스가 토르스텐이 중구난방 더듬대는 말에서 로이히텐부르크에서 일어난 일을 이해하자마자 그는 즉시 연습실을 튀어나온 것은 사실이었다, 그리고 부리나케 오펠을 집어 타고 집으로 돌진한 다음 장전된 마우저 M03을 싣고 로이히텐부르크로 달려갔다, 그리고 상부에서 그가 두 사람을 보기가 무섭게, 바닥에 몸을 납작 엎드리고, 그들의 방향으로 기어가며 한편 순간적으로 마음속으로 바람이 불고 있는 방향을 잡고서, 즉시 바람 불어오는 쪽을 향해 방향을 바꾸고서 무성하게 자란 작은 둔덕을 향해 조금 더 기어갔다, 그의 직감이 틀리지 않았다, 짐승이 관목 밑동의 땅에 누워 있었기 때문이었다, 링어가 부러뜨린 다리로 여기까지 간신히 몸을 끌고 온 것이 분명했고, 보스는 조금 몸을 일으키고, 총을 풀로 장전하고, 두 발을, 확신을 기해, 신중하게 확신을 기해, 머리를 정면으로 겨누고, 똑바로 눈 사이에 총을 쐈다, 하지만 그는 아무도 구하지 못했다고, 보스의 긴급 전화 신고를 받고 마침내 출동한 예나 경찰과 레비어푀어스터(산림감시인)에게 사건에 대해 상세하게 보고하며, 말을 피했다, 사실 그렇지 않았노라고 했지만, 보스가 그렇게 재빠르지 않았더라면, 감시인는 나중에 라트하우스 앞에 모인 사람들에게, 보스가 그렇게 빨리 현장에 도착하지 않았다면, 부상당한 동물이 마지막 힘을 끌어모아 부러진 다리로 위험의 근원지로 기어가서 다시 공격했을 수도 있다고 설명했다, 아주 이상하게 들릴지 모르지만, 나는 그런 일을 본 적이 있다고 했다, 그러나 이상한 점은, 그가 한층 목소리를 낮추고 덧붙였다, 짝이 나타나지 않았다는 것이다, 진짜로 그의 다른 짝패들이 나타나지 않았다, 거개의 늑대는 루델(무리)을 떠나려는 어린 늑대가 아니라면 혼자 공격하지 않고 오직 루델로만 공격하지 혼자 안 한다, 당신네들 말대로 떼를 지어 공격한다, 다시 한번 들불처럼, 늑대가 떼 지어 공격한다더라, 말이 퍼졌다, 이제 이전에 늑대 공격의 진위를 의심했던 카나 사람들조차도 겁에 질렸다, 토르스텐은 의심하던 사람에 들지 않았다, 링어가 전화로 다 죽어가는 거칠한 목소리로 그에게 말하는 내용을 즉시 믿었다, 사실이지 그날 밤 그는 잠을 잘 수 없었다,

놀라서 자꾸 깨 침대에 앉았는데, 자꾸 그러자, 등진 채 움직이지 않고 누워 있던 아내가 불쑥 말했다, 당신도 잠을 잘 수 없지, 어? 흐어, 그러게나, 토르스텐은 끙 소리를 내고 물 한 잔을 마시러 나가, 링어의 등을 물어뜯는 괴물의 이미지가 그의 머리에서 완전히 사라질 때까지 어휴, 다시 등 대고 눕지 않기로 결정했다, 그럴 때까지, 그의 귀에서 즉시 도움 달라고 구하던 링어의 목소리가 잦아질 때까지는…… 우리는 로이히텐부르크 평소 소풍 지점에 있어요…… 아시지요…… 도와주세요…… 늑대가…… 시빌이 피를 흘리고 있어요…… 나중에 링어에게 아주 자랑스러운 일은 아니었다, 그러나 그는 시빌의 목에서 늑대를 떼어낼 때는 아무 생각이 없었다, 바로 늑대를 붙잡아 다리 하나를 부러뜨렸고, 그런 다음 숨을 조금 고르고 있는데 늑대가 낑낑거리며, 한쪽으로만 기어서 멀어지는 것이 어렴풋이 보였고, 그는 휴대전화를 무작정 눌렀다, 마지막으로 통화했던 번호가 토르스텐의 번호였다, 토르스텐이 전날 금요일에 차를 가지고 링어의 수리점에 마지막에 들른 사람이었기 때문이었다, 더 나은 아이디어가 없었다, 아니, 오히려, 그건 아이디어가 아니라 본능이 먼저 작동해, 이 본능에 쫓겨 버튼 하나로 가장 먼저 전화 걸리는 번호를 눌렀고, 그 사람이 바로 어제 그에게 전화했던 토르스텐이었다, 그가 받았고, 그리고 그 망할 보스가 그들 목숨을 구해줬다, 우리 목숨을, 그는 아주 희미하게 링어 부인의 귀 쪽으로 기울어 소곤

댔다, 링어 부인은 이제 중환자실에서 일반 병동으로 옮겨 왔고 그가 그녀를 보려면 벌여야 할 고투가 여간 아니었다, 보스가 우리를 구했어, 하지만 링어 부인은 이해하지 못하는 것 같았다, 그녀는 여전히 제정신이 아니었기 때문이었다, 깨어 있었지만 자신이 어디에 있고 왜 그런지 몰랐다, 오직 셋째 날에야, 플로리안이 병원에 병문안하러 예나로 건너왔을 때, 두 사람이 나란히 2인실에 누워 있을 때야 정신이 들었다, 나중에 모든 것이 나쁜 기억이 되었을 때, 링어 부인은 남편에게 말했다, 있잖아요, 병실에 있던 당신을 보고 우리가 나란히 누워 있으며 우리가 살아 있다는 것을 깨달았을 때, 그 자리에서 죽어도 여한이 없었다, 다만 당신이 내 옆에 있어서, 부인은 울음을 터뜨렸고, 그들은 서로를 껴안고서, 링어는 부드럽게 아내를 가까이 안았다, 그도 아내에게 같은 감정을 느꼈고 아내 없는 삶을 상상할 수 없었다, 그날 부엌에서 약 1분 동안 서로 포옹하며 서 있던 그때 그는 결심했다, 때가 되면 우리는 같이 떠나겠다고, 이는 나중에 〈오스트튀링어 차이퉁〉에 그들의 생존 이야기를 다룬 기사의 헤드라인이 되었다, 이 말을 기자에게 해주었는데, 아주 마음에 들지는 않았지만 그가 뭘 어쩌겠는가, 기사는 이미 인쇄가 되어, **'차라리 우리는 같이 떠나겠다'**로 나갔고, 부제목은 '끔찍한 공격에서 살아남은 중년 부부의 공동 결정'이니 뭐니 적혀 있었다, 링어는 모든 것이 부끄러웠고, 자신이 속내를 다 드러낸 것에

화가 솟았고, 그런 내밀한 문제를 남부끄러운 줄 모르고 떠들
어댈 줄은 생각지도 못했다고, 심지어 신문에, 그딴 거 신경
꺼라, 링어 부인은 모두 무시하며 털어내었다, 우리는 그런 수
준은 넘는다, 이제 다 잊어버려야 한다고 했고, 플로리안은 링
어 부인이 무슨 뜻으로 하는 말인지 잘 이해했다, 같은 말을
써서 도서관에서, 무슨 일을, 그리고 어떻게 일을 겪었는지,
병원에 있을 적에는 말을 할 수가 없었기에, 말해주었다, 병원
에서만이 아니라 그녀는 거의 3주 동안 말하는 것도 허락되
지 않았다, 늑대에 물려 목동맥 중 하나뿐만 아니라 성대도
일부 심각하게 손상되어서, 그녀의 목소리도 바뀌었다, 적어
도 링어 부인이 완전히 회복되어 정상적인 삶으로 돌아왔을
때 플로리안의 인상이 그랬다, 나는 피투성이이었고 마르크
는 한 손으로 솟구치는 혈관을 세게 누르고 다른 손으로 막
아내고 있었다, 적어도 그이 말로는 그래, 나는 아무것도 기
억하지 못하기 때문에, 나는 꽤 많은 피를 잃어서 쇼크에 빠
져 있었을 것이다, 그 불쌍한 마르크가 겪었을 일을 상상할
수 있니, 네 보스가 거기에 도착해서 총을…… 그…… 그……
하지만 그녀는 말을 계속하지 않았다, 그리고 나중에도 이 이
야기를 누구에게 말하든 그녀는 이 시점에서 항상 멈춰야 했
다, 그들의 생명을 구하며, 보스가 쏜 대상의 이름을 댈 수가
없었다, 생명을 구했다, 그녀 역시 그런 식으로 일이 벌어졌다
고 믿었기 때문에, 보스를 판연히 영웅으로 만드는 보편적인

설명을 받아들였고, 플로리안은 다른 사람들이 자신의 은인이 마침내 영웅이란 점을 알아보는구나 매우 자랑스러웠다, 영웅이지, 일로나의 뷔페에 모인 모두가 그렇게 말했고 모두의 표정은 진지해졌으며, 과거에 이런 일이 있고 저런 일이 있었다느니 옛이야기가 다시 입에 오르내렸고, 보스의 영웅적 행동은 더더욱 찬란하게 빛났다, 그리고 그 시점부터 카나 주민들은 잠자리에 들기 전에 항상 자물쇠에 열쇠를 제대로 돌렸는지 재삼재사 확인했고, 창문에 덧창 가진 사람도 말할 것 없이, 다행으로 여기며 닫고서, 걸쇠로 걸었다, 이 시점부터 카나에서는 아무도 NABU나 경찰을 믿지 않았기 때문이었다, 그들에게만 맡겼다면, 늑대가 링어 부부를 점심으로 먹어치웠을 거라는 게, 일반적인 의견이었고, 이런 견해는 소위 큰 세상에 새로운 종류의 전염병이 퍼지고 있다는 소식 때문에 더 악화되었지만 보스는 둘 다 아예 쥐뿔, 신경도 안 썼다, 그의 말을 빌려 그는, 우라질, 바깥에서 무슨 일이 있는지 왜 신경을 써야 돼, 내부에서 우리를 파괴하는 것을 처리해야 하는데, 낮게 툴툴거렸다, 그래서 그는 자자하게 명성이 나고 있다는 소식을 들었을 때나 사람들이 네토에서 자신의 등을 토닥거리려고 들면, 만족의 희열을 느끼는 게 아니라, 오히려 성가셔했다, 나를 내버려둬라, 지금까지는 내가 나쁜 놈이었는데 이제는 좋은 놈이냐, 가서 엿이나 먹으라고, 보스가 부르크에서 부대원들에게 으르렁거렸다, 그 외에도, 그는, 나는 링어 때문이 아니라 늑대 때문에 거기로 갔다, 링어 부부는 내 알 바 아니고, 유대인을 구하러 다니는 그런 습벽은 없다 이 거야, 그들은 모두 이를 두고 맥주잔을 들고 쨍 부딪혔다, 쾨스트리처의 가격이 내려가지를 않아, 그들은 우르잘펠더에 머무를 수밖에 없었다, 이것은 정말 큰 변화였다, 처음 한 모금 마셨을 때 맥아의 맛이 전해지는 건 같지만, 더 깊은 쾨스트리처와는 결이 달랐다, 쾨스트리처는 좀 더 깊고, 더 진지하고 절제된 맛을 지녔다고, 위르겐은 묘사하며, 가격 인상에 대해 논의를 벌일 때, 역사적인 이유만으로도 쾨스트리처를 고수해야 한다는 의견을 피력했고 보스가 이에 유일하게 동의했지만, 모두 알거지야, 다들 무일푼이기 때문이라고, 안드레아스가 토를 달고, 입을 삐죽거렸다, 그 몇 센트라도 그들에게 중요하니까, 49센트는 49센트라고 위르겐에게 말했다, 그런 이유는 당할 수 없었다, 위르겐과 보스 모두 하는 수 없이 받아들였다, 우르잘펠더가 들어 있는 20병들이 상자가 배달되었고, 결국 그들은 변화에 익숙해졌다, 유일한 문제는 이 종류 우르잘펠더가 이전의 쾨스트리처보다 훨씬 강했기 때문에 훨씬 더 많이 취하고, 훨씬 더 빨리 취해, 토요일 오후 10시 또는 11시 이후에 그들은 실제로 서로 대화도 나누지 못했다, 이런 일이 보스의 짜증을 상당히 돋웠다, 왜냐하면 딱 그 무렵에 그가 전달해야 할 중요한 정보가 있는데, 이 술 취한 사람들을 어떻게 해야 할지 난감해 고충이 장난이 아니었고,

이들이 토하기 시작하면 다소 혐오감이 스물거렸다, 한술 더 떠, 욕지기 일던 일부 동지가 위르겐의 방에서 미처 나오지 못하는 일까지 적지 아니하게 발생했다, 위르겐의 방이 모여 들어 연대감이 너울거리는 곳인데, 왜냐하면 항상 이를 "연대"라고 아직도 칭했기 때문이었다, 그들은 항상 방심하지 않고 대기해야 한다고, 보스는 설명했다, 특히 이제 마침내 스프레이어에게 가깝게 접근하기 시작하고 있다는 전반적인 판단이 서는 이런 마당이니, 이후라도 이런 자세를 계속 유지하라고 했다, 반복해서 설명할 필요가 없었다, 부르크의 모든 사람들은 하도 그가 반복을 해대 속속들이 사정을 알고 있었지만 보스는 같은 말을 하고 또 하며 되새김질한다, 그들은 서로 투덜대었고, 넌더리가 날 정도로 지겨워했다, 같은 말을 다시 듣고, 또 듣고 또 들을 필요는 없지 않은가, 그들은 '조국'이 뭔지, '대기 자세'가 뭔지, 무슨 이유인지, 바싹하게 알았지만, 보스는 이러한 반복이 불필요하다고 생각하지 않았다, 그는 실제로 동지들을 아주 믿지 않거나, 적어도 위기 상황에서 그들을 얼마나 믿을 수 있는지 확신이 없었기 때문이었다, 카린은 괜찮았다, 프리츠도 괜찮지만 위르겐이나 안드레아스, 게르하르트와 다른 사람들은, 하아아아지만, 잘 모르겠다, 가끔 오펠에서 플로리안과 그 걱정을 나눴다, 플로리안 자신은 부대원들 사이에서 그러한 구별을 감지할 수 없었다, 그에게는,

깊은 위안을 주는

그들은 모두 똑같았다, 그는 그들 모두를 두려워했다, 어떤 때
는 카린보다는 덜 무섭기도 하고, 때로는 위르겐이 더 두렵기
도 했다, 그 외에도, 누구와도 이런 이야기를 나눌 수 없었다,
그가 말할 수 있는 단 한 사람에게 말할 수 없는 이유가 다른
쪽이 어떻게 반응할지 정확히 알았기 때문이었다, 그들 사이
에 섞이지 마라, 플로리안, 대답이 그럴 것이다, 당장 그들을
떠나, 그들과 함께 있을 생각조차 하지 마, 너도 알게 될 거야,
링어 부인은 협박을 해댈 것이다, 그렇게 한번은 실제로 겁을
주기도 했다, 이것 때문에 문제가 생길 거야, 말하고 그녀는 그
의 눈을 깊숙이 매우 진지하게 바라보았다, 이미 사람들이 네
가 그들과 함께 있는 것을 본 것만으로도 충분해, 그게 그렇
게 쉽지가 않아요, 링어 부인도 이를 이해했고, 그 주제에 대
해 언급조차 하지 않았고, 어쩌다가 정확하게 대화가 그런 지
점으로 접어들 때만 올랐다, 플로리안은 상당히 늦게 보통 오
후 5시경 또는 5시 15분경에 도서관에 도착했고 그날 보스와
함께 어디에 있었는지, 한 일이 무엇인지, 대리인 무슨 말을 했
는지 아니면 일로나 부인이 뭐라고 했는지, 또는 때때로 운영
체제가 먹통으로 작동하지 않아서, 노트북을 수리 맡겨야 했
다거나 이것저것 이야기했다, 물론 퀼러 씨에 대해 이야기하

는 일은 아주 드물어, 예를 들어 전날 밤 쾰러 씨가 호흐하우스에서 다시 벨을 울리는 꿈을 꾸었고 창밖을 내다보니 쾰러 씨였고, 그는 아래층에 완전히 실물처럼 서 있었다, 그리고 반갑게 손을 흔들고 인사를 했다, 안녕, 플로리안, 나 여기 있어, 나는 잘 지내, 잠에서 깨어나, 계단을 두 계단씩 달려 내려와, 그런 탓에 옷도 제대로 못 입고 잠옷 차림으로 그저 계단을 쏜살같이 내려와 현관문을 열었지만, 플로리안의 속이 얼마나 상하던지, 쾰러 씨는 거기 없었다, 그는 플로리안에게 손을 흔들며 안녕하냐, 나 여기 있어, 나는 잘 지낸다, 하지 않았다, 그런 경우에 링어 부인은 어떻게든 다른 말로 플로리안의 마음을 달랠 수가 없어서 그저, 들어봐, 플로리안, 누군가가 흔적도 없이 사라질 수 있다고 생각하지 않아, 그런 일은 일어나지 않아, 나는 그런 일은 믿지 않는다고 말했고 그 말에 플로리안의 고개가 아래로 처지자 그녀는 덧붙였다: 그래서 나는 이런 것들을 믿지 않아, 설명이 안 되는 일은 존재하지 않으니까, 그리고 그녀는 이런 말로 플로리안의 심정이 갈가리 찢어졌으리라고는 의심조차 하지 않았다, 왜냐하면 그는 이미 설명이 안 되는 일들이 있다는 것을 알고 있었다, 정말이지, 가장 심오하고 가장 중요하고, 가장 근본적인 질문에는 답이 없었고 결코 답이 없을 것이다, 도서관에서 플로리안은 그런 대화를 마치고 작별을 고하고서, 그는 슬픔에 휩싸여 집으로 걸어갔다, 그는 정말로 쾰러가 그리웠고, 그리고 모두 끝장나면 다 그, 플로리안의 책임이라고 더 이상 생각하지 않았지만, 다만 그가 매우 그리웠다, 목요일마다 그가 그리웠다, 옛날 시절이 정말 좋았다고 그는 생각했다, 그 당시 오늘은 목요일이고 오늘 저녁 6시에 퀼러 씨와 다시 함께하리라고 생각하며 침대에서 일어났고, 플로리안은 질문을 하고 퀼러 씨는 차분하고 균형 잡힌 방식으로 대답해주고, 플로리안이 잘 파악하지 못하는 것을 깨우쳐주곤 했으며 그리고 플로리안은 부엌으로 가서 퀼러 씨에게 린덴 차를 끓여주곤 했다, 퀼러 씨는 단것을 좋아해서 항상 찻잔에 꿀을 꽤 많이 넣어야 했지만 그래도 그는 항상 부엌에서 소리쳐 물었다, 몇 숟가락요? 오늘은 두 숟갈만, 플로리안, 두 숟갈만, 선생님은 조심하셔야 하니까, 나는 당 수치를 조심해야 한다고 퀼러 씨는 설명했다, 때로는 두 숟갈, 때로는 세 숟갈, 때로는 네 숟갈까지 원했기 때문에 플로리안은 차거름망에 차를 우릴 때마다 항상 물어봐야 했다, 그리고 몇 숟가락요, 물어보곤 했는데, 이제 집에 돌아와 식탁에 앉아서 물어볼 수 있는 처지라면 얼마나 좋았을까 생각했다, 플로리안은 편지를 쓰던 A4 용지에 더 이상 관심이 없었다, 아니, 퀼러 씨 생각에 마음이 무거울 때는 총리와의 서신이 그렇게 중요해 보이지 않았기 때문에 관심이 가지 않았다, 그런 뒤운이 좋아서, 다음 날로 넘어가고, 그가 일어났는데 아래층에 퀼러 씨가 아니라 앙겔라 메르켈 총리가 세련된 자태로 서 있었다, 그는 총리가 때로는 파란색 블레이저로, 때로는 노란색 블레이저로, 때로는 붉은 황갈색 블레이저를 입은 모습인데, 어쨌든 항상 바지를 입고 서 있었고 이건 나았다, 이것은 쾰러 씨가 등장했을 때보다 훨씬 더 좋았다, 항상 쾰러 씨는 그의 마음에 곧장 직접적으로 와닿지만, 총리라면…… 글쎄, 그녀는…… 또한 그의 마음에 닿기는 하는데 직접이 아니라 멀리서 다가왔고, 그녀는 그의 냉정한 상식, 그의 뇌, 우주를 방어하기 위해 목소리를 높이는 역할을 하는 그의 뇌 일부에 와닿았다, 하지만 한참 동안 총리에게 어떤 것도 보내지 않던 어느 날 호프 부인은 그녀를 대신해 엽서 몇 장을 보내라고 부탁하자, 제시카는 그에게, 너로구나, 플로리안, 최근에 네가 잘 안 보이네, 말했다, 정말 그랬다, 그는 우체국에 거의 다니지 않았다, 아니, 몇 달 동안 전혀 가지 않았다, 최근에 그는 무엇을 써야 할지 몰라서, 아니, 더 구체적으로 그는 어떻게 써야 할지를 몰랐다, 얼마 전에 요한 제바스티안 바흐의 음악을 발견했는데 이 발견 안에 대재앙이 발생한 경우 지침이 포함되어 있다고 느꼈지만, 그는 이런 감만 들었을 뿐, 이 지침에 담겨 있는 내용을 알지 못했다, 매주 토요일마다 지역 오케스트라, 카나 심포니의 리허설에 참관할 기회를 가지는데, 체계적으로 음악을 들여다볼 수 있는 기회를 준다, 아니, 오히려 이 음악을 느낄 수 있는 기회, 감정이입할 기회라고 적어야 하리라, 딱 그랬다, 앙겔라 메르켈에게 쓸 말을 혼자 가다듬으며 바로 이런 차이점이, 바로 꿰뚫어 보는 일과 바로 느끼는 일, 통찰과 직감의 차이, 다만 그는 이런 내용을 적을 것인지, 그가 여기 카나에서 생각하는 바를, 그가 중요한 것을 우연히 발견했다는 것을 총리가 이해할까, 그러나 그가 중요한 것을 발견했다고 해도 그것이 무엇인지 모르는데, 그는 토요일 리허설 동안, 오케스트라에서 멀리 떨어진 지정된 자리에, 체육관 늑목벽肋木壁 앞에 앉았다, 아마도 그가 뒤로 기대는 것을 원하지 않아서 보스가 그에게 이 자리를 택했을 가능성이 컸다, 늑목벽은 정말 기댈 데가 못 된다, 아니고 말고, 보스가 두 시간의 긴 리허설 동안 잠시라도 그의 주의가 느슨해지는 것을 원하지 않았거나 단순히 그래서 아무도 그조차도, 플로리안을 포함한 누구도 편안하게 뒤로 기대앉지 않고 온 마음 쏟아부어 〈브란덴부르크 협주곡 제4번〉이 안단테로 침착하게 합쳐지도록 하려고, 한동안 이것에 대해 아무것도 이해하지 못했다, 하나도, 누군가 그에게, 염병할 왜 이런 멍청이를 끌고 다니느냐, 플로리안에 대해 말이 나오자, 보스는 부르크에서 소리를 질렀다, 나도 알지, 그가 아무것도 이해하지 못한다는 것을 알고 있지만 어쩌면, 어쩌면, 어쩌면!!! 그의 음악적 귀가 다소 향상되는 날이 오겠지, 일주일에 한 번씩 음악에 노출되면, 일주일에 한번은 바흐에 노출되는데 나오는 결과가 없을 리가 없지, 보스는 틀리지는 않았지만 다만 상황이 그가 예측한 것과 완전 다른 식으로 진행되었다, 플로리안이 갑작스럽게 정신없이 휩쓸리듯, 낚여드는 것 같은데, 보스는 즉시 알아차렸다, 리허설을 마치고 집에 가는 길에 플로리안 얼굴이 빨개지고 그의 눈이 빛나고 있었던 것이다, 어어?! 어허?! 보스가 길을 걸어가며 물었다, 잡혔네, 잡혔어, 그렇지?! 플로리안은 바흐가 나를 사로잡았다고 말했다, 바흐가 그를 사로잡았다는 고고한 자부심을 숨길 수 없었고, 보스가 이것에 대해 정말 기뻐한다는 것을 알았다, 이 2년이 헛되지 않았고, 이 2년 동안 그를 체육관의 늑목벽 구석에 앉혀두었는데, 그런데 왜, 왜 사로잡았을까? 보스는 그에게 고함을 질렀다, 그의 노력이 결실을 맺었구나, 눈에 띄게 기뻐했고, 플로리안이 최고 수준의 독일 예술에 마침내 바닥에 제대로 나가떨어졌으니, 이제 국가도 아주 잘 해내겠지? 그 누운 자리에 보스는 열정으로 삽질해 아예 덮어버릴 태세였다, 그러나 플로리안은 그건 차마 약속할 수 없었고, 참말이지, 그다음 월요일에 보스가 그에게 오펠에서 국가를 부르게 했을 때, 그가 부르기를 끝내자 잠시 무덤 같은 침묵이 흘렀고, 보스는 아무 말도 하지 않고 입을 쭉 내밀고 핸들을 한 번 치고 플로리안을 평소처럼 한 대 찰싹 때리고 이를 악물고 말했다, 나쁘지 않다, 이놈아, 나쁘지 않다, 이것도 어떻게든 되겠지, 알겠지, 어떻게든 될 거야, 그에게 매우 이례적인 일이었다, 격려라니, 플로리안은 영문을 몰랐다, 갑자기 치솟은 바흐에 대한 그의 관심에 보스가 그들의 관계가 더 깊어졌다고 판단하지 않은 이상, 이에 대한 어떤 타당한 설명을 찾을 수 없었다, 아마도 보스는 모르는 모양이라고 플로리안은 생각했다, 그들의 관계가 지금보다 더 깊어질 수 없을 정도로 그는 보스를 사랑하는데, 그가 이해할 수 있는 방식으로 이를 보여줄 수 있어서 매우 기뻤다, 그건 쉽지 않았다, 왜냐하면 어째서인지 감정이 실제로 보스에게 전혀 전달되지 않거나 혹은 우회 경로로 둘러서, 혹은 도통 모르게 도달하는데, 보통은 뭔가 소통할 일이 있으면 오로지 그런 식으로 전달되었기 때문이었다, 다만 플로리안이 바흐에 관해 몇몇 문제에 대해 보스와 이야기하고 싶었던 지난 몇 주는 예외였다, 예를 들어, 정확하게 무엇이 그, 보스가 요한 제바스티안 바흐와 단단히 묶어주는지 이해한다거나 같은 일로, 보스가 입버릇처럼 말하는, 바흐가 음악으로 표현된 독일인의 인성, 특질이기 때문에 보스가 바흐에게 아주 애착이 간다는 말은 선뜻 수긍이 되지 않았기 때문이었다, 아니, 이것은 거의 믿기 어려웠다, 바흐에 대한 보스의 열광은 무언가 다른 방향을 가리키고 있었다, 엄밀히 독일성이니 정신이니 그런 개념으로는 설명이 되지 않는 무언가가 있었고, 보스에 관련한 모든 것이 겉보기와는 달랐다, 플로리안은 보스가 어린 시절이나 젊은 시절에 아주 심각한 개인적 비극을, 차마 입에 담을 수 없는 비극을 경험한 적이 있지 않을까, 마치 바흐가 전혀 아물지 못할 상처의 치료제인데, 보스는 이를 알지 못한다, 자신이 이 상처를 지니고 있다는 것을 알지 못하니까 하고 의심했다, 플로리안은 가끔 이 이야기를 꺼낼까 생각하기도 했다, 그러나 늘 때가 맞지 않도록 일이 돌아가, 이러한 것들을 논할 적절한 시기를 찾을 수 없었다, 보스의 처신과 거동 전부, 거친 말과 거센 행동은 주변 사람들에게 지속적으로 결코 넘을 수 없는 한계가 있다는 것을 경고하는 듯했다, 이것은 부분적으로 사실이었다, 보스는 그냥 가까이 다가갈 수 없었다, 왜냐하면 그는 다른 사람이 만만하게 접근을 허용하는 사람을 경멸하는데, 꼭 마찬가지 잣대로 그렇게 되면 자신도 경멸했을 것이기 때문이었다, 남자는 그의 행위로, 오로지 행동으로만 결정된다, 이것이 보스의 신조였다, 그의 다른 것은 보이지 말아야 한다, 그가 하는 일로만, 그의 행동은, 항상 명백하고 그 자체가 대변한다, 떠벌릴 필요 없다, 우리는 주거니 받거니 구시렁대는 여편네가 아니다, 우리는 우리 자신에 대해 이리저리 들쑤시지 않고, 우리는 다른 사람들도 파고들지 않아, 그 사람이 무엇을 했는지, 그가 무엇을 하고 있는지만 봐, 그게 다야, 그게 보스였고 플로리안도 알고 있었다, 그는 바흐 빼면 거의 완전히 혼자였다, 그래서 그가 바흐에 대한 보스의 열정에 대한 진정한 기원을 밝혀낼 수 있다면 그 자신과 연관성도 명확하게 보일 것이었다, 이 연결 관계가 명확하지 않았기 때문에 그에게 무슨 일이 있었는지, 어떻게 이런 음악 하나에 그렇게나 영향을 받는지 이해가 가지 않았다, 그렇다 보니 이렇게 주마다, 〈브란덴부르크 협주곡〉 중 하나를—이상적인 환경과는 한참 멀긴 해도—듣는 기회로는 영 충분하지 않다고 느끼기 시작했다, 그는 진짜 바흐 연주회를 듣고 싶은 마음이 간절했기에, 그렇게 해서 라이프치히에 가자는 생각이 떠올랐다, 마침 보스도 같은 도시에 갈 계획이었는데, 보스는 신이 나서 수도 없이 뇌고 되풀이했지만, 다만 자신과 카나 심포니와 갈 계획이었고, 반면에 플로리안은 혼자, 그래서 생애 처음으로 토마너코어* 합창을 들을 수 있기를 바랐다, 그리고 얼마 후, 링어 부인이 마침내 붕대를 풀 수 있을 정도로 완전히 회복되어, 더 이상 규칙적으로 도서관으로 병문안을 가지 않아도 되겠다, 완전히 확신이 서자, 그는 헤어프스트 카페에 가서 칸타타 〈만 징게트 미트 프로이덴 폼 지크(의인의 장막에서 승리의 환희로 노래 부르나니)〉의 다음 공연 티켓을 하르츠 IV 수당 카드로 온라인으로 구입했고, 심지어 다음 토요일 연습에 오지 않겠다고 보스에게 언질도 주었다, 그러나 보스는 귓등으로 들은 것뿐만 아니라 나중에 누군가 플로리안이 진짜 안 왔다고 말해주어도 상관하지 않았다, 마음 한구석 작은 걱정조차 그보다는 커서, 특히나, 늑대 공격 후에 들썩이던 마음이 잠시 가라앉은 며칠 후, 그 썩어빠질 스프레이어와 늑대 공격 사이의 연관성이 있는 것 아닌가 하는 생각이 머리에 정 맞은 듯, 스쳤기 때문이

---

*   Thomanerchor. 1212년 설립된 라이프치히의 성 토마스 소년 합창단을 이르는 말이다. 바흐의 라이프치히 시절(1723~1750), 교회 음악감독, 토마스술(학교) 교사 겸 토마너코어 합창단 지휘자에 해당하는 토마스칸토어Thomaskantor를 역임했으며, 당시 근무 초기에만도 교회에서 사용할 300곡 이상의 칸타타를 작곡했다.

었다, 갑자기 떠오른, 우연한 생각이었고, 왔다가 사라졌다, 하지만 다시 한번, 그리고 또 한 번 이런 생각이 떠올랐고, 더 이상 가만있지 못하고 뒤숭숭해, 그는 이 문제를 끝까지 파보자고 결심했다, 보스가 부르크에 잠깐 들러 프리츠에게 내일 목요일에 자신이 없을 테니 프리츠는 자신 없이 회의를 주재하라고 했고, 다만 발데마르 글라저의 《SA 부대: 자이트거쉬흐트》 다음 장을 읽는 것을 잊지 말라고 했다, 프리츠는 그렇게 하겠다고 약속했고, 그런 다짐 없어도 그들은 어쨌든 큰 소리로 읽었을 것이다, 다들 글라저를 좋아했고, 그들끼리는 바흐보다 훨씬 나았다, 특히 말하는 방식이 단순해서 글라저는 금방 이해가 되었지만, 바흐는 그렇지 않았다, 금방 이해되지 않는 것만이 아니다, 플로리안 역시 라이프치히로 여행을 가며, 이런 점을 마음에 새겼다, 자신의 지성으로는 요한 제바스티안에게 다가갈 수 없다, 비록 지금 그것을 바꾸기 위해 그곳에 가는 것은 아니며, 죽다 깨어나도 대적할 만한 지성 수준에는 도달할 수 없다는 것을 알고 있었다, 바흐의 음악을 원래 장소에 가서 라이브로 듣는다면 바흐가 어떤 소리가 나는지 듣고 싶었고, 그래서 벌어진 일이었다, 플로리안은 뒤쪽에 자리를 하나 골랐고, 그는 교회가 어떻게 돌아가는지 전혀 몰랐기 때문에, 처음 조율 음들이 들리고, 프렌치 호른과 트럼펫, 트롬본이 울려 퍼지고, 청중이 점점 조용해지자 그는 교회 좌석에 약간 기대어 앉아, 앞에 있는 교회 좌석의 맨 아래 틈새에 발을 넣고, 무릎 위에 손을 모으고, 눈을 감았다, 그는 여기에 있는 것이 너무 행복했기 때문이었다, 성 토마스 교회 안에 앉아 있고, '바흐가 실제로' 어떤지 라이브로 들을 수 있다니, 그런 탓으로 그래서 얼마 후에야 누군가가 그의 옆구리를 쿡쿡 건드리고 신도석 앞자리 틈새에 발을 넣지 말라고, 적절한 행동이 아니다, 가리키는 것을 알아챘다, 플로리안은 재빨리 발을 뒤로 잡아당기고 몸 아래로 끌어당겨 모은 뒤 얼굴이 빨개졌다, 그는 교회에 가본 적이 없었고, 아무도 그를 교회로 데려간 적이 없었다, 시설에서도 마찬가지였고, 보스가 데려갈 리도 만무했다, 플로리안은 여기서 어떻게 행동해야 할지 전혀 몰랐기 때문에, 툭 건드려 눈치를 받은 후로는 그는 똑바로 앉아 다리를 몸 아래로 잔뜩 당기고 있는 일에만 집중하며 다시누가 툭 건드리나 기다렸다, 그는 위에서 흘러나오는 음악과 성가대의 노래가 울려 퍼졌지만 몸을 잔뜩 긴장하고서 그가 뭔가 부적절한 일을 한다고, 해서는 안 되는 일을 한다고, 이 시점에는 이런저런 행동을 해야 한다고 다시 한번 주의를 주며 쿡 찌르는 손길만 기다리며 대비했다, 아무도 다시 쿡 건드리지 않았는데도 그는 음악에 집중할 수 없었고, 그래서 음악이 끝나고 쏟아져 나오는 군중들에 휩쓸려 그 역시 교회를 나섰을 때, 그는 전례 없는 피로감을 느꼈고, 모든 팔다리가 아프고 모든 근육이 쑤셨으며, 광장을 마주한 엄청난 교회 대문 앞에서 머리가 떨어져 나갈 것 같다고 생각했다, 그래서 그는 토마스 교회를 떠나, 작은 골목길로 얼른 종종걸음으로 숨어 들어가 아무도 쿡쿡 찌를 사람 없는 데서 혼자 앉아 있고 싶었지만, 그 주변은 카페와 맥도날드, 레스토랑, 술집, 요한 제바스티안에 관한 기념비, 박물관으로 가득해서 어디에도 피난처를 찾을 수 없었다, 그래서 그는 한참을 걸어 쉴러슈트라세 옆 공원으로 가 마침내 벤치에 앉을 수 있었고 성 토마스 교회에서 그에게 일어난 일에 대해 차분히 생각할 수 있었다, 자신에게 맞지 않다, 요한 제바스티안 바흐와 닿을 듯이 아주 근접하는 일은 그가 할 짓이 아니라고 생각했다, 그는 다시는 그에게 그렇게 가까이 가지 않을 것이다, 그러면 끝장이다, 모든 것이 안 아픈 데 없이 아프고 완전히 진이 빠졌다, 심지어 그의 폐마저 욱신거렸다, 때때로 성 토마스 교회에서 감히 숨도 제대로 쉬지 못했기 때문이었다, 그러다가 순간순간 아주 작게 숨을, 특히 합창단이 성 토마스 교회의 광대한 공간에서 의기양양한 승리로 치솟을 때, 조심스럽게 숨을 쉬었다, 그는 남몰래 옆을 흘깃거리며 행복에 겨워 몰두하고 있는 얼굴들을 보았고, 요한 제바스티안 바흐가 모든 사람에게 맞아들지는 않는 천재라는 것을, 적어도 그렇게 닿을 듯 근거리에 있지 않는 그런 존재라는 것을 분명히 깨우쳤다, 그래서 그는 늦은 기차를 타고 카나로 돌아가며, 다시는 바흐에 그렇게 가까이 가지 않기로 결심했다, 헤어프스트 카페에서 조용히 칸타타나 수난곡을 계속 듣는 정도면 족하리라, 그는 다음 날 아침

대리인이 벨을 울렸을 때 똑같은 말을 했다, 그날은 엘리베이터가, 어떻게 저절로 고쳐져 작동 중이었고, 대리인이 이 기회를 잡아 방문했다, 이는 또한 그가 부엌에 함께 앉아 있어야 한다는 의미였고, 한마디로 그는 대리인에게 라이프치히에 갔었다는 말을 하지 않을 수 없었다, 거기서 바흐 연주회를 들었으며, 거의 이해할 수 없어도 경이롭긴 했지만, 그 모든 일에 완전히 진이 다 빠졌다, 그래서 그는 다시는 라이프치히에 가지 않을 거라고 했다, 왜 먼저 나한테 물어보지 않았어? 대리인이 놀라 머리를 우뚝 치켜들며 물었다, 내가 라이프치히에 가봤자 소용없다고 바로 일러주었을 텐데, 네가 교외 출근자들처럼 여기저기 멀리 돌아다니는 법을 능숙하게 하고 있다는 건 알겠다만, 만약 내게 물었다면 내가 그런 생각은 접으라고 설득했을 거고, 그러면 그런 일은 모면했지, 요즘은 사람들 가득하고 소음과 악취가 도저히 견딜 수 없을 지경이라 우리 카나 같은 소시민들은 견딜 수 없어, 저들이나 마시라지, 대리인이 말했다, 다들 제 시궁창 냄새 들이마시며 사는 거야, 자신이 한 말이 그럴싸한 경구처럼 들린다고 생각했는지 대리인은 몇 번 고개를 끄덕거렸고, 플로리안의 연한 파란 눈을 뚫어지게 바라보았다, 대리인은 중요한 말을 하려고 할 때마다 약간 앞으로 몸을 기울여 대화 상대의 얼굴에 들이밀 듯이 들여다보며 말하는 습관이 있었지만, 지금은 주방 테이블이 너무 작아서 몸을 너무 기울일 필요가 없었다, 두 사람이 함께 앉으려면 서로 얼굴을 바싹대고 바라보는 것 외에는 앉을 방법이 없었기 때문이다, 하지만 플로리안은 대리인의 말을 십분 이해했고, 그에게 동의하고, 그도 두어 번 고개를 끄덕인 다음 차 한 잔 드릴까 물었다, 너 항상 나에게 이런 질문을 해, 플로리안, 대리인은 고개를 저었다, 내가 맥주 말고는 안 마신다는 것을 뻔히 알면서, 맥주는 없는 거냐? 어, 항상 저에게 같은 질문을 하시잖아요, 플로리안이 웃었다, 제가 집에 술은 안 두는 것 잘 아시면서, 신경 쓰지 마, 대리인은 마치 하루를 망친 사람처럼 체념으로 손을 내저었다, IKS 술집에 가자, 너는 어쩔래? 글쎄, 지금은, 플로리안이 대답했다, 안 갈래요, 아직 저에겐 시간이 이르기도 하고, 괜찮으시다면 침대에 좀 더 누워 있을래요, 말씀드렸다시피 제가 늦은 밤에 집에 와서, 담배 한 대 피우자, 대리인은 시간을 끌었다, 플로리안이 담배를 피우지 않는다는 점은 신경 쓰지 않았다, 그는 진짜 혼자 가고 싶지 않아서, 이는 물론 혼자 있고 싶지 않았다는 뜻이었다, 혼자 있을 때가 너무 많아, 여기서 그의 목소리는 불평으로 바뀌었다, 내가, 어느 누구보다 혼자 있는 일을 참지 못하던 사람인데, 크리스틴이 가고 나니까 내 자리를 찾을 수 없었어, 플로리안, 누군가를 그리워한다는 게 무슨 기분인지 알아? 아, 네가 어떻게 알겠니, 상관없어, 당연히 너도 내가 크리스틴을 그리워한다는 건 이해하지, 사람 속 모를 게, 아내가 살았을 적에, 아내의 끝없이 긁어대는 잔소리를 참을 수 없었는데, 정말 빽

빽거리며 긁어대었지, 플로리안, 그 여자가 너는 그 여편네가
얼마나 잔소리하며 긁어댔는지 짐작도 못 할 거야, 가끔은 창
밖으로 내던져 버릴까 보다 싶을 때도 있었어, 하지만 한편으
로는 우리는 1층에 살기도 했지만 다른 한편으로는 이런 일이
어떤지 다 그렇지, 너도 알지, 이제 아내가 그리워, 그렇게 그
는 계속할 수도 있었지만, 플로리안은 서서히 정중하게 그를
아파트 밖으로 안내해 내보낸 다음, 다시 가서 자리에 눕고는
즉시 잠이 들었다, 어제 여행에 엄청나게 지쳤다, 라이프치히
까지 하루 사이에 갔다가 돌아오고, 성 토마스 교회에서 있었
던 일도 그렇고, 잠을 자서 떨쳐내야 했다, 그는 거의 오후 2시
까지 잠을 잤고, 옷을 입고 부엌 테이블에 앉아서 A4 용지를
꺼내고 이전 결심에 반하여, 새 편지를 쓰려고 했다, 총리님에
게 첫 편지를 보낸 지 거의 2년이 지났고, 저 때문에 퀼러 씨가
안개처럼 사라진 지도 이제 거의 1년이 되었습니다, 이번에는
플로리안은 단어 하나하나마다 머리를 쥐어짜지 않고, 그냥
떠오르는 대로 적었다, 그는 총리가 바그너를 좋아한다는 것
을 잘 알고 있다, 하지만 음악이 이렇든 저렇든 다 음악이고,
그는 여기 바그너나 저기 바그너나 상관없듯, 베를린에서도 바
흐가 여기 카나의 플로리안이 높게 평가하듯 평가되리라 확신
한다, 그 이전 편지에서는 다루지 않았던 건의 사항을 총리에
게 들고나오는 이유가 그렇다, 하지만 앞선 편지에는 없던 내
용이다, 최근에야 요한 제바스티안 바흐의 음악에서 사람의

내면에서 공명하며 퍼지는 아름다움을 발견했기 때문이다, 여기서 그는 멈추고 "내면에서 공명하며 퍼진다"는 문구가 조금 마음에 들어 재빨리 삼색 볼펜을 들고 빨간색 카트리지를 누른 다음 "공명하며 퍼진다"에 두 번 밑줄을 긋고, 하지만 아름다움에 한정되지 않고, 바흐 속에는, 그가 믿기로, 재앙이 닥쳤을 때 어떻게 해야 하는지에 대한 권고나 제안 들이 담겨 있다고 써 내려갔다, 그가 이미 수없이 편지를 통해 썼듯이 언제든 일어날 수 있는 이 대재앙에 내가 보기에, 바흐가 이 심도 깊은 토론 내용에 소개되어야 한다고 느낀다, 그는 몇 달 동안 바흐의 영향 아래 있었으나, 지금은 그 이상으로 이에 대해 말할 수 없다, 미흡한 자신의 지성으로 그런 위대함에 접근하는 것은 불가능하지만, 아마도 국가의 위인들 혹은 세계의 위대한 사람들은 가능할 것이다, 이것이 그의 건의 사항이고, 당분간 이것이 그가 지금껏 했던 이전 진술에 덧붙이고 싶은 말 전부다, 카나에서 총리의 건강을 기원하며, 편지를 마치노라, 여기 카나는, 총리도 분명 알고 있겠지만, 그녀를 두 팔 벌려 환영한다, 그 자신도 가능할 때마다 기차역으로 나가서 그녀를 기다렸지만 그녀의 수천수만 가지 책무로 바빠 방문할 틈이 나지 않는다는 것이 분명했기 때문에 그, 헤르쉬트 07769가 계속 기다릴 것이니, 총리는 원할 때 언제든지 카나에 올 수 있었고, 총리로부터 신호만 기다리고 있을 테니, 그러면 다시 그녀를 만나러 나갈 것이라고, 이것으로 플로리안은 편지를 끝내고 두 번 접고 봉투에 넣고 주소를 적었다, 편지를 들고 우체국에 가져갔을 때 제시카 얼굴에, 플로리안을 다시 만나서 기쁘다는 반가움이 역력했다, 다시는 네가 안 올 거라고 생각했는데, 그녀는 봉투를 받아 들고, 수취인의 이름을 읽고 아무 말도 하지 않고 미소만 짓고 플로리안에게 윙크를 보냈고, 폴크난트 씨도 이 윙크를 감지했는지, 그 순간 그도 뒷방에서 외쳤다, 허어, 플로리안? 다시 베를린? 그리고 두 사람이 집으로 돌아왔을 때 폴크난트 씨는 저녁 식사에서 말을 꺼냈다, 제시카, 당신은 플로리안이 이제 의사가 필요하다고 생각하지 않아? 제시카가 못 들은 척 무시하자, 자신이 보기에 이런 일은 더욱 문제를 불러들일 것이라고 덧붙였다, 알겠지만 이런 정신 나간 짓은 저절로 멈추지 않아, 다시 말하지만 플로리안은 여기서 멈추지 않을 것이다, 이런 일은 내가 잘 알지, 나는 우체국에서 매일 많은 사람을 봐, 누군가 이런 어긋난 바보짓을 시작하면 멈추지 않아, 알게 될 거야, 플로리안도 마찬가지야, 제시카는 모든 말에 그냥 웃어넘기며, 참 나, 어떻게 그런 생각을 할 수 있어? 플로리안은 정말 좋은 아이고, 미쳤다거나 그런 것도 아니고, 그는 단지 조금 이상할 뿐, 왜, 폴크난트에게로 되받아쳤다, 당신은 그 아이가 카나에서 나사가 풀린 유일한 사람이라고 생각해? 음, 그 점은 당신이 맞다고 인정해, 폴크난트는 웃었고, 플로리안 문제는 끝내고 이제 그들은 정말로 진지하게 저녁 식사에 돌입했다, 오늘 밤은 그들이 정확히 9년 전에 서로 만난 날이라 늘 축하했고, 그들은 항상 같은 방식으로 이날을 기념했다, 제시카는 오븐에서 닭 한 마리를 바삭바삭하게 갈색으로 구웠고 먼저 샴페인으로 시작해서 마지막에는 거실에서 맛 좋은 라인 유역 와인을 마셨고 오늘도 그대로 진행되었다, 폴크난트가 어제 사서 냉장고에 넣어두어 와인은 알맞게 차가웠다, 멋진 저녁이었다, 그들은 소파 침대에 기대어 오늘 밤과 같은 축연에만 사용하는 새김무늬 백포도주 잔을 손에 들고 제시카는 눈을 감고 말했다, 호르스트, 난 행복해, 당신과 함께여서 행복해, 내 일도 좋고, 사람들도 좋고, 은행에 저축한 돈도 늘어나고 있고, 2년 후에 어쩌면 포드 차를 바꿀 수 있을 거야, 자기야, 난 다른 어떤 것도 바라지 않아, 정말, 아무것도? 폴크난트는 그녀에게 웃었고 침실에 들어가자 폴크난트는 그녀에게 서둘러 덤벼들었다, 제시카가 남편에 대해 싫어하는 유일한 점은 부부로 함께 살고 있는데, 여전히 양말을 여기저기 던지며 그가 양말에 좀체 신경 쓰지 않는다는 것이다, 여기저기 아무 데나 던져놓은 돌돌 말린 양말을 참을 수 없었고, 왠지 이로 마음이 식어 때로는 불평으로 이어지기도 했다, 이건 정말이지 너무⋯⋯ 너무⋯⋯ 글쎄, 어떻게 표현해야 하나, 사람이 콩깍지가 벗겨져 환멸이 느껴진다고 할까, 하지만 폴크난트에게 말해봐야 소용이 없었다, 그는 관심을 안 두었고, 크게 의미를 두지 않아도 되는 하찮은 일로 여기고 신경 쓰지 않았다, 오직 제시카만 짜증 내며 거북해했다, 남편이 이들 양말을 어떻게만 해준 다면, 이 결혼 생활은 완전히 행복할 것인데, 어쨌든 행복하긴 하잖아, 남편이 그녀를 야단쳤다, 하지만 사방에 흩어놓은 양 말만 없었더라면 딱 그만이겠지만, 그래도, 그녀는 감히 정말 로 괴로운 일은 폴크난트가 벗어놓은 이 양말에서 나는 발 냄 새가 항상 역겨울 정도로 구리다는 것을 밝히다 못했다, 시도 하지 않은 방법이 없었다, 모든 종류의 땀 억제제를 구입했지 만, 아무 도움이 되지 않았다, 어떻게 해야 할까요, 그녀는 예 나에 있는 어머니에게 여차저차 방문했을 때, 둘만 있으면 한 숨 쉬며 말했다, 아무것도 도움이 되지 않아요, 호르스트는 발에 땀이 많은 사람이야, 그게 그런 거지 뭐, 딸아, 하고 어머 니는 위로했다, 결점이 없는 남편은 절대 찾을 수 없어, 나는 사실 항상 호르스트가 그나마 나은 축이라고 생각해, 오, 나 도 그렇게 생각해요, 하고 제시카가 웃음을 터뜨렸다, 그런 거 지 뭐, 그녀는 해결책이 없다고 받아들였다, 그래도 삶은 계속 되지, 그녀가 입버릇처럼 하던 말, 그리고 삶은 계속되었다, 그 래도 플로리안은 한동안 우체국에 돌아오지 않긴 했지만, 기 실 그가 보기엔, 베를린에서 편지가 오면 우체국에 붙어 있다 시피 확인하러 가지 않아도 우체부가 가져다줄 거라는 생각 에서였고, 또한 물론 답장을 받을 수 있다는 희망도 다소 줄어 들었다는 뜻이었고, 플로리안도 세계 지도자들이 이런 문제 들을 차례차례로 적절히 고심하고 해결해야 한다는 점을 깨달았으며, 그는 아무리 어렵더라도 더 인내심을 가져야 했고, 또한 가장 중요한 것은 자신이 회신을 받았는지 여부가 아니라 총리가 이런 위협에 무엇을 할 것인가란 것을 잘 알았다, 한동안 인터넷을 통해 UN 안전보장이사회 프로그램들을 지켜보고 있었다, 그는 영어를 이해하지 못했지만 구글 번역을 사용하여 무슨 일이 언제, 어떻게 진행되고 있는지 어느 정도 더듬거리며 파악할 수 있었고 일단은 그는 자신이 제안한 문제가 논의되고 있음을 시사하는 어떤 토론의 화제도 접할 수가 없었다, 물론 모든 일이 비공개로 진행되고 있을 가능성이 있으며, 더욱이 문제가 이미 사전 준비 단계에 있을 수도 있다, 이러한 가능성에 안심이 되었고, 게다가 어느 주말, 그가 잘레 강둑 옆 벤치에 앉아 있을 때 문득, 만약 퀼러 씨가 사라진 이유가 정확하게 그, 플로리안 때문이 아니라 바로 아드리안 자신으로 인해, 퀼러 씨가 이런 문제로 뉴욕에서 질의를 받고 있기 때문이라면? 생각이 미쳐, 그는 펄쩍 뛰어올랐다, 모든 것이 아주 합리적으로 딱 들어맞았다, 그래! 그는 주먹으로 허공을 치고, 그런 거야! 그리고 그는 다시 허공에 주먹을 내뻗었고, 밤나무 잎사귀에 있는 작은 명금이 겁에 질려 후다닥 날아갔다, 그는 펄쩍 뛰었다, 그리고 갑자기 뭐가 뭔지, 그리고 그 이유도 이해가 되었다, 오, 왜 이전에 이것을 생각하지 못했던가?! 그리고 그는 정신없이 핸드볼 경기장 방면으로 향해 달려들다가, 그리고 도로 돌아가서 작은 정원으로 이어지는 좁은 길을 따라 서성거렸다, 나는 어쩌면 이렇게나 어리석은가! 그는 기쁨에 고개를 절레절레 흔들었고, 걸음을 내디딜 때마다 이것이 유일한 설명이라고 더더욱 확신했다, 의사결정 권자들에게 설명하기에 퀼러가 더 적합한 인물이라고 여겼던 거지, 자신이 아니라, 그가 이러한 일에 대체 무엇을 알겠는가? 다만 뭔가 잘못되었다, 문제를 감지했을 뿐, 하지만 진정한 전문가는 당연히 퀼러 씨다, 더욱이 플로리안이 마지막으로 퀼러 씨를 보았을 때 그가 "이 시점부터 내가 모든 일을 떠맡는다"는 그런 비슷한 말을 했던 것도 같았다, 그래, 이제 모든 것이 완전히 다른 각도로 보였고, 안도감으로, 해방으로 환하게 빛나는 얼굴로 플로리안은 마을로 달려갔고, 그가 길 가다 마주치는 아는 사람들에게 문제가 없다, 모든 것이 괜찮다, 이제 모두 마음 놓아도 된다, 문제는 아주 유능한 이들의 손에 있다, 이런 말밖에 나오지 않았다, 누구에게도 말이 되지 않았다, 결국 플로리안이 미쳤구나, 아니면 마침내 장가를 가느라고 저러나, 이 사람들은 대부분 의견이, 플로리안은 전혀 문제가 없는데 다만 아내가 없다는 게 문제라고 여기고 있었기 때문이었다, 남자는 아내가 필요하지, 이 상황을 하인리히는 다른 사람들에게 그렇게 분석했다, 하인리히는 일로나 뷔페에서 일종의 일자리 배포자였다, 그는 때때로 하르츠 IV 수당 받는 사람들을 위해 25퍼센트를 소개비로 떼고 암시장 일자리를 얻어줄 수 있었고, 그런 이유로 거기서 상당히 높은 영향력을 행사하고 있었다, 플로리안처럼 젊고 건장한 남자가 여자가 없으면 남자도 아니고, 그러다 보면 나쁜 일로 이어진다, 말했고, 그가 지금도 그 말을 하는데, 플로리안이 숨이 턱에 차 뛰어 들어오며, 외쳤다, 모두 완전히 마음 놓아도 된다, 그가 일이 어떻게 된 건지 깨달았다, 그 말을 남기고 이미 그는 돌개바람처럼 그곳을 빠져나갔다, 낚였네, 낚였어, 호프만이 불쑥 뱉었고 농담이 제대로 먹혀들었나 보려고 재빨리 주위를 둘러보았다, 그럼, 그렇지, 일로나 단골들이 일심동체로 웃음을 터뜨렸기 때문이다, 그리고 일로나는 카운터 뒤에서 미소만 지었다, 보통 그녀는 대화에 거의 참여하지 않고, 돌아가는 대화를 듣는 쪽이었고, 때로 이런저런 일에 맞장구를 치다가 안 되면 끼어드는데, 이는 아주 드물었다, 그녀가 남편에게 종종 말했듯이 손님을 즐겁게 하는 것이 그녀의 일이 아니라, 얼마나 멀리 손님들이 가도 되는지 그 한계를 긋는 일이었다, 한계는 꼭 그어야만 하기 때문이었다, 때로는 술이 너무 부드럽게 목에 넘어가, 특히 급여일에 아주 술술 넘어가, 그 술기운에 휩쓸려 들고, 이야기가 통제 불능 흩어지기 시작하면, 그런 지점에 일로나는 가끔 이런저런 분별 있는 말들로 달아오르는 기분들을 가라앉혀야 했다, 일로나의 조리 있는 한두 마디 말이면 충분했다, 단골의 눈에 일로나는 성녀였으며, 어쨌으면 좋겠다 그녀 말이 나오자마자 즉시 원대로 되었다, 일로나는 이곳의 스타야, 호프만은 종종 대화에 오른 당사자도 다

들리게 큰 목소리로 말했다, 전깃불이 나가버려도 우리는 빛나는 그 별빛 속에서 보인다고 하면, 모두가 잔을 들고 그녀를 기리며 마셨다, 그를 위해 마시고, 일로나를 위해 마시고, 그들의 삶에 진정한 유일한 빛인 이 평화의 섬을 위해 마셨다, 거기서 일로나가 여왕이라고 불렸지만, 정작 자신은 그렇게 생각하지 않았다, 그녀는 고객들이 그릴호이젤을 좋아한다는 것을 알긴 알았다, 하지만 고객이 만족하도록 신경 쓰고 주선하자는 것이 그녀의 목표였다, 그런 식이어야 가게가 되어 나간다, 많은 수입을 가져오지는 않았지만 머나먼 트란실바니아, 루마니아에서 여기까지 결혼하러 왔을 때 이 엄청난 실업 상태에서 살아남기에는 충분했다, 강목은 톡톡히 치렀다, 처음에는, 카나 외곽의 작은 부락에 위치한 남편의 집을 게스트하우스로 바꿨다, 더 정확하게는 위층을 개조하고 자신들은 1층으로 옮겨 가, 주방과 욕실이 안에 딸린 원룸에 살았는데, 처음에는 좋은 생각처럼 보였다, '베트남인'들이 호호하우스에서 나가기 시작하고, 도자기 공장이 파산할 거란 가슴 철렁한 소식이 돌자, 설마 하며 아무도 믿지 않았다, 그러나 정확히 소문대로 벌어졌다, 그렇다 보니 수천 명의 직원 중 수백 명만 남았고, 아무도 이건 예상하지 못했다, 그들도 마찬가지로 예상하지 못하고, 변혁으로 파산이 아니라 번영을 가져올 줄로 생각하고 있었다, 사실 말하자면 도자기 공장은 예전에도 그렇게 번쩍번쩍 잘나가진 않았고, 하지만 지금은 언제든 '서독'에서 큰 투자자가 올 수 있다고, 모두들 잠시나마 그렇게 생각했다, 일로나와 그녀의 남편도 생각이 같았다, 아무도 '서독'에서 오지 않았을 뿐만 아니라 떠날 수 있는 사람은 또 카나를 떠나서, 게스트하우스는 거의 운용되지 않았다, 단단히 두 발 붙이고 버티려면 그들은 다른 것이 필요했고 그때 일로나는 그릴호이젤에 대한 아이디어를 생각해냈다, 이로 단단한 발판 위에, 또는 그녀의 표현대로, 여덟 개의 단단한 콘크리트 말뚝에 올려놓으리라, 이 부데(노점)가 잠시 버틸 테니, 그래서 집에서 일로나와 그녀 남편은 희망으로 서로 안심시켰고, 진짜로 그랬다, 한 고객이 노령으로 떠나거나 갑작스러운 질병으로 스러져버리면, 금방 이웃의 다른 고객이 나타나 대체하기 때문에 고객 수는 얼추 비슷하게 안정적으로 유지되어 일로나의 표현대로, 그릴호이젤은 들인 노고에 딱 고만큼 값어치를 해주니, 그렇게 그럭저럭 버텼다, 지난 몇 년 동안 관광객도 증가하기 시작했기 때문에 이제는 집을 조금 뜯어고쳐서 노동자뿐만 아니라 관광객에게도 방을 임대하는 일도 해볼 만하겠다는 생각이 들었다, 물론 이 일에 돈이 필요했고, 그들은 부지런히 저축했다, 2년만 착실히 모으면, 이제 우리도 고생은 벗어나 평탄한 길을 걷겠지, 일로나의 남편이 말했지만, 그리 평탄하지 못했다, 늑대의 출현으로 모든 것이 바뀌었기 때문이었다, 이제 모두가 늑대 한 마리가 아니라 늑대 떼에 대해 이야기했고, 뒤이은 다른 공격들에 대한 뉴스도 퍼졌고 사람들은 브란덴부르크, 바이에른, 폴란드, 체코를 저주했다, 경찰도 저주하고 주 정부도 저주했지만 무엇보다도 NABU를 저주했다, NABU의 존재를 첫 번째 공격 이후에야 알게 됐지만 이 기관은 곧 카나 주민들의 주요 표적이 됐다, 그렇고말고, 그리고 유대인도, 영웅이 마침내 부르크에 모습을 드러내고 선언했다, 어쩐 일인지 부르크 사람들은 2주 동안 보스 코빼기도 보지 못했는데, 정확히 그만큼의 시간이 필요했다, 딱 그만큼, 그가 말했다, 하지만 적어도 그는 삼류 칠장이와 늑대들이 하나이고 동일하다는 것을 안다, 동지들이 이해가 안 가 멀뚱한 얼굴을 하자, 보스 얼굴이 짜증으로 시뻘게졌다, 뭐야, 또 이래, 여기서 이해가 안 될 게 뭐 있어?! 너희들 아직도 모르겠어?! 그리고 그는 답답하다는 듯 두 팔을 크게 벌렸다, 그리고, 아니, 돌아오는 대답은 침묵이었다, 2주 후에 그가 무슨 생각을 하고 있는지 정말 알 길이 없었다, 나는 여기에는, 동지 여러분, 음모가 있다고 생각한다, 보스가 짜증을 내며 말했다, 우리는 여기서 무슨 후드 티 입은 날건달, 바흐 벽에다 무작위로 뿌려대고 있는, 얼마나 있는지 모를 이놈들에 대해 말하고 있는 게 아니야, 여기에 공격이 시작되었어, 너희들은 알지, 누구를 향한 무엇에 대한 공격인지?! 그는 사람들을 하나씩 쳐다보았지만 그들의 얼굴에서 읽을 수 있는 내용은 그들이 그로부터 대답을 기다리고 있다는 것뿐이었다, 그러나 대답은 나오지 않았고 보스는 그들에게 손만 내휘두르고 맥주를 벌

컥벌컥 마신 뒤 마시고 아무 말 없이 부르크를 떠났다, 현관
문을 화에 받쳐 세차게 쾅 닫아 주변 동네에 울려 퍼졌고, 호
프 부인은 겁에 질려 침대에 벌떡 일어나 앉았고, 총소리를 들
었다는 확신에 약 30분 동안 다시 잠잘 생각도 들지 않았다,
하지만 보스는 이미 한참 앞서 움직이고 있었다, 전반적인 상
황이 어떤지 그에게 분명해 보였으니, 그리고 당연히 인내심
도 잃고 있었다, 그는 오펠에서 여전히 졸음에 눈을 깜빡이고
있는 플로리안에게 설명했다, 보스가 오전 5시 조금 지나서
그를 깨우고, 가자, 해야 할 일이 있다고 말했지만 할 일이 없
었다, 플로리안은 차 안에 대기하며 머무는 동안, 보스는 아이
제나흐의 바흐하우스 앞에서 내려서, 입구 양쪽 벽을 검지로
따라 그렸다, 닦아냈는데도, 이렇게 오랜 시간 후에도 희미하
긴 하지만 낙서가 남아 있었고, **우리** 그리고 **늑대 머리** 일부
세부를 여전히 알아볼 수 있었다, 보스는 무언가 한참 흐음 거
린 다음 차에 다시 올라 마을을 돌아다니기 시작했다, 보스
는 첫 번째 노숙자를 보자마자 브레이크를 끼이익 밟고 오펠
에서 뛰어내려 사내의 멱살을 잡고 흔들고 다시 뒤흔들더니,
그런 다음 그는 노숙자가 잠자고 있던 벽에 밀어붙이고 그 얼
굴에 대고 씩씩거렸다, 쓰불놈아, 내가 묻는 대로 똑바로 불지
않으면 죽여버릴 거다, 그러자 노숙자는 두려움에 눈만 깜빡
이며 다 말하겠다는 뜻으로 엉거주춤 고갯짓을 했다, 보스는
그에게 낮게 씩씩거렸다, 스프레이어에 대해 뭐 아는 거 있

어?! 뭐, 난 아냐, 누가 그래?! 노숙자가 그저 우는 소리로 징징
대, 그래서 보스는 좀 더 자세히 뜻을 전달해야 했다, 여기 그
놈, 바흐하우스 입구를 훼손한 스프레이어 망할 그 새끼, 그놈
에 관해서, 그런 거 몰라, 노숙자는 고개를 저었다, 내가 단지
들은 건, 뭐?! 뭘 들었는데?! 곧바로 보스는 목을 더욱 세차게
움켜잡았다, 저, 저, 저기, 프란츠, 그 오스트리아 놈이 그놈을
봤대, 불운한 남자가 말하고 숨을 쉬어보려고 했지만 크게 얻
는 것은 없이, 이미 다음 질문에 쫓겼다, 누가, 새꺄, 누가 그를
봤다고? 그는 대답으로 저, 저, 저 범죄자, 말만 더듬거렸다, 그
래서 이 오스트리아 놈 프란치가 어디 있어? 다음 질문이 내
리꽂혔다, 뭣이냐, 저기 교회 옆에, 노숙자가 간신히 몇 마디
내뱉고 눈으로 방향을 가리켰다, 보스는 그가 어떤 교회를 염
두에 둔 건지 알아채고 그를 풀어주고 걸레 자루처럼 옆으로
밀쳤다, 몇 분 안 되어 그는 이미 다른 사람의 목을 움켜잡고
있었다, 네놈이 그 프란치냐? 나, 나지만, 뭘 지ᄅ……?! 2년 전
에 바흐하우스 입구를 훼손한 스프레이어를 본 게 사실이
냐?! 맞다, 날 먼저 놔줘, 이 말에 보스는 손아귀 힘을 풀었지
만 완전히 놓아주지는 않고 그의 얼굴에 몸을 기울였다, 네놈
이었어? 물론 아니야, 겁에 질린 남자가 대답했다, 그럼 누구
야?! 남자, 남자?! 어떤 남자 말이냐, 썩을 놈아?! 어 그러니
까…… 재킷을 입은 남자, 대답이 돌아오자, 보스가 그를 놓
아주고 얼굴을 두드리며 차분한 목소리로 말했다, 그놈 생김

새가 어떠한지 정확히 묘사하면 1유로를 주겠다, 그러자 봇물 터진 듯 쏟아져, 노숙자는 스프레이어는 녹색 바람막이 재킷에, 베레모, 완전 쌔 운동화를 신고 있었다는 말을 했고, 그들은 다시 차를 타고 다음 코너로 운전해 갈 즈음에, 그 소식이 어떻게 그렇게 빨리 퍼졌는지 누가 알랴만, 새 노숙자가 불쑥 나타나 말했다, 저 프란치, 항상 술에 찌들어서, 그가 하는 말을 믿지 말라, 스프레이어는 한 스물에서 스물둘 정도로, 흰색으로 염색한 모호크 머리에 안경다리가 이렇게 귀를 감싸고 있더라, 그리고 그는 열린 차 문을 통해 그들을 바라보며 손바닥을 내밀었다, 그들은 그에게 한동안 더 질문을 한 다음 다시 빙 돌아, 그들은 교회 광장으로 돌아갔는데, 그러자 네 번째 인물이 빠른 속도로 그들 앞에 불쑥 뛰어들었다, 이번에는 나이 든 여성이었고, 차가 제동이 걸리고 누군가 내린 차창 밖으로 몸을 기울이며 내다보자, 그녀는 몇 걸음 뒤로 물러나 거기 뒀던 쇼핑 카트를 몸 가까이 끌어당기고 단단히 움켜쥐고 말했다, 내가 틀리면 장을 지진다, 그 남자는 서른다섯 살 정도에 마스크를 하고 있었다, 마스크, 그래, 계속해보슈, 보스가 차창을 더 내렸다, 그래, 마스크, 그녀는 계속했다, 검은색, 아니, 어두운 그런 종류 마스크, 은행 강도가 착용하는 종류 가리개, 아시잖소, 그리고 그는 너무 살금살금 걸어가서 나를 지나갈 때도 거의 듣지를 못했어, 딱 바로 그때 잠을 깬 거지, 나는 거기서 자고 있었기 때문에 정확히 나는 기억한다, 그리고 말을 이었다, 나는 박물관 위의 작은 광장에 잠을 자고 있었다, 알잖는가, 저기 벤치 중 하나에서 자고 있는데 누군가 아무 소리도 안 내고 조용히 나를 지나쳐 가는 거라, 당연히 난 잠이 깨서 속으로 생각했지, 식겁하겠네, 로잘린트, 염병 대체 뭐지, 그래서 그가 무엇을 하는지, 몽땅 다 지켜보았어, 왜냐면 그놈이 그가 GOD이라는 글자를 정말 크게 그린 다음 개 얼굴을 그렸거든, 또 속으로 생각했어, 로잘린트, 허, 이건 일이 이만저만이 아닌데, 정말 그렇대, 허, 그만 됐고, 보스가 그녀의 말허리를 잘랐다, 할매요, 꺼져, 가서 치료나 받아, 그는 늙은이 손바닥에 10센트를 쥐여주었고, 그 여자는 시큰둥하게 찡그리며 잘 보이지 않는 것처럼 동전을 들어 올린 후 분노로 보스를 쳐다보았지만, 그는 이미 오펠 차창 레버를 돌려 올리고 광장을 빙 돌아 벗어났다, 우리는 저런 놈들도 수용소에 가둬버릴 거야, 보스는 이를 악물고 말하고, 속도를 올렸다, 한 손으로 담뱃갑을 톡톡 쳐서 담배를 꺼내 입에 넣고 불을 붙이고 입 한쪽으로 물었다, 연기가 눈에 들어가지 않도록 고개를 한쪽으로 기울였지만 이미 연기가 들어가버려, 한쪽 눈을 깜박거리며 연거푸 욕설을 퍼부었다, 플로리안은 거기에 있지도 않은 것처럼 혼자 하는 욕설이었다, 이런 식이면 되는 일이 없어, 빌어먹을, 저놈들 아무것도 보지 못했어, 그리고 그는 핸들을 내리쳤다, 그럼 그들이 어떻게 아느냐는 플로리안의 질문에 보스는 사납게 버럭했다, 저놈들 개뿔도 몰라,

이 개자식들은 우리가 누구를 찾고 있다니까 지레짐작만 한 거지, 분명히 짭새들이 이미 여기 주변을 돌며 탐문을 했을 것이고, 현지 사람들도 묻고 다녔겠지, 그걸로 어떻게 다들 우리가 알고 싶은 내용을 알고 있는지 설명이 되긴 하지만, 플로리안은 말했다, 어떻게 그들 사이에 그 소식이 그렇게 빨리 퍼졌는지 아직도 이해가 안 돼요, 아, 보스가 손을 흔들고 다시 한번 차창을 손바닥 넓이만큼 내려 담배 끝의 재를 튕겼다, 그들은 서로들 전해 듣는 게 아니라 네가 그들에게서 무언가가 필요로 하면 '감지'를 해, 그들은 낙오자를 벗겨 먹을 기회는 항상 잘도 냄새를 맡아, 보스가 설명했다, 왜냐하면 그들은 삶의 본능만 있고, 그 본능은 한 방향으로만 기능하기 때문이야, 돈 냄새가 나는 방향으로, 그 방향으로 모든 것이 가고 있지, 하마면 뭐라도 떨어질까 봐, 하지만 나는 모르겠다, 완전 다른 생각에 빠진 사람처럼 보스의 얼굴빛이 흐려졌지만 시작했던 말은 종결지었다, 왜 저들을 치워버리지 않는지 모르겠다, 쓰레기 트럭이 매일 돌아다니는데, 안 그래? 아, 어쨌든, 그 정도로 그만두자, 말을 마쳤고 차를 몰고 A4에 올랐다, 에르푸르트 나들목에서 그들은 직진하지 않고 A71로 꺾었다, 플로리안은 그들이 왜 에르푸르트에 가는지, 아니, 그들이 에르푸르트로 가고 있긴 한 건지 묻지 않았지만 그들은 에르푸르트로 가고 있었다, 아직 아주 이른 시간이야, 보스는 시계를 보았다, 그는 차를 아랄 주유소에 멈추고 그들은 커피를 시키고 앉았다, 음, 여긴 나디르 가게 맛이 안 나네, 젠장, 보스는 첫 모금을 마신 후 역겨워서 머그잔을 밀어놓고 더 이상 다른 말은 없었다, 플로리안은 보스가 정말 무언가를 골똘히 생각하고 있어서, 보스를 방해하고 싶지 않았다, 그들은 꽤 오랫동안 앉아 있었고 한편 플로리안은 샌드위치를 먹었고, 보스는 주문하지 않고서, 계속 손목시계를 보고 있었다, 담뱃갑에서 계속 담배를 꺼내려는 눈치였다가 주머니에 담배를 다시 집어넣었고 마침내 자리에서 일어나 플로리안에게 기다리라고, 처리할 일이 있다고 했다, 하지만 이번에는 플로리안 관련 문제로 여기 있지만, 뭔지는 말하려고는 하지 않았다, 이렇게 오랜 시간을 제길, 기다려야 해, 보스는 아랄 주유소까지 와서 하물며 차가운 커피 앞에 앉아 있자니 화증이 돋았다, 플로리안 때문에, 왜냐면 그는 웨더맨 퀄러에게 일어난 일이 정말 마음에 들지 않았기 때문이었다, 그 주말에 동지들에게 나중에 설명한 것처럼 무슨 일이 그에게 일어났느냐가 그렇게 중요해서가 아니었고, 그들이 모른 채 그들 등 뒤에서 마을에서 뭐든 일이 벌어지는 것이 싫었기 때문이었다, 그런 이유였다, 그런 이유로 보스가 큰 건물의 옆문에 도착하자마자 어느 번호로 전화를 걸었다, 그리고 그는 전화기에 대고 나라고 했고, 이삼 분 후에 한 청년이 나왔다, 스니커즈 운동화, 청바지, 흰색 줄무늬가 있는 하늘색 바람막이 재킷을 입고 주머니에 두 손을 넣어 재킷이 가슴팍에서 조금 벌어져 그 아래 티셔츠에 쓰인 글씨,

앨버커키와 그 아래 더 큰 글자로 박힌 **RIO GRANDE**가 보였다, 이 남자와 보스는 한쪽으로 비켜나 경찰차만 주차 가능한 구역으로 갔고 그런 후 보스가 그에게 물었다, 무엇을 알고 있느냐? 이 말에 그 남자는 그를 잠시 면밀히 탐색하듯 바라보더니 대답했다, 목소리가 매우 높지만 아주 차분하고 조용했다, 사실 말이지 아무것도 없어요, 아무것도 없어?! 보스의 눈썹이 치켜 올라갔다, 본질적으로 아무것도 없어요, 그 남자는 손을 벌려 보였다, 그러자 독이 잔뜩 치밀어 오른 보스가 소리를 질렀다, 이런 말을 내가 몇 주를 기다려야 했다고?! 그런 말 들으려고 내가 이 새벽에 여기에 와야 했다고?! 왜 전화로 그런 말을 하지 못해?! 그리고 휙 돌아섰다, 하지만 그 남자를 향해 돌아보며 고함을 쳤다, 적어도 네 녀석이 그 망할 아랄 주유소 직원을 쏴버리기라도 해, 커피가 숫제 수챗물이라 마음 같아서는 그놈을 교수대에 걸어버리고 싶다, 비록 그 남자가 무언가, 그냥 허공에 대고 하는 말인지도 모르나 말을 하긴 했어도, 보스는 대답을 기다리지 않고 주차장을 떠나 크라니히펠터 슈트라세 코너에 있는 아랄 주유소로 돌아갔다, 그는 플로리안에게 나오라고 손짓해 불렀고 금방 그들은 A71 도로를 따라 미끄러지듯 돌아갔다, 도로는 확실히 상태가 좋았다, 여기 에르푸르트 주변뿐만 아니라 거의 모든 튀링겐의 도로가 그랬고, 사람들은 이전 아스팔트의 전형적이던 재난 같은 상태들을 더 이상 기억하지 못했다, 더 이상 위험할 정도로 넓은 격자 덮개 틈새, 서리가 내리면 생기는 움푹 팬 돌개 구멍과 도랑, 무너져 내린 길가, 여름 더위 속에서 트럭 바퀴로 파여나간 골과 바큇자국들을 기억하지 못했듯이, 아무도 옛 시절 당시 필수적이던 운전 기법을 기억하지 못했다, 그때는 모두 다 바짝 정신 차리고 이러한 움푹 들어간 곳에 뛰어들지 않도록, 아니면 긁혀 나가거나, 무너지는 도로 가장자리로 휩쓸려 나가지 않도록, 운전자는 항상 핸들을 허겁지겁 되는대로 잡아채고, 갑자기 제동하거나 가속하고 예상 못 할 회전을 했다, 물론 한꺼번에 백 가지 일에 주의를 기울일 수 없는 노릇이니 사고가 수도 없이 발생했지만, 새로운 시대에 모든 것이 상당히 급격히 바뀌었다, 이것은 인정해야 한다고 카나 주민들은 한마디씩 했다, 더욱이 보스조차 칭찬의 말을 했고 그가 다 겪어봤으니 하는 말이었다, 겪어봤으니 내가 알지, 그렇게 말하곤 했다, 죽음의 경주라니까, 젠장, 차에 일단 오를 때마다 죽음의 경주라고, 그러나 우리는 '최고권위 동무들'이 내린 명령처럼 그것을 받아들였는데, 이제 상황이 더 나아졌어, 보스조차도 이를 수긍했다, 사람들은 좋은 아스팔트에 익숙해졌고, 그래서 이제 사람들은 그것을 당연하게 생각하고, 한쪽 도로 보수를 질질 끄느라 통행이 지장을 준다고 아주 복에 겨워 야단을 쳐, 왜냐하면 어째서인지 계속 보수를 질질 끌며, 어디에 시작일이나 종료일을 명시하지도 않았기 때문이었다, 똑같이 A88 보수 공사도 어디에 명시하지를 않았다, 이 고속도로는 그 명칭 때문에라도 보스와 그의 동지들이 가장 많이 사용하는 도로인데, 때때로 보스는 이런 말을 넣고서 플로리안에게 윙크를 보냈다, 이 말이 무슨 말인지 이해 못하는 그는 이전에 오펠이 다른 번호판을 가지고 있었다는 게 기억났다, 그 번호판에 88이란 숫자가 포함되어 있어서, 몇 년 전에 그 번호판을 교환해야 했는데, 이게 다 어쩌자는 장난인지, 그때도 이해가 가지 않았지만, 지금도 이해하지 못했다, 그는 보스에게 물어보려고 했지만, 보스는 그의 얼굴 쪽으로 다가오더니 씨익 웃으며 말했다, 내가 내기를 걸지, 젠장할 녀석아, 너는 ABC 알파벳도 모르지, 하지만 이 말은 플로리안에게 도움이 되지 않았다, 보스는 그가 이런 바보짓 하는 일이 확실히 즐거운 모양이었다, 정말 바보라니까, 동지들, 보스는 부르크에서 아주 드물지만 기분이 좋을 때는 담배를 흔들어대며 말하곤 했다, 이 녀석 그냥 이 88이 무엇인지 알아먹지를 못해, 쓰새끼, 다른 많은 일에 면도날처럼 날카롭게 척척 잘도 아는데, 물리학이며 우주며 그런 것들은, 그런데 지금 내 옆에 앉아서, 얼간이처럼 그걸 몰라 머리를 굴려, 아니네, 아니야, 그런 건 덤벼들려고 하지 않아, 그냥 덩치 산만 한 아기라서 그는 물리학이나 우주가 아닌 것은 아무것도 덤벼들려고 하지 않아, 그리고 보스는 담배 연기를 훅 불고는, 플로리안의 더딘 이해력이 귀찮은 게 아니라, 오히려 그런 일 전부 재미있다는 얼굴로 그 문제의 언급을 마무리했다, 그랬다, 일반적으로 그는 플로리안 이놈은 참 이상한 놈이로구나 하고 다소 재미있어 했고, 그런 모든 점에도 불구하고 자신 나름 보스는 이 실수투성이 멍청한 얼간이를 좋아한다는 것에 자부심이 있었다, 멍청한 얼간이인 건 맞아, 그는 거듭 다른 사람들에게 말했다, 하지만 그 빌어먹을 보호시설에서 빼낸 사람이 나고, 그를 키우고 있는 사람도 나니까, 어쨌든 그는 여전히 성장하고 있고, 너희들도 보게 될 거야, 보스가 동지들을 둘러보며, 언젠가는 우리한테 도움이 돼, 내가 애국자로 크게 키울 테니까, 젠장칠, 허어, 그들은 그 말을 기리며 마셨다, 그리고 플로리안은 이 단어가 오르내릴 때면, 이 88이 무엇을 의미하는지 계속 궁리했다, 처음에는 당연히 2중 무한대 기호라고, 이 2중 무한대가 무엇인지 전혀 모르긴 모르지만, 물론, 숫자 8을 한쪽으로 눕혀야 무한의 표시가 되긴 하지, 왜 숫자 8 위에 다른 8을 올려놓는가? 곰곰이 생각했다, 2중 무한대, 흠, 흥미롭다, 그는 이 방향으로 보스로 이어질 가능성이 아주 높지 아니하다는 것을 알고 있었다, 그는 보스가 8 두 개를 이런 식으로 해석하리라고 추측하지는 않았지만, 그래도 무엇이려나, 보스가 알파벳을 언급한 이유는 또 뭘까? 해득이 되지 않을 것 같아, 모든 것을 내버려두자고, 생각했다, 아주 중요하지도 않고, 나중에 알게 될 것이다, 결국 보스가 술술 밝힐 것이다, 하지만 보스는 밝히지 않았다, 더구나 에르푸르트에서 돌아왔을 때는 보스는 그에게 심하게 성질이 나 있었다, 전처럼 오펠을 넣으려고 플로리안이 대문을 열기 위해 차에서 내리기 전에, 플로리안은, 보스, 난 아무래도 괜찮다, 에르푸르트에서 나 때문에 뭔가를 하려고 했다면 해결책이 있으니 하지 말라고 했다, 그는 그 해결책을 읊었다, 설명하던 플로리안의 시선이 금방 열의로 빛나고 보스의 얼굴은 완전히 어두워지다가 기필코야 터졌다, 넌 정말 멍청한 개자식이야, 씨발, 말이나 되는 소리를 해, 뜬구름 잡지 말고 현실로 돌아와, 이 모든 것이 네 뒤죽박죽 정신이 다 꾸며낸 것이니까, 이제 UN 안전보장이사회라니, 무슨 안전보장이사회?! 너 씨발 정상이냐?! 그는 한 손으로 플로리안을 흔들기 시작했고 플로리안은 안전벨트를 움켜쥐고 고개를 숙이고 얼굴이 빨개졌다, 그리고 한발 더 나아가 계속, 맞아요, 저는 퀼러 씨가 어디 있는지도 알아내었다고 설명하고 싶었지만, 이 지점 너머로는 감히 말하지 못하고 마침내 차에서 내릴 수 있을 때까지 기다렸다가, 더 이상 닦달당해 혼나지 않도록 대문으로 갔다, 아주 매를 벌어, 씨발, 보스가 차창 밖으로 몸을 뺐다, 네가 이 미친 헛소리를 멈추지 않으면, 혼찌검이다, 그럼 어떻게 될지 잘 알지, 플로리안은 당연히 잘 알고 있었다, 그가 대문을 열었고, 보스는 마당으로 굴러 들어갔고, 사슬에 묶인 개가 다시 입에 거품을 내며 그를 향해 짖는 동안 문을 닫았고, 감히 잘 계시라는 인사도 뒤돌아볼 엄두도 내지 못하고 플로리안은 호호하우스로 쫓기듯 허둥거리며 돌아갔다, 8층 정도면 마음 추스르기에 충분해서, 8층에 다다를 즈음에 이미 플로리안은 자신의 설명을 들고나온 때가 최상의 시기가 아니었다는 문제점을 깨닫게 되었다, 진짜 때가 아주 좋지는 않았다, 보스가 뭔가 다른 일에 푹 빠져 몰두하고 있었기 때문이었다, 뭐냐면, 그가 연결성을 발견하긴 했는데, 다음 단계로 나가는 일이 그렇게 쉽지 않았다, 아니, 그나 어려웠다, 보스는 이를 갈며 자인했다, 앞으로 더 나가야 한다, 연결이 있는 곳에는 설명도 있으니까, 다만 그것을 찾을 수 없을 뿐, 그러다 유일한 돌파구가, 어느 수요일에 루돌슈타트에서 일을 마치고 카나로 돌아오는 길에 A88을 벗어나 마을로 향하다가 등장했다, 보스는 그날 따로 저녁을 먹지 말고 대신 판다 중식당에서 근사하게 조금 뜨끈뜨끈하고 매운 음식을 먹자고 제안했다, 그들은 마침 우연찮게 그곳에서 프리츠를 발견했고 프리츠가 자신 옆에 앉으라고 그들을 손짓해 불렀다, 그런 뒤 그는 보스에게 몸을 기울이며 못 되어도 한 시간 이상 그를 찾고 있었다, 하지만 휴대전화 충전이 안 돼서 전화를 할 수 없었다고 귓속말로 속삭였다, 중요한 일이다, 그의 생각에 만만찮게 심각한 정보를 입수했다, 이 말에 보스는 밖에서 얘기하는 게 좋겠다는 뜻에서 고갯짓을 까닥해 보였다, 둘은 밖으로 나갔고 한편 플로리안은 산라탕과 100개의 빛나는 연이라는 긴 면 요리, 매운맛으로 주문했다, 플로리안은 먹을 줄도 알지만, 매운 음식을 아주 좋아했다, 물론 판다의 가격은 그의 지갑 수준에 맞지 않았다, 가끔 여기에 올 수 없을 정도까지는 아니고, 오긴 오지만 자주 대놓고 올 정도는 아니었다, 그러질 못했다, 하르츠 IV 수당과 매주 보스가 현금으로 주는 소위 용돈벌이 90유로로는 턱도 없는 일이었다, 그뿐만 아니라 플로리안은 알뜰하게 아껴 썼고, 항상 뭔가 이유로 돈을 저축하고 있었다, 지금은 보스가 그에게 차를 허용하지 않았기 때문에 그는 새 노트북을 살 꿈을 꾸고 있었다, 그의 HP가 자주 갑자기 멈춰버리는데, 그는 문제가 무엇인지, 무엇을 해야 하는지 전혀 몰랐고, 때로는 재시작할 수도 없어서, 몇 시간을 기다리며, 모든 것을 시도해보았다, 충전 케이블을 뽑았다가 다시 꽂고 키보드의 키를 누르기도 하고, 모든 것을 다르게 시도하고 포기하려고 할 찰나에 갑자기 기계가 다시 살아나고 다시 작동하기 시작했다, 그래도 하지만 자꾸 이런 식으로 노트북 생명이 불확실해서, 그는 새로운 노트북이 필요했다, 어, 완전히 새로운 제품은 아니라도, 상태 좋은 노트북으로, 그 점에서 순조롭게 잘되고 있었다, 이미 210유로를 모았고, 여전히 약 260에서 280유로가 필요하겠지만 그런 뒤 보스와 이야기할 것이다, 그래서 인생이 양지에 접어들기 시작했다, 그는 퀼러 씨의 실종이 사실상 해결되었다고 생각했고, 링어 부인은 완전히 회복했는데, 다만 그녀의 예전 목소리가 돌아오지 않았을 뿐, 더 깊어졌다고 말할 수는 없지만, 항상 깊은 음색을 띠었다, 아니, 오히려 음색이 바뀌었다고 볼 수 있어, 왠지 더 날카롭고 긁히는 소리가 났다, 대리인은 점점 더 자주 엘리베이터가 작동하면 그를 방문했고, 그렇지 않으면 플로리안에게 내려오라고 불렀고, 호프 부인은 그를 좋아하며 반색하는 기운이 확연했고, 로자리오 가게에서나, 일로나 가게에서도 사람들이 반겨 맞았고, 뷔페에 들어서면 거기에 앉아 있던 사람들의 인사를 받으면 그의 마음이 따뜻해졌고, 이제 새 노트북도 만져질 듯, 머지않아 가시화될 전망이고, 다만 때때로 이는 걱정이, 오스트슈트라세 거리를 지나가야 하는 때여서, 가능하면 그 지역을 피하려고 노력했다, 그래도 피치 못할 때가 있어, 가끔 그곳을 지나가야 했는데, 길 쪽을 쳐다보지도 않았는데 찢어지듯 아린 통증을 느끼곤 해서, 재빨리 발을 서둘러 지나가, 알트슈타트로 올라가거나, 링어 부인에게 가거나 아랄 주유소의 로자리오네로 혹시 일거리가 있을까 하고 나갔다, 요즘은 호프 부인댁으로 더 자주 가곤 했는데, 최근에는 다른 할 일이 없으면 그곳에 슬쩍 들여다보기 시작했다, 그냥 거기 머무는 일이 좋아서였다, 호프 부인은 놀라지 않고 아침 식사 방의 불을 켜고 그를 앉히고 플로리안이 조심스레 주문한 커피나 차나 음료를 그의 앞에 놓고 잡담을 나눴다, 주로 늑대들에 대한 이야기였다, 호프 부인도 다른 현지인들과 마찬가지로 이제 늑대를 복수형으로 이야기했다, 거참 공교롭게도 이는 밖에서 마침 프리츠가 보스의 귀에 속삭이는 소식이기도 했다, 그것들이 여기 또 등장했어요, 누구? 보스는 프리츠의 냄새 고약하고 썩은 구취가 그에게 훅 끼치자마자 뒤로 몸을 물렀지만, 프리츠는 다시 그의 귀에 가까이 다가와서 말했다, 허, 몰라요? 뭐긴 또 뭐겠어요? 그리고 그는 고개를 끄덕이고 글쎄, 보스는 이미 알고 있을 거라는 뜻으로 두 손을 벌려 보였다, 야, 아니, 젠장, 뭐라는지 몰라, 알아듣게 조리 있게 말해, 그리고 여기서 속삭이긴 왜 속삭여?! 이 말에 조금 언짢아진 프리츠는 몸을 곧추세웠다, 저기, 늑대들요, 조금 쌀쌀하게 말했다, 그는 새끼손가락으로 잃어버린 송곳니 위치를 팠다, 글쎄, 그것들이 어째서?! 그것들이 다시 여기에 나타났어요, 전체 무리가, 어디에?! 보스가 그를 향해 외쳤다, 스피첸베르크에서 목격되었대요, 어젯밤에 나타났는데, 듣기로는 사진까지 다 찍혔대요, 하지만 보스는 어젯밤에 무슨 일이 있었다는 말까지 기다리지 않았다, 왜냐하면 이것으로 설명이 다 되니까, 전염병 유행으로 독일을 다 쓸어버릴 심산인데, 먼저 늑대를 풀어 공포를 심어주고 혼란에 빠뜨리고 튀링겐을, 독일을, 문명을 한곳에 몰아넣고, 밖으로 몰아내고 그들의 레벤스라움(생활권)을 빼앗는 거야, 겁에 질려 저녁을 기다리고, 이불 밑에서 벌벌 떨면서 가까운 곳에서, 그리고 점점 더 가까이에서 늑대들이 울부짖는 소리를 듣고, 끝도 없는 리스트의 조목조목 요소들이 집에 닿을 때까지 보스의 머릿속에는 어지럽게 뎅뎅거렸다, 그런 뒤 발로 차서 대문을 활짝 열고 오펠에 쿵 몸을 던지고, 개에게 뭔가를 던져주는 것도 잊은 채 서둘러 대문을 나섰다, 크리스티안-에카르트-슈트라세에 올라, 예나까지 3분의 1쯤 가서야 방향을 잘못 잡았다는 걸 깨닫고 기회가 닿기가 무섭게 바로 차를 돌려 액셀을 밟았다, 속도계도 보지 않고, 오펠이 이 정도는 버텨, 반대 방향으로 카나를 쌩하니 가로질러 오를라뮌데로 달려가다가 차 브레이크를 끼이익 소리를 내며 속도를 줄였고, 그 바람에 차가 거의 뒤에서 추돌당할 뻔했다, 그는 창문을 내리고 거의 칠 뻔한 사람에게 소리를 질렀다, 이 망할 호로새끼야, 네 눈깔을 뽑아버릴 테다! 제대로 안 봐!!! 그러고는 갓길에 접어들어 차를 대고 운전대를 앞뒤로 몸을 흔들어댔다, 그는 숨을 훅훅 쉬고 헐떡였다, 해답의 실마리가 여기에 있다는 것을 알고 있는데, 이제 이해하는데, 그가 모르는 유일한 점은 그가 어디로 가고 있는가, 도무지 알 수가 없다, 그는 생각했다, 이 빌어먹을 도로에서 내가 쓰바 어디로 가고 있는지 모르겠다, 심장이 너무 심하게 두근거려 그를 향해 빵빵거리는 소리들도 거의 들리지 않았고, 경찰차가 불을 번쩍거리며 뒤에 멈춘 것도 몰랐다, 그는 경찰들이 뭐라 성가시게 나불거리는지 관심 없었고, 음주 측정기에 불라니 불었다, 개인적으로 아는 경찰들이 아니었기 때문에 벌금을 냈다, 그리고 다시 길에 올라, 오를라뮌데 방면으로 조금 더 가다가 다시 멈춰야 했다, 가는 방향 길에 있는 첫 번째 작은 주차장에 차를 세우고 떨리는 손으로 담배에 불을 붙이고 큰소리로 혼잣말을 했다, 아, 아니, 드론을 대동하고 오지도 않고, 우물에 독을 풀지도 않아, 아, 당연히 아니지! 그들은 늑대를 보내고 있어, 당분간은 그래, 이 으르렁거리는 무리들만 지금 당분간은 보내고 있으니까, 하지만 그가 얻은 정보에 문제가 있었다, 프리츠가 소문에 그만 홀려 걸려들었기 때문이었다, 지금까지 프리츠는, 누구에게 말을 전해들어도, 분별을 발휘해 혹하지 않았고, 좀체 믿지 않았지만 오늘 누군가가 또 말을 전해주는데, 바로 이 소식에는 그는 이례적으로 믿어버리는 실수를 저질렀다, 그러지 말았어야 했는데, 그는 보스를 어쩌다 만나고 나서야 그 점을 깨달았다, 그는 그 문제를 직접 확인하러, L1062를 따라올라, 그런 정보가 나온 사람이라 추정되는 스트뢰스비츠의 산림감시인에게 갔지만, 불행히도 그 정보는 그에게서 나온 것이 아니었다, 그는 아는 바가 전혀 없었다, 감시인은 고개를 저었다, 그는 결단코 그런 말은 입 밖에 낸 적이 없었다, 그런 말 할 일이 없으니까, 그 부부를 공격한 한 마리의 늑대를 제외하고는 그 이후로 이곳 주변에는 어떤 종류의 늑대 무리도 나타난 적이 없기 때문이다, 하지만 그 자신은 이 얘기를 할 수 있는 사람을 만난 적도 없었다, 보시오, 선생, 그는 눈에 띄게 안절부절못하는 프리츠에게 설명했다, 나는 적어도 일주일 동안 마을에 내려간 적이 없어요, 나는 왠지 마을이 관광객들에게 팔린 이후로 여러분과 같은 하늘 아래 같은 공기를 마시고 싶지 않아서, 전에는 도자기 공장 악취가 가득하더니, 지금은 관광객으로 고린내가 난다, 감시인이 프리츠의 눈에 똑바로 시선을 고정하고, 이상하게 번뜩거렸다, 솔직히, 나는 옛날 도자기 공장 악취와 요즘 관광객들 악취 중 뭐가 더 싫은지 모르겠지만, 한 가지 확실한 건 내가 진저리치는 참상 짓거리가 다 당신네들 덕분이라서, 그래서, 아닙니다, 그는 마지막으로 지난 토요일에 필요한 물건을 사러 마을에 내려갔다고 말했다, 아무튼 자신은, 프리츠에게 여전히 눈을 번뜩이며, 그는 뭐 많이 필요한 사람이 아니라고 할 수 있다, 빵 몇 개, 맥주 정도 있으면, 그는 어떤 문명의 이기 없어도 꽤 잘 지낸다고 말했다, 당신이 두려워해야 할 대상은 늑대가 아니라 관광객 무리입니다, 내가 저 아래 무슨 일 있나 조금이라도 관심이 있다면 나라면 그럴 것이겠지만, 익히 짐작하겠지만 관심 없습니다, 그리고 그는 프리츠를 외면하며 돌아서서, 거기 대화를 나누던 그 대문에 남겨둔 채, 집으로 돌아갔다, 그는 이 인물을 대문까지만 들었다, 그는 그와 그의 패거리를 잘 알았다, 모두 심각하게 병든 인간들이며 경찰이 때때로 그들을 급습해도 다 허사여서, 감시인은 두런대며 집 안으로 들어갔다, 저자들은 버섯처럼 다시 자라, 그런 점은 보면 버섯이란, 참 정말 놀랍기는 하지, 항상 다시 자라, 그로서 이해가 되지 않는 점은, 그는 일단 안으로 들어가서 아내에게 언급했다, 왜 이 나치가 다시 되돌아오는 일에 다들 그렇게 놀라워하나 몰라, 역사는 반복된다고, 마르크스가 그렇게 말하지 않았나? 마르크스의 말에 주의해서 잘 들었어야 했는데, 그는 테이블에 앉아 나머지 커피를 마셨다, 아까 초인종이 울렸을 때 마침 커피를 마시고 있었기 때문이었다, 마르크스를 내다 버릴 수 있다 쳐, 그가 말한 몇 가지는 그래서는 안 되지, 그는 의자에 뒤로 기대었다, 우리가 호된 대가를 치를 테니까, 마르크스를 다 내다 버렸기 때문에 우리는 괴로워하며 후회할 거야, 두고 보라고, 그는 그녀에게 말했다, 그런 다음 그는 침묵했고 그의 아내는 보통 때처럼 대꾸하지 않았다, 마찬가지로 감시인의 가정에서는 대화라고 할 만한 것이 거의 없었고, 아주 필요할 때 필요한 말만 했다, 또한 아내는 마르크스와 관련된 남편의 평가에 동의하지 않았다, 그녀의 견해로는, 결혼 생활에서 그래도 딱 한 번 표한 것이긴 하지만, 그녀가 보기에 마르크스를 가장 적절히 써먹으려면,《다스 카피탈》(자본론) 두 권을 모두, 그것도 고급스럽고 단단한 표지의 디럭스판으로 독일 대통일 당시 독일사회주의노동자당 지도부를 하나씩 차례로 다 패 죽이는 일이었다고 생각했다, 그들은 우리를 파괴했기 때문에, 모든 것을 1도이치마르크에 팔아넘겼기 때문에, 자기들 살길 찾아 모면하느라 우리를 수렁에 내버려두었기 때문에, 이것이 마르크스에 대한 그녀의 의견이었다, 통일이 되었지만 아무것도 변하지 않았다, 근본적으로 아무것도 변하지 않았으니까, 숲은 다 파괴해 밀어버렸고, 동물을 마구잡이로 잡아 죽였다, 그때나, 지금이나 그러고 있다, 그리고 벌은?! 벌들은?! 언젠간 씨가 말라 쫄쫄 굶을 것이다, 이것이 내 의견이다, 말하고 는 다시는 입에 올리는 일이 없었다, 허둥지둥 프리츠는 미친 듯이 카나로 달려가 보스를 찾았다, 부르크에서는 아무도 보스에 관해 몰랐고, 심지어 일로나 가게에서 만난 플로리안조 차도 몰랐으며 보스 집에도 없었다, 프리츠는 지금은 신중하게 따져보았다, 곰곰이 따지는 타입은 아니었지만 진짜로 똥 줄 빠지게 겁먹었다, 그가 부르크로 돌아가서 무슨 일이 일어나고 있는지 말할 때 딱 그런 표현을 썼다, 보스가 내 머리를 뽑아버릴까 봐 진짜로 똥줄 빠지게 겁먹었다, 하지만 보스가 모습을 내보였을 때, 프리츠 머리를 뽑지 않고 몇 초 동안 말없이, 얼굴에 분노가 가득 차, 프리츠를 바라보더니 무릎으로 불알을 차고 씩씩대며 휭하니 나갔다, 보스는 집에 가서 개의 사슬을 풀어주고 노트북을 켜고 TV 앞에 앉았다, 하지만 평소처럼 TV는 켜지 않고 그는 바닥에 깔린 러그와 그 무늬를 쳐다보았다, 자주 밟는 카펫의 일부는 꽤 낡아서 자리가 도드라졌다, 어차피 카펫은 좋아하지 않았지만, 소위 집을 더 쾌적하게 만들어준다고 하는 어떤 것도 좋아하지 않지만, 그가 소위 가구 딸린 그 집을 장기 임대하고 쓰다가 구입했을 때 있던 그대로 딸려 온 러그였다, 다른 방과 부엌에서 모든 것을 갖다 버리고 벽에서 썩을 장식품을 다 뜯어냈다고, 당시 동료들, 대부분 감옥에서 지금도 형을 살고 있거나, 떠들썩한 말썽 이후 어딘가로 내뺀 이들에게 말했다, 자신이 사는 집 안에

잡다한 장식품들은 필요 없었고 질서가 있어야 한다, 딱 그렇다, 자신의 아파트에 그거면 족하다, 커튼 없이, 쿠션 없이, 카펫이니 없이, 이것이 그의 모토였지만 어느 날 그는 러그 두 개를 집에 들여놓았다, 카미쉬에서 이 둘을 도로 옆에서 발견했는데 여전히 상태가 꽤 좋았고 방에 제법 괜찮을 것이라고 생각했다, 특히 그가 항상 앉았던 그 자리, 탁자나 TV 앞 벤치는 맨바닥이 차가운데, 그로서도 심하다 싶을 정도였기 때문이었다, 쬐그만 소파들은 필요 없다고 했다, 쬐그만 카우치도 푹신푹신한 침대도 필요 없고, 모든 물건은 나무로 만들어지길 원해서 그래서 직접 벤치를 망치질해 지어 그렇게 사용하는 중이었다, 그런 후 후멜샤인의 벼룩시장에서 중고 나무 의자를 구입했다, 그는 부드러운 건 다 싫어했다, 그냥 싫어, 이해하지, 그가 부르크의 동료들에게 말했다, 새로운 부류가, 부대가 프리츠와 카린과 다른 동료들이 부르크에 들어와 장악했을 때 그가 말했다, 내가 그 썩을 안락의자에 앉아 푹 가라앉으면 참고 앉아 있을 수가 없어, 어지러워, 균형을 잃어, 다른 사람들은 비록 그들이 자신의 아파트를, 다들 단출하긴 했어도, 그와는 다소 다르게 꾸몄음에도 불구하고 이해했다, 나라면 TV나 DVD를 벤치에 앉아서는 보지 않을 것이라고, 위르겐은 보스의 지나치게 엄격한 원칙을 겨냥하고 슬쩍 말했지만, 그럼에도 완강하게 고집했고, 이 두 개의 카펫만 예외로 두고 있었다, 그중 하나에는 술이 달려 있었다, 아주 처음부터 그 장식 술이 영 거슬렸고, 자꾸 스물스물 의식이 가다 보니, 짜증이 돋았고, 그는 술을 끊어버리자고 결심했지만 항상 더 중요한 다른 일이 생겨서 오랫동안 그 술을 제거할 틈이 나지 않았다, 이제는 때가 왔다, 그는 벤치에서 일어났다, 지금 이대로는 더 이상 참을 수 없는 지점에 다다랐다, 그 망할 장식 술이 여기 달려 있는 꼴을 더는 못 보겠다, 그래서 그는 큰 가위를 가져와서 단숨에 싹둑 잘라낸 다음, 다 쓸어 담아, 똥창에다 갖다 버렸다, 그 똥통 새끼 그래도 싸, 그는 다음 날 일하러 가는 길에 오펠에서 플로리안에게 말했다, 그는 어제 일어난 일로 인해 매우 마음이 뒤숭숭했지만 그는 그 일에 대해, 특히나 플로리안에게 이야기하고 싶지 않았다, 동시에 그는 늑대에 대한 뉴스가 사실이 아니라는 점에 속이 속이 아니게 타들어 갔다, 이 뉴스가 진짜 사실이었어야 하는데, 그러니 며칠 후 소식에 정말로 속이 후련했다, 아직 오전 7시도 되지 않았을 때였고, 누군가 초인종을 울렸는데 문 앞에 감시인이 서 있었던 것이다, 그저께는 미안했다고, 그 뉴스가 사실이기 때문이다, 다만 그저께가 아니라 오늘 새벽에 벌어진 일이다, 프리츠가 보스를 찾아가보라고 충고하더라, 그가 늑대들을 보자마자 비디오를 찍었고, 벌써 아드리안 쾰러에게도 보냈는데, 그가 즉시 자신의 웹사이트에도 올렸다, 온통 보스의 신경이 바싹 곤두섰다, 한 30초 남짓 감시인을 안으로 들이지도 않고, 그냥 서서 그를 바라보며, 이게 사실인가? 지금 장난하는 건가?! 머뭇거리다, 재빨리 문을 열고 손님을 안으로 안내해 들였다, 이때부터 모든 손님을 대하듯 감시인을 대했다, 그는 그가 앉던 자리를 내주며 앉히고 맥주 두 병을 가져와, 한 병을 탁 쳐서 따고 감시인의 손에 쥐여준 다음 마주 보고 앉아서 처음부터 끝까지 이야기를 다시 들려달라고 했다, 언제 늑대를 봤는지, 왜 그 길로 갔는지, 그때 혼자였는지, 무리는 몇 마리인지, '루델', 우리는 무리라고 하지 않고 '루델'이라고 한다, 감시인이 바로잡았고, 다른 때 같았으면 적어도 어디서 가르치려 드느냐고 길길이 고함을 쳤겠지만, 보스는 이런 교정을 크게 문제 삼지 않았다, 군대든 무리든 루델이든 그에게 상관없이 똑같았다, 지금은 말고, 그는 감시인의 말을 들이키듯 빨아들였다, 감시인은 더욱 상황을 자세하게, 정확하게 언제 늑대를 봤는지, 왜 그곳에 갔는지, 그리고 다시 늑대 떼에 몇 마리가 있는지 등을 설명했다, 간단히 말해, 그래서 늑대들이 여기 있는 거네, 보스는 손바닥을 문지르고, 손님을 배웅했다, 그리고 그는 즉시 철도 건널목 옆의 밸런스 피트니스 클럽으로 내려갔고, 그의 기분은 아주 최고조로 솟아 70이 되었을 때 바벨을 들어 올리는 일을 중단해야 했다, 그보다 더는 도저히 안 되겠다, 숨이 턱에 찼다, 알겠지, 그는 나중에 부르크에서 부대를 다 소환했을 때 70 이상은 숨을 쉴 수 없었다고 우렁차게 외쳤다, 그 이유가 다 집중할 수 없었기 때문이었다, 오직 이 늑대 무리만 떠올라서, 그렇게, 이제 시작되었다, 그리

286

고 이 이제 **시작되었다**는 선언이 부르크에 모인 모든 이들의 머릿속에 종소리가 울리듯 울려 퍼졌다, 카린도 벌떡 일어났다, 마침내 역사적인 순간이 도달했다고 그녀는 느꼈다, 그녀로서는 주말 모임이 묵직하게 답답하고 단조로운 면이 없지 않았기 때문이었다, 다른 부대원들 때문이 아니었다, 그들과는 아무런 문제가 없었고, 그들 외에는 어울려 지내는 사람도 없었지만, 수년 동안 고대하고 있는 일이 영 일어날 기미가 없었기 때문에, 누구도 "경보!"라고 외칠 필요가 없었는데, 단순히 경보가 있으니, 누구든 외치지 않아도 알았기 때문이었다, 그녀는 이것을 기다리고 있었고 다른 사람들도 이것을 기다리고 있었지만 처음 몇 시간 동안은 여전히 어디로 떠나느냐가 명확하지 않았다, 적이 보이지 않는다, 우리가 해야 할 일은, 보스가 하던 말에 카린이 끼어들었다, 적을 유인해야 한다, 그러자 보스가 정확히 그렇다!!! 말하고서 주먹으로 테이블을 너무 세게 쳐서 그 위에서 맥주병이 춤을 추기 시작했고, 한 병은 넘어져 굴러가기 시작했지만 아무도 그 병을 쫓아가 잡지 않았다, 왜냐하면 카린이 벌떡 일어서자마자 전체 대원들이 덩달아, 한 사람처럼, 마치 자신이 해야 할 일을 정확히 알고 있는 사람들처럼 벌떡 일어섰기 때문이었다, 비록 할 일은 보스만 정확하게 알고 있었지만, 그러나 그가 그들에게 계획을 설명하자, 거듭 그리고 거듭, 이전에도 여러 번 그랬듯이 그들 모두 자신들 머릿속에 완전히 형성되어 있었다고, 보스가 계획을 제시하기 전부터 이미 있었다고 느꼈다, 그들은 밖으로 나가 로이히텐베르크 아래 그들 은신처로 갔고, 그로스퀴어슈츠와, 파펜베르크와, 알텐베르크와, 그로이다, 물론 츠바비츠로, 카린은 스피탈베르크산의 지하 저장고까지 방문했다, 앞일은 모르는 법이라, 수류탄이나 권총이 급하면 필요할 수도 있으리란 생각에서였다, 그래서 엄청난 수확물을 다 모아보니 카나를 지상에서 싹 쓸어버릴 수 있는 양의 폭발물이 쌓였다, 그렇다 보니, 물론 플로리안 눈에도 안 들어올 수 없었지만, 보스 주변에서 왜, 얼마나 그렇게 복닥거리며 바쁜지 관심이 없었다, 부대원들이 보스 집에 정기적으로 나타났는데, 이전에는 거의 없던 일, 아니, 전혀 없던 일이긴 하지만, 이미 정문 앞에서 기다리고 있는 부대원들을 발견하기도 하는데, 그럴 때면 아무도 그에게 따로 말하지 않아도 그는 자신의 과업이 무엇인지 알고 있었기 때문이었다, 자신은 코 꿰인 데가 없으니, 코빼기도 보이지 말고 꺼지면 되었다, 그래서, 이 시점부터, 아주 상당 동안, 이전보다 훨씬 더 많은 자유 시간을 가졌다, 더 이상 전처럼 토요일 리허설에 참여할 필요조차 없었다, 사연을 알기까지는 시간이 걸렸지만 보스가 리허설을 무기한 중단했기 때문이었다, 갑작스럽게 맞이한 자유 시간의 여유 속에, 플로리안은 그저 습관에서, 헤어프스트 카페에 앉아, 예전에 몇 번 그랬듯이 퀼러의 웹사이트를 클릭했다, 이번에는 들여다보다가 너무 놀라 숨이 멎을 뻔했다, 새로운

데이터가 올라와 있을 뿐만 아니라 늑대 무리에 대한 새로운 동영상이 업로드되어 있었다, 플로리안은 커피값도 내지 않고서, 노트북을 탁자 위에 열어둔 채 두고 밖으로 달려 나가, 언덕을 내려가 오스트슈트라세까지 뛰어 내려가, 심하게 숨을 헐떡이며 초인종을 누르고, 또 누르고, 숨을 헐떡이고, 대문 옆 초인종을 또 눌렀다, 대문은 물론 그와 보스가 몰래 부수고 들어온 이후로 제대로 닫히지 않았다, 들려, 잘 들린다고, 마당에서 목소리가 들렸고, 여전히 누군지 보이지 않았지만, 그 목소리는 익숙했다, 아주 익숙했다, 한 손에 안경을 들고, 실내복을 입은 퀼러 씨가 떡하니, 초인종 소리를 듣고 집 밖으로 나왔다, 플로리안은 가만히, 귀신을 본 사람처럼 완전 바위처럼 굳어서, 그를 쳐다만 보았다, 왜 그래, 이 사람아, 귀신을 본 것처럼 나를 보고 있네, 퀼러 씨가 말하면서 달랑거리는 대문을 열어, 플로리안을 안으로 들였고, 플로리안에 앞서 집 안으로 걸어 들어가 그를 앉혔다, 그리고 차 한 잔 마실 텐가 물었다, 늘 플로리안이 차를 끓였기 때문에 이전에 없던 일이었다, 하지만 지금 여기 퀼러 씨가 차를 만들고 있었다, 잘 지냈나, 플로리안, 그는 찻잔을 손에 들고 평소와 같은 자리에 앉아서 내가 없는 동안에 자네는 잘못된 결론에서 손 떼고 다 접었느냐고 물었다, 그러나 플로리안은 도저히 입 밖으로 말이 나오지를 않았고, 퀼러 씨를 눈을 크게 뜨고 보고, 계속 쳐다만 보더니 옆에 있는 작은 탁자에 머그잔을 내려놓고는 도저히 억누르지 못하고 벌떡 일어서서 믿기지가 않아 퀼러 씨를 만졌다, 도무지 이해가 되지 않았다, 퀼러 씨가 아무 문제 없이 괜찮은 탓이 아니라, 예전과 거의 변한 것이 없는 탓이 아니라, 같은 옷을 입고서, 머리도 평소와 똑같이 빗고, 찻잔도 똑같이 들고서, 심지어 뜨거운 차도 똑같은 방식으로 후후 불고서, 그가 여기 있다는 사실이 플로리안은 받아들이기 힘들 정도로 믿기지 않았기 때문이었다, 퀼러 씨, 퀼러 씨, 플로리안은 고개를 흔들었고, 음? 퀼러 씨는 찻잔 위로 거의 악동처럼 장난스레 그를 바라보았다, 퀼러 씨, 너무 기뻐요! 그러자 퀼러 씨가 아무 말도 하지 않고 계속 웃기만 하자 플로리안은 불쑥, 어디 계셨어요? 물었다, 왜, 내가 어디 있었다고 생각해? 집주인이 똑같은 표정으로 되물었다, UN에요? 플로리안은 얼굴이 환해졌고, 이 말에 퀼러는 웃음을 터뜨렸다, 그래 맞아, 당연히 UN에 있었지, 바로 거기, 이 친구야, 웃다가 차를 흘리지 않기 위해 그는 안락의자 옆 책상 위에 찻잔을 내려놓고 뒤로 기대어 플로리안을 친근한 시선으로 바라보더니 이제 여기 고향 땅에 무슨 소식이 있느냐고 물었다, 그러나 플로리안의 눈이 멀도록 파란 눈이 예전에 없이 불타올랐다, 그리고 그는 이제 꿈이 아니라 생시라는 사실이 점점 실감이 나기 시작했다, 퀼러 씨가 여기 책상 옆 안락의자에 앉아 있었고, 그의 책상 위에 놓인 차가 김이 모락거렸지만, 혹여라도 신중을 기하기 위해 그는 다시 물어보았다, 퀼러 씨, 정말 이게 참

말인가요? 그 말에 쾰러 씨는 다시 웃기 시작했고 그는 대답했다, 당연히 사실이지, 정말 여기 있는 사람이 나냐고 궁금한 것이면 맞아, 왜냐하면 나니까, 그리고 그는 약간 이상한 다른 말을 덧붙였다, 하긴 그래, 내게 일상적인 일들은 조금 익숙하지는 않아, 부인하지는 못하겠지만 문제는 안 돼, 그런 걸랑은 걱정하지 말아, 플로리안은 그 말을 이해하지 못했다, 어떻게 그가 이해할 수 있겠는가? 그런 다음 그들은 그냥 일반적인 것들에 대해, 최신 뉴스를 올릴 준비가 된 웹사이트에 대해 이야기했고 쾰러 씨는 플로리안이 자신의 기상 관측소 기기를 수리하는 데 도와줄 의향이 있는지 물었다, 다소 녹이 슬었는데 어떤 부품들은 너무 높아 자신이 닿지 않는다고 했다, 요즘 들어, 쾰러 씨가 플로리안도 그게 무슨 뜻인지 알 거란 듯이, 요즘 들어, 라고 말하며 사다리를 올라가야 할 때 조금 어지럽다고서, 오늘은 조금 피곤해서 일찍 자려고 하니 오늘은 말고 내일 시간이 있을 때 한번 들여다봐주면 좋겠다고 했다, 쾰러 씨는 여전히 행복하지만 믿기지 않아 눈을 못 떼고 뜯어보는 플로리안을 밖에까지 따라 나와 배웅했고, 그가 떠나자 대문을 닫고 돌아서 집으로 들어가기 전에 부르크뮐러 부인에게 손을 흔들었다, 믿기지가 않아 더 잘 보려고 창문 밖으로 몸을 내밀고 있던 부인은, 믿기지 않아, 아니야, 그럴 리가, 큰 소리로 혼잣말을 하고서, 더욱 창문 밖으로 몸을 기울였다, 꿈이야 생시야, 저 사람 이웃 맞네! 딱 맞네, 맞아, 허어, 그 사람이 돌아왔어, 내가 말한 그대로, 길 건너편에 더 이상 아무것도 보이지 않아 그녀는 창문에서 뒤로 물러났다, 레이스 커튼을 다시 닫아걸고 앉아서, 내 말이 다 맞잖아, 그녀는 흡족한 마음으로 중얼거렸다, 저 멍청한 노파가 아니라, 이 마을에 무슨 문제가 있다고, 아무 일도 없었고, 이웃은 다시 집에 왔고 그게 다야, 그리고 플로리안은 지금 달렸다가, 잠시 멈췄다가, 다시 달리기 시작했다, 그는 무엇을 해야 할지, 어디로 먼저 가야 할지 어쩔 줄을 몰라, 이 방향으로 달려갔다 저 방향으로 달렸다가 갈팡질팡하다가, 문득 정신 차리니 에른스트-텔만-슈트라세에 다다라, 보스의 대문 앞에 서 있었다, 미친 듯이 거품을 물고 개가 그에게 달려들었지만 묶인 사슬로 개는 거칠게 뒤로 당겼다, 초인종을 한 번 누르고, 초인종을 두 번 눌렀지만 아무 반응도 없었고, 보스는 집에 없었다, 그래서 플로리안은 마을을 내달리며 여기저기 도는데, 저녁 7시 15분, 비교적 이른 저녁 시간이었음에도 그는 아무도, 만나지 못했다, 거리에는 단 한 명의 인간도 없어서 의아했다, 보통 이 시간에는 사람들이 있는데 지금은 그렇지 않았다, 호프 부인을 만나러 가기에는 너무 늦었기 때문에 링어 부인을 다시 찾아가기로 했다, 그가 이전에 맨 처음 링어 부인 집 문 앞에 나타났을 때 어쨌거나, 링어 부인은 약간 놀란 눈치지만, 크게 문제되지 않는 것 같았다, 그녀는 크게 소란 피우지 않고 플로리안을 안으로 초대해 들였고, 그를 방에 앉혔다, 마침 링어 씨는 집에 없었고, 플로리안은 숨 가쁘게 그녀에게, 그가 끔찍한 실수를 저질렀다는 것을 깨달았기 때문에 왔다고 했다, 그, 그만 오롯이 퀼러 씨의 실종에 대한 책임이 있다, 다 자신의 실수, 아니, 죄라고 할 수 있다, 그는 대리인도, 링어 부인도, 그리고 무엇보다도 가장 중차대한 자신의 잘못은 퀼러 씨 자신의 말도 등한했다는 것인데, 이건 진짜 사악한 죄가 아니랄 수가 없다, 이제 그는 무엇을 해야 할지 몰랐고, 그를 어떻게 돌아오게 할지 모르겠다, 그는 이미 할 수 있는 모든 것을 시도했지만, 아무런 결과도 없이 퀼러 씨는 흔적도 없이 사라졌다, 보스도 이건 확인했다, 함께 최근에 선생님 집을 강제로 열고 들어갔더니, 먼지만 가득할 뿐 아무도 없었다, 퀼러 씨는 먼지를 결코 용납하지 않는데, 그리고 보스는 그를 격려하려고 했지만, 그 역시 달리 남은 뾰족한 수가 없는 것 같다, 더 이상 방도가 없다, 이제 플로리안은 누구에게 도움을 청해야 할지 몰랐고, 그래서 링어 부인에게 모든 것을 말했다, 그가 지금까지 무슨 시도를 했는지, 돌파구인가 했더니 실패한 일들, 나는 모든 곳에서 실패했다며, 플로리안은 고개를 떨구었다, 한편 링어 부인은 이 상황에 그녀도 얼마나 놀라고 걱정스러운지 플로리안에게 그 낌새를 드러내지 않으려고 노력하며, 그를 위로하고 격려했지만, 링어 부인도 속수무책으로 도울 길이 없다는 것을 그도 느꼈고, 그녀도 어쩔 도리가 없어 슬퍼한다는 점이 보였다, 그러니 지금 그의 첫 번째 과제가, 보스와 연락이 닿지 않고 하니, 링어 부인에게 한시라도 빨리 알리는 일이었고, 도서관이 오래전에 문을 닫아서, 플로리안은 다시 한번 암칸터스베르크 쪽으로 향했다, 당연히, 링어 부인은 예상했던 그대로, 엄청 충격을 받아, 부엌에 그를 앉히는 사이에, 믿을 수 없네, 완전히 그대로 얼어붙은 얼굴로, 뭐, 뭐, 뭐, 당최 뭐어라고오?만 더듬거리며 반복했다, 플로리안 눈에 눈물로 가득 차, 맞다며 고개를 끄덕였다, 그렇다, 실제 벌어진 일이다, 삼키는 것조차 힘들어, 지금은 뭐든 한 모금이나 한 입도 마시거나 먹을 수 없었을 것이라, 그는 마실 것도 달라지 않았고, 먹을 것도 달라지 않았다, 그는 앉아서 링어 부인을 바라보며, 말문이 트여 더듬더듬 물어오는 질문에 대답했다, 그리고 그는 너무 행복해서 가만히 머물고 있을 수가 없어, 그는 작별 인사를 하고 부리나케 떠났다, 그리고 그는 일로나 가게도 들여다보려고 했지만, 중간쯤 가다 뷔페가 이미 문을 닫았다는 생각이 떠올랐다, 그래서 그는 아랄 주유소로 달려갔지만, 계산대 위에만 불이 켜져 있을 뿐이었다, 이는 뒤편에 딸린 집에서 로자리오가 깨어서 TV를 보고 있었지만, 이미 졸고 있으리라는 의미였다, 로자리오가 직접 설명했듯이, 주유소의 소위 야간근무가 그런 식이었다, 그래서 플로리안은 버저를 울리지 않았다, 버저는 뒷방으로 연결되어, 로자리오를 깨울지도 몰라, 그러고 싶지 않아서였다, 그는 집으로 돌아가서 주방의 의자에 털썩 주저앉았다가, 금방 다시 벌떡 일어나 테이블 주위를 빙빙 돌기 시작했다, 그러다 평소처럼 움직여야 할 때처럼 머리를 한쪽으로 기울이고 방으로 들어갔다가 방에서 나왔고, 주방으로 들어갔다가 주방에서 나오고, 심지어 욕실까지 들어갔다, 하지만 욕실에는 공간이 없어서 그대로 돌아서서 다시 나올 수밖에 없었다, 이런 식으로 밤 절반 가까이 계속되다가, 완전히 지쳐 마침내 침대에 쓰러졌다, 다음 날 아침 알람 시계에 잠을 깰 때도 그는 여전히 그것을 믿을 수 없었다, 그는 모퉁이에서 보스를 기다리고 있기 전에 오스트슈트라세로 달려 내려갔더라면 좋았을 것을, 그러나 그러기에는 시간이 너무 없었다, 이걸 미리 생각하지 못하고, 더 일찍 알람을 설정하지 않은 자신을 책망했다, 그러나 지금은 문제 되지 않았다, 그는 평소와 같은 장소에서 기다렸고, 오펠이 평소처럼 딱 정시에 그의 앞에 섰고, 겨우 오륙십 미터 갈까 말까 할 때 보스가 소식을 접하고서, 즉각 브레이크를 밟고 급커브로 돌더니, 눈 깜짝할 새 그들은 퀼러 씨의 집 앞에 주차했다, 보스는 문에서 조금 졸린 눈으로 나오는 집주인에게 그가 없는 동안 대문과 현관문을 부순 것에 대해 사과하고 싶다고 다짜고짜 말했다, 하지만 당신이 사라져서, 우리 걱정이 이만저만이 아니었다, 하루 이틀이 아니라 며칠이고, 그렇게 표나지 않는다, 퀼러 씨가 대답했다, 나중에 수리하도록 할 테니, 다 이해한다, 더군다나 나를 걱정해주어서 감사하다, 하지만 걱정하실 필요는 없었는데, 특별한 일이 없었고, 잠깐 나가 있었을 뿐이었지만 지금은 집에 다시 돌아왔다, 뭐라도 필요한 일 있으면, 예를 들어 날씨나 다른 특별한 정보가 필요하다고 언제든지 말만 하면 기꺼이 도움을 주겠다고, 퀼러 씨가 말했다, 지금은 딱히 없다, 보스는 차갑게 대답하고 조금 더 퀼러 씨를 마주 보며 살폈다, 그러고 나서 그들은 작별 인사를 했다, 플로리안은 기쁨에 활짝 웃고 있었지만 보스는 그렇지 않았다, 그는 이미 놀라움을 멀리 떨치고 다른 생각을 하고 있었다, 하지만 플로리안은 눈치채지 못했다, 누군가가 이 일 말고 다른 생각을 할 수 있다고는 상상도 못 했기 때문이었다, 퀼러 씨의 머리카락 하나 다치지 않고, 정확히 이전과 같은 상태로 그를 돌려보냈기 때문이다, 그를 돌려보내주다니, 플로리안의 가슴은 다시 또다시 쿵쾅거렸다, 그리고 지금 그의 머릿속은 벌써, 모든 일이 이제 옛날 일상으로 돌아갈까? 옛날 목요일 저녁이 다시 돌아올까? 그래서 그가 차를 끓이게 되려나? 그리고 그는 꿀 항아리를 두고, 몇 스푼이나 넣을까요, 물을 수 있을까? 궁금증으로 복잡했다, 어쨌든 퀼러 씨는 감시인에게 꿀을 샀는데, 그는 다른 일도 많이 하지만, 벌도 쳤고, 벌이 다 죽어간다고 크게 불평했다, 그의 표현을 더 정확하게 하자면, 벌도 요즘에는 죄 죽어나가고 있다, 매년 수백만, 또 수백만의 거대한 봉군이 사라진다, 화학물질 탓이다, 감시인는 퀼러 씨를 힐난조로 바라보았지만, 퀼러 씨가 이런 일에 아무것도 할 수 없다는 것을 그도 알고 있었다, 그나저나, 아주 기쁘기야 기쁘지만, 이 모든 일이, 빌어먹을 꽤나 이상하게 풀려나간다는 점은 꼭 염두에 두자고, 보스가 언급했고, 플로리안은 고개만 끄덕였다, 이제 그는 모든 것에 고개를 끄덕일 수밖에 없었다, 물론 이상하게 풀리긴 했지만 일단 찾았는데 누가 신경 써요? 그렇게 말하고, 보스를 안심시키려고, 덧붙였다, 나중에 퀼러 씨가 자신이 어디에 있었는지 무엇을 했는지 말해줄 겁니다, 중요한 점은 해결되었다는 거지요, 그것도 아주 기적적으로, 그래, 기적적으로, 보스가 낮게 헛기침을 하고서 담뱃재를 털었다, 그래도, 나로서는 뭔가 구릿한, 이 일에 께름칙한 게 있긴 하지만, 그만하자고, 염병, 네 말이 맞아, 이렇게 곱씹는 일 말고도 할 일이 천지야, 네 맞아요, 그만 곱씹고 걱정 접어요, 플로리안이 쾌활하게 대답했고, 마음을 가라앉히지 못하고 자리에서 계속 꼼지락대었다, 참다못해 보스가 그만 꼼지락대, 자꾸 그러면 떨어져도 벌써 차에서 떨어졌을 것이다, 그럼 누가 **알레스 비어트 라인**을 대행하냐고오? 뭐요?! 어쩌면 나?! 보스는 싱긋 웃으며 플로리안의 옆구리를 쿡 찔렀고 플로리안은 정말 차에서 떨어질 뻔했다, 그는 여전히 스스로 다잡지 못하고 행복에 겨워 정신없이 일없이, 대시보드의 먼지를 털거나, 자리 아래 좌석 커버를 조정하거나, 때때로 다시 문손잡이를 만지작거렸기 때문이었다, 그 문손잡이 만지작거리지 말라고 했으면 하지 말아, 이 새끼야, 보스는 마침내 그에게 버럭했다, 여기서 네가 떨어지면 나는 너 깨끗하게 안 치워준다, 그건 네 일이니까, 하지만 네가 곤죽인데 감당할 수 있을지 의문이다 만, 그 말과 함께 그들은 줄에 도착했다, 그 둘은 벽을 청소하는 일을 시작했다, 플로리안은 종이에 적어둔 정확한 주소를 열거하며, 그들은 하루 종일 한 주소에서 다른 주소로 이동하며 돌아다니다가 마침내 카나에 돌아와 플로리안은 즉시 오스트슈트라세로 달려갈 수 있었다, 거기에는 두 이웃이 이미 그를 애타게 기다리고 있었다, 두 사람 모두 사람 좋은 이웃이 집으로 돌아와서 얼마나 행복한지 앞다투어 먼저 말 붙이려고 했다, 이제 플로리안이 마음 편히 먹지 않을 일도 없고, 그리고 이제 모든 일이 예전처럼 계속되는데 아무 걸림돌도 없다, 부르크뮐러 부인은 그를 향해 환하게 미소를 지었지만, 그녀의 미소에는 약간의 그늘이 끼어 있었고, 슈나이더 부인도 미소를 지었지만, 그녀의 미소에는 아무 그늘이 없이, 마치 플로리안이 이런 말에 대단히 기뻐하는 어린 손주인 듯이 대했다, 그들의 이해를 받으며 그는 서둘러 퀼러 씨를 따라 집으로 들어갔다, 퀼러 씨가 돌아왔다는 소식은 마을 전체에 두말 없이 일종의 안도감을 불러들이는 역할을 했다, 마침내 그나마 좋은 일이 일어났으니까, 사람들은 서로서로 다독였다, 그들은 아드리안 퀼러가 무사해서 정말 기뻤다, 그가 돌아왔다, 다시 웨더 카나 웹사이트에서 내일이나 모레 날씨를 볼 수 있게 되었다, 좋은 소식에 잠시나마 한숨 돌리는 기회가 되었지만, 물론 제일 중한 불안을 억누르기에는 역부족이었다, 퀼러 씨가 돌아왔다고 해도, 기상 관측소가 다시 한번 멀쩡히 작동한다고 하지만, 어두워지기 시작하면 사람들은 여전히 거리에서 자취를 감추고, 모두가 집을 잠그고 틀어박혀서 기다렸다, 그들은 산에서 늑대들이 울부짖는 소리가 나는지 기다렸다, 늑대들이 울부짖는 소리를 듣는 일과 울부짖을까 침묵 속에 기다리는 일 중에 어느 쪽이 더 나쁠지도 다들 가늠 잡을 수 없었다, 늑대 무리가 나타난 이후로 매일 밤 이런 식으로, 잔뜩 긴장 상태에서 보냈고, 아침에 사람들이 밖으로 나가야 할 일이 있어 나가면, 전날 밤에 다들 잠을 자지 못한 모습이 또렷했다, 하지만 꿋꿋하게 넘기는 사람도 이 이야기에 관해 말은 하지 않고 새로운 정보만 찾아다녔다, 하지만 없어요, 감시인은 수요를 따라갈 수 없었다, 갑작스레 꿀 판매량은 며칠 사이에 급등했고, 야생 산사나무 젤리와 까치밥나무 시럽 재고도 카나 주민들이 팔아줘서 이삼 주 만에 동이 나버렸다, 하지만 사실 그들은 꿀이나 가시나무 젤리, 까치밥나무 시럽은 필요하지 않았다, 그들은 단지 감시인과 이야기하고 싶었을 뿐, 가능하면 매일, 산 위에서 혹시나 새로운, 특별한 사건이 있었나, 가장 먼저 듣고 싶어 했다, 하지만 아니다, 감시인은 이 모두 두려워할 것은 없고, 겁먹을 필요도 없다고 설명했다, 늑대들이 여기에 나타난 일도 그 나름대로 상당히 자연스러운 일이다, 왜냐하면 멸종된 늑대를 바이에른과 브란

299

덴부르크에 재정착 작업한 지가 이미 몇 년이 되었기 때문이
다, 그리고 분명 작센에도 나타났으리라 짐작할 수 있고, 작센
에서 이곳으로 흘러들었을 것이다, 독일은 더 이상 예전과 같
지 않다, 감시인이 말했다, 100년 만에 없던 늑대들이 다시 돌
아왔다, 글쎄, 자신은 이런 일이 잘못되었다고 보지 않는다,
그들 입장에서 보면 대신에 몇몇 특정 개인들을 훨씬 더 두려
워할 것이라고 말했다, 켐니츠 재판이 어떻게 되었는지, 할레
에서 벌어진 지옥 같은 아수라장*을 생각해보세요, 글쎄, 이
런 걸 두려워해야지요, 그런 범죄자들이 다시 우리 사이에 등
장하는 일이, 언제든 가능하니까, 이게 다인 줄 아느냐, 옛 독
일이 과거지사에 속할 뿐만 아니라 유럽과 지구도 예전과 같
지 않으니 이도 무서워하고 공포에 떨어야지요, 지금 모든 것
이 바뀌었어요, 모든 것을 파괴해버렸으니까, 그리고 파괴한
사람들은 여러분 자신입니다, 감시인은 목청껏 열변을 토했다,
자신을 가리키며, 한편으로 생태적 균형을 옹호하려는 사람

---

* 켐니츠 재판: 2018년 작센 주 소도시 켐니츠 시 축제에서 시비 끝에 독일인이 시
리아와 이라크계 난민 청년들에게 살해되고 부상을 입자, 네오나치 주축으로 시위를
벌이고 난동을 부렸다. 점점 세를 더해가며 1만 명 넘게 모든 정파의 극우 세력이 운집
하여 시위 및 파괴 행위를 이어갔다. 반나치 시위 역시 대규모로 열려 서로 대치, 싸움
으로 번지기도 했다. 켐니츠는 난민 반대를 외치는 극우파의 세력이 커서 관련 사건과
시위가 빈번한 편이다.
할레에서 벌어진 아수라장: 2019년, 극우파 반유대주의자가 할레 유대교회당을 공격
하려다 사제폭탄에도 문이 터지지 않자, 지나가던 행인과 근처 케밥 가게에 난사하여
사상자를 냈다.

들은 이 문제에 대해 결코 발언권을 갖지 못했고, 지금도 참견하지도 못하고 있고, 앞으로도 갖지 못할 것입니다, 이전에도 그들 말을 듣지 않았고, 지금도 그들 말을 듣지 않고, 앞으로도 듣지 않겠지요, 그런데다 이미 늦었습니다, 그렇습니다, 선지자처럼 감시인은 열을 띠고 말했다, 그리고 카나의 주민들이 매일 밤 안에 틀어박히는 일은 잘하는 일입니다, 왜냐하면 옛 세상은 끝났고 모든 사람이 집에 있는 것이 훨씬 나으니까요, 그게 답니다, 그는 오늘치 마지막 꿀단지와 당절임 보존 식품 병을 팔고 수금하고서 지프를 타고 카미쉬를 따라올라 그로스퓌어슈츠를 향했다, 카나 주민들은 꿀 항아리를 가지고 집으로 물러났고, 곧 그럴 수 있는 사람들은 낮 시간에도 문 닫아걸고 틀어박혀 있는 일들이 번지기 시작했다, 물론 링어는 오로지 이 모든 일을 완전히 불필요하고 근거 없는 히스테리로만 보았다, 그는 여기 사람들 사이에 정확하게 누가 이 두려움을 부추기고 누가 공포를 퍼뜨리는지 이름을 지목하였다, 나는 그 감시인이 그런다는 뜻은 아니라고 예나에 있는 친구들에게, 이제 아물어가는 상처로 차에 탈 수 있을 정도가 되자, 만나러 나가, 기회를 틈타고 시류에 얹혀서, 얼마나 이문 남기는지 그 가격이야 나도 모르겠지만 그저 꿀을 팔러 다닐 뿐이라고 말했다, 아니다, 그는 웨이터가 앞에 놓고 간 작은 접시에서 소금에 절인 땅콩 두 개를 집어 들고 계속해서 말했다, 나는 보스를 염두에 두고 한 말이다, 이 괴물은 애초부터 바흐 기념관과 관련된 이 추악한 사건 배후에 있다고 나는 확신했다, 내가 좀 더 알아낸 게 있는데, 그는 다른 사람들에게 가까이 몸을 기울였다, 그리고 이는 그냥 내가 처음 말했을 때처럼 단순한 의심이나 추측과는 차원이 다르다, 이 보스란 놈은 이 기념관이 훼손된 곳마다 나타난다, 그는 아이제나흐에 있었고 뮐하우젠에도 있었고, 그는 베흐마르에 있었고 오르드루프에 있었다, 이런 끔찍한 그래피티 중 하나가 발견된 후 몇 시간 뒤에는 그가 항상 그곳에 모습을 드러내었다, 봐라, 진짜 영리하기 짝이 없다, 왜냐하면 매번 수선해달라고 불려가는 이가 그 사람이었다, 링어가 말했다, 그가 정말 교활하고 비열한 인물이란 뜻이다, 그리고 요한 제바스티안 바흐와 튀링겐의 모든 선의의 사람들이 보호받아야 하니, 다시 한번 우리끼리 조직화해야 한다고 그는 제안했다, 손 놓고 볼 수 없다, 우리는 그들에게 튀링겐인의 고향을 내줄 수 없다, 링어의 목소리가 갈수록 날카로워졌다, 이 정도면 조직화가 진정으로 시작되기에 충분하다, 무엇보다 먼저 시위를 하자고 결정되었다, 10월 3일 독일 통일 기념일보다 더 적합한 날도 없어, 그렇게 약 180명, 또는 혹자의 추산에 따르면 300명 정도가 이날 모여 에르푸르트 중심가를 행진했다, 모든 선의의 사람들이 와서 동참하라, 적힌 포스터를 카나에 게시하고, 입소문으로 메시지를 퍼뜨렸지만, 카나에서는 아무도 오지 않아 링어의 속이 쓰라렸다, 훨씬 더 많은 사람을 기대했고, 훨씬 더 큰 용기를 기대했는데, 링어 씨는 토로했고, 링어 부인도 그의 말에 동의했다, 그녀는 카나 주민들의 비겁함을 그냥 보고 넘기기 힘들었다, 그들은 겁쟁이들이기 때문이라고 그녀는 남편에게 말했다, 크나큰 문제점은—지금은 내 입 꾹 닫아걸고 있지만은 않겠다—여기 모두가 겁에 질려 똥줄이 탄다, 마음이야 고운 사람들이지만 문제가 생기면 누구 하나 감히 나서지 않는다, 너 말이지, 너는 어디 있었어? 그녀는 시위 후 플로리안을 힐문했다, 아, 플로리안은 쾌활한 표정으로 대답했다, 먼저 아침 식사를 했습니다, 빵 두 개와 우유 반 리터, 평소처럼요, 그런 다음 보스가 집에 있는지 확인하기 위해 보스 댁에 들렀는데 집에 없었어요, 그런 다음 작은 다리로 걸어 내려가 잘레 강 졸졸거리는 물소리를 오랫동안 들었고, 그릴호이젤에 잠깐 들렀고, 헤어프스트 카페로 걸어가서 쾰러 씨의 웹사이트를 클릭해서 내일 날씨 예보가 어떤가 보았고, 나가서 작은 벤치에 앉아 오후 4시쯤까지 거기에 있었어요, 그만하면 됐고, 링어 부인이 그의 말을 가로막았다, 왜 너는 에르푸르트 시위에 동참하지 않았는지 물었다, 이런 일들은 너에게는 중요하지 않니? 시위요? 플로리안은 그녀를 감탄스러워 바라보았다, 그래, 링어 부인이 화를 내며 대답했다, 하지만 저는 보통 시위에 가지 않습니다, 아시지요, 링어 부인, 보스도 몇 년 전에 저를 부른 적이 있었어요, 보스와 그의 동료들이 이런 일에 참가했을 때요, 하지만, 플로리안은 저항의 표시처럼 두 손을 들어 올렸다, 나는 안 간다고 했어요, 인정을 기대하며, 그는 링어 부인을 자랑스럽게 바라보았다, 저는 시위에 가지 않습니다, 거기서 뭘 어떻게 해야 할지 모르겠어요, 그런데, 너는 그 사악한 사람들이 꾸미는 꿍꿍이들이 조금도, 전혀 반감이 들지 않아? 링어 부인은 비난조의 앙칼진 목소리로 물었다, 이해가 안 갑니다, 플로리안이 대답했다, 정말 이해가 안 가요, 보스와 저는 이 모든 일에 전혀 말이 안 된다고 생각하기 때문입니다, 그리고 우리는 누가 그런 짓을 하는지, 왜 하는지, 언제까지 할지 몰라요, 우리도 전혀 종잡을 수가 없어요, 알다시피, 링어 부인, 요한 제바스티안 바흐의 기억이 보존된 바로 그런 장소에 낙서를 지우는 일은 그렇게 좋은 기분은 아닙니다, 이미 말씀드렸는지 모르겠지만, 전에는 귀머거리에 들으나 마나라, 바흐 음악에서 그냥 아무것도 들리지 않았습니다, 그렇다 하더라도, 아시다시피, 매주 토요일 리허설 때 그 자리에 앉아 있어야 했지만, 아니, 그 자리에 앉아 있는데, 플로리안은 변함없이 빛나는 시선으로 링어 부인을 바라보았다, 자리를 지키고 앉아 있어요, 이를 어떻게 표현해야 할까요? 나는 바흐 한가운데 앉아 있었고, 내 주변은 아름다운 소리로 가득 차 있었는데, 아무 일도 없었어요, 나는 이러한 리허설 어디에서도 귀를 열지 않았어요, 오로지 최근에, 물론, 이건, 그는 갈수록 허탈해하는 링어 부인에게 계속 설명해나갔다, 서서히 귀가 트이는 게 아녜요, 번개처럼 번쩍하고, 마치 무언가 귀를 틀어막고 있어 아무것도 들리지 않다가 갑자기 막고 있던 귀가 뻥 열려 모든 게 들리는 것과 같아요, 그런 일이 제게 일어났어요, 그때부터 연주가 되지 않는데도 항상 바흐 음악이 들려요, 그러니까 기억을 통해서요, 상상해보세요, 링어 부인, 제가 잘레 강둑에 있는 작은 벤치에 앉아 강물이 찰랑거리는 소리를 듣는데, 그때도 마치 바흐의 작품 하나를 듣고 있는 것 같아요, 제가 기억하는 건 소리뿐이지만 들려요, 아니, 멜로디가 들린다고 해야 하나, 혹은 보스와 차를 타고 일하러 갈 때도, 그때도요, 제가 일하고 있을 때도, 화학 물질을 뿌리고 그래피티를 닦아내고 있을 때도, 그때도 기억해요, 항상 떠올라요, 자고 일어나도 가장 먼저 떠오르는 생각이, 특히나 뤼러 선생님이 돌아오신 후로, 자고 있어도 밤새도록 바흐의 음악을 떠올리고 있었다는 기억이 나요, 그런 식으로 늘 그래요, 다만 너무 시끄러우면, 떠오르지 않아요, 한번은 예나에 갔다가 데모를 지켜보는데, 아주 무서울 정도로 소음이 심했어요, 이전에는 사서 아주머니가 보스와 동지들과는 제가 나중에 문제에 휘말릴 수 있는 일은 절대 하지 말라는 충고를 쫓아서 데모에 가지 않았는데, 지금은 그 이후로 너무 시끄러워서 데모에 가지 않아요, 그러면 바흐가 기억에 안 떠오르기 때문에, 플로리안은 계속하려고 했는데 링어 부인은 고개를 절레절레 흔들었고 그녀는 플로리안이 바흐와 데모에 대한 모든 것을 가능한 한 철저히 설명하려고 하는 노력을 멈추지 않을 수 없을 때까지, 계속 고개를 흔들었다, 그녀는 플로리안이 왜 그가 거기에 갔어야 했는지 결코 이해하지 못하리라는 것을 알았고, 확실히 플로리안은 대화 후에 조금 양심의 가책에 마음이 좋지는 않았지만, 이 이야기는 다시는 꺼내지 않았다, 그 문제는 단지 소음 때문만이 아니라, 이번 데모 문제로, 보스의 분노가 자신에게 향하는 일을 초래하고 싶지 않아서였다, 그에게 더 일찍, 물론, 그보다 더 이전에, 의뭉스러운 링어 같은 이런 사람들이 튀링겐에 문제를 불러들인다, 그들 모두 한구석에 몰아넣어야 하는데, 알겠지?! 다시, 로이히텐부르크 아래로 데려다 놓아야 해, 이런 시위를 허용할 게 아니라, 깡그리 잡아들여야지, 그런 시위는 독일인이라고 자부하는 이들 누구에게나 수치스럽고 부끄러운 일이라고 한 적이 있기 때문이었다, 그래서, 아니, 플로리안은 결코 에르푸르트에 갈 생각이 없었다, 링어 씨 차에 공간이 혹여 있어, 하지만 천부당만부당하게 안 그랬겠지만, 그가 시위에 갔다, 보스가 알아내어 일을 더욱 사납게 꼴 필요는 없었다, 그는 그렇게 할 수 없었다, 게다가, 링어 부인과 그녀의 남편은 꿈에도 알지 못하지만, 보스도 똑같이 스프레이어에게 반발하는 사람이었고, 그들과 똑같이 스프레이어가 잡히기를 원했다, 그런 관계로 플로리안의 관점에서 보기에 서로 큰 오해가 있었다, 서로 말을 하지 않은 탓에 그런 일이 생긴다, 플로리안은 오랫동안 링어 부인과 보스, 보스와 링어 부인이 화해하기를 바랐지만 둘 다 요지부동이었다, 그런 연유로 최근에 플로리안은 의견 차이를 둘이 논의해보면 좋지 않겠느냐, 말 꺼낼 엄두도 내지 않았고, 그래서 이제 에르푸르트에서의 시위 이후 플로리안은 어떻게든 그 주제가 나오면 뭐든 말을 잘못해서는 안 되니까, 기민하게 조심하고 있었는데, 더 이상 그쪽으로 말은 나오지 않았다, 적어도 그가 무언가를 말해야 하는 상황으로 대화에 오르지는 않았다, 바흐가 남았다, 항상 그의 머릿속에, 그의 귀에, 그의 마음에 머물렀다, 정확하게 그런 표현으로 총리에게 보낸 새 편지를 시작했다, 최근의 상황을 그녀에게도, 사실 누구보다 먼저 그녀에게, 퀼러가 석방되었다고 알리는 것이 온당하다고 생각했다, 그리고 그, 플로리안은 이 일에 대해 누구에게 감사해야 할지 알고 있으며, 총리에게 진심에서 우러난 감사를 드리는 바다, 하나 그가, 퀼러 씨의 충실한 신봉자로서 이 결정의 효력이 발생할 때까지 겪었던 일을 상상하기 어려울 수도 있으리라, 그는 새롭게 자유의 몸이 되었고, 물론 퀼러는 이에 대해 말하지 않는다, 그는 마당에서 자신의 기구들을 점검하고 웹사이트를 관리하고 컴퓨터에서 다른 작업을 수행한다, 무언가를 하고 있다는 점 외에, 정확히 무엇을 하는지는 모른다, 플로리안은 퀼러 씨가 자신, 플로리안이 '이에 대해' 알기를 원치 않는다는 것을 눈치채고, '이에 대해' 플로리안은 퀼러 씨에게 물어본 적이 없다, 그 외에도 그는 아무 일도 없었던 것처럼 행동하기 때문에 그, 플로리안도 굳이 강요하지 않는다, 어쩌면 나중에 쾰러가 원한다면 모든 이야기를 들려줄 수도 있지만, 플로리안은 솔직히 말해서 쾰러가 어디 있었는지, 무엇을 하고 있었는지, 이전에 무슨 일이 있었는지, 풀려난 지금 무슨 일이 일어나고 있는지 그다지 관심이 없다, 오직 중요한 것은 그가 풀려났다는 것뿐, 그거면 족하다, 쾰러는 다시 그들 사이에 있다, 그리고 절대, 절대적으로 그는 총리에게 감사를 이루 말로 다 전할 수 없으며, 결코 충분히 선의에 보답할 수 없을 것이다, 하지만 메르켈 부인이 무엇이든 부릴 일 있으면, 지체 없이 기꺼이 발 벗고 나설 것이다, 그냥 연락만 달라, 모두 속히 처리될 것이다, 카나의 많은 사람이 그에게 사소한 문제들을 처리해달라고 찾아온다, 그는 수리하는 방법을 모조리 알고 있기 때문이다, 그는 톱질도 하고, 줄질하고, 나사를 끼우고, 나사를 풀고, 조립하고, 분해한다, 아무것도 문제가 되지 않는다, 그는 나무를 들어 올리고, 정원에서 무엇이든 자르고 가지치기를 할 수 있고, 물건을 옮기는 데 능숙하다, 한마디로, 메르켈 부인은 어떤 종류의 가정 내 잡일이라도 도움의 손길이 필요할 때 그에게 믿고 맡길 수 있다, 이런 정도는 그의 입장에서 보답 축에 들지도 않는다, 왜냐하면 그는 총리가 쾰러 씨를 위해 한 일의 그 막중한 무게를 따진다면, 어찌 보답해야 할지를 모르기 때문이다, 플로리안은 이 모든 것을 종이에 적었지만, 당분간 아직 기다리고 있었기 때문에, 안전보장 이사회에서 뭐가 일어나고 있는지 지켜보고 있었기에,

당장 편지를 보내지 않았다, 그는 가능한 한 자주 헤어프스트 카페에 가서 온라인 사전의 도움을 받아 UN 웹사이트를 들여다보고 현재 진행 중인 또는 예정된 안보리 미팅에 대해 알아보려 un.org의 관련 메뉴 항목을 살펴보았다, 곧 문제가 대중에게 공개되리라 확신이 점차 깊어졌다, 물론 모든 것이 그렇게 단순하지 않으리라 짐작했다, 전체가 준비를 다 갖춰야 할 가능성이 높을 테니, 시간이 오래 걸릴 수도 있지만, 분명히 밀실에서 비공개 협상이 진행되고 있다고 생각하며, 그는 헤어프스트 카페가 문을 닫을 때 매일의 말미에 노트북을 닫았다, 그는 한참 전부터 더 이상 노트북을 집으로 가져갈 필요가 없었다, 주인인 우타 아주머니가 네가 컴퓨터를 진짜 여기서만 사용한다면 집에 가지고 갔다가 다시 여기로 갖고 올 필요가 없다, 그녀는 노트북을 안전한 장소에 따로 모셔두겠다고, 뒤쪽 어딘가에 두겠다고 제안했고 이런 주선은 근사하게 돌아갔다, 우타 아주머니도 플로리안을 매우 좋아했다, 그녀는 그를 항상 최애 단골이라고 불렀다, 항상 플로리안이 들어오면 여기 내 최애 단골이 오네, 라는 말로 맞이했고, 그에게 가진 신뢰 또한 남달라서 때때로 아이스크림 시즌이 절정에 달할 때, 근방 학교들 학기 첫날이나 마지막 날 또는 기타 기념일이나 축제일에, 여가 시간이 나면 그를 도와달라고 청하기도 했다, 이런 때는 아이들이 평소보다 훨씬 더 많은 인파를 이뤄 헤어프스트 카페에 몰려들었고, 당연히 플로리안은 혼

쾌하게 일을 떠맡았다, 그는 아이스크림을 퍼담아주는 일을
몹시 좋아했고, 다루는 법도 금방 손에 익혀, 얼마 안 가 우타
아주머니는 그에게 장부외거래로 네 시간만 일을 해주면 그
소름 끼치는 인간으로부터 받는 만큼의 돈을 주겠다고 제안
하기도 했다, 하지만 플로리안은 보스 혼자로는 버거워 떠날
수 없으니 남는 시간에 도와주는 것이 좋겠다고 대답했다, 그
래서 가끔, 틈이 나면 가끔 아이스크림을 아이들에게 퍼주는
일을 했고 마침 우타 아주머니가 보지 않으면 동그랗게 솟아
오르게 듬뿍 담아주었다, 즉, 우타 아주머니가 엄격하게 꼭
지키라고 가르친 것과 달리, 아이스크림 스쿱으로 말끔하게
깎아내지 않고 내주었다, 플로리안은 물론 보스와 남았다, 그
들은 근거리 및 원거리 지역의 주소들을 다니는데, 그러다 예
나의 쇼핑 거리에서 큰 폭발이 일어나고 아홉 명이 부상을 입
는 일이 있었다, 그러자 보스는 당해도 싸다고 말했고, 그러다
줄의 시장 광장 옆에서 두 번째 폭발이 있었다는 말을 들었을
때, 마침 자동차 라디오 방송에서 막 그 소식을 접하는데, 보
스는 단지, 그러니까, 이제야 관심이 가나 보지, 머저리 새끼들
아, 욕을 퍼부어 플로리안은 어리둥절한데, 이에 덧붙여 보스
가 이 두 폭발이 동일한 반국가 테러 단체가 한 짓일 거라고,
설명했다, 튀링겐을 파괴하려는 같은 단체 짓이지, 평범한 독
일인들을 자유주의 헛소리 사탕발림으로 물들이고 있는 놈
들과 같은 놈들이야, 그리고 보스는 언성을 높였다, 이제 사람

310

들이 제정신을 차리겠지, 젠장, 우리가 여기서 지켜야 할 것이 있다는 것을 깨닫기도 깨닫고, 더군다나, 보스가 화가 나서 핸들을 두드리자 손가락에서 담배가 바닥에 떨어졌고, 몇 초 동안 한 손으로 핸들을 잡고 운전하면서 손을 아래로 내려 차 바닥에서 담배를 집어 올리고, 밖으로 던졌다, 더군다나 마침내 뭐라도 나서서 하려고 하겠지, 알겠어? 최소한도로, 마침내 이 엉덩이를 긁어대는 호모 자식과 그 외 잔챙이들 상대로 '뭔가' 손을 보겠지, 보스처럼, 작은 부대 역량만으로는 원하는 결과를 얻을 수 없었기 때문이다, 하지만 며칠 후 보스가, 그렇다고 그들이 멈추겠다는 뜻은 아니라고 말했다, 아니, 우리는 멈추지 않아, 오히려 더 큰 목적을 향해 계속해나간다는 거야, 방향을 확실히 잡고서, 이해하겠어? 플로리안은 당연히 이해하지 못했기 때문에 그저 고개만 끄덕였다, 그러고 나서 그들은 할 일이 남아 있던 일메나우로 운전해 가면서 다시 한번 라디오 보도를 들었다, 평소처럼 라디오는 계속 틀어놓고 있었는데, 예나에서 불법 그래피티 갱단의 젊은이들을 몇몇 사람들이 심하게 폭행했다는 내용의 발표였고, 보스는 즉시 볼륨을 높였다, 전날 밤 예나 대학교 근처에서 신상 불명의 몇 사람이 불법 낙서로 건물을 훼손한 것으로 의심되는 젊은이들을 공격했다, 이제 일이 어떻게 돌아가는지 보이지, 보스는 이를 갈며 으르렁거렸고, 이 시점 이후로 일이 중단되었다, 보스는 플로리안에게 하루도 빠짐없이 날마다 국가를 연습하고 오스트슈트라세에서 쾰러 씨의 날씨 측정 기구들을 조용하게 만지작거리거나 그 좋을 대로 아이스크림을 퍼주고 있으라고 했다, 왜냐하면 한동안 벽 청소는 하지 않을 예정이니 너에게 이것은 유급 휴가를 의미한다, 너는 40유로 받아라, 나는 할 일이 있다, 국가가 다른 곳에서 나를 더 필요로 하니까, 그리고 보스는 플로리안을 보았다, 그가 보스의 얼굴에서 이렇게 단호하고 비밀스러운 표정은 거의 본 적이 없는, 아주 드문 일이었다, 종종 보스는 뭔가 숨기고 있는 척했지만 항상 그런 척 장난으로 드러났고 혹은 플로리안에게 바로 말하지 않은 것이 있으면 항상 이를 말하지 않고 비밀에 부치는 일에 좀이 쑤셔 보스가 먼저 털어놓았다, 그래도 최근 전개 상황을 비춰볼 때, 너무 위험해서, 보스는 어느 금요일 저녁 부르크에서, 플로리안은 끌어들이지 않을 거라고 단언했다, 플로리안은, 당신들도 알잖아, 그는 무해하지만 예측할 수가 없어, 아직도 녀석은 불쑥 뭐든 털어놓겠지, 이 말에 다른 사람들은 플로리안은 어떻든 전혀 신뢰하지 않았기 때문에 만장일치로 동의했다, 위르겐이 놀려먹는 말처럼 근육질 고질라지만 그는 그들 사이에 속할 유형의 사람이 아니었기 때문이었다, 게다가 그들은 그에게 꽤나 반감이 들었다, 왜냐면 대체 어떤 사람이기에 아버지나 어머니가 없느냐? 프리츠는 플로리안이 보스 덕분에 호호하우스로 이사 들어갔을 때 그런 말을 했다, 저런 놈은 필요없다, 좋은 애국자 되기는 글러먹었다, 그들끼리 있을 때 이런 말들을 나눴고, 그게 플로리안에 대한 그들의 의견이었다, 그래서 이제 보스는 플로리안을 서랍에 넣고 자물쇠의 열쇠를 돌렸고, 그는 열쇠를 버리지 않고 주머니에 넣고 다녔고, 그게 다였다, 그리하여 그쪽으로는 당분간 잠가두었다, 한편 이 시점부터 플로리안은 주변에서 무슨 일이 일어나고 있는지 전혀 알지 못했다, 더 이상 리허설에 참석할 필요도 없었고, 일할 필요도 없었고, 원하는 것은 무엇이든 할 수 있었다, 그가 원하는 것은 가능한 한 자주 퀼러 선생님 옆에 있고, 몇 시간을 링어 부인과, 낮에도 도서관에서 지내고, 호프 부인 댁에 더 자주 들여다보고, 오래 머물렀다, 호프 부인은 자신으로서는, 이런 점에 가족까지 또한 포함해서, 자신은 아주 두렵다고 말했다, 지금까지는, 그녀는 손수건을 움켜쥐고 고개를 흔들고 깊은 한숨을 쉬었다, 지금까지는 그저 무슨 일이 일어날지 생각에, 이러면 어쩌나 저러면 어쩌나 걱정하고 또 걱정만 했지, 하지만 플로리안, 네가 믿든 안 믿든 지금 내가 느끼는 것은 순전한 공포야, 물론 늑대도 두렵고 물론 나치도 두렵지만, 사실은 갑자기 테러리스트들이 여기 우리도 폭파하기 시작할까 봐 두려워, 상상을 한번 해봐, 우체부가 〈오스트 튀링어 차이퉁〉 지를 배달하자마자 이를 집어 들어 멀리 숨겨 두고, 우리가 거실에 있으면 TV조차 못 켜게 한다, 사람들이 언제 켐니츠 재판에 대해 이야기를 시작할지 모르기 때문이다, 남편이 정말 걱정이다, 너도 잘 알잖니, 남편은 평화와 조용함만을 원하고 내 할 일은 사랑하는 사람이 이 평화와 조용함을 누리도록 보장하는 것인데, 왜냐하면 나는 여전히, 괜히 입 밖에 꺼냈다가 부정 탈까 무섭다만, 감사하게도 나는 여전히 건강하고 일이 아직 힘에 부치지 않아, 솔직히 말해서, 이미 할 일이 그렇게 많지 않아, 아침 식사를 처리하고 방을 잘 정리 정돈하는 정도야, 청소부가 육체적인 일은 나 대신 맡아 하지만 너, 플로리안, 너는 어떻게 생각하니? 호프 부인은 질문조로 그를 쳐다보았다, 저요? 플로리안은 활기차게 대답했다, 특별히 드는 생각은 없어요, 우리가 폭발을 두려워할 필요가 없다고 생각합니다, 아, 아니고말고요, 그는 이전보다 더 쾌활한 시선으로 호프 부인을 바라보았다, 그런 일 있기에 여기는 너무 작아요, 물론 에르푸르트나 예나, 라이프치히, 플라우엔에서는 일어날 수 있어요, 그곳들은 달라요, 거기면 모를까 여기 카나에서? 저로서는 상상이 안 가요, 하지만 원하신다면 보스께 여쭤볼게요, 보스는 분명 여기서는 두려워할 게 없다고 말씀하실 테고, 그러면 안심하셔도 될 거예요, 누구든 믿을 만한 사람이 있다면 당연히 보스죠, 아, 아니야, 다 믿어도 그는 안 돼, 플로리안, 호프 부인은 손을 꽉 쥐었다, 그 사람은 생각도 하지 마라, 아니, 아니, 차라리 아무 말도 하지 말걸 그랬구나, 엄두도 내지 마! 그리고 그녀는 플로리안에게 위협적으로 검지를 흔들며, 아무 말도 하지 마, 단 한 마디도, 아, 그녀는 갑자기 일어섰다, 내가 이 말을 꺼냈다니 어처구니없다,

잊어버려, 그리고 플로리안을 배웅했는데, 그는 아무 말도 하지 못했다, 사실, 호프 부인이 아주 급하게 내쫓듯이 문밖으로 바래다주었기 때문에 그는 말을 할 수도 없었다, 그래서 그가 떠날 때 그는 도착했을 때처럼 명랑한 기분이 아니었다, 그는 다음에 그녀를 볼 때 호프 부인을 어떻게 안심시킬 수 있을까, 머리를 짜내며, 예나이셰 슈트라세를 따라 걸어갔다, 어쩌면, 갑자기 생각이 떠올랐다, 호프 부인도 바흐를 들어보라고 설득해볼 수도 있지, 이것이 최선의 해결책일 거야, 왜냐하면 세상 어디에도 바흐보다 위대한 마법사는 없으니까,

솟아오르게 듬뿍 담아주었다

그리고 그는 어느새 되돌아와, 어느결에 가르니에서 벨을 누르고서, 이미 인터콤에 대고 말하고 있었다, 오, 다시 폐를 끼쳐 죄송합니다, 호프 부인, 음악을 틀 수 있는 장치 갖고 계신지 여쭤보려고요, 뭐? 떨떠름한 목소리가 들렸다, 플로리안은 천천히 그리고 더 큰 소리로 질문을 반복했고 대답이 왔다, 우리는 거실에 하이파이 스테레오가 있는데 그걸 어디에다 쓰려고? 아, 제가 쓰려는 건 아녜요, 플로리안이 대답했다, 나중에 설명드릴게요, 그 말과 함께, 그는 작별 인사를 했는데, 인터콤에서 별다른 대꾸가 없었다, 호프 부인은 부아가 나서 그랬다, 요즘 그녀는 대체로 부아가 돌아 골을 냈고, 지금 같아서

더는 감당 못 할 일이, 플로리안이 뭐라고 쑥덕거리고 일러바치는 일이었다, 그런다면 얼마 지나지 않아 어느 야밤에 길 건너편에서 건너와서, 이미 예전에 있었던 일처럼, 가르니 대문을 걸어차기 시작할 터였다, 호프 부인은 이 일을 더는 가만히 보고만 있지 않기로 결심하고 프리드리히-루트비히-얀-슈트라세에 있는 링어의 수리점으로 찾아갔다, 왜냐하면 그는 부르크슈트라세 사람들에게 몇 번이고, 늘 어깨 당당히 펴고 맞서는, 그녀가 알기로, 유일한 사람이었다, 그녀는 또한 그에게 의지하며 도움을 청했던 사람은 늘 도왔다는 소문도 들었다, 듣던 대로 실망스럽지 않았다, 링어가 즉시 수리하던 일을 제쳐두고 그녀를 수리점으로 맞아들였고, 자리에 앉히고 물 한 잔을 앞에 놓았다, 안심하십시오, 어르신, 저는 이 악당들이 더 이상 처벌받지 않고 뻔뻔하게 날뛰는 동안 두 손 놓고 앉아서 지켜만 볼 사람이 아니니 걱정하지 마십시오, 그리고 어르신 생각이 맞습니다, 그늘진 얼굴로 그가 말했다, 최근의 끔찍한 사건으로 보면, 시민 연대와 결속이 필수 불가결하다, 똑똑히 드러났습니다, 이들을 종식할 그런 시민 연대가 이미 존재하니, 제 말 믿어주십시오, 이 말로 호프 부인을 돌려보냈지만, 그녀는 이 대화 후 더욱 불안한 상태로 집으로 돌아와, 문을 잠그는 일만이 아니라, 전에는 거의 사용한 적이 없던 철제 빗장으로 바리케이드를 쳤다, 한편 링어는 연방헌법수호청에 있는 지인에게 전화를 걸었고, 그는 매일 일반 시민들이 자신이 공들이던 모든 것이, 지금까지 쌓아 올린 모든 것이, 그리고 지금까지 확실하다고 믿었던 모든 것이 현재의 혼란스러운 정치 상황에서 모두 무용지물이 되지 않을까 두려워서 그를 찾아온다고 보고했다, 그 후 그는 하던 일로 돌아가 2010년식 포드 차량에 새 필터를 설치했고, 한편 플로리안은 자유 시간을 활용하여 11시 30분 버스를 타고 예나로 이동했다, 카나이세 슈트라세에 있는 미스터-뮤직 매장에 갔고, 1유로 염가판매대에서 그가 찾던 것을 즉시 발견했다, 왜냐하면 그는 위대한 수난곡이나, 위대한 오르간 협주곡이나 위대한 바이올린 협주곡으로 호프 부인이 시작해서는 안 되고, 〈브란덴부르크 협주곡〉이나 〈보 졸 이히 플리헨 힌(어디로 내가 달아나리오)〉, 〈블레이브 베이 운스, 덴 에스 빌 아벤트 베르덴(우리와 함께하소서, 곧 저녁이 다가오는 까닭이라)〉, 〈덴 두 비어스트 마인이네 젤레 니히트 인 데어 휠레 라센(당신은 나를 지옥에 내버려두지 않으시기에)〉 CD가 나을 테니까, 그는 이 세 개 칸타타가 담긴 CD를 발견했다, 껍데기는 오른쪽 상단에 약간 찢어졌고 플라스틱 케이스는 한 군데 금이 갔지만 CD 자체는 손상 없어 보였다, 이 CD와 함께 역시 할인된 2.5유로에 〈브란덴부르크 협주곡〉을 구입하고서, 그는 행복하게 집으로 돌아왔다, 이윽고 그는 예나이셰 슈트라세 길을 올라, 벌써 인터콤에 대고 행복하게 말을 넣고 있었다, 전데요, 인사차 들렀어요, 호프 부인, 다름 아니라, 화내지 마시고요, CD 두 장을 가져왔는데 꼭 들어보세요, 우편함에 넣어놓을게요, 그리고 플로리안은 손상 가지 않도록, 아주 조심조심 우편함에 넣었다, 그러고 나서 그는 기분 좋게 시내로 돌아가며, 호프 부인이 CD에서 들은 음악에 즉시 사랑에 빠질까, 아니면 그 음악에 더 가까워지려면 시간이 필요할까 궁금해했다, 왜냐하면 이를테면 그와 같은 경우에, 개별 작품들이 그의 머릿속에 남았을 때만이 아니라, 그는 점점 더 깊이 탐구하기 시작했을 때, 바로 심장에 파고드는 작품들도 있었고, 처음에는 그에게 크게 미치지 않았지만, 나중에야, 여러 번 시도한 후에야 파악이 되는 작품들도 있었다, 말하자면, 그로서는 도저히 도달할 수 없도록 음악 속에 얼마나 깊이 숨어 있는지 파악했다는 것인데, 물론 그의 경우에는 "파악했다"는 단어가 실제 상황을 표현하는 말은 아니었다, 바흐에 대해 그 자신의 관계라고 할 만한 것이 없다고 느꼈기 때문이었다, 바흐와 자신은 연결되는 그런 관계가 없었다, 그가 바흐의 음악을 들을 때마다 그 속에서 그 자신은 소멸해버렸다, 바로 그 순간에 그 자신을 벗어나 사라졌고, 바흐가 넘겨받아 그를 지배했다, 즉 바흐가 말을 하면 듣고 있는지는 중요하지 않았다, 바흐가 말을 하면 조용히 그가 들었기 때문이었다, 더 정확하게는 바흐가 말을 하면 듣는 사람은 필요 없다고 플로리안은 믿었다, 아무도 듣지 않아도 바흐는 말을 하고 있다고, 계속 바흐는 말을 하고 있고, 때로는 사람들이 그의 말을 듣는다, 하지만 바흐는 말을, 계속해서 말을 하고 있다, 바흐가 어느 순간 말을 시작하자, 그 이후로 멈추지 않았고, 바흐와 같은 사람들은 어느 시점에서 말하기 시작하면, 그들은 결코 멈추지 않는다고 플로리안은 생각했다, 그들 그리고 튀링겐에 있던 모든 다른 사람들, 전 세계 모든 사람의 유일한 임무는 가능한 한 많이 듣는 것이었다, 천재들과 항상 이런 식이라고 그는 생각했다, 그리고 그는 이것을 식탁 위에 두었던 A4 종이에 적었다, 나중에 수상에게 보내는 편지로 쓰려고 그 위에 두었던 것은 아니었다, 왜냐면 그는 이미 다른 A4 용지에, 자신이 메르켈 총리에게 요한 제바스티안 바흐도 협상에 포함시켜야 한다고 권유했을 때 그가 생각하고 있던 바를 더 정확하게 설명할 필요성이 느껴지자, 여전히 이 견해를 고수하고 있다고 쓰는데, 다른 모든 편지와 마찬가지로 A4 용지의 상단 모서리부터 시작했지만, 이번에는 완전히 꼭대기부터, 맨 위 가장자리에 공간을 남기지 않고, 심지어 종이의 왼쪽 상단 가장자리에 주소, 베를린 10557, 빌리 브란트 슈트라세 1, 독일연방공화국 총리 앙겔라 메르켈 앞도 없이, 적어 나갔기 때문이었다, 왼쪽 위 끄트머리에서 바로 시작했고, 왼쪽에도 그리고 그 줄 끝까지 여백을 두지 않고, 여분의 공간을 남기지 않고 A4 용지 전체를 완전히 채우며 아래 가장자리에 도달할 때까지 똑같이 진행했고, 그의 손 글씨가 종이 바닥에 닿을 때까지 달려, 오로지 이러다 식탁에다가 계속해서 써 내려가겠다 싶을 즈음에야 새로운 종이로 바꾸는데, 지금 그런 일이 벌어졌다, 왜냐하면 그는 음악 전반 작품의 모든 걸작을 익숙하다고 자부할 수 없지만, 더군다나 안다고 할 수도 없는 처지이며 솔직히 말해서 바흐 외에는 아는 음악가도 없었고, 바흐 이전에는 귀머거리였고, 바흐 이후에는 다른 모든 것에 귀머거리가 되었기 때문에 바흐가 작곡하지 않은 어떤 다른 종류의 음악은 아쉽지 않다고 자인해야 하리라, 이런 만남은 그에게 사람이 위대함을 가까이 붙잡는 경험을 선사했고, 그는 바흐에 사로잡혔고, 천재성에 사로잡혔다, 그래서 그는 다른 음악을 수박 겉핥기로 맛보는 일은 불필요한 일이라고 여겼다, 그에게 바흐는 음악이 아니라 천국 그 자체였다, 그는 총리가 지금까지 그가 쓴 모든 것을 이해한 것과 똑같이 정확하게 이해할 것이라고 확신했다, 그는 종교인이 아니어서, 천국에 대해 그런 식으로 생각하지 않는다, 솔직히, 총리가 그런 사람이라 다르게 보리라 알지만, 그래도 총리가 자신에게 화를 내지는 마시길 바란다, 그는 어린 시절에 종교와 접할 기회가 없었고, 성인이 되어 카나에 왔을 때도 어떤 종교를 가까이 할 기회가 없었지만, 이제 바흐와 가까워졌고, 그것은 모든 종교와, 적어도 그 안에 신이 있는 종교와 가까워졌다는 것을 의미했다, 하지만 이것도 중요하지 않았다, 왜냐하면 지금 필요한 것은, 그의 추정으로 지금, 분명 오직 비공개로 막후에서 일어나고 있을 여러 협상에서 바흐를 포함시켜 아우를 필요성을 총리가 분명히 이해하는 것이었기 때문이다, 이런 문제가 자신으로서는 안보리의 공개 의제로 예정표에 공개적으로 등장하기를 마음 졸이며 손꼽아 기다리기는 하지만 지금은 이런 일 논의하자는 게 아니라, 바흐 관련 문제를 중점으로 내세우고 싶다, 말하자면 왜 그는 바흐의 평생에 걸친 작품들은, 지속적으로 그리고 영속적으로 계속 들리는 이 음악은, 들을 수 있을 뿐만 아니라 이런 바흐 음악은 경험할 수 있는 하나의 영역이며, '진정으로 존재하는' 영역이라고 생각하기 때문이다, 그러한 영역을 알아보지 못하는 견해와는 완벽하게 모순이 되고, 더 나아가 그러한 영역이 존재하지 않는다고 부정하는 견해와도 모순이 되지만 그런 영역은 존재한다, 그 자체에 세계가, 식물, 동물, 광물, 그중에서도 그 존재를 인간의 정신만이 유일하다고 알아보는 사건 현상과 함께, 살도록 주어진 세계가 들어 있다, 그리고 그는 이것을 어떻게 알았는가? 부엌에서 플로리안은 A4 용지 위에 구부정한 자세로 앉아 질문을 던졌다, 즉, 우주가 훨씬 더 넓다는 것을, 그는 즉각 앞의 단어 의미를 구체적으로 덧붙여, 인간 정신이 존재한다고 받아들이는 범위보다 훨씬 광대하다는 것을 어떻게 알았을까? 그렇다, 저곳으로부터!!! 그에게 이를 보여준 사람이 바로 바흐였고 누구든 보여줄 수 있는 이도 바흐였다, 그리고 일상적인 의미 그대로 모든 순간순간 시간에 이것을 보여주고 있다, 그는 거기에서 이를 얻었다, 왜냐하면 바흐의 말을 듣는 사람은 누구나 그 영역을 감지하기 때문이다, 그는 이 부분까지 도달했지만, 이것은 그가 쓰고 싶었던 첫 번째에 해당할 뿐, 두 번째는, 지금까지 이게 그렇다고 한다면, 그리고 그러하기에 우주는 훨씬 더, 하지만 훨씬 더…… 크지도 않고 더 넓지도 않지만…… 훨씬 더 풍부한 전체성을 이룬다, '지금' 밝히는 바다, 이는 다른 관점을 통해서만, 과학의 관습과는 근본적으로 다른 관점으로만 파악이 된다, 그래도 비과학적이거나 반과학적이지 않으며, 그런고로 신비주의나 초월적이라거나 다른 어리석은 헛수작이 아니라 다른 관점을 통해 주어지는 실존체의 이미지다, 하지만, 다만 실재, 실존체의 구조 체계가 우리 앞에 없으며, 그 논리를 아직 지니고 있지 않아, 여기에서, 인과 체계 대신에 무엇이 존재하는지 알 수 없다, 여기서 그가 말하고자 하는 바는 이렇다, 안전보장이사회의 결정은 언제라도 뒤따를 수 있는 재앙에 대한 우려가 타당하다는 사실에 유의해야 하겠지만, 동시에 한편으로 우리가 감지하는 이 총체적 재앙의 무서운 그림자 속에서, 이 실존체 영역에서 보는 이 경험적 세상은 '개념'일 뿐, 현실이 어떠하리라고 여기는 그저 '개념'일 뿐이다, 총리 각하, 따라서 이 사랑하는 지구와 그와 더불어 우리가 생각하는 모든 것 그리고 우리를 둘러싼 우주는 다만 '오해'에 지나지 않는다, 현재 이 순간에는 "영역"이라는 말 외에 그가 다른 말은 도저히 찾을 수 없는 영역에 대한 '오해'일 뿐이다, 그러나 이 용어는 아무것도 전달하지 않는다, 우리에게 알려지지 않은 어휘나 문법으로 설명하기가 어렵기 때문이다, 하지만 바흐 속에 이 어휘와 이 문법이 들어 있다, 하지만 그가 이를 "신"으로, 혹은 "신앙"으로 지칭하건 여부는 중요하지 않다, 총리 각하, 플로리안은 갈수록 열렬히 써 내려갔다, 우리가 듣는 한, 우리가 그를, 바흐를 듣는다면 영역이 실제로 존재할 뿐만 아니라 거기에 이르는 길이 있다는 것을 확신하게 될 것이다, 그렇게 말할 수 있을지는 또 다른 문제이지만, 그렇지 않은가, 플로리안은 편지의 마지막으로 접어들었다, 이 시점부터 의심의 여지 없이, 다가오는 재앙을 처리하는 가장 적합한 방법은 안전보장이사회가 바흐를 듣는 것이요, 총리님도 바흐를 듣는 일이요, 안보리만 바흐를 들을 일이 아니라, 바흐는 보편적 효력으로 법제화하여 도입되어야 한다, 모든 텔레비전 방송국, 모든 라디오 방송, 모든 학교, 모든 백화점과 스포츠 경기장, 모든 공장, 모든 기차와 비행기와 버스와 보트, 모든 휴대전화와 모든 컴퓨터의 시작 화면에서 바흐의 음악이 나와야 한다, 수십억 명의 사람들이 무엇을 하고 있든지 간에 항상 바흐의 음악을 들어야 하며, 바흐가 공기처럼 되도록 하면, 우리가 공기가 질리지 않듯이, 사람들은 바흐는 질리지 않을 것이다, 바흐가 보이지 않게, 여기 지구상의 우리 삶의 끊임없는 부분이 되도록 해주십시오, 하지만 저는 이쯤에서 그만하겠습니다, 이것이 제가 귀하, 메르켈 부인에게 쓰고 싶었던 전부이고, 귀하가 카나를 방문하기를 진심으로 바라 마지않는다는 점을 덧붙이며, 단지 신호만 먼저 주시면 기차역이나, 말씀하시는 어디라도 기다리고 있을 것입니다, 카나 사람들에게 힘을 불어넣기 위해라서도 카나는 귀하를 절실히 필요로 합니다, 사람들은 두려워해야 할 것을 두려워하지 않고 대신 두려워하지 말아야 할 것을 두려워하기 때문입니다, 하지만 플로리안은 이미 마지막이 되었어야 할 페이지의 맨 아래에 도달했고, 불행히도 "사람들은 두려워해야 할 것을 두려워하지 않고, 두려워하지 말아야 할 것을 두려워한다"라는 글귀가 식탁 위로 밀려나버렸다, 플로리안은 글을 휘갈겨 쓰는 동안 무아지경에 빠져 있느라 그렇다는 것을 미처 알아차리지 못했다가, 편지를 멀리 밀어내고 의자에 등을 기대고 나서, 멀리서 보이는 종이조각을 쳐다보는데, 편지 마지막 줄이 식탁 표면에 적혀 있다는 것을 알아차렸다, 이제 어떻게 해야 할까? 다른 A4 용지에 마저 써? 그러면 모든 게 어떻게 보이겠는가? 마지막 줄이 마지막 페이지 아주 꼭대기에 들어가? 그 뒤로 "정중히 인사하며, 헤르쉬트 07769"라고 적어? 안 된다, 그는 마지막 페이지를 다시 베끼되, 줄 간격을 줄여서 다닥다닥 쓰기로 결심했고 그렇게 한 다음 페이지 하단에 편지 마무리 말을 집어넣은 다음, 다시 몸을 뒤로 젖히고 눈을 감고, 마음의 눈으로 자신이 쓴 모든 내용이 괜찮은지 검토했다, 그리고 괜찮다고 제법 만족하자, 다시 머릿속에서 가장 중요한 단어에 밑줄을 그었다, 귀머거리에, 다른 모든 것에, 경험에, 사로잡힌, 이건 두 번 긋고, 참여에, 진정으로 존재하는에,

듣는 사람에, 전체성에, 실존체의 이미지에, 개념에, 오해에, 길에 그리고 공기에 그었다, 마지막으로 그는 종이를 두 번 접었는데 이번에는 편지 종이가 너무 많아서 4분의 1 소형 규격 봉투에 들어가지 않았다, 종이를 펼쳐서 접은 자국을 없애려고 꾹꾹 눌렀다, 다음 날 아침, 그는 개점 시간에 맞춰 우체국 앞에 서 있었고, 그는 제시카가 편지에 맞는 반 크기 규격 봉투를 파는지 상당히 불안했지만 괜한 불안이었다, 제시카가 가지고 있었기 때문이었다, 여기 규격별로 다 있어, 그녀는 자랑스럽게 웃으며 플로리안이 봉투를 건네자 다시 한번 봉투에 적힌 주소에 눈길도 주지 않고, 저울에 던져 넣고는 1유로 50센트라고 했다, 그리고 1유로와 50센트를 받고 다시 만나서 반갑다고만 하고서 이미 그녀는 다음 사람을 카운터로 불렀다, 그때는 이미 많은 사람이 몰려들었고, 문을 거의 닫아둘 수 없을 정도였지만, 문을 열어두기에는 밖이 너무 추워, 줄이 왼쪽으로 삐뚤하게 뻗어 있었고, 폴크난트가 나와 줄을 정리했다, 여기는 우체국이니까, 여기저기 정신없이 흩어져 있지 말고 조금 더 가까이 다닥다닥 다가서라고 말했다, 그래요, 그렇게, 좋아요, 말 잘 듣는 대기자들을 추어올리고, 그는 사무실로 돌아갔고 한편 제시카가 계속해서 부지런히 편지에 소인을 찍고, 거스름돈을 세고 영수증을 발행하고 돈이나 신용카드를 받아 들었다, 뭐에라도 씌인 건지, 그녀는 마침내 점심 휴식 표시를 올려놓고 점심을 먹으러 플랫에 올라가서 이해

못 하겠다는 표정으로 남편을 바라보았다, 명절도 아니고, 아무 날도 아닌데, 사람들이 군대처럼 여기 떼 지어 몰려들어요, 진짜 진지하게 농담 아니고 하는 말예요, 그녀는 종이 봉투에서 샌드위치 하나를 꺼내 남편에게 주었다, 항상 점심으로 샌드위치를 배달시켜 때웠다, 그들은 저녁에만 제대로 된 식사를 할 시간이 있고, 30분의 점심시간에는 아무것도 할 여유가 없어서, 샌드위치와 커피가 다지만, 그 정도만으로, 그래도 그들은 여유롭게 식사를 했다, 폴크난트는 흐음 외에 아무 말 없이, 우체국에 왜 그렇게 많은 사람이 있었는지 자신의 생각을 말하지 않자, 제시카는 그를 가만히 두지 않고서, 입이 가득 음식을 물고서 그에게 다시 물었다, 내가 뭘 알겠어, 그는 그녀 말을 무시했다, 오늘은 사람이 많으면 많은 거지 뭐, 다 우연이겠거니 해, 그는 테이블 위의 음식 부스러기들을 샌드위치 쌌던 포장지에 쓸어 담았다, 어쨌거나 이 점심은 잉그리트 아줌마가 샌드위치와 커피를 챙겨 가져오는데, 그 어르신은 여기서 멀지 않은 데모크라티이라덴(민주주의 상점) 근처 마르가레텐 슈트라세에 살고 있었고, 우체국이 새 건물로 이전하자, 점심 휴식 시간이 너무 짧다는 폴크난트의 이야기를 우연히 주워들은 잉그리트 아줌마가 할 일도 없고 심심해서 죽을 것 같으니 너희 좋다면 아래층에 있는 후버트 베이커리에서 그들을 원하는 것들로 점심을 가져다주면 어떠냐고 먼저 제안했고 일이 그렇다 보니 그 제안에 동의했다, 그 후로 잉그리트 아줌마

는 그들에게 시계와 같았다, 왜냐면 제시카의 말처럼 잉그리
트 아줌마는 항상 정시에 도착해, 그들 머리 위에서 시계가 정
오를 치는 게 아니라 잉그리트 아줌마가 와야 정오에 시계가
돌기 시작하기 때문이었다, 아줌마는 정확히 정오 12시에 우
체국 문손잡이를 누르고 처음에는 두 개의 플라스틱 커피잔
을 조심스럽게 내려놓고 비닐봉지를 카운터에 놓고 샌드위치
두 개를 꺼내고 그녀는 마흘차이트(좋은 점심), 말만 하고는 사
라졌다, 이 시간대에는 수다를 떨 시간이 없다는 것을 알았기
때문이었다, 매일같이 이야깃거리가 넘치는 그녀로서는 어쩔
수 없다며 몹시 아쉬워도 받아들였다, 누군가와 대화하고 싶
은 일이 늘 주변에 일어나고 있었고, 그렇다고 도서관에서 링
어 부인만 주야장천 귀찮게 할 수는 없는 노릇이었다, 이런저
런 이야기들을 그녀와 나누었으면 좋을 것을, 특히 예를 들어
요즘은 모든 사람이 그러하듯 자신도 마음이 어수선한 폭발
이야기는, 왜냐면 다들 그 이야기 말고 다른 이야기를 안 하잖
아, 자신의 도서관 찾는 날에 링어 부인에게 그 말을 했다, 이
러쿵저러쿵, 여기 카나는 그놈들 둥지다, 우리 튀링겐은 모두
잠재적 테러스트로 가득하다느니, 그녀는 항상 "잠재적 테리
스트"라고 말했지만 아무도 고쳐주지 않았다, 잉그리트 아줌
마가 고독을 얼마나 견디기 힘들어하는지 모두가 알았기 때
문에 모두 잉그리트 아줌마가 무슨 말을 하든 그냥 내버려두
었다, 내 남편이 죽고, 아무 의심 없이 길 물어보던 관광객을

낚아채서 하소연했다, 불쌍한 사람 간 지도 17년이에요, 이후로 완전 홀몸으로 살아요, 이 다리를 하고서, 나는, 항상 사귐성 좋던 사람인데, 매일 우리는 손님을 초대해서 맞았는데, 내 남편 야노스도, 말벗 두기를 좋아했어요, 그이 간 후로 내 집에 드나드는 이들은 거의 없고 의사만 들락거릴까, 내 문제가 한두 가지여야 말이지, 이것 좀 봐요, 잉그리트 아줌마는 슬금슬금 갈 길 가려고 발 빼는 사람들을 붙잡고 하소연했다, 봐요, 정맥류로 가득해요, 이건 문제도 아녜요, 진짜 문제는 여기, 그리고 그녀는 윗배를 가리켰다, 뭐라도 먹으면 바로 트림이 올라와요, 그러고는 내려가지를 않아요, 세상에 도무지 체해서 내려가지 않아요, 다음 날에나 겨우, 그러니 대체 제가 뭘 어떻게 먹겠느냐고요, 말 좀 해보세요, 하지만 그걸로 막은 내렸다, 관광객은 마침내 벗어나 멀어지고, 잉그리트 아줌마만 거기 자신의 문제를 안고 남아서, 우체국이나 도서관 갈 일만 다시 기다릴 수밖에 없었다, 로스슈트라세에서 그녀는 아주 드물게 플로리안도 어쩌다 물고 늘어졌다, 플로리안은 제대로 된 청년이야, 그녀는 폴크난트 부부에게 말했다, 그는 즉시 도망치지 않아, 미안해요, 이걸 해야 해서, 저걸 해야 해서 이런 말 하지 않아, 그는 노인의 말을 잘 들어, 참 심성이 착해, 안 그러냐? 그러면 폴크난트도 달리 대답을 할 수가 없어서, 플로리안은, 네, 그는 정말 심성이 착해요, 대꾸했다, 그랬다, 물론 플로리안은 다른 사람들처럼 잉그리트 아줌마를 피해 다녔지만, 그가 그녀를 좋아하지 않아서가 아니었다, 그는 아주머니를 좋아하고, 아주머니는 다정한 노부인이었지만, 도저히 피치 못할 경우에, 그리고 어쩔 수 없이 아줌마와 마주쳤을 때 잉그리트 아줌마는 그를 도무지 놓아주려고 하지 않고, 계속 말을 하고 말을 했고 플로리안은 그저 고개를 끄덕이고 또 끄덕였으며, 그가 그만 가려고 움직이는 기미가 보이면 잉그리트 아줌마는 잡은 손을 놓아주지 않았다, 사실 플로리안은 아주 조심스럽게 빼며 풀려나려고 해도 잉그리트 아줌마는 손을 더욱 단단히 잡았다, 금방 가지 마, 도망가지 마, 어디로 그렇게 서두르냐며, 그리고 계속해서 의사가 요즘은 너무 드물게 온다, 더 이상 진료실로 내려갈 수도 없고, 돌아오기는 더 더욱 힘드니, 와서 봐달라고 말 넣었는데도 안 온다는 말만 되풀이했다, 자신이 처방받은 약에 대해 플로리안은 어떻게 생각하느냐? 환자 복약 안내문에 보니, 간에 좋지 않을 수 있다고 적혀 있더라, 의사를 믿어야 하나, 아니면 믿지 말아야 하나? 플로리안은 의사의 말을 믿는 게 낫지 않겠느냐, 조언하면, 잉그리트 아줌마는 그 말로 방향을 잡고, 지난번에도 그랬는데로 시작해 빠져나갈 구멍이 없었다, 마침내 잉그리트 아줌마가 결국 포기하고 플로리안을 놓아주기 전까지 그러다, 좋다, 그렇게 할 일이 많으면 네 갈 길 가, 난 널 붙잡아두고 싶지 않아, 그리고 진짜 플로리안은 할 일이 산더미였다, 최근에 쾰러 씨가 온도계 백엽상에 새로 페인트칠을 하고 계단을 보강하고 그 계단도 칠해달라고 부탁했기 때문이었다, 퀼러 씨가 수년 전에 마당에 이것들을 직접 조립해 지어 올린 이후로 이런 수선은 한 번도 하지 않았다, 그 외에도 플로리안은 일찍이 완전히 말라서 쌓아둔 펠트만 씨네 겨울 장작들이 갑자기 무너져 내리는 바람에, 그 댁의 장작더미를 다시 근사하게 쌓아야 했다, 펠트만 씨는 호흐슈트라세에 있는 아름다운 오래된 빌라에 살았는데, 항상 매우 바빠서, 직접 장작 쌓을 짬까지 나지 않는다고 플로리안에게 설명했다, 알지, 지금 당장은 시간이 없어, 보스와의 리허설이 없으니 이제야 멋진 클래식들을 오케스트라 편곡으로 마무리할 수 있게 되었어, 너도 알지, 에버하르트와 스테파니 헤르텔, 프랑크 쇼벨과 브리기테 아렌스, 우테 프로이덴베르크 같은 멋진 옛 히트곡들, 물론 너는 모르지, 그때 태어나지도 않았으니까, 그만한 가치가 있어, 청중들이 펄펄 미쳐 날뛸 거야, 펠트만 씨 눈이 반짝였다, 나는 불멸의 명곡 콘서트를 계획 중이야, 봄에 연습을 시작할 수 있기를 바라, 하지만 제발, 펠트만 씨는 목소리를 낮췄다, 보스한테는 이런 얘기는 하지 마, 보스가 어떤 사람인지 잘 알잖아, 그에겐 바흐 그리고 바흐밖에 없어, 이 달콤하고 매력적인 주옥같은 곡들은 즐기지 않아, 플로리안은 약속했고, 장작을 집 옆에 멋지게 쌓아놓았다, 펠트만 가족은, 비록 다른 사람들처럼 중앙난방을 사용했지만 우아한 벽난로가 있었고, 여전히 분위기를 내기 위해서라도, 오래된 벽난로를 유지했다, 정말 기분이 좋아, 플로리안, 펠트만 씨의 아내는 웃으며 그에게 말했다, 밖에서 바람이 울부짖고 있는데, 벽난로 옆에 아늑하게 붙어 있는 게 너무 좋아, 벽난로에서 나오는 따뜻함은 남달라, 물론 중앙난방도 좋지만 벽난로에 불을 피우면, 특유의 분위기가 나, 너무…… 어떻게 표현해야 할까, 너무 인간적이랄까, 너는 이해하지, 플로리안 그렇지 않아? 플로리안은 고개를 끄덕였다, 플로리안이 안 받으려고 해 아주 어렵사리 일의 대가로 펠트만 부인은 5유로를 플로리안 호주머니에 밀어 넣었다, 이제 플로리안은 총 220유로를 가지고 있었고, 일반적으로 그는 친하다고 느끼는 사람들에게서 돈을 받지 않았지만 펠트만 부부와는 그렇게 친하지 않았고 사실 거의 알지 못하는 사이였고 가끔 가다가다 그들 집 일을 맡아보는 정도라, 그게 다였다, 그들은 또한 자신이 평소 자주 다니는 근거리 동네 밖에 살기도 했다, 220유로, 그는 이제 새 노트북 마련에 아주 오래 기다릴 필요가 없겠구나, 생각했다, 펠트만 부인에게 몇 시인지 물었고, 세상에, 그는 거의 4시 15분이어서 얼른 자리를 떴다, 퀼러 씨에게 가기 전에 헤어프스트 카페에 들러 우타 아주머니를 만나야 했다, 시간 나면 들러라, 우타 아주머니가 전날 그의 노트북을 멀리 챙겨두면서 말했다, 부엌 뒤편을 조금 어떻게 해볼 계획인데, 그러려면 네가 무거운 가구들을 옮겨야 해, 하나는 이리로, 다른 하나는 저리로, 그리고 플로리안은 어느결에 호흐슈트라세를 따라 이 일을 처리하러 달려가, 가구 하나는 이리로, 다른 하나는 저리로 밀었다, 그리고 그는 오스트슈트라세로 달려갔다, 오, 퀼러 씨, 그를 퀼러 씨가 들여보내자, 그는 숨을 헐떡이며 말했다, 제가 지금에야 도착했다고 제발 화내지 마세요, 오늘은 할 일이 너무 많았어요, 그리고 그는 있었던 일을 모두 말하는 동안, 퀼러 씨는 그를 집 안으로 맞아들였다, 그 집의 위층은 주인이 혼자 남은 이후로 아무도 사용하지 않았다, 퀼러 씨는 위층은 모든 것을 그대로 두고 잠갔고, 결코 거기에 올라가지 않았다, 때로는 몇 주 동안 줄곧 집에 위층이 있다는 생각이 떠오르질 않았다, 그에게 그 위층은 과거를 의미했고, 퀼러 씨는 과거를 다루고 싶어 하지 않았다, 적어도 아내와 관련된 과거 부분은 입에 올리지 않았다, 그는 아내의 상실을 받아들였고 시간이 지나면서 상실도 극복했으며 그에 따라 혼자 사는 생활 방식에 익숙해졌다, 게다가 지금은, 그는 엊저녁에, 여러 차례 전화한 후에 마침내 아이젠베르크에서 그를 찾아왔던 티츠 박사에게 말했듯이, 지금은 이제 다른 방식으로 사는 삶은 상상이 안 갔다, 그는 요리하기를 좋아했고 쇼핑을 좋아했고 청소도 좋아했다, 에바가 살아 있을 때조차도 집이 지금처럼 깔끔하지 않았다고 자부했다, 하지만 혼자가 된 후에, 아드리안, 티츠 박사가 그의 말을 가로채었다, 이게 대체 다 무슨 일이야? 전화로 이런저런 이야기를 했지만, 진짜로 지금 털어놔봐, 너는 어디로 한마디 말도 없이 사라졌던 거야, 그것도 그렇게 오랫동안? 이에 대해 쾰러 박사의 대답은 단출했다, 언젠가 너에게 그 일에 대해 말해주겠지만 어디 기상천외한 이야기나 모험담은 기대하지 마, 특별한 건 없어, 그게 다야, 그가 이런 말을 했을 때 티츠 박사는 그의 친구가 어색하게 쑥스러워한다고, 아마 어쩌면 조금 역정난 듯도 보여서, 티츠 박사는 더는 캐묻지 않았다, 아드리안이 원한다면 나중에 나에게 말해주겠지, 어쨌거나 결국 그가 상관할 바의 일이고 그렇지 뭐, 그의 아내에게 말했다, 그의 일에 우리가 손대거나 간섭할 수는 없어, 그런 점에 두 사람은 동의했다, 다만 이 모든 것이 이상했다, 티츠 부인은 남편이 이 일을 그렇게 어리숙하게 보고만 있겠다면 다음에 아드리안이 그들을 방문할 때 그녀 자신이 아드리안을 잘 구슬려 털어놓게 하겠다고 결정했지만 그럴 즈음에 너무 많은 시간이 지나서 그녀 자신이 그 일을 잊어버렸고, 그녀가 사건을 기억했을 때는 그렇게 중요해 보이지 않았다, 아니, 그렇게 기이하게는 전혀 보이지 않았다, 모든 것이 예전 일상으로 돌아갔기 때문이었다, 딱 예전처럼 자주 전화로 통화했고, 예전처럼 자주 만났다, 아드리안도 예전과 똑같았고, 그들도 조금도 변하지 않았는데, 억지로 따지고 드는 일이 무슨 소용이 있겠느냐, 그들도 입에 올리지 않았고 플로리안도 역시 그러지 않았다, 비록 그의 경우는 이유는 다르지만, 그는 쾰러 씨가 침묵을 꾸욱 지키고 있어야 한다는 명백한 사실을 존중해야 한다고 생각했다, 생사와 존망이 걸린 그렇게 중요한 문제에 관여한다면, 분명 한마디라도 벙긋할 수 없을 것이다, 어쨌거나, 쾰러 씨가 자신의 가장 내면 깊숙이 파고들기 시작하기를, 예를 들어, 쾰러 씨가 최근 들어 노트북에 성실하게 열심히 쓰고 있는 것처럼, 부추긴 사람도 자신 말고 누가 있나, 아무도, 쾰러 씨에게 그가 그렇게 친근한 대우를 받는 일은 이미 엄청난 영광이었다, 그리고 사실 그대로다, 쾰러 씨는 플로리안을 이전에도 그랬지만, 한층 더 따뜻하게 집으로 맞이했다, 물론 암묵적인 전제 조건이 있었다, 적어도 플로리안은 그렇게 생각했다, 언제라도 우주가 파괴되는 일이 일어날 수 있다는 말은 다시는 언급해서는 안 된다, 메르켈 부인과 여전히 어떻게 연락하고 있다는 말은 입에 올려서도 안 된다, 이것은 자신의 문제니까, 플로리안은 혼자 결론을 내렸고 평정이 유지되었다, 플로리안은 온도계 백엽상에 페인트를 칠하고 백엽상에 올라가는 계단을 고쳤다, 사실 일종의 사다리에 불과했지만, 쾰러 씨는 무슨 이유인지 이를 계단이라고 불렀다, 플로리안은 이미 약간 썩은 널을 네 개 교체했다, 다락방에서 쓸 만한 것들을 찾을 수 있을 것이다, 쾰러 씨는 플로리안에게 말하고, 재목을 찾으러 보냈고, 그렇게 찾아내었다, 사다리가 처음 샀을 때보다 낫다고 쾰러 씨는 흡족해 치켜세웠다, 이제는 계단 페인트칠만 남아 있었다, 흰색 유성 페인트를 사용해야 하지만 대신 계단이 미끄러워지는 것을 방지하는 일종의 내후성 니스를 발랐다, 계단이 미끄럽지 않구나, 쾰러 씨는 아주 만족스러워서 어느 날 플로리안에게 매일 지금은 자유 시간이 많으니 백엽상 계단에 올라가서 그걸 열고 직접 수치를 읽을 수 있는지 물었고 플로리안은 이제 자신도 유명한 기상 관측소의 운영에 일익을 담당하게 되어, 몹시 기뻤다, 퀼러 씨는 그를 아기 기상학자라고 부르기도 했다, 음, 아기 기상학자야, 결과를 나에게 불러주렴, 온도계 백상엽에서, 기구를 어떻게 무엇을 읽을지 기억하고 적는 일은, 퀼러 씨의 도움을 받으니 완전 아이들 장난이었기 때문이었다, 플로리안은 값을 읽을 수 있는 자신이 자랑스러웠고, 헤어프스트 카페에서 웨더 카나 웹사이트를 보다가, 그가 "자신의 판독값"을 보면, 가슴이 철렁, 뛰었고, 웹사이트를 열어보고 또 열어보지 않을 수가 없었다, 그리고 그는 심지어 우타 아주머니에게도 보여줬다, 이거 정말 대단한데, 플로리안, 그녀는 그를 칭찬했다, 애야, 알겠지, 네가 정신을 차리고 그 범죄자에게서 손 털고 떠나니까, 금방 이런 일을 할 수 있고 얼마나 좋으니? 이런 칭찬이 아주 달갑지는 않았고, 물론 플로리안은 아무런 반응도 보이지 않았다, 그는 사용하던 프로그램을 닫고 노트북을 종료하고 조용히 우타 아주머니에게 건넨 다음 작별 인사를 했다, 이런 말에 마음이 많이 괴로웠기 때문이었다, 사람들이 보스에 대해 이런 식으로 말하면 그의 마음이 상하고 괴로웠다, 이미 익숙해져야 할 일이었지만 오직 마음 상하는 정도만 덜할 뿐 전혀 익숙해지지 않았다, 그리고 왜 오늘은 더 괴로운

지 이유를 알 수 없어도, 어떻게 아무도 보스의 진정한 얼굴을 알지 못하나, 오늘은 유난히 더 괴로웠다, 플로리안은 보스를 둘러싼 비난에 대해 자주 자신을 탓했지만, 최근에는 자신을 책망하는 일이 더욱 늘었다, 왜 그는 사람들이 보스에 대한 의견을 바꾸도록 하는 일은 아무것도 하지 않고 있는가?! 첫 늑대 공격 당시, 보스도 영웅 대접을 받고 있으니 이전에 형성된 편견은 근본적으로 바뀌기를 정말 바랐다, 이런 평판은 아주 잠깐 지속되었다, 불과 며칠 안 지나 사람들은 보스가 늑대를 쏘는 데 사용한 무기가 등록되기는 한 거냐, 쑤군거리기 시작했고 더 노골적으로 막된 뒷말들이 뒤따랐다, 아무렴, 보스가 그 짐승을 쐈단 말이지, 누가 달리 있어, 이 근방에서 무기를 잘 다루는 사람이 누가 달리 있어, 그와 그 패거리만 그렇지, 링어는 덧붙였다, 그는, 말하자면 아주 처음부터 인정을 해줄 때도, 그 이야기 속 보스의 훌륭한 업적의 가치에 이를 바드득 갈았다, 이를 바드득거리며, 즉 그는 보스를 영웅으로 전혀 여기지 않는다는 의미였다, 맞긴 맞다, 아마도 진짜 그들 목숨이 그에게 빚진 것을 인정해야 했지만 이것은 곤혹스러울 정도로 불쾌한 진실의 일면이었다, 왜 꼭 그 사람이어야 했느냐?! 산림감시인이 올 수도 있었고, 아니면 경찰이라도, 하지만 아니, 하필이면 그 빌어먹을 보스가 라이플을 들고 그 자리에 등장하느냐, 한마디로 이 모든 것이 링어에게 영입맛이 썼다, 그는 보스에게 고마움을 느낄 수가 없었다, 진정한 감사는 들지가 않았다, 게다가 모든 일이 점차 가라앉아 사라지자, 그는 감사든 뭐든 느끼지 않아도 되는 좋은 구실을 찾았다, 그쪽으로 확신이 들자, 기회가 닿자마자 즉시 친구들에게, 보스와 그의 부하들은 낙서 스캔들에서 단순한 의구심 이상으로, 수상쩍다고 생각하고 뿐만 아니라 보스가 두 번의 폭발에 모종의 관여를 했으리라 믿는다고 말했지만, 설득력이 떨어져 아무도 납득시키지 못했다, 예나 출신 그의 친구들은 보스를 알고 있었고, 바로 그런 이유로 그런 상정은 어불성설로 여겼다, 좋아, 그들 중 한 명이 말했다, 보스가 졸렬하고 교활한 나치라는 것을 인정한다만, 그 폭발들은, 음, 그건 문제가 다르지, 그가 당국의 의심을 사지 않고 그런 일을 획책할 방도가 없어, 실제로도 그랬다, 튀링겐 BKA(분데스크리미날암트/연방범죄수사청)는 그를 용의자로 간주하지 않았다, 링어가 친구들과 처음 대화한 직후에 누굴 의심하는지, 이유가 뭔지, 일찍이 신고했는데도 그랬다, 난 이해가 안 돼, 그의 가장 친한 친구 중 한 명인 제바스티안이 카페 바그너에서 그에게 말했다, 어떻게 이런 결론에 도달했는데? 보스에게 불리한 무슨 증거라도 있어? 보스나 그 동패들은 이때까지 아무 일도 안 저지르고 조용히 지냈으니까, 진짜로 제바스티안 말이 맞아, 이름가르트가 합류했다, 그녀 역시 오래된 창립 멤버였다, 우리가 보스를 의심해봤자 기껏해야 바흐 기념비 장소의 그래피티 정도지, 그런 일이야말로 딱 진짜 그다운, 그자의 머리에

들 만한 일이지, 네가 말한 것처럼 그는 누가 봐도 범죄자인데, 동시에, 이 범죄자를 잡겠다고 난리야, 즉 자기 자신을, 그런 짓은 말이 되지만 이 폭발은? 그녀는 콧등에 주름을 잡았다, 아니야, 이 폭탄 폭발은 명백하게 이민자를 대상으로 한 공격이야, 네 입으로 직접 보스가 반유대주의자인데 유대인 때려잡는 일에 가담하는 대신에 이민자 문제를 들고나와 밀어붙이는 사람들에게 엄청 분개한다고 했어, 진짜로, 그리고 어쨌거나, 보스나 그 동패들은 아니야, 우리는 이건 알아, 그 사람들은 몇 년 동안 아무 일도 하지 않았어, 바로 그래, 링어가 짜증에 목소리를 높이고, 등에 입은 상처가 가려워 의자에서 몸을 움직였다, 몇 년 동안 꽤나 영리하게 굴고 있으니까, 아무것도 하지 않은 것처럼 보일지 모르지만 보스는 카나 심포니라고 하는 요괴 같은 클럽을 설립하여, 온통 그런 짓을 시작하고, 결국에 튀링겐을 다시 그런 불명예의 스포트라이트를 받게 만들려고, 그는 오직 무질서만, 파란만, 혼돈만을 원해, 혼돈이 딱 그가 필요로 하는, 그들에게 필요한 것이기 때문이야, 혼돈은 그들에게 천연의 매체이고, 그들은 그 안에서 물속의 물고기처럼 움직여 다녀, 왜냐면 실제로 그들은 다른 것 없이 이 혼돈만 원하기 때문이다, 이 카나 심포니는 이 넌더리 나는 암 덩어리가 지난 몇 년간 꾸몄던 일들과 똑같이 생각해야 한다, 같은 게 아니라 더 심하지, 카나 심포니가 뭐냐고!!! 이런 냉소적이기 짝이 없는 작태를 그놈, 속속들이 썩어빠진 그놈

말고 대체 할 사람이 있어? 이런 부도덕한 놈이 이런 운도 없이 불쌍한 오케스트라를 구축하고 그 뒤에 숨어 있어, 놈들은 숨어야 하니까, 거듭 반복하는 말이지만, 야생동물처럼 그 뒤에 숨어 있어, 나는 보스가 누구인지 정확히 알고 있고 그들이 누구인지 정확히 알고 있어, 속은 어디에도 못지않은 낫치이지만, 행진하지 않고 깃발을 흔들지 않으며 낫치식 도발로 주의를 끌지도 않아, 아니, 정말이지, 그들은 수년 동안 아무 주의도 끌지 않았어, 바로 그런 이유로 내가 이 그룹을 의심하고 여전히 의심이 든다는 거야, 특히나 고향 마을에서, 링어는 더욱 거칠고 강경하게 말을 이었지만, 다른 사람들에게 확신은 심지 못했다, 동료들은 이것보다는 더 수긍 가는 논거들을 들기를 기대했다, 그것 말고는 다들 링어가 개인적인 복수심에 달아 발끈한다는 사실도 알고 있었다, 그는 부르크 19에 대해 말하거나 그 안에 살고 있는 개개인이, 마치 자기 자신의 개인적인 적처럼 씩씩대었다, 프리츠와 위르겐, 카린과 안드레아스 등등, 속이 뒤틀려 토하고 싶다고, 링어는 집에서 TV를 켜기 전에 가끔 말하곤 했다, 한편으로 링어 부부는 부르크에 상당히 큰 변화가 있었다는 사실은 알지 못했다, 부르크를 거주지로 등록하고 거기 실제로 살기도 사는 프리츠를 제외하고, 다른 부대원들이 다들 제각각 살고 있던 집의 전대를 처분하고서, 꼭 필요하지 않은 소지품을 카미쉬에 보스 명의로 임대한 창고로 트럭을 이용해 옮긴 후 부대원 전체가 부르크에 입주했기 때문이었다, 이는 보스의 제안이었으며 만장일치로 받아들였다, 이렇게 하면 더 효율적으로 움직이고, 목표에 집중할 수 있으리라는 설명이었다, 보스만이 제 집, 물론 자신 소유의 재산이기도 했지만, 보안상의 이유로라도 별도로 거주해야 한다는 암묵적인 합의하에, 계속 따로 거주했다, 계획을 짜내는 데 요구되는 고독을 보장하기도 했고, 적절한 은폐 전략은 말할 것도 없이, 모두 함께 산다고 해도, 아무도 여러분을 알아차리지 않을 것이기 때문이라고 보스가 말했다, 지금까지는 어차피 모두 함께 몰려다녔으니, 여러분을 조금이라도 아는 주변 사람들이라면 그러려니 알고 있다, 하지만 내가 집에 살고 있지 않으면 너무 표나게 눈에 뜨일 것이다, 그러니 이런 식이 좋을 것이다, 그리고 그런 식이 좋기는 했지만 단지 부대원들은 함께 사는 일이 그룹 내의 해묵은 긴장을 날카롭게 가중시키리란 점은 헤아리지 못했다, 부분적으로는 축구로, 부분적으로는 그들의 성격이 상당히 달라서 늘 조금씩 삐걱거렸는데, 특히나 유별난 카린의 성격으로, 하지만 위르겐과 안드레스도 별다르지 않은 성격이라 누가 언제 화장실을 청소할 것인가를 두고도 합의까지 어려움을 겪었고, 프리츠가 있는 그대로 까놓고 부르듯이 똥 치우기로 아주 처음부터 제일 심각한 문제를 불러들이는 듯했다, 카린은 자신의 차례가 되면 안드레아스에게 돈을 주고 넘기고 싶어 했다, 왜냐하면 카린 말로는, 똥을 보는 것만으로도 메스꺼움을 느꼈고

340

메스꺼우면 누군가를 죽이고 싶어지는데, 아무도 부르크에 이런 일은 정말로 원하지 않을 거라고 생각한다고 했다, 동시에 프리츠도 청소에서 완전히 물러났다, 이전에 그가 유일한 임차인이어서, 그는 항상 다른 사람들 떠난 뒤에 홀로 뒷정리를 해왔지만 이제 모두가 여기에 살고 있으니, 모두가 제가 싼 똥 알아서 치우는 것이 공평할 것이라고, 더불어 내 똥도 치워주는 게 당연하다고 생각한다, 당신들은 예전부터 나에게 연체금이 밀렸으니까, 농담처럼 말했지만 농담이 아니었다, 더군다나 위르겐은 소화가 잘 안 되는 문제가 있어, 자주 설사를 해대는데, 한번 하면 안에 든 것은 몽땅 대포처럼 쏟아냈고, 더불어 그는 변기는 바닥만 닦아야 하는 게 아니라, 변기 위쪽 테두리도 꼼꼼히 확인해야 하고 변기 좌석 아래쪽도 항상 거기까지 똥물이 튀기 때문에 청소해야 한다는 것을 아예 이해하지를 못했다, 위르겐은 그렇게까지 할 마음은 없었으며, 항상 다른 사람이 화장실 제대로 치우려면 치울 거라고 얼렁뚱땅 넘겼다, 고작 하나 있는 화장실이 이러니, 공통 부엌으로 사용하는 방도 다른 비슷한 문제들이 발생했다, 여기서 커피를 만드는 사람이 모카포트를 왜 청소하지 않느냐, 커피 찌꺼기를 툭하면 배수구에 왜 계속 버리느냐, 빈 맥주병을 유리 재활용 센터로 누가 반환을 하느냐, 바닥에 맥주병이 떨어져 그 깨진 파편들은 누가 쓸어 담느냐 문제가 일었기 때문이었다, 처음에는 모두가 이전에 하듯이, 마찬가지로 프리츠가 하겠거니 손놓고 서로 미뤘다, 지금까지 그는 부르크의 유일한 공식 세입자였지 않느냐는 이유였지만, 이제 모두 함께 있게 되자, 프리츠가 더 이상 나서서 하지 않는다는 점에 익숙해지기가 여간 어렵지 않았다, 최악의 상황을 불러들이는 때는, 프리츠 자신이 더러운 기분에 빠져 허우적거릴 때, 그는 부르크가 어떻게 돌아가든 그 상황에 무관심했고, 누군가 불평을 시작하면 사소한 일로 치부하고 즉각 다른 사람을 꼼짝도 못 하게 야단을 쳤다, 훨씬 더 크고 심각한 일이 그들 앞에 두고 있는데, 화장실과 부엌, 쓰레기, 커피 찌꺼기, 맥주병에 대해 모두 그만 그를 괴롭히고 내버려둬라, 독일과 제4제국의 미래가 위태로울 때 누가 신경 쓰느냐, 이것은 논박하기가 어려웠다, 유일한 문제는 그 자신이건 다른 사람이건 아무도 앞 사람이 화장실을 엉망으로 만든 뒤에 화장실을 사용하고 싶지 않았고, 다른 사람이 쓴 모카포트를 씻어 써야 한다면 커피도 마시지 않았고, 쓰레기를 내다 놓는 일이나 맥주병을 반환하는 일은 말할 필요도 없이 되지 않아서 불행하게도 이게 일상사가 되었고, 몇 주 안 되어 긴장이 급격하게 치솟았다, 공통 목표를 중요시하고 다른 어떤 것보다 앞세워야 한다고 서로 일깨워도 무용지물, 그 거대한 똥 무더기, 혹은 위르겐 뒤로 남은 튄 자국들로 인해 종종 서로 물어뜯고 난리도 아니었다, 보스도 간신히 그들 사이에 질서를 유지하여, 결국 그는 모든 사람이 의무적으로 따라야 할, 집 규칙을 적어 내려가지 않을 수가 없었다, 허, 이게 잠시는 효과가 있다 싶더니, 모든 것이 다시 시작되었다, 이번에는 서로 등 돌리지 않고, 함께 사는 것이 타협을 수반한다는 것을 받아들였고, 왜 그거 썻지 않았어, 왜 닦아내지 않았어, 왜 저건 청소하지 않았느냐, 왜 이건 치우지 않았느냐고 서로 비난하지 않았고, 무슨 이유로 동맹을 맺었는지에만 집중했다, 이전에도 부르크 19가 성은 아니긴 했지만, 곧 모양새가 상당히 나빠졌다, 예를 들어 어느 날 플로리안은 낮에 열려 있는 정문을 지나가야 하는데, 안을 들여다보고 싶지 않았지만 안을 들여다보게 되었고, 그러자 가슴이 철렁 내려앉았다, 열린 문을 통해 어두운 좁은 복도가 감지가 되는데 너무 어두워 처음 몇 미터만 겨우 보였고, 그 첫 몇 미터 안 가 외부에서 들어오는 빛은 바스라져 허물어지고, 맨 전구는 거의 빛을 발하지 않고, 이 지저분하고 헐벗은 전구는 천장에 비스듬하게 홀로 내려온 전선 끝에 매달려 있었고, 그 안에서 뿜어져 나오는 퀴퀴하고 시큼한 가난의 냄새에 이끌려 그만 플로리안은 출입구를 향해 한 걸음 내디딜 뻔했지만 그는 재빨리 생각을 고쳐먹고, 곤혹스러워 발길을 서둘렀다, 혼잣말로, '저 불쌍한' 나치들, 자신은 펠트만 씨가 사는 호흐슈트라세의 빌라 같은 그런 집에서 나온 것도 아니고, 호흐하우스가 성이라고도 할 수 없지만, 그 말밖에 나오지 않았다, 더군다나 요즘 들어 엘리베이터는 아예 수리되지 않을 것 같아, 대리인은 주민들이 그에게 물어볼 때마다 초조하게 예민하게 굴며, 나는 계속 전화를 걸어보지만 받아야 말이지, 소용없었다고 설명하는데, 이런 얼버무리는 말은 이제껏 회사와는 어떻게든 연락이 닿지 않으며 그 외 다른 회사와는 호흐하우스가 어떤 연고도 없다고 알리는 암시였고 사실은,

위대함을 가까이

엘리베이터는 더 이상 고칠 수 없었지만 물론 대리인은 주민들에게 이 사실을 말할 수 없었고 플로리안에게만 말할 수 없다는 말만 늘어놓았다, 그들 앞에 서서, 친애하는 동료 주민 여러분, 엘리베이터는 다시는 작동하지 않을 것입니다, 꿈도 꾸지 마세요, 저도 무력합니다라는 말은 나오지 않았다, 플로리안, 대리인은 그에게, 외벽 표지판에 이름이 적힌 이 건물의 감독관은, 크허음, 그는 존재하지 않는다고 말했다, 대리인은 플로리안에게 이런 말이 밖으로 새지 않게 해달라고 부탁했다, 뭐든 여기 두 사람 사이에 나눈 말은, 입을 꾹 다물고 있어, 제발, 부탁한다, 한마디도 안 된다, 그럼요, 어디서건 한마디도 뻥긋하지 않을게요, 베어트레터 씨, 플로리안은 말했다, 이 말에 그는 고개를 흔들었다, 그는 진짜 고개 흔드는 일을 좋아해 툭하면 흔들었고 베어트레터라고 부르지 말라고 몇 번이나 말했니? 우린 이미 꽤 친하지 않느냐? 이름으로 불러도 괜찮다고 말했다, 어, 하지만, 플로리안은 곤란한 얼굴로 대답했다,

저로서는 쉽지 않아요, 베어트레터 씨가 입에 익어서요, 그럼 부르고 싶은 대로 불러, 대리인은 포기했다, 그리고 그걸로 끝났다, 그는 플로리안 가던 길을 가도록 놓아주었다, 실제로 막 나가던 길의 플로리안을 대리인이 방금 호호하우스 현관에서 그를 붙잡았다, 플로리안은 거기도 도와야 한다는 생각에 보스에게 가는 길이었다, 보스가 정오쯤에 초인종을 누르고 8층에 대고, 오후 4시에 자기 집으로 오라고 소리쳤고, 지금 오후 4시가 가까워지고 있었는데 플로리안은 다행히 대리인이 그를 놔줘서 한숨을 돌렸다, 들어와, 문이 열려 있어, 플로리안이 초인종을 눌렀을 때 보스가 속옷 차림에 목에 수건을 두른 채 밖을 향해 외쳤다, 하지만 개가, 플로리안은 습관적으로 거품을 물고 짖고 있는 로트와일러를 가리켰다, 문제 안 돼, 보스는 돌아서서 사슬에 묶여 있어 꼼짝 못 해, 짜증을 내며 말하고 문 뒤로 사라졌다, 그래서 플로리안은 보스의 집에 들어가는 좀체 없던 행운을 누릴 수 있었다, 보스는 거의 집 안으로 그를 초대해 들이지 않았는데, 그를 초대해 한편으로 기쁘기도 했지만, 그래도 조심해서 문을 열고 들어가는 지금, 또 한편으로 간이 오그라들어, 이미 개가 무서워 죽을 지경에다, 지나갈 때 사슬 줄이 자신을 향해 달려드는 로트와일러를 충분히 막을 수 있을지 의구심이 들었다, 마당은 조금은 여유가 있고, 그래도 사슬은 간신히 약 1미터의 보호 구역을 형성할 정도의 길이긴 해도, 플로리안에게는 오히려 공포의 구간이었고, 그는 개 근처에는 감히 가까이 가지를 않았다, 그가 지금처럼 마당에서 처리할 일이 있다면 숨을 한껏 죽이고, 슬금슬금 옆걸음을 쳐 문 쪽으로 향했다, 하지만 그가 마침내 안으로 들어가자 그를 향해 보스는 그저 껄껄대며 비웃기만 했다, 새끼, 이 녀석 좀 보게나, 꼴좋다, 저건 빌어먹을 개새끼에 지나지 않아, 죄송합니다, 플로리안은 입술을 부들부들 떨며 말했다, 안 그래야 되는데 저는 저 개가 무서워요, 글쎄, 뭐가 되었든지, 내 말을 잘 들어, 보스는 그를 매우 진지하게 바라보았다, 상황이 말이지, 시작했지만 계속할 수가 없었다, 그 순간 누군가가 초인종을 눌렀기 때문이었다, 보스가 욕을 퍼부으며 밖을 내다보고 플로리안보다 그리 나아 보이지도 않는 프리츠를 들여보냈다, 그 모습에 보스는, 허, 젠장, 이 녀석 꼬라지 보게나? 망할 똥개 때문에 바지에 똥이라도 싼 거야? 대체 무슨 일이야?! 프리츠도 개에게 겁을 먹었나 생각에 놀렸지만 아니었다, 그게 왜냐면요, 프리츠가 이렇게 말하기 시작했다, 위르겐이 경찰에 잡혀갔다, 그 멍청이가 나디르를 잡아챈 걸로 모자라서, 로자리오와도 싸움에 휘말렸고, 로자리오는 들입다 모래로 가득 찬 양동이로 위르겐의 머리를 때리고 폴리차이(경찰)를 불렀다, 다 사실이다, 본질적으로 사실이지만, 다만 모래 양동이가 아니라 소화기를, 로자리오는 벽에서 떼어내어 도망가고 있던 위르겐에게 던졌고 소화기가 정통으로 머리에 맞아, 위르겐은 바닥에 쓰러졌고, 오랫동안 자신이 어디에 있는지, 무슨 일이 있었는지 몰랐고, 경찰이 아랄 주유소에 도착했을 때도 정신이 들지 않았다, 경찰이 거기에 도착할 때까지 꽤 오랜 시간이 걸렸다, 늘 이런 식이다, 카나는 카나지만, 여전히 19킬로미터라고, 로자리오가 도대체 왜 45분이나 걸렸냐고 따져 묻자, 경찰 한 명이 진정해, 이 친구야, 여기서 친구 대하듯이 말해서야 쓰나, 설명하고서 경찰들은 위르겐을 한 번 건너다보고 로자리오에게서 필요한 인적 정보를 받아 적고 질문을 했다, 로자리오는 주유소 건물 구석을 가리켰다, 이 범죄자가, 사람처럼 보이지 않고 벽에 기대 놓은 자루 같은 이를 가리키며, 이 가증스러운 등신 새끼, 로자리오는 이를 악물고 주먹을 흔들었다, 그래봤자 소용없는 것이, 위르겐은 여전히 정신이 돌아오지 않아 반응이 없었다, 빡빡 민 머리에서 등 아래로 떨어진 피는 이미 응고되어 있었고 그 앞에 서 있는 경찰들에게 힘없이 푹 숙인 머리만 보였다, 경찰들이 다가가 그를 심문하려고 했지만 별 효과 없이, 위르겐은 알아들을 정도의 단어는 한마디도 하지 못했고, 게다가 그의 바지는 여전히 발목 주위에 내려져 있었다, 로자리오는 그를 묶고 벽에 기대놓고 폴리차이를 기다릴 때 일부러 딱 있던 그대로 두었다, 이런 모습으로 그를 잡았기 때문이다, 로자리오는 바지가 발목까지 내려오고, 셔츠 아랫단추가 풀린 그를 가리켰다, 아내가 소리를 지르며 도망치려고 하는데, 이 짐승, 그는 다시 위르겐을 가리켰다, 그는 내 아내를 폭행하고 사무실로 끌고 가서 강간했다, 아 진짜, 이 지점에 그의 목이 메어 갈라졌고, 경찰 중 한 명에게 그를 따라 건물 안으로 들어가자고 손짓하고서, 경찰을 앉히고 그도 맞은편에 앉았다, 그의 손은 엄청나게 떨렸다, 그는 경찰관에게 위르겐이 예전부터 아내에게 눈길을 주고 있던 것을 이미 오랫동안 지켜보았고 그가 이러다 언젠가 사고 치겠다 싶은 생각에, 그래서 자신은, 로자리오는 자신을 가리켰다, 그런 이유로 항상 경계하며, 뭔가를 시도하는 즉시 그를 때려잡을 준비가 되어 있었지만, 이 자식이 그가 언제 수익금 정산하러 예나로 가는지 계속 지켜보았던지, 그 기회를 틈탔다, 그래도 이 불행 중 천만다행인지, 로자리오는 앞이마로 막 흘러내리려는 땀방울을 하나 닦아내며 계속했다, 집에 회계장부 하나를 잊고 와서 예나로 가는 도중에 돌아서야 했고, 그래서 범행 중인 가해자를 잡았다는 것이었다, 그는 사무실에서 불쌍한 나디르가 도와달라 울부짖는 소리를 들었다, 주차장에서 차에서 내릴 때부터 그녀의 울음소리를 들었다, 오케이 좋습니다, 경찰관이 끼어들어 기록하던 수첩 위로 펜을 들었다, 천천히, 조금 더 천천히, 그는 몇 가지 질문을 제기했다, 로자리오가 구급차를 부른 시간은 정확히 몇 시 몇 분인지, 언제 도착했고 언제 떠났는지, 왜 구급대원들은 나디르를 병원으로 옮겨 가지 않고, 현장에서 치료한 건지, 경찰관은 누군가에게 전화를 걸고 무언가 두고 합의를 보더니, 마침내 사건 수첩을 닫은 후 밖으로 나가 위르겐에게 가서, 덕

테이프를 떼고 그를 경찰차로 끌고 갔다, 위르겐은 여전히 정신이 들지 않았고, 그는 여전히 무슨 일이 일어나고 있는지 이해하지 못했다, 나디르에게 해준 것처럼, 아무도 그를 위해 구급차를 부르지 않았다, 그가 심각한 부상을 입었을 텐데도, 프리츠는 울분을 토하며 말했다, 물론 경찰차가 부르크 앞에 차를 세우고 경찰이 입주민들에게 위르겐에 대해 물어볼 때, 그들은 그가 병원에 실려 갔는지 그런 내용은 경찰들이 전해 주지도 않고, 그들은 이러니저러니 몇 가지 질문만 하더라, 마치 자신들이 이 바보가 벌인 짓에 뭐라도 관련이 있는 사람처럼 따지고 들더라, 위르겐에게 몇 번이나 말했는지 모르겠다, 프리츠는 열을 잔뜩 받아 고개를 흔들었다, 나디르를 내버려 두라고 했는데 다 소용없이, 그 로자리오는 장난이 아니라고, 이 남미 사람들은 네놈 무덤에 오줌 갈겨야 겨우 멈춘다고, 어쨌든 보스는 플로리안을 즉시 집으로 보냈고 플로리안은 보스가 무슨 연유로 그를 보자고 한 건지 알아내지 못했다, 하지만 같은 날 밤, 그는 대리인으로부터 또 다른 폭발이 있었다는 내용을 전해 들었다, 하지만 그도 실제 그 폭파 소리를 들었다, 한숨도 자지 못하고 깨어서 조바심을 치며, 다음 날 아침 로자리오를 찾아가서 도움이 될 만한 일이 있겠느냐 물어봐도 되려나, 아니면 사건의 성격을 고려할 때 아주 나쁜 행보가 되지 않으려나? 온갖 궁리로 뒤척이며 입술을 잘근거리는데 폭발 소리가 들렸다, 그는 즉시 창문으로 달려가 창문을 열고 고개를 내밀었고, 아래에 잠옷과 줄무늬 실내복을 입은 대리인이 보였다, 대리인은 막 위를 향해 뭔가 터졌다고 소리를 지르고 있었다, A88 도로 어딘가에서 화염들이 올라오고 있어, 불타고 있어, 대리인이 어딘가 오른쪽을 가리켰다, 저거 보여? 그러나 플로리안에게 아무것도 보이지 않았다, 그의 창문은 건물 반대편에서 밖으로 나 있는데, 거기서는 아무것도 보이지 않았다, 소방차 사이렌은 들렸지만, 그와 대리인 모두 소리가 어디에서 오는지 감을 잡을 수가 없었다, 마치 사이렌이 마을 전체에 울리는 것처럼 들렸다, 그들이 뉴스를 접하기까지는 시간이 걸렸다, 공교롭게도 이름도 푀르트너(문지기라는 뜻)였던 수위가 도자기 공장에서 건너와 대리인에게 아랄 주유소가 폭발했다고 말했다, 아랄이?! 대리인은 믿을 수 없었다, 그럴 리가 없어, 그는 인터폰을 통해 플로리안에게 재빨리 연락했다, 소식 들었어? 아랄 같다고 하는데, 맞아요, 푀르트너는 숨이 차서 말을 이었다, 왜냐면 그는 교대근무에 혼자여서, 가능한 한 빨리 이 소식을 나누고자 여기까지 계속 달려왔기 때문이었다, 사실 정규직 수위로 고용된 것이 아니라, 일종의 야간 짐꾼으로, 그러니까 오직 밤에만 일한다고 해도, 이 일을 맡겠다고 감지덕지하던 일을 숨기지 않았다, 이제 3년도 넘은 예전에 군에서 제대하고 도자기 공장에 적을 두었을 때, 공장에서 기껏해야 수위로 그것도 야간근무로 일할 수 있다는 말을 듣고, 보안 경비원이 되는 거냐? 슬쩍 물었더니, 아니라는 말에 바로, 좋다, 문지기 자리를 떠맡겠다고, 즉각 대답했고, 결국 그렇게 들어왔다고, 때때로 그는 대리인이 평소보다 힘든 밤을 보내고 있을 때, 설명했다, 처음 만난 이후로 대리인은 정기적으로 도자기 공장 수위 단칸 막사를 찾아 담소를 나누었다, 가만히 생각해보면 나는 밤의 올빼미였어요, 항상 아침나절이나 정오 전에 잠을 더 잤는데, 그걸 알 수가 있었나, 군대에서는 그럴 기회가 없던 것을, 늘 주간 근무를 했으니까요, 여기서는, 믿지 않으실지 모르지만, 그는 대리인의 확신을 심으려 고개를 끄덕여 보였다, 하지만 그럴 필요는 없었다, 대리인은 수위가 말을 하기도 전에 그가 행복하다는 것을 믿었다, 저는 행복합니다, 당신 앞에 떡하고 버티고 선 사람은 행복합니다, 왜냐하면 제가 여기 일자리를 얻은 이후로 마침내 원하던 잠을 다 잘 수 있으니까요, 세상에나 말입니다, 새벽 5시에 저는 수금을 내려놓고* 안녕을 고하고 침대에 들어가서 솜이불 아늑하게 파고들어가 작은 곰 인형처럼 잠을 잡니다, 이해가 되시죠? 작은 곰 인형처럼, 그리고 대리인은 이해했지만 대답은 피했다, 불평한들 무슨 소용이랴? 크리스틴이 떠난 이후로 낮이든 밤이든 그에게 모든 것이 똑같았다, 자신의 수면이

---

*   Letészem a lantot, (nyugodjék)(나는 수금을 내려놓고, (쉬도록 두리라)). 1850년에 발표된 헝가리 시인 어러니 야노시Arany János의 시 제목이자 첫 행이다. 원래 어러니 야노시 시인이 '앞으로 시를 안 쓰겠다'는 의미로 사용했지만, 현재 '일을 안 하겠다', '일을 그만두겠다'는 일반적인 표현으로 사용된다.

얼마나 거지 같은지 이루 말할 수 없었고, 수도 없이 겉잠으로 설치다가 다시 잠들려고 갖은 애를 썼지만 뜻대로 되지 않았다, 그러니 왜 푀르트너에게 불평한단 말인가, 좀 더 이해심이 많은 플로리안에게 불평하는 정도면 됐다, 플로리안은 오히려 그렇게 잠이 안 오면 대리인님, 저희 집으로 언제든 편히 오시라고 북돋기도 했다, 대리인도 그렇게 할 수 있으면 하겠지만, 8층은 8층이었고, 그러느니 그는 도자기 공장 앞 작은 수위실에서 푀르트너가 근무하는 날에는 그에게 갔다, 푀르트너 근무 시간표가 다음 주와 다다음 주에 어떻게 되는지 죽 적힌 종이까지 붙어 있는데, 푀르트너는 복사본을 주며 항상 대리인과 길게 대화할 사람이 있도록 배려했다, 여기 그가 자주 찾아도 다 괜찮았기 때문이었다, 그는 밤새는 일도 잘 견디고, 조느라 고개가 한쪽으로 기우뚱 넘어가는 일도 없었다, 그래도 특히나 모든 TV 채널을 돌아가며 탐색하고 〈오스트튀링어 차이퉁〉을 끝까지 다 읽고 더 이상 아무것도 생각하지 않는, 정말 아무런 생각이 없는 상태에 이르는 그런 시간이 확실히 더 행복하긴 해도, 그래도 대리인과 대화하는 일도 좋았다, 대리인도 자신이 전하고자 하는 말을 알아듣고, 그도 대리인 하는 말을 알아들었다, 푀르트너 자신은 원래 메클렌부르크 출신이고 대리인은 그가 밝힌 것처럼 작센 출신이지만 정말 중요한 점은, 푀르트너가 등을 도닥이고서, 우리 둘 다 오시(동독인)란 거죠, 그러니 우리가 서로를 잘 이해하는 것도 당연하지 않습니까, 안 그래요? 그러면 대리인도 동의했다, 그로서도 역시 다시 잠이 들지 못할 때 갈 데가 있다는 게 좋았다, 하지만 뭐 아랄 주유소가?! 그는 경악에 휩싸여 수위의 추가적인 설명을 기다리고 있는데, 수위도 아는 것이 그게 다여서 더는 전해줄 게 없었다, 경찰은 여전히 아무 성명을 내지 않았다고 덧붙였다, MDR 텔레비전 5시 15분 〈튀링겐 저널〉에 뭔가 기대했는데 아무것도 없었어요, 아마도 악투엘(시보)에 뭔가 나오겠지요, 그리고 상황은 카나의 다른 주민들도 다르지 않았다, 폭발로 인해 모두가 깨어났고 아연실색, 잔뜩 겁먹었다, 벌써 오전 8시가 넘었는데, 사람 하나 없었고, 기필코 거리로 나와야 할 사람들조차도 감히 거리로 나오지 않았다, 사람들은 두려워했던 일이 기어이 벌어졌고 이제 카나도 마찬가지라고 생각했다, 폴크난트 부부는 감히 아래층으로 내려갈 염도 내지 못했고, 어쨌든 우체국 문을 열어줘야 할 사람들도 없으니 우체국 문도 열지 않았다, 부르크뮐러 부인은 너무 무서워서 창문으로 다가가지 못했고, 슈나이더 부인도 다르지 않았다, 펠트만 부부는 닫아건 커튼 뒤에서 아침을 먹었고, 물론 카나의 모든 가정에서 똑같은 일이 벌어졌다, 왜냐하면 아무도 아직 충분한 정보가 없을 때 가장 사소한 결정이라도 내릴 용기가 없었고, 아무도 운명을 갖고 아무렇게나 장난질을 하고 싶지 않았기 때문이었다, 심지어 쾰러조차도 그렇지 않았다, 이런 일 뒤에 오늘 도대체 어떤 일이 일어날 줄 알고, 마당에 나가

기구들을 살펴볼 수 있을까? 살피는 일을 연기하는 것이 더 낫겠지? 일을 뒤로 미루자고 결정하고 그는 커피를 만들어, 폭발음을 듣자마자 켜놓은 TV 앞에 다시 앉아 뉴스를 기다렸다, MDR로 스위치를 돌렸다가, 그런 뒤 예나 TV 방송국으로 돌렸고, 휴대전화로 에르푸르트 TV 뉴스도 기다렸다, 그래서 약 8시 반이 되자 모든 이들이 동시에 아랄 주유소가 폭발했다는 소식을 접했고, 경찰은 여전히 어떤 성명도 내지 않았으며, 아직 사고의 원인에 대한 조사가 진행되고 있다는 내용을 들었다, 부르크뮐러 부인은 더 이상 참을 수 없어 창문을 열고 창틀을 두드렸다, 이것은 슈나이더 부인과 자신이 서로 대화하고 싶을 때 보내는 신호였다, 슈나이더 부인은 두드리는 소리를 듣고 즉시 창문 밖으로 몸을 기울였다, 저기, 이 일 어떻게 생각하세요? 슈나이더 부인, 죽은 사람이 여럿이래요, 몹시 침통하게 대답했다, 뭐라고요?! 부르크뮐러 부인의 목소리가 올라갔다, 어디서 들은 소식이에요?! 죽은 사람이 여러 명 있다고 해요, 반박은 용납하지 않을 단호한 목소리로 슈나이더 부인은 반복하고, 다른 사람이 뭐라고 대꾸하는지 어디 보자 싶어 상대를 바라보았지만 부르크뮐러 부인은 창문만 쾅 닫았다, 여럿 죽었다라니, 나도 TV를 봤어, 본 것만이 아니라, 나도 저쪽과 똑같은 채널을 봤는데, 부인은 씩씩거렸다, 하지만 아무도 사상자에 대해 말하지 않았어, 나는 MDR만 있는 게 아니라 예나 TV도 있는데, 혼자 투덜거리며 그녀는 부엌으로 가서 커피 한 주전자를 더 끓였다, 그리고 그녀가 옳았다, 아직 희생자에 대한 언급이 없었기 때문이었다, 쾰러 씨는 아무리 진실을 알고 싶어도 이럴 때일수록 기다려야 한다, 안달 말고 돌아가는 대로 두어야 한다고 생각했다, 아이젠베르크의 친구에게 전화를 걸었지만 티츠 박사는 이미 환자를 보고 있었고, 그의 아내는 너무 겁에 질린 듯해서 쾰러 씨는 안심시키는 몇 마디를 하고 그녀에게 작별 인사를 한 후 끊는 게 낫겠다고 생각하고 나중에 더 알게 되면 다시 전화하겠다는 말과 함께 끊었지만, 한참 동안 아무 새로운 소식이 없었다, 뉴스 보도는 30분마다, 혹은 한 시간마다 이런저런 방송국에서 줄줄이 방송되었지만, 여전히 카나 소재 아랄 주유소에서 사고가 있었다는 내용만 보도하고 다른 것은 없었으며 경찰은 전문가까지 동원하여 조사하고 있다고 하니, 폭발 사실 자체도, 그리고 그 원인도 명확하지 않다는 뜻이었다, 보스는 한밤중에 다들 헤어져 흩어진 후에 집에 계속 머물렀고, 보스는 부대원들에게도 똑같이 하라고 조언했다, 말이 명령처럼 들렸고, 명령이었다, 이럴 때일수록 규율을 유지하는 일이 가장 중요하다고 보스는 생각했다, 다른 누구도 이것을 의심하지 않았지만 아무도 잠자고 싶은 마음이 없어, 모두 이후 밤 그리고 다음 날 아침나절 내내 부엌에 앉아 있었다, 담배 연기가 자욱하여 서로가 거의 보이지도 않았고, 아무도 말하지 않았다, 필수적인 관련 사항은 처리가 되었다, 그들은 커피를 마시고 또 마셨다, 정오가 다 될 즈음에 프리츠가 말문을 열었다, 부르크 임대차를 포기한다고 그들에게 전하고서, 누가 대신 넘겨받고 싶으냐고 했지만, 프리츠가 무슨 뜻으로 이런 말을 하는지 명확하지 않아 아무런 대답도 돌아오지 않았다, 카린은 일어나서 천천히 프리츠 뒤로 걸어가서 프리츠가 돌아볼 때까지 거기 서 있었다, 그리고 말했다, 임대는 네 명의하에 유지해, 프리츠는 대답하지 않고 다시 몸만 돌아앉았지만, 조금 전의 발표를 거둬들인다는 뜻을 얼굴에서 충분히 읽을 수 있었다, 카린은 프리츠에게 걸어갔던 때처럼 천천히 다시 걸어와 앉았던 자리에 앉았다, 대번 누가 봐도 그들 중 그녀가 가장 굳건히 대처하고 있었다, 그녀에게 조금의 변화도 감지되지 않았고, 어제 그리고 그제와 똑같았다, 그래서 MDR이 화재로 두 명의 희생자가 발생했다고 발표하자, 보스는 자리에서 벌떡 일어나 어느 번호로 전화를 걸고, 오펠에 올라타 위르겐이 이송된 대학 병원이 있는 예나로 달려갔다, 그의 머리 부상은 심각했지만 생명에는 지장이 없다고, 만나기가 엄청 어려웠던, 당직 의사가 말했다, 그리고 가까운 친척의 자격으로 의사 입회하에 면회하러 들어갔다, 형편없었다, 불쌍한 위르겐이 거기 누워 있는 것을 보는 일은 정말 힘들었다, 아무리 그의 잘못이라고는 하지만, 그는 진짜 모자란 놈이니까, 그래도, 이건 잔인했다, 이건 너무 잔인했다, 보스는 위르겐이 의식 회복될 때까지 얼마나 걸릴지, 좋아지는 데 얼마나 걸릴지, 영구적인 손상이 남는지 등 일반적인 질문을 하지 않고 병원에서 빠져나와 시동을 걸기 전에 전화를 한 번 더 걸었다, 그리고 카나로 돌아와서 주유소를 지나며 어떻게 돌아가고 있는지 확인하려고 했지만, 교통을 딴 데로 우회시켜놓아, 그는 그로스퓌어슈츠 방향으로 가서, 산으로 오른 다음, L1062번 도로를 타고 다시 내려가야 했다, 그게 유일하게 마을로 들어오는 길이었다, 마을에 오후에는 사람들이 드문드문 보였다, 플로리안도 쾰러 씨를 만나 무사한지 확인하고 싶어서 외출했다, 그런 후 쾰러 씨가 그를 보고 이 아이가 눈이 퉁퉁 붓도록 울고 있다는 것을 알아차리고, 쾰러는 농담으로 분위기를 띄우려고, 짐짓 몹시 놀란 척하며, 폭발로 오스트슈트라세도 날아간 줄 알았어? 물었다, 그러자 혼란스러운 표정으로 플로리안은 그 질문에, 단지 기구들이 손상되지 않았는지 확인하고 싶어서라고 답했다, 아니, 그렇지 않았다고 말하고서 플로리안에게 물 한 잔을 마시게 하고 그를 붙잡아두려고 했지만 플로리안은 아직 처리할 일이 많다며 잔을 내려놓자마자, 퉁퉁 부은 눈으로 울먹이며 쏜살같이 달려 나가, 아랄 주유소로 달렸다, 이번이 처음도 아니었다, 그러나 이제 아무도 가까이 오지 못하게 막았고, 경찰차가 알트슈타트에서 오는 도로를 폐쇄했기 때문에 플로리안이 할 수 있는 일이 없었다, 그는 돌 위에 앉아서 다시 꺼이꺼이 울기 시작했다, 그는 로자리오와 나디르가 두 희생자라는 것을 알았다, 달리 누구겠는가, 이런 생각에 사로잡혀 도저히 견딜 수가 없었다, 그는 양손으로 머리를 치며 그저 울었고 도저히 거기에 앉아 있을 수 없어서 도서관으로 달려갔다, 하지만 그의 상태를 본 링어 부인은 아랄 주유소 폭발 희생자를 제외한 모든 일들을 열심히 주워섬겼고, 어떻게 든 그가 진정이 좀 되자, 그녀는 자신의 목소리가 나아지지 않는다고 불평하기 시작했다, 실제로 여전히 매우 거칠하게 들려, 내 목소리기, 플로리안, 나아지지 않아, 간단히 말해서, 그녀는 어떻게 해서든 공격에 대해서는, 안 된다, 플로리안의 상태를 보고 나자, 그와 논의를 해보자는 생각을 아예 접어야 하겠기에, 말도 꺼내지도 말자고 생각했다, 그녀의 의견은 남편과 같았다, 전반적으로 이 모두 그냥 우연일 리가 없다고 링어는 수리점에서 완전히 봉패로 넋이 나가 말했다, 나디르에게 일어난 일에 뒤이어, 이것은 그저 단순한 사고일 리가 없다, 그래서 처음에는 아내를 도서관에 보내지 않으려고 말렸지만, 오늘 5학년 학급이 방문하기로 했는데 취소하지 않았고, 학생들이 도착해서 도서관 문이 잠겨 있으면 어떠하겠느냐는 말을 남기고 아내가 떠나, 링어도 하다 남겨둔 수리 일로 돌아갔다, 엊저녁에 다시 과열 문제로 라디에이터가 고장 난 포드가 들어왔는데, 라디에이터 위로 몸을 숙이지만 집중할 수 없었다, 거의 모든 사람이 이와 비슷해, 전날까지 잘하던 평소 일에 집중할 수 없었다, 잉그리트 아줌마만이 마르가레텐슈트라세에 있는 아파트에서 나왔고, 아주머니가 가장 먼저 들여다본 곳이 열려 있던 우체국이었다, 폴크난트 부부는 조사관이 예기치 않은 방문을 할까 엄청 두려웠다, 우체국 문을 열지 않은 것이 발각될 수도 있고, 누군가 몰래 우리를 신고할 수 있으니까, 폴크난트는 걱정스러운 표정으로 언급했다, 하지만 그럴 일은 없었다, 아무도 감히 우체국에 가지 않았고, 잉그리트 아줌마만이 우체국 문을 열고, 아무것도 듣지 못했기 때문에 환하게 웃으며 들어섰다, 다른 누구도 가지고 있지 않은 특별한 귀마개를 가지고 있어서였다, 그녀는 한동안 모두에게, 나는 아무도 가지고 있지 않은 특별한 귀마개를 가지고 있노라고, 귀마개를 계속 자랑하고 다녔다, 정말이다, 진짜로 그녀는 어젯밤 폭발이나 그에 따른 야단법석을 듣지 못했다, 하지만 그날 아침에 계획이 다 서 있었다, 지난 마지막 진료에서 의사가 그녀에게, 잉그리트 어르신, 어르신은 아주 건강하다, 할머니 나이에 자연스레 따르지 않을 만한 건강 문제는 전혀 없으니, 뭐라도 할 만한 활동을 찾아보라고, 조언했기 때문이었다, 그래서 이를 두고 많이 생각했다고, 잉그리트 아줌마는 지금 창백한 얼굴의 제시카에게 일러주고 있었다, 마침 있더라, 어떤 활동을 할지, 운동을 조직할 거야, 뭐요? 제시카는 빈 카운터 위로 그녀를 바라보았다, 내가 국화를 얼마나 좋아하는지 너도 잘 알지? 알죠, 심드렁한 대꾸가 나왔다, 음, 제시카, 너도 얼른 준비해야 된다, 곧 국화경진대회가 시작될 거니까, 국화경진대회, 제시카가 묻는 말이었지만 말투는 단정적이었다, 그렇단다, 애야, 국화경진대회, 그리고 아마도 잉그리트 아주머니의 국화박람회라고 이름이 붙을 수도 있고, 아직 결정하지 않았어, 그녀는 카나에서 국화 수가 눈에 띄게 줄어들어 밀려나고 있다고 설명했다, 묘지에 가면 국화가 보여? 거의 없어, 제시카, 거의 안 보여, 국화야말로, 어떻게 표현해야 할까? 이 지구상에 존재하는 가장 아름다운 꽃 중 하나야, 향기는 또 얼마나 좋은데, 그리고 색도 얼마나 다양하니, 돋기 시작하는 봉오리를 볼 때면 가끔 울고 싶어지기도 해, 빨간색 봉오리, 녹색 봉오리, 분홍색 봉오리, 파란색 봉오리, 그리고, 알겠어요, 잉그리트 아줌마, 참 깜찍한 아이디어예요, 제시카는 잉그리트 아줌마 줄 잇는 열거를 중간에 멈췄다, 사람들이 다들 선뜻 달려들 거예요, 그녀는 잉그리트 아줌마가 눈치채지 못하도록 아주 조금 비꼬는 기미로 덧붙였지만 폴크난트 씨는 제꺽, 눈치채고 지금 우체국에 우울한 분위기가 아무리 가득해도, 큰 소리로 터져 나오는 웃음을 막을 수가 없었다, 국화는 가을에 피는 마지막 꽃이야, 잉그리트 이모는 열의에 차 계속했다, 제시카야, 너도 알다시피, 국화는 다년생 식물이고 봄에 아주 싸게 구할 수 있어, 누구나 일이 유로를 감당할 형편은 되지, 나는 마을을 돌아다니며 모두 참여하라고 구슬리마, 들었니, 제시카, 모두 다, 그러니 너도 하는 걸로 알고 있으마, 너도 아름다운 꽃을 좋아하니까, 맞잖아? 어떤 여자가 안 그렇겠니? 그럼, 너도 알지, 너도 참여하는 거다, 내가 벌써 첫 참

가자를 모았네, 그래? 그래요, 카운터 뒤에서 더욱 심드렁한 대답이 나왔다, 제시카는 국화를 도저히 견딜 수가 없었다, 항상 국화를 "죽음의 꽃"이라고 불렀지만 지금은 속을 드러낼 수가 없었다, 잉그리트 아줌마는 이미 밖으로 나가, 안 좋은 다리로 느릿느릿 걸어 아는 사람들 문의 초인종을 모두 눌렀다, 누가 그녀를 모르겠는가, 특히 여기는 자신의 이웃 동네인데, 그녀는 경진대회 이야기를 하고 참여하겠다는 약속을 받아내었다, 더욱 열정을 불태우며 예나이셰 슈트라세 사거리까지 갔고, 그녀는 국화를 진심으로 좋아하는 호프 부인의 집에 벨을 눌렀다, 하지만 한참 동안 문을 열어주지 않다가 호프 부인은 문을 열어주었는데, 잉그리트 아줌마가 왜 왔는지 다 듣고 나서, 이런 걸 보면 잉그리트 아줌마는 소식을 못 들었던 모양이라고 아주 반색하며, 평소보다 한참 나긋하게 그러겠다고 대답했을 뿐만 아니라 즉시 잉그리트 아주머니를 집 안으로 모셔 들였다, 잉그리트 아주머니는 할 일이 아주 많다는 핑계로 몸을 뺐지만 소용없이 호프 부인은 그녀를 자리에 앉히고 물었다, 무엇을 드릴까요? 그리고 잉그리트 아주머니는 똑바로 앉아 고개를 한쪽으로 갸웃하고, 호프 부인에게 미소를 지어 보이며 물었다, 그 맛 좋은 체리 리큐어 혹시 남은 것 있어요? 그리고 아직 조금 남은 게 있었다, 전날 밤의 사건이 있고 나니, 호프 부인은 한두 모금 홀짝인다고 그리 해될 것 없다는 생각에 즉시 작은 리큐어 잔 두 개를 가져와 두 사람은 해치워도 벌써 한참 전에 해치웠어야 할 사람들인 양, 단숨에 리큐어를 털어 넣었다, 호프 부인이야말로 그랬어야 했는데, 그녀는 어젯밤 그 끔찍한 폭발에 너무 겁이 나서 침대에서 한 발도 움직이지 못했다, 남편은 귀마개를 하고 잤는데, 호프 부인은 코골이로 유명한 터라, 이 코골이로 남편이 밤새 자지 못하고 설칠 수 있어서, 호프 부인이 약국에서 귀마개를 사다 주었고, 그 이후로 내 사랑은 하나도 안 듣고 잔다고, 그녀는 때때로 가르니를 다시 찾는 손님에게 들려주었다, 이번에도 그는 아무것도 듣지 못했고, 그녀 귀에만, 반대로, 아주 날카롭게 파고들었고, 모든 근육이 긴장해, 그녀는 이불 아래에 웅크렸다, 첫 번째 폭발 후 그녀는 믿기지가 않았다, 다음 폭발이 들렸고, 믿기지 않았다, 그리고 다음 폭발이 인 후에도, 그래도 여전히 믿기지 않았지만 아직 끝난 게 아니었다, 더 크고 더 깊고 더 무시무시한 우르릉 콰광 폭발들이 뒤따르며, 꽤 오랫동안 계속되었다, 그녀는 결코 끝이 없을 것이라고 생각하는데, 갑자기 끝났다, 그래도 귓청 떨어지던 폭발음은 귓가에 메아리처럼 아주 천천히 잦아들었고, 점점 더 희미해지더니 모든 것이 무시무시한 정적에 덮였다, 정적이 더 끔찍했다, 사이렌 소리가 울리기 시작할 때까지 그녀는 움직이지 못했다, 그 소리를 몇 번이나 들었는지 알지도 못했다, 그래서 발끝걸음으로 창문으로 몰래 다가갔지만 아래 거리는 항상 그렇듯이 완전히 황량했다, 그녀는 아무도 자신을 볼 수 없지만 아래에서 일어나는 모든 일을 볼 수 있도록 커튼을 아주 조금만 옆으로 걷고, 뭐라도 있을까 봐, 한동안 서 있었지만 아무것도 없었다, 하지만 아무것도 없어, 그리고 그녀는 침대로 돌아가려고 하는데, 잠깐 아주 빠르게 불빛이, 로스슈트라세에서 자동차 한 대가 아주 빠른 속도로 건너 부르크슈트라세 쪽으로 달려가는 것을 알아챘다, 정말 빠른 속도로 쌩하니 지나가 차가 부르크슈트라세를 따라 질주한다는 것 말고는 색깔조차 식별할 수 없었다, 차에 제동이 걸리고 멈췄고 문이 쾅 닫히는 소리가 들렸다, 그리고 완전한 정적이 깔렸다, 그 나치들이네, 호프 부인은 생각했다, 그들 외에 누가 한밤중에 이렇게 차를 몰고 다니겠는가? 특히 이렇게나 빠른 속도로, 그렇게 서둘러 다녀, 그렇게나 서둘러서, 그녀는 혼잣말을 중얼거리고 재빨리 다시 누워서 이불을 턱까지 당겼다, 그리고 무슨 일이 있었는지 아무것도 알고 싶지 않았기 때문에 꼼짝하지 않고 누워 있었다, 뭐든 아무것도 알고 싶지 않았다, 오랫동안 거기에 누워서 무슨 일이 일어날지 기다렸지만 아무 일도 일어나지 않았고, 몸이 먼저 지쳐 깊은 잠에 빠졌고 남편이 커피를 가져왔을 때야 겨우 깨어났다, 하루를 이렇게, 호프 씨가 김이 모락모락 나는 커피를 들고 오는 일로 시작하는 일이 그들의 일상이었기 때문이었다, 호프 부인은 이미 여러 차례 자신이 이 일을 떠맡아서 남편이 계속 평화롭게 조용히 쉴 수 있도록 하자 다짐을 했지만, 이런 습관이 너무 좋아 단념할 수가 없었다, 그녀가 여전히 설핏 잠들어 있는 동안 느껴지는 향기로운 커피 향은 너무 좋았기 때문이었다, 어찌나 좋은지 아무것도 바뀌지 않았고 호프 씨는 커피를 계속 끓이고 침실로 가져왔다, 그런 일이 오늘도 반복되었고, 그리고 평소처럼 그들은 침대 머리판에 등을 대고 앉았고, 퀼트 이불은 무릎까지 끌어 올렸다, 호프 부인은 전날 밤에 여기에서 일어난 일에 대해 아무 말도 하지 않았다, 호프 씨는 이런 식으로 하루를 시작하는 이 시간에 아주 행복해 보였기에, 그의 기분을 망치고 싶지 않았다, 그들은 예나에서 커피를 샀는데 일반적으로 한 달 정도 분량으로 여유롭게 샀다, 좋아하는 것을 최상으로 먹고 마시는 일이 그들에게 중요했기 때문에, 리들이나 네토 또는 페니에서 판매하는 커피는 영 입맛에 맞지 않았다, 그리고 길 건너편에 있는 홍어 베이커리와도 잘 지내는 편이 아니었는데, 거드름 피우기 좋아하는 홍어는 이해할 수 없는 이유로 그들을 라이벌로 여기고, 그들과 파트너를 맺고 싶어 하지 않아, 예를 들어 가르니 레스토랑이 여전히 완전히 가동 운영될 때 커피를 공동 조달하자고 했던 제안에 응하지 않았다, 그런 식으로 커피는 예나에서 가져오는 일은 지속되었는데, 이런 조달에서 공동 구입할 다른 가족을 호흐슈트라세 거리에서 찾아내긴 했다, 호프 부부는 다른 품목들도 필요했기 때문에, 이런 주문을 처리하는 것은 호프 부인이었다, 안 그래도 호프 부인으로서는 다른 사람에게 구매를 맡기는 것이 영 못마땅했을 것이다, 오직 자신만 신뢰하기 때문에, 자신은 실수를 하지 않기 때문이다, 그녀는 이것을 자랑스러워했고, 심지어 플로리안이 우느라 퉁퉁 부은 눈을 하고 나타나 폭발에 대해 그들이 아는 바를 서로 나눌 때도 플로리안에게 그렇게 말했다, 지금까지 내가 모든 상황을 통제해왔지만 지금부터는, 상황이 이렇게 되니 모르겠다, 어떤 일이 벌어질지 나는 정말 모르겠구나, 그러자 플로리안은 오랜 침묵 끝에 심란한 마음을 조금 다잡고 호프 부인을 안심시키려고 노력했지만 그리 설득력은 없는 말들이었다, 이 비극으로 얼마나 힘든 시간을 치를지 극명했기 때문이었고, 더군다나 어떤 내용은 함구해야 하기도 했다, 지금 같은 때에 무조건 꺼냈으면 바라 마지않을 내용이었지만, 이런 심정의 호프 부인에게 어떤 언급도 하지 않는 것이 낫다고 생각했다, 그로서는 이해되지 않는 이들 폭발을 말고도, 퀼러 씨에게 무언지 모르게 어긋난, 잘못된 점이 있었기 때문이었다, 지난 이삼 일간 퀼러 씨는 예상치도 못하게, 그리고 두드러지게 조용했다, 그는 평소와 다름없이 평정을 유지하는 것처럼 보였지만 거의 말을 하지 않았다, 누군가 그에게 무언가를 물어보면 어떤 때는 대답을 건너뛰었고, 더 긴 대화는 할 수 없는 것 같았다, 플로리안은 호프 부인을 떠난 뒤에 보스에게 이 말을 했다, 보스가 무슨 일이 있었는지 들은 소식이 있는지 알아보기 위해 갔던 길이었다, 초인종을 누르며 플로리안은 그들이 평소처럼 마당 울타리 넘어 이야기할 것이

라고 예상했다, 그러나 다시 보스가 현관문께에 서서 그에게
소리쳤다, 다시 속옷만 입고 목에 수건을 두르고 있었는데, 이
는 그가 안에서 운동을 하고 있었다는 의미였다, 들어와, 말하
고 플로리안에게 들어오라고 손짓했다, 전과 마찬가지로 로트
와일러에 대한 두려움에, 전과 동일하게 플로리안의 얼굴에서
핏빛이 가셨지만, 이번에는 보스는 놀리는 농담을 하지 않았
다, 그 모든 일이 한마디 언급의 가치라도 없다는 듯이 넘기
고, 중요한 일에 말문을 열려고 하는데, 하지만 플로리안이 선
수를 쳐, 자신이 보기에 꽤 큰 문제가 있다고 말을 뱉었다, 자
기가 봐도 이상하다, 뭔가 어긋난 데가 있다, 퀼러 씨가 평소
자신이 원래 앉던 의자에 그를 앉히기는 하지만, 퀼러 씨는 그
의 맞은편에, 원래 그의 자리에 앉지를 않는 것이다, 바깥에
있을 때면 기구 계측값을 읽거나 마당에서 다른 일을 하는 동
안은 아주 잠깐 말 나누는 기회밖에 없어, 그런 일들은 마주
앉아 깊이 있는 대화를 이어서 나눌 수 있는데, 아니, 퀼러 씨
는 계속 서 있는다, 더 이상한 것은 그가 그냥 안락의자 등받
이에 기대고 서 있는데 그를 쳐다보지도 않았다, 플로리안의
느낌에는 그가 어디 다른 곳을 딱히 보고 있는 것 같지도 않
았고 그냥 거기 서서 아무 말도 하지 않았다, 물론 플로리안은
무언가를 말하려고 했지만 소용없이, 퀼러와는 마치 벽에 대
고 말하는 것처럼 반응이 없었고 마지막에 자신이 떠나려고
일어나자, 그제야 뭔가 말을 했다, 그러나 말이 너무 맥이 없

고, 너무 평이해서, 내가 들은 게 맞나 싶지만, 듣지 않은 것은 아니라, 그리고 이런 일은, 플로리안은, 두 개의 덤벨을 들어 올리며 백에서 얼마나 남았나 거꾸로 혼자 세고 있던 보스에게 설명했다, 그제껏, 그들 사이에 전혀 이런 일이 없었다! 그리고 어느 무엇보다!!!, 플로리안은 눈을 비볐다, 도저히 견딜 수가 없어서, 그래서 집을 떠날 즈음에, 그는 퀼러 씨가 아직도 수리되지 않은 대문을 닫고 집으로 돌아갈 때까지 기다리며, 플로리안은 반호프슈트라세까지 걸어가는 척했지만 아니, 몇 초 후 뒤돌아서서 퀼러 씨의 집으로 살금살금 숨어 들어가 창문을 통해 몰래 훔쳐보았다, 이번에는 덧창이 닫히지 않았기 때문에 그는 퀼러 씨가 곧장 방으로 들어가 노트북으로 걸어가 앉아서 무언가를 쓰는 것을 보았다, 정말 무지막지 빠른 속도로, 그리고 항상 그랬다, 퀼러 씨를 알았을 때부터 플로리안은 그가 얼마나 빨리 타자를 치는지 감탄스러웠다, 그는 열 손가락으로 다 사용해 자판을 칠 수 있었고, 그는 지금도 열 손가락으로, 돌풍처럼 빠르게 타자하는 것을 보았다, 물론 분명 늘 하던 일을, 플로리안은 깊은 한숨을 쉬며 말했다, 그는 분명 마당의 기구들에서 난 데이터를 입력하고 있었을 것이다, 그러나 여전히 모든 것이 따지고 보면 어딘가 특이했다, 이를테면 이런, 퀼러 씨에게 그만 뒤로 미루고 대문의 자물쇠를 고치자는 제안에도 못 들은 척 흘려넘기고, 그리고 앞문도 고쳐야 한다 해도 손을 내저으며, 시간이 날 거야, 서두르지 마,

서두르지 말라니, 걱정하는 일이 당연하다고, 플로리안은 덧붙였다, 나라면 걱정 안 한다, 보스가 두 개의 덤벨을 벤치에 내려놓았다, 땀이 비처럼 흘러내리고 있었다, 땀이 비처럼 쏟아지네, 넨장칠, 그는 헐떡이며 말했다, 샤워하고 금방 돌아올게, 그럴 사이에 얌전히 여기 앉아 있어, 그리고 의자를 가리키고 화장실로 사라졌다, 왜냐면 여전히 플로리안에게 할 말이 있어서, 그리고 준비가 되자, 그는 목욕 가운을 입은 채 플로리안 맞은편에 앉았고, 그는 전날 밤에 집에 있었다고 했다, 난 집에 있었다, 그가 플로리안을 똑바로 쳐다봤고 플로리안은 대답했다, 네, 집에 안 계실 리가 없지 않느냐, 보스? 보스는 항상 밤에 집에 있잖느냐, 어, 그야 그렇지 물론, 보스는 방해에 짜증을 내며 계속했다, 다만 누가 물어보면, 누구든지 간에, 알았지? 누가 너에게 물어보면 나는 어젯밤에 집에 있었다고, 너는 그런 말을 하는 거다, 매일 밤처럼 내가 집에 있었다, 늘 그랬듯이 어쩌다 네가 아느냐 하면, 어젯밤에 내가 전화해서 안다, 나는 너에게 11시경, 그런 뒤 12시경에, 그런 뒤 1시경 그리고 2시에 그리고 3시에 또, 이렇게 지난밤에 너에게 다섯 번을 전화했다, 왜냐하면 내가 장부 총계를 내고 있을 때, 월별 이동 경비니 온갖 다른 잡것들 기록으로 버벅대면, 보스가 플로리안 쪽으로 가까이 몸을 기울였다, 항상 이런 식이야, 우리는 항상 이렇게 밤에 장부 일을 해, 그리고 내가 전화해, 내가 이런저런 정확한 세부 항목이 기억이 안 나면 네가 그게 뭔지 말해줘, 왜냐하면 네가 항상 목록을 가지고 있거든, 특히나 지금 건 네가 지니고 있었어, 어젯밤에도 내가 매시간 너에게 전화했어, 우리가 월별 명세서를 꾸밀 때 내가 항상 밤마다 너에게 전화하던 것처럼, 알아듣겠지? 플로리안, 이것은 중요해, 그 이유를 말해주마, 왜인고 하니, 그는 목을 가다듬으면서, 목욕 가운 주머니에서 휴대전화를 꺼냈다, 보스의 휴대전화들 중의 하나가 아니었다, 플로리안은 이것을 즉시 알아차렸지만, 함부로 감히 제대로 살펴볼 수 없었다, 뭔가 짚이는 게 있어서였다, 하지만 여전히 믿을 엄두도 나지 않는데 설마! 그리고 보스는 의자를 플로리안에게 가까이 당겨 앉았다, 나는 영 가망 없다고 여겼는데, 그의 눈앞이 갑자기 흐려졌다, 아니, 전혀 아니었다, 아주 요지경으로 엉망진창이라, 그는 바깥으로, 아주 먼 곳을 향해 고갯짓을 했다, 다들 나를 못 잡아먹어 안달해, 너는 얼마나 많은 사람이 나를 싫어하는지 알지, 그것도 전혀 이유 없이, 네, 조마조마한 플로리안은 동의하고 한편 이제는 감히 휴대전화를 대놓고 바라보았다, 보스가 휴대전화를 자신의 말 한마디 한마디마다 한층 무게를 싣기 위해서 힘차게 흔들어대기 시작했기 때문이었다, 너는 알겠지?! 다 위르겐 때문에 누군가 아랄 주유소 사건이니 나에게 뒤집어씌우려고 들 거야, 그럴 리가, 정신 못 차리고 플로리안은 속으로 웃었다, 그리고 그는 보스의 손에서 가까워졌다가 멀어지는 휴대전화의 움직임을 따라가며 계속 생각했다, **저건 노키아야,** 그리고 떠듬거리며 말했다, 보스, 어젯밤 폭발에 대해 말씀하시는 거지요? 그건 사고 아니었어요? 모두가 사고였다고 하고 조사 중이라고 하던데요, 그럼 서로 이해가 된 거지, 보스는 목소리를 낮추고 그리고 **노키아**도 낮추었다, 그런 다음 그는 다시 둘 다 올리고 정색하더니 휴대전화를 플로리안의 손에 쥐여주고 엄숙하게 말했다, 너는 이 전화를 지난 반년 넘게 가지고 있었고 너는 나로부터 이걸 받았어, 알겠어? 반년요? 그래, 젠장, 적어도 그만큼, 그 이후로 우리는 매일같이 서로 전화했어, 매일같이요? 그래, 적어도 지난 반년 동안 하루도 빠짐없이 매일, 그리고 너는 이 전화로 나와만 이야기했어, 그래서 다른 사람은 네가 휴대전화를 가진 것을 본 적이 없고, 너는 나하고만 이야기했어, 다른 사람은 없이, 그래, 밤에도, 내가 너에게 다섯 번 전화했을 때, 보스가 반복했고, 그는 더할 나위 없이 천천히 충분히 스며들 수 있도록 덧붙였다, 다섯 번! 알았지? 그런 다음 다른 주머니에서 충전기를 꺼내 플로리안의 다른 손에 쥐여주었다, 이 시점부터 그는 양손 중 어느 쪽도 보지 못하고 보스만 바라보면서 다른 모든 것을 잊어버렸다, 그의 얼굴은 행복으로 천천히 빛났다, **노키아야,** 그가 중얼거렸다, 그래, **노키아,** 보스가 짜증을 내며 대답했다, 이미 이걸로 너는 다섯 번 통화를 한 거야, 맞아?! 하지만 플로리안은 여전히 감히 손을 보지 않았다, 그래도 온몸으로 그가 얼마나 많은 것을 이해하고 있는지, 그리고 그 멍청한 머리에 뭐라도 새겨야 한다면 그 머리에 새기고 싶다고 보여주었고, 그는 그것을 새겨 넣었다, 이제 그는 모든 것을 그의 뇌에 철-저-히-새-겼-고, 보스는 나를 철두철미 신뢰해도 된다고 그는 말했다, 휴대전화와 충전기를 손에 들고 있으니 좋았다, 그러니까 지금 이것들은 제 것인가요? 그는 물었다, 벌써 6개월 되었지, 젠장, 보스는 조바심을 내며 대답했고, 그는 의자에서 일어나 목욕 가운으로 몸을 문지르고 이를 벗고는 가운을 뒤편으로 던졌다, 플로리안은 벌거벗은 보스의 모습을 보고 벌떡 일어나 슬금슬금 벗어나기 시작했지만 보스는 검지로 그를 위협하며, 막아서고 마지막으로 플로리안에게 질문을 던졌다, 너는 정말로 제대로 알아먹은 거지! 물론입니다, 전부 확실합니다, 플로리안은 보스가 성기도 안 가렸기 때문에 얼굴이 벌게져 고개를 끄덕이고는 떠났다, 개 앞을 지나는 길은 올 때와 매한가지로 무서웠다, 누구든 이 방향에서 사람이 지나가면 로트와일러가 짖지도 아니하고, 목이 조일 정도로 팽팽히 사슬을 당기며 덤비지도 않을뿐더러, 일어나지도 않고 낮게 으르렁거리기만 한다고 눈치챘겠지만, 이 정도만으로도 플로리안이 느끼기엔 보스 집에 들어갈 때와 똑같이 고초가 이만저만이 아닌데, 플로리안은 대문을 닫을 수도 없었다, 이웃 바그너의 집 방향에서 나타난 잉그리트 아줌마가 플로리안에게 문을 닫지 말라고 힘차게 소리치며 손짓했기 때문이다, 이봐, 문을 닫지 마, 왜냐하면 내 생각에, 숨이 턱에 닿아 플로리안에게 다가가며 덧붙였다, 내 생각에 아무래도 여기도 종이 작동하지 않을 것 같으니까, 상상이 가느냐, 나는 이 안 좋은 다리로 지금 몇 시간 동안 마을을 돌아다녔지만, 얼마나 많은 집의 초인종이 작동하지 않는지, 플로리안에게 하소연했다, 초인종이 고장난 집이 이렇게 많을 줄은 생각지도 못했어, 사람들이 왜 작동하는 초인종을 안 갖추나 알 수가 없네, 왜 그런지 너는 아니, 플로리안? 플로리안은 왜 그런지 이유를 몰랐다, 그녀가 무슨 말을 하는지조차 알지 못했다, 그는 잉그리트 아줌마가 문손잡이를 잡도록 넘겨주고, 한 손에는 휴대전화를, 다른 손에는 충전기를 들고 집으로 향했다, 그는 펄펄 끓는 물건이라도 되는 양 둘을 자신과 약간의 거리를 두어 붙잡고 집에 도착할 때까지 '보려고도' 하지 않았다, 나중에 거기서, 그 말이 속에서 고동쳤다, 거기서 그 후에, 그는 매우 조심스럽게 휴대전화를 식탁 위에 내려놓고, 전원을 켰다, 그러자 즉시 작은 화면에 하늘색 투명 배경 이미지가 나타났지만, 플로리안은 휴대전화 앞에 앉지 않았다, 실제로는, 조금 뒤로 물러나 눈을 감았다가 다시 눈을 뜨고 큰소리로 혼잣말을 했다, 하늘색, 그는 앞으로 나아가 충전기를 휴대전화 옆에 놓고 다시 뒤로 물러나 휴대전화와 충전기를 계속 바라보았다, 보스는 정말, 그의 마음에 온기가 밀려들었다, 아 세상에나 이것 참, 그리고 눈에 눈물이 차올랐다, 자신이 비극의 무게에 거의 무너질 것 같은 느낌이 드는 때 그러자 보스가 가까이 다가온다는 생각이 들었다, 그리고 로자리오와 나디르의 끔찍한 죽음 이후 플로리안 속에서 무슨 일이 일어나고 있는지 십분 이해하고서 보스는 도저히 견디기 힘든 일을 견디기 쉽게 거들려고 그에게 진짜 **노키아**를 주었기 때문이었다, 플로리안은 거기에 서서 휴대전화나 충전기를 만지지 않고 그냥 서서 그것들을 쳐다보았다, 그리고 다시 밖으로 나가 어디라도 가보려고 발을 떼는데, 정작 어디로 가야 할지 몰랐다, 본능적으로 보스 집 방향으로 향하지만 갑자기 방향을 돌리고 반호프슈트라세를 따라 올라가 오스트슈트라세까지 죽 걸어가, 어느새 그는 퀼러 씨의 집에 서 있는데, 거기서 우연히 산림감시인과 마주쳤다, 감시인은 문 잠금장치가 떨어져 나간 것을 보고 그냥 들어갈 수 있다고 알지만, 예의를 차려 초인종을 눌렀다, 집에 계실까? 그는 플로리안에게 묻고 퀼러 씨가 나오지 않아서 그는 다시 눌렀다, 내가 방금 초인종을 눌렀는데 아무도 나오지 않더라고, 하지만, 그때 퀼러 씨가 나타나서 문을 활짝 열고 플로리안에게 들어오라고 했지만, 감시인도 역시 초대해 들였다, 선생님 드릴 꿀을 좀 가져왔어요, 감시인이 설명했다, 괜히 귀찮게 하고 싶지 않아요, 꿀만 드리러, 괜찮습니다, 들어오세요, 집주인이 말했다, 오늘은 반 리터면 충분할 겁니다, 그는 항아리 중 하나를 가리켰지만 감시인은 그에게 더 큰 항아리를 제안했다, 정말 그 정도로 충분하시겠어요? 그는 기대에 차 바라보았지만 퀼러는 작은 항아리를 가리키며 말했다, 예, 저 정도면 충분합니다, 그는 돈을 지불하고 감시인에게 나갈 때 대문을 닫아달라고 요청했고, 그는 최선을 다해 문을 닫고, 자신의 차에 타서 꿀을, 더 정확하게는 꿀 병으로 가득 찬 큰 가방을 싣고 계속, 자신으로서는 지속되기를 바라는 현재의 수요 증가에 한몫 벌기를 바라며, 차를 몰았다, 몇 년 동안 그는 꿀을 거의 팔지 못했고 때로는 딴 꿀 1년치를 몽땅 팔지 못해 남기도 했지만, 지금은 늑대들 때문에 수요가 늘었다, 하지만 지난 며칠 동안 이 수요도 갑자기 줄어들었고, 그래서 오늘, L1062 진입로 옆에 사는 은퇴한 소방관으로부터 **아랄** 주유소에서 일어난 일을 전해 듣고서, 얼른 그는 팔 수 있을 때 꾀어서라도 팔아치우기 위해 가장 큰 가죽 가방에 꿀단지를 가득 채웠다, 그는 남은 젤리나 시럽은 감히 생각도 못 했지만 적어도 꿀은 팔아치우리라, 여전히 꿀은 꿀이고, 가장 많은 수익을 올리니까, 그래도 이제부터는 어려울 것이라는 느낌이 들었지만, 이 모든 늑대 열병이 시작될 때만 해도, 그는 이러다가는 꿀을 희석해야 되는 거 아닌가 생각했는데, 하지만 이제 다 글러먹었어, 그는 웨더 퀼러 관측소에서 나오면서 혼자 중얼거렸다, 그도 방금 작은 단지로 샀다, 썩을 도대체 이 모든 꿀을 어떻게 해야 하나, 다시 한번 다 싸안고 살게 생겼어, 그는 깜박이를 켜고 출발했다, 호호슈트라세도 한번 가보자고 결정했기 때문이었다, 거기는 큰 빌라들이 있으니 아마 살 사람이 있겠지, 그리고 1분 뒤에 첫 번째 집에서 초인종을 눌렀다, 그러나 아무 소용 없이, 문을 열지 않았고, 꼭 마찬가지로 다음 집도, 그다음 집에서도 아무도 문을 열지 않았다, 때로는 여기저기 커튼이 펄럭이는 것을 보았지만 무덤처럼 조용했다, 다만 펠트만 집에서만 인터폰으로 대답하여 마침, 꿀이 필요하던 차라고 했다, 펠트만 부인은 꿀을 매우 좋아했고 특히 지금처럼 날씨가 쌀쌀해지기 시작할 때 자주 찾았다, 그녀는 큰 항아리 세 개를 샀다, 항상 당신은 지나치다니까, 펠트만 씨는 아내를 질책하고, 항아리 둘을 도로 가죽 가방에 넣었다, 그들은 감시인을 안으로 불러 앉히고 그에게 뭐라도 들은 게 있는지 물었고, 그가 방금 산에서 내려왔고 방금 소식을 들어서, 그러니 없네요, 그들은 시무룩하게 그를 쳐다보고, 몇 분 후에 그들은 그를 문밖으로 배웅했는데, 하지만 그의 가방에는 여전히 꿀 일곱 단지가 있다, 이것들을 어떻게 해야 하나, 집으로 가져가나? 고민했다, 그는 모든 초인종을 눌러봤다, 그러니까, 대여섯 집 거리를 운전하고 가서 차를 주차하고 다시 걸어 되돌아가 초인종을 일일이 누르고, 대여섯 집 거리를 운전해가 차를 주차하고 다시 도전했지만, 되는 일이 없었다, 하늘을 탓할 수도 없고, 그는 집으로 가는 길에 은퇴한 소방관 집에 들러 불평했다, 꿀이 더 이상 팔리지 않아서 기분이 너무 꿀꿀하다, 집에는 적어도 두 개 선반이 가득한데, 소방관이 준 맥주를 받아 들고서, 아아, 저 두 선반 가득, 감시인은 한숨을 쉬었다, 마침내 작별 인사를 하고 집으로 운전해 갔고, 그는 한동안 카나에 발을 들여놓지 않기로 결정했다, 왜, 그는 아내에게 서러워 두런거렸다, 왜 내가 굴욕감을 느껴야 하는데? 나는 떠돌이 땜장이도 아니고 비참한 도붓장수도 아니야, 이건 그들이 살 수 있는 최상의 꿀인데, 그의 말이 맞았다, 퀼러는 꿀 떠 먹는 일을 참을 수가 없어, 플로리안이 떠나자마자 그는 뚜껑을 풀고 처음에는 눈을 감고 냄새만 맡았다, 그런 다음 티스푼으로 핥아먹고, 잠시 생각을 바꿔 아예 수프 숟가락을 꺼냈다, 플로리안도 좋아했지만, 작은 꿀 한 병이 6유로라, 감당할 처지가 못 됩니다, 감시인 어르신, 저에게 너무 비싼 호사입니다, 언제 한번 그에게 말했다, 그만큼 받고 넘겨주니까, 감시인은 생각했다, 그 린케가 뭔지 모를 잡꿀을 킬로그램당 11유로에 파는데, 그럼 우리 꿀 가격은 겨우 12유로밖에 되지 않아, 맞지? 물론이라고 그의 아내는 그에게 동의했고, 그래서 작은 꿀단지가 6유로가 되었고 처음에는 사람들이 젤리와 시럽과 함께 다들 달려들더니, 이제는 거의 아무것도 팔리지 않았다, 같은 말 그만 좀 하라고 그의 아내는 투덜거렸고, 그래서 감시인은 입을 다물었다, 그리고 다른 의미에서지만 퀼러 씨에게도 같은 일이 일어났다, 이런 이상하게 가라앉은 침묵, 플로리안은 하루가 다르게 점점 더 악화되는 것을 매일 지켜봐야 했다, 왜냐하면 노키아를 가지고, 그의 영혼을 무섭게 찍어 누르던 슬픔에 대한 평형추처럼, 그가 기기의 모든 것을 시험해보고 모든 것을 배우던 이틀을 빼고, 이제는 목요일뿐만 아니라 매일 퀼러 씨를 방문했기 때문이었다, 그가 보기에 심상찮게, 퀼러 씨는 그가 도착했을 때만 어서 오라는 인사를 하고 그가 잘 계시라고 하고 떠날 때 잘 가라는 인사만 하고, 그사이 그는 거의 말을 하지 않았다, 나중에 보스와 링어 부인에게 일이 어느 지경까지 이르렀나 전할 즈음에, 이제 퀼러 씨가 문을 열어주러 나올 때 고개만 끄덕이고 플로리안이 떠날 때 고개만 끄덕이고 그사이에는 전혀 말을 하지 않는다고 말하지 않을 수 없었다, 더 이상 말을 할 수 없는 것이 아니라 하고 싶지 않은 것이다, 그리고 그 이유를 도대체 알 수가 없다, 이제 이 모든 것이 시작되었을 때처럼 그는 차분하고 평정이 잡힌 것처럼 보이지 않는다, 왠지 지쳐서 우울하다고는 할 수 없겠지만, 좀 더…… 무감각하다, 어떤 것도 관심이 없는 사람처럼, 그럼 의사에게 데려가, 젠장할, 이 말로 보스는 그 문제는 물리쳤다, 그의 말마따나 쪼잔하고 자질구레한 구살머리를 상대할 시간이 없었다, 상황이 그렇다, 이번에는 윌크니츠에서 늑대를 아마도 감시인이 봤다고 하면서, 보스를 전화로 불러들였기 때문이었다, 경찰이 아니라 보스와 나사 빠진 NABU 멍청이들에게 연락했고, 게다가 아이제나흐에서, 바흐하우스에서 멀지 않은 곳에서 또 다른 작은 폭발이 있었다, 그러니 내 문제만으로도 차고 넘친다, 보스는 으르렁거리며 말하고 담배를 깊숙이 빨아들였다가, 한참 동안 연기를 뱉고, 하던 말로 바꿔, 그는 연락을 받은 후 감시인과 함께 소위 목격되었다는 의심 장소로 차를 몰고 나갔을 때 늑대는 보이지도 않았다, 나중에 그는 거기 밤에 돌아가야 할 것이다, 하지만 달리 할 말이 있다고 플로리안에게 말했다, 이 일은 네게 일임해야겠다, 아랄 주유소 일이 있건 없건 상관없이, 이번 토요일에 이 줏대 없이 약해빠진 겁보들을 체육관에서 리허설을 하라고 다시 모아야 할 것 같은데, 그때는 그가 그럴 시간이 없다, 그러니, 그, 플로리안이 리허설이 잘 돌아가도록 리허설을 관리 감독하는 일을 맡으라고 설명했다, 플로리안은 뭐가 어떻게 되는 건지 이해하는 데 시간이 좀 걸렸다, 즉, 카나 심포니 리허설이 다시 계속될 것이고 누군가가 질서정연하게 되어가도록 지켜보아야 하는데 너는 이제 바흐에 능숙하고 이해력도 있고 경험이 있으니까, 체격 좋기는 두말할 나위 없고 하니, 뭐든 관련없이 샛길로 새는 일이 눈에 띄면 그냥 앞으로 나가, 그리고 지휘자 연단으로 쓰이는 데 서 있으면 잘 돌아갈 것이다, 그런 일 한 번 정도면 충분해, 하지만 그것만으로는 충분하지 않았다, 왜냐하면 다음 날 토요일 오전 11시에 리허설이 시작되었을 때, 오케스트라 단원 스물한 명 중 열한 명만 나타났고, 플로리안이 다잡으려 그들 앞에 서 있는다고 해도, 이런 식으로는 어차피 아무것도 할 수 없을 거라고 생각해서, 그들에게 다만 모두 함께 이런 구성원들로 할 수 있는 곡으로 오후 1시까지 남아 연습하라고 했다, 보스가 무슨 일이 있으니 꼭 지키라 강권했으니까요, 아무것도 되는 일이 없었다, 모습을 드러낸 현악기 연주자들은 뭔가 뚱땅거리고 유일한 트럼펫 연주자는 자기 트럼펫으로 몇 음을 불었지만 콘트라베이스 연주자 두 명은 이런 식으로 연습하기 싫다고 선언하더니, 그들은 악기를 싸기 시작했고, 남은 두 첼로 주자가 그 뒤를 따랐고, 바순 주자와 두 오보에 연주자는 플로리안을 간절하게 바라보는 통에, 플로리안은 자리에서 일어나 늑목벽으로 천천히 걸어가 등을 기대고 앉았다, 그리고 처음에는 그냥 카나 심포니의 멤버들이 차례로 체육관을 몰래 빠져나가는 것을 지켜보다가, 그들을 쫓아가려고 일어났지만 출입구에서 생각을 돌려먹고 다시 자리에 앉아, 로자리오, 나디르, 퀼러 씨에 대해 생각할 필요가 없도록 그는 국가를 약간 연습한 다음 휴대전화로 여기저기 만지작거리며 오후 1시가 오기를 기다렸다, 그는 무슨 일이 일어날지 알았고 그대로 실제 일어났다, 보스는 불같이 화를 내고 그에 못지않게 야단을 치는데, 손은 들어 올리지 않았다, 손찌검은 요즘에는 아주 가끔만 일어나는 일이었다, 물론 이전과 똑같은 것은 없었다, 그는 더 이상 보스와 함께 일하러 가지 않았고 정기적인 리허설도 없었고 모든 것이 바뀌었다, 다만 늑대가 처음 등장했을 때와 똑같이 두려움은 그대로 대단하다는 점은 예외였다, 그들이 다시 여기에 있다, 그리고 이제 일은 이렇게 될 것이다, 여자들은 강간당하고, 폭탄이 터지고, 우리 가운데로 늑대를 들여보냈다, 이런 지경까지 왔다, 지금 상황을 이렇게, 일로나 뷔페에서 하인리히 씨가, 우체국에서 제시카가, IKS 술집에서 대리인이, 호프 부인이 산수댔나, 그리고 그들은 주정부 또는 연방 차원의 누군가가 행동을 취해 이 모든 일을 초래한 누구든 쓸어버리기를 기다렸다, 플로리안은 머리가 다 윙윙거렸다, 가는 곳마다 똑같은 말을 들었고 모두가 두려워했다, 다만 그는 예외로, 애도의 큰 슬픔은 빼고 그는 퀼러 씨에게 몰두하느라 바빴다, 모든 힘과 시간을 그에게 바치고 있었다, 자연스럽게 그는 병을 의심했던 터라 일단 작정하고서 용기를 내어 그는 전화로 그런 문제를 논의하는 것이 무례하다고 생각했기 때문에 직접 아이젠베르크에 가서 티츠 박사에게 상황이 꽤 걱정스러운 관계로 퀼러 씨를 봐주러 오실 수 없겠느냐고 간청했다, 그리고 티츠 박사는 카나로 건너와 그의 친구를 점검했다, 플로리안은 밖에서 부엌에서 기다리고 있었고 적어도 한 시간 동안 둘은 거기 안에 함께 있는데 불행하게도 하나도 들리지 않았다, 플로리안은 닫힌 부엌문으로 살금살금 다가가서 몰래 자꾸만 귀를 대어보았지만 티츠 박사가 말하는 소리만 들릴 뿐, 박사가 무슨 말을 하고 있는지 알아들을 수 없었다, 마침내 티츠 박사가 밖으로 나왔고 플로리안은 궁금증에 가득하여 그를 바라보았지만 티츠 박사는 얼굴을 찡그리며 마치 퀼러 씨가 불치병에 걸린 것처럼, 그저 고개만 흔들었다, 그럴 리가 없어요! 플로리안의 내면에서 목소리가 울부짖었다, 이건 완전히 터무니없다, 퀼러

씨에게 뭐라도 말을 해보라고 졸라대었다, 지금까지 감히 하
지 못하던 일이었지만 그럴 때도 이제 넘었다, 그리고 그에게
종용했다, 쾰러 씨, 제발 한마디만 해주세요, 왜 저와 대화를
하지 않으시려는 거예요? 그러자 쾰러 씨는 플로리안 씨가 뭐
라도 잘못 먹었나, 왜 저러나 전혀 이해하지 못하는 사람처럼
놀란 표정으로 그를 바라보다가 미소를 지으며 돌아서서 책
상에 앉아 노트북을 열더니 무심하게, 나는 그냥 뭐 계산하고
있었어, 플로리안, 그냥 계산하고 있어서 그래, 아무 문제 없
어, 말하고, 하던 일로 돌아가 계속했다, 플로리안은 한동안
거기 서서 쾰러 씨가 하는 일을 지켜봤지만 알아낼 수가 없었
다, 쾰러 씨의 노트북 화면에 지금 같은 화면을 이전에 본 적
이 없었다, 숫자와 문자가 빠르게 아래로 내려가고 있었고 쾰
러 씨는 마치 플로리안이 거기에 없는 것처럼 바로 몰입했다,
플로리안은 그 숫자와 문자가 계속 내려가는 것을 지켜보고만
있었다, 쾰러 씨가 그곳에 앉자, 더 이상 자신의 웹사이트가
어떻게 되든 신경 쓰지 않는 게 명백했고, 카나 주민들이 내일
안개가 낄 가능성이 있다거나, 비가 올 것이라고 알아내든지
말든지, 더는 신경 쓰지 않았다, 플로리안이 매일 쾰러 씨 뒤
에 서 있는 동안 노트북 화면에는 검은색 바탕에 흰색이나 녹
색, 때로는 빨간색 글자와 숫자와 기호만 빠르게 아래로 내려
가는 것 외에는 어떤 것도 보이지 않았다, 쾰러 씨는 밖으로
나가지 않았다, 아니, 적어도 플로리안이 거기 있는 동안은 나

가지 않았다, 그는 더 이상 마당에도 나가지 않고, 플로리안에게 판독하라고 온도계 백엽상에도 올려보내지 않았고, 그리고 플로리안은 혼자서 이러한 일을 할 방도가 없었고, 아직 자신도 붙지 않았고, 온도계를 제외하고는 그의 길잡이 없이는 거기 어떻게 기계들을 다루어야 하는지도 알 수 없었다, 퀼러 씨에게 몇 분만 짬을 내달라고 부탁해도 헛일이었고, 퀼러 씨는 집 밖으로 나가려고 하지 않았다, 얼마 후 플로리안은 퀼러 씨가 옷도 갈아입지 않는다는 것을 알아차렸다, 예전만 해도 항상 플로리안에게 작업복을 안 갈아입고 피델 카스트로 모자를 벗지 않는다고 꾸짖곤 했지만, 이제 퀼러 씨는 매일 같은 갈색 카디건에 회색 플란넬 바지와 술 달린 슬리퍼를 걸치고 있었다, 하물며 카디건 아래 셔츠는 점점 더 더러워졌고, 플로리안은 그가 더 이상 셔츠를, 진짜 마찬가지로 그 아래 속옷들도 갈아입지 않는다고 확신했다, 그리고, 흠, 퀼러 씨가 냄새를 풍기기 시작했지만 플로리안은 이런 암시를 하는 것이 몰지각한 무례함이라고 느꼈지만, 그래도 무언가 하기는 해야 했다, 그는 어느 날 아침 도서관 카운터에서 링어 부인을 마주 보고 앉았다, 내가 무엇을 해야 하는지 말씀해주세요, 하지만 링어 부인도 플로리안만큼 당혹스러웠다, 그러니까 네가 해준 말로 보면, 그녀는 두루뭉실하게 말을 넣었다, 모든 일을 감안하면 마치 만년의 쇠락 같아 보인다, 하지만 차라리 아무 말도 하지 않는 게 나았다, 왜냐하면 플로리안은 이 말을 듣자마자 눈물을 왈칵 쏟으며 몸을 앞으로 숙이고 손에 얼굴을 묻었다, 로자리오와 나디르가 불귀의 객으로 침묵을 지키게 된 이후로, 그리고 퀼러 씨는 갈수록 말을 잃어가니, 그동안 그 모든 긴장을 억눌러왔는데, 더 이상 참고 버틸 수 없어 봇물 터지듯 터져 나와, 울지 않을 수가 없었다, 링어 부인은 자신이 꺼낸 말이 너무 후회되었다, 특히나 그 말은, 하지만 정확히 그 말 말고는 달리 없었다, 그게 유일한 설명이었다고 그녀는 걱정스러운 표정으로 남편에게 말했다, 남편은 하지만 주의를 기울이지 않고 있었다, 그는 훨씬 더 심각한 문제에 압도되어 있었다, 어떤 일도 설명이 되지 않았기 때문이었다, 이런 일이 나로서는 너무 불가사의하다, 그는 카페 바그너에서 예나 친구들과 함께 앉아 고개를 흔들었다, 카나 주민들도 같은 생각을 하고 같은 말을 하고 있었다, 아무도 어떤 일도 통제하고 있지 않는 거 아닌가 다들 의심스러워하고 있었기 때문이다, 카나에서 이런 일에 익숙하지 않았고 그런 일이 가능하다고는, 고삐를 잡고 있는 손이 없다고는 믿지 않았다, 물론 누군가 하겠지, 그들 스스로 다독이며 안심했다, 절대 아니다, 어림도 없다, 어쨌건 여기는 '분데스레푸블리크 도이칠란트(독일 연방)'다, 지금 주 또는 직접 연방 차원에서 무언가가 순조롭게 일을 벌이고 있을 것이고 온 나라가 이 사건에 대해 이야기하고 있었기 때문에 그들은 주 또는 연방 차원에서 무언가 일을 벌일 때까지 기다렸다, 플로리안은 퀼러 씨 거실에 앉아 있지 않을 때는 헤어프스트 카페에서 휴대전화를 두드리거나 노트북 자판을 두드리며, 검색을, 현재 상황에 대한 설명을 찾고 있었고, 그리고 지금은 워드로 메르켈 총리에게 보내는 편지의 초고를 쓰고 있었다, 편지를 쓰는 일을 계속 멈추지 않았고, 실은 이제 더 자주 그녀에게 편지를 쓰고 있었으며, 자신의 생각을 워드에 적은 다음 프린트숍에서 모든 것을 인쇄했다, 한 페이지에 몇 센트밖에 안 들어, 플로리안에게도 크게 부담이 되지 않았다, 저축을 해야 했기 때문에, 일로나 가게를 찾는 횟수를 상당히 줄이고, 가격이 가장 저렴한 네토에서 음식을 사서 돈을 아껴, 마침내 280유로를 모았고, 돈을 모으고 나니 더 이상 프린트숍도 필요하지 않았다, 이미 이런 일에 대한 요령을 익혀서 이번에는 보스에게 도움을 요청하지 않았다…… 보스가…… 매우 바빠 보였기 때문이었다…… 그래서 그는 혼자서 저렴한 노트북을 찾았고, 그것과 함께, 이것은 정말 큰 뉴스다, 가정용 프린터도 딸려, 라이프치히 어느 주소지에서 두 품목을 같이 공급하는데, 280유로면 충분했다, 최종 가격을 협상할 때 그들이 보낸 답장에 그 정도면 충분하다고 했고, 이 시점부터 그의 유일한 비용은 프린터 용지였다, 일주일에 40유로 정도로 그럭저럭 집안 살림을 꾸려나갈 수 있을 테고, 물론 그는 언젠가는 토너를 리필해야 했지만 그럴 일은 아주 드물 것이다, 그는 대리인에게 말했고, 네 예산 경비로 감당할 수 있다면 됐지, 뭐, 대리인이 말했다, 그리고 그는 플로리안이 이런 무서운 시대에 어떻게 그런 일들을 처리할 수 있는지 놀랐다, 대리인이 칭하는 말대로, 이 무서운 시대에, 도자기 공장의 수위도 대리인 말에 동의했다, 대리인은 이전보다 한결 더 잠을 설쳐 두 사람은 지금은 더욱 자주 만났다, 게다가 그는 어둠 속에 감히 잠들기가 두려워 밤에 잠을 자지 않는다고, 푀르트너에게 고백했다, 오히려 밖이 밝을 때, 아침은 꽤 잠을 자고, 정오에 조금 더 늘리면 오후 2시까지도 잔다, 그 정도면 충분하여 필요한 수면 시간은 다 채운다, 그 나이에는 다섯 시간만 자도 충분하다고 생각할 수 있지만, 안타깝게도 그는 적어도 일곱 시간이 필요했고, 하지만 솔직히 따져서, 하루 종일을 포함해서 계산하면 아마 여덟 시간 정도 될 것이다, 그래도 기실, 낮에는 하지만 밖에서 항상 소음이 있었고, 여기저기 다니는 차 소리도 나고, 그런 것들이 그를 진정시켰지만 밤이 되면 쥐 죽은 듯 괴괴해, 이불을 덮어쓰고 누군가 다시 터뜨리는 소리가 안 들리나 귀를 기울였다, 왜냐하면 일이 이 지경까지 되고 있어서, 대리인만이 아니었다, 카나의 거의 모든 사람이 아랄 주유소의 폭발은 사고가 아니라고 믿었다, 튀링겐에서 일어난 모든 일과 마찬가지로 누군가가 그 일에 손을 대고 관여했다고 믿었다, 한편으로 더 먼 연방 주에서는 사람들이 전염병이 막을 수 없을 정도로 더 번지고 있다는 말이 들려오고, 적어도 이삼 개월마다 발생하는 갈수록 새로운, 해명되지 않는 문제들로 카나 주민들은 깜짝깜짝 놀라고 있었다, 너 좋을 대로 골라라, 그들은 잠 못 드는 밤에 두꺼운 이불 아래에서 웅얼거렸다, 그래서 플로리안이 사실상 숙면을 취하는 유일한 사람이었다, 말 그대로 노키아와 함께 잠자리에 드는 덕분이기도 하지만, 또 한편 인터넷에서 찾은 집중 명상법 덕분에 아랄 주유소가 하나의 불덩어리로 폭발하는 이미지를 마음속에서 떨쳐버릴 수 있었기 때문이었다, 그 이미지가 마음을 후벼파 계속 시달리다가, 그 후로는 유일하게 가끔 퀼러 씨가 침대 옆에 서서 있는데 그를 쳐다보고 있는 꿈으로 잠을 설쳤다, 물론 퀼러 씨는 침대 옆에 서서 그를 보고 있지 않았지만, 하지만 언젠가 그가 정말로 거기에 서 있을 때까지 계속 볼 것 같은 느낌이 가끔 들어요, 플로리안은 대리인에게 털어놓았다, 오, 퀼러 씨에 대해 걱정하지 마, 이 마을은 퀼러 씨보다 훨씬 더 큰 문제들을 지니고 있어, 대신 네 보스에게서 무슨 일이냐 캐어묻는 게 더 좋지 않을까 권하고 싶구나, 대리인은, 보스를 옛날 사건으로 골이 진 악감정으로 늘 눈꼴사나워했는데, 이런 보스 같은 그늘진 인물은 확실히 여느 평범한 시민들보다 훨씬 더 많이 알고 있을 것이라고 확신했다, 그는 보스를 꺼리고 증오했지만 플로리안에게 그런 말은 할 수가 없었다, 또한 보스가 두렵기도 했다, 한번은 호흐하우스 쓰레기 수거통을 두고 보스와 시비에 휘말린 적이 있었는데, 대리인이 보스에게 쓰레기를 호흐하우스 쓰레기 대형 수거통에 버리지 말아달라고 정중하게 요청하자, 이 특정 범죄자가, 대리인이 늘 보스를 부르는 말처럼, 이 특정 범죄자가, 거의 자신을 쥐어펠 듯이 대들고 자신이 쓰레기를 호호하우스 수거통에 버릴 때 대리인이 기어 나오는 모습이 띄면 그 대가리를 뚜껑에 박아 깨버릴 거라고 해서, 그 이후로 보스가 쓰레기를 들고 오는 모습을 보면 대리인은 건물 밖으로 나갈 엄두도 내지 않았다, 플로리안과 진짜 이 얘기를 하고 싶지 않았다, 그가 뭘 기대할 수 있겠는가? 당연히 플로리안은 보스를 옹호할 것이고, 그는 플로리안이 왜 항상 보스의 편을 드는지 이해할 수 없었다, 분명 그도 보스가 두려운 거지, 우체부도, 그리고 푀르트너도, 그리고 플로리안과 보스 사이의 터무니없는 사정을 입에 올린 모든 사람이 한결같이 그의 말에 동조했다, 당연히 보스가 이 아이를 발아래 밟아 뭉개는 것은 일도 아닐 것이니까, 사람들의 견해였지만, 반면 플로리안은 자신이 보스에게 짓밟히고 있다는 것을 전혀 느끼지 못했다, 물론 그는 사람들의 일반적인 견해가 어떤지 잘 알고 있었지만, 보스가 누구인지에 대한 고유한 증거로, 휴대전화를 막 선물 받은 자신으로서는, 다만 그런 견해를 받아들이지 않았다, 늑대가 경찰이나 감시인이 아니라 다름 아닌 보스에게 총에 맞았을 때 플로리안은 사람들 의견이 바뀔 것이라고 확신했지만 실망스러웠다, 그래서 첫 등장 이후 다시 한번 윌크니츠 근처에서 늑대 무리가 발견되었다는 소식이 퍼지던 때 이를 도왔던 사람의 그 모든 선의에도 불구하고 보스에 대한 일반적인 의견이 바뀌지 않자, 플로리안은 사람들과 이야기하여 보스에 대한 그들의 견해가 잘못된 실수라고, 설득하기로 결정했다, 그가 보기에는 해묵은 실수가 여전히 그들 머리에 달라붙어 있고, 사람들이 자세히 관심을 두지 않고 넘겨버린다, 만약 충분히 관심을 두면, 몇 년 전 로이히텐부르크에서 발생한 총격 사건에 연루되었으리라 지레짐작으로 그를 판단하지 않고, 보스가 실제로 무엇을 하고 있는지 알아볼 것이다, 그 일 이후에 보스는 몇 달 동안 경찰의 감시를 받았지만, 분명히 이것은 젊은 시절의 일탈이었을 것이다, 그 당시에는 아직 여기에 살지 않아서 플로리안은 오직 소문으로 전해 들었지만, 다른 사람들 또한 이 사건을 소문으로만 알고 있고, 이로 사람들이 호도되었다, 왜냐하면 그 이후 보스가 카나를 위해 해왔던 일, 하고 있는 모든 일을 보라, 보스의 분투와 열정으로 카나에 곧 생길 교향악단을 보라, 동부 튀링겐에서 자체 교향악단을 가졌다고 자부할 데가 어디 있는가? 그리고 그것으로도 충분하지 않다면, 이 사람은, 근거 없는 소문으로 평생을 따돌림을 당해, 거의 카나 주민들 사이에서 쫓겨난 상태라 자신처럼 쫓겨난 비슷한 처지의 친구들을 찾아 나선 것도 놀랍지 않다고 여겨야 한다, 이 점을 두루 굽어본다면 이해를 하리라, 한편 그간에 보스는 오로지 튀링겐을 위해 싸우는 일밖에 하지 않았다, 자진하여, 이렇게 자발적으로 했다는 것을 잊지 말자, 그 추악하고 부도덕한 벽화를 지울 때 언제 돈을 요구한 적이 있던가? 아니, 하지 않았다, 그것만은 그, 플로리안이 증인으로 진술할 수 있다, 플로리안 자신이, 보스가 이 작업을 하라고 불려 갈 때 그곳에 계속 있었고 함께하기 때문이다, 아니면 누군가 범죄자를 잡겠다고 부단한 보스의 이바지를 고려해본 적 있는가? 이러한 기물 파손을 완전히 종식시키기 위해? 그래도 충분하지 않다면 적어도 요한 제바스티안 바흐와 튀링겐의 모든 보물에 대한 보스의 열정적인 헌신을 되새겨보아야 한다, 이 말을 플로리안이 대리인에게 했고, 일로나와 일로나의 단골에게도 했다, 그는 돌아다니며 호프 부인과 링어 부인, 펠트만 부부에게도 이 이야기를 퍼뜨렸는데, 그의 이러는 모습은 처음이라, 플로리안이 말 붙인 모든 사람이 놀랐다, 플로리안의 행태에 뭔가 그들은 이전에는 전혀 접하지 않던 새로운 면모가 들어 있었기 때문이었다, 이번에 플로리안은 평소 생기 넘치게, 혹은 순진하게 혹은 온화한 태도로 그들을 설득하려 드는 것이 아니라, 약간 절망적인 태도가 엿보였다, 아마 보스의 목에 올가미가 조여드는 것을 느낀 모양이다, 특히 링어 부인의 의견이 그랬다, 링어 부인이 플로리안이 특히나 매달려 납득시키려는 대상이었는데, 그가, 정확하게 부인에게 전해 들어, 링어 씨가 눈에 불을 켜고 보스를 잡으려고 사냥단을 조직하고 있다고 알고 있었기 때문이었다, 이것은 플로리안이 보기에 너무 심했고, 그런 큰 오해는 어떻게든 명확하게 바로잡아야 한다는 게 플로리안의 입장이었다, 그는 이런 사실을 보스에게 말하지 않았고, 자신을 구명할 캠페인을 시작했다는 사실을 알게 된 보스는 즉시 그것을 막으려고 했지만 불가능했다, 플로리안은 즉시 거부하고 기필코 하겠다고 물고 늘어지며 고집했다*, 하지만 보스는 플로리안이 기어코 하겠다고 물고 늘어지는데, 너무 이상한 방식으로 야단스레 물고 늘어지는지라, 마치 이렇게 구는 이유가 있는 것처럼, 이제껏 몰랐던 완고함을 내보이는 이유도, 플로리안이 자신에 대해, 보스에 대해 확신이 없기 때문일지도 모른다는 눈치가 났다, 더 나아가 어쩌면 이것으로 그가 이 모든 캠페인에 착수한 이유까지 설명이 되었다, 마치 자신이 아는 것들로 스스로 회유하려는 것처럼 굴었지만, 그 내용을 그렇게 잘 알지는 못하니, 그런 이유로 그는 그렇게 혼란스러운 것이다, 혼란스럽기 때문이지, 보스가 그때부터 그에게 말하기 시작하면 그는 더 이상 그를 그렇게 많이 쳐다보지 않았다, 사실로 말하자면 아주 초롱초롱 빛나는 두 눈이 보스의 시선을 갈수록 눈에 띄게 피했다, 무슨 꿍꿍이라도 있어, 망할 놈아? 보스는 더 이상 면도도 하지 않느냐고 의심스럽게 물었지만 플로리안은 고개를 숙이고 설명을 늘어놓지 않았다, 변명도

---

* 원문에는 "개를 말뚝에 묶다köti az ebet a karóhoz"라는 관용구를 쓰고 있는데, 흔히 고집스럽게 끝까지 고수한다는 뜻으로 쓰이지만, 못 미덥지만 큰소리로 장담한다는 뜻으로도 쓰이는 표현이다. 후자의 뜻은 앞서 보스 집 마당에서 플로리안을 놀릴 때의 상황과 연결된다.

하거나 항의도 하지 않아, 전혀 그답지 않은 반응이었다, 보스가 심상찮다 생각이 쏠린 계기는 그를 찾아 인터폰을 울리던 때, 플로리안에게 노키아를 준 뒤로 서로 연락하는 데 사용한 적은 없어서, 말 그대로 인터폰을 울려, 플로리안에게 아이제나흐의 원래 범죄 현장에서 젖먹이 새끼들을, 최근에 부르기 시작하던 명칭처럼, 젖먹이 새끼들 상대해 싸우기 위해 출격하는 데 따라가자는 말을 하고 내려오라고 하던 참이었다, 플로리안은 그냥 내려오지 않고 창밖으로 몸만 내밀었다, 그게 다였다, 보스가 인터폰을 한 번 더 누르고 소리를 질렀다, 내가 방금 한 말 알아들었지, 쌔새끼야? 예, 잠시 후 뜸을 들이며 부드럽고 얌전하지만 머뭇거림은 전혀 없는 목소리로 대답이 나왔다, 그리고 보스는, 플로리안이 무슨 이유에서인지 더 이상 그를 두려워하지 않는구나, 이해했다, 도대체 그에게 무슨 일이 일어난 건가? 그는 인터콤 앞에서 으르렁거렸지만 그 문제를 파헤쳐볼 시간이 더는 없었다, 플로리안은 보스로부터 풀려나 마음이 놓였고, 창문으로 다시 돌아가 보스가 마당을 쿵쾅대며 오펠로 건너가, 차에 올라, 도심을 향해 속도를 올리는 모습을 지켜보았다, 그는 호호하우스 주차장에서 돌아 나가다 잉그리트 아주머니를 거의 쳐서 넘어뜨릴 뻔했고, 뒤이어 얼마 안 되어 잉그리트 아주머니는 인터콤을 통해 플로리안에게 말을 걸었다, 그녀가 모든 버튼을 누른 후 응답한 사람이 그가 유일했기 때문이었다, 잉그리트 아줌마는 여기도 아무도 초인종에 응답하지 않았다는 사실에 상당히 당혹스러웠다, 애야, 너도 알겠지만 도저히 이해가 안 된다, 어떻게 너만 응답을 할 수 있는 거니, 모두 어디로 갔어? 플로리안은 달리 해줄 말도 없고 말하고 싶지도 않았다, 모두가 어디로 갔는지 그가 어떻게 알겠는가, 그는 관심이 없었고, 잉그리트 아주머니도 신경 쓰이지 않았다, 누르고 있던 인터콤 버튼에서 손을 떼고 수화기를 다시 돌려놓고 새 편지를 쓰기 시작할 것처럼 노트북 앞에 다시 앉았지만, 그는 어떤 편지도 쓰지 않았다, 그는 지난 며칠 동안 편지를 쓰는 일을 멈췄다, 더 이상 편지를 써서 뭐 하나? 그들은 이미 모든 것을 알고 있는데, 대신 그는 최근에 자주 되풀이해서 돌아가는 바흐 칸타타를 찾아보았다, 인터넷 없이 집에서 들을 수 있도록 다른 몇몇 곡들과 더불어 다운로드한 곡이었다, 그는 곡을 재생하고 의자에 등을 기대어 눈을 감았다, 〈팔셰 벨트, 디어 트라우 이히 니히트!(기만적인 세상이여, 그대를 믿지 못하는도다!)〉의 오프닝 화음이 시작되었다, 그는 퀼러 씨의 집으로 갈 수도 있었지만 안 갔다, 링어 부인에게 갈 수도 있었지만 안 갔고, 일로나의 뷔페로 갈 수도 있었지만 거기도 가지 않았으며, 어디에도 가고 싶지 않았다, 목이 마르지도, 배고프지도 않았다, 인터콤이 다시 울렸다, 그는 신경 쓰지 않고 움직이지 않았다, 그사이 칸타타가 끝나, 다시 틀었고 다시 한번 의자에 기대어 눈을 감았다, 잉그리트 아줌마는 이해가 되지 않았다, 자 이제, 여기도 그런

가? 이제 심지어 인터콤에 대답까지 하지 않아? 아니면 카나의 초인종이 모두 파손된 게 아니라 사람들이 변질되어서, 집에 있는데 집에 없는 척하고 있는 걸까? 불행히도 지금에야, 여기 호흐하우스 정문에서, 잉그리트 아줌마는 확신이 들기 시작했다, 그들이 가긴 어딜 간단 말인가, 그래도 그녀가 국화 경진대회라는 이렇게 근사한 아이디어를 생각해냈지만, 그녀는 여전히 이 경진대회를 무엇이라고 부를지 모르겠다고 말했다, 나중에 호흐하우스를 떠나 에른스트-텔만-슈트라세를 따라간 후에, 그중의 한 집, 헤넨베르크 의사가 사는 집 청소부 루트가 나와서 잉그리트 아줌마, 이 부근에서 뭐 하고 계세요? 묻자, 너도 알잖니, 나는 아직도 '잉그리트 아줌마 국화 경진대회'라고 불러야 할지, '국화 축제'라고 해야 할지 그냥 단순히 '국화박람회'라고 해야 할지 여전히 결정짓지 못했어, 실제로도 그녀는 아직 결정하지 않았다, 제일 중요한 건 가장 아름다운 국화를 두고 경쟁할 것이라는 점이니까, 맞잖아? 이에 루트는 말을 잃고 잉그리트 아줌마를 멀뚱 바라만 보았고, 그녀가 줄지어 가는 데마다 다른 사람들도 똑같은 식으로 그녀를 바라보았다, 그래서 때때로 사람들이 집에서 나와 누구인지 보고, 그들 또한 그녀가 분명 제정신이 아닌가 보다 생각하고서, 이런 일은 이 시대에 놀라운 일이 아닌지라 작별 인사를 하고 문을 닫았다, 그러면 잉그리트 아줌마는 문에서 자물쇠를 하나가 아니라 때로는 세 개까지도 달칵 잠그는 소리를 들었다, 그래도 '국화 대회'는 열릴 거라니까, 혼자 두런거리고는 이어서 계속 가, 초인종을 눌렀다, 하지만 아무 대답이 없었다, 다리가 지쳐 움직이지 못할 지경이 되도록, 그녀의 계획을 말할 사람은 거의 없었다, 집에 도착했을 때, 다리가, 특히 안 좋은 쪽 다리가 떨어져 나갈 것 같은 기분이 들어, 그녀는 재빨리 압박 스타킹을 벗고 두 다리를 받쳐서 올려놓았다, 오후 내내 그녀는 목록을 보며 알파벳순으로 이름을 정리했다, 그녀가 이야기를 나눌 수 있었던 사람들은 모두 다 그녀의 아이디어를 "정말 엄청 훌륭하다" 추어올렸고 그래서 다들 등록했기 때문이었다, 당신 이름을 추가해도 되겠지, 자기야? 그녀는 물었고, 모두 그렇다고 말했다, 그래도 그 숫자가 여전히 기가 찼다, 훨씬 더 많은 이름을 기대하고 있었는데, 글쎄, 괜찮아, 나중에는 상황이 달라질 거야, 그녀는 스스로를 달랬다, 그녀는 수백 명을 꿈꿨는데, 지금까지 열일곱 명이었다, 그건 문제가 되지 않아, 발을 높이 올린 채 말했다, 그리고 정말 그녀는 포기하지 않았고, 다음날에도 나갔다, 계속해서 초인종을 누르고 문을 두드렸다, 그녀의 목록은 느리긴 해도 제법 차오르기 시작했다, 알겠지, 얘야, 우체국에 점심을 가져왔을 때 그녀는 제시카에게 말했다, 이미 스물두 명이고, 이것은 시작에 불과하다는 느낌이 든다, 이 말에 제시카는 맥 빠진 목소리로 대답했다, 그것참, 정말이지, 대단한 일이네요, 그녀는 기분이 좋지 않았다, 에둘러 말하자면 자신은 기분이 좋지 않다고 그녀는 고객 중 한 명이, 무슨 일이야, 제시카, 당신은 보통 이런 기분이 아니지 않느냐, 물었을 때, 제시카는 거의 퉁명스럽게 마치 다 질문자의 잘못이라도 되는 것처럼 대꾸했다, 아니, 당신은 여기 카나에서의 삶을 이런 식으로 상상한 적 있느냐, 날이 어두워지면 무서워서 나가지도 못하고?! 왜냐면 제시카 자신은 카나 출신이 아니라서, 아니다, 그녀는 출신이 어디냐는 고객의 질문에, 때로는 짓궂은 표정으로, 자신은 작센-안할트에서 태어났다, 하지만 여기 계신 분들은 들어본 적도 없을 작은 마을이라고 대답하지만 절대 그 작은 마을 이름을 일러주지 않았는데, 요즘 들어 아무 말도 하지 않았다, 단지 고객의 인사를 받고, 봉투에 말없이 도장을 찍고 똑같이 한마디 말없이 수표와 돈과 직불카드를 받아 들었고, 분위기를 조금이라도 밝게 하려고 들지 않았다, 비록 전에는, 특히 이 멋진 새 우체국으로 이사한 후로는, 항상 입에 붙은 말이, 우리가 우체국이긴 하지만, 아우슬렌더베회르데(외국인관리관청)에 서 있는 줄처럼 될 필요는 없다, 왜, 폴크난트 씨가 이런 일로 그녀를 놀리면 이에 맞서 채근했다, 왜 가끔 조금 분위기 띄우는 게 잘못이냐, 사람은 봉투에 도장을 찍는 기계가 아니다, 폴크난트 씨는 이 일에 또 자신 나름의 의견이 있었고, 그는 타고난 우체국장이라, 그래, 그들이 뭔가를 두고 의견이 맞지 않아, 정말 그녀의 기분을 해치는 말을 하고 싶으면 툭툭 던지는 말이, 우체국장은 나야, 당신이 아니라, 우체국은 카바

레도 아니고 보드빌 극장도 아니다, 사람들은 오락거리 찾아서 재미를 보려고 오지 않고 우리는 연예인도 아니야, 제시카는 진짜 우체국 직원 자질이 없었고 사람들과 함께하는 것을 좋아했다, 그들의 삶 전체가 많은 부분 일로 한정되어 있어서, 하루가 끝나면 간신히 텔레비전 앞에서 고개를 떨구고 있다 비틀비틀 어렵게 침대에 쓰러졌기 때문에 제시카는 폴크난트의 표현대로, 우체국에서 적어도 약간의 재미를 보려고 노력했다, 한두 마디 가벼운 말 툭툭 던지거나, 가끔 질문을 넣어, 이를테면, 고양이 찾으셨어요, 아니면 아주머니 어제 의사에게 타신 약이 도움이 되나요? 그 이상은 아니었지만 제시카에게는 그 정도라도 좋았고, 사람들도 기꺼이 가벼운 말들을 나누었다, 아포칼립스가 시작될 때까지 그랬다, 세계 종말이 가까웠으니, 복음주의교회 목사가 교회에서 이런 식으로 이야기하고 있었다, 목사는 날로 증가하는 신자들에게 자신을 깊이 들여다보고 회개하라, 등등 말을 이으며 촉구했다, 이전 같았으면, 그만해라, 우리 겁주지 마라, 특히 교회가 겁을 줘서는 되나 응답하고, 그리고 다니는 교인들 수가 바로 줄었을 것이다, 전에는, 그랬다, 그러나 지금은 참석률이 떨어지는 게 아니라 정말로, 증가했다, 모인 신도들은 어둠 속에서 집으로 걸어갈 필요가 없도록 저녁 예배를 더 이른 시간에 열어주십사 목사에게 청했고, 목사는 손을 벌리고는 머리로 위를 향해 가리키며, 마치 이러한 결정을 내린 것은 그가 아니라는 뜻을 내

비쳤다, 즉, 이것은 그가 바꿀 수 있는 것이 아니니, 교회의 모든 일이 그대로 유지되었고 저녁 예배가 끝나면 이런 급작스러운 신자들은 어둠 속에서 두려움에 떨며 집으로 종종걸음 쳤다, 호프 부인도 그 대열에 들었지만, 교회가 가르니와 '바로 맞은편'에 위치해 그나마 그녀에게는 상황이 쉬웠다, 하지만 그렇기는 해도, 겨우 몇 걸음 차이라, 손보는 횡액을 맞으면, 그 몇 걸음만으로도 충분하다고 그녀는 말했다, 가르니와 '바로 마주 보고 있는' 부르크의 대문 역시 항상 열려 있어서, 아시겠죠, 언제든 거기에서 누구든 튀어나와 현관문을 따고 있던 그녀를 와락 낚아챌 수도 있었다, 그러면 그들에게 무슨 일이 있을 줄 알고, 아랄 주유소 폭발 사건 이후 상황은 더욱 악화되었다, 카나에 경찰들이 눈에 띄게 계속 늘어나고, 더군다나, 거의 어디를 가든 그들 중 한 명과 부딪치게 된다고 대리인은 만족스럽게 말했다, 이것은 새로운 새벽의 시작이다, 하지만 이런 견지는 혼자 생각이었고, 실제로 카나의 다른 주민들에게 미치는 영향은 정반대여서 어딜 가도 의심할 여지 없이 들어찬 경찰의 존재감에 걱정만 더 깊어갔다, 강화된 경찰력이 보안을 나타내는 것이 아니라 그 반대로, 누군가가 여기 상황을 맡아 통제하고 있지 않다는 방증이었으며, 그뿐만 아니라 아무 일도 벌어지지 않고 아무것도 밝혀지지 않았다, 이 경찰은 단지 주위만 들쑤시며 조사만 하고 다녔다, 조사만 하고 있지, 범인들이 누구인지, 그들 동기는 뭔지, 언제 이런 일이 끝날지 하나도 밝혀진 게 없다고 사람들의 볼멘소리가 나왔다, 경찰이 이곳저곳 어기적거리고 다니며 질문을 던지고 다닌 이래로 아무 일도 일어나지 않았다, 플로리안도 두 번 이미 심문을 받았다, 그때마다 부르크 입주민들에 대해, 주로 보스에 대해 질문을 했지만, 아무 소득이 없었다, 플로리안은 말을 하지 않고 그들을 바라보기만, 그렇게 비탄에 잠겨, 그렇게 박살이 나, 그렇게 혼란스러운 사람처럼 그들을 바라보았고, 대리인은 푀르트너에게 심지어 어느 날 저녁은 플로리안에게 무슨 일이 생긴 모양이라고 말하기도 했다, 참말이지, 그는 완전히 다른 사람으로 뒤바뀐 것 같아, 모두가 그 변화를 알아차렸지만 물론 플로리안이 전반적인 끔찍한 분위기에 다른 사람들보다 더욱 압박받고 우울해서 그러려니 치부했다, 그의 민감한 기질을 보면 당연하다, 링어 부인은 생각했다, 그녀는 집에서 같은 말로 남편에게 플로리안 얘기를 일부러 꺼냈지만 링어 씨는 듣기만 할 뿐 말없이 아내를 바라만 보았다, 그의 눈에서 지금까지 볼 수 없었던 분기에 찬 빛이 반짝였다, 링어 부인은 즉시 플로리안 얘기를 멈추고 몇 마디 회유하는 말로 남편을 진정시켜보려고 했다, 그러나 아무 효과 없이 링어는 계속 똑같이 피폐한 동요의 눈빛으로 그녀를 쳐다보더니 집을 뛰쳐나갔다, 하지만 차를 타고 예나로 가지 않고 대신 마을 곳곳을 헤집고 다니고, 알트슈타트로 올라갔다가, 호프슈트라세를 질주했다, 마치 미친 사람 같더라고, 혹여 그를 마주친 사람들이 전했다, 아무 말도 하지 않고 그냥 노려만 보는데, 좋은 조짐은 보이지 않는 눈빛이더라고, 간단히 말해, 카나 주민들은 무슨 일이 벌어지겠구나 분명 알 수 있었다, 그래도 보스가 제 집에서 죽은 채로 발견되었다는 소식이 전해졌을 때, 그것도 맞아 죽었는데, 단 한 차례 머리를 맞아 죽었다고 하더라, 어떤 물건도 사용하지 않고 맨손으로, 호프만이 일로나에서 숨죽인 낮은 목소리로 다른 사람들에게 말을 전할 때는, 모두 그 짚이는 사람의 이름을 감히 입에 올리지 않았다, 극소수만이 그러한 행위를 할 능력이 된다는 것을 알기는 해도 의심 가는 사람을 당장 구체적으로 대지 않았다, 그러나 하루 후 안드레아스가 부르크슈트라세 19에서 집 앞에 주둔한 경찰차로 달려와 운전석에 대고 창문을 내리라고 손짓하고, 그는 부르크에 두 명이 죽어 있다고 말하고, 다들 멀리 나간 사이에 두 사람이 의자에 맞아 죽었다, 이 두 사람만이 안에 남아 있었는데 그중 한 명은 요나탄 프리츠다, 경찰은 수첩에 서둘러 이름을 적었고, 다른 사람은 하지만 카나 축구 협회 골키퍼 코치인 에버하르트 코스니츠인데, 안드레아스는 이 사람은 왜 부르크에 얼쩡거리고 있는지는 영문을 모르겠다고 전하는 일이 있자, 그 시점에서 몇몇 카나 주민들은 여전히 이름을 감히 내지 못해도 한 사람을 넌지시 비치기 시작했다, 달리 누구를 떠올릴 수 있겠는가, 모두들 링어를 떠올렸다, 그가 아니라면 누가 야수 같은 힘을 갖고 있는가, 힘세기로 정평이 난 사람인데, 그리고 무엇보다도 링어는 수년 동안 모든 일에 보스와 부르크 19를 비난해온 걸로 자자했다, 실제로 보스와 그의 동료들을 대놓고 미워하던 사람으로 달리 떠올릴 이름이 있는가, 그리하여 대중의 평결은 재빨리 형성되었고, 경찰이 누구에게 질문하건 모든 이들이 한 방향을 가리켰고, 그 손가락 끝에는 일찍이 너나없이 누구에게나 존경받았지만 이제는 거의 하룻밤 새 지옥불에 못 던져 안달을 내는, 링어가 서 있었다, 그는 이제 누구나 자유롭게 쏠 수 있는 표적이 되었다, 그리고 그가 어디에 있는지만 알았다면 몇몇 사람들은 정말로 그를 쐈을 것이다, 물론 링어는 주변에 무슨 일이 일어나고 있는지 알았기 때문에 사라져버렸다, 이런 그를 심문하려고 수배할 것이고 용의자로 지목될 것이라는 지당한 의구심에 달아났다, 카나 주민들이 충격을 받지 않았다고 할 수 없었다, 그때까지 큰 존경을 받던 링어가 살인자라니, 그런 모양새라, 그가 도피하여 자신의 정체를 도리어 드러내었으니, 모두가 그가 하루빨리 잡혀서 감옥에 갇히기를 바랐다, 한마디로 여기서 없애버려라, 안 그래도 끔찍한 일이 넘치고, 아마도 저 멀리 전염병도 지금 그들을 향해 오고 있을 터인데, 여기서 도살자 꽁무니까지 뒤쫓고 있을 필요는 없다, 이제부터 링어를 도살자 외에는 달리 무엇으로 부르겠는가, 에른스트-텔만-슈트라세에서 맨손으로 사람을 죽이고, 의자로 두 사람을 쳐서 죽이고, 입에 올리기에도 끔찍하다, 우리는 어디까지 왔는가, 가르니에서 호프 부인이 물었다, 우리가 대체 어느 지경까지 왔는가?! 부르크뮐러 부인이, 슈나이더 부인이 물었고, 하느님 맙소사, 도대체 어디로?! 결국에 카나의 모든 주민들 하나도 빠짐없이 물었다, 그는 어디에도 없었다, 그는 집에 없어요, 링어 부인은 금속성 목소리로 거실에 구부정하게 앉아 그녀를 심문하는 두 명의 경찰을 마주 보고 말했다, 그가 집에서 뛰쳐나간 이후로 그를 본 적이 없다, 언제 뛰쳐나갔느냐? 형사 중 한 명이 링어 부인의 얼굴을 의심스레 살피며 물었다, 언제? 언제냐니요?! 그러나 두 경찰은 그녀가 하는 말을 이해할 수 없었다, 링어 부인이 눈물을 터뜨리고 흐느끼며 말했기 때문이었다, 더 이상 견딜 수가 없었다, 남편이 용의자라는 사실을 깨달았다, 터무니없는 일이었지만 그 사실을 받아들이라 들이대며 종용하는 경찰의 행동 그 자체에 그녀는 완전히 무너져 내렸다, 그녀는 정말로 그가 어디 있는지 몰랐고, 혐의, 혹은 꼬박 하루를 집에 돌아오지 않는 링어 씨 중 무엇이 더 무겁게 짓누르는지 가늠하기가 어려웠다, 둘 다 생각도 못 할 일이었다, 어떻게 남편이 살인자란 말인가? 이것은 순전히 미친 짓이다, 하지만 아니라면, 그래, 아니라고 하면 그는 어디에 있는가?! 그녀는 소파에서 몸을 앞으로 기울여 얼굴을 손에 묻고 흐느끼며 손짓으로 경찰관에게 자신을 조용히 내버려두고 그만 가달라고 사정했지만, 그러나 두 개의 안락의자에 그녀와 마주 앉은 그들은 움직이지 않고, 그녀가 진정하고, 알아들을 수 있는 답변을 줄 때까지 기다렸지만 그녀는 진정이 되지 않았고 이해할 수 없는 말로 계속 웅얼거렸다, 추가 질문이 이어져도, 오직 웅얼거리기만 했고, 그녀를 향한 질문마다 터져 나오는 이 흐느끼는 소리는 도저히 들어줄 수 없을 정도로 심문하는 경찰의 귀를 긁어대는지라, 급기야 그만 내버려두자 결정하기에 이르러, 그들은 지금은 가지만 나중에 다시 오겠다고 말하고 떠났다, 하지만 그들은 돌아오지 않았다, 사실 그들은 떠나지도 않아, 집 앞의 경찰 차량에 남아 있었다, 링어 부인은 욕실로 터덜터덜 발을 끌고 들어가 세면대를 잡고 천천히 고개를 들었다, 거울에 보이는 알아보지 못할 낯선 자신의 얼굴에, 보지 않고 거울 뒤 선반에 있는 크림 병을 손으로 더듬어, 울어서 번진 아이새도를 깨끗이 닦은 후 눈 바로 위에 크림을 문지른 다음 조금 아래에, 그런 뒤 이마와 뺨에 바르고 머리카락을 매만지기 시작했다, 그러나 머리카락이 도저히 손볼 수 없다는 생각이 미쳐, 멈추고, 싱크대에 기대어 고개를 숙이고 다시 한번 솟구쳐 오르는 울음을 터지는 대로 두었다, 그녀는 무슨 일이 벌어진 건지 이해할 수 없었다, 남편이 이런 혐의로 추궁을 받다니 믿을 수 없었다, 이 혐의는 사실이 아닐 뿐 아니라, 카나 주민이라면 누구든 범할 법한 일과는 아예 동떨어진 일이었지만 링어 부인은 두 경찰관이 그런 생각을 품고 있으며, 게다가 카나 주민들도 그렇게 생각하고 있다는 것을 명확히 알고 있었다, 이런 지각에 그녀의 자긍심과 정의감과 자존심이 깊은 상처를 입었고, 그녀에게 중요한 모든 것이 서릿발을 맞았다, 그녀는 다시 클렌저, 페이스 크림, 그 외 모든 것으로 차례로 단장하고 비틀거리며 화장실에서 나와 주류 캐비닛으로 가서 그녀가 좋아하는 체리 리큐어에 먼저 손을 뻗었다, 그리고 생각을 고쳐먹고, 링어가 마시는 아주 독한 헝가리산 자두 팔린카*를 열었는데, 남은 게 많지 않았다, 그가 사라지기 전에 링어 씨가 몰래 많이도 홀짝거렸나 보았다, 그녀는 제법 되는 양을 마시고 몸을 부들 떨고 마침내 소파에 앉아서 기다렸다, 그가 돌아오기를 기다렸고, 그가 설명하기를, 설명할 수 없는 것을 설명하기를 기다렸다, 이런 일이, 그가 멀리 떨어져 그녀에게 한마디 연락도 없이 가만있는 일이, 한 번도 없었기 때문이었다, 일상적인 긴장과 일반적인 상황 때문에 예나에 있는 친구들을 만나러 가곤 했지만 그런 일은 괜찮았다, 링어 부인은 자신과 마찬가지로 남편도 작은 사적 영역을 가지고 있다거나, 그런 일은 당연하다고 여겼지만, 하지만 이런 일은, 그가 집에서 자지 않는 일은 전에 없던 일이었다, 그녀는 창문으로 가서 커튼을 통해 밖을 내다보았지만 밖에는 경찰차와 그 안에 앉은 경찰관만 보였다, 그 외에는 평소와 같이 거리에 인기척 하나 없었다, 하지만 이제는 상황이 달라졌고 이제 이 거리는 커튼 뒤에 서 있는 사람에게

---

*   Pálinka. 헝가리와 루마니아의 전통 과일주로, 알코올 도수 50~70도의 브랜디.

결코 이전과 같지 않을 것이라고 처연히 드러내었다, 그처럼, 이 거리는 결코 같지 않을 것이다, 어떤 것도 그러지 않을 것이다, 리셉션 구역에 홀로 앉아 있던 호프 부인도 비슷했다, 불도 켜지 않고 머그잔에 오후 커피는 이미 차갑게 식었고, 남은 커피는 마시고 싶지 않았다, 하지만 상관없었다, 여기서 주유소가 폭파될 수 있는데, 사람들이 여기서 살해당할 수 있는데 아무것도 더 이상 중요하지 않았다, 그러니 머그잔의 차가운 커피가 어떻게 된들 더 이상 상관하지 않았다, 그래도 어떤 것도 낭비하는 법이 없었는데, 그녀는 어렸을 때부터 아무것도 남았다고 쏟아버리지도 않았고, 어떤 것도 내다 버리지도 않았다, 그녀는 아주 하찮은 비닐봉지도 끝까지 버리지 않았다, 항상 딱 그 비닐봉지가, 정확히 그 크기가 딱 무언가에 맞춤으로 유용하더란 이유였다, 부엌 옆 식료품 저장실에는 큰 플라스틱 쓰레기통이 있었는데, 몇 년 전에 처음 구입했을 때 완벽하게 깨끗했지만, 철저히 닦아서 그 이후로 그 안에 비닐봉지를 몇 년, 심지어 수십 년 동안 통에 모았다, 비닐봉지만이 아니라 모든 종류의 봉지를 모아왔다, 끈 가방, 토트백, 식료품 가방으로 큰 쓰레기통은 항상 가득 차 있었고 그녀는 때맞춰 이런저런 필요에 따라 항상 사용할 수 있었다, 병도 마찬가지였다, 물론 그녀는 항상 챙겨두었다 반환해야 하는 맥주와 와인병을 제외하고는 온갖 다른 종류의 병과 단지를 모아두었기 때문이었다, 비단 잼 단지만이 아니라, 선물로 받은 샴페인이나 술병도 다 모아두었고, 더군다나, 노획물 중에는 외국인 손님들이 만족의 표시로 호텔에 준 선물이라든지, 알 수 없는 라벨들, 한 번도 본 적 없는 모양의 칵테일 병들, 풍성하게 컬렉션을 채우는데 이들은 대부분 단순한 컬렉션이 아니었다, 호프 부인은 항상 이 물건들 하나하나의 용도를 찾으려고 했고, 때가 되면 각각이 용도를 찾았기 때문이었다, 토마토 주스를 대용량으로 구입했을 때나 시럽 농축액이 배달되었을 때라거나, 수많은 기회에, 호프 부인은 흡족스럽게 식료품 저장실에 들어가 일련의 병들을 줄줄이 꺼내었고, 병들은 그 순간부터 진정한 가치를 얻었다, 쓸모없는 것은 없다는 것이 호프 부인의 모토였다, 그녀는 심지어 나약한 인물이니 낭비를 하지, 하지만 낭비하는 일이 다 무슨 소용이냐고, 슬쩍 털어놓았다, 나는 어디 상구두쇠도 아니고, 때때로 거리에서 접어드는 사람마다, 내가 그렇다고 생각하지 마시라, 설명하곤 했다, 나는 물건은 오직 그런 식으로만 접근한다, 왜냐하면 나는 항상 새로운 물건을 사서 그런 뒤 버리라고 우리에게 강요하는 삶을 믿지 않기 때문이다, 무슨 그런 종류의 행동이 다 있나? 대체 무슨 생각들인지?! 그리고 그녀는 두 손을 벌리고 나는 그렇지 않은 사람이고 그렇게 되지도 않을 것이다, 나는 물건을 꽉 붙잡아두고, 한쪽에 치워둔다, 그러면 물건들이 고맙게도 보답한다, 이것이 올바른 삶을 살 수 있는 유일한 방법이고 다른 방법은 없다, 다 그런 것이다, 그녀는 설명을 끝냈고, 모든 방문객이나 친척이나 지인이 그녀에게 동의했으며, 특히 브랜디 한 잔을 더 받을 때, 머그잔 한 잔 더 받을 때, 또는 드레스덴의 손자들처럼, 토마토 주스 병들이 가득 들어찬 큰 상자를, 너무 많아 할머니가 다음 상자를 선사할 때까지도 너끈히 견딜 분량으로 새로 받을 때 더욱 고개를 주억거리며 동의했다, 한마디로 이것이 사물의 순리였고 이것이 그녀의 원칙이었기 때문에 보통 때면 그녀는 차가운 커피도 다르게 다루지는 않았을 것이고, 커피를 재가열하거나 차가운 대로 마셨을 것이지만 지금은 예사롭지 않은 상황이 팽배했다, 이 때문에 호프 부인은 더 이상 저 위층에서라도, 그들의 사적인 보금자리에서 평화의 허울만이라도 유지할 힘이 없다고 느꼈다, 남편에게 모든 것이 아무 소용 없이, 그들 계획대로 남은 삶을 살 수 없다는 것을 어떻게 숨길 수 있겠는가, 더 이상 평화가 없는데, 그리고 이 모든 일 끝에, 그녀는 어두운 방에서 체념으로 비통하게 고개를 흔들었다, 평화는 결코 없을 것이다, 왜냐하면 그들은 여기서 살인자와 테러리스트들 사이에서 살아야 하니까, 시대가 이래서, 사람이 TV 뉴스로 이 살인자와 테러리스트를 마주해야 하는 게 아니라 살인자와 테러리스트 사이에서 살아야 하다니!! 정말 끔찍하다!! 호프 부인은 한숨을 쉬고 일어나서 위층으로 올라가서 모든 것이 괜찮은지 챙겼다, 위층에는 모든 것이 괜찮았다, 호프 씨는 흔들의자에서 평화롭게 졸고 있었다, 몇 년 전 아이들이 크리스마스에 선물한 흔들의자로, 물론 호프 부인은 그 절반의 돈을 대었고, 남편을 위해 두꺼운 담요들로 안을 대고, 햇빛이 가장 오래가는 창문 옆에 당겨다 놓았고, 이제 사랑하는 남편이 한가로이, 고개를 한쪽으로 떨군 채 앉아서 졸고 있었다, 그래, 호프 부인은 어느 순간에 직접 두 사람을 겨냥한 무언가가 폭발하거나 무너져 내릴까, 아니면 두 사람 머리 위로 떨어질까, 생각에 심장이 덜컥 내려앉았다, 커튼을 닫아야겠다, 남편의 숨소리를 살피며 그녀는 결정했다, 모든 창문을 닫아야겠다, 이제 궂은 날씨가 다가오고 있으니 남편을 따뜻하게 감싸주고, 나는 침대에 누워야지, 우리는 이렇게 머물며 기도하고 희망하며 지내는 거지, 해봐야 아무 의미가 없어도 있던 자리에 머무르고 기도하고 희망하는 것 말고 달리 할 일이 뭐가 있나, 사람은 원래 다 그렇잖아요, 다음 날 그녀는 다시 한번 집 안으로 들인 잉그리트 아주머니에게 말했다, 그리고 그녀는 그녀에게 뭐 마시겠느냐고 제안했다, 사람들이 살아 있는 한, 희망을 가진다, 참말 지당한 말이다, 손님은 고개를 끄덕였다, 하지만 자신은 그렇게까지나 어둡게 보지 않는다고 털어놓고, 호프 부인에게 포기하지 말라고 조언했다, 예를 들어, 국화 축제가 열릴 테니까, 우리가 얼마까지 왔는지 아느냐? 이제 스물일곱 명이 모였다!! 잉그리트 아줌마가 보기에 이 정도면 충분할 것 같았다, 이만큼 숫자면 내년 가을에 경진대회를 아주 아름답게 치를 수 있으니까, 잉그리트 아줌마는 리큐어를 벌컥벌컥 들이킨 다음, 대회 이름으로 무엇이 좋으려나, 호프 부인에게 다시 조언을 구했다, 하지만 호프 부인의 시선은 그 너머 딴 데 있었다, 어딘지 모를 곳을 그냥 쳐다만 보고 헤매고 있었고 잉그리트 아주머니가 묻는 말도 듣지 못한 것 같았다, 그처럼 퀼러 씨도 초인종 소리를 듣지 못하고서, 티츠 박사가 창문을 두드리고 나서야 그는 노트북에서 눈을 들었고, 노트북 스크린을 한 번에 닫고 친구를 들여보냈다, 친구는 아이젠베르크에서 자신과 아내가 결정을 내렸다고 먼저 말을 시작했다, 오늘은 퀼러 씨에게 그들 결정을 알리기 위해 카나에 왔다고 했다, 그들은 아드리안을 여기 혼자 두는 게 좋지 않다고 판단했기 때문이다, 카나에서 일어난 일에 대해 들었고, 더는 그, 아드리안이 여기 머무는 일은 좋지 않다, 그에게 안전하지 않다는 확신이 들었다, 그들은 아드리안이 아이젠베르크의 자기네 집으로 이사해야 한다고 결정했다, 거긴 그래도 아무 일이 없다, 특히 여기 카나에서처럼 끔찍한 일은 없었다, 뒷마당에 작은 별채가 있는데 우리 큰아이들이 거기 예전에 살았는데 따로 나가 살아서 이후론 비어 있다, 우리가 당신을 위해 가구도 넣고 잘 꾸며 준비를 해두었다, 원하는 건 다, 장롱이나 침대나 뭐든 가져가고 싶은 물건들은 옮기자, 원하면 기상 관측소도 옮기자, 이 정도인데, 당신 생각은 어떠냐? 하지만 퀼러 씨는 아무 말도 하지 않고 친구를 바라보며 차 한잔 드릴까라고 물었다, 티츠 박사가 안 마시겠다고 하자, 퀼러 씨는 천천히 부엌으로 걸어가서 머그잔에 차를 만들고 꿀 두 숟가락을 넣고 돌아왔다, 그리고 티츠 박사는 아드리안의 걸음이 조금 엉거주춤 질질 끌리는 것 같다는 것을 처음으로 알아차렸다, 그러니까, 괜찮아? 그는 물으며 일어섰고, 쾰러 씨가 평소 자리에 다시 앉았다, 물론 모든 것이 괜찮아, 쾰러 씨는 중얼거리고 무심코 차를 저은 다음 안경을 조정하고 한 모금 마시고 얼굴을 찡그리고 손님에게 부엌 서랍에서 꿀단지와 숟가락을 가져와달라고 부탁했다, 하지만 내 말 이해했어? 티츠 박사는 물었다, 우리 집에, 원한다면 내일이라도 우리와 살자고, 물론 그래도 좋을 거야, 쾰러 씨가 중얼거렸다, 분명 그는 오히려 박사가 꿀항아리와 숟가락을 들고 거실로 돌아오는 길에 넘어지지 않나에 더 신경 쓰며 지켜보는 것 같았다, 그 역시도 더 이상 그렇게 젊지 않았기 때문이었다, 확실히 그의 움직임도 주춤거리며 불안한 데가 있었다, 아내는 가끔 우스개 삼아 지적했다, 당신은 왜 항상 내 주변으로 어지럽게 휘청거리며 다녀요, 당신이 병원에 갈 때가 넘었으니 꼭 가서 확인해봐요, 내가 볼 때 당신은 균형 감각에 문제가 있어요, 티츠 박사는 그녀의 조언을, 그것은 단지 한 여자가 사랑으로 나를 어지럽혀서 그렇다고, 그 여자는 내 사랑, 당신이라고 그런 식으로 가볍게 웃어넘겼다, 그의 농담에 아내는 마음을 놓지도, 웃지도 않았다, 그래서 실제로 얼마 안 지나 티츠 박사는 예나의 옛 동창 중 한 명에게 가서 철저하게 검사를 받아야 했다, 했지만 그들은 심각한 문제는 찾지 못했다, 나이가 들면 오는 일이야, 그의 동료가 그에게 말했다, 나이가 들어서래, 티츠 박사는 집에 그대로 설명했다, 피할 수 없는 것을 오직 지연시키기만 할 뿐, 그는 점점 더 빈번해지는 전정기관 질환으로 약을, 오로지 문제를 늦추는 약을 복용하기 시작해야 했다, 그의 문제가 무엇이든 그는 여전히 친구보다 더 민첩했지만, 이를 지켜보는 일도 그리 마음이 좋지 않았다, 티츠 박사는 직업적인 이유만이 아니더라도, 전혀 감상적인 유형이 아니었지만, 아드리안이, 그의 관점에서 보면 너무도 갑작스레, 얼마나 나이가 들어 보이는지 보자 넌짓 속이 철렁했다, 친구의 정신적 감퇴가 시작된 것도 확연했다, 티츠 박사는 그 과정의 속도에 놀랐고, 그런 이유로 그의 아내와 함께 아드리안을 위해 무엇을 할지 생각하기 시작했던 것이다, 그런 고심 끝에 그들은 그를 돌볼 수 있도록 자신들 가까이 데려오기로 결정했다, 사람이라면 가장 친한 친구에게 당연지사 해야 하는 일이라고 티츠 박사는 언명했고 그의 아내도, 아직 두 집안 살림을 돌볼 수 있다는 확신하에, 동의하고, 붙어사는 거주자에게 기분 좋게 말했어도, 그들은 모든 일이 그렇게 순조롭게 진행될 것이라고는, 특히나 박사는 예상하지 못했다, 카나에서 저항이 있을 거라고, 아드리안이 이런 식으로 잘 살았고 그는 여기에서 일들이 익숙하고, 카나는 카나라느니, 기상 관측소가 그곳에 있다며 저항하리라 예상했지만, 아니, 없었다, 그는 저항을 내보이지 않았고, 티츠 박사가 다음 날 트럭 두 대를 딸려 퀼러 씨의 집 앞에 나타났을 때도 긴가민가 불확실한 마음이 가득했지만, 아드리안은 팔 아래에 노트북을 들고 왈가왈부 없이 순순히 첫 번째 트럭의 운전사 옆에 앉아, 누군가가 그에게 먼저 집으로 돌아가 무엇을 가져가고 무엇을 남겨둘지 말해줘야 한다고 설명해야 했다, 퀼러 씨는 순순히 집으로 다시 걸어 들어가 마치 무작위인 것처럼 이것저것 마구 가리켰고, 이 사람이 손 닿는 대로 무턱대고 밖으로 나르는구나, 티츠 박사는 느꼈다, 슈나이더 부인은 부르크뮐러 부인이 들을 수 있도록 문 앞에 서서 말을 넣었다, 어이쿠야, 근데 여기 이웃집이 영 북적거리고 바쁘네, 그녀는 이 대단한 소란에 부르크뮐러 부인이 무슨 말을 하나 보기 위해 뜸을 들이며 기다렸지만, 후자는 단지 현관 앞에 서서 팔짱을 끼고 짐꾼들이 이런저런 보관장, 침대, 탁자 및 자잘한 물품을 가지고 집에서 나와 트럭에 차곡차곡 짐을 싣는 것을 크게 관심 없이 냉랭하게 지켜만 보았다, 그러다 마침내, 음, 여기 무슨 일이야? 설마 팬데믹 때문에 이사를 나가는 건 아니겠지?! 부르크뮐러 부인은 이런 이유가 정말 아니기를 간절히 바라는 사람처럼 물었다, 그러나 정말 그랬다, 아주 오랫동안은 그럴 리가 없다고 수긍 안 할 수 없었고, 이를 두고 다투며 토론할 필요도 없었다, 사람 좋은 이웃이 정녕 여기를 뜨는구나, 슈나이더 부인은 쏩쓸하게 입술을 쭉 내밀었다, 그녀는 오랫동안 이러리라 의심해왔고, 심지어 이렇게 끝날 것이라고, 이제 그들 역시 떠나야 하리라는 말까지 했다, 어디로 가나? 어디로 갈지 말 좀 해보라는 말에, 부르크뮐러 부인은 불쾌감에 노기등등하여 슈나이더 부인을 향해 떽떽거렸다, 당신은, 딱 그 모양이지, 당신은 항상 바이러스가 이러니 바이러스가 저렜느니 사람들 혼비백산 겁이나 주고 유언비어나 퍼뜨리는 텔레비전이나 보고 있으니, 뭐요?! 슈나이더 부인의 언성이 올라갔다, 내가 항상 TV만 본다고, 그리고 기분이 상한 그녀는 집으로 돌아갔지만 그들의 싸움에 대해 곱씹지 않고 대신 떠나는 이웃에 더 마음을 주었다, 창밖을 내다보고 이삿짐 트럭 두 대를 바라보니 진정으로 슬펐기 때문이었다, 이제 이 거리는 어떻게 될까, 그가 없는 오스트슈트라세는 상상할 수 없었다, 킬러 씨는 이 오스트슈트라세의 최고의 자산을 뜻했는데, 이제 그가 떠나는 것인가? 슈나이더 부인은 짐꾼들을 지켜보았고, 가슴이 그렇다 대답하며, 시큰 아려 왔다, 다른 모든 상실과 마찬가지로 마음이 아팠지만, 부르크뮐러 부인에게 이런 모습 보이고 싶지 않았다, 저 할망탱이가 자신을 성가시게 다른 사람 일에 참견이나 하는 사람으로 생각할 것이기 때문이었다, 그러나저러나 그런 것을, 훤한 제 속을 어떻게 속이나, 그리고 왜 그래야 하는데, 두 대 트럭의 뒷문이 닫히고 반호프슈트라세 쪽으로 차를 몰고 가자, 이제 어떻게 될지 일이 빤했다, 킬러 씨가 누가 알랴만 어디서 왔는지 모를 박사의 차에 타고 떠나는 모습을 보고, 그녀는 그저 건너편 건물을 하염없이 바라보고 있자니, 마치 사람 좋은 이웃이 죽어서 관에 실려 나가는 것처럼 느껴졌다, 그날은 더 이상 창밖을 보고 싶지 않았고, 그 시들어 빠진 노파가 이를 두고 뭐라고 씨부렁거리든 상관없었다, 퀼러는 친구 옆에 앉아 노트북을 무릎 위에 올려놓고 차 문손잡이를 꼭 잡고 있었고, 한편 티츠 박사는 행복하게 그에게 앞으로 머물 숙소에 대해 이야기하고, 이렇게 가까이 있으면 얼마나 좋으냐 말했다, 길에서 눈을 떼지 않고, 그가 두려워하는 기색이 또렷하자, 잠시 후 박사는 이를 눈치채고, 시속 140킬로미터에서 90킬로미터로 속도를 늦추고 그들은 아이젠베르크 쪽으로 계속 갔다, 과속은 항상 티츠 박사의 문제였다, 그는 너무 빨리 차를 몰았고, 항상 과속으로 경고를 받았으며 아는 경찰관인 경우 가끔 무탈하게 벗어났지만, 경찰관이 낯익은 사람이 아니면 꼼짝없이 걸렸다, 그의 아내는 물론 매우 화를 냈다, 당신에게 몹시 화가 나요, 그녀는 그를 꾸짖었다, 너무 빨리 운전하는 것만이 문제가 아니라, 도대체 왜, 무슨 이유로, 말해봐라, 하지만 티츠 박사는 자신도 몰라 그 이유를 댈 수 없었다, 상황이 허락하는 한 빨리 운전하면 기분이 좋았다, 이제 와서 나더러 어쩌란 말이냐, 그렇게 생겨먹은 것을, 하지만 아내가 이런 변명을 받아들일 리가 없었다, 그리고 최근 들어, 그녀는 단연 근심이 깊어졌다, 당신은 늙어가고 있고, 안경을 써야 하는 것도 익히 알고, 특히 물불 안 가리고 덤빌 나이는 훨씬 지났다, 그걸로 끝, 모든 것이 그대로 남아 있었지만, 그의 친구를 위해 티츠 박사는 시속 90킬로미터로 속도를 늦추고 미래 공동의 삶에 대해 계속 이야기했다, 그의 아내는 집에서 가벼운 고깃국을 우리고 기다리고 있다, 특별히 아드리안을 위해 만들었다, 막둥이는 아직 먹을 줄을 모르니까, 근사한 아랍산 고기 요리도 조금 마련했다, 언제 아드리안이 저녁 식사 손님으로 초청되었을 때 이 음식을 내었는데, 그가 정말 맛있게 잘 먹더라, 그걸 만들 작정이라고 그녀는 어제 남편에게 알렸다, 둘이 어떻게 되려나, 모든 것을 논의하다가 나온 말이었다, 어떻게 되려나, 그녀는 여전히 전체 일이 약간 걱정이었다, 아픈 아드리안을 받아들이는 일은 그를 저녁 식사에 초대하는 일과는 사뭇 달랐다, 게다가 아드리안 자신이 특히나 재미있는 사람으로 비위를 잘 맞춰, 그녀는 가끔 남자로서도 은근 매력 있다고 속으로 인정했지만, 그러나 물론 이런 속사정은 아무도 눈치채지 못했고, 티츠 박사는 아드리안이 건너오면 아내가 한층 활기를 띠어 기쁠 뿐, 다른 이유가 있을 수 있다는 생각은 전혀 하지 않았다, 이제 그는 그런 쾌활한 저녁 식사가 정기적으로 이루어질 것이라는 사실에 특히나 기뻐했다, 실제로 정기적으로 함께 식사는 해도, 이전의 쾌활한 기운은 되살아나지 못했다, 티츠 박사는 분위가 예전 같지 않다는 것을 오랫동안 인정하려 들지 않았고, 아내가 그런 암시를 비추기라도 하면 못 들은 척 무시했다, 물론 그도 아드리안이

414

더 이상

팔슈 벨트, 디어 트라우 이히 니히트!

예전의 그가 아니라는 것을 알고 있었다, 그에 관한 모든 것이 바뀌었지만, 여전히 몇 달이 지나서도 그는 진정으로 도움이 필요한 사람을 받아들여 함께 사는 일이 옳은 결정이었다고 느꼈다, 이런 도움은 갈수록 조금씩이지만 점점 더 확연해졌기 때문이었다, 처음에는 그저 여기저기 돌아다니는 아드리안에게 익숙해지기만 하면 되었는데, 그러다 가끔 밤에 침대 옆에 서 있는 그를 발견하고 화들짝 놀라 깨곤 했다, 머리카락은 흐트러지고 위 어딘가에 시선을 고정한 쾰러 씨는 빅뱅 당시 10억 입자에 대해, 대규모 소멸 후에, 대칭성이 깨져 플러스된 잉여 물질 입자가 출현했고, 이것으로 세상이 만들어진 것이 아니다, 빅뱅 당시의 대소멸에서 반입자 하나가 발생하지 **않았고,** 그리고 이것이 세계로 이어졌다는 말을 읊었다, 한편 반물질은 단순히 흔적도 없이 사라졌고, 아무도 반물질이, 반물질 자신만 알까, 어디로 갔는지 알지 못했다, 그렇게 반물질 자체 구조의 불안정성으로 인해 이 반물질이 즉시 블랙홀로 붕괴되었고 이제 모든 반물질은 이 블랙홀에 숨어 있다, 다만 이들의 총무게를 측정하기만 하면 된다, 그러면 이제껏 사라졌던 무언가가 존재하게 될 것이다, 한편은 그들은 그저 침대

위에 앉아 머리판에 기대어 이불을 턱까지 끌어올리고 겁에
질린 채 어스름 속 그를 응시했다, 그들은 그가 괴상하고 난해
하게 뇌는 말을 전혀 해득하지 못했지만, 이건 퀼러가 완전히
미쳐버렸다는 뜻인가? 더더욱 감이 잡히지 않았다, 티츠 박사
도 그의 아내도 대놓고 이 야행성 현현에 대해 그에게 묻지 못
했지만, 얼마 후 이도 저절로 멈추었고, 그와 함께 유령 같은
야간 강연도 끝났다, 사실 종결된 이유는 뭐든 개시할 모든
근본적인 추동력이 퀼러에게서 사라졌기 때문이었다, 부인해
서 무엇하랴, 게다가 그는 막둥이에 대한 모든 관심도 잃어버
렸다, 그렇게 느지막한 노년의 부부에게 찾아온 신성한 선물
인 막둥이, 그 아이에게 일찍이 아드리안은 사람 녹이는 서글
서글함으로 예뻐하며 꼬이고, 아이와 놀아주었고 아이는 그
에게 너무 정이 들어 저녁 식사 후 아이 재우러 보내는 일이
고역이었다, 그가 집으로 돌아가면 아이는 이후로 울고불고
떼를 쓰고, 결국 울다가 잠들었는데, 이제는 아드리안은 그를
알아보지 못하는 것처럼 보였고 아이는 매일 무언가를 몇 번
씩이고 시도하여, 아드리안에게 몰래 다가가, 팔꿈치 아래로
슬며시 파고들기도 했다, 아드리안은 그를 쫓아내지 않았고
아이의 존재가 거기 있는 일을, 제 팔꿈치 바로 아래 있는 일
을 받아들였지만 그는 계속, 무엇을 의미하든지 간에, 일을 했
다, 얼마 안 가 이 어린 소년은 뒤쪽의 작은 집으로 몰래 들어
가도, 문간에 멈춰서서 그곳에서 지켜만 보았다, 그도 자연스

416

레 이제 이 아드리안 삼촌이 더 이상 예전의 아드리안 삼촌과 같지 않다는 것을 느꼈기 때문이었다, 아드리안은 한번은 그를 향해서 돌아보고, 단지 세상 말고는, 완벽한 것이 없다는 거 알고 있니? 말했다, 그러자 막둥이는 출입구에 서서 아드리안을 지켜보다가 그대로 도망쳤다, 때로는 다시 돌아와서 안을 훔쳐보았지만 다시는 가까이 다가가려고 들지 않았고 아드리안은 더 이상 거기 있는 아이를 알아차리지 못했다, 모든 일에 그런 식이었다, 이제 재우치지 않으면 그는 노트북에서 일어나지 않았고, 조금 지나서는 점심이나 저녁을 먹으러 오라고 하려면 찔러대며 귀찮게 굴어야 했다, 식사가 준비되었다는 한두 번 말로 꿈쩍도 하지 않기 때문이었다, 정원에서 무언가를 하고 있다면, 도움을 줘, 그가 애초에 왜 그 일을 시작했는지 일깨워주어야 했다, 가족들은 문제가 무엇인지 정확하게 알았고, 티츠 박사는 그를 치료하기 시작했다, 하지만 이런 치료가 무엇을 의미하는지 당신도 알지, 그들은 TV에 〈MDR 저널〉을 틀고서, 티츠 박사는 아내 옆 소파에 구부정하게 앉아 있었다, 우리는 진행을 늦추는 일만 가능해, 천천히 늦추는 일만, 하지만 여전히 해볼 만한 가치가 있어요, 아내가 그의 용기를 북돋았다, 그리고 이것은 링어에게도 핵심 단어였다, 천천히 늦춰라, 무분별한 곤두박질을 멈춰라, 다만 링어는 더 이상 버틸 수 없을 것 같아서 속도를 늦춰야 함에도 꽤 오랫동안 속도를 늦출 수가 없었다, 이제 그만 멈추겠다, 그는 계속해서 결정하고 결심했지만, 계속 두달음질이었고, 하루는 일메나우에 있다가, 다음은 마이닝겐에 있었고, 그다음은 줄에, 그런 다음 존더샤우젠에 있었다, 마침내 그는 어느 번호로 전화를 걸어 수화기에 대고 말했다, 댁들의 심문을 받고자 한다, 그는 에르푸르트의 헐벗은 취조실에 앉아 다른 말에 강세를 두었지만 같은 요청을 반복했다, 댁들의 심문을 내가 받고자 하니, 다 적어달라고 강력히 간구하는 바이다, 그는 앞에 앉아 있는 경찰관에게 말했고, 사건에 중요하다고 싶으면 아주 미미한 세부 사항도 하나도 빼지 않고 사건 전모를 설명했고, 제 말의 진실성을 입증할 수 있을 사람들 이름과 주소를 대었다, 왜냐하면 그가 아니었기 때문이었다, 내가 아니었기 때문이다, 나는 떠도는 말들을 알고 있다, 하지만 아니다, 그는 에르푸르트에 앉아 진지한 눈빛으로 이미 기분은 차분하게 가라앉아, 그를 심문하는 형사를 바라보았다, 하지만 좋아, 그럼, 누가 한 짓이야! 따지자, 링어는 대답이 없었다, 그것은 내 알 바가 아니다, 링어는 고개를 저었다, 그것은 당신들끼리 알아서 알아내야 할 일이고, 이제 나를 그만 괴롭히고 내버려두어라, 나도 감면히 맞서야 할 일이 차고 넘친다, 정말 그 말 그대로였다, 그에게 상황이 상당히 어려웠다, 링어에게 제기된 의혹, 어쨌든 그도 터무니없다고 칭했지만, 우발적 혐의를 즉각 철회하라고 요청하고 실제로 연방헌법수호청의 도움으로 회복이 되었다고 해도 그는 카나의 모든 일이 통제 불능 상태가 된 일이나, 어떻게 이 모든 일을 막을 수 있을 때 막지 않았는지, 부분적으로 자책감을 느낀다는 말을 할 수가 없었기 때문이었다, 현장에 있었던 그들, 자신들은 형편없은 꼴로 실책만 저질렀다, 그러나 링어 부인은 남편이 마침내 모습을 드러내고 집에 오게 되자 전혀 이 말에 동의하지 않았다, 그녀는 모든 것에 동의하지만 이 하나는 동의하지 않는다, 왜냐하면 왜, 그녀는 손을 벌리고, 여기가 형편없이 전락한 일의 책임이 왜 당신에게 있단 말인가, 왜 자책하는가, 당신은 할 수 있는 일을 다했다, 아니, 링어는 고개를 흔들었다, 나는 단지 말로만 떠벌리고, 아무것도 하지 않았다, 왜냐만 이들을 상대하려면, 이런 전개에 대항하기 위해, 반대 시위, 그리고 강연, 성명서, 텔레비전 토론 같은 걸로는 충분하지 않다, 링어 부인은 그의 손을 다독였다, 그들은 거실에서 서로 마주 앉아 있었고, 이미 어두워졌는데도 불을 켜지 않았다, 그녀는 그저 손을 쓰다듬으며 그를 달랬고, 한참 전부터 그들은 매우 조용한 어조로 말을 나누고 있었다, 그리고 그녀는, 말해봐요, 무슨 요리를 할까? 당신은 뭘 먹고 싶은데? 물었다, 비어주페*? 그거 좋은데, 그녀의 남편은 지친 기색으로 그녀에게 미소를 지었다, 하지만 만들기에 이미 너무 늦었어, 왜, 왜 뭐가 늦었다고, 소파에서 벌떡 일어선 링어 부인은 벌써 부엌에서 야채

---

* Biersuppe. 맥주에 허브, 밀가루와 버터를 넣고 걸쭉하게 끓인 수프. 아침 식사용으로 빵과 함께 먹으며, 맥주 애호가 바흐가 좋아한 음식으로도 유명하다.

껍질을 벗겨내고, 냉동실에서 반조리 냉동된 식품을 꺼내 전자레인지에 넣고 다이얼을 해동으로 설정하고 처음에 시간은 10분으로 설정했다가 마음을 바꾸고 15분으로 맞췄다, 깊은 한숨을 몇 번이나 내쉬고 싶었지만, 남편에게 들릴까 봐 삼키고 그래서 그녀는 거의 소리 없이 한숨을 두어 번 내쉬었다, 야채가 준비되자 설탕을 약간 넣고 뭉근히 끓인 다음 전자레인지가 끝나자, 비어주페를 꺼내 냄비에 저어서 넣고 물을 약간 넣었다, 향신료는 아직, 제일 마지막에, 링어가 군침 도는 냄새에 이끌려 부엌에 들어왔을 때만, 그는 식탁에 털썩 주저앉고, 마치 악몽에서 깨어나려는 것처럼 얼굴을 문질렀다, 정말 그랬기 때문이었다, 지난 며칠 동안 숨고 도망 다니며 그가 겪었던 일들이 이제 진짜 악몽처럼 보였다, 이전에 무언가로부터, 누구로부터 숨어 다닐 만한 삶을 살지 않던 그였는데, 이런 꼴이다, 게다가 악몽은 숨는 일로 시작된 것이 아니라, 그는 더 이상 견딜 수 없어, 팽팽한 실 끊기듯 탁 부러지던 일로 시작되었다, 지금은 그들이 접어든 곳은, 다른 세상임을 알았고, 그리고 이해가 되지 않았다, 이제 처음으로 그들이 여기 카나에서 무슨 일에 엉켜 말려든 건지, 튀링겐에서 무슨 일이 일어나고 있는지, 나라 전체에서 무슨 일이 일어나고 있는지 진정으로 이해되지 않았다, 이에 그는 완전히 아뜩하도록 심산했다, 그는 얼마나 오랫동안 마을을 정신없이 돌아다녔는지도 몰랐다, 그러다 누군가 비밀리에 자신이 용의자이기 때문에 어딘가로 자취를 감추라는 충언을 했고, 제 손 더럽혀서라도 뭐든 해결할 수 있다면 어떻게 든 병들고 미친 낫치를 기쁜 마음으로 제거해버렸을 그였지만, 황망해 제정신이 아닌 상태에서도 링어는 안타깝게도 이런 행로로 아무것도 해결되지 않고, 악을 악으로 갚을 순 없다는 것을 알았다, 그래서 이 무의미한 숨바꼭질을 끝내고 싶었기 때문에 자발적으로 자수했다, 더 이상 카나에서 자신이 어떻게 될지 관심이 없었고, 카나에 헤아릴 수 없을 정도로 실망했다, 아무도 그의 편을 들며 나서지 않았고, 일이 나자 아주 기다렸다는 듯이 바로 그에게 등을 돌리는 것처럼 느껴졌다, 그러나 그는 더 이상 그 일에 신경 쓰지 않았고 아무것도 신경 쓰지 않았다, 완전한 무감각에 빠져, 더 이상 예나 친구들도 보고 싶지도 않았고 그들이 방문하러 오면 자신은 지금 전혀 쓸모가 없다고 느껴지니까, 다시는 찾아오지 말라고 노골적으로 말했다, 이런 말에 링어 부인은 한층 겁을 먹었다, 그리고 그녀는 그의 편에 함께 서 있다는 것을 그가 느끼도록, 손을 잡고 쓰다듬으며, 할 수 있는 일은 다 했고, 하지만 꼭 필요한 일이다 싶으면 자주 그를 혼자 내버려두었다, 그녀는 누군가와 이 상황에 대해 정말 이야기하고 싶은 마음이 굴뚝 같았지만, 카나에는 더 이상 이야기하고 싶은 사람이 없었고 도서관은 여전히 열리지 않아 그녀는 매 순간을 집에서 보냈다, 그녀는 남편이 갑자기 자신을 필요로 할지도 모른다는 생각에 잠시라도 멀리 떨어져 있고 싶지 않았다, 하지만 무엇을 해야 할까? 집에 계속 멍하니 구경만 하고 있을 수는 없잖은가?! 그래서 그녀는 오랫동안 그녀의 마음을 짓누르고 있던 일들, 식료품 저장고나 뭔가 일에 착수하기 시작했다, 글쎄, 저장고가 너무 뒤죽박죽이라 물건들을 치워야 한다는 생각이 늘 떠나지를 않았고 이따금 계획을 세우고 덤벼보려고 하지만 늘 뜻대로 되지 않았다, 그녀는 남편과 함께 주말을 보내는데, 같이 소풍을 간다거나 극장에 가거나 예나 또는 라이프치히에서 영화를 보러 가, 다른 일을 할 시간이 남지 않았고, 주중에는 도서관에서 할 일이 거의 없어도, 일 마치면 저장고 일을 또 하기에는 늘 지치고 피곤한 탓에 계속 그 일을 미루었다, 그러나 이제 일에 착수했다, 그녀는 먼저 선반에 있는 무수히 많은 절임병과 브랜디 병, 상자와 자루들, 수많은 향신료와 밀가루와 설탕과 기름 등을 모두 내려놓고 부엌으로 가져가서 모든 것을 서두르지 않고 찬찬히 살펴보고 무엇을 버리고 무엇을 보관할지 결정했다, 그런 다음 선반들을 씻고, 닦아서 말린 다음 모든 것이, 말하자면 여전히 유용한 것들로만 다시 돌아갈 준비가 되었지만 결정하기가 어려웠다, 그녀는 헤프게 펑펑 쓰는 사람이 아니었고, 애초에 유통 기한이나 상태 때문에, 이런저런 것들을 버리기로 결정하긴 했어도, 물건을 도로 쟁여 넣다 보니 드는 곰곰궁리에, 계속 저울 바늘이 이쪽으로 저쪽으로 기울었다, 쓸모없다고 간주하고 물건을 골라내면서도 성격상 내다 버릴 수 없다는 것을 알았고, 차라리 모든 것을 모아 크고 튼튼한 쓰레기봉투에 넣고 차로 싣고 가, 복음주의교회 사제 사무실로 가져가서, 거기다가 부려놓자, 그러면 가난한 사람들에게 도움 닿을 수도 있으리라고, 그녀는 목사님에게 말했다, 그리고 마음이 놓여, 남편이 지금 당장 그녀가 거의 필요하지 않다는 것을 알긴 알았지만 서둘러 남편에게 돌아갔다, 링어의 상태는 변함이 없었다, 모르긴 몰라도 사실 이전보다 훨씬 더 절망적으로 보였다, 이런 모습에 다른 모든 일도 덩달아 링어 부인에게 더더욱 절망적으로 보였다, 그래서 이제 그녀는 정말로 누군가에게 이를 털어놔야 했고, 이 무거운 부담을, 이러다 와장창 부서져 내릴 것 같은, 짐을 나누어야 했다, 여자 친구들에게 가볼 수는 없었다, 그들은 다른 카나 주민들과 전혀 다를 바 없이, 문제가 불거지자마자, 즉시 그녀를 외면했기 때문이었다, 그냥 자존심 때문에라도 그녀는 그들에게 돌아가지 않았다, 매우 조심스럽게나마 그들은, 그녀에게 신호를 여차저차, 만난 지 오래되었잖아, 같이 모여서 커피나, 뭐라도 하자, 보냈지만, 아니다, 링어 부인은 다른 해결책이 필요했다, 다른 해결책은 꽃을 사러 쇼핑센터에 갔을 때 잉태되었다, 화분에 담겨 있어도 괜찮다, 집 분위기를 돋우려고, 그녀는 판매원에게 말했다, 그리고 거기서, 꽃집에서 펠트만 부인을 마주쳤고, 펠트만 부인은 젊은 열정으로 가득하여, 간단한 일상적인 대화로 링어 부인의 무력감을 벗어날 수 있도록 도울 수 있는 인물로, 그 펠트만 부인이, 링어 부인에게 그녀 특유의 상냥한 태도로 정말이지 오랫동안 만나지 못했는데, 커피나 뭐라도 꼭 같이 마시자고 제안했던 것이다, 링어 부인은 펠트만 부인을 거의 알지 못했지만, 그래도, 알 게 뭐냐, 그녀의 말에서 일종의 자명한, 꾸밈없는 자연스러운 선의가 느껴져서 초대를 받아들였다, 둘은 커피를 마시러 앉았는데, 의도한 것은 아니었지만, 시작은 전혀 그렇지 않았는데, 펠트만 부인의 친근하게 미소 짓는 얼굴을 바라보다 보니, 자신이 속마음을 이미 다 쏟아냈다는 걸 갑자기 깨달았다, 그리고 이 사람이 같이 앉아서 속에 담은 말을 다 쏟아낼 만한 사람인지 견주기엔 이미 너무 늦었다, 이미 쏟은 걸 주워 담을 수도 없고, 펠트만 가족과 링어 가족은 서로 거의 알지도 못하고 지냈다, 가끔 가다가다 마주치긴 했고, 예를 들어, 로젠가르텐에서 오월제 축하 행사나 그런 이벤트에서, 항상 몇 마디 친근하게 사교상 말을 주고 받았을 뿐, 그게 다였고, 더는 없었다, 그들은 서로 방문도 하지 않았고, 함께 저녁 식사를 하러 나가지도 않았다, 그런 일은 없었다, 이해가 안 되네, 펠트만 부인이 의아해했다, 왜 진즉에 우리 더 진지하게 어울리며 지내지 않았을까요, 그녀는 링어 부인의 팔을 잡았다, 두 분 다 언제 주말에 저희 방문하세요, 링어 부인은 남편의 상태 때문에 오랫동안 이 초대가 실현될 수 없다는 것을 알고 있었지만 기뻤다, 그럴 수 있을까마는, 하지만 기분 좋았고, 마음이 따뜻하게 차올랐다, 마침내 적절한 말로 그녀의 마음을 달래주는 사람이 있다니, 다들 사람 사는 데가 다 이렇지요, 댁도, 펠트만 부인이 말했다, 이런 일이 여기 카나에서만 일어나는 특산물이라고 생각하지 마세요, 여기, 다른 곳들과 똑같이, 이곳 사람들도 헛소문에 두려워하고 뜬소문에 쉽게 영향을 받아요, 그래서 저는 사람들을 예단하지 않으려고 해요, 그런 일로 괜히 골머리 앓지 마세요, 자연스러운 일이에요, 여기 모두가 두려워할 이유가 넘치잖아요, 아닌가요? 대체 무슨 이런 공포에 우리가 난데없이 둘러싸여 있는지 한번 보세요! 내 말이 틀렸어요? 하지만, 네, 맞아요, 링어 부인은 인정했다, 그녀는 새 여자 친구를 발견했구나, 느꼈다, 그리고 펠트만 부인도 다르지 않았는지, 링어 부부가 남편 때문에 금방은 호흐슈트라세에 아마 건너오지 않으리란 점이 분명해지자, 그래서 펠트만 부인은 혼자 찾아왔다, 그리고 '직접' 링어 부인에게, 들어보세요, 문을 열어주자, 출입구 문간에 서서 단도직입적으로 그녀에게 말했다, '직접' 제가 당신을 찾아왔어요, 나는 상황이 어떤지 알고 있기 때문에, 초대받지 않은데도 무례를 무릅쓰고 왔어요, 당신이 나를 들여보내면 들여보내주시는 거고, 그렇지 않다면 그것도 충분히 이해합니다, 그래서 그들은 부엌에 앉았고 집주인은 좋은 커피를 내렸고, 펠트만 부인이 너무 다정다감한 사람이라 흐뭇했다, 당신은 정말 다정하신 분이에요, 브리기테, 그녀 앞에 커피잔을 놓았다, 어떻게 감사해야 할지 모르겠어요, 링어 부인은 정말 감사한 마음이 가득하여, 다시 새로이 펠트만 부인에게 속마음을 쏟아낼 수 있었다, 그녀의 속이 후련했고 새로운 힘과 새로운 에너지를 얻었다, 그리고 다음 주말, 남편에게 잘레블릭으로 나들이를 가자고 졸라도 허사가 되자 그녀는 혼자 생각했다, 그럼 이제는 별채 부엌 차례, 링어 부부에게도 뒤꼍에 여름에 요리할 수 있는 부뚜막 부엌이 별채로 따로 있었다, 이런 종류의 뒤꼍 별채 부엌을 가진 사람은 거의 없었고, 대부분 다른 집은 주말농장에 작게 곁채에 부엌을 가지고 있었기 때문에, 햇볕이 내리쬐는 날이면 거기에서 도시 전체가 요리를 했다, 다만 문제가 링어 부인이 다시 뒤꼍 별채 부엌에서 요리하려고 한다면, 약간의 수리가 필요하다는 것이었다, 거길 손을 대려면 다시 페인트를 칠해야 하고, 그 일을 빼놓을 수도 없는데 링어 부인에게는 동네 페인트공 친구가 한 명밖에 없지만 부를 수가 없었다, 그 친구도 힘든 나날을 겪던 때 다른 사람들과 한 패로 돌아섰기 때문이었다, 플로리안도 요즘에 도통 보이지를 않았다, 바우마르크트에 가야 하나? 그래서 직접 다 처리할까? 그래, 그게 최선의 해결책 같았고, 안 될 것 없지, 페인트칠은 직접 할 수 있지 않겠어? 당연히 할 수 있지, 그래서 링어 부인은 일에 착수하여, 페인트칠하고 깨끗하게 치우고 분류하고 씻고 정리했다, 계속 일을 하다 보니 언제 끝난지도 몰랐고, 일에 너무 몰두해서 노출된 천장의 두꺼운 들보까지 닦았다, 그동안 내내 링어는 거실에 앉아 있었다, 텔레비전은 하루 종일 켜져 있었지만, 텔레비전은 보지 않았다, 그는 아무것도 보고 있지 않아, 링어 부인은 판단했다, 하긴 옛날 같은 것들은 아무것도 없었다, 그 옛날 사방에 경찰도 없고 뭐 하는 인물들인지 모를 민간인 차림의 사람들도 없고, 폭발이나 살인 같은 것이 없었을 때가 아니다, 이전에는 카나 사람들 중에 아무도 살인 사건의 기억은 있지 않았다, 전에는 오직 어두운 범죄자 소굴이라고 하던, 부르크 19 하나만 있었지, 그러나 그것도 이제 끝났다고 카나 주민들은 그들끼리 안도하며 서로에게 언급했다, 부르크로 들어가는 문은 단단히 잠기고, 안으로 들어갈 수 없다는 표시로 노란색 테이프로 봉인되었다, 하지만 안 그래도 아무도 더 이상 살지 않았다, 거기는 카린도 안드레아스도, 게르하르트도, 우베도, 또는 그날 집에 머물고 있지 않던 이들은 누구든 흩어졌다, 이게 가장 현명한 처사일 것이다, 카린의 제안을 듣고 모두들 고개를 끄덕이고 정말 뿔뿔이 흩어졌다, 카린은 마트슈테트로, 게르하르트는 잘펠트로, 다른 사람들은 튀링겐과 작센 전역에 흩어졌고 안드레아스만이 카나에 머물려고 했지만 이 결정은 잘 풀릴 조짐이 없었기 때문에 곧 포기하고 예나로 갔다, 흩어지는 사람들 다 마찬가지로, 이쪽 외지로, 저쪽 외지로 떠났다, 그래서 그들은 처음으로 그런 중요한 축구 경기 중 하나에 서로 만나게 되었다, 우리 만나지 말자, 카린은 하지만 얼음처럼 차가운 시선을 게라의 작은 경기장을 둘러보며 말했다,

427

사람들이 사진을 찍고 있으니까, 당분간은 이런 잠시라도 안 된다, 나중에 언제 어디서 만날지 기별을 넣겠다, 말을 남기고 그녀는 시합을 떠났다, 안드레아스와 열성 핵심 게라 팬들만이 남았다, 물론 인터넷이 있어서, 그들은 이전처럼 특정 비밀 웹사이트를 사용하여 매일 연락을 유지했고, 이를 통해 그들은 장례식 날짜를 알게 되었다, 에르푸르트에서 안드레아스에게 전화하여 부검이 끝나고 주검을 가져가도 된다고 알려왔다, 안드레아스는 경보를 발령했고, 바로 그날 저녁 그는 마트 슈테트에 가 보스에게 누구 일가친척이 있는지 알아보았다, 보스가 뭐라도 가족 환경이나 친인척을 언급한 적이 없으니, 이것이 그의 마지막 유언으로 간주하고 자기들끼리 그를 매장하기로 결정했다, 어머니가 아직 모이젤비츠에 살아 계신 프리츠는 상황이 달랐다, 게르하르트는 모친에게 알리기 위해 모이젤비츠까지 여행해 갔지만 모친은 코가 비뚤어지도록 잔뜩 취해서 그들이 하는 말을 이해하지 못했다, 당신 아들이 죽었습니다, 알아듣겠어요? 게르하르트는 몇 번이나 목소리를 높이다가 결국, 댁의 아들을 묻어야 한다는 것을 깨닫도록 그녀를 잡고 흔들대고, 완전히 타버려 연기 냄새가 가득한 욕실로 끌고 가, 샤워 꼭지를 열고 녹슨 물이 다 빠져나가고 맑아질 때까지 기다렸다가 샤워 꼭지 아래 여자의 머리를 잡고 있다가, 다시 모친을 거실로 끌고 가서 해묵은 구토 냄새를 풍기는 안락의자에 밀어 넣고서, 목덜미를 그러잡고 몇 차례 어느 정도 정신이 들 때까지 계속 뺨을 때리고, 다시 말했다, 무슨 일이야, 무슨 일이야? 얼떨떨해 혀 꼬부라진 소리로 그녀가 물었다, 아들이 꼴까닥 뒈졌다고, 염병할, 그럼 가서 사제를 데려와야지, 여자가 더듬더듬 우물거렸다, 듣고 보니 이것이 최선의 해결책인 것 같았다, 어디 있나 찾아보고, 게르하르트는 지역 본당에 가서 종을 울렸다, 목사는 프리츠를 알고 있었다, 내가 그 아이를 침례수 아래에서 잡고 침례를 했는데, 참으로 비극이네, 그것참, 그는 프리츠의 어머니도 알고 있었다, 참으로 그도 비극이지, 그것참, 그러나 그것은 모두 선하신 주님의 손에 달린 일이야, 나는 전혀 알 바가 아니라고 게르하르트가 말했다, 나는 온갖 번거로운 복잡한 절차가 아주 질색팔색이라, 하나님이 손에 달렸건 누가 정하건, 결정하라고 하죠, 여기 당신의 주소를 주면 되죠, 맞아요? 사람들이 여기 프리츠를 데려오면 되고, 물론 두말하면 잔소리, 목사는 대답했다, 교회는 모든 죄인을 다시 받아들입니다, 그런 말로 한참 이어졌다, 죄인들은 에르푸르트에서 돌아왔다, 늑대들과 꼭 마찬가지로, 안드레아스의 이복형인 우베가 비밀 웹사이트에 썼다, 왜냐면 그들이 나타났기 때문이었다, 산림감시인은 카나의 라트하우스에 새로운 늑대 루델이 있다고 보고했다, 다섯 마리인데, 알파와 새끼 한 마리가 포함된 수컷 세 마리, 암컷 두 마리다, 이것이 새로운 무리인지 어떻게 아느냐고 거기서 물었다, 그러자, 지난번에 여기 있던 무리와 같은 무리가 아니니까요, 산림감시인이 기분이 상해 대답했다, 그는 이미 수없이 설명했던 것처럼 그들이 알아야 할 내용을 설명해주었다, 늑대들은 위험하지 않고, 이미 저 아래 쉬페르게비르게 쪽으로 이동했다, 분명 더 넓은 영토를 찾고 있었을 것이다, 그러니 다시 이전처럼 두려워할 이유가 없다고, 하지만 물론 카나 주민들은 새로운 늑대 무리의 목격되었다는 소식이 돌 때마다 전과 꼭 마찬가지로 두려움에 떨었다, NABU도 늑대의 본질에 대해 공개 강연을 하러 몇 번이나 카나에 불려왔는지 모른다, 그 사람들 말로는 할 수 있지, 하인리히 씨가 일로나의 뷔페에서 고개를 저으며 말했다, 말로는 뭘 못해, 늑대는 늑대야, 늑대는 괴물이고 그게 다야, 일로나의 모든 사람들이 동의했고, 특히 호프만도 다르지 않았다, 지금 그는 일로나에 빚더미가 나날이 불어나, 플로리안에게서 뭐라도 몇 푼 얻을 수 있을까 싶어 플로리안을 찾아다니지 않을 수가 없었지만, 플로리안은 어디에도 없었다, 그래서 호프만은 꽁무니를 사리고 좀체 입도 열지 않았지만 지금은, 맞는 말이다, 그 의견에 자신도 같은 생각이라고 말했다, 늑대는 늑대니까, 딱 맞는 말이다, 늑대는 자비를 모른다, 하지만, 토마시 람스탈러는 그 자신의 의미심장한 요지를 강요하기 위해, 얼굴에 하얀 마스크를 쓰고, 라트하우스에서 강의용으로 마련한 방에서 이번에도 여전히 드문드문 모인 청중에게, 더 정확하게는 이 산지에서 어떤 일이 일어날 가능성이 있는지 NABU로부터 무엇을 배울 수도 있다고 생각한 네 명의 카나 주민들에게 말했다, 늑대에 대한 두려움은 인류만큼이나 오래되었다고, 적어도 다들 속설은 그렇습니다, 하지만 이 말은 안 할 수가 없습니다, 그의 목소리가 높아졌다, 제가 이 주제를 다루기 시작했을 때, 이 문제를 둘러싼 무지와 순진함에 저는 완전히 충격을 받았습니다, 중세 이전이건 중세 이후이건 아무 상관 없이, 누구도 굳이 나서서 이 웅장하고 예외적인 동물에 대해 조금 더 가까이 다가가고 알아가려 애를 쓰지 않아요, 아무도 우리가 실제로 직면하고 있는 대상에 관심을 두지 않았습니다, 두려움이 너무 강해서 진실은 이 두려움에 혼란만 가중할 뿐이기 때문에, 진실을 포기하기는 쉽지만 두려움을 포기하기는 어렵기 때문에, 과학적으로 수용 가능한 견해를 지녔던 최초의 박식한 지성인들의 말들은 사막에서 외치는 소리처럼 공허했습니다, 피에 굶주린 늑대에 대한 신화와 전설, 동화는 우리와 함께 살았던, 꼭 꼬집지 않을 수 없는 말로, 끝끝내 우리가 다 휩쓸어 멸종시킬 때까지 우리와 함께 살았던 실제 늑대보다 항상 더 신빙성을 얻었습니다, NABU에서 나온 토마시 람스탈러는 이렇게 목소리를 높였다, 정말로 19세기 말에는 독일에 늑대가 한 개체도 남지 않는 일이 벌어졌기 때문입니다, 1980년대와 1990년대에 들어서야, NABU를 포함하여 적지 않은 역할을 한 단체들 덕분에 이 상황에 대응하기 시작했지만, 아직 해야 할 일이 많다고 그는 말했다, 하지만 그는 해야 할 일이 무엇일지는 말할 기회가 없었다, 청중을 구성했던 네 사람이 차례로 방을 나가버려서, 더 이상 NABU에서 나온 토마시 람스탈러가 말을 할 사람이 없었기 때문이었다, 그리고 플로리안은, 누구에게 말한다는 것이 의미가 없어 보였다, 누가 있지도 않았지만 그것 말고도, 매우 개인적인 문제라는 것을 익히 알고 있었기 때문이었다, 여전히 그는 휴대전화와 같이 잠자리에 들긴 드는데, 비록 베게 옆은 아니지만 휴대전화를 조금 더 멀리 놓고 조금 더 멀리, 더 멀리 두다가, 어느 날 아침에 전화가 미끄러져 바닥에 떨어졌다, 마침내 그는 휴대전화를 침대에 가져가지도 않았고 손에 대지도 않았고 부엌으로 가져가 가스레인지 위의 찬장 안 설탕 봉지 뒤, 한참 떨어진 뒤쪽에 두었다, 이것조차도 충분히 먼 것 같지 않아서, 플로리안은 전화기를 싱크대 아래 청소용품 뒤에 놓았다, 오히려 전화기를 거기에 놓은 게 아니라 던졌다고 할 수 있다, 전화기에 손이 타들어 가는 것처럼 싱크대 뒤에 전화를 던졌고, 벽장문을 재빨리 닫았고, 그게 다였다, 처음에는 그렇지 않았지만, 아니, 전혀 그렇지 않았지만 더 이상 전화기에 손을 뻗지 않았다, 하지만 처음에는 그런 식이 아니었다, 전혀 아니었다, 그가 첫 번째 노트북을 받았을 때 경험했던 기쁨은 이것과 비교할 수 없었기 때문이었다, 노키아는 달랐고, 노키아는 전혀, 정말 전혀 예상 밖이었다, 그는 이전에 휴대전화가 없어도 된다는 보스의 설명을 곧이곧대로 받아들이고 있었다, 휴대전화는 필요 없다,

왜냐하면 그와 보스 사이에 전개되는 대화만이, 보스의 말대로, 진짜배기였기 때문이다, 이는 여느 기술적 장치로, 호호 하우스 인터콤을 제외하고는, 이런 대화가 파괴되어서는 안 된다, 그들 둘은 동떨어진 세상이다, 보스가 말했다, 그리고 다른 모든 사람이 휴대전화를 가지고 있다는 사실은 다른 일, 완전히 다른 일이다, 그리고 보스인 그에게도 휴대전화가 있었다, 사실, 하나만이 아니긴 했지만, 보스는 개인적인 문제에 그 휴대전화를 사용하지 않았다, 그에게는 이런 개인적인 문제가 유일한데, 그게 플로리안이다, 플로리안은 이 말이 아주 기뻤고, 그래서 그는 자신만의 휴대전화를 가진다는 생각을 머릿속에서 쫓아버리고 보스의 주장을 받아들였지만 예상치 못한 순간에 이르러 전화기를 그의 손에 쥐여주었고 왜 그가 지금 노키아를, 전에는 가지지 못하던 것을 지금은 가져도 되는지 이유도 그만큼 설득력이 있었다, 이유가, 전에는 못하다가 이제 되는지 그런 이유가 뭐가 중요하나, 지금 자기 손에 쥐고 있다는 점이, 그게 가장 중요했다, 멀찍이 손에 그러쥔 자세 그대로, 다른 방식으로 잡으면 떨어뜨릴까 봐 차마 무서워서, 그대로 쥔 채 플로리안은 전화기를 들고 집으로 가져갔다, 그리고 휴대전화를 조금만 잘못 움직여도 탈이 날까 봐 조심스럽게 식탁 위에 올려놓았다, 하지만 그런 일은 없었다, 플로리안이 눈을 몇 번이나 감았다가 떠도, 노키아는 식탁 위에 그대로 있었다, 정말이구나, 진짜 꿈이 아니었다,

내가 노키아를 갖고 있어, 정신없이 윙윙대는 머리로 생각했다, 그런 뒤 쾰러 씨에게 달려갔다가 다시 집으로 돌아왔고 그 후 이틀 동안 혼자서 알아낼 수 있는 최대한도로 휴대전화의 비밀들을 알아냈다, 그는 휴대전화에 대해 그렇게 많이 알지도 익숙하지도 않았다, 사용자들이 어떻게 쓰는지 대충 어깨너머로 보긴 했지만, 실제로는 뭐가 뭔지 아주 관심은 기울이지 않았기 때문에 이제 혼자서 표면의 단추들과 측면 및 상단의 단추들의 기능을 깨우쳐야 했다, 물론 화면에 배터리가 거의 바닥났다는 표시가 떠 휴대전화을 충전부터 시작해야 했다, 그리고 보스가 때때로 휴대전화를 충전하도록 그에게 맡긴 적이 있어, 그는 충전이 필요하다는 것을 알았다, 하지만 이제 자신의 충전기 한쪽 끝을 소켓에 꽂고 다른 쪽 끝을 자신이 찾아낸 전화기 하단의 작은 잭에 꽂았다, 화면에 충전 중임을 알리는 불이 깜박 들어오자, 그는 흥분한 나머지 전선을 잡아당겨 식탁에서 떨어뜨릴 뻔했는데, 오직 자신의 뛰어난 반사 신경 덕분에 다행히 큰 사고는 모면하고, 휴대전화를 제때 잡아 조심스럽게 식탁 위에 올려놓았다, 하지만 더 이상 휴대전화를 위험에 빠뜨리지 않기 위해 플로리안은 휴대전화가 충전되는 동안 옆에 앉아 있지 않고 그대로 적당한 거리를 두고 서서, 휴대전화가 충전되고 충전되고 충전되는 모습을 지켜보았다, 때로 휴대전화 쪽으로 한 걸음 다가가 화면을 굽어보고 얼마나 충전되었나 확인했다, 이게 가장 어려운 부분이었다, 그다음에 따르는 첫 번째 단계는 플로리안이 지문 인식기나 아이콘이 어떻게 작동하는지 전혀 몰랐지만 아주 복잡해 보이지 않았다, 여기저기서 보이는 영어 단어와 약어를 해독하지 못해 무작정 시험을 하지 않을 수가 없어, 이것을 누르고 저것을 누르고 무언가 일어나는지 안 나는지를 기다렸고, 그는 할 수 있는 한 모든 것을 계속 누르고 기다렸다, 그러면 무언가가 일어나거나 아무 일도 없거나 했고, 멋지게 천천히 노키아의 전체 세계가 그에게 드러났다, 그 시점부터 플로리안은 연습만 하면 되었다, 왜냐하면 아직 당분간은 그는 실제로 전화를 사용하지 않고 인터페이스에서 연습만 하는지라, 전화를 껐다가 다시 켜고, 숫자를 두드려 넣었다가 지우고, '노트' 폴더에서 메모를 입력했다가 지웠다, 이후에 어떻게 작동하는지 그냥 확인하기 위해서였다, 그렇게 그는 조금씩, 조금씩 계속 밟아갔다, 마침내 둘째 날 중반에 너무 배가 고파서 그만두고 일로나 가게에 내려가지 않을 수 없었다, 다만 어떻게 할지, 전화를 가지고 갈까? 집에 두고 갈까? 알 수가 없었다, 양측 모두 찬반 논쟁을 거친 후에 결국 플로리안은 휴대전화를 식탁 위에 두고 떠났다, 하지만 복도로 나가기 직전에 그는 다시 생각을 해보고, 돌아가서, 외출하는 동안 먼지가 닿지 않도록 화장지로 전화기를 덮었다, 무슨 일이 있었는지 너무 말을 하고 싶어, 안달복달 정신없이 구는데, 일로나의 모든 사람이 최신 소문을 주고받으며 서로 겁을 먹고 있어, 어떻게 플로리안은 모두에게 자신의 노키아를 대화에 올릴 수 있을 시점을 잡지 못했다, 결국은 여러분, 저 노키아 갖고 있어요, 말할 기회조차 얻지 못하고서,

완벽한 것은 없다, 다만

여전히 혼자서만 간직한 채, 그는 서둘러 호흐하우스로 돌아와야 했다, 대리인은 집에 없었다, 아니 이미 잠자리에 들었는지, 어쨌든 그는 초인종에 응답하지 않았다, 그래서 플로리안은 8층에서 일어난 중대 소식에 대해 그에게 말할 수 없었다, 다만 대리인은 집에 있었지만 일어날 기운이 나지 않아, 파자마 아닌 평상복을 입고 침대에 누워 격자무늬 담요만 간단히 덮고 TV를 보고 있었다, 당연히 플로리안일 거야, 생각하고 움직이지 않았다, 나중에 불러내리면 되지, 그리고 그는 MDR-튀링기아를 계속 보았다, 대리인은 다른 것은 보지 않았고, 기껏해야 RTL 정도지만 그의 의견으로는 RTL은 단지 대중적 관심만 뒤쫓는 방송이었고, 진짜는, 솔직하게 진심인 방송은, 그건 MDR뿐이다, 그게 그의 채널이고, 여기 동독에 방송국은 MDR이 유일하다, 그는 채널이 말을 건다고 느꼈다, 튀링겐이나 그 모든 것만이 아니라, 옛 시절을 조금 떠오르게 해주기도 하는 대상이었고, 그 시절을 누가 뭐라고 해도 그는 아름답다고 생각했으며, 아무에게도 이 의견을 숨기지 않았

436

고, 특히 푀르트너에게 숨김없이 털어놓았다, 플로리안에게 이러한 것들에 대해 나누고 싶지 않았지만 푀르트너는 그가 의미하는 바를 이해했고, 특히 이러한 더 큰 문제에서 그들 사이에 자명한, 공모자 같은 이해가 존재했다, 물른 그들은 사소한 일에는, 예를 들어 최고의 맥주가, 뤼프처냐, 혹은 로스토커 필스냐, 쾨스트리처냐 혹은 하서뢰더냐, 작은 의견 차이가 있었지만 중요한 쟁점에 대해 전적으로 합의했다, 그래서 누가 무슨 말을 하건, 육중하고 고요한 카나의 밤에, 우리 산업 혹은, 우리의 주택 상황 혹은, 우리의 노동 시장 뭐든 이쪽이 혹은, 저쪽이 언급을 하면, 그들 대화 영역에서 모든 것이 옛날이 훨씬 더 좋았다는 결론으로 치닫지 않는 일이 없었다, 훨씬 낫다마다, 그래도, 푀르트너 혹은 대리인이 맞장구치고, 도로 상태를 빼고는, 덧붙였다, 그래 도로는! 요즘 새 도로와는 비교가 안 돼, 그리고 비교하지도 않았다, 비슷하게 플로리안도 비교하다 헷갈려 된통 갈팡질팡거렸다, 다음 날 헤어프스트 카페에서 더 많은 음악을 다운로드도 하고, 그건 그렇고, 다른 노키아 폰들과 비교해서 자신의 폰은 과연 어떠한지 살펴보는데, 명칭이며 정보들이 지나치게 복잡해서 자신은 어떻게 해볼 도리가 없어, 집에 돌아왔을 때 설정 아이콘을 누르고 그는 이미 뭐가 뭔지 익숙한 일부 설정을 변경했다, 한동안 그가 알고 있는 것을 연습하는 일이 일어난 일의 전부였다, 이미 알아낸 것들이 지루해지기 시작했을 때에야 미지의 영역으로 모험 삼아 뻗어가기 시작했다, 이런 식으로 그는 수신 및 발신 전화를 보여주는 메뉴 항목까지 이르렀고, 거기서 다른 여러 복잡한 목록 중에서도 보스가 말한 다섯 통의 수신 전화를 찾았고, 아주 놀랍게도 이 전화기에서 자신이 아마도 보스에게 건 것으로 보이는 다섯 건의 발신도 발견했다, 그제야 그는 처음으로 대체 정확하게 어떤 내용이었을까, 의문이 들었지만, 그러나 그가 이 생각을 깊이 파고들기도 전에 그는 이내 그 문제는 싹 묵살하고 털어버렸다, 이것을 더 자세히 살펴본다고 무슨 의미가 있겠는가, 이미 그가 보스에 대해 이해하지 못하는 부분이 너무 많은데, 왜 다섯 번의 수신 전화에 대해 그가 이해해야 할 이유가 있는가 싶어서였다, 그래서 다소 얼떨떨하고 곤란한 망설임 끝에 때 되면 알겠지, 우선 내버려두자, 그리고 대신 손가락을 이건 어떻게 하나 카메라 아이콘 쪽으로 슬며시 움직였다, 처음에는 화면의 버튼을 무작위로 눌렀고, 노키아를 아래로 잡고 있어서, 일종의 적갈색 점만 촬영했지만 두 번째는 창문의 사진을 찍었고 플로리안은 그래도 성공적으로 찍힌 사진을 보게 되자 매우 자랑스러워서 하루 종일 밖이 어두워질 때까지 가능한 모든 각도에서 창문에서 사진을 찍으며 보냈다, 그런 다음 그는 조심스럽게 휴대전화를 테이블 위에 놓고 식을 때까지 기다렸다가 화장지로 다시 감싸서 먼지로부터 보호했다, 전화기를 덮는 것만으로는 먼지 막는 일이 충분하지 않다, 휴지로 깔끔하고 철저하게 빙빙 둘러 놓아두자고 판단했기 때문이었다, 그는 앉아서 기다리며 전화기가 식어가는 동안 지켜보았다, 그러다 어느 순간 일어나 지문으로 잠금을 해제하고 수신 및 발신 전화를 클릭하고, 목록을 죽 확인하며 죽 둘러본 다음 해당 메뉴를 닫았다, 그리고 둘둘 말아도 될 정도로 전화기가 충분히 식자, 휴지에 둘둘 말아놓고서, 일로나 가게로 갔지만 내면에서 나쁜 느낌이 없다고 말할 수 없었다, 바로 그런 꺼림칙한 느낌이 있어서, 바로 그런 이유로, 특히나 일로나의 손님들이 보스의 책임 문제에 대해 논쟁을 한창 하던 때에 끼어들었기 때문에, 보스는 우리에게 이 모든 문제를 가져온 사람이고, 그가 부르크슈트라세에 이 작은 나치를 몇 년 동안 키워온 사람이라는 둥 하인리히가 말하고, 호프만이 신이 나 동의하고 있었기 때문에, 플로리안은 보크부어스트와 짐힘을 주문하고 조용히 듣고만 있다가 모두들 보스가 이러느니 저러느니, 보스가 이렇다느니 저렇다느니 하자, 그러다 플로리안이 마침내 말을 하는데, 평소 목소리가 아니라 불쑥 버럭거리며, 물론 하인리히와 호프만은 모든 것을 왜곡하고 있다! 왜 모든 것을 항상 왜곡하고 다니느냐?! 왜 카나 심포니 오케스트라를 설립한 사람에 대해서는, 링어와 그의 아내의 생명을 구한 사람에 대해 이야기하지 않느냐?! 당연 모든 사람이 즉시 침묵에 빠졌다, 갑작스럽게 여기 반대 의견이 등장한 탓만이 아니라, 목소리가 평소답지가 않아서, 플로리안의 목소리가, 너무 다르게 그 안에 분

노가 들어 있는 데다, 뭐라 꼬집어낼 수 없는 무언가 다른 점
이 있었기 때문이었다, 그들 모두 그를 가만히 쳐다만 보았고,
호프만은 즉시 자리를 바꿔 그 옆 벤치로 옮겼다, 금방 자신
이 한 말에 얼굴이 벌게진 플로리안은 고개를 숙이고 테이블
을 응시했다, 그의 손이 떨렸고, 일로나가 그에게 보크부어스
트를 가져오자 그렇게 떨리는 손으로 음식을 먹었다, 다른 사
람들은 짧은 침묵 끝에 다시 조용한 목소리로 말하기 시작했
지만 그들은 플로리안의 예상치도 못하고 이해할 수도 없는
폭발에 너무 놀라, 다시 보스를 화제로 올리지 않았다, 그들
은 그의 이런 모습은 본 적이 없었다, 나는, 호프만이 플로리
안이 돈을 지불하고 떠난 후, 말했다, 이런 모습의 그를 본 적
이 없어, 하인리히, 훗날 그에게 큰 문제가 닥칠 거야, 진짜, 여
기 뭔가 일이 있었기 때문이야, 그는 덧붙였지만 뒷말을 잇지
않았고, 더 많이 알지만 말은 않는 사람처럼 헛기침만 흠흠 뱉
었지만, 아니다, 그는 더는 알지 못했다, 사실 아무것도 알지
못했다, 그런 그를 끽소리 못 하게 일로나가 카운터 뒤에서 깔
아뭉갰다, 너나 입 다물어, 호프만, 푼돈 좀 달라고 늘 손 내미
는 사람한테 그런 말을 해? 그리고 그녀의 목소리, 일로나의
목소리도 지금 이상하게 들렸다, 그녀가 누군가에게 진짜로
화를 내며 꾸짖는 일은 좀체 없었고, 오로지 누군가 너무 많
이 술잔을 꺾었다 싶으면 그랬지만 그럴 때도 지금과 달리 진
짜 화는 아니랄 수 있었다, 일로나가 이번에 호프만에게 매우

화가 났다는 것이 절실히 느껴지자 금방 뱉은 말이 후회막급인 호프만은 열쇠를 달라고 하고서 화장실로 떠났다, 그가 돌아왔을 때 구석에 앉아 아무 말도 하지 않았고, 일로나의 말이 언제나처럼 맞는 말이라, 겸연쩍어 그는 풀이 죽었다, 호프만은 항상 누구든 빌붙으려고 들지만 아무도 그에게 아무것도 주지 않았고 플로리안만이, 더구나 여분의 현금이 있으면 항상 그는 그렇게 했다, 그래서 호프만은 입을 꾹 다물고 맥주를 홀짝거리거나 농담이 나오면 웃고, 심각한 얘기가 나오면 우울한 얼굴로 동의로 고개를 끄덕였다, 왜냐하면 이곳은 그가 비집고 들어가 앉을 자리를 찾은 유일한 사회, 공동체였기 때문이다, 그가 두려워한 것은 오직 하나, 그들이 어느 날 그에게 등을 돌릴지도 모른다, 그를 쫓아버리고 다시는 들이지 않을 수도 있다, 그래서 그는 플로리안에 대해 안 좋은 소리를 한 것을 진심으로 후회했다, 뱉은 말을 주워담을 수 있다면 바랄 게 없겠지만 그럴 수는 없었다, 그러다 밤이 되어 일로나가 문을 닫고 단골손님들도 바우마르크트 앞 주차장에서 해산하는데 아무도 그에게 아무 말도 하지 않았다, 잘 자라는 그의 인사에 아무도 대꾸하지 않았다, 그래서 실의에 빠진 호프만은 두드려 맞은 사람처럼 비틀거리며 집으로 돌아갔다, 바람이 불고 있었다, 초가을의 첫 얼음장 같은 차가운 바람이었고, 게다가 비까지 흩뿌리고 있어, 천 개의 불똥이 그의 얼굴을 치는 것 같았다, 그래서 얼굴을 가리려고 그는 두건을 끌어다 내려서 쓰고, 한쪽으로 비스듬하게 거의 보지 않고 무작정 계속 걸었다, 길을 잘 알고 있었고, 한 번도 걸려 넘어진 적이 없었다, 적어도 집에 가는 길에 취하지 않으면 한 번도 비틀거리며 넘어지지 않았지만, 지금은 취하지 않았으니, 그는 그의 집과 그릴호이젤 사이의 이 거리는 1센티미터까지 속속들이 알았다, 그는 매 미터마다 모든 구멍, 모든 틈새, 모든 돌출부를 알고 있었고, 작지만 완벽하게 매끈한 보도 부분, 어디서 한 발 내려서야 되는지, 어디서 건너뛰어야 하는지 어디에서 다리를 들어올리며 보폭을 늘려야 하는지, 몽땅 꿰고 있었다, 이 축복받은 세상 전체에서 이 길이 그가 진정으로 속한 곳이었다, 이 길은 또한 그를 잘 알고 있었기 때문에, 그가 비틀거리며 걷든 부드럽게 걸어가든 그의 모든 걸음을 알고 있었고, 그가 언제 왼쪽 다리를 드는지 오른쪽 다리를 드는지, 언제 도는지, 언제 한쪽으로 기울여 버팅기는지, 중심 잃고 넘어지기 직전 어느 다리로 균형을 잡으려고 하는지 길은 알고 있었다, 오늘도 마찬가지로, 호프만은 옆걸음으로 자신의 사글세방으로 가는 길에 올랐다, 바그너 수리점에서 꺾어 나와 작은 굴다리를 통해 철로 반대편으로 건너가 오른쪽으로 한 달에 65유로에 뒷방 한 칸을 빌린 윌비젠베크에 있는 집으로 갔다, 조금 더 갔었다면 플로리안에게 미안하다고 말할 기회가 있었을, 아마도 약간의 잔푼도 구했을 것이다, 심란하게 들끓는 플로리안은 호흐하우스에 있는 집으로 바로 가지 않고 자신도 일로나의 집을 떠난 뒤 이쪽, 저쪽으로 걷다가 역시 윌비제베크에 어느결에 이른 것을 알고, 그래서 이왕지사 거기 있으니, 악천후에도 불구하고, 어쨌든 알아채지도 못했지만, 그는 잘레 강둑에 있는 벤치까지 내처 가기로 결정했고, 벤치에 앉지는 않고 밤나무 아래에서 오랫동안 어정거리며 서서 그는 빗방울이 세차게 흐르는 강물 위에 쏟아지는 광경을 바라보았다, 그리고 여전히 너무 심신산란하게 들끓는 통에 모든 것을 설명할 수 있도록 일로나 가게로 돌아갈 수 있으면 좋겠다고 생각했다, 새로운 주장들이, 논쟁거리들이 그의 마음속에 떠올랐다, 그러니 더는 이런 식으로 계속되어서는 안 된다고 결정했다, 지금까지 그는 보스에 관한 진실을 다만 잠깐잠깐 꺼내들기만 했지만 더 강력하게 행동에 나서야 할 때였다, 누군가는 보스를 보호해야 한다, 플로리안은 엄청 서두르며 발을 내디뎠지만, 가서 말을 할 사람이 없었다, 너무 늦었다, 더 할 수 있는 일은 없어 그는 집으로 걸어갔고 8층으로 올라가 옷을 벗고 벗은 옷을 모두 걸었다, 그는 창문 손잡이에 코트를 걸고 욕실의 건조대에 바지를 걸고 모자와 풀오버와 셔츠를 라디에이터에 올려놓았다, 하지만 모든 것이 완전히 젖어 속옷과 양말까지도 욕조 가장자리에 펼쳐놓았다, 그뿐만 아니라 재채기를 시작하여 마른 옷을 입은 후 얼른 커피를 만든 다음 부엌에 앉아 커피를 마시며 창유리에 부딪히는 빗방울을 바라보았다, 대신에 빗방울을, 노키아가 아니라 빗방울을 보고 있자,

왠지 그는 지금은 휴대전화를 보고 싶지 않았다, 이 노키아에 무엇인지 모르지만 무언가 문제가 있었다, 그냥 무언가 아귀가 맞지 않았다, 창유리와 굴러떨어지는 빗방울을 보는 것이 낫다, 진짜 노키아에 아예 눈 돌리지 말자, 하지만, 다섯 통의 대화가 있었던 적이 없었다, 그러기는커녕 한 통의 대화도 없었다, 전에는 플로리안은 휴대전화를 가질 수 없었지만 지금은 있다, 중고이지만 하늘색이고 중고이지만 너무 아름다웠고 완벽하게 작동했고 멋진 사진도 찍을 수 있었고 지문 인식기이며 모든 것이 딸려 있었지만 다만 뭔가 어긋났다, 그의 뇌는 계속 다시 또다시 이 무언가로 되돌아갔고, 아무리 막아보려고 애를 써도, 창문 아래로 굴러가는 빗방울에만 주의를 기울이려고 노력해도 소용없이, 그는 아주 오래 버틸 수 없이, 그의 생각은 계속 노키아로 돌아갔다, 그는 열기가 몸을 훑으며 오르는 것을 느꼈다, 커피 때문이 아니었다, 얼굴이 이미 발개진 것을 알았다, 무언가가 속이 언짢게 뒤틀릴 때 그의 얼굴이 항상 빨개진다는 것을 알았다, 지금은 무언가가 정말로 괴롭히고 있지만 그것이 무엇인지 명확하지 않았다, 하지만 분명, 그는 그 다섯 대화와 관련이 있으리라 짐작했다, 다섯 대화가 있다는 데 왜 그렇게 마음이 어지러운가? 플로리안은 스스로에게 물었다, 다섯 대화가 없었기 때문에, 그는 자답했다, 그리고 스스로에게, 다섯만이 아니라, 하나도 없었다고, 그런 비슷한 일도 일어나지 않았다고 여러 번 반복했다, 그러나 보스가 그에게 다섯 번을 했다고 하자고 요구했고, 당연히 그는 예라고 대답했다, 누가 물어보면 지금도 예라고 대답하겠지만 아무도 그에게 묻지 않았고 전에도 아무도 그에게 물어본 적이 없었는데 왜 지금 그에게 이걸 물어보겠는가? 아, 아니다, 그는 고개를 가로젓고, 여기 뭔가 다른 일이 있다, 내일 장례식 때 보스에게 물어봐야겠다고 했지만 보스에게 묻지 않았다, 장례식장에 다 합쳐서 두 명밖에 없었고, 보스는 그들이 다른 장례식에 잘못 왔나 생각했다, 그래서 지금 뭐 하자는 거냐, 보스가 말했다, 씨발 다 뒈져라, 그리고 기나긴게 욕설이 뒤따랐다, 카나에 묘지가 하나뿐인 것 맞나? 아니면 내가 뭘 놓쳤어?! 그리고 그는 플로리안을 쳐다보았다, 그러나 플로리안은 마치 돌로 만들어진 것처럼 옆에 가만 서서 아무 말도 하지 않았고, 신부가 도착했는데, 그 역시 두 브라질인의 장례식에 얼마나 사람이 왔는지, 그러니까 거의 아무도 오지 않았다는 사실에 상당히 놀랐다, 하지만 장례식 발표 시간이 이미 지났고, 15분이 더 흐른지라, 더는 없을 것 같다고 판단되자, 신부는 왜 이런 일이 벌어졌는지 완전히 이해가 가는 척 행동했다, 충분히 이해가 갑니다, 그는 보스의 귀 쪽으로 몸을 기울였다, 사람들이 그렇게 심히 충격적인 경험으로 겁에 질리는 일보다 더 자명하게 드러나는 모습도 없을 것이기 때문입니다, 그런 점에서 두 분에게 특별한 감사를 표하노라며, 그들을 향해 돌아섰다, 오늘 밤 기부 모금 앞에서 두려움에 떠는 사람들 중에 귀감이 되는 용감한 두 사람이 있었노라고 언급할 것입니다, 복음에서 말하는 것처럼 항상 의로운 두 사람이 있노라고, 음, 그 정도면 충분하니 그만해라, 전혀 기죽지 않은 보스는 짜증으로 그를 싹 무시하고, 이 일을 끝내자, 어디 서야 하는지 말해달라, 얼른 당신이 해야 할 일을 시작해라, 뭔지는 알지, 물론 신부는 이 말에 몹시 기분이 상했고, 그는 더 이상 보스를 보지 않고, 꼭 보아야 할 일이 있으면, 신앙고백부터 파견예식에 이르기까지, 계속 플로리안만 보았고, 신부는 그를 향해 전체 전례문을 암송했다, 플로리안도 다소 차분하지 못하게 굴고 있었다, 부적절하게 처신하고 있는 건 아닌데, 사제가 혼자 판단하기도 그랬다, 여기 있지도 않고 다른 곳에 있는 것처럼 보였다, 실제로 플로리안은 다른 곳에 있었고, 울지도 않았다, 신부가 처음에는 플로리안의 눈물이 가득 고여 있던 것을 보았지만 그러다 온데간데없었고, 기원문, 참회의 시편 또는 은총 찬송을 하는 동안 아무 눈물도 비치지 않았고, 그들이 싸구려 관 둘과 함께 걷기 시작할 때까지도, 아무것도, 플로리안 얼굴은 돌처럼 꿈쩍도 하지 않았다, 신부의 탐탁잖은 마음에, 무덤 일꾼들이 공간과 비용을 절약하기 위해 상당히 가깝게 파낸 두 무덤에 흙을 다시 삽으로 퍼넣고 마지막으로 다진 뒤 세 사람은 다시 걸어서 돌아오다가, 보스 입에서 나온 말로 관과 모든 비용을 보스가 지불한 것이 드러나자, 무덤과 묘지문 중간에 서서, 플로리안은 갑자기 흐느끼기 시작했는데, 크게 위안이 되지 않는 것이 기실, 그는 이런 울음을 죽은 자에 대한 슬픔보다는 죄 많은 영혼이 양심에 찔려 운다고 느껴졌기 때문이었다, 하지만 그가 잘못 알았다, 플로리안의 슬픔은 애초부터 깊디깊었고, 솔직히, 그의 머릿속은 완전히 뒤죽박죽 엉망이어서, 이제 온힘을 쏟아 이런 모습을 어떻게든 내보이지 않으려고 애를 썼는데, 그 힘이 다 소진되어버렸던 것이다, 그들이 오펠을 타고 에른스트-텔만-슈트라세 모퉁이까지 돌아와, 플로리안이 내렸을 때 그는 보스에게 작별인사나 그런 비슷한 말도 하지 않았고, 다음 날 보스가 인터폰을 울렸을 때 플로리안은 그냥 창문을 열고 내려다보고 닫았다, 그는 큰 소리로 혼자 물었다, 왜 인터폰을 울리는 것이냐, 왜 내게 전화를 걸지 않는가? 이제 나도 휴대전화가 있는데?! 인터폰이 다시 울려도 그는 대답하지 않았고, 보스는 그만 포기하고 오펠을 몰고 떠났다, 플로리안은 바위처럼 딱딱한 거실 벤치에 쓰러졌다, 이것 역시 보스가 그를 여기로 데려와 젠장할, 이건 네 거야, 말하기도 전에 갖춰져 있던 벤치였다, 젠장할, 이건 네 거야, 그 순간을 생각하면 늘 행복했다, 플로리안은 항상 여기 모든 것이 자신의 개인 소유라는 것을 깨달았을 때, 심지어 그가 방금 쓰러지듯 누워 있던 바위처럼 단단한 벤치까지, 제 것이라고 느낄 때 정말 행복했는데, '이제' 정반대의 일이 일어났기 때문에, '이제' 이것도 자신의 것인지 완전히 혼란스러웠다, 왜냐면 아니니까, 여기에 있는 모

든 것이 보스 것이기 때문이었다, 플로리안은 벌떡 일어나서
부엌으로 가서 빙글빙글 돌며 걸어 다니기 시작했고, 그런 뒤
먼저 대리인에게 달려 내려갔다가, 그다음에는 호프 부인에
게, 다음에는 펠트만 부인에게, 일로나에, 그리고 마지막으로
링어 부인에게도 가서 보스를 이 모든 일에서 빼달라고 간곡
히 부탁하며 보스는 좋은 사람임을 증명할 면면들을 일일이
열거했지만 아무도 납득하지 못했다, 모두에게 그가 폭발 직
전 날선 상태임은 분명 눈에 보였지만, 왜 그런지 이해하지 못
했다, 하지만 사람들은 다 이번 일 탓이라고 여겼다, 링어 부인
뿐만 아니라 보스에 대해 우호적으로 말을 넣어보려고 했던
다른 사람들도 다들 그 끔찍한 사건들로 플로리안에게 조금
정신이 온전치 않아, 그래서 그가 그렇게 흥분 잘하고 겁을 먹
고, 공격적으로 되었다고 치부했다, 맞지 않은가, 링어 부인은
남편에게 이런 말을 했다, 플로리안이 그렇게 공격적인 모습
을 본 적이 없는데, 지금 그렇다, 상상해봐라, 눈을 사납게 이
리저리 굴리면서 계속 말을 한다, 보스가 이렇고 보스가 저렇
다 말하는데, 아무래도 그 짐승이 그 아이를 겁준 것 같아, 링
어 부인은 화가 치밀어 고개를 저었다, 분명 그 불쌍한 녀석을
뭔가로 단단히 겁박했어, 하지만 아니었다, 보스는 플로리안
과 연락이 닿지 않았다, 플로리안이 그를 전혀 만나고 싶어 하
지 않았기 때문이었다, 정확히는, 만날 수가 없었다, 그도 왜
안 되는지 설명할 도리는 없었지만, 안 되는 건 안 되었다, 보

스가 초인종을 울려도 플로리안은 인터폰을 들지 않았고 창문을 열지도 않았고 노키아가 울려도 대답하지 않았다, 그날 밤 다섯 번의 전화, 이것만 계속 머릿속을 맴돌았지만 그는 멀찍이 떨어져 이를 생각했지, 그 문제에, 여기 굉장히 뭔가 안 좋은 일이 있었구나 감지할 뿐, 감히 더 다가가지는 못했다, 첫 번째 시도 이후 모든 사람들이 보스를 다른 시각으로 보도록 납득시키겠다는 시도를 포기해야 했다, 자신도 보스를 다른 시각으로 보기 시작했기 때문이었다, 하지만 그의 눈에 보스가 변화하는 형태는 아직 또렷하게 그려지지 않았고, 여전히 그날 밤 이루어진 다섯 번의 통화가 있었다는 사실은 걸러 내기에는 아직 너무 먼 거리에서 있었다, 하지만 보스는 더 이상 그가 이전에 알던, 그리고 자신이 혼신을 다 바쳐 지키고자 했던 사람이 아니었다, 그러다 노키아를 손에 들지도 않는 날이 왔고, 휴대전화를 부엌 가스레인지 위의 수납장, 설탕 봉지 뒤에 그런 다음 싱크대 아래 수납장, 더욱 적합해 보이는 청소용품 사이, 어둡고 더러운 공간에, 거기에 두는 것이 아니라 던져버리고, 수납장 문을 바로 닫아버렸다, 심지어 전화를 사용하지 않아도 손이 불타는 것 같았다, 더군다나 그는 이제부터는 다시는 저 휴대전화를 사용하지 않을 것임을 알았다, 진정해야 했다, 나는 진정해야 한다고 혼잣말을 말했다, 그는 수도꼭지 아래로 숙이고 물을 몇 모금 마시고 식탁에 앉아 노트북에서 가장 최근에 다운로드한 〈바스 빌스트 두 디히 베트뤼벤

《너는 무엇으로 슬퍼하느냐》)을 재생하기 시작했다, 그는 이어폰
으로 곡을 듣고 있다가 화들짝 놀라 깼었다, 식탁에 앞으로
기울어 잠이 들었던 모양으로 기대었던 노트북 가장자리에
팔이 짓눌렸다, 그는 노트북을 끄고 옷을 다 입은 채 침대에
들어 바로 잠이 들었다, 그날 저녁 카나 주민이 그런 사람은
아주 드물었다, 아랄 주유소 폭발 사건 이후 경찰의 무능함이
여실히 명백해졌기 때문이었고, 그 여파로 이날 오후에도 분
명 사고가 아니며 누군가 고의적인 폭탄 공격이며, 누군가 일
부러 주유소를 폭파했다는 말이 돌았다, 불쌍한 나디르와 불
쌍한 로자리오는 그 안에서 불에 타 죽었다, 하지만 누가 그랬
나? 사람들은 자신에게 물었고, 서로가 아니라 자신에게 묻
고, 그들은 언감생심 장례식에 가지 못하고 집에 틀어박혀, 글
쎄, 이 가공할 괴수는 누구인가, 누가 그렇게 졸렬하고 누가
그렇게 뒤틀려 그런 끔찍한 행동을 저지르는가? 그리고 왜?!
누구길래 그 두 사람을 해쳤나?! 갈수록 잠은 오지 않아 눈만
말똥거렸고, 오랫동안 그들은 침대에서 몸을 뒤집을 엄두조차
내지 못했다, 그들이 혹여 몸을 뒤집다가, 수상한 우르르 소리
를, 침대에서 뛰어 내려 지하실로 달려가라는 그 경고의 소리
를 놓칠까 봐 두려웠기 때문이었다, 대부분의 카나 주민들이
다시 사방이 아수라장이 되었을 때 이런 식으로 침대를 뛰쳐
나가 지하실로 달려 내려가자고 계획하고 있었기 때문이었다,
한번 폭발이 있었다면 또 다른 폭발이 있을 것이 틀림없다고,

일반적인 의견이 더욱더 확고하게 형성이 되었고, 모두가 이것 또는 이와 유사한 것에 대비하고 있었지만 실제로 일어난 일은 제정신 가진 사람은 채비할 수 없는 일이었다, 처음에 보스, 그런 다음 부르크에서 다른 두 사람이 변고를 당했다, 도무지 모를 일이었다, 꼬박 뜬눈으로 새운 카나 주민들이 서로 수군거렸다, 여기서 이전에 살인은 일어난 적이 없어, 결코, 토르스텐도 그의 아내에게 장담하지만, 그의 아내도 익히 아는 일이었기에, 그렇게 맹세까지 할 일은 아니었다, 그의 괜한 중언부언인 셈이었다, 그래도 양심의 가책에 찔리지 않는다고 부인할 수는 없지만 그날부터 그는 출근하지 않았다, 그 이후로는 고등학교 건물도 열지 않았다, 아랄 주유소에서 일어난 일 이후 교사도 학교에 오지 않고 학부모도 아이들을 학교에 보내지 않았기 때문에 학교 수위인 자신만이 살인 소식이 들릴 때까지는, 열지 않았다고 혼날 위험을 무릅쓰고 싶지 않아서 계속 학교로 가 대형 보일러를 켜고, 혼자 자신에게 배정된 지하 방에 앉아 자리 지키며 기다리고, 가끔은 위층으로 올라가 1층 복도를 따라 걷기도 했고, 벽에 걸린 단체 졸업사진과 상을 받은 아이들 경연대회 그림을 보거나, 여전히 테이프로 붙어 있는, 금요일 농구 경기 시간이 변경되었다는 최근 공지 사항을 다시 읽기도 했다, 아쉽게도 다소 느슨해진 종이의 왼쪽 아래 모서리를 눌러 다시 붙여보려고 해지만, 더 이상 제자리에 붙어 있지 않고 자꾸 떨어졌다, 이어 수위는 복도를 따라

거닐다가 2층으로 올라갔다가 3층으로 올라갔다, 모든 것이 너무 유령처럼 괴괴하고 공허하고 완전한 적막에 빠진 것 같았다, 이상하게 더 이상 학교 건물에 오는 사람이 아무도 없긴 해도, 그는 여전히 이 고요함 속에서 방출되는 억제되지 않은 소음이 들렸다, 마치 지속적인 쉬는 시간처럼, 학생들이 교실 문밖으로 바삐 몰려나오는 소리가 들렸고, 학교 종은, 더 이상 울리지 않는데, 특히나 이런 식으로 귀가 먹을 정도로 울렸다, 그러나 살인 소식이 백일하에 드러나고 그 시점부터 그의 아내는 그를 집 밖으로 내보내려고 하지 않았고, 그들 사이에 가느냐 마느냐를 두고 논쟁했지만 토르스텐 집에서 결정을 내리는 사람은 토르스텐이 아니라 그의 아내였으며 그의 아내는 가는 일을 허락하지 않고서, 안 돼, 그게 다야, 당신은 집에 있어, 가뜩이나 힘든데 당신까지 변고 생기면 어쩌려고! 토르스텐은 집에 머물렀지만 집에서 그는 아무것도 하지 않았고 할 일이 없었다, 그가 뭐라도 시작하면, 예를 들어 물이 뚝뚝 새는 수도꼭지를 풀기 시작하면 아내가 즉시 그의 손에서 렌치를 빼앗아 들고, 그러다 더 고장을 낼 거야 말을 했고, 지하실을 정리해 짐을 쌓으려고 하면, 아내가 즉시 나타나서 그를 꼬장꼬장하게 바라보아, 그 일 역시 멈추었다, 그는 그저 부엌에 멍하니 앉아 있었다, 할 일도 없고, 뭐라 할 말도 없고, 토르스텐은 이제 끝장날 때가 왔구나, 스스로에게 말했지만 실제로는 토르스텐의 끝장뿐만 아니라 그들 모두 끝장났다고 생각하고 있었다, 분명 그런 말에는 과장이 상당히 많았다, 왜냐하면 살인 사건 이후 경찰은 이전보다 훨씬 더 많은 수가 나타나서, 계속 머물면서 도로를 순찰했다, 카나는 경찰로 가득했다, 좀 더 정확히는 아랄 폭발 사건 이후보다 더 많은 경찰이 와서 머물렀고, 확고한 의지와 분투로 사건의 진상을 파악하려고 노력을 기울이며, 대규모 심문을 했다, 경찰들은 아랄 주유소 폭발과 살인 사건 사이에는 연관성이 있다는, 카나 주민들의 판단은 수긍하는 것 같았다, 처음에 그들은 두 범죄에 대한 의견이 달랐는데, 이는 주로 위르겐 때문이었다, 어느 정도 회복된 위르겐은 이제 예나에서 돌아와 가택 연금 상태에서 재판을 기다릴 수 있었지만, 그는 카나로 돌아가고 싶지 않다고 말했고, 그래서 어디로 가고 싶습니까? 경찰은 발목에 전자 발찌를 채우면서 그에게 묻자, 어머니 집으로 가고 싶다고 대답했다, 택시비가 없어 그를 구급차로 뮈카에 있는 어머니에게 데려갔고 거기서 발목 모니터를 확인하고 법원 소환장을 받을 때까지 집을 나가면 안 된다고 말했다, 하지만 소환장이 도착했을 때 위르겐은 뮈카의 어머니 집에 같이 있지 않았다, 나야 전혀 모르지, 휠체어에 앉은 어머니는 잘린 전자 발찌 추적기를 손에 들고 출입구에 서 있는 경찰관을 맞으러 나와 말하며, 담배 연기를 얼굴 한쪽으로 내불었다, 그녀의 아들은, 얼음처럼 차가운 눈으로 그들을 바라보며 그녀가 덧붙였다, 열네 살 이후로 어디로 가는지, 무엇을 하고 있는지 자신에게 말한 적이 없었다, 나중에라도 그럴 리가 없을 것이며, 아들은 어머니의 말을 듣지 않는다, 하지만 이후로 경찰은 그녀의 말을 막았고, 발찌 추적기를 받고, 한편 위르겐에 대한 체포 영장을 인도했다, 정말이지, 위르겐의 종적이 감감했고, 그들은 그를 찾을 수 없었다, 그리고 아무래도 그를 찾아낼 수가 없었다, 한동안 카나 주민들 사이에 그가 얼마나 형을 받을지 그런 일로 말들이 많았지만 살인이 발생했을 때 모두가 위르겐은 잊었다, 단지 살인 범죄 자체가 다른 모든 이전의 조금 덜 중요한 사건을 압도해 잠재웠기 때문만이 아니라, 카나 주민들은 왜 하필이면 그들인가?! 이해가 되지 않았기 때문이기도 했다, 말이 안 되잖아, 예를 들어, 바그너 씨는 보쉬 점화 플러그 네 개를 사러 갔던, 바우마르크트 주차장에서, 그놈들이 누군가를 살해했다면 더 논리적이지, 짐승 같은 놈들이니까, 하지만 놈들이 살해당해? 글쎄, 도저히 머리를 쥐어짜도 모를 일이라고 갸웃거렸다, 하인리히 씨는 아는 손님들 중에 단지 민활한 일꾼 찾는 사람이 있어, 자투리 일이나 있을까 보러 왔을 뿐이라, 고개를 끄덕이며 동의하지 않을 수 없었다, 그리고 하인리히 씨는 이런 관점에서 그릴호이젤의 단골들과 함께 이 문제에 대해 계속 이어 분석했다, 한편 일로나는 그 사건 자체가 몹시 섬뜩하긴 했지만, 그들 말은 귀담아듣지 않았다, 손님들이 한담을 지껄이기 시작하면 아예 한동안 관심을 끄고 귀를 닫아버렸다, 지겨웠다, 솔직히 말해서 정말 지루했다, 그들은 항상 하는 말이 같았다, 이런 일이 얼마나 끔찍한지, 여기에 이런 일은 예전에 없던 일이라는 둥, 그들은 종일 하던 말하고 또 하고 있다고, 그녀는 남편에게 불평했다, 내가 문을 열고 또 닫으면, 처음부터 끝까지 똑같은 일이야, 이러니저러니, 이놈이 가해자, 저놈이 가해자, 나치가 이렇고, 나치가 저렇고, 경찰이 이러니 경찰이 저러니, 내 머리가 윙윙거려, 내게 말도 걸지 마, 한 시간 동안 잠잠히 있어, 매일 밤 집에 돌아가면 이런 일이 벌어졌지만, 그녀가 무엇을 할 수 있겠는가, 그릴호이젤 일은 돌아가야 하고, 그녀는 매일 아침 열었다가 저녁에 또 닫아야 했다, 때때로 그녀와 그녀의 남편은 이곳의 상황을 고려할 때 다 털고 옮기는 게 최선일 수도 있다는 생각이 들기도 했다, 당신은 어떻게 생각해, 남편은 때때로 의사를 물었다, 그녀에게 모든 것을 다 챙기고, 문을 닫고 망할 곳에서 다 짊어지고 튀는 거지, 가면 어디로?! 일로나가 그에게 소리를 지르는데, 그녀에게는 좀체 보인 적 없던 면모였다, 거의 폭발 직전으로, 그녀도 때때로 이런 비슷한 생각을 하지 않은 게 아니다, 벌어지는 일에 그녀도 영 착잡한 속을 내비치고 있었지만, 하지만 어디로?! 그리고 그녀는 화가 치민 눈빛으로 마치 그가 한심하게, 어디로 가야 할지 구체적인 생각 없이 그저 다가올 불안에 깍깍 짖어대기만 하는 난감한 사람인 양 그를 바라보았다, 그들이 여기에 쌓아 올린 모든 것을 고스란히 남겨두어야 하는데?! 이제 다리 뻗고 완전히 정착했는데?! 사업이 술

술 풀리면 곧 관광객들이 와서 머물 수도 있도록 게스트하우
스 확장 공사를 시작할 수 있는데! 일로나의 남편은 아무 대
꾸도 하지 않았고, 며칠 동안 그들은 서로 말을 하지 않았으
며, 모든 것이 예전의 궤도를 따라 흘러갔고 오직 긴장감만이
공중에 남아 떠돌아, 일로나의 남편은 그들이 어디로 갈 수 있
나 짚어보았고, 일로나는 그들이 어떻게 여기에 머물 수 있나
방법에 대해 곱씹어보았다, 그리고 플로리안만이 이 안갯속
전반적인 긴장 상태에 가담하지 않았다, 그는 무슨 일이 일어
날지 두려워하지 않았고, 사건의 행방이 어떻게 급변할지 걱
정하지 않았다, 그래서 그는 이런 전반적인 안갯속 같은 상태
로 마음 끓이지 않고, 오로지 보스 때문에 괴로웠다, 버젓이
있는 저 다섯 통 전화를 그저 어떻게 정리해야 할지 몰랐다,
이런 내용에 관해서 물론 경찰이 처음 그에게 탐문 왔을 때 입
을 다물었다, 그들은 다시 호호하우스 앞에 서서 대리인과 이
야기를 나누고 있었는데, 이 사람들 널 찾아왔어, 대리인은 플
로리안을 향해 외쳤다, 다시 왔네그려, 목소리에 약간 조마조
마한 기색으로 덧붙였다, 하지만 플로리안은 경찰에게 무슨
말을 할 수 있겠는가? 그는 대리인의 거실에 앉았다, 대리인은
경찰에게 자신의 아파트를 사용하라고 설득했다, 적어도 자
신의 집이 1층에 있어서 8층까지 계단을 올라갈 필요가 없다
는 일부 이유도 있었고, 이런 선심으로 도움이 되고자 하는 대
리인의 적극적 의지를 보여주고 싶었기 때문이기도 했다, 그러

나 플로리안은 질의하기에 좋은 대상이 아니었고, 대리인도 이런 점을 금방 알아차렸고, 경찰도 마찬가지로 알아차렸다, 플로리안은 대리인 거실의 푹 처진 안락의자 중 하나에 앉아 경찰이 위르겐에 대해 무엇을 알고 있느냐, 혹시나 그를 잘 알고 있느냐 묻자, 상당히 이해하지 못해 의아한 표정으로 경찰을 쳐다보았다, 당연히 알기야 알지만, 플로리안은 중얼거렸지만 그는 아무것도 몰랐고, 어리찡찡하게 거북한 마음을 숨길 깜냥은 본디 없던 사람처럼 보였다, 저 사람들 왜 그에게 위르겐에 대해 물어보는 건가?! 그의 마음은 완전히 다른 데 가 있었다, 그는 다른 문제에 완전히 사로잡혀 있어서, 30분 후에 경찰은 그가 쓸모없는 사람인 것처럼 중단하고, 떠났다, 나중에 다시 오겠습니다, 그들은 대리인에게 작별 인사를 했고 대리인은 플로리안에 대해 뭐라고 해명을 하나, 이런 상황을 어떻게 벗어나나 어찌할 바를 몰랐고, 떠나는 그들 뒤에 대고 소리쳤다, 다음 기회에 들르세요, 물론 제 아파트는 항상 정부 당국에 열려 있습니다, 대리인은 플로리안의 협조적이지 않은 태도에 매우 화가 났기 때문에 그에게 괘씸한 마음이 들어 말했다, 너는 적어도 조금은 협조적으로 굴어야 하지 않느냐? 왜 그래, 이유가 뭔데? 협조적이요? 플로리안에게 물었다, 하지만 뭘로요? 그러자 대리인은 다 관두어라, 손을 내젓고 그를 내보내고 화를 내며 문을 쾅당 닫았다, 플로리안은 그들이 당최 그에게서 무엇을 원했는지 이해가 가지 않았다, 그는 위르겐이 누구인지 제외하고는 위르겐에 대해 아무것도 몰랐고 그는 그와 말을 해본 적도 없었다, 평소 다른 사람들과도 말을 하지 않았지만, 카린을 제외하고 그가 가장 두려워하는 위르겐이나 프리츠와는 특히나 말을 섞지 않았다, 그러니 그가 무슨 말을 할 수 있겠는가? 그가 불 무서워하듯이 그를 두려웠다고 해? 다음번에 기회가 닿는다면, 꼭 다음번에 그런 말을 하자고 그는 결심했다, 그리고 다음번이 찾아와, 같은 두 경찰관이 인터폰을 울렸다, 이번에는 8층으로 올라와야 했고 숨을 고르고 나자 그들은 훨씬 더 과묵한 플로리안과 마주해야 했다, 그는 (1) 위르겐과 프리츠 그리고 부르크슈트라세 19의 집에 거주하는 다른 사람들의 성격이 어떠하다고 묘사할 수 있는지, (2) 이 건물 거주자들이 지난 몇 달 동안 어떤 활동에 종사했는지 그가 아는 바가 있는지, (3) 그룹의 보스이자 자신의 고용주 보스란 사람이 어떤 인물이라고 묘사할 수 있을지, 질문에 플로리안은 전혀 대답하지 않았고, 그는 다만 한 경찰관의 눈을 깊이 바라보고 다른 경찰관의 눈을 들여다보았고 이 눈에서 아무것도 보이지 않자 매우 슬퍼했다, 경찰관들은 응답을 기다렸지만, 아무런 대답이 없자, 그런 이유로 얼굴을 바꾸어 인정사정 안 봐주고 한층 위협적인 어조로 플로리안에게 이제 보스와 관련한 질문만 오로지 집중적으로 퍼부어 댔다, 플로리안은 더욱 위축되어 말이 없어졌고, 대답하고 싶어도 완전히 당황하고 얼이 빠져 대답할 수가 없었다, 두 경찰관이 집을 떠날 때도 일어나지 않았고 그들이 앉아 있던 벤치 맞은편에 그냥 머물러 있다가 부엌으로 들어가 싱크대 보관장 뒤 구석에 있는 노키아를 꺼냈다, 그리고 다시 한번 수신 및 발신 전화 목록을 보았다, 다섯 통의 수신 전화가 여전히 남아 있었다, 플로리안은 재빨리 메뉴에서 벗어나 카메라 아이콘을 누른 다음, 마음을 진정시키기 위해 자신이 찍어서 모아놓은 사진집의 사진을 보기 시작했고, 마지막에, 더 정확하게는 처음에 도달하자, 그가 창문 밖으로 사진을 찍기 시작하던 날 이전의 사진들을 발견했다, 엄밀히 따지자면 그는 그 당시에도 있다는 것을 인지했다, 하지만 그는 이전 사진들을 곁눈으로라도 쳐다보지 않았다, 보스의 사진이었고, 괜히 제 것도 아닌 것들을 뒤적이다가 제 체면 깎는 일은 하고 싶지 않았기 때문에 보지 않았지만, 이제는 모든 것이 달라졌다, 그는 사진뿐만 아니라 중간에 삼각형 화살표가 있는 이미지들도 있다는 것을 알았다, 처음에는 이것들이 무엇인지 몰랐다, 그 중 하나를 클릭하고 이미지가 움직인 후에야 동영상임을 알았고, 그리고 그는 그들을 보았다, 안드레아스가 앞서 달리고, 프리츠가 바로 뒤에 있고, 조금 못 미쳐 카린과 게르하르트가 있었고, 각각 금속통을 들고 있었다, 노키아를 들고 있던 사람이 누구든, 이 당시에 몹시 요동쳐서, 사진이 이리저리 크게 흔들렸고, 그러다 여러 인물 중 하나가 다시 초점에 들어왔다, 그건 안드레아스였다, 자신이 들고 있던 통으로 벽 일부에 무언가 액체를 흩뿌리듯 끼얹고 있었다, 플로리안은 이게 어디 벽인지 깨닫자 뻣뻣하게 몸이 경직되었다, 저건, 저건 아랄 주유소 건물 벽이었다, 의심할 여지가 없었다, 노키아가 다시 건너뛰었고, 프리츠가 몸을 구부리고 건물에서 달려 나와 노키아를 향했다, 그는 히죽히죽 웃고 있었다, 보기에도 능글맞게 히죽거리며, 노키아를 들고 있던 손에 무언가를 말했지만 플로리안은 녹음에 딸려 나오는 윙윙 소리 때문에 그가 하는 말을 알아들을 수 없었다, 카메라가 다시 건너뛰고 카린의 얼굴이 보였다, 상당히 화면에 가까이 있던 카린은 노키아에 손을 뻗어 휴대전화를 멀리 치우고서, 천천히 모든 음절을 또박또박 강조하며 말했다, 여기에 증거로 기록은 필요하지 않다, 그 순간 플로리안에게도 아주 익숙한 목소리가 들렸다, 하지만 필요하다, 씨발, 위르겐에게 도움이 될 거다, 조금 기운을 돋울 것이다, 플로리안은 여기서 모든 것을 멈췄지만 안타깝게도 손이 충분히 빠르지 않아서, 멀리서 녹화된 비디오로 불타는 불꽃을 볼 수 있었다, 그렇다, **아랄 주유소가 불타고 있었다**, 플로리안은 노키아를 그의 무릎에 떨구었다, 근육이 너무 아파서 그의 몸 안 모든 것이 산산이 부서지듯 막 터져나갈 것 같았다, 그의 근육이 방금 본 것을 견딜 수 없기 때문이었다, 그의 뇌는 작동하지 않았지만 그의 근육은 모든 것을 이해했다, 뇌는 스위치가 들어와 있지 않고, 꺼져 있었지만 근육에는 정반대의 일이 일어났다, 근육이 경련이 일고 뻣뻣하게 연축

이 일었고, 너무 악물리며 움찔거려 곧 몸이 찢어질 것만 같았
고 한편 그의 뇌는 무음 모드를 유지했다, 즉, 위는 완전한 마
비 상태였고, 아래는 완전 광증으로 상상할 수 있는 한 가장
고통스러운 강도로 미쳐 날뛰었다, 플로리안은 일어서고 싶었
지만, 일어설 수 없었고 일어서면 산산조각이 날 것 같았다,
무의식적으로 노키아를 집어 들고 사진 앱으로 돌아가, 방금
둘러보다가 나온 지점을 찾았다, 그리고 다음 동영상을 발견
했고, 그 영상에 보이는 것이라고는 거대한 화염들을 동반해
때때로 땅 아래에서 터져 오르는 일련의 폭발들이었고 더 작
은 폭발 소리도 들렸다, 그의 근육이 모든 것을 이해했고 근육
이 그를 일으켜 세웠다, 노키아는 손에서 떨어졌고 모든 움직
임 하나하나가 아팠다, 하지만 그는 식탁 주위를 돌고 또 돌기
시작했고 물을 마시고 싶었지만, 수도꼭지를 틀려고 움켜쥐면
깨질 것 같이 느껴졌다, 그래서 빙글빙글 원을 그리며 계속 돌
다가 바닥에 앉아 싱크대 보관장에 등을 기댔다, 플로리안은
그냥 거기에 앉아있는데, 사방이 갑자기 어두워졌다, 누군가
갑자기 불을 끈 것 같았다, 그의 뇌는 여전히 작동하지 않고
근육만 작동했다, 몇 시간 후 그 근육이 그를 일으켜 세웠다,
모든 것이 근육에는 명백했기 때문이었다, 근육들에는, 이게
다 뭔지, 무슨 일이 있었는지, 누가 누구인지, 무엇이 무엇인
지, 그리고 왜, 그리고 언제인지 명확했다, 그리고 어느결에 플
로리안은 노트북을 배낭에 집어넣고 손에 잡히는 대로 옷가

지들을 던져 넣고 있었고, 어느새 그는 호흐하우스 밖으로 나
갔다, 이번에는 벨을 누르지 않고 그냥 문을 밀고 들어갔다,
개는 낑낑대지도 않았지만 어쨌건 문제 되지도 않았다, 플로
리안은 단 두 번 동작에 개의 목을 부러뜨려 어딘가 어둠 속
으로 던져버렸고, 그러고 나서 그는 문을 발로 차고 들어가
보스를 내리쳤다, 그에게 아예 승산이 없었다, 모든 일이 단
몇 초 만에 벌어졌다, 보스는 트레이닝 벤치에 누워 있었다,
벤치는 그가 철로 건널목 반대편 밸런스에 갈 시간이 없거나
그럴 기분이 나지 않으면 체력 단련용으로 쓰던 곳이었고, 그
렇게 누운 채로 그대로 오는 가격을 받았다, 마치 수백 킬로그
램이 그의 머리에 떨어진 것 같았다, 그리고 그대로, 마치 정
말 그 위로 떨어져 내린 것처럼, 그는 가만있었지만, 더 이상
머리가 아니라 피범벅이 된 뼈와 살덩어리였다, 하지만 플로리
안은 쳐다보지도 않고 이미 밖으로 뛰어나갔다, 뇌가 여전히
윙윙거렸지만 아직도 그는 근육이 조종하는 대로 움직였다,
부르크로 벌컥 뛰어드는데 들고 칠 만한 것이 별로 없었다, 그
래서 그는 가장 먼저 눈에 띈 의자를 잡고 자신의 길에 마주
치던 누구든 이로 내리쳤다, 그는 그들이 누구인지는 신경 쓰
지 않았고, 오직 거기 있는 이들이라 가격했다, 어느새 플로리
안은 2층에 올라와, 건물 전체를 샅샅이, 위층을 그리고 아래
층을 다시 수색했지만, 다른 사람을 찾지 못했다, 그래서 플로
리안은 문을 나가서 잘레 강둑으로 달려가서 배낭을 벤치에

놓고 강물에 손을 씻었다, 하지만 피가 제대로 지워지지를 않았고, 이후로 플로리안의 뇌가 아는 것이라고는 그가 달리고 있다, 그의 근육은 이를 감당할 수 있다, 그 정도였으며, 플로리안은 밤이 이슥하도록 뛰었고, 그는 카나를 벗어나 뛰었고, 그는 세상에서 벗어나 뛰었다, 그리고 밤 느지막이, 플로리안은 뛰어 돌아왔다, 물론 아무도 그를 보지 못했다, 요즘 거리는 훨씬 일찍이 인적이 끊겼고 지금은 새벽 3시 반이 지났기 때문이었다, 플로리안은 조용히 문을 밀고 들어갔다, 그는 마당을 가로질러 기상 관측 기구들을 지나 집 출입구까지 발끝걸음으로 숨어들어 부드럽게 두드렸지만 내부는 정적만 감돌았다, 아무도 움직이지 않았다, 쾰러 씨는 분명히 깊이 잠들었을 것이다, 그는 항상 잠을 잘 잤다, 쾰러 씨는 가끔 티츠 박사에게, 마음을 바로 쓰면 어떤지 알겠지? 말했다, 이 농담으로 곧잘 쾰러 씨는 정신과 의사들의 악명 높은 도덕관념 부재를 놀리며 장난을 걸었고, 그러면 티츠 박사는 물리 선생은 학생들에게 체육 선생에 비해 도긴개긴 미움을 받는다고 되받아쳤고, 그 이유는 그들의 차가운 마음 때문이라고 했지만, 이는 특히나 재미있는 우스개였다, 왜냐하면 무어니 무어니 해도 쾰러 씨는 공감 어린 배려, 그와 접하게 되는 누구든 타고난 선의를 지닌 사람임을 부정할 이는 없었기 때문이었다, 쾰러 씨는 그들 젊은 시절에서 하나도 변하지 않았으며, 티츠 박사는 그에게서 이런 자질을 진정으로 높게 쳐주었다, 아드리안은 정말 좋은 사람이라고 그와 아내는 가끔 언급했지만, 그의 아내는 항상 그가 언젠가 저러다 큰코다칠 때가 있을 거라고 덧붙였다, 왜냐하면 그는 거의 항상 자신을 이용해 먹으려는 사람들에게 눈뜨고 당하기 때문이에요, 이 점에 대해 두 사람은 동의했다, 플로리안이 그를 정기적으로 방문하기 시작한 지 얼마 되지 않아 퀼러 씨가 그들에게 전해주던 이 젊은이를 두고, 그가 마침내 누군가와 한층 깊은 유대감을 형성하게 되었다는 안도감이 드는 것 말고도, 한동안 다소 의심을 품었던 이유가 그랬다, 맞다, 처음에는 티츠 박사와 아내는 조금은 염려스러웠다, 왜냐하면 아드리안이 아내가 죽은 이후 누군가 그에게 가까이 다가오도록 허용한 것이 그때가 처음이었기 때문이었다, 그러나 이 젊은 학생에 대해 많이 들으면 들을수록, 그들 속에 품던 의심은 사그라들었고, 그 대신 일종의 고마움으로 바뀌었다, 왜냐하면 잠시 후 이 학생은, 비록 그의 과장된 열정으로 아드리안에게 양심의 고통을 불러일으키긴 했어도, 나이 들고 외로운 사람이 그를 향한 애착을 보면 헌신과 애정 관계의 깊이가 자명하게 드러나는 지표였기 때문이었다, 그런 점에서 친구의 운명에 늘 가슴 한구석이 짠하던 이들에게는 오직 고마울 따름이었다, 퀼러 씨가 정신과 의사들은 무정하고 도의심은 없다고 농담하길 좋아했지만, 이건 역시 정말 우습기 그지없는 언급으로, 티츠 박사 역시 전혀 그런 사람이라고 칭할 수 없기 때문이었다, 티츠 박사는 마음씨가 좋고 인정이 넘쳐, 그의 직업에는 크게 도움이 되지 않아 아주 이름 나지는 않았지만, 그렇다고 속에 억울하거나 서운한 마음은 없이, 아이젠베르크에 개인 클리닉을 열었다, 예나에 남거나 눈앞에 라이프치히나 베를린을 목표로 두고 출세하는 대신, 아니, 이 작은 마을로 이사 와서 시골에 파묻혀 살았고, 삶을 즐기고 싶었기 때문에 삶을 즐겼고, 튀링겐을 사랑했기에 세상 뭘 준다고 해도 여기를 떠나지 않을 작정이었다, 그는 어린 시절에서 단 한 명 남은 친구를 사랑했고, 그와 함께하는 삶이 충만하다고 느꼈다, 특히 슬픈 운명의 전환으로 급속히 지적 쇠퇴를 겪는 아드리안과 함께 살 수 있는 지금은 더 그랬다, 티츠 박사와 그의 아내는 이제 새로운 아드리안을 단지 돌봐야 할 환자, 그들이 줄 수 있는 모든 것을 주어야 하는 사람으로만 받아들이지 않을 수 없었기 때문이었다, 그게 다였지만, 기상대에 대한 모든 관심을 잃기는 했지만 뭐라도 이미 벌어지고 있는 대로, 그가 관심 갖고 몰두하면 그것만으로도 행복했다, 그 시점부터 어느 무엇보다도, 아드리안은 현저하게 새로운 컴퓨터 프로그래밍 소프트웨어에 몰두하고 있었다, 아니, 적어도 몇 시간 동안 노트북으로, 검은색 바탕 노트북 화면에는 흰색과 녹색, 때로는 빨간색 숫자와 문자, 기타 기호들이 화면에 빽빽하게 그리고 엄청난 속도로 아래로 계속 흘러가고 있는 노트북으로 보냈다, 티츠 박사는 컴퓨터에 대해 일반 사용자 이상으로 잘 알지 못했다, 하지만 그는 아드리안이 몇 시간이고 보내고 있는 내용이, 새로운 프로그래밍언어나 뭐 그런 쪽일 수도 있다는 정도로 파악했다, 그는 아내가, 아드리안이 무엇을 하고 있다고 생각하는지 물었을 때 그렇게 답했다, 문제는 그가 너무 단단히 묶여 있다는 점이라고, 깊게 한숨을 쉬었다, 그리고 링어 부인도 정확히 같은 생각을 하고 있었다, 어떻게 남편을 사로잡고 있는 그의 어두운 생각을 끊어낼 수 있을까? 상황이 전혀 개선되지 않고 있는데 더욱이 경찰이 여전히 때때로 모습을 보이고 있었기 때문이었다, 링어 씨를 심문하러 거기 온 것이 아니라 단지 정보를 얻기 위해 왔다고 우기며 매우 정중하게 굴지만, 이런 방문은 남편을 이들 어두운 생각 속으로 더욱 깊이 몰아넣을 뿐이었다, 아내는 하는 한 그를 도와보려고 했지만, 이 링어는 헛똑똑이로 그녀가 어디로든 주의를 돌리려고 해도 그는 심각한 문제들에서 좀체 헤어나려고도 하지 않았고, 그의 아내 눈에도 분명하게, 자기 비난에서 벗어나지 못했다, 새로 들어온 헝가리 자두 팔린카는 빈 지 오래였다, 최근에 링어는 더욱 자주 술을 마시기 시작했고, 오후에, 저녁에, 심지어 아침에도 마셨다, 더 이상 방문하지 말라는 링어의 요청에도 불구하고 예나에서 친구 중 한 명이 최근에 다시 나타나는데, 항상 새 헝가리 자두 팔린카 병을 가지고 왔다, 분명히 이것은 링어가 그들의 방문을 말려도 소용없다는 것을 깨닫자, 전화로 비밀리에 링어가 미리 말을 나눴을 것이다, 그리고 시간 약속을 잡았을 겁니다,

글쎄, 뭐 하러 부인해요, 어떻게 제가 부인을 하겠냐고요? 링어 부인은 펠트만 부인에게 불평했다, 건드레 취해 있는 모습을 거의 항상 보이다시피 하는데요, 그러니까 술을 마시는군요, 그녀의 새 여자 친구가 한숨을 쉬고 그녀는 위로해줄 말을 찾아 뒤졌지만 찾을 수가 없었다, 남편 펠트만이 최근 들어 자주 리큐어 잔 바닥을 내려다보고 있었기 때문이었다, 전에는 없던 일이에요! 펠트만 부인은 버럭 목소리를 곤두세웠다, 이제는 리큐어 병에서 손가락 한두 마디가 툭하면 없어진 걸 발견해요, 내 리큐어 병인데!, 게다가 그것만이 아녜요! 그러나 링어 부인은 다른 사람 남편도 술을 마시고 있다는 사실이 위로가 되지 않았다, 그녀는 전혀, 정말이지 링어의 삶이 이런 방향으로 바뀌리라고는 전혀 상상하지 않았다, 그가 이런 방향으로 접어들었기 때문에, 그녀는 펠트만 부인에게 매우 슬픈 목소리로, 그는 아무것도 하지 않고 자동차 수리점에 가지도 않는다고 말했다, 그는 예나에 가지 않는다, 가끔 친구들이 그를 보러 와서 여기저기서 나치가 행진하는 비디오를 보는데, 그는 뚫어져라 위에서 흔들리는 끔찍한 깃발과 그 아래 발걸음을 옮기는 무거운 부츠에 시선을 고정하고 봅니다, 그는 그냥 보고만 있어요, 그러고는 하루 종일 그냥 움츠리고 앉아, 자신 앞 허공만 멍하니 바라봐요, 그리고…… 그러고는…… 술을 마셔요, 이 시점에서 링어 부인은 울기 시작했다, 요즘 들어 울음이 터지는 일은 꽤 자주 일어났지만 펠트만 부인과 함께 있을 때만 그렇고 다른 사람들 앞에서 그녀는 감정을 억제했다, 당연하다! 그녀는, 다른 사람들! 단어가 나오면 크게 장탄식을 쉬었다, 제 모든 옛 여자 친구들이 나를 배신했어요, 저는 더 이상 그들과 마음이 맞지 않아요, 그래서 나에게는 당신만 남았어요, 브리기테, 당신 앞에서는 부끄러운 줄 모르고 다 내보여요, 그녀는 흐느껴 울었다, 내 말이 그 말이에요, 저도 딱 그래요, 펠트만 부인은 이미 적절한 말들을 찾았고 새 여자 친구를 위로할 수 있었다, 적어도 그런 몇 시간 동안 둘이서 같이 호흐슈트라세에 있는 그녀의 집이나 쇼핑센터 어딘가의 카페에서 함께 앉아 있는 동안은 위로가 되었다, 최근에는 펠트만 부인이 링어 부인의 집을 방문하는 것이 좋은 생각이 아닌 것 같아서 그런 곳에서 만났다, 그래도 펠트만 씨는 링어 씨에게 확실히 동정적으로 공감했기 때문에 아내가 가자면 기꺼이 따라왔을 것이다, 왜냐면 나는, 리큐어 때문에 약간 붉어진 얼굴로 그가, 나는 항상 링어가 좋았다, 나는 그의 말을 곧이곧대로 믿었다, 그가 뭐라고 하면 그 말 그대로다, 당신은 그를 믿어도 된다, 링어가 5시에, 라고 하면 더도 덜도 아닌 5시다, 언급했기 때문이었다, 그런 그는 어디로 갔을까? 링어 부인은 집에서 혼자 곰곰 생각했다, 링어는 더 이상 예전의 그가 아니었기 때문이었다, 예전 자아의 그림자에 불과하다고 받아들이지 않을 수 없었다, 아무것도 전혀 바뀌려고 하지 않았다, 왠지 모든 것이 점점 더 악화되고 있었다, 카나에서 살인 사건이

468

발생한 이후로 더 이상 범죄 사건이 없기는 했지만, 그러나 그렇다고 이로 사람들은 다 끝났다는 결론을 내리지 않았고 오히려 이제 막 시작되었다고 판단했다, 왜냐하면 무언가가 사슬을 끊고 제어 불능으로 날뛰기 때문이다, 대리인은 어두운 낯빛으로 푀르트너에게 말했다, 그도 이제 이런 사건 이후 좋은 일은 기대하지 않는 사람들 틈에 합류하긴 했지만, 한동안 대리인은 경찰 조직의 효율성을 공공연히 신뢰했다, 다만 문제는 몇 주, 심지어 몇 달이 지나도 가시적으로 보이는 결과물이 없었고, 더구나 그들이 동기를 알아냈다는 징후도 없었고, 단 한 명이라도 체포되었다는 소식도 없었다, 아무도 체포되지 않았어, 대리인은 실망스럽게 푀르트너에게 말했다, 그에게 체포는 경찰과 국가가 제대로 기강이 서고 신뢰할 수 있다는 증거였겠지만, 대리인은 목소리를 낮추고 푀르트너에게 가까이 몸을 숙이고 거의 속삭이듯이, 이 경찰은 굴러가는 개똥만도 못해, 이런 표현 미안하지만, 개똥 반의반도 못 돼, 아무도 체포 못 한단 말인가, 왜? 누구 체포한 사람 있어?! 없어요! 없어! 그 말을 하며 그는 등을 곧게 펴고 동의를 청하는 눈빛으로 푀르트너의 눈을 깊이 바라보았다, 푀르트너의 얼굴에는 동의의 의사가 역력해서, 굳이 아무 말도 할 필요가 없었다, 대리인은 푀르트너가 같은 마음이라는 것을 알았고, 실제로 그런 이유로 그는 그릴호이젤의 단골이 되지 않았다, 물론 가끔 좋은 보크부어스트를 먹으러 거기로 갔다, 일로나도 솜

씨꾼이라 잘하지만 그는 솔직히 다른 사람들처럼 그곳이 집처럼 느껴지지 않는다고 털어놓았다, 이런 느낌은 결코 변하지 않을 것이다, 절대로, 절대, 그는 뢰르트너에게 설명했다, 그들은 모두 하인리히처럼 베시(서독인)들이거나 아니면 다 망가진 오시라, 이들은 마치 벌처럼 그 하인리히 주위를 윙윙거리며 다녀, 그러니 거기서 이방인처럼 겉돌지 않겠느냐고?! 뢰르트너는 고개를 끄덕였지만 대리인에게는 그것만으로 충분하지 않았다, 그는 플로리안과 이런 일로 혹은 뭐라도 이야기하고 싶었다, 플로리안이 그리웠다, 그가 어디 있는지 전혀 몰랐고, 벌써 2주가 넘게, 아이쿠야, 그를 보지 못했다, 그래서 대리인은 8층으로 직접 계단 밟고 올라가, 한참 숨을 고르고 같은 층에 있는 다른 네 세입자의 초인종을 누르고 물어봤지만 아무도 플로리안을 보지 못했다, 그와 똑같이 플로리안을 보지 못했다, 플로리안에게 새로운 능력이 생겨나고 있었기 때문에 그는 아무 눈에 띄지 않고 움직일 수 있었고, 아무도 눈치채지 못하게 음식이나 물을 구할 수 있었다, 왜냐하면 롤빵이나 그런 빵들은 매장 하역장 앞에 있는 상자에서 배달 트럭이 떠나고 직원들이 상품들을 부리기 위해 나오기 전 새벽을 틈타 가져왔고, 그는 밤에 묘지 살수용 수도꼭지나 규모 큰 마을 주요 광장에 있는 분수대에서 물을 마셨기 때문이었다, 버스나 기차를 타지 않았고 히치하이킹도 하지 않았고 플로리안은 아무도 누가 보는 것을 원치 않아, 두 마을 사이를 이

동할 때는 오로지 도보로만 여행했다, 아무도 그를 알아보기를 원하지 않았고, 아직 그가 끝내야 할 일이 있었기 때문에 아무도 그를 방해하기를 원하지 않았고, 그가 거기,

그리고 하늘색

없다는 데 살던 마을의 사람들은 생각이 미치지 않았다, 대리인을 빼고 그가 사라졌다는 데 대해 아무도 생각하지 않았고, 마찬가지로 카린도 보안상의 이유로 지프를 없애고 위르겐을 찾기 시작했지만, 사람 찾는 일이 이렇게 어려울 줄은 몰랐다, 위르겐이 영리하네, 그녀는 뮈카에서 수색이 헛되자, 인정했다, 그녀는 문을 두드리고 또 두드렸지만, 아무도 문을 열지 않았다, 그녀는 떠났다가 한 시간 후에 돌아왔지만 그때도 집에 아무도 없었다, 어쨌든 없구나 생각하는데, 한 이웃이 창문을 빼꼼 열고 더 세게 문을 두드리라고, 누군가 집에 있으니까, 그냥 텔레비전 보고 있을 거라고 그녀를 향해 말했다, 그러자 마침내 문이 열리고 그녀를 안으로 들여보냈다, 나는 전혀 모른다고 노파가 잡아뗐다, 아들은 나에게 아무것도 말하지 않는다, 그가 열네 살 때부터 늘 이런 식이었다, 하지만 카린은 손을 들어 그녀를 막았다, 그가 어디로 가겠다고 혹시 말하지 않았나요, 제가 친구라서요, 카린은 말하고 얼음장 같은 시선으로 여자를 바라보았다, 하지만 노파는 이미 머리카락이 거

471

의 없이 벗겨진 머리를 긁고, 너무 오래 앉아 있던 사람처럼 휠체어에서 자세를 조정해 몸을 바로잡고, 담배를 깊게 들이마신 뒤 얼굴에서 연기를 흔들어 날린 후 카린에게 더 크게 말하라고 했다, 카린이 했던 말을 반복하자 그녀가 정말 아들 친구냐는 말만 했다, 그런 질문과 다르지 않게 그녀의 말을 믿을 수 없다는, 적어도 아들 같은 놈이, 친구가 어떻게 있을 수 있겠느냐는 듯이 얼굴을 찌푸렸다, 열네 살 때 아들을 경찰이 잡아가서 바로 깜빵에 처넣었는데, 하지만 노파가 하던 말을 가로막고 카린이 물었다, 아들이 다른 친구들에 대해 언급하지 않았습니까? 아니면 무얼 할 거라던가요? 일? 뭔가 직업 같은, 해야 하는 일? 그는 카나에 있다고 노파는 말했다, 그는 거기는 진짜 없다, 내가 거기에서 왔어요, 그럼 그는 줄에 있다고 노파는 되쏘았다, 줄에? 줄에 왜요? 카린이 물었다, 여기 뮈카에서 참을 수 없었기 때문이라는 대답이 돌아왔다, 어린 시절 친구 둘이 몇 년 지역 문화원에서 오래된 군대 훈련복인가 뭔가 입고 치킨 댄스를 춘 이후로, 그는 그들 틈에 한 시간도 같이 못 있겠다고, 여기가 태어난 고향이건 뭐건 못 참겠다고, 하지만 나도 아니었으면 원이 없겠지만, 늙은이는 얼굴을 찌푸리고 휠체어 팔걸이에 담배를 비켜 끄고, 꽁초를 바닥에 던지고는 현관문을 향해 구르기 시작했다, 카린에게 그만 떠나라는 신호였다, 카린은 떠났다, 작별 인사도 하지 않고 줄, 혼잣말로 하고 그녀는 사라졌다, 노파는 창문 커튼 뒤에서 잠시 그녀를 지켜보려고 했지만 마치 악령처럼 카린을 금방 시야에서 놓쳐버렸다, 노파는 혼잣말로 요즘에 이 흉악한 놈을 찾는 사람들이 많네, 말하고, 거실로 휠체어를 굴려서 돌아가, TV 앞의 원래 자신의 자리를 다시 잡았다, 텔레비전은 카린이 여기 있는 동안 끄지 않고 소리만 줄였는데, 지금 다시 소리를 올리고 자신이 가장 좋아하는 〈비올레타〉* 시리즈를 계속 시청했다, 레온과 비올레타가 재결합하는지 보고 싶었지만 다시 몰입하기가 힘들었다, 하지만 이상한 눈을 한 여자는 집에서 너무 많은 시간을, 아니면 적어도 이야기 실마리를 따라가기에 더 이상 쉽지 않을 정도로 오래 얼쩡거리며 머물렀나 보았다, 하지만 그러다 줄거리를 따라잡았다, 레온과 비올레타가 재결합했다, 끝이 좋으면 다 좋은 거지, 그녀는 한숨을 쉬었고, 광고가 나오자 볼륨을 낮췄지만 TV를 끄지는 않았다, 다음 편이 바로 뒤에 이어질 것이라, 시작하기 전에, 그녀는 찻잔과 찻주전자를 들고 휠체어를 굴려서 나가, 주전자 속 차가 식어버려서 새로 차를 한 주전자 끓이고, 도이처 룸 페르슈니트**를 조금 끼얹어 넣고, 다시 한번 더 끼얹고는 돌아와, 얼른 소리를 올렸다, 드라마가 이미 시작했기 때문이었다, 마찬가지로 카린의 숨은 분노도 그랬다, 항상 이런 식이야, 그녀가

---

*   Violetta. 아르헨티나 텔레노벨라.
*   Deutscher Rum Verschnitt. 럼과 다른 술을 섞은 혼합주.

어느 얼굴을 쳐다보면 이래, 그녀는 속으로 투덜거렸다, 그녀가 누군가를 조금이라도 길게 바라보면 턱의 신경이 경련을 일으켰고, 그러면 나쁜 눈 때문에 항상 같은 일이 일어났다, 다른 사람이 그녀를 찬찬히 살피기 시작했고 지금도 동일한 일이 벌어져 그녀는 다음 열차 칸으로 이동하여 앉았다, 잠시 앉아 있다가 몸을 빼고 화장실로 가 그 사람이 그녀 뒤를 쫓아오는지 귀기울였다, 하지만 아니, 움직이는 소리가 들리지 않았다, 문이 푸슉 열리는 소리가 나지 않았다, 그녀는 잠시 기다렸다가 다시 가서 앉아서 창밖을 내다보았지만 볼 게 없었다, 오로지 눈에 보이는 것이라고는, 바깥 차장에 부딪혀 떨어지는 빗방울뿐이었다, 줄에도 비가 내리고 있었지만 기차 여행 동안만큼 심하지는 않았다, 처음 호이어스베르다에서, 그런 후 라이프치히, 마침내 에르푸르트에서 세 번의 환승으로 꽤 긴 기차 여행을 하고 나자, 그녀는 진이 빠졌다, 피로감은 없으나 조금 조바심이 났다, 그녀는 일을 끝내고 싶었다, 제로에서 다시 시작을 시작해야 하는데, 그녀가 종결지어야 할 일은 달리 없이, 오직 이 일만 있었기 때문이다, 줄에 도착했을 때는 어스름이 내리고 있었고 그녀는 여러 번 온 적이 있어, 도시를 어느 정도 알고 있었지만, 그녀에게 줄 그룹은 다른 데와 마찬가지로 한심하기 짝이 없는, 자기 과시적인 서커스일 뿐이어서, 비록 이곳의 어떤 작전에도 참여한 적은 없었다, 그녀는 그가 있을 만한 곳으로 갔고, 항상 그랬듯이 이번에도 어림잡은 계산이 틀리지 않아, 스포츠 펜션에서 그를 발견했다, 그녀는 문지기에게서 "남동생"이 사는 곳을 알아낸 뒤 계단에 소음기를 조립하고 부드럽게 노크했고 문이 열리자, 안으로 발을 들이고, 문을 닫았다, 머리에 빠르게 두 번 쏜 것으로 충분했다, 위르겐은 무슨 일이 일어나고 있는지 깨달았지만, 반파된 그의 얼굴의 표정은 몹시 놀란 얼굴에 가까웠지만, 카린은 그것을 보지 못하고 이미 멀리 벗어났다, 이 일 덕분에 플로리안은 자신이 올바른 곳에서 제대로 정탐하고 있다는 것을 깨달았다, 비록 뮈카에서 위르겐의 어머니에게 아들이 줄에 있을 수도 있다는 정보만 겨우 주워들었지만, 일이 영 간단하지 않으리란 점이 번했다, 플로리안은 이전에 벽 닦아내는 일을 하러 줄에 온 적이 있었지만 도시에 관해 아는 바가 진짜 거의 없었고, 작업을 했던 드넓은 주택공급 단지와 도심만 기억하고 있지 아주 가까이 접하지는 않아서 수많은 문의를 하며 돌아다녀야 했고, 마침내 사격 스포츠센터 공원에 도착해 이리저리 샅샅이 가로지르며 걸어 다닌 끝에, 자신이 찾던 사람이 그곳에 숨어 있지 않다는 것을 알게 되었고, 그래서 그 스포츠 펜션에 가게 되어, 그는 건물이 완전히 보이지만 남에게 자신은 보이지 않는 장소를 골라 배낭을 내려놓고 노트북으로 〈볼템 페리어테스 클라비어〉 1집을 틀기 시작했다, 그는 이어폰을 귀에 꽂을 필요가 없었다, 이어폰을 귀에서 뺀 적이 없었기 때문이었다, 그는 C장조 서곡 첫 소절을 들으며 기다렸다, 나오기를 기다리며 지켜보는데, 하지만 그러다가, 어둠이 내려앉자, 놀랍게도 난데없이 카린이, 모자와 빨간 가발, 안경을 쓰고 정말 갑자기 나타나 눈이 휘둥그레졌다, 이 멀리서도 가짜 안경 뒤의 그녀를 즉시 알아볼 수 있었다, 카린의 딱딱한 동작과 고정된 시선을 알아보지 못할 리가 없다, 그는 그녀가 건물로 잠입해 들어가는 것을 지켜보았고, 그는 잠시도 망설이지 않았다, 이미 〈볼템페리어테스 클라비어〉는 E장조 푸가까지 왔고, 플로리안은 즉시 그녀를 쫓기 시작했다, 입구 현관 복도에서 그녀가 보이지 않았고, 그는 문지기에게 위르겐에 대해 물었지만 그는 그런 이름을 몰랐다, 하지만 조금 전 여자와 같은 사람을 찾고 있는지 물었고, 그 여자를 뮈카에서 온 스포츠 사격수의 방으로 올려보냈다고 했다, 이미 너무 늦었다, 그는 카린을 맞닥뜨리지 못했다, 플로리안은 즉시 4층에 열려 있던 문을 알아차렸지만 그곳에서 그가 할 일이 없어서, 그는 다시 계단을 달려 내려가 1층에 도착하자, 다른 출구를 찾아 둘러보았다, 카린이 보이지 않는 걸로 보아, 카린은 다른 계단으로 내려와 통상적인 출구와 다른 문으로 떠났음에 틀림없다고 여겼기 때문이었다, 짐작이 맞았다, 건물 반대편에 뒷문이 있었다, 어디에도 카린이 보이지 않았지만 플로리안은 그녀가 오직 슈첸슈트라세 쪽으로 발을 서둘러 갈 수 있으리라 느꼈다, 이제 더 가까워졌다, 그는 스스로에게 말했다, 이제 남은 사람 한 명 줄었기 때문에 한발 가까워졌다, 하지만 역으로 카린은 종적도 없이 사라졌다, 귀신처럼 흩어졌다, 더 이상 계속 찾으려고 해봤자, 그녀에게 자신이 적수가 되지 않는다는 것을 알았고, 지금은 그러고 싶지도 않았다, 그는 밤을 나려고 줄에 머물렀다, 버려진 듯한 산업 공장단지에 웅크리고 앉아서, 그는 〈볼템페리어테스 클라비어〉 2권도 끝까지 들었고, 그는 추위를 견디고 비도 견딜 수 있지만, 이제 조금 으스스 한기가 들어 다 허물어진 입구 복도에서 피와 추위를 조금은 피할 수 있을 곳을 찾았다, 배낭에 마른 스웨터와 마른 티셔츠, 속옷, 양말이 있어서 옷을 갈아입고 푹 젖은 옷가지들을 철제 계단 난간에 펼쳐 널었다, 노트북에서 다른 음악을 찾아 골랐지만, 그는 〈골드베르크 변주곡〉이 시작되자마자 잠이 들었다, 무언가 소음에 화들짝 놀라 깨고, 즉시 그는 경계 태세로 기민하게, 고개를 들고 골드베르크를 끄고 귀를 기울였지만, 아무것도 없었다, 입구 복도는 완전한 정적이었다, 그는 너무 추워서 다시 잠들 수 없었고, 난간에서 옷을 걷어 배낭에 쑤셔 넣고 이미 줄에서 나가는 길에 올랐다, 바로 나가는 길이 아니라 대체로 B71 길 옆을 따라 걸으며, 일메나우 주변을 넓게 우회한 다음 A4로 향하는데 먼동이 밝기 시작했다, 그는 목마르고 배고팠으나, 특히나 목이 말라, 물을 찾아 마르틴로다의 운동장 옆에서 헤매다 수도꼭지를 발견했고, 그다음 조심스럽게 마을 외곽으로 접근하여 어느 집의 정원에서 감자를 파서 생으로 먹었다, 그의 위장은 강했고, 어떤 것도 이 위장을 해칠 수 없었다, 왜냐하면 그가 전진을 시작한 이후로 그의 몸 안의 모든 것이 변형되었기 때문이었다, 마찬가지로 그의 감각 기관도 완전히 바뀌어, 여전히 뇌가 작동하지 않기 때문에 뇌 대신에 감각에 의존했다, 그는 가능한 한 인간과 접촉할 수 있을 만한 모든 일을 피했고, 동물들과는 반면에 자주 마주쳤고, 플로리안은 사슴, 토끼, 여우, 다람쥐, 생쥐 같은 동물들을 관찰했다, 그것도 가까이에서, 이들 어느 동물들도 그를 알아채도 아주 멀리 달아나지 않았고, 사슴은 그로부터 몇 번 껑충껑충 뛰어 멈추고서 바라보았다, 말하자면 서로 바라보았다, 다른 동물들도 다르지 않아, 플로리안이 그들에게 위험한 기운을 풍기지 않는다고 감지한 것 같았다, 왜냐하면 진정 그런 기운을 띠지 않았다, 그들에게는 아니었다, 그냥 그 순간에 숲이 우거진 지역을 가로지르다 보면, 이런 일이 자주 발생했는데, 그와 동물들은 같은 것을 마셨고 같은 것을 먹었다, 그의 위장은 생감자와 다른 텃밭 채소도 능히 견뎠지만 숲에서 찾은 거의 모든 것을 전혀 문제없이 먹을 수 있었고 개울물, 호숫물 또는 시냇물 아무 종류나 문제없이 마실 수 있었다, 유일한 걱정은 진짜 추위가 다가오고 있다는 것이었고, 높은 지대에서는 새벽녘에 자주 서리도 끼기 시작해, 이에 대비해야 했다, 두툼한 천을 발견하는 곳에서 어디든 훔쳐 즉시 배낭에 넣기 시작했다, 그는 빨래가 널려 있는 뒷마당은 모조리 들어가 필요한 것은 무엇이든 걷어 갔고, 나중에는 교회에도 들어가 담요나 겉옷으로 사용할 수 있는 것은 무엇이든 사냥했다, 예를 들어 어느 날 밤에는 에르푸르트 어느 카페 테라스에서 방수포 차양을 끌어내리기도 했다, 하지만 플로리안은 더 이상 이 것들이나 다수의 다른 물건들을 항상 끌고 다니지 않고 대신 여러 마을 근처에 은신처들을 만들어 그곳에 훔친 물건들을 감춰두었다, 마침내 예나에서 아주 우연히 실마리를 발견했다, 그는 공동묘지에서 씻고, 할 수 있는 한 깨끗이 옷을 닦아낸 다음, 배낭에 있는 노트북을 끈 후 마을 외곽의 카페에, 실제로는 펍에 앉아 커피와 물을 시켰다, 사실 이는 다 구실이었고, 진짜 의도는 배터리를 충전하고 한편으로 노트북을 말리는 것이었다, 배낭이 젖어 혹시 잘못되었을까 봐 걱정되어서였는데, 하지만 아니었다, 그는 노트북을 꺼내 이미 테이블 위에 놓긴 했지만, 웨이트리스에게 테이블 옆 콘센트에 전선을 꽂아도 되는지 물었다, 이러든, 아니, 무슨 다른 일로든 눈에 띄지 않았을 것이다, 카페는 마을 가장자리에 있는 일종의 무료 와이파이 제공 장소여서, 거의 모든 사람이 전화, 노트북 또는 아이패드로 바빴기 때문이었다, 플로리안이 노트북을 닦아내며, 말리는 동안 그는 따로 된 작은 방에서, 매우 조용조용히 하는 말이었지만, 두 남자가 브라운하우스*에서 모임이 있으리라

---

* Braun Haus. 뮌헨에 있던 과거 나치 본부를 일컫던 말. 예나-로베다 주재 네오나치 NPD가 2000년대 초 과거 레스토랑을 변경해 사용하기 시작한 건물의 별칭이기도 하다.

는 이야기를 엿들었다, 그로서는 장소가 로베다-알트슈타트
라는 것을 알아내는 것은 어렵지 않았다, 전차를 타고 가면 그
리 멀지 않은 곳이었고, 그는 입구를 지켜보고 있으면 되었다,
안드레아스 아닌 다른 사람을 기대하고 있긴 했지만, 플로리
안은 안드레아스가 들어가는 것을 보았다, 그는 밖에서 기다
렸다가, 좁고 인적 없는 거리로 들어가는 그를 따라 들어갔고,
거기서 안드레아스는 다시는 나오지 못했다, 플로리안은 시체
를 숨기려 하지 않고 커다란 쓰레기 수거통 옆에 버려두었다,
그는 어떻게 되든 더 이상 신경 쓰지 않았기 때문이었다, 그의
뒤에 무엇이 남든 이제는 관심이 없었고, 어찌 보면 뒤에 남은
것들은 존재하지 않고, 그의 앞에 뭐가 있든 존재하지 않을 것
같았다, 그는 완전한 공허를 향해 산산이 깨부술 듯 질주하고
있었다, 그를 멈출 길은 없었다, 그의 길을 막고 앞에 설 수 없
기 때문이었고, 그를 저해할 수 없기 때문에, 마치 보이지 않
는 사람처럼 움직여 다녔다, 우리는 그가 어디에 있는지 정말
모릅니다, 대리인은, 한 번도 본 적이 없던 사복형사가 그를 찾
아와 플로리안에 대해 질문하자, 두 손을 쥐어짰다, 마치 그가
뭐라도 한 것처럼 쥐어짰지만, 저도 할 수 있는 일은 없다, 자
신의 대답에 불만스러워하는 형사의 표정을 읽자 변명투로 말
했다, 나더러 어쩌란 말이냐? 나는 그 아이 아버지가 아니다!
내가 아는 건 모두 당신에게 말하고 있다, 뭐든 시키시면 다
하겠지만, 그가 어디 있는지 전혀 모른다, 전에는 그렇게 오랫

동안 떠난 적이 없다, 그가 어딘가에 갔다고 해도, 예를 들어 라이프치히라든가 간다고 해도, 저녁까지는 돌아왔다, 이보 시라, 대리인은 거실에 있던 형사에게 가까이 몸을 기울였다, 플로리안은 마음이 약한 아이이지만 그래도 아이는 아이다, 당신이 무슨 이유로 그 아이를 찾고 있든지 간에, 그가 틀림없 이 결백하다는 점을 강조하고 싶다, 내 평생 그렇게 악의 없는 아이는 본 적이 없다, 그러니 뭐, 그리고 여기서 그는 입을 다 물고 어깨만 다시 으쓱하고서 형사를 문까지 배웅했다, 대리 인은 그들이 왜 플로리안을 찾고 있는지 도무지 알 수가 없었 다, 그가 아는 한 플로리안은 오래전에 분데스칸츨러람트에 편지 쓰는 것을 그만두었고, 전혀 상상이 가지 않았다, 마찬가 지로 카나의 다른 사람들 모두, 경찰이 플로리안을 찾고 있고 어디 있는지 보이지를 않는다는 것을 알았더라면, 그들 역시 도무지 상상할 수 없었으리라, 링어 부인도 몰랐고, 호프 부인 도, 일로나 부인도, 부르크뮐러 부인도 몰랐고, 아무도 몰랐 다, 하지만 조금 이상한데요, 이상해요, 링어 부인이 말했다, 이제껏 이런 전례가 없었는데, 이렇게 소식 없이 오래 멀리 나 가 있던 적이 없었어요, 내가 혹여 마음 털어놓는다면, 그에게 다 털어놓았을 것이다, 당연히 브리기테에게도 흉금을 털어놓 지만, 그건 다르다, 플로리안과는 숱해 알고 지냈으니, 그리고 지금 진짜 그의 크고 푸른 눈을 들여다보고 싶다, 링어 부인 이 남편에게 말했지만 링어는 못 들은 척했다, 그는 플로리안이나 카나나 다른 어떤 것에도 흥미가 없었다, 링어 부인은 한숨을 쉬었다, 그래도 그녀가 보기에 요즘 들어 링어가 조금이나마 마음이 가라앉은 것 같았다, 적어도 그가 바꿀 수 없는 일은 체념하고 받아들인 것 같았다, 새로 일어나는 끔찍한 사건이 더는 없었고, 나치조차 그 나름대로 마을에서 사라져버렸다, 이 모든 것이 그가 술을 점점 더 적게 마실 이유로 충분해 보였다, 즉, 그의 영혼의 상처가 치유되기 시작하는가 보다, 링어가 보이는 변화를 적어도 링어 부인은 그런 식으로 보았고, 그래서 이전보다 더 많이 그에게 말을 붙인 것도 그런 이유였다, 왜냐하면 지금까지 그녀가 언감생심 붙인 말이 얼른 와요, 저녁 준비됐어요, 또는 와봐요, 목욕 좀 해요, 이틀 동안 샤워를 안 했잖아요, 정도였지만 이제 그녀는 링어에게 이런저런 일을 두고 이야기했고, 식료품 저장실과 여름 뒤꼍 부엌이 얼마나 좋아 보이는지, 내일은 다락방을 시작할 것이라고 했다, 그리고 다음 날 다락방을 시작했지만, 불행히도 먼저 모든 것을 마당으로 내려야 했는데 하필 비가 와서 이 일을 연기해야 했다, 그렇다면 뭘 할 수 있으려나? 그녀는 자문했고, 그녀는 수년 동안 다락방에 쌓인 모든 물건을 분류하기 시작했다, 먼지로 재채기가 장난 아니었지만 먼지는 상관하지 않았다, 이 일을 하지 않으면 자신감을 되찾고 일어설 수 없을까봐 그랬다고, 꽤 먼 거리에 살아도 자주 방문하러 찾아가던 펠트만 부인에게 말했다, 아시지요, 제가 멈추면, 바로 모든 일이 마음속에 떠올라요, 그래서 저는 멈추지 않고 하루 종일 지칠 때까지 무언가를 해요, 그리고 정말 지쳐서, 거의 침대에 나가떨어지지만, 이런 식이 좋아요, 이런 식으로 바쁘게 정신을 팔지 않으면 저는 미쳐버릴 거예요, 펠트만 부인은 그녀에게 되는대로 놔두어라, 자신을 재우치며 너무 몰아대지 말라, 모든 것이 잘 풀릴 것이다, 왜냐면 모든 것이 항상 가라앉아 제자리를 찾고, 매끈하게 돌아간다, 시간이 지나면 상처가 아문다, 이런 비슷한 말로 설파하려고 노력했지만 링어 부인은 상처가 해결되리라고, 더구나 시간으로 치유되리라고는 믿지 않았다, 그리고 이런 케케묵은 상투 어구들이 소름 돋아 진저리를 쳤지만, 그녀는 이들을 참고 넘기는 정도가 아니라 대놓고 해주기를 바랐다, 그런 말들은 연고 같아서, 이런 말들이 치유를 해요, 브리기테, 그녀는 말했다, 우리 둘 다 사정이 어떤지 잘 알지만, 인정 안 할 수가 없어요, 당신의 말이 나에게 많은 도움이 되어요, 당신은 우리를 하나로 엮어준 운명에 얼마나 감사한지 상상조차 못 하실 거예요, 펠트만 부인의 눈에 눈물이 솟구쳤다, 용기를 북돋우며 그녀는 새로 생긴 여자 친구의 손을 꽉 쥐었다, 그리고 카페라테 두 잔을 한 번 더 만들었다, 그녀는 맛이 정말 좋으면 자제가 안 되었기 때문이었다, 예나에서 새로 온 커피가 정말 좋았다, 이전에는 펠트만 부인은 호프 부인과 함께 팀을 짜서 정기적으로 장을 보러 갔다, 하지만 가르니에는 계속 손님이 하나도 들지 않고 예나에서는 카피 원두만 필요했지만 그래도 여전히 예나까지 가끔 같이 다녔고, 링어 부인도 합류했다, 기름값이 거의 얼마 안 들었기 때문에 그만한 가치가 있었다, 물론 마르크트 엘프Markt 11가 비싸다는 것을 부인할 사람은 아무도 없었다, 왜냐면 비쌌으니까, 그들은 눈을 굴리며 쳐다보았다, 하긴 좋은 품질의 분쇄커피에 입맛이 들어버려 문제였고, 그렇게 세 사람의 입이 아주 익숙해져버렸다, 요즘에는 하우스미슝(자체 블렌드)이 입맛에 나기 시작했다고 링어 부인이 말했고, 호프 부인은 전적으로 리카 타라주만 파는 충성파였고, 펠트만 부부도, 이전에는 수년 동안 산토스*만 마셨지만 이 대열에 합류했다, 정말 좋은 커피였다, 정말 맛이 좋아요, 브리기테는 컵에서 한 모금 마시고 고개를 끄덕였다, 정말 향이, 눈을 감고 탄성을 질렀다, 코끝에 닿자마자 천국이에요, 그렇지 않아요? 네, 그래요, 링어 부인도 한 모금 마시고 수긍으로 고개를 끄덕이며 미소를 지었다, 이거 새로운데요, 우리가 만난 이후로 당신이 웃는 모습을 본 적이 없었는데, 펠트만 부인이 눈을 반짝이며 그녀를 바라보았다, 어머나 저런, 링어 부인의 얼굴에서 미소가 금세 사라졌다, 그녀도 모든 것이 나아지고 있다고 느꼈다, 그러고는 울음을 터뜨렸다, 그녀는 툭하면 우는 사람이 아니지만, 견

＊   리카 타라주는 코스타리카 타라주에서 생산되는 부드러운 커피, 산토스는 브라질산 고급 커피 대명사로, 상파울루 산토스항에서 이름이 유래했다.

더야 했던 고통에 그녀의 영혼이 찢어지듯 괴로웠고, 처음 몇 주 동안은 정말 힘들었다, 그녀는 펠트만 부인에게 다시 또다시 설명했다, 펠트만 부인은 어떠했는지 넋두리를 마다하지 않고 몇 번이고 또 들어주었다, 어떻게나 하지만 어떻게나, 그녀의 영혼을 오롯이 부지하느라 어려웠는지, 어려웠다, 내 무력함을 깨닫고 의지할 데라고는 인내밖에 없다, 깨닫는 일이 얼마나 끔찍이도 버거웠는지, 펠트만 부인은 비단결 같은 마음씨를 지니고 있다, 그리고 물론 그녀는 이런 말이 누구를 두고 하는 말인지 익히 알았다, 그녀는 여자 친구와 완전히 이심전심이었다, 당신은 나에게 속마음을 다 쏟아내도 돼요, 그녀는 친구의 손을 꽉 쥐었다, 당신은 나에게 뭐든 몽땅 말해도 돼요, 링어 부인은 있는 대로 다 쏟아냈고 모든 것을 말했다, 천천히 그러나 탄탄하고 긴밀한 관계가 그들 사이에 형성되었고, 실제로 링어 부인은 다만 플로리안이 지금 없어 아쉬웠다, 그녀는 한번은 호호하우스까지 가서 인터콤을 울렸다, 하지만 플로리안은 대답하지 않았다, 그녀가 세 번째로 인터콤을 울리자, 대리인이 문밖으로 튀어나와, 아마 당신은 나를 기억하지 못할지도 모르지만, 나는 이 건물 대리인이고, 플로리안은 집에 없다고 말했다, 인터콤 눌러봤자 소용없다, 우리는 그가 어디 있는지 모르고, 몇 주 동안 코빼기도 보이지 않아 우리도 큰 걱정이다, 대리인은 입술을 쭉 내밀고, 목을 움츠리고, 어깨를 으쓱하고, 두 손을 벌려 보였다, 아무도 플로리안에 대해 아는 바 없다는 의미였다, 몰라서 진짜 유감이라고 그는 덧붙여 설명했다, 왜냐면 우리 둘은 꽤나 잘 통한다고 생각했는데, 저도 압니다, 링어 부인이 고개를 끄덕였다, 잘 압니다, 플로리안이 당신에 대해 여러 번 말했고, 그에게 관심 기울여주셔서 감사도 드리지만, 그는 대체 어디에 있을까요? 이런 일은 전에 한 번도 없었는데, 맞죠? 맞아요, 대리인이 말했다, 심지어 경찰도 지금 그를 찾고 있어요, 경찰이요? 링어 부인의 목소리가 올라갔다, 네, 정말로, 경찰이요, 경찰이 그에게 여러 번 탐문을 했고, 그런 뒤 다시 돌아왔는데, 그즈음에 우리 플로리안은 그냥 잠적했다, 링어 부인은 대리인이 하던 말이 썩 달갑지 않았고, 집에 가는 길에 "잠적했다"는 말이 그녀의 귀에 오랫동안 맴돌았다, 경찰이 그에게 말을 건 이유가 너무나 분명했기 때문이었다, 플로리안은 그 짐승에 대해 누구보다 잘 알고 있으니까, 하지만 이 대리인이 툭 던진 "잠적했다"란 말은, 그녀가 보기에, 내포하는 뜻이 따로 있는 듯이, 마치 플로리안을 찾을 수 없는 데에는 다 그만한 이유가 있지 않겠느냐 암시를 얼비쳤다, 설사 사실이래도 그렇지, 그녀는 집에서 링어에게 그 방문 이야기를 들려주며 덧붙였다, 하지만 그는 여전히 아무것도 관심이 없어서 대답하지 않았다, 이전에도 그랬듯이 플로리안이라는 주제가 짜증 돋을 정도로 그의 신경에 거슬려서, 그는 완전 관심을 끊고 아내가 하고 싶은 말 하게 내버려두었다, 말하다 때 되면 입을 다물겠지, 링어는 무관심하게 생각했다, 요즘은 아내가 오랫동안 켜두었던 텔레비전도 보고 있었다, 전에는 화면에 집중할 수 없었지만 이제는 집중할 수 있었고, MDR에서 뉴스가 나오면 피상적으로라도 귀를 기울였고, 그는 갈수록 더 강해지고 있었다, 링어 부인도 이것을 감지하고 점심이나 저녁에 그 앞에 차리는 식사에 향신료도 더 추가하기 시작했다, 처음에는 이것도 그의 음식에서 뺐기 때문이었다, 그러나 이제 점차 개선되는 것을 보고 나자, 아니, 보기를 바란지는 모르겠으나, 천천히 여러 일들을 원래 있던 데로 도로, 음식과 같은 사소한 부분에서도 원래 상태로 살살 몰아갔다, 왜냐하면 그녀는 그가 힘을 되찾기를 원했고, 자신을 추스르기를 원했으며, 이전의 단호하고 활기찬 링어가, 사람들이 맹목적으로 따르는 링어가 되기를 원했기 때문이었다, 마찬가지로 플로리안도 맹목적으로, 그를 다음 그리고 그다음으로 이끄는 실마리들을 따르고 있었다, 그 안에서 깨어난 이런 특별한 감각으로 그의 본능이 더욱 예리해졌다, 그가 이 여정을 떠난 지도 많은 시간이 지났지만, 그는 여전히 생각을 하지 않았다, 맨 처음처럼 생각할 수 없어서가 아니라 더 이상 생각에 관심이 없었기 때문이었다, 더 이상 생각할 필요가 없었고, 더욱이 때때로 마음속에 생각이 떠오르려고 할라치면, 위장이 뒤틀리며 뭉쳤다, 지금은 본능만 중요했고 맹목적으로 본능에 이끌려 항상 목표에 도달했고 아무도 그 앞에서 길을 막아서지 않았다, 그에게 위험이 될 수 있

는 곳들은 더욱 노련하게 피할 수 있게 되었다, 아주 가끔 그
는 노트북을 충전하거나 정보를 얻어야 할 때 지나는 행인이
나, 웨이터에게 이런저런 몇 마디 말만 주고받을 뿐, 그 이상은
없었다, 그는 자신이 그들 사이에서 이방인처럼 느껴졌다, 물
론 그는 항상 사람들 사이에서 이방인이었지만, 이제는 자신
이 원하는 방향으로 일이 진행되고 있다는 차이점이 있었다,
이제 그는 자신이 이것을 위해 태어났다는 것을, 이전에는 다
만 오도되어 길을 잃었다는 것을 분명히 알았다, 이제는 자신
이 누구인지 알았고, 이제 그는 이런 낯선 데에서 익숙하게 움
직였다, 숲속 나무들 사이로, 고속도로 갓길을 따라다니지만,
절대 가까이는 가지 않았다, 밤에는 관목 덤불이나 마을 외곽
버려진 지역에 낮게 숨어 있었고 낮에는 그 순간의 필요에 되
는대로 맞춰, 눈에 띄지 않게 조심스레, 기고, 뛰고, 걸어 다녔
다, 우물을 발견하면 또는 방해받지 않을 공중화장실을 찾는
다면, 여전히 씻기는 씻었지만, 그는 씻는 일을 그리 중요하게
생각하지 않았다, 왜냐하면 더 이상 그가 씻는다고 해서 외양
이 크게 바뀌지 않는다는 것을, 비록 상관하지도 않았지만, 알
고 있었기 때문이었다, 그리고 바로 그 외양 때문에 사람들에
게 길을 묻는 일이 점점 더 드물어졌고, 그건, 그가 찾아다니
고 있는 사람을 다른 방식으로 찾아야 한다는 것을 의미였다,
예를 들어 지금처럼 게라 축구팀이 게라 홈 경기를 할 때까지
기다려야 한다거나, 그러나 기다림은 헛되어, 그는 비명을 지

르는 팬들 사이에서 찾고 있던 사람을 발견하지 못했다, 그래서 잘펠트로 향해 떠났다, A9나 B2를 따라가지 않고, 우회도로를 따라갔다, 뒤레네베르스도르프에서 마르커스도르프, 보카, 레더호제를 거쳐 크게 둘러 가는데, 때로는 밟아서 생긴 길로, 냇가 옆으로 난 작은 오솔길을 따라, 항상 숲이 우거진 지형에서 크게 벗어나지 않고 진행하며 푀스넥까지 갔다, 그동안 이어폰에서 〈마태 수난곡〉이 재생되었고 끝이 나면 다시 틀었다, 하지만 그는 푀스넥부터는 넉넉하게 거리를 두고 B281로만 잘펠트의 북동쪽 외곽에 도달할 때까지 따라갔다, 새벽에 출발했지만 제강소 야적장에 있는 선적 컨테이너로 비틀거리며 도달한 때는 벌써 밤이었다, 그는 어떻게든 비척비척 컨테이너 지붕 위로 올라간 다음, 노트북도 종료하지 않고 여행에 지쳐서 즉시 정신없이 깊은 잠에 빠졌다, 그의 발이 다쳤다, 제강소 울타리를 뛰어넘을 때 발가락이 부러진 것 같았다, 다음 날 아침 소란스러운 소리에 깨어났을 때야 이를 찬찬히 살펴보았다, 방심한 틈에, 제강소 노동자들의 작업이 이미 시작되어, 저녁까지 거기에 있어야 했다, 그는 주변 모든 것이 조용해질 때까지 기다렸다, 그는 컨테이너에서 내려와 가장 가까운 울타리로 기다시피 갔고, 이미 풀어놓은 개들은 그에게 아무런 문제를 일으키지 않았다, 전날 밤에 그가 여기에 도착했을 때 짖지도 않았고, 지금도 짖지 않았지만, 적절한 거리를 두고서, 그의 움직임 하나하나를, 그의 내부에 있는 누군가를 알아보는 것처럼 소리 없이 가만히 지켜보았다, 잘레강은 여기가 카나보다 훨씬 더 넓었다, 한동안 그는 잘레 강둑을 따라 갔지만 마을 중심을 피하려고 강둑을 벗어났고, 큰 호를 그리며 기차역을 둘러서 선로를 따라 계속 갔다, 공장 마당에 있는 수도꼭지에서 물을 마셨으나 거기에는 먹을 만한 것은 찾을 수가 없었다, 그래서 땅에서 무언가를 파낼 수 있는 텃밭을 찾아 둘러보았지만 한참 동안 아무것도 없이, 산업지대 불모지만 있었다, 마침내 안에 불이 켜져 있는 빵집이 눈에 들어왔다, 건물 뒤쪽의 문 옆에서 두 명의 일꾼이 담배를 피우고 있었고, 그는 그들이 들어갈 때까지 기다렸다가 양쪽에 쌓인 상자 중에서 말라버린 페이스트리와 빵 제품으로 가득 찬 상자를 발견하고 이들로 배낭을 최대로 채우고 떠나왔던 곳까지 물러나 길 반대편에 있는 정비 서비스 건물 뒤로 가, 그는 빵을 찢어서 입에 차례로 쑤셔 넣고 게걸스럽게, 거의 씹지도 않고 욱여넣은 그대로 삼켰다, 가능한 한 빨리 이곳에 도착하고 싶어서, 여기로 옮겨 오는 내내 아무것도 먹지 못해 아사 직전으로 굶주렸다, 그리고 마지막으로 그는 남은 빵들을 셔츠에 돌돌 말아 넣고, 셔츠는 배낭에 도로 집어넣고, 등에 모두 지고 다시 잘레 강변을 걸었다, 한참을 걷는데, 도시가 자리 잡은 반대편 강둑으로 건너갈 다리를 찾지 못해 거꾸로 걷기 시작했다, 다시 기차역을 빙 두르다가, 마음을 고쳐먹고 역 안으로 들어갔다, 정문은 아직 안 잠겨 있었고, 부랑자와 노숙자들이 조금 있었다, 아무도 여기서 기차를 기다리고 있지 않았다, 그는 벤치에 앉아 배낭에 손을 집어넣었고 〈마태 수난곡〉을 찾은 뒤 다시 틀고, 기다렸다, 잠시 후 그는 문을 닫으려는 되너(케밥) 가판대로 가서 열린 창구를 통해 여기 나치는 어디 있냐고 물었다, 그때 마침 금속 꼬챙이에서 남아 있는 차가운 양고기 덩어리를 저미고 있던 케밥 장수가 칼로 그를 위협했지만, 플로리안은 창구를 통해 그의 목을 그러잡았다, 실험실에 있다, 케밥 장수가 더듬거렸고, 눈이 튀어나오려고 하자, 플로리안은 쥐었던 손의 힘을 풀고 다시 물었다, 어디? 실험실에, 질버베르크에 있는 실험실에, 그를 놔주고 플로리안은 그에게 질버베르크가 어디 있느냐 캐물은 뒤 훌쩍 자리를 떴다, 그는 튀링겐의 다른 마을들도 그렇지만 잘펠트도 잘 알지 못했다, 하지만 적어도 이쪽 지리 역시 어렴풋이 알고 있었기 때문에 금방 고른도르프라는 지역으로 먼저 가는 길을 찾은 다음 게라어 슈트라세에 올라 따라갔지만 실험실 건물은 그가 도착했을 즈음에 완전히 어둠에 휩싸여 있었고, 내부에는 아무도 없는 것 같았다, 입구들을 일일이 살피고 다니는데 그중 하나에서 무슨 소리가 새어 나왔다, 밖에서 들어서는 사람 소리인지 뭔가 다른 소리인지 알 수 없었지만, 사람의 목소리란 게 금방 분명해졌다, 게르하르트는 어디 있어? 플로리안은 전투복을 입고 있던 세 명의 소년에게 물었다, 대머리로 빡빡 밀고 귀걸이를 한 이들은 큰 방의 문 뒤 한구석 석탄 난로에 둘러앉아 맥주를 마시고 있었다, 대체 무슨 게르하르트? 한 사람이 말했고 플로리안이 그들 쪽으로 향하자, 세 사람은 벌떡 자리에서 일어났다, 그래서 그는 두 명을 제압하여 쓰러뜨리고 세번째를 난로 옆 의자에 밀어 넣고 물었다, 게르하르트, 게르하르트 어딨어?! 무슨 게르하르트, 쓰새야?! 소년은 겁에 질린 눈으로 그를 바라보며 대답했다, 게르하르트라고는 아는 사람 없어! 플로리안은 그의 목을 잡고 자신에게 끌어당기고 몇 초 잠시 그를 바라보고는 놓아주었다, 경찰이에요? 소년은 낑낑거리며 가능한 한 의자 뒤로 몸을 빼고 우는소리를 냈다, 아니, 플로리안에게 대답했다, 카나에서 온 사람 일로 이런다면, 소년은 좀 더 고분고분히 협조해, 고통스러운 표정으로 목을 문지르며, 요즘 베른트와 함께 살고 있다고 했다, 이 베른트라는 사람 어디 있어? 몰라요, 소년이 대답했지만 플로리안은 다시 그에게 손을 뻗자 즉시 더듬거리며 말을 뱉었다, 고른도르프에 있어요, 그런 후 그는 고른도르프 어느 거리, 어느 건물인지 정확한 장소를 설명해주었다, 플로리안은 여전히 그를 바라보고 움직이지 않았고, 소년은 아랫입술을 지근거리며 여전히 움직이지 않고 누워 있는 동료들을 바라본 다음 고개를 떨구고 움츠렸다, 고른도르프는 멀지 않았고, 플로리안은 마을 중심 쪽으로 조금 돌아가야 했다, 집은 금방 찾았으나 이미 매우 늦어, 실내에 불이 켜진 집은 거의 없었다, 운 좋게 누군가 문을 열어줄까 싶어 무작위로 인터콤을 눌러봤지만 누군가 인터콤 수화기를 집어 든다고 해도, 쉬이익 소리가 몇 초 울린 뒤에 다들 끊겼다, 그는 안뜰을 찾아 건물 주변을 돌다가, 딱 시간 맞춰 안뜰을 찾았다, 마침 그 순간에 게르하르트가 작은 철조망 문을 통해 나오고 있었기 때문이었다, 어둠 속으로 사라지려던 작정이었겠지만, 그럴 수 없이, 그의 머리가 콘크리트 기둥에 찍혀 부서졌다, 기둥 위에는 삼도천 나루지기 카론의 배에 달린 등불처럼 가로등 전구가 희미하게 깜박이고 있었지만, 그 약한 빛으로는 그 아래 무슨 일이 있었는지 비추지도 못했다, 하긴 그 질척하고, 지저분한 새벽 어스름에 볼 것도 별로 없었다, 게르하르트는 더 이상 게르하르트가 아니었고 플로리안은 이미 멀리 떠난 지 오래였기 때문이었다, 하지만 오랫동안 아무도 찾아다녀야 할 대상이 그라는 것을 몰랐다, 그림의 아귀들이 잘 맞아들지가 않았다, 의심을 살 만한 근거는 몇몇 있기는 해도, 결정적인 단서는 없었고 무엇보다도 이들 사이 연관성을 찾지 못했다, 연관성이란 게 범행 수법에 초점을 맞추면 얼추 맞아들어가지만, 잘펠트와 예나의 범행은 카나와 살해 방식이 동일하다고 해도, 오직 줄 살인 사건은 그런 선상을 벗어났다, 거기는 범인이 9밀리미터 파라벨룸을 사용했기 때문에 또 사건에 배정된 에르푸르트의 경찰들을 혼란시켰다, 그럼 둘을 분리시키자, 수사를 이끄는 부서장이 말했다, 그러나 어느 방향이든 수없이 답을 찾아 선택을 해도, 오랫동안 아무도 플로리안과 살인자 간 부합하는 점을 보지 못했다, 겨울이 본격적으로 휘몰아쳐 들었고, 지역 전체가 그 지배하에 들었다, 매일 아침 새벽에 사람들은 두터운 서리와 안개로 곤란을 겪어야 했고, 낮에 눈이 자주 내렸으며, 어디 다니는 일은 점점 더 어려워졌다, 기차와 장거리 버스 연결편의 심각한 지연은 당연지사가 되자, 물론 초반에는 매년 겨울과 마찬가지로 소요가 상당히 컸지만, 또 매년 겨울과 마찬가지로 차츰 분위기가 진정되었고 모든 사람이 새벽의 강한 서리와 안개, 낮의 잦은 강설에 익숙해졌다, 하지만 플로리안의 가장 큰 골칫거리는 바람이었다, 그는 휴식이 필요한 대낮에는, 더 이상 사람들이 거주하는 지역에서 지낼 수가 없어서, 그는 수풀이 더 우거진 숲으로 후퇴했다, 뼈마디까지 쑤시는 얼음처럼 차가운 바람에 지칠 정도로 혹사를 당했고, 손이 얼어붙어, 거의 쓸 수 없었다, 여러 번 시도했지만 장갑을 훔칠 수 없었기 때문에 손을 티셔츠로 감아두거나, 스웨터로 감아 다만 얼마간 일시 해결했지만 여전히 얼굴, 코, 귀가 노출되었다, 머리 전체를 뭐든 둘러 감싸면 잠시 후 그는 숨을 쉴 수가 없었고, 어떻게든 머리에 아무것도 하지 않으면, 다음 날 아침 코나 귀가 부러져 나갈 것 같은 느낌이 들었기 때문에, 난처하기가 그지없었다, 그는 어디 외딴 농장 건물들을 은신처 삼아 건초더미건 뭐건 기어들어 다만 하루라도 버티며 나보려 했지만, 늘 위험이 뒤따랐다, 누군가 언제라도 들어올 수 있었고, 마찬가지로 갈퀴를 들고 건초더미건 그가 잠시 잠을 자려고 하던 데로 오지 말란 법도 없었다, 그러면 그는 다시 달아나야 했고, 아주 드물게나마 그가 목격되는 경우도 있었고, 그럼 그가 신고당할 수도 있고 없을 수도 있겠으나 그거야 대중이 없는 노릇이었다, 하지만 날씨 탓에 이런 상황으로 아주 오래는 지속할 수 없다고 판단했고, 게다가 날씨로 먼 거리는 거의 움직여 다닐 수가 없었다, 그리고 한동안 새로운 단서라고는 걸리는 게 없었다, 우베에 대해 거의 알지 못했기 때문이었다, 부대가 함께 있을 때에도 플로리안은 그를 본 적이 거의 없었다, 우베는 나머지 사람들 사이에서 모호한 인물로 간주되었다, 모호하고, 중요하지 않은 인물, 이는 대강 겉모양으로 잡을 만한 윤곽이 없다는 의미이기도 했다, 플로리안은 그를 묘사해보려고 해도, 딱히 중요한 특징을 꼽을 수가 없었다, 너무 평범하게 평균적이라, 키가 크지도 작지도 않고 뚱뚱하지도 마른 편도 아니며 얼굴은 아무 감정도 내보이지 않았고, 주목을 끌지도 않았고, 거의 말도 하지 않으며, 항상 부대 작전에서 뒷배경에 머물렀고, 그래서 이제 그가 다음 차례인데, 플로리안은 그에 대한 정보를 어디서 어떻게 얻을 수 있을지 몰랐다, 안드레아스를 뒤쫓아 묻는 수밖에 다른 도리가 없었지만, 그러나 불행히도, 안드레아스가 여전히 대답할 수 있는 처지였을 때 그에게 물어보지 않았다, 별수 있나, 지금은 너무 늦었다, 안드레아스의 실마리를 쫓아 우베를 찾아야 했다, 보스를 통해 아는 내용이라고는 두 동지가 교정 기관에서 지내다 나와 카나에 접어들었다는 정도였다, 이런 정도로 우베가 어떻게 되었을지, 이 사나운 겨울의 악조건에서 그는 답을 얻지 못했다, 우베 자신도, 속수무책, 안드레아스를 끝장낸 사람에게 톡톡히 되갚아야 한다고 마음은 앞서는데, 엇비슷하게 가망 없기는 마찬가지였다, 처음에는 카린을 의심했지만 전혀 말이 되지 않았다, 물론 그녀를 의심하는 일은 당연한 수순이었다, 왜냐하면 그녀는 항상 가장 예측할 수 없고 가장 이해할 수 없는 부대원이었고 그녀가 무슨 생각을 하는지 오리무중이었고, 왜 그녀가 이런저런 말을 하는지 이런저런 행동을 했는지 부대원들 아무도 알지 못했기 때문이었다, 그녀와 눈빛만 스쳐도 충분히 사람들은, 그녀에게 접근하지 말자, 안 그러면 전혀 예측할 수 없는 여파에 휩싸이리라, 일찍이 깨달았다, 그녀는 부르크에서 모두가 두려워하는 사람이었고, 아무도 그렇게 말하지 않았지만 사실 말 안 해도 뻔할 뻔 자다, 우베는 그렇게 감지했고, 모두가, 심지어 보스조차도 그녀를 두려워하니, 처음에는 우베는 모든 것이 카린이 손댄 일이라고 철두철미 믿었다, 다만 뭐 하러, 말이 안 된다, 그는 생각하고 또 생각을 해보았다, 이미 안드레아스의 장례식 후 몇 주가 지난 뒤였다, 어쨌거나 카린도 일어난 일에 대해 충분히 알 텐데, 안드레아스 장례식에도 나타나지 않았다, 마찬가지로 보스의 장례식에 모습을 보이지 않았다, 그때 그래도 장례식이 비밀 채널을 통해 상당히 잘 조직이 되어, 플라우엔에서, 에르푸르트에서,

드레스덴에서, 베를린 및 도르트문트에서도 왔고 체코 NSJ(국민통일당)과 헝가리에서는 레지오 훈가리아*에서도 왔다, 정말 아름다운 추모식이었고, 비록 상실과 맞서야 했지만 그들에게 힘을 주었다, 왜냐하면 이런 연설들을 들으면 이 희생을 통해 새롭게 힘을 끌어모을 수 있으니까, 우베는 문제를 이렇게 뒤집어보고 저렇게 돌려보며 궁리했다, 그리고 말이 되지 않았다, 무엇 때문에, 카린이 대체 무엇을 노리고 안드레아스를 끝낸단 말인가, 글쎄, 그리고! 뿐만 아니라 몸무게가 겨우 50킬로그램에 안 나가는데 어떻게 그럴 수 있었을까, 우베는 이렇게 부모님 아파트에서, 방 하나짜리 1층 작은 아파트에서 곱씹었다, 이곳은 사실 이모가 마약 때문에 산산이 망가지고 외조부 아파트를 날려먹은 뒤 이미 이사 들어와 있었고, 우베가 가진 선택권이라고는 폭발 이후 부대가 각자의 길을 가기로 결정한 후 옮겨 와, 이모와 나눠 쓰는 수밖에 없었다, 동조자들과만 어울리지 말고 대신 자신의 가족들도 뭔가 손을 써보자고, 모두가 그 계획을 받아들였다, 그런 연유로 또한 우베가 안드레아스와 함께 있을 수 없었으며, 만약 같이 머물렀다면 그를 보호했을 것이라고, 아무리 강한 놈을 대적하게 되더라도 물리쳤을 것이라고 느꼈다, 분명히 안드레아스는 매복에 당한

---

*   Légió Hungária. 체코 NSJ 극우 소수 정당, 레기오 훈가리아는 시위 및 기물파손 등 배후로 암약하며, 청소년 중심으로 운동 및 군국주의, 백인우월주의 인종주의 기치로 내세우고 있는 최근 편성된 헝가리 극우파 조직 중 하나다.

것이라고 우베는 생각했다, 그게 생각해 낼 수 있는 전부였다, 다른 방법으로 안드레아스를 절대 못 잡는다, 그는 그렇게 확신했다, 하지만 여전히 이해가 되지 않았다, 그의 형제에게 그런 짓을 가할 수 있을 내부 또는 외부의 적을 떠올릴 수가 없었다, 다만, 겨울이 시작될 무렵 문득, 그 덩치 육중한 유대인이면 모를까, 생각이 떠올랐다, 수년 동안 부대에 맞서 주민들을 선동하고 당국을 졸라대던 놈, 지구상에서 그들을 싹 쓸어버리기 위해 무슨 짓이든 할 것 같은 자라면 가능하겠지만, 그러나 왠지 그는 불법적인 행동에 뛰어들 인물이 아니었다, 자기 자신의 법칙이니 자질구레한 도리니 거슬러가면서까지, 아, 아니다, 우베는 낙담하며, 그가 아니라고 생각했다, 하지만 이후로 다른 사람을 생각할 수 없었기 때문에 그는 카나로 돌아가자고 결정했다, 12월 초였고, 반호프슈트라세는 이미 변변찮은 조명 줄과 깜박이는 전등 화환으로 장식되어 있었다, 형편없는 똥통 마을, 우베는 투덜거리고 아치를 찾아가 대합실 사람들 사이의 의자에 앉았다, 그러고는 마스터를 자신 쪽으로 불러, 급한 일이라고 귀에 대고 속삭이며, 다른 사람들에게 잠깐 지하 스튜디오에서 나가달라는 손짓을 했다, 중요한 일이라 미룰 수 없다고 하자, 아치가 깊고 굵직한 목소리로 말하기 시작했다, 허, 사람이 바뀌었네, 어디서 배워먹은 짓이야? 대학이라도 다녀왔어? 미루고 말고 뭐가 그리 급해?! 그만하면 됐어요, 우베는 문신 가게에 아무도 남아 있지 않았지만 계속 조용히 말했다, 그는 아치에게 단서가 필요하다고 말하고, 잘펠트와 예나 그리고 줄에서 벌어진 이런저런 일을 설명했다, 부대의 아무도 이 쓰새끼가 누구인지 전혀 모르지만, 내 형제 목숨줄을 끊어놨으니 내가 본때를 보여야 한다, 통감하리라 믿는다고 말했다, 아치는 알고 지내던 세월 처음으로, 우베가 마치 그가 지금 벼르며 위협하는 일이든 뭐든 진짜 할 사람처럼 새로 보았고, 아치는 난생처음으로 그가 실제로 눈에 보이는 것처럼 그를 쳐다보았다, 진실을 말하면 우베는 그에게 대단찮은 인물이었고, 그가 거기에 있더라도 존재하지 않는 사람 취급했다, 누군가 함께 사진을 찍으면 그가 있는 자리는 빈자리와 다름없어, 아무도 알아차리지 못했다, 듣고 보니 그러네, 수긍하며 아치는 고개를 숙이고 무슨 말을 해야 할지 고민했다, 이건 다음 세대 짓이야, 그리고 그들은 아는 것들은 함께 모으고 이들을 모르는 것과 분리해서 정리했다, 아치는 가게 문을 닫고 컴퓨터 앞에 앉아 웹 검색을 시작했지만 마땅한 해답을 못 얻자, 우베는 점점 더 초조해졌고, 아치가 아무 소득이 없자, 길길이 날뛰다 테이블을 주먹으로 내려쳤는데 너무 세게 내려쳐 테이블에 아치가 보관하고 있던 바늘과 소독약, 여분의 문신용 핸들이며 모든 것이 테이블 밖으로 날아갔고, 그런 뒤 아치는 염색통을 올려놓은 선반도 때려 부쉈다, 아치는 구할 수 있는 한 구해보려고 했지만 우베만큼 체격이 좋지 않아서 쩔쩔매다가 힘들게 그를 가게 밖으로 밀어낼 수 있었다, 그리고 우베의 생각이 돌아가는 데라고는, 당연히 젠 장, 그 씨ㅂ년이었어, 그래서 아무것도 못 찾았지, 다들 그년 무서워 옴쭉도 못하지만 내가 찾는다, 그 미친년 기필코 찾는 다, 하지만 그가 제 일 삼아서 발벗고 찾아 나섰는데도 그녀 를 못 찾기는 한가지였다, 거주지로 확보한 주소의 사람들은 아무것도 몰랐기 때문이었다, 그는 그녀라고 확신했다, 다른 사람일 리가 없다, 그녀만큼 똑똑한 사람은 없었고, 그녀만큼 살인에 익은 사람도 없었다, 설사 그렇더라고 제대로 되는 일 이 없었다, 빠질 수 없는 자리인데도 그녀는 장례식에 오지 않 았다, 보스는 그녀 또한 존중했기 때문에, 그녀도 힘으로 감 히 겨루려거나 하지 않았다, 부르크의 모든 사람이 이는 잘 알 았다, 그래서 장례식은 카린 없이 진행되었지만 여전히 아름 다운 장례식이었다, 대부분 자신은 모르는 많은 사람이 참석 했고 카나 심포니가 〈예스터데이〉를 연주했는데 아름다웠다, 그들은 내내 이 한 곡으로 밀고 나가, 끝까지 이르면 다시 처 음부터 시작하며, 장례식장에서, 무덤으로 행진하는 동안 그 리고 무덤 구덩이 옆에서 반복 연주했다, 그들은 간단한 장례 식을 요청했고 간단히 치르고, 그들끼리 돈을 추렴했다, 하지 만 사제는 없었다, 그런 위험에 돈을 쓸 수는 없었다, 모르는 사람들 뒤로, 그들 중에 펠트만 씨만이 무덤 옆에서 추도사를 했다, 그에게 짧게 해달라고 요청했지만 듣다 보니 아주 길어 졌고, 펠트만은 그의 마음에 떠오르는 모든 것을 열거했다, 봄에는 꽃이 피고 운명은 헤아릴 수 없다느니, 영웅적인 행위의 보상은 하늘에 있다, 예상치 못한 비극들, 운운하고 마침내 그는 라틴어 인용문으로 끝을 맺었고 그사이 그들은 넨장할 도대체 무엇을 해야 할지 몰라 이 다리 저 다리로 무게를 옮겨가며 묵묵히 거기 서 있었다, 무덤 파는 사람들이 관에서 라이히스크리크스플라게(제국 전쟁 깃발)을 걷어냈다, 인부들이 정보를 제대로 전달받지 못해, 구덩이에 거의 던져 넣을 뻔한 것을 마지막 순간 구덩이 위에서 낚아채어 막은 다음 그들은 깃발을 근사하게 접어서 원래 있던 자리에 돌려놓았다, 그게 다였다, 이런 일이 세 번이나 더 일어났다, 원래 부대에서 남은 사람은 거의 없었다, 크고 뛰어난 사람들은 우리를 떠났다, 우베는 묘지문 옆에 서서 얼마 안 되는 다른 애도자들에게 말했다, 그들은 흩어져버렸다, 그들은 영원히 흩어졌다, 우베는 마치 공기를 펌프질해 빼낸 공간에 들어가는 것처럼 느껴졌다, 잠시 숨어 있었지만 더 이상 견딜 수 없었고, 또 금방 아치와 함께 있었는데, 아니, 함께 있기에 아무짝에도 쓸모없는 개자식이라 아치와도 버티지 못해, 다시 돌아와, 며칠 동안 작은 단칸방 1층 아파트에서 입술을 잘근거리며 괴로워했다, 이모는 침대에 계속 정신없이 널브러져 영구적으로 헤어나오질 못하고 있었고, 우베는 다른 침대에 누워 머리 밑에 손을 깍지 낀 채 천장을 바라보았지만, 그 천장이 너무 내리누르는지라 차라리 눈을 감아버렸다, 아닌데, 왜 카린인지 이유를 찾을 수 없다가, 어느 날 문득, 어쨌거나 결국 그녀일 것이라고, 어쩌면 모든 흔적을 없애기 위해 부대 전체 쓸어버려야겠다 계산이 섰을 수도 있다, 딱 그녀다운 일이다, 앞을 내다본 거야, 생각했다, 그는 침대에서 벌떡 일어나 앉았다, 어딘가에서 끔찍한 악취가 풍겨 나왔다, 똥 냄새 지독하네, 이모에게서 나오는 냄새였고, 정말 이모에게서 나는 냄새인지 아닌지 알고 싶지도 않아서, 그는 짐을 챙겨서 아무 말 없이 아파트를 나와 예나로 갔다, 예나에서도 별로 할 일이 없어서 공동묘지로 설렁설렁 걸어가, 안드레아스 무덤에 들러 그 앞에 섰다, 날씨는 이미 봄이었지만, 바람은 여전히 꽤 쌀쌀했다, 무덤을 마주한 우베 얼굴까지 바람이 세차게 때리는 바람에 오래 서서 버틸 수가 없어 재킷 지퍼를 목까지 올리고 후드를 머리 위로 당겨서 덮고 바람 방향으로 몸을 숙이고 묘지문을 향해 걷기 시작했는데 갑자기 눈앞의 세상이 어두워지고 그 후로는 다시 밝아지지 않았다, 새들이 묘지문 주변의 마른 나뭇가지에서 지저귀었지만 쾌활하다기보다는 애처롭게 들렸다, 봄이 오고 있다고 해도, 그렇게 행복해할 이유가 많지 않았다, 하지만 플로리안은 근처에 새가 있다는 것을 깨닫고, 잠시 그는 노트북에서 〈보 졸 이히 플리헨 힌〉 연주를 멈추고 새가 지저귀는 소리를 들었다, 그리고 계속 〈보 졸 이히 플리헨 힌〉을 들으며 출발했다, 할 일이 오로지 하나만 남았다, 가장 어려운 일처럼 보이지만, 그래도 고정된 근거지나 지원이 없는 일은 큰 어려움이 아니었다, 지금까지 그런 것 없이도 잘 꾸려왔으니까, 하지만 카린은 그가 상대하기에도 아주 위험해 보였고 그는 이를 추산해 넣어야 했다, 그래서 시점부터 그는 이전보다 한층 더 신중하게 행동했고 그 시점부터 그는 사람들 시선에서 거의 완전히 물러나서 자신의 존재한다는 어떤 신호도 드러내지 않았다, 매일 노트북을 충전할 필요가 없었다면 어느 누구와도 마주치지 않았을 것이나 충전은 꼭 해야 할 일이었다, 하지만 그의 거친 외모에도 불구하고 여전히 아주 하찮은 사람으로 지나칠 수 있었고, 누군가 그에게 잠시 시선을 준다 해도, 그냥 노숙자 정도로 치부했다, 그가 술집, 예를 들어 그가 펍, 간이역, 또는 컴퓨터 상점, 등 어디든 충전기를 꽂으려고 들어갈 때, 그는 붐비는 장소만, 한만한 자신의 외모로 의심을 사지 않을 만한 장소만 이용했다, 그런 점에서 그는 매우 운이 좋았다, 사람들이 이미 그를 찾고 있었기 때문이었다, 대리인은 옛날부터 그를 잘 알고 있는 예나 경찰서에 플로리안 헤르쉬트, 07769 카나, 에른스트-텔만-슈트라세 38에 사는 이가 몇 달 동안 보이지 않는다고 신고했다, 몇 주가 아니라 몇 달이나 되었다고 그는 강조하고 세부 사항을 진술한 다음 집에 가서 무슨 조처가 있나 기다렸지만 아무 일도 일어나지 않았다, 플로리안은 물론 나타나지 않았다, 어떤 새 국면도 전개되지 않으니 그에게 전개 상황의 정보를 전해주는 사람도 없었다, 다른 많은 신고 중의 하나이고, 예나 경찰서 사람들이 하는 말처럼, 이런 정보 제공자 하나가 걸핏하면 다시 찾아와 문의하기 시작하면, 그런 일 처리할 시간도 에너지도 없기 때문이다, 이것 보세요, 대리인이 약 2주 후에 경찰서로 다시 먼 걸음으로 찾아오자 또 똑같이, 우리가 아직 아무것도 드릴 말이 없지만, 우리는 사건을 한참 수사 중이고, 당신은 당신의 의무를 다했다고 전했다, 대리인은 마음이 놓이지 않았고, 마찬가지로 링어 부인, 호프 부인, 일로나, 플로리안을 잘 알고 있던 카나 주민은 누구도 마음이 놓이지 않았다, 엄청난 혼란통에는 아무도 이 문제에 주의를 기울이지 않고, 언젠가 나오겠지, 분명 무서워서 어딘가에 꼭꼭 숨어 있을 거라고 그들은 조금이라도 그쪽으로 생각이 미치면 그때는 그렇게 생각했다, 그러나 이제 더 이상 폭발도, 더 이상 살인도, 그들이 고스란히 치르던 끔찍한 공포도 더 이상 없자, 플로리안의 실종이 그들 눈에 들어오는 정도를 넘어, 갈수록 점점 더 깊어지는 걱정과 불안을 샀다, 오로지 잉그리트 아줌마만이, 폴크난트 부부가 플로리안이 아직도 보이지를 않는다고 아줌마에게 일러주자, 그 아이는 조금 정신 산만하고 모자라는 아이니까 나타날 거야, 전혀 마음 졸일 필요 없다고 그들을 안심시켰다, 잉그리트 아줌마는 목록이 정리되어 있기도 해서 한결 마음이 놓였고, 거의 매일 아침 우체국에 들렀을 때도 목록이 제대로 정리되었다! 기뻐했다, 폴크난트 부부도 그녀의 목소리가 반가웠다, 우체국에는 목소리가 나는 기회가 아주 많지 않았다, 사람들은 그냥 우체국에 들어오며 인사말을 중얼거리고 입을 꾹 다물고 조용히 줄만 서서, 청구서를 지불하거나 부활절에 고향에 돌아와 지내라 며 아이들을 초대하려고 보내는 엽서를 우송하기를 기다렸 다, 하지만 그 아이들은 부활절이건 뭐건 명절이 다가와도 돌 아올 생각이 전혀 없었다, 도대체 누가 이 어두운 지방으로 돌 아오고 싶어 하겠는가, 일단 이곳에서 탈출하는 데 성공했는 데, 엽서는 손을 떠나 발송되지만 아이들은 부활절에도 그 나 중에도 돌아오지 않았다, 겨울이 영 가시질 않고 질질 끌었고, 4월에는 MDR이 땅에 내린 서리를 보도하는 날들이 있었지 만, 5월에는 모든 것이 예년대로 정돈되어, 봄이 왔다, 카나 주민들이 쇼핑센터에서 서로 만나면 인사치레로, 마침내 봄 이 왔어요, 드디어 왔어요, 말을 건넸다, 이전에는 이런 절기 변화가 항상 큰 기쁨을 주었지만, 지금은 이런 의미라고는 거 의 없이, 봄이 오긴 왔구나, 잠깐 안도감만 스치는 정도였다, 그래도 플로리안에게 봄은 훨씬 더 의미가 컸다, 마침내 그는 매일 밤낮으로 추위와 한풍과 싸울 필요가 없었고, 게다가 본능이 숨어 있는 일은 그만하면 충분하다고 부추기기도 하 고, 나와야 할 다른 이유도 여전히 있어서, 그는 나왔다, 그는 더 이상 거대한 몸집의 검독수리가 그의 머리 위 높이 공중 에 다시 나타나도 크게 성가셔 하지 않았다, 이 겨울의 무슨 해결법으로 그를 골라내기라도 한듯이 이번 겨울에 그를 향해 바싹 달라붙은 놈으로, 이제는 그를 기다리고 있었던 것처럼, 그가 출발하면 독수리 천천히 머리 위를 선회하며 그를 따라오곤 했다, 플로리안이 멈추면 독수리는 거대한 날개를 활짝 펴고 천천히 미끄러지며 근처 나뭇가지나 울타리 위에 내려앉았다, 독수리가 처음 공중에 플로리안 위로 나타났을 때도 매한가지였다, 항상 그를 따라 다니며 항상 가까이 머물러 절대 벗어나지를 않다 보니 한번은 프리드리히로다 근처에서 플로리안이 마리엔글라스휠레라고 하는 버려진 동굴에 몸을 숨기는데, 비교적 지표면에 가까웠던 이 동굴에 독수리가 플로리안을 따라 들어오려고 했지만 그를 쫓아버렸다, 쫓는 일도 헛되어, 하지만 독수리는 동굴 언저리에 머무르며, 무작정 버티고 있었으며, 한동안 플로리안은 이틀이나 사흘마다 먹을 것을 찾아 나갈 때면 어디에 있었는지 즉시 날아올라 어디를 가든지 그를 따라다니기 때문에 불안하고 성가셨지만, 그러다 얼마 후에 그는 그런 일에 크게 관심을 두지 않았고, 더욱이 이삼 주 후에 플로리안은 구운 빵이든 뭐든 발견을 하면 독수리 먹일 음식도 같이 훔치기 시작했고, 그래서 동굴로 돌아가기 전에 항상 동굴 입구 옆에 독수리 먹으라고 롤빵이든 그가 손에 넣을 수 있었든 뭐든 조금 남겨두었다, 이제 이 은신처를 마침내 떠날 때가 되자, 그가 처음 한 일은 하늘을 올려다보고 독수리를 찾는 일이었다, 그러나 훑으며 찾을 필요도 없었다, 몇 초 만에 독수리가 우틈지에서 솟아올라 평소 습성대로 플로리안 머리 위 높이 돌기 시작했기 때문이었다, 플로리안은 단 한마디도 하지 않았고 이것저것 지시하는 손짓도 하지 않았지만 검독수리는 항상 해야 할 일과 하지 말아야 할 일을 정확하게 이해했고, 그날 밤 카나에 이르러, 플로리안이 아치의 스튜디오 자물쇠를 어려움 없이 따고서, 악몽에서만 몇 번 내려가본 적 있던 계단을 내려가, 화장실 문을 가리는 커튼 뒤로 숨어 있을 때, 독수리는 넓고 조용하고 거대하고 길게 뻗은 날개로 높은 곳에서, 집주인이 올 때까지 함께 기다리고 있었다, 잠시 아치는 바깥 계단 꼭대기에서 깨진 자물쇠를 살펴본 다음 계단을 내려갈 때마다 멈칫거리며, 불확실한 걸음으로 아래를 향했다, 하지만 그런 뒤 스튜디오에 아무도 없고, 없어진 것도 없고, 그 외 크게 손상 입은 흔적도 안 보인다고 확인하자, 어깨를 으쓱하고서, 혼잣말하듯이, 글쎄, 그게 다네, 그런데 왜 자물쇠가 부서지고 문이 열려 있는지 이유는 모르겠지만, 플로리안은 그런 해명은 하지 않고 소리 없이 커튼 뒤에서 나와 손날로 아치의 목을 내리쳤다, 그에게 그저 말 시키기를 원한 것이지, 그를 끝내고 싶지 않았다, 그는 저들에게 속하지 않았기 때문이기도 하고 그가 혹시 안다고 하면, 마지막 사람을, 달리 저들에 속한 자를 어디에서 찾을 수 있을지 알고 싶을 뿐이었다, 밖에서 새가 지르는 날카로운 소리를 들으며, 아치 맞은편에 앉아, 떨어진 이어폰을 귀에 다시 넣고,

완벽한 허공 속으로

아치가 정신을 차리기를 참을성 있게 기다렸다, 처음에는 그
녀가 어디 있는지 모른다고 말했지만, 위협하며 쥐어짜자, 그
가 아는 한 카린이 마트슈테트로 옮겨 가긴 했는데, 아직 거기
에 있는지 없는지는 모르겠시만, 이리로 오시 않은 건 확실하
다고 끙끙거리며 목을 움켜쥐고 힘겹게 뱉었다, 마치 그것이
극심한 고통에 도움이 될 것 같이 양손으로 목을 붙잡고 있지
만, 도움이 되지 않았고, 숨이 모자라 헐떡이지만, 맞은 자리
의 목구멍이 너무 아파 그것도 아주 조금씩만 뱉었다 들이쉬
었다 헉헉대고 있었다, 이렇다 보니 너무 어지러워 토하지 않
을 수가 없었다, 하지만 플로리안은 이런 모습 지켜보며 머물
러 있을 수가 없었다, 밖에는 동녘이 밝아, 모든 것들이, 집, 거
리를 비추며 여전히 불이 들어온 가로등들까지 윤곽이 또렷
해지고, 박무 속에서 길거리 자갈이 반들거렸다, 정확히 이런
광경을 그녀는 마르가레텐슈트라세에 있는 피자 가게 위 임차
한 집에서 보고 있었다, 얼마나 오래 계실 건가, 건물 주인이
물었고 그녀는 먼저 보고요, 대답만 했다, 그녀는 바로 거리로
면한 창문으로 가서 밖을 내다보더니, 세 들어올게요, 말했다,
상대방이 어떻게 나올지 의심의 여지가 없었기 때문이었다,
알다마다, 정확하게 그녀는 그가 아치의 스튜디오에 나타나

는 수 외에 다른 선택이 없다는 것을 알았다, 그래서 매일같이 마르가레텐슈트라세 거리 피자 가게 위 셋집 창가에 앉아 그가 언젠가 나타나기를 기다렸고, 그 기다림은 헛되지 않았다, 플로리안이 정말 모습을 보였다, 그도 뭔가 감지를 했는지, 그가 아치 스튜디오를 나서서, 피자 가게 방향으로 걷다가, 생각을 고쳐먹고 돌아섰다, 머리 위에서 맴을 돌던 독수리가 다시 정신 사납게 마구 까악까악 거리고 있었다, 플로리안은 카를-리프크네히트*-플라츠에서 알트슈타트를 벗어나 달아났고 카린이 그곳에 도착했을 때 그는 어디에도 보이지 않았다, 영리하네, 그녀는 생각했다, 그리고 그녀는 셋집으로 돌아가서 빨간 가발을 검은색으로 바꾸고 도수 없는 안경을 쓴 다음 베르크슈트라세부터 뻗어 나가는 모든 방향을 아우르며 샅샅이 뒤졌다, 마침내 항복하는 것은 아니지만, 지금 그를 잡을 생각은 당분간은 내려놓기로 했다, 언제든 할 수 있었다, 지금부터 그녀는 다음에 무슨 일이 일어날지에 대해 의문의 여지가 없다고 확신하기 때문이었다, 그날 저녁나절에 그녀는 기회를 잡았을 수도 있었지만 이를 놓쳤다, 그녀는 몇 시간을 에른스트-텔만-슈트라세에서 윌비젠베크로 이어지는 좁은 지하도

---

*   Karl Friedrich Liebknecht(1971~1919). 독일 정치가이자 공산주의자, 변호사, 독일 사민당 창단 멤버인 빌헬름 리프크네히트의 아들, 국가의회 내 혁명적 좌익세력을 대표한 인물. 바이마르공화국에 반대해 스파르타쿠스 봉기를 주도하다 민병대에 잡혀, 로자 룩셈부르크와 더불어 총살당했다.

를 통과하여 철로 건너편을 왔다 갔다 하며, 철로와 평행하게
걸어 다녔다, 보스의 집과 밸런스 피트니스 스튜디오 그 언저
리 어딘가가 대단원이 될 것이라는 예감이 들었기 때문이었
다, 그렇기도 했다, 다만 플로리안은 더 이상 자신이 알던 플로
리안이 아니었고, 훈련된 게릴라 투사 같았다, 그에게 무슨 일
이 있었는지 몰랐고, 신경도 쓰지 않았다, 그 아니면 나, 거의
모든 사람을 쓸어버릴 만한 사람이 오직 그, 플로리안이라고
깨달았을 때, 머릿속에는 오직 그 생각뿐이었다, 그녀에 한발
앞서, 당국이 알아챌 수도 있을 모든 흔적을 없애기 위해 자신
도 똑같이 하겠지만, 그 부대를 전멸시키고 있는 이유를 그녀
는 굳이 찾지 않았고, 이전에도 살아가면서 이유와 상황과 사
정과 견해와 참작 같은 것에는 관심이 없었다, 그래서 평소 하
던 방식대로, 감정은 빼고 플로리안을 찾아내어 지구상에서
그를 쓸어버리는 일에 착수했다, 그녀는 아주 오랫동안 인내
심을 가지고 기다려야 했다, 부분적으로는 진실이 무엇인지
상당히 뒤늦게 깨우치기도 했고, 부분적으로는 그에게로 이
끌 만한 단서가 없었기 때문이기도 했다, 그런 이유로 문신 스
튜디오를 골랐다, 머릿속으로 플로리안이 했을 법한 시도를
굴리고 그에 대해 고심하는데 플로리안은 아직 끝을 맺지 않
았다, 그리고 그가 끝내지 못한 것은 바로 자신이라는 걸 깨달
았기 때문이었다, 자신을 드러내야 했다, 불과 얼마 전에, 자신
이 이목을 끌어야 한다고, 그가 어디에 있든 유인해야겠다고

결심했다, 그래서 카나에 돌아왔던 것이다, 그녀는 플로리안도 여기로 돌아와야 한다는 것을 알았기 때문이었다, 그녀가 어디에 있는지 정보를 아치 외에 수소문할 사람이 없으니까, 바로 정확하게 이런 식으로 일은 일어났다, 가능성은 그리 크지 않았지만 유일한 가능성이었고 그래서 그가 왔다, 그리고 지금 그가 여기에 있다, 카린은 생각했다, 마무리될 때까지 플로리안은 떠나지 않을 것이다, 그 순간 그녀는 철도 건널목에서 그를 흘깃 봤다, 스치듯 잠깐 일별에, 피트니스 스튜디오 건물 뒤로 사라지는 누군가를 알아차린 것이지만, 그녀의 좋은 눈이 누군지 즉시 식별했다, 분명 그놈이다, 그녀는 파라벨룸을 꺼내고 안전장치를 푸는 사이에, 이미 그 방향을 향해 달려가 닫힌 건널목 가로대를 뛰어넘었다, 곧 그녀는 달리지 않고 조심스럽게 건물 주위를 돌며 한 모퉁이에서 다음 모퉁이로 이동하고 있는데, 저 위에서, 너무나도 조용하여 쉬익거리는 소리도 슈웃거리는 소리도 들리지 않은 채, 거대한 새 한 마리가 그녀를 향해 급강하해, 발톱으로 후드와 모자, 가발까지 파고들어, 단 한 번, 그것도 두 발로, 그것도 아주 강하게 움켜쥐었다, 그 괴력에 처음 순간 이러다 정신을 잃겠구나 싶었지만 그만 파라벨룸 총만 잃었다, 그 짐승은 엄청나게 컸다, 두 번째 순간, 발톱이 두꺼운 가발을 통과해 그녀의 두피까지 파고들고 날개를 펼치고서 아래로 펄럭여 그녀를 완전히 덮자, 그녀는 이제 끝이다, 이 짐승이 그녀를 붙잡고 공중으로 들어 올리거나 이 자리에서 갈가리 찢어버릴 것이라고 생각했다, 하지만 모든 일은 엄청 빨리 일어나고 그렇게 또 금방 끝났다, 세 번째 순간에 어떻게 간신히 카린은 몸을 한쪽으로 날렸고, 한편 바닥에 떨어지며 가짜 안경이 박살이 나고 이마가 깨졌지만, 카린은 손으로 머리를 움켜잡고 꼼짝하지 않았다, 새가 쉬익 훑으며 날아올라 어두운 밤에 더 이상 보이지 않았고, 카린은 마음의 평정을 잃지 않았다, 말하자면, 그녀는 이것이 끝나지 않았다는 것을 알았기 때문에 즉시 움직이지 않았고 머리가 맑아질 때까지 기다렸다가, 조심스럽게 더듬어 무기를 찾아 손에 쥐고 번개처럼 몸을 조금 더 굴리고, 기다시피 살금살금 그녀는 무성하게 자란 잡초와 덤불에 닿았다, 잠시 숨을 수 있었지만 아주 오래는 아니었다, 왜냐하면 그 짐승은, 이제 그 크기로 보아 대머리수리나 독수리의 일종인 것 같은데, 종적도 없이 사라진 것이 아니라 참말로 실제 나타났기 때문이었다, 카린을 향한 계획이라도 있는지, 처음에는 잡초가 무성한 땅 위를 선회만 했다, 그 모습이 정확히 보였다, 카린은 등을 대고 누워서 숨을 죽이고 하늘에 집중하자, 여과된 마을 불빛에 새의 모습을 희미하게 알아볼 수 있었다, 그러다 새가 내리 덮치며 급습했고, 새는 완악한 힘으로 몇 번이고 공격을 반복했다, 하지만 이번에는 덤불 꼭대기만 쳤고, 카린은 다시 엎드려서 방어하느라 모자를 뒤집어쓰고 웅크리고는 움직이지 않았다, 그러다 짐승이 세 번째로 공격했을 때, 이미 그

때 카린은 할 수 있는 한 계획을 세우고, 나뭇가지에 긁힐 걱정은 다 접어두고, 수풀 아래 굴러 다른 방향으로 나와 새가 다시 그녀를 향해 하강하자 그쪽으로 뛰어올랐다, 다시 무기를 떨어뜨린 탓에, 그녀는 손을 뻗어 맨손으로 그 짐승의 목을 그러잡으려고 했지만 잡을 수가 없었고, 짐승은 다시 격렬하고 날카로운 쇳소리를 내지르며 날아올랐다, 이번에는 돌아오지 않았다, 적어도 카린으로서는 짐승이 돌아왔는지 아닌지 알 길이 없었다, 그녀는 파라벨룸을 집어 들고, 마을을 향해 달리기 시작했기 때문이다, 선로 아래 좁은 굴다리를 지나 에른스트-텔만-슈트라세로 나가, 바우마르크트 옆을 지났고, 프란츠-레만*-슈트라세로 올랐고, 언덕 위로 주택개발 단지를 향해 달렸다, 여전히 명료하게 생각하지 못했지만, 그녀는 자신이 어디로 가는지는 알았다, 왜 이 길이 저 길보다 더 좋은지 모를 뿐, 그녀는 계속 고개를 돌려 뒤를 보고 고개를 돌려 머리 위 하늘을 올려다보았지만 아무것도 없었다, 새가 자신을 쫓아오지 않았다고 확신이 서긴 했어도, 뭐든 상상을 뛰어넘는 초현실적인 공격의 여파에 여전히 헤어나질 못해, 한

---

* Franz Lehman(1899~1945). 반파시스트 레지스탕스 및 노동운동 하던 노동자로, 나치 정권하에 감금되었다가 풀려났고, 에른스트 텔만의 연락책을 맡다가 발각되어 아내 힐데와 함께 수감됐다. 1945년 3월 드레스덴 대공습으로 감옥에서 숨졌다. 여기서는 동명이인, 19세기 말 칼라Kahla 도자기 공장 창업자의 후손이자, 공동 소유주 이름일 가능성이 크다.

참 동안을 건물에 바짝 붙어 도망쳐 다녔다, 그런 식으로 마르가레텐슈트라세로 돌아왔고, 제 방으로 달려 올라가 가발과 빨간 코트를 벗어 던졌다, 변장하지 않으면 카나에서 사람들이 자신을 바로 알아볼 것을 알기에 줄에서 마련한 물건들이었다, 그녀는 몇 분 동안 숨만 헐떡거리며 창문 옆 의자에 앉아 있다가 화장실로 들어가 거울로 상처를 살펴봤다, 상처 대부분이 눈으로 보이지 않는 두개골 뒤쪽에 나 있어, 손으로 더듬어 살펴보았고, 상처가 크고 깊지만, 봉합할 필요 없이 소독약으로 충분하다고 판단했다, 그녀는 다시 방으로 들어가 전투 바지 옆주머니에서 구급약통을 꺼내 거즈에 알코올을 묻혀 상처를 문지르고, 깨진 안경알로 생긴 이마에 난 깊은 상처를 소독하고 꽤나 피가 흐르는 곳들은 세게 누르고 마지막으로 손가락의 피는 빨아서 뱉고, 물로 입을 헹궜다, 다음 아슬아슬 삐걱거리는 테이블에 앉아 한 손가락으로 위 눈꺼풀을 들어 올리고 그리고 다른 손가락으로 아래 눈꺼풀을 당겨서 유리 눈을 빼낸 다음 수도꼭지 있는 데로 가 물을 틀어 조금 데워지기를 기다렸다가 유리 눈알을 깨끗이 씻어내어 밤에 보관하려고 들고 다니던 작은 상자에 넣고, 마침내 자리에 누웠다, 그리고 잠이 오지 않아 그냥 누워서 있다가, 작은 소리만 나도 화들짝 놀라 벌떡 앉았고, 그런 뒤 다시 드러누웠고, 새벽이 다 되어 조금 잠이 들었는데, 하지만 트럭이 아래 도로를 우르르 시끄럽게 질주하자 그녀는 즉시 잠이 깨, 침대에서 튀어 올라 창문으로 가서 커튼을 슬쩍 열었다, 이미 밖이 밝았지만, 사람 하나 보이지 않았기 때문에 그녀는 상자에서 의안을 꺼내 아이 젤로 눈구멍을 문지르고 의안에도 살짝 문지른 다음, 숙련된 동작으로 의안을 딸깍 다시 집어넣었다, 그리고 모자 찢어진 데와 공격에 너무 넓게 벌어진 가발 손상 부위를 대충 꿰맨 후 기운 검은색 가발을 치워 두고 빨간색 가발을 쓰고 그 위에 모자를 쓰고 조정을 하고 외투를 입고 준비를 끝냈다, 씻지를 않아 그녀 겨드랑이에서, 옷을 입었는데도 뚫고서 풍겨 나오는 시큼한 땀 냄새에 신경 쓰지 않고, 나가기 전에 작별 인사처럼 물 한 잔을 마신 후 오늘 지불일이 닥친 집세를 조를 집주인을 깨우지 않기 위해 조용히 문을 닫았다, 이 집을 소유한 여자는 그들이 부르는 말대로 이 빨간 외투를 믿지 않았기 때문이었다, 타당한 의심이었다, 집세를 낼 생각도 없었고, 삯을 지불할 방도도 없었으니까, 평소에는 수류탄 은닉처에서 이전에 가져온 권총을 외투 안쪽 바지 뒷주머니에 찔러넣고 다녔지만, 지금은 아직도 전날 밤 사건의 영향으로 외투 주머니에 넣고 권총을 계속 쥐고 한순간도 놓지 않았다, 마르가레텐슈트라세를 따라 홍어 베이커리를 향해 걸어가기 시작하면서야 자신이 왜 그렇게 파라벨룸을 서투르게 다뤘나 하는 데 생각이 가기 시작했다, 훈련 중에는 그런 일은 한 번도 일어나지 않았건만, 그것도 두 번이나 이런 일이, 권총을 떨어뜨리는 일이, 일어나지 않았다면, 그녀는 공중

515

에다, 아니, 공중에 조준이라도 해 총을 쏠 수 있었을 텐데, 그
녀는 칼도 가지고 있었고, 권총도 가지고 있었다, 대체 무슨
개 같은 일이 벌어졌나? 더욱 중요한 점은, '개뿔 도대체 이게
다 무슨 일인가?!' 그녀는 이 일이 뭔가 신비롭거나 신령스러
운 일과 연관되었다고는 생각하지 않았다, 그녀는 믿음이 없
었기 때문에, 특히나 그런 쪽으로 믿음이 없었기 때문이었다,
그러나 냉정한 마음으로, 아무리 냉철하게 따져봐도 어둠 속
에서 갑자기 사람을 공격한 이 새를 설명하기가 어려웠다, 실
수로?! 아니면 새가 미치기라도 했나?! 아니 그런 일이 있긴
있나?! 그녀는 그런 일은 듣지도 보지도 못했다, 분명히 새가
훈련을 받았으리라, 다른 식일 가능성은 없다, 철저히 가르친
것이다, 맞다, 아무리 야생의 사나운 맹금류라고 해도 이런 일
을 할 리가 없다, 터무니없다, 말도 안 된다, 그런 생각이 어젯
밤 짐승이 그녀 머리 위로 맴돌았듯이 머릿속을 계속 돌았다,
홍어 베이커리는 이미 열려 있었고 그녀는 해바라기 씨 롤빵
두 개를 샀다, 그리고 상크트 마르가레텐 교회 한쪽 옹벽으로
걸어가 거기 돌기둥에 앉아서 그중 하나를 먹고 다른 하나는
점심용으로 좋겠다고 생각하고 왼쪽 주머니에 넣었다, 근방에
지나가는 사람이 모습 보이기 시작할 때까지 얼쩡거리며 머물
수는 없어, 예나이셰 슈트라세를 달려 내려가는데, 마침 호프
부인이 창밖을 내다보다가 그녀를 보았다, 오 맙소사, 그녀는
창문에서 아직 잠도 덜 깬 남편에게 외쳤다, 그들이 다시 여

기에 돌아왔어요, 누가 다시 돌아와? 나치들이, 호프 부인은 두려움에 휩싸여 대답했다, 저 여자 아는 얼굴이에요, 그녀는 창문의 커튼을 조금 더 벌리고 가능한 한 여자를 잘 보려고 유리에 머리를 바싹 갖다 대었다, 비록 머리카락과 코트가 빨갛고 모자를 쓰고 있지만, 알아보는 건 일도 아녜요, 호프 부인은 고개를 돌리고 침대 쪽으로 말했다, 그 여자예요, 머리에 문신한 여자, 입에도 비슷하게 뭔가를 달고 있고, 저들 모두 문신을 하고 있어, 여보, 두꺼운 이불 아래에서 남편이 대답했다, 그리고 그들 모두 입에 공업용 고리 같은 걸 주렁주렁 꿰고 있어, 코에도, 귀에도, 눈썹에도, 다들 그런 모습을 하고 있어, 다시 침대로 돌아와서 잠을 좀 더 청해봐, 그러니 그녀는 다시 누워서 이불을 끌어당겨 꼭꼭 덮는 일 외에 달리 무엇을 할 수 있겠는가, 하지만 그녀는 자신이 본 광경이 영 꺼림칙해 다시 잠들 수 없었다, 그녀는 경찰이 아직 횡액을 당하지 않은 사람들을 뒤쫓고 있다는 것을 알고 있었다, 그러니 그녀의 임무는 자신이 본 것을 즉시 신고하는 일이었지만, 아니, 그렇게는 안 한다! 그런 생각은 떨쳐버렸다, 예전에도 한번 부수려고 들었는데, 다시 훌리건들이 창문 다 깨부수고 침입하는 일만은 사양이다, 그녀와 그녀의 남편은 평온이 필요했다, 경찰이 다시 왔다 갔다 할 일이 아니라, 그런 일은 충분히 겪었다, 그들은 지금부터 입을 굳게 다물고 있을 것이다, 그들은 살인 사건 후에 두 경찰이 그들에게 질문하러 왔을 때 그들이 알고 있는 일 모두 그들에게 말한 것도 이미 그들은 후회하고 있었다, 그러지 말았어야 했는데, 너무 늦었다, 한 일을 돌이킬 수는 없었다, 왜냐하면 그들이 알면 어떻게 되겠는가?! 이 일이 밝혀지기라도 하면?!! 어떻게든 이 여자가 그들이 이웃을 신고했다는 사실을 알기라도 한다면 어쩌나, 어쨌든 시민의 의무라고 발뺌이 되나?! 아니, 거듭 아니 될 말이다, 사실, 그들이 자리에서 일어나기로 결정하고, 그녀의 남편이 몇 분 후에 평소처럼 아침 식사를 들고 돌아와, 푹신한 머리판에 둘이 기대어 함께 아침 식사를 하며, 그녀는 지난밤과 함께 모든 것이 다 사라진 것처럼 다시 말을 꺼내지 않았다, 그리고 호프 씨도 마치 바보 같은 꿈이었던 것처럼 입에 올리지도 않았다, 그래서 모든 것이 예전과 같다고 해도 아예 틀린 말은 아니겠지만, 하루 종일 그들은 항상 하던 대로 똑같은 일을 해도, 두려움에 가득 차 있었다, 카나의 상황이 내리막을 걸으며 나빠지기 시작한 이래로 두려움은 사라지지 않았고, 호프 부인의 표현대로 그런 식으로 계속되더니 그리고 계속 그런 식이었다, 호프 부부는 그들 내면 깊은 곳에서 생각이 어떻게 돌아가는지 말하지 않았다, 그들은 서로를 사랑했기 때문에 걱정 살 만한 말을 삼갔다, 서로에게 둘밖에 없다고 여실히 느껴지는 이런 시대에는 특히나 서로를 아꼈다, 그들은 한 사람 같은 두 사람이었다, 몸 둘에, 하나의 영혼, 그렇게 호프 부인은 한 번, 하지만 집에서 방문하는 자녀 중 한 명에게 딱 한 번 그들 부부의 관계를 특정했다, 알겠지, 네 아버지에게 무슨 일이 생기면 나도 더 이상 여기 없을 것이다, 정말이다, 막내 아가, 그녀는 딸에게 말했다, 그리고 자신이 벌써 두 어린 아들의 어머니인 딸은 자신이 사는 곳의 상황도 그리 좋지 않았기 때문에 어머니가 무슨 말을 하는지 이해했다, 드레스덴에서도 희망을 북돋울 만한 일은 별로 없어요, 말도 마세요, 딸은 뒤따를 호프 부인의 질문을 미리 막는 말이었지만, 당연히 호프 부인가 안 물을 리가 없었다, 너희들 상황은 어떠니? 완전 혼란이에요, 딸은 씁쓸하게, 아무도 무엇을 해야 할지 모르고, 이민자들, 나치, 시위들이며, 충돌이며, 그리고 알다시피, 그 내면의 동요 불안, 파열 직전에 이른 잔뜩 긴장된 분위기가 하지만 사방에 감돌아요, 진짜예요, 어머니, 전차를 타면 모두가 조용하고, 다들 제 생각에 깊이 빠져 있어요, 가게에 가면 아무도 누구와도 이야기하지 않아요, 도시 전체가 다 그런 식이라 차라리 고향으로 이사 올까 싶어요, 설명했다, 하지만 음, 카나가 사정이 더 낫지는, 더 나아? 호프 부인은 버럭 두려움에 소리를 질렀다, 양손을 꽉 마주 쥐고, 그런 생각조차 하지 마, 딸아!!! 집으로 돌아와?! 여기로?!! 너 정신이 나간 거냐? 가장 위험한 곳은 바로 여기야, 나야말로 우리가 여기를 떠야 한다고 진즉부터 생각하고 있었다, 사람들이 여기 카나에서 목숨을 잃을까 두려워하거든, 아무리 바보같이 들리고 괜한 허풍으로 들릴지 모르지만,

그게 그래, 그런 일은 말도 꺼내지 마, 막내야, 정말 그만하거라, 그게 다였다, 이제 엄마가 딸에게, 딸이 다시 모친에게 건네는 위안의 말만 남았다, 몸조심하고 전화해, 문자 보내, 뭐든지, 서로 소식이나 알도록, 이런 말들을 문간에서 작별 인사를 나누며 하고 또 했다, 딸과 딸아이 가족은 로스슈트라세를 따라 나가 B88을 향해 차를 몰았고, 호프 부부는 입구에서 잠시 서서 윙윙거리는 차의 엔진 소리를 듣고 있다가, 다시 안으로 들어가 문을 단단히 잠갔다, 그날은 남은 음식만으로 그들은 끼니를 때웠다, 둘이 먹기에 딱 맞았다, 호프 부인은 크라우트누델른(양배추 국수)을, 딸이 좋아해서, 그것도 어머니가 만드는 방식으로만 좋아해서, 만들었다, 하지만 어린 손자들은 입도 대지 않았다, 어른들이 이야기하는 동안 멀리 숨겨놓아도 소용없이 과자들이 보관된 서랍의 열쇠를 찾아내었기 때문에, 그래서 그들이 식탁에 앉았을 때 그들은 식욕이 없었다, 하지만 이 양배추 국수로 말하자면 다른 곳에서도 즐겨 먹는 요리였다, 펠트만 부인은 물론이요, 링어 부인은 항상 고기만 먹지 않도록, 오직 고기만 식탁에 안 오르게, 일주일에 적어도 한번은 내보려고 노력했다, 펠트만 부인은 짭쪼름하게 만드는 반면에, 링어 부인은 달달하게 만드는 편이었다, 단것을 좋아하기로 소문난 링어는 아주 달아야 겨우 맛이라도 보기 때문이었다, 깊은 우울증에서 벗어나지 못했지만 이 점만은 변하지 않았다, 전반적인 무력감에, 따라서 자신의 무력감도 갈수록 점점 더 분명해지자, 양배추 국수도 예외가 되지 않았다, 그는 예전에는 그렇게까지는 아니었는데, 짭짤하면 좋아하지 않아 설탕 치는 일이 그대로 남았다, 비록 링어 부인은 뭐든 설탕이 든 음식은 진짜 질색했지만 그녀가 무엇을 할 수 있겠는가, 뭔가 먹어야 사는데, 링어는 그런 식으로만 먹으니, 한편 잉그리트 아줌마에게는 문제가 되지 않았다, 양배추 국수면 다 괜찮다, 그녀는 폴크난트 부부에게 점심을 가져다주면서 그렇게 말했다, 일주일에 두 번도 먹는다, 짭짤하건, 달콤하건 크게 문제 되지 않는다고 했다, 가장 중요한 것은 양배추 국수의 흉내 낼 수 없는 맛이다, 이 맛은 소금이나 설탕으로 가려지지 않는다, 마음 같아서는 소금도 안 치고 설탕도 안 넣고 먹겠지만, 그래도 너희들은 뭔가 넣어야지, 아냐? 그리고 그 말과 함께 휙 돌아서서 우체국에서 나섰다, 그녀의 태도로 보면 마을이 어떻게 변했는지, 튀링겐은 어떤지 이해하고 있다는 표가 안 났다, 어떤 문제라도 걱정할 일은 세상천지 없는 것 같았다, 물론 TV 뉴스에서 여기에서 치명적인 충돌이 있었고, 저기에서 화재가 발생하고, 어디 다른 곳에서 살인 사건이 발생했다는 소식에, 시위 그리고 악화되는 통계 자료들 소식도 비슷하게 잉그리트 아줌마는 기겁했고, 그로코*가 허물어

---

* GROKO 혹은 Große Koalition. 대연합 혹은 대연정, 메르켈이 수상 시절 CDU/CSU와 사회민주당이 함께 연정을 이뤄 만든 내각의 별칭이다.

졌다는 소식에 걱정했지만, 그녀에게 유일하게 충격은 MDR에서 앙겔라 메르켈 총리가 정치 경력을 마무리한다는 발표였고, 그것도 그날만 그런 반응을 보였다, 그녀에게 앙겔라 메르켈은 안정, 신중함, 신뢰의 전형이었는데 이제 그녀가 없으면 어떻게 되겠니? 잉그리트 아줌마는 놀라서 눈을 휘둥그레 뜨고 폴크난트 부부에게 물었지만 폴크난트 부부는 너무 속 태우지 마시라고 안심시켰다, 잉그리트 아주머니, 메르켈이 갈 때도 되었어요, 그녀가 얼마나 오랫동안 이 일을 해왔는지 생각해보세요, 이제 정말 평화로운 세월을 누릴 자격이 충분합니다, 그런 표현으로 폴크난트가 뜻을 전달했다, 여전히 그의 아내가 항상 지인들에게 말했듯이 그는 상황에 맞게 가장 간결하고 명확한 표현을 찾는 데 일가견이 있기 때문이었다, 뜻이 잉그리트 아주머니에게도 전달되었는지, 잉그리트 아주머니가 갑자기 그를 뚜렷이 바라보았다, 그리고 정말로 진정된 것같이, 정말 벌써 시간이 되었다고 생각하니? 이 말에 폴크난트가 그럼, 지당하다 고개를 끄덕이자 잉그리트 아주머니의 눈에서 불안감이 사라졌다, 왜냐하면 정말로, 메르켈도 결국에 평화로운 세월을 보낼 자격이 있어, 그간 열심히, 우리 독일인을 위해 일했으니까, 안 그래? 그녀는 손을 옆으로 벌렸다, 물론, 물론 완전 동의합니다, 폴크난트는 찬성하고, 그는 그녀를 문밖으로 얼른 몰아낸 다음 사무실로 돌아왔고, 마침 그 순간 우체국에 아무도 없어서, 못마땅한 투로 아내에게 그는 한마디 했다, 휴, 나는 아주머니가 앙겔라 메르켈 때문에 점심을 가져다주지 않을 거라는 줄 알았네, 하지만 잉그리트 아주머니는 그런 생각은 전혀 하지 않았다, 그녀는 세월이 너무 빨리 지나가 야속했다, 이제 총리도 은퇴하고, 그래, 그녀는 집에 있는 자신의 흔들의자에 앉았다, 우리 모두 위로 시간이 흐르고 문득 문 두드리는 소리가 나겠지**, 그녀는 흔들의자에 흔들리며 서럽게 울기 시작했고 몇 분 더 흔들거리며 흐느끼다가 흔들의자에서 일어나 서류를 꺼내어 평소 습관대로 목록의 이름을 올바른 순서대로, 알파벳 순서대로 제대로 배열했는지 점검했다, 명단의 순서는 올발랐다, 매번 그랬듯이 제대로 되어 있었다, 이번에도 그녀는 모든 이름이 자로 잰 듯 아주 깔끔하게 순서대로 되어 있었다, 다시 앉아서 등을 기대고 눈을 감고 다시 흔들기 시작했고, 곧 부엌에 가서 오후 비타민 차를 끓일 시간이 되어가는구나, 생각하는 사이 스르르 졸음이 덮쳤고 흔들의자가 천천히 멈췄다, 아무도 그녀의 죽음에 흔들리지 않았다, 사실이지, 그녀가 그렇게 아름답고 평화롭게 흔들의자에서 떠났다는 소식이 퍼졌을 때 인정하지 않을지 모르나 그녀를 약간 질투하는 노인들도 꽤나 있었다,

---

** 여기서 kopogtat, (누군가의 문을) 두드린다는 말은 잉그리트 아줌머니가 마을을 돌며 들여보내달라고 청했듯이, 호의나 개입을 요청한다는 뜻, 그리고 이어질 일을 계고한다는 뜻으로 두드려 알린다, 또는 영령의 방문을 알린다는 뜻과 지금처럼 임종을 맞는다는 비유로도 쓰인다.

하늘이 그렇게 아름다운 죽음을 선사하다니 그녀가 안쓰럽거나 하지 않다고, 그들은 서로 장례식장에서 말했지만, 그래도 속으로는 애처롭게 느꼈고 삶이 그들에게 이보다 덜 고통스러운 죽음을 허락하기를 희망했다, 바로 정확하게 그렇게 대리인도 생각하고 있었다, 나도 가끔은 그런 생각하지 않는다고는 할 수 없다, 어느 날 밤 그는 푀르트너에게 말했다, 도대체 어떻게 생각하지 않을 수 있는가, 매일 그 생각을 하고 있는데, 이전에 없던 내게 새삼스러운 일이지만, 하지만 사실이다, 그렇게 하루도 남은 시간이 얼마나 될까, 궁금해하지 않고 지나는 날이 없다고 말했다, 그는 충심으로 하는 말이다, 그날이 가까워질수록 그는 더더욱 두려워졌고, 혼자 사는 것도 전혀 도움이 되지 않는다고 덧붙였다, 사정이 그런 것을 어쩌겠느냐, 아내가 아직 살아 있었다면 상황이 달라졌을 것이다, 푀르트너는 고개만 그저 끄덕이며 아무 말도 하지 않았다, 그는 여전히 젊은 사람 축에 들었고 특히 대리인에 비하면 청춘이었다, 그래서 그는 그런 문제에 크게 관심을 두지 않았고, 수위실 덕분에 외로움을 느끼지 않는 건 말할 나위 없다, 그는 대리인에게 수위실이 그의 아내다, 더구나 말대꾸하지 않는 안사람이다, 말하고는 웃었다, 하지만 요리를 하지 않아, 대리인은 억지웃음을 웃으며 뭐라도 농담으로 얼버무리려는데, 하지만 너무 부자연스러웠다, 실제로 대리인은 그런 주제에 대해 농담하는 것이 탐탁하지 않았기 때문이었고, 야간

말동무가 이런 수위실이니 뭐니 어떤 뜻으로 하는 말인지 이해가 되지 않았다, 이 오두막 덕분에 푀르트너가 혼자가 아니라는 해석은 다 뭔가? 말도 안 된다고 그는 생각했다, 그래도 사실은 사실이었다, 푀르트너는 집에 있는 것을 좋아하지 않았다, 집에서는 오히려 그는 외로움을 느꼈다, 아주 외롭게 느껴져 영 불편하게 움지럭거렸고, 숙면을 취하는 것 외에는 마음에 드는 게 없어, 벽도, 문도, 손잡이도, 문의 열쇠도, 어느 것도 마뜩잖았다, 그의 표현대로 류트를 내려놓고 하루를 마치면, 그는 빨리 일하러 가고 싶어 조바심이 났고, 그 자신은 이유를 몰랐지만 수위실의 작은 크기와, 그 규모에도 모든 것이 제자리에 있는 데다, 심지어 앉아서도 모든 것이 손에 닿거나 불과 한두 걸음 떨어져 있을 뿐이라, 모든 것이 그에게 완전 맞춤으로 느껴졌다, 그리고 밤도 좋았다, 그는 오가는 사람들이 없는 밤을 좋아했고, 깨어지지 않은 고요가 좋았으며 가끔 마을에서 들려오는 개 짖는 소리도 좋아했다, 대리인을 만나러 가지 않거나 대리인이 그를 만나러 오지 않으면 푀르트너는 그냥 의자에 기대어 아무 생각도 안 했다, 이게 그로서는 세상에서 가장 마음에 흡족한 느낌이었다, 좁은 수위실 창문 뒤 의자에 앉아 아무것도 생각하지 않는 일, 그리고 그런 사람이 카나에서 혼자가 아니었다, 펠트만도 진정으로 그렇게 하는 것을 좋아했기 때문이다, 비록 자신은 아무것도 생각하지 않는다고는 일컫지 않겠지만, 그는 아내에게 근사한 오후 시간 자신이 좋아하는 가죽 안락의자에 앉아서 뒤로 기대고 눈을 감고 있으면 그에게 이게 낙원이라고, 아무 일도 일어나지 않는다, 말하자면, 그의 생각이 멈추고 당신의 참선 수행처럼, 어디로도 움직이지 않는다고, 브리기테가 좋아하는 소일거리를 언급하며 말했다, 그녀는 몇 년 전부터 선 명상을 해왔는데, 남편에게 동참하라고 부추기고 있지만, 남편은 이를 나이 먹은 야바위꾼들이 중년 여성들을, 게다가 두둑한 현금을 노리고 짜낸 수작이라는 생각에 그저 비웃으며 완강하게 버텼다, 브리기테는 구건물 우체국에서 여기 그들 틈에 들어 이 명상이란 것을 시작했다, 그곳에서, 특히나 펠트만 씨의 눈에 거슬리는 사기꾼이 어쨌거나 함부르크에서, 진짜인지 누가 알겠는가만은, 성스러운 척하는 목소리로 입만 열면 거짓말이나 주워섬기는 그런 치들처럼, 그놈도 적당한 여성을 물색하고, 똑같은 짓을 하며 얼쩡거렸다, 2주가 지나자 이제 브리기테가 사토리(득도, 깨달음)에 이르렀다며 집으로 돌아오자, 펠트만 씨는 도대체 사토리가 뭐냐고 아예 묻지도 않았고, 한동안 아내의 머릿속에서 이걸 떨쳐낼 수 없으리라 체념하고 받아들였다, 어쨌든 자신에게는 음악이 있으니, 브리기테가 사토리를 갖고 있으면 안 될 이유가 없지 않은가? 생각하고, 아내가 사토리를 찾기 위해 더욱 깊이 빠져드는 길에 어떤 훼방도 놓지 않았다, 그에게 비틀스가 사토리였고, 비틀스는 어느 무엇도 미치지 못할 정도로 중했다, 그는 비틀스에 대해 모든 것을 알고 있었고, 어렸을 때부터 광적인 추종자였으며, 비틀스와 관련된 모든 것을 숭배하고 열광했다, 오, 조지, 오, 링고, 오, 존, 종종 그들의 불멸의 고전 명곡 하나를 직접 편곡하여 연주하며 탄복의 한숨을 지었다, 하지만 그는 폴을 가장 사랑했다, 그가 보기에 그가 유일한 천재였고, 그와 같은 천재도 없었다, 물론 다른 사람들도 여전히 비틀스였지만 음악적으로 말하면 폴은 그들 위에 한참이나 높이 솟아 있었고 폴은 음악을 쓰는 것 외에 다른 것을 원하지 않았다, 그는 이 예술에서 아무도 따라잡을 수 없이 높은 수준을 성취했다, 그래서 펠트만의 신성한 신념에 따르면 이후로도 아무도 추월할 수 없을 존재였다, 더불어 폴이 엄청 호감 가는 성격이라는 점도 빼놓을 수 없다, 그는 반항아도 아니었고, 1960년대, 큰 격랑의 세월에 휘말리지도 않았다, 펠트만이 요약하여 칭하는 말 것처럼, 그는 폴은 진짜 마음에 쏙 드는 인물로 여겼고, 그저 음악을 작곡하고 그것도 점점 더 좋아지는 음악을 썼다, 그리고 그의 **악기 편곡과 구성**이란!!! 그 속의 **사람들**!!! 어디에도 비할 데 없는 **음악**에 대한 감각과 지식!! 이는 흉내 낼 수도 없는 그의 악기 편곡에서 고스란히 드러난다, 그리고 이 지점에 이르면, 펠트만 씨의 눈에는 눈물이 가득 고였다, 그는 자신을 진정시키기 위해 〈블랙버드〉를 연주했고, 가끔 여름에는, 정말 우연찮다고 할 수 없이, 항상 열린 창가에서 이 곡을 연주하는데, 한쪽 눈으로 바깥 행인들을 흘깃거리며, 이 노래를 들으려 그들이 집 밖 열린 창 아래 멈춰 서기를 은근히 기대했다, 지금은 그러나 상황이 참담하게 돌아가는데 누군들 창문을 열겠는가, 특히나 지금은 아직 봄이다, 그는 생각했고, 더 나은 시간을 기다리며 여전히 창을 닫았지만 더 나은 시간은 더 이상 오지 않을 것이라고 그도 공감했다, 카나의 모든 사람들이 이렇게 절감하고, 사람들의 습관이 바뀌었다, 완전히 바뀌지는 않더라도, 사람들이 변하여, 카나 주민들은 쇼핑센터에, 의사 진료실에, 약국에 또는 도수 치료사에게 다른 방식으로, 그리고 다른 시간에, 그리고 다른 이유로 찾아갔다, 확실히 로젠가르텐에서 열리는 유명한 오월제 축하 행사도 올해는 완전히 달라 보였다, 오, 세상에, 남편을 옆에 대동하고 거의 처음에 도착한 사람들 틈에서 우타 부인이 한숨을 쉬었다, 오월제 행사가 왜 이 모양이지?! 거의 비어 있는 벤치와 테이블을 둘러보고 전망 좋은 테이블을 골라 앉고서, 남편을 자기 쪽으로 끌어당기며 말했다, 뭘 두리번거리고 있어요, 얼른 앉아요, 남편은 아내 옆에 털썩 주저앉고, 계속 맥주 가판대 쪽으로 고개를 돌렸다, 맥주를 일정량 따라 나눠주는 곳이지만, 아직 사람이 아무도 안 보였다, 우타 부인은 맥주 가판대에서 가장 먼 곳이 제일 적당하다고 생각했다, 남편이 너무 쉽게, 그리고 너무 자주 노획물을 획득하지 못하도록 방해할 배포였다, 하지만 이건 오월제잖아, 남자는 투덜거리고 막 작은 슈타인 잔으로 얻으려고 가려는데, 우타 부인은 즉시, 그리고 똑 부러지게 그를 다시 끌어당겼다, 여기 남아 있어요, 벌써 그 망할 술부터 마시려 들어요? 그러나 스피커에서 오메가* 노래 세 곡이 나오는 10분 동안 침묵하다가, 포기하고 잡았던 손을 풀었고, 뒤에 대고서, 딱 한 잔만!!! 허락했다, 어쨌거나 오월제는 오월제였다, 하지만 그런 뒤 오월제를 기리려는 지역 민들이 철로 아래 이곳으로 이어지는 굴다리 입구에서 등장 하기 시작했다, 처음에는 아이들이 딸린 소규모 가족들이 하 나씩, 분명 방방 뛰는 아이들의 성화에 못 견뎌서 나타났고, 하지만 그런 뒤에 외로운 노인들이, 그리고 결혼한 커플들이 때에 맞춰 나들이옷을 차려입고 한들한들 들기 시작했다, 음 악이 울려 퍼지고 야외 관람석이 차기 시작했고 나무통에서 맥주가 흘러나오고 첫 번째 보크부어스트가 끓이는 요리 솥 에 풍덩 들어갔다, 한마디로 통상 줄지어 옮겨 다니는 일이 시 작되었지만 음악은 여전히 확성기에서만 나오고 있었고 소위 '확대 보완된 카나 심포니'는 아직 무대에 나타나지 않았다, 하지만 지연되는 것이 이미 지난 것은 아니었기에, 근처 교회 의 종탑에서 11시 종을 치자, 아름다운 붉은 유니폼을 입은 오케스트라가 행진해 무대 위로 올라가 자리를 잡았고, 여기 저기서 튜바나 트롬본 또는 색소폰이 빵빵거리기 시작했고,

---

* Omega. 1960년대에 결성된 헝가리의 유명 록밴드로 70년대 당시 동서독일 및 유럽에서 이름을 날렸다.

바이올린의 첫 번째 현들이 가냘프게 울리며 각자 악기들의 조율에 들어가자 그 소리에 청중들은 기분 좋은 예감이 차올라 몸을 떨었고 한편 악사들은 조율을 끝내고 모두 준비가 되어, 펠트만 씨의 손짓에 첫 번째 박자가 울리고 이제 모두 그들을 바라보았다, 슈타인 잔을 함께 부딪치고 첫 번째 로스트 브라트부어스트가 물론 바우츠너 겨자와, 오로지 바우츠너 겨자와 함께 목구멍 아래로 내려갔다, 그러나 옛날 분위기는 다 어디 갔나, 대리인은 투덜거렸다, 그는 혼자 여기 와, 혹시라도 옆 테이블에 앉은 사람이 대답할까 기대하며 허공에 대고 중얼거렸지만, 누군가 그에게 동의한다고 해도 그들은 대답하지 않았다, 그래서 잠시 멈추었다가, 그는 슈타인 잔을 잡고 절반을 비우고 입을 닦고서 팔꿈치로 테이블에 기대어 뭐가 나오려나 기다렸다, 〈예스터데이〉가 울려 나왔다, 펠트만 씨에 따르면 이 곡이 최고 잘 먹히기 때문이었다, 오케스트라는 열정적으로 임했고 관악 연주자들의 정맥이 불거지고, 연주자들 모든 얼굴에 무대 공포증이 역력하게 보였다, 그들을 지켜보는 관중들의 표정도 거의 똑같은데, 마치 서로가 어디에도 없을 분위기로 고양되며 오월제가 시작하기를 기다리는 듯했지만, 하지만 이는 아직 한동안 시작되지 않았다, 그러려면 두 번째 슈타인을 첫 번째 슈타인에 뒤이어 홀짝거리고 마셔 없애야 했다, 하지만 두 번째에서는 멈추기는 불가능하긴 했다, 왜냐하면 이 두 번째 맥주에 이르러, 이런 오월제뿐만 아니라 수 세기 동안 이런 식으로, 카나 대중에게 이런 암울한 분위기가 확연히 조성되었기 때문이었다, 남자들은 자신의 앞을 응시하고 빈 잔의 손잡이를 잡고서, 천천히 고개를 끄덕였다, 다들 이유를 모르고, 그저 고개만 끄덕였으니, 세 번째 맥주잔을 가지러 가는 일 외에 어찌 다른 일이 있을 수 있겠는가, 그리고 꿀꺽 목을 타고 넘어갔다, 테라스 관람석 위의 불길한 구름이 휩쓸려 나가기라도 하듯이 세 번째 슈타인의 첫 모금을 홀짝이면 항상 기적이 벌어졌다, 사람들의 시선이 맑아지고 대화가 더 이상 말문이 막혀 더듬거리고 끙끙대는 것처럼 들리지 않고, 갑자기 활기를 띠었다, 왼쪽에서 웃음소리가 터지고, 오른쪽에서 터지고, 몇 분 안 되어 군중이 벌집처럼 윙윙거렸다, 호프만은 특히 기분이 들뜨는지, 테이블 사이를 오가며 환하게 웃으며 모든 사람과 인사를 나눴고, 대화를 나눌 기회가 날 때마다, 대화 상대가 돌아설 때까지 남아있다가, 그런 후 다시 말을 틀 만한 다른 상대를 찾아, 축제 분위기로 가득 북적이는 군중 사이를 움직여 다녔다, 무대에서는 펠트만과 오케스트라가 〈내 피의 피〉를 연주하고 있었지만 하늘도 무심하지 참말로, 아무도 더 이상 관심을 기울이지 않았다, 하지만, 펠트만 씨는 이미 자신만의 동작을 시작했다, 오월제 분위기가, 그가 보기에 최고조로 무르익으면 늘 취하던 흉내 낼 수 없는 그만의 곡예를 시작했다, 그는 리듬을 이끌면서, 각 필수 종지부마다 몸은 한 4분의 1 음표씩 미리 움직여

나가서 소절이 끝나면 한쪽 다리는 이쪽으로 뻗고 몸은 반대 방향으로 기울어져, 마지막 음까지 이 자세를 유지한 다음 손을 공중으로 크게, 열정 가득하여 휙 날려 곡을 마무리했다, 이번에도 어김없이 박수가 터져 나왔고, 펠트만은 이것을 자신의 개인적인 성공으로 여기고 있음은 자명했지만, 박수가 이어지는 동안 그는 확대 보완된 카나 심포니 오케스트라에 공을 돌리며 가리키는 일도 잊지 않았고, 때로는 이런저런 악기 섹션을 향해 박수로 추키기도 했지만, 여전히 이 의심할 여지 없는 승리는 그만의 승리라는 자부심을 얼굴에서 읽을 수 있었다, 그리고 그는 곡이 끝날 때마다 깊이 허리 숙여 절을 해 관중에게 감사했고, 그들의 찬사와 환호는 진중했지만, 맥주로 얼굴이 빨개진 관중의 환호는, 오히려 더 높은 층위에 도달한 자신들을 기리는 일에 가까웠다, 근심이, 걱정이 다 무어냐, 걱정일랑은 접어라, 그들 얼굴에, 오케스트라가 이렇게 무대에서 잘 해내었는데 왜 여기에서 괜한 속을 끓이고 있느냐, 그렇게 남자들은 다른 슈타인을 채우러 향하고 여자들은 병맥주와 부어스트를 위해 줄을 섰다, 심포니가 중간 휴식을 발표하고 호프만은 전례 없이 날아갈 듯 기분이 좋아 두 테이블 사이에서 〈벤 무티 프뤼 추어 아르바이트 게흐트(엄마가 일찍 일을 나가면)〉 노래를 부르기 시작했다, 처음에는 몇 명 나이든 아주머니들만이 눈을 빛내며 합류했다, 그러다 점점 더 많은 사람들이 가담하여, 불과 몇 분 만에 방방,

Wenn Mutti früh zur Arbeit geht (엄마가 일찍 일을 나가면)

Dann bleibe ich zu Haus (그러면 나는 집에 머무르며)

Ich binde eine Schürze um (앞치마를 두르고)

Und feg die Stube aus (거실을 쓸어요)

들렸으며 그 이후로 슈타인 잔을 들어 올린 이제 남정네들, 베이스 음이 크게 울려 퍼졌다,

Das Essen kochen kann ich nicht (나는 음식을 요리할 수 없어요)

Dafür bin ich zu klein (요리하기에 아직 너무 작아요)

Doch Staub hab ich schon oft gewischt (하지만 자주 먼지를 쓸어요)

Wie wird sich Mutti freu'n (얼마나 엄마가 기뻐하실까)

그러고 나서 그들은 처음부터 다시 시작했다, 왜냐하면 그들은 옛 시절이 사랑스럽고 작은 노래의 다음 구절이 어떻게 계속되든지 막혀 건너뛰었기 때문이었다, 그리고 아마도 반복이 그들에게도 잘된 일이었다, 그들은 이미 몇몇은, 주로 호프만이, 하지만 토르스텐이나 바그너나 대리인도 뒤지지 않고, 구부정하게 앉아 테이블에 슈타인 잔을 쾅쾅 두드리며 마지막

에 가서 고래고래 소리를 질렀다, 그래서 아무도 분위기를 불평하지 않았고 이른 오후까지 불평이 없었다, 그때라도 철도 건널목 차단기 소리가 흥겨운 군중이 갑자기 조용해지는 유일한 이유였다, 이전에도 수없이 들었음에도 불구하고, 지금은 다만 졸립기는 하지만, 수천, 수만 번을 들었던 신호음이, 기차가 다가오고 있다는 자체 독특한 음역으로, 신호하는 기계장치가 땡땡거리기 시작하는데, 굴다리에서 왼쪽으로 25에서 30미터 떨어진 곳이라 물론 여기 아래 로젠가르텐에서는 보이지는 않고 그 소리만 들리지만 무슨 일이 일어날지 알고 있었다, 즉, 건널목 차단기가 엄청나게 삐걱거리며 내려오고 기다림이 시작된다, 그리고 그들도 기다리기 시작했다, 이제 기차가 남쪽에서, 혹은 완전 정반대에서—하지만 그들 머리 위로—예나로 또는 잘펠트를 향해 으르렁거리며 지나가기를, 기다리고 기다렸다, 2분이 지났다, 3분, 5분, 아무 일도 일어나지 않았고 오케스트라는 연주를 멈추고 무대에서 내려왔지만 축제 참가자들은 여전히 기차를 기다리고 있었지만 헛되었다, 남쪽이나 북쪽에서나 기차는 들어오지 않았다, 최근에 벌어지는 일이 항상 이런 식이었다, 건널목 차단기도, 팔구 분 후, 자신도 마치 무언가가 오기를 헛되이 기다린 것처럼, 이전보다 다소 더 구슬픈 삐걱삐걱 소리와 함께 올라갔다, 그것으로 오월제가 끝이 났다, 사람들은 발을 끌며 천천히 굴다리를 향해, 줄줄이 걷기 시작했고, 선로 아래 퇴프페르가세까지 거슬

러 올라가, 그리고 하임부르거슈트라세에 있는 집으로 돌아갔
다, 집은, 대부분 사람들은 이 시기에 특히나 낮에는 난방을
켜지 않았기 때문에, 혹 끼치는 한기가 그들을 맞았다, 그들은
절약을 해야 했다, 그들도 정확히 이유를 모르지만 돈을 아껴
야 했고, 대신 담요나, 뭐든 있다면 몸을 휘감고 침대에 쓰러
져 휴식을 취했다, 호프 부인은 창문가에서 그들을 지켜보았
다, 그녀는 결코, 전혀 로젠가르텐에 내려간 적이 없었기 때문
에, 우리가 갈 만한 곳이 아니라고, 누군가 물어보면 항상 고
개를 약간 쳐들고 말했다, 글쎄, 왜 거기에 가지 않으세요, 분
위기도 좋고, 어쨌거나 오월제잖아요, 이런 말에 호프 부인은
대답하지 않고서 그녀와 남편은 서로를 쳐다보기만 했다, 그
들은 어쨌거나 이런 문제는, 한껏 기분 내는 떠들썩한 축제의
시간이 오면 서로에게 우리를 위한 자리가 아니라는 말 정도
면 서로 뜻은 충분히 헤아리고서, 외면했다, 진짜 이는 그들이
갈 만한 곳이 아니었다, 왜냐하면 그들은 아직 젊었을 때 예나
나 드레스덴이나 라이프치히의 극장에 가곤 했고, 요즘 그런
계획이 그렇게 피곤한 일만 아니었으면, 여전히 극장에 갔을
것이다, 너무 뻔하게 사방에 위험이 도사려, 나가는 일을 정말
달갑지 않았고, 예나에서 쇼핑 가는 일도 중단했기 때문에,
집에서 그럭저럭 잘 지냈다, 말동무가 필요하다면, 손님들이
있었다, 특히 식당이 여전히 운영되는 한 손님은 있었고 지금
당장은 손님이 충분했다, 넘친다! 호프 부인은 목소리를 올렸

다, 가르니에 묵어가는 무모하게 용감한 여행자 몇 명하고, 때로는 가족이 찾아오니, 다른 것들은 그렇게 아쉬운 게 없었다, 저녁 먹은 뒤 호프 씨는 TV 앞에 쿠션을 잔뜩 댄 흔들의자에 편안하게 앉아 한두 시간 동안 졸았고, 호프 부인은 설거지를 마친 후 남편 곁으로 돌아와, 안락의자에 앉아 그녀가 가장 좋아하는 〈바르바라〉* 잡지를 휘리릭 넘기며 훑었다, 〈바르바라〉는 그녀 연령대를 겨냥해 배포되기 때문에, 흠, 그녀는 자신을 현대 여성이라고 치부했고 〈바르바라〉가 다가와 정확하게 그렇게 그녀를 칭했다, 그렇다, 바르바라가 그녀에게 그렇게 말을 붙였다, 몇 년 동안 잡지는 제일 좋은 여자 친구가 되다시피 했기 때문이다, 그녀는 더 이상 여기저기 여행할 필요가 없이, 〈바르바라〉와 함께 모든 곳을 여행했고, 종종 이런저런 기사들을 몇 번이고 다시 읽곤 했지만 아주 지겨워진다고 해도 항상 사진이 있었다, 〈바르바라〉에 실리는 사진이 정말 좋았다, 남편이 뭔가 다른 것으로 대체하고 싶으냐고 물어보면 그렇게 설명했다, 이것 좀 봐요, 그리고 저것도, 아내가 그에게 하나씩 하나씩 보여주면 남편은 동의해 고개를 끄덕였고 또 한참을 잡지 바꾸자는 말을 꺼내지 않았다, 특히나 〈바르바라〉는 몇 가구에서 굴러다니며 강력한 영향력을 행사했지만

---

* 독일 쇼호스트, 배우이자 가수인 바르바라 쇼네베르거Barbara Schöneberger가 자신의 이름을 사용하고 자신이 표지 모델로 나서며 2015년에 창간한 잡지.

호프 부인과 같이 집요한 장기 구독자는 극히 드물었다, 펠트만 부인은 한두 번 링어 부인에게 유료 구독하라고 설득하려고 했지만 그럴 생각은 없어서, 안 한다, 말했다, 그래도 가끔 쇼핑센터에서 한 부씩 사보기는 했다, 그리고 이제 그녀는 그 한 부를 살펴보며 넘기고 있었지만, 진짜 그저 페이지만 넘기고 있었다, 왜냐하면 그들 상황이 눈에 띄게 나빠져 집중할 수 없었다, 남편의 상태가 이전의 모든 희망에도 불구하고 그래서 정말 예기치 않게, 다시 한번 악화되기 시작했기 때문이었다, 체계적인, 자극 없는 식이도 소용없었고, 그리고 그녀는 광범위한 집 개조 공사 중 무언가 마침내 끝났다고, 전개 상황을 그에게 고지해도 헛되었다, 정말 광범위했다, 왜냐하면 이 작업은 단순히 벽을 칠하고 청소하고 정리하는 일뿐만 아니라 진정 개조 공사에 가까웠기 때문이었다, 외부의 모든 것이 너무 어둡기는 해도 내부는 점점 더 밝아졌다, 그리고 봄도 똑같이 그에게 아무 의미가 없었다, 링어 부인은 그들 옛날 열정, 주말에 나들이를 가는 취미에 불씨를 지피러 은근슬쩍 던져보고, 찔러보고 몇 번이고 시도했지만 성공하지 못했다, 링어는 항상 고개를 저었다, 오늘은 말고, 그리고 그게 다였다, 마치 단호하게 이런 간결하고 함축적인 거절로 아내에게 늑대가 사람들을 공격하는 곳으로 돌아가지 말아야 한다, 각지覺知하기를 바란다는 뜻을 전달하는 것 같았다, 하지만 꽤 오랫동안 인근 지역에 늑대에 대한 새 소식이 없었고, 다만 한참 남쪽으로, MDR은 아주 가끔씩 코부르크와 쉬페르게비르게 고지대 사이에서 이런저런 무리가 목격되었다고 한다더라 보도했다, 그런 점을 보면 늑대들이 돌아오지 않을 가능성이 높았다, NABU가 발행한 공보에서 언급했듯이 카나와 주변 지역은 더 이상 늑대의 관심 범위에서 한참 비켜난 것 같다고 했기 때문이었다, 이런 식으로 지역 주민들의 안심을 사기 위해 우스꽝스럽게 표현했지만, 헛수고였다, 말할 필요도 없이 카나 사람들을 더욱 불안하게 만들 뿐이었다, 그래도 이제 적어도 밤에는 잠을 잘 수 있어, 그리고 카나의 깊은 밤에 바스락거리는 소리까지 똥을 지릴 만큼 놀라 질겁하지 않고 깨지 않아도 되어 기뻤지만, 아무도 NABU에 대해 듣고 싶지 않았다, 왜냐하면 저들이 있으니까, 그 의료용 마스크를 쓴 토마시 람스탈러가 이끄는 그 사람들은 여기 와서, 대중 강연을 하며 사람들을 진정시키려 하는 동안 외려 동요와 불안만 가중시켰고, 결국 일어난 일은 소위 카나의 시장이, 카나의 시정에 아무런 역할을 하지 않아 이전에 아무도 진지하게 여기지 않던 이 시장이, 그들에게 오지 말라고 요청했고 그 이후로 다시는 카나에 발을 들이지 않았다, 토마시 람스탈러는 감정이 상해, 이후 자신의 웹사이트에 "카나 주민들에게 보내는 공개서한"이란 제목으로 매달 통지들을 게시했지만 아무도 읽지 않았다, 그리하여 줄을 잇던 공포 중 작은 장이 이제 닫혔다, 사람들은 늑대의 공격은 이후 뒤따르는 공포들에 견주어보면 아주 가소

롭다는 말을 쉬쉬대는 일 없이 떠들 정도였기 때문이었다, 주로 끔찍한 기억은 링어와 링어 부인에게만 생생하게 남았지만 상처는 치유되었다, 한참 지나자, 링어 부인의 얼굴 외관에는 더 이상 무슨 일이 있었는지 흔적이 거의 보이지 않았다, 당신, 당신 얼굴에 거의 안 보여요, 펠트만 부인은 링어 부인에게 펠트만의 집이나 헤어프스트 카페에서 평소 커피와 쿠키들을 나누며 같이 모일 때 종종 말하곤 했다, 그러면 링어 부인은 당혹스러워 수치심으로 몸을 사리며 미소를 지었고, 무의식적으로 목을 가리고 있는 실크 스카프에, 상처가 여전히 느껴져서, 손이 갔다, 그녀에게 진짜 상처가 느껴졌으며 상처가 절대 완전히 사라지지 않을 것이며, 일어났던 끔찍한 사건 그 자체도 거개는 희미해지지 않을 것이다, 사실 카나 주민들도 다 잊으려는 과정을 재촉했다, 이 모든 일을 안고 어떻게 살 수 있겠느냐고? 어느 날 밤 대리인이 퓌르트너에게 물었다, 제정신이면 전체 일을 서류철로 멀리 치워버리고 싶지, 왜냐면 한번 봐라, 똑같이 저들이 이 전염병으로 어떻게 우리를 겁주려고 하는데, 삶은 정상으로 돌아올 거라고 했다, 실제론 정상으로 돌아오지 않았다, 심지어 대리인 역시 이것을 의심했다, 그가 퓌르트너에게 추산하며 지적한 것처럼, 주로 특정 사항들이 아직 깨끗하게 정리되지 않았기 때문이었다, 사실 아무리 찬찬히 머리를 굴려도 뭐라도 말끔히 밝혀진 것이 없어, 씁쓸하게 그가 말을 이었다, 왜냐고? 우리가 아랄 주유소가 폭파하고 더불어 가련한 나디르와 로자리오를 폭사한 일에 대해 아는 것이 있어?! 우리는 모르잖아, 그리고 누가 나치를 죽였는지 우리가 아느냐?! 우리는 몰라, 아니 내게 개인적으로 가장 영향을 미치는 그런 일만 따져봐도, 우리가 플로리안의 행방을 알고 있어?! 나는 몰라, 대리인은 두 손을 벌려 보이고는, 도자기 공장의 수위실에 서서 주위를 비난의 눈길로 둘러보았다, 세상천지 모조리 수수께끼야, 그는 수수께끼를 믿지 않는 사람처럼 환멸에 젖어 고개를 저었다, 대리인은 조직적으로 엄격하게 주력하는 권위당국의 일만 믿었기 때문이었다, 그저 우리로서는 더 이상 할 말도 없는 일이다, 낭패다, 푀르트너, 전체 수사 및 모든 것이 대실패라고 마침내 그는 결론 내렸다, 계속해서 내가 진정서를 제출해도 소용이 없다, 플로리안에 대해 아는 모든 것을 아주 작은 세부 사항까지 써서 보고했는데 아무 반응도, 귀가 먹었는지 들은 체도 않는다, 하지만 완전 사실은 아니었다, 에르푸르트의 수사 부서 한 팀이 사건을 다루고 있었고, 특히 플로리안의 실종 역시 배정되었다, 이런 점은 대리인보다 더 잘 알고 있는 사람도 없으리라, 왜냐하면 그들은 이미 호흐하우스로 두 번이나 다시 찾았기 때문이었다, 그리고 그가 그들을 플로리안의 아파트까지 안내했고 그곳에서 마스터키로 문까지 따주고 밖에서 기다려야 해서, 그들이 안에서 무엇을 하고 있는지 알 수가 없었다, 그런 다음 경찰은 복도로 다시 들어왔지만 아무 말도 하지 않았다, 이에 대리인의 마음이 상했다, 대리인으로 직무상 공식적인 인물이라 뭐라도 말을 해줄 수 있을 것을, 안 그래도 물심양면 수사를 돕고 있건만, 아무 말도 하지 않고 아파트를 잠그라고 획획 손짓만 했다, 그런 뒤 한 번 더 나타나고 모든 일이 같은 방식으로 일어났다, 그래서 대리인은 그들이 왜 두 번씩이나 아파트를 찾아왔나 알 길이 없었다, 그들은 바닥에 짓밟힌 휴대전화 외에 다른 것을 찾을 수 있을까 다시 찾았던 길이었다, 그 휴대전화에서 에르푸르트 특수 과학수사대 작업 덕분에 두 개의 비디오를 포함하여, 메모리 카드 데이터를 회수했고, 데이터 분석이 완료되자, 플로리안 헤르쉬트에 대한 체포 영장이 발부되었고, 예나 직업 센터의 비교적 최근 사진을 확보하여 전국에 배포했다, 지금 도주 중인 용의자가 이미 튀링겐을 떠나 다른 연방 주에 숨어 있다는 의심하에서였다, 간단히 말해 에르푸르트는 홍분된 분위기로 들끓었다, 드디어 뭔가 확실한 것을 손에 쥐게 되었으니까, 이 헤르쉬트라는 놈이 휴대전화를 들고 있던 놈이란 게 거의 확실하다, 추잡한 일에 깊이 연루되었을 것이고, 그러니 이제 그들은 그를 뒤쫓을 단서만 잡으면 되었다, 다만 어디에도 그런 단서가 없었다, 이는 그다지 놀라운 일이 아니었다, 플로리안은 지난 몇 달 동안 포식자의 탈을 쓰기 시작했을 뿐만 아니라 그의 외모는 수사관들이 보고 있는 사진과 닮은 데라고는 전혀 없었다, 그의 외관은 근본적으로 바뀌었다, 그는 변신했다, 어딘가에서 잃어버린 피델 카스트로 모자 대신 우샨카 털모자를 쓰고 있었고, 그 아래로 머리카락은 뭉쳐 뻗어 나와 있었고, 수염은 사납게 자랐고, 눈은 충혈되고 얼굴은 상처와 긁힌 자국으로 뒤덮여 있었으며 수많은 옷을 긁어모아 종일을 그 작업복 위에 입고 있었다, 하지만 지금은 모든 옷이 너덜너덜하고 악취가 나서 플로리안이, 아주 드문 일이지만 그래도 가끔, 거주 지역 근방에서 하룻밤을 보내려고 하면 노숙자들이 늘 쫓아낼 정도였다, 다른 노숙자들은 플로리안보다 나아, 꽤 좋은, 어떤 때는 고급 옷들로, 자선단체에서 나눠 받은 코트, 바지, 스웨터, 셔츠, 신발 등 적어도 비교적 형편이 나은 옷을 입고 있었는데 플로리안이 입고 있는 것들은 모두 해어지고 망가졌다, 그리고 이런 옷 배포 장소가 어디에 있는지 알아내서 그곳에 갈 생각조차 하지 않았다, 아니, 이런 일은 그로서는 엄두도 낼 수 없는 일이었다, 그는 그러한 기관들은 가급적 피했고, 일반적으로 분명 5월 어느 시점에, 그를 적으로 여기게 된 사람들과 얼굴을 마주칠 만한 장소는 가까이 가지 않았다, 생각할 수 있는 법이란 법을 그가 다 어겼다는 점은 의심의 여지가 없었으니까, 그는 살인자였고, 숨어 다녔고, 아직 끝나지 않았다, 그의 외관만 변한 것이 아니라 내면도 더 이상 카나 주민들이 알던 사람이 아니었다, 더 이상 온화하고 부끄럼 잘 타는 사람이 아니고, 더 이상 일상적인 문제에 대해 무지한 사람이 아니며, 더 이상 뜬구름 잡고 다니는 얼빠진 놈이 아니라 지뢰처럼 위험한 사람이었다, 더 엄밀히 말하자면 그의 이야기에 새로운 장이 시작될 때 그의 뇌가 기능을 멈추고 다시 시작하지 않기는 해도 플로리안의 존재 깊은 곳에서 다른 존재가, 아무도 알아보지 못할 존재가 튀어나왔다, 이 존재가 지금 아이제나흐에서 밤을 보내고 있었다, 지난 며칠 동안 되풀이되며 불쑥불쑥 떠오르는 이미지 때문에 그는 바흐하우스 주변을 다시 봐야겠다는 필요성을 느꼈다, 왜냐하면 그곳에는 그가 항상 지나쳤지만, 기억의 사각지대에는 남아 있는 무언가가 있었기 때문이었다, 그것이 무엇인지 모르겠지만, 그래도 그곳에 다시 가서 훑으며 조사해야 했고, 그래서 그 광장으로 돌아왔다, 바흐하우스 입구 앞에 바흐 동상이 있는 작은 광장에서 위로 조금 떨어져, 프라우엔플란이라고 하는 좁은 반쪽 타원의 편토에 놓여 있는 두 개의 벤치는 평소처럼 두 명의 노숙자가 점령하고 있었다, 그들이 쫓아내려고 들었지만 그는 고분고분 밀려나지 않았고, 그가 그들 중 한 명을 어깨를 잡고 멀리 던지자, 다른 하나는 슬금슬금 뒷걸음질 쳤고, 그들은 그가 원하는 대로 하도록 내버려두고 위쪽으로 자리를 옮겨 그를 지켜보았다, 하지만 지켜봐도 큰 도움이 되지 않아, 박물관 입구 양쪽 벽을 조사하고 있는 이 남자가 무엇을 하고 있는지 이해하지 못했다, 처음에 그는 벽에 손을 대고 쓰다듬더니, 문지르기 시작했고, 마치 석고를 긁어내려는 것처럼 점점 더 세게 문질러대었다, 어디 모자란 놈이네, 그들 중 한 명이 말했고 그런 결론을 고수하며 조심스레 벤치로 몰래 돌아가 외투를 가다듬고 옆으로 돌아누워 도로 잠이 들었다, 플로리안은 박물관 입구 양쪽을 계속 살피다가 마침내 멈추고 프라우엔플란 쪽으로 올라가 두 노숙자가 잠들어 있는 두 벤치 사이를 지나 돔슈트라세로 계속 올라갔다, 거기에서 오른쪽을 보고 왼쪽을 보았지만, 한밤중이어서 아무도 보이지 않았다, 정확한 시간을 몰랐으나, 아마도 새벽 2시에서 3시 사이일 것이다, 다시 한번 그는 오른쪽을 바라보고, 그쪽으로 뛰어들었다, 왜 여기에 와야 했는지 깨닫고, 내달렸다, 왜 이곳으로 이끌렸는지, 그가 두리번거리며 서 있던 곳에서 20미터 떨어져 큰 쓰레기 수집함이 눈에 들어왔다, 이거다, 그가 찾고 있던 것이다, 그가 보스와 함께 이곳에 왔을 때 그들은 이 돔슈트라세의 거리는 흘깃 둘러만 보고 이 쓰레기통을 간과했다, 그들은 무언가를 찾아 나선 게 아니라 사람을 찾고 있었기 때문에 이 쓰레기통은 그냥 지나쳤다, 말하자면, 지금 플로리안이 하듯이 모든 것을 철저히 살펴봐야 했는데, 그러지를 않았다, 그는 쓰레기 수집함으로 다가갔다, 그가 한쪽 뚜껑을 열려고 하는데 갑자기 벌컥 뚜껑이 열리면서 그의 턱을 쳐, 그는 잠시 중심을 잃고 비틀거렸지만 그도 아주 잠깐이라, 쓰레기통에 숨어 있는 인물을 끌어낼 수 있었다, 얼추 십오, 십육 세 먹은 이 소년의 손을 비틀어 바닥으로 밀어붙이고 가방을 빼앗았는데, 가방 안에서 세 가지 색의 스프레이 페인트통이 나왔다, 이제 그는 그때 스프레이어가 이 세 가지 똑같은 색상을 사용했다는 기억이 명확히 났다, 캔을 가방에 다시 넣고 전부 바닥에 던지고 몇 번 동작으로 가방이 찢어질 때까지, 스프레이 페인트통이 커다란 펑펑 소리를 내며 폭발할 때까지, 페인트가 바닥으로 흘러나올 때까지 쾅쾅 짓밟았다, 소년은 이 기회를 이용하여 탈출할 수 있겠다고 생각했지만 착각이었다, 플로리안의 귀에서 이어폰만 쳐서 빼냈을 뿐 빠져나갈 수가 없었다, 플로리안이 소년의 목을 이미 꽉 움켜잡고 있었는데 이런 손아귀 힘을 이길 승산이 없었다, 그는 이제 이것을 이해하고 힘겹게 말을 더듬거렸다, 제가 설명드릴게요, 플로리안이 그가 알 바 아니라고 대답했다, 하지만 소년은 아주 화가 난 눈으로 그를 치켜보았고 그래도 풀어주려고 하지 않자 소년은 진짜 설명 다 해주겠다고 힘겹게 뱉었다, 그 말에 플로리안은 손아귀 힘을 다소 풀고 혼자 벌인 짓인지 물었다, 소년은 이렇게 붙잡힌 자세에서 가능한 만큼 고개를 끄덕였다, 플로리안은 소년을 더 가까이 끌어당기고 분노로 반짝이는 눈을 들여다보며 물었다, 너는 누구냐? 소년은 되쏘아보고 끙끙대며 낮게 웅얼거렸다, 저기…… 학교에서……, 아니, NABU에서…… 이것저것, 하지만……, 여기서 그의 목소리가 약하게 잠겨들었고, 아이가 숨을 헐떡이며 꺽꺽대어, 플로리안은 다시 조금 느슨하게 풀었다, 그리고 아이는 필사적으로 숨을 들이마신 후 플로리안이 그를 경찰에 넘기지 않으면 어떻게 된 일인지 다 설명하겠다고 했다, 그리고 주절주절 빠르게 털어놓았다, 그는 학교를 그만두고 자원봉사 일을 하고 있다, 하지만 그는 몇몇 면에서 NABU가 늑대들을 대하는 방식에 마음에 맞지 않았다, 그들은 늑대들을 사랑한다고 하지만 사랑하지 않았고, 그들에게 늑대들은 망할 데이터에 불과했고, 그들이 쫓는 건 씨벌 어떻게 하면 눈먼 공돈, 콩고물, 정부 지원금을, 보조금을 탈까 그 생각뿐이었기 때문이다, 플로리안은 소년을 쥐고 흔들었지만, 이후로는 소년은 더 이상 그를 두려워하지 않았기 때문에 별무소용으로, 소년은 온통 분노로 불타고 있었다, 그래서 플로리안은 그에게 이것이 도대체 바흐와 무슨 관련이 있는지 물었을 때 처음에는 하던 모든 말이 기침하느라 잠겨, 알아들을 수가 없었다, 그래서 플로리안은 정말로 쥐었던 목을 놓아주고 그의 재킷 뒷덜미만 붙잡고 있었다, 소년은 잠깐 기침을 컥컥 뱉어내고, 분노로 시뻘게져 플로리안 얼굴에 거의 침 튀기듯 버럭거렸다, 바흐라니 뭐? 제기랄 그가 어떻게 알겠는가?! 그는 그들이 시키는 대로 했을 뿐인데, 뱉은 말에 허겁 숨을 들이키고, 플로리안이 누가 이렇게 하라고 시켰냐고 묻자, 얼굴이 완전히 일그러졌다, 놈들이 누구인지 난들 씨발 어떻게 알겠어? 소년은 말했다, 그냥 그들이 전화하고, 장소를 알려주면 내가 작업에 들어갔다, 아니, 일 절반을 마쳤다, 왜냐면 그들은 **WIR KOMMEN**(우리는 온다)을 쓰기를 원했는데, 그는 **WIR**까지만 하겠다고 떠맡았기 때문이었다, 그도 그의 트레이드마크 **늑대 머리**를 그려 넣어야 했고, 늑대 머리 없이는 그 일도 하지 않을 것이었다, 그래서 **KOMMEN**까지 뿌리는 데 너무 오래 걸리기도 해서 그 정도에서 합의를 봤다, 이제 똑똑히 이해가 가느냐?! 얼마나 받았어? 하나 끼적이면 50, 왜 너냐? 이게 마지막 질문이었고, 내가 최고라서라는 대답이 돌아왔고 그리고 대화는 끝났다, 소년은 모든 것이 자신에게 다 똑같다는 듯이, 계속 고개를 씁쓸하게 흔들고 또 흔들었다, 하는 수 없다면 될 대로 되는 거지 뭐, 비록 그는 이 남자가 자신을 발각하고 끌어낼 줄은 예상하지 못했지만, 이 사내는 자신이 진실을 말하고 있는지 확인하려는 사람처럼 그의 눈을 오랫동안, 아주 오랫동안 바라보고 있다, 왜냐면 그로서도, 플로리안은 대신에 이런 우연이 어떻게 있을 수 있느냐 의아해하고 있는 줄은 아예 떠오르지 않았기 때문이었다, 어떻게 여기서 지금 이렇게 딱 소년을 발견했는지?! 지금 막 소년이 다시 시도하려고, 그리고 여기 딱 오던 참에, 플로리안이 바로 그 순간 쓰레기통 뚜껑을 열다니, 이게 무슨 우연인 것이냐?! 그럴 확률이 얼마나 될까?! 그런 우연은 소설에서나 있을 법한 일이지만, 이건 소설이 아니다, 플로리안은 소년의 대담하고, 자부심 충만한, 적대감으로 반짝이는 눈을 바라보며 생각했다, 이런 시선을 견뎌내고 있는 소년은 이제 상대방이 자신은 그가 두렵지 않다는 것만 알기를 바랐다, 왜냐하면 정말 상관없었기 때문이었다, 그로서는 온 세상이 무너질 수도 있으니까, 그는 볼장 다 본 세상은 다 청산했고 그는 이 얼어 죽을 세상에서 아무것도 원하지 않았다, 하지만, 이것은 완전히 진실은 아니었다, 그가 엄청 충심으로 원하는 일이 하나 있었고, 그는 이를 간신히 입 밖으로 쥐어짜냈다, 이제 두 번째로 그는 다시 바닥에 내려오자, 씨발 엿먹으라지, 이건 경찰 나부랑이에게 꼰지르지 마, 그러면, 플로리안이 아무 말도 하지 않자, 한편으로 보면…… 주문 넣은 사람들은 사실 꽤 좋은 사람들이다, 사실 그들은 아무것도 파괴하고 싶어 하지 않는다, 절대 그렇지 않다, 그의 짐작으로는 그들이 바흐에 대한 존경심에서 그렇게 한다고 여겼고, 아마 뭔가 고귀한 목적이 있긴 하겠지만, 자신은 결코 이해가 가지 않았으나 그가 관여할 바는 아니었다, 하지만 이어지는 답변은 더는 듣지 않고서, 다만 그는 땅바닥에 쏟아진 페인트 웅덩이에 그의 머리를 박았고, 그를 집어 들고 열린 쓰레기통으로 도로 던져졌고, 뚜껑을 꽈당 닫았다, 왜냐면 볼일은 끝났으니까, 소년이 어떻게 하다가 휩쓸려 여기까지 접어들었는지 정확히 이해가 되지 않았지만, 플로리안은 해를 끼치고 싶지 않았다, 그는 이어폰을 다시 귀에 꽂고 쓰레기통을 떠났고, 아주 조용히 돔슈트라세를 따라 걸어가 크로이츠 교회 언덕을 빙 두르고 마을을 떠났고 흔적도 없이 사라졌다, 두 노숙자 중에 휴대전화를 가지고 있던 한 명이 경찰에 전화했을 때, 쓰레기통에서 그 소년도 더 이상 보이지 않았고, 그래서 출동한 경찰은 두 노숙자의 뒤죽박죽 설명에 크게 신빙성을 두지 않는 듯했다, 그가 그를 자루처럼 집어 던졌다고 서로 말을 가로채며 떠들지 않나, 자주 서로 상충되는 증언을 둘러대는 통에, 경찰은 잠시 후 필기를 멈추고, 수첩을 닫고, 그만 가라는 손짓을 하고, 부아가 치민 채 차에 다시 올라타서, 그들을 남겨두고 떠났다, 어쨌거나 적어도 말썽꾼이라고 지목된 사람에 대한 일종의 인상을 확보했고, 이자는 목격자들에 따르면, 싸움을 벌이고 있었는데, 마지막에 가서 한 사람이 다른 한 사람을 쓰레기통 속으로 집어 던졌다지만, 물론 스프레이 박살이 난 페인트 캔을 제외하고는, 진짜로 쓸 만한 증거도 없고, 사건에 아무 요점도 의미도 없고, 저지른 범죄도 없었다, 그래서 순경이 예나에 있는 경찰서로 돌아왔을 때 당직근무 중인 경찰에게 처음에는 두 명의 인물 묘사를 보고하고 싶지도 않았다, 그중 한 명의 말에 따르면 맹수같이, 초인적인 힘을 가졌고, 전혀 말도 하지 않고 으르렁거리기만 했으며, 더는 추론으로 따라잡을 수 없을 무슨 이유에서인지, 그런 행동에 들어가기 전에 바흐하우스의 벽을 면밀히 살펴보고 있었다, 그렇다, 맞다, 증인 중 한 명이 덧붙여 말했다, 그는 배낭을 메고 있었고 한쪽 귀에는 이어폰을 꽂고 있었다, 음, 다른 한 명은 후드 달린 겉옷을 입은 어린애였다, 깡마른 꼬마였다고 다른 노숙자가 말하고서, 얼마나 깡마른지 보여주었다, 허, 그게 전부였고 경찰은 정말 기록을 거의 쓰레기통에 던져버릴 뻔했지만, 생각을 고쳐먹고, 수첩에서 관련 페이지를 찢어내, 최소한 그가 어디에 있었는지, 그리고 아이제나흐에서 무엇을 하고 있었는지에 대한 기록이라도 타이프로 쳐서 남을 수 있도록 당직 경찰의 책상에 올려놓았다, 그가 종이를 버리지 않은 것은 잘한 일이었고, 당직 경찰이 이를 타자를 쳐서 정리한 일도 잘한 일이었다, 왜냐하면 이것이 결국 도움이 될 만한 첫 번째 단서가 되었기 때문이다, 즉, 서면 작성된 종이가 에르푸르트로 송달되었고, 에르푸르트 수사관 중 한 명이 상관에게 그의 의견으로는 이번 사건이 몇 년 전 아이제나흐와 그 외 튀링겐 다른 지역에서 그 스프레이어 혹은 여러 스프레이어들이 저지르던 공공기물 파손 행위와 관련이 있다고 보고했다, 따라서 에르푸르트의 경찰이 이전 사건들을 좀 더 철저하게 수사해야 한다는 결론에 도달하는 일은 그리 어렵지 않았고 그래서 조사를 벌였다, 하지만 이전 사건으로 걸러 내고 취합한 자료에서, 뭔가 시작해볼 건더기를 건졌다, 그들의 당시 용의선상에 떠오른 사람들 중에서 가장 유력하던 중요 인물이 몇 달 전 카나에서 살해되었다는 사실이 바로 드러났다, 엄밀히 말하자면, 이런 수사 중간 진전 사항을 그룹에 보고하던 중에 에르푸르트 살인 수사 위원회의 책임자가 말을 정정했다, 처형을 당했지, 아니, 정확하게 표현한다면 그래, 정확하게 말해서, 맞아서 죽었어, 그것도 한 방에, 그리고 이 한 방이 당시에 일어난 또 다른 살인 사건, 구체적으로는 카나에서 일어난 사건으로 이어졌다, 비록 도구가 개입된 살인이지만, 거기서 두 피해자도 정확하게 그렇게, 한 방에 죽었다, 허어, 그리고 그들은 이미 수상한 냄새를 맡아 쫓았지만, 마치 플로리안도 이를 감지한 듯, 그는 이전보다 더 조심스러웠다, 실제로 동굴에서 산 이후로 주거지를 자주 찾지는 않았지만, 지금은 아예 번잡한 주택 지역은 가까이 가지를 않았고, 변두리 지역 뒷마당에서 구한 걸로 허겁지겁 허기를 채우는 정도였고, 식수 구하기는 중앙 광장에 있는 분수가 대부분 아직 작동하지 않았기 때문에 더 어려워서 그는 기발하고 기민하게 굴어야 했다, 가장 확실하고 안전한 방법은 물이 언제 이 마을 상점이나 저 마을 상점에 배달되는지 관찰했다가, 배달 트럭으로 잽싸게 다가가 물 상자 한두 개를 훔치는 일이었고, 혹은 임시방편으로는 그를 알아보지 못하도록 매복했다가 운전사를 공격하여 무력화시키고 상자 한두 개를 훔쳐 가는 것인 듯했지만, 아무리 시기적절한 때를 고르더라도 복잡하고 위험한 작전이었다, 하지만 일단 끝나면 잠시는 평온할 수 있었다, 그리고 그런 후로 그는 우거진 숲이나 관목이 무성하게 웃자란 언덕배기에서 자신에게 적합한 장소를 찾아다니며, 그 순간 들리는 것에 더 많은 주의를 기울일 수 있었다, 그는 겨울 은신처를 찾은 후로, 매일 혹은 이틀에 한 번씩 식량을 구하러 나갔고, 노트북을 충전하는 일은 포기했다, 그는 자신의 외양으로는, 누더기 옷, 산발인 머리카락, 쫓기는 듯한 충혈된 눈, 도망 다니느라 엉망인 지금 꼬락서니로 더 이상 시선을 끌지 않고 술집이나 공공장소에, 심지어 기차 역도 들어갈 수 없다는 것을 알았다, 그래서 그는 더 이상 노트북을 충전하지 않았지만, 귀에서 이어폰을 떼지 않았다, 왜냐하면 이제 봤더니 그는 음악을 예전처럼 기억하는 것만이 아니라, 그 음악이 심지어 이어폰이 완전히 무음 상태일 때에도 똑똑히 들리는 것이었다, 이것은 아마도 보스와 엮이던 일이 끝난 뒤로 이 음악을 끊임없이 틀었고, 그래서 그에게 아주 깊이 배어들었기 때문이리라, 그 소리가 들리는 일이 숨 쉬는 일처럼 그에게 자연스러웠고, 노트북에서 굳이 음악이 나오지 않아도 되었다, 노트북이 작동하지 않아도 음악이 흘러, 그래서 겨울 동안, 하지만 지금처럼 무성한 숲속이나 관목이 무성하게 우거진 언덕배기에서, 이런 고요한 시간이나 밤에 깨어 있을 때도, 그는 온전히 집중해서 그 음악에 빠져들 수 있었다, 그의 뇌는 힘들긴 했지만 다시 작동하고 있었기 때문이었다, 그리고 이 뇌는 우주에 도사리고 있는 끔찍한 위험, 분데스레기룽(연방정부)에, 무엇보다도 근본적으로 연방 총리 앙겔라 메르켈에게 도저히 경고할 수 없었던 이 위험과 관련하여 떠올랐던 이전의 생각들은, 기본 입자물리학은 아무런 답을 주지 않는다는 것을 깨달았다, 아마도 든든하게 마음 놓이는 답변을 전혀 줄 수 없을 테니까, 그는 왜 그런지 이유는 몰랐지만 겨울 동안, 세상에서 거의 완전히 물러나 있는 동안 이에 대해 생각할 시간이 있었고, 그런 결론에 도달했다, 사실 그렇게 만족스러운 수준으로 도달하지는 못했지만, 그럼에도 기본 입자물리학은 답을 줄 수 없거나, 결코 답을 줄 위치에 있을 수 없을 것이라는 추론 정도까지는 도출했다, 단순히 입자물리학은 자신의 앞에 자신이 놓은 장벽이 있기 때문이었다, 인간 논리 체계에서 비롯되기 때문에 결코 극복할 수 없는 장벽이었다, 거기에서 생각은 마치 스스로 배배 꼬여드는 것처럼, 그렇게 자신의 자유로운 힘을 다 갉아먹고, 항상 출구만을 찾아, 나갈 길을 찾아, 다시 한번 자기 자신이 놓은, 새롭고 또 새로운 덫을, 다른 식으로 할 수 없기 때문에, 정확하게 자체 과학적인 논리에 따라 또 불러들인 덫을 벗어날 출구를 찾았다, 그래서 지금, 5월 초에, 플로리안은 오월제 장대를 어디서나 보았기 때문에 5월 초라는 것을 알았다, 그의 뇌는 다시 한번 작동했다, 그는 이전의 생각의 흐름으로 다시 물러났다, 아니, 생각의 흐름이 아니라 그저 물러서야 한다는 느낌, 그리고 바흐 자신으로 물러서야 한다는 느낌이었다, 이전에도 그는 자신이 무엇을 찾을 것인지 엉성하고 원시적인 생각을 가지고 있었고, 이를 메르켈 총리와 공유했지만, 지금 이 5월에는, 그는 다른 방향에서 접근하고 있었다, 그리고 그의 뇌에서 지속적으로 울려 퍼지는 음악, 그의 뇌에서 떠나지 않는 바흐는 그에게 좀 더 '개인적인 상태'에 해당한다고 할 수 있었다, 즉, 그는 더 이상 바흐를 듣지 않고, 바흐 안에 있었다, 자신의 뇌 속에서 그는 더 이상 끊임없이 들리는 음악과 자신을 분리

할 수 없었고, 그래서 그는 더 이상 〈마태 수난곡〉이나 합창 찬송 음악을 실제로 틀 필요가 없었다, 틀지 않아도 〈마태 수난곡〉과 합창 주제곡들이 그의 머릿속에서 자자하게 울렸기 때문이다, 이제껏 다운로드해서 들었던 모든 바흐 작품 하나하나가 그의 머릿속에서 들리는 일이, 단순히 이를 재생하지 않는다고 해서 중단되지 않았다, 그는 5월의 온화함 속에 덤불이 무성하게 웃자란 언덕배기 위에, 혹은 세상으로부터 숨은 깊은 숲속에 누워, 그는 하나씩 〈마태 수난곡〉과 합창곡, 〈볼템페리어테스 클라비어〉, 〈골드베르크 변주곡〉, 관현악 소나타, 모음곡, 파르티타, 칸타타 등으로 이어가며 모두 섭렵했고, 최후의 심판에 대한 구제책이 과학 안에, 그리고 그쪽을 토대로 생성된 정치에 있지 않고, 그 구제책은 전적으로 그리고 유일하게 요한 제바스티안 바흐에게, 그러니까, 바흐의 작품이 그 구조를 관통해 이어지는 길에 있다고 생각했다, 이러한 구조는 완벽했으며, 따라서 구조가 완벽하다면 이를 토대로 세워진 주제도 완벽했고, 이러한 주제가 완벽하다면 이러한 주제를 구현하는 음정의 관계도 완벽했고, 이러한 음정들 관계가 완벽하다면 모든 음 하나하나가 완벽했다, 말인즉슨, 필경에는 플로리안이 이러한 고요한 순간순간에, 이런 분분마다, 때로는 여러 시간에 이른 결론이 제바스티안 바흐에게는 **악이 전혀 없다**는 것이다, 허, 이것은 피할 수 없는 위험과 서로 맞서 버틸 수 있다, 바흐의 예술에는 단순히 **악이** 결핍되었다, 바흐가 창조한 예술은, 우주와 달리 어떤 것으로도 파괴될 수 없었다, 바흐의 작품에는 우연이란 없었다, 하지만 이런 기원을 이룬 앞선 시기가 아니라, 작품이 탄생한 순간부터 이후로, 불확정의 우연이란 절대 없으며, 앞으로도 없을 것이며, 변화도 없을 것이다, 바흐는 **안정된 구조**였고 영구히 그렇게 남을 것이다, 이상理想처럼, 동화에 나올 것 같은 수정처럼, 물방울의 표면처럼, 그 안정성은 불가해하고, 그 완벽성도 불가해했다, 당연히 묘사는 할 수 있지만, 파악할 수 없었다, 그 본질이 이를 파악하려고 다가오는 정신적 손길을 피해 뒷걸음질쳤기 때문이었다, 우리가 파악할 수 없는 것들이 있다, 플로리안의 뇌가 생각했다, 당연하다, 왜 완벽한 것에 본질이 없는지, 왜 완벽은 존재한다고 말해야 하는지 이해가 갔다, 그러니 본질이 없다면 우리에게는 오로지 경이로움만이 남는다고 플로리안의 뇌가 생각했다, 그러다 다시 그의 근육이 앞에 나서 주도권을 잡았고, 그는 깊은 숲속에서 혹은 관목이 무성하게 웃자란 언덕배기 사이에서 나왔다, 그리고 그는 카나로 돌아갔고, 그곳에서 그는 더 이상 떠나지 않고 기다렸다, 카린도 똑같은 식으로 행동했다, 그녀는 마르가레텐슈트라세에 갈 수 없었고, 더욱이 그 지역에 자신의 모습을 자주 내보일 수도 없었다, 그런 이유로 대신 그녀는 일로나의 게스트하우스를 골랐다, 이는 카나 중심가가 아니라 마을에서 북서쪽으로 몇 킬로미터 떨어진 곳에 위치했는데, 걸어서 갈 수 있는 데여서 그렇게 걸어서 도착했다, 거기에 사는 사람들은 그녀에게 아무 문제도 아니었다, 두 발의 총격, 그것으로 끝내버렸다, 그녀는 그들을 집에서 그리 멀지 않은 곳에, 집이 이미 마을 밖이긴 했지만, 묻었다, 그리고 다음 날 저녁 그녀는 카나로 걸어 돌아갔고, 완전히 어두워질 즈음에 그녀는 계속 자리를 바꿔가는 관측 지점 중 하나에 자리를 잡을 수 있었다, 그녀는 잠시 동안 피트니스 센터 건물을 집중해 지켜보았지만, 그러다 그만두고, 어느 버려진 주유소에서 호호하우스 입구 앞의 작은 녹색 마당을 관찰했다, 그곳에서 창문을 덮고 있던 나무 판자들을 조심스럽게 떼어내었다가 손상 없이 다시 제자리에 놓아두면 그녀는 여기서 완벽하게 보호를 받으며 밤을 날 수 있었고, 또한 호호하우스, 에른스트-텔만-슈트라세 교차로, 바우마르크트 앞 주차장, 철도 선로 아래로 윌비젠베크로 이어지는 보스의 옛집 근처의 좁은 길까지도 살필 수 있었다, 하지만 그녀는 또한 부르크에서도 몇 시간씩 보냈다, 경찰이 통제선을 치고 봉인 종이까지 붙여놓았지만 봉인에 손상 없이 들어가는 일은 그녀에게 일도 아니었다, 부대가 그렇게 많이 사용한 적이 없는 위층에서는 예나이셰 슈트라세와 알트슈타트에 자리한 라트하우스로 이어지는 두 개의 평행한 거리가 꽤나 시야에 잘 들어왔다, 하지만 그녀는 또한 고등학교 옆 공터에 또 다른 관측 지점도 마련했는데, 거기서는 헤어프스트 카페에 누가 들어가고 나오는지 볼 수 있었다, 하지만 플로리안은 들어가지도 나오지도 않았다, 그는 부르크 19 바로 맞은 편, 상크트 마르가레텐 교회 탑에서 적당한 장소를 찾았기 때문에 어디에도 가지 않았다, 오로지 그곳만이 밤에 부르크 19 앞에 무슨 일이 일어나고 있는지 명확하게, 그리고 방해받지 않고 볼 수 있었기 때문에, 그는 누가 들어가고 누가 나오는지 명확하게, 그리고 방해받지 않고 계속 관찰할 수 있었다, 하지만 그가 카린을 칠 수 있었던 기회가 한 번 있었는데 카린이 너무 빨리 움직여서 탑에서 제때 내려와 급습할 기회조차 갖지 못했다, 더군다나, 그래도 시도라도 하려고 하는데, 갑자기 제단 주위로 희미하게 뒤적거리는 소리가 들려, 탑에서 내려오는 계단 아래에서 잠시 멈춰서 교회의 고요에 귀를 기울였다, 가망이 없다, 게다가 카린이 얼마인지는 모르나 오랫동안 부르크에 숨어 있었는데, 지금 그곳을 떠나고 있구나, 산출은 어렵지 않았다, 그래서 처음부터 일이 잘 풀리지 않았지만, 어렵다는 점이 그렇게 놀랍지 않았다, 그도 충분히 어려울 줄 알았기 때문이었다, 카린은 그를 사냥하고 있었고, 카린은 매우 뛰어난 사냥꾼이었다, 그녀는 이미 줄과 체육관에서 이를 증명했고, 지금도 이를 증명하고 있었다, 간단히 말해서, 그가 카린을 찾고 있기는 하지만 카린도 그를 찾고 있다는 것이 명확했다, 즉, 카린은 그녀가 다음이라는, 그것도 죗값을 치러야 할 마지막 사람이라는 것을 알았고, 카린은 플로리안이 진정한 적수임을 인식하고 있다는 점도 분명했다, 마찬가지로 그도 카린이 모든 것을 알고 있다는 것을 깨닫는 일은 그렇게 어렵지 않았고, 따라서 그런 이유로 그도 그녀를 앞지르고 싶었다, 그리고 이러한 인식과 함께 플로리안은 침울하게 탑으로 이어지는 좁은 계단을 올랐지만, 그는 왜 갑자기 이런 슬픔이 뒤덮는지 몰랐다, 이런 비슷한 일은 전에도 그에게 일어났지만, 그때도 그랬지만, 지금도 이런 감정을 어찌 다룰 수가 없었다, 아마도 이것이 그가 두고 떠난 옛 삶에서 그에게 남은 유일한 감정이었기 때문일 것이다, 하지만 그는 항상 자신에게 감정이란 것이 남아 있다는 사실에 허를 찔리듯 깜짝깜짝 놀랐다, 그런 점까지 계산하지 못했다, 어쨌든 때때로 이런 감정이 불시에 닥쳤을 때 이에 대항해 아무것도 할 수 없었고, 이 낯선, 금속성의 차가운 슬픔 앞에서 무력하게, 그런 감정이 있는 머리부터 발끝까지 남김없이 차오르도록 둘 수밖에 없었다, 그래서 그는 지금도 그런 상태가 지속되어, 탑 안 종 옆의 기둥 중 하나에 앉아 팔꿈치를 무릎에 얹고 몸을 앞으로 기울이고 그것이 지나가기를 기다리고, 그의 뇌가 다시 맑아지기를, 근육에 힘이 돌아올 때까지 기다렸다, 이것이 그가 곧 종이 울릴 것이라는 신호로, 종을 작동시키는 기계장치가 지잉지잉거리며 울기 시작했을 때, 미처 주의를 기울이지 않았던 이유인지도 모른다, 그래서 그는 여기로 몰래 올라온 이후로 이제껏 하던 일을 하지 못했다, 즉, 그는 계단을 한 층 내려가 벽감에 몸을 숨겨 소리로부터 자신을 보호하는 대신에 이번에는 종을 치는 그 첫소리를 너무 근거리에서 듣게 되었다, 엄청난 힘과 엄청난 음량으로 가격해 거의 쓰러질 뻔했다, 그는 무릎을 꿇고 주저앉아, 종에서 멀리 바닥으로 몸을 던지며 귀를 움켜잡았지만 귀를 가려도 아무 소용 없었다, 그래도 종이 다시 울리기 전까지, 여전히 정신이 완전 없지는 않아서 한쪽으로 몸을 굴리고 계단으로 몸을 날렸다, 한참을 몸이 계단을 굴러 내려가는 동안 마구 부딪쳐 튕겼고, 여전히 두 손으로 귀를 움켜쥐고 여기저기 벽을 들이받으며 본당으로 굴러떨어졌다, 그의 몸 안의 모든 것이 끔찍하게 윙윙거리고, 아팠다, 머리는 터질 것만 같았고 너무 어지러웠다, 정신을 차리기까지는 시간이 좀 걸렸지만, 다행히도 제단 주변에서 부스럭대던 소리는 사람 소리가 아니라 쥐였다, 아마도 잘레 강둑이나 어디에서 올라온 무고하고 순진한 쥐, 플로리안은 가장 가까이 있던 신도석 벤치에 앉았고, 여전히 머리를 움켜쥔 채로 그 커다란 동물이 무거운 제단보를 보호하려고 위에 놓은 가벼운 레이스 덮개를 잡아당기려고 하는 모습을 지켜보았다, 그 위에 추문처럼 망신스럽게 빵 조각이 남아 있었고, 그는 그 동물이 마침내 보를 당기는 데 성공하여 빵 조각에 달려드는 모습을 지켜보았다, 그렇지만 사실 레이스보를 당긴다는 게 원하던 조각만이 아니라 그와 더불어 있던 십자가, 받침대 위에 펼쳐진 성경, 두 개의 촛대와 네 개의 꽃병을 포함하여 다른 모든 것까지 다 끌어내렸다, 모든 것이, 하지만 쥐는 자신이 뒤덮여 있건 말건 상관하지 않고, 내리덮은 흰 레이스 천 아래에서 휙 빵을 잡아당기고, 제 몸도 빼내었고, 한편 그러는 사이 잠시도 먹는 것을 멈추지 않았다, 쥐는 빵을 씹고 또 씹었고, 어디에도 관심을 두지 않았다, 때때로 여기저기 머리를 돌렸지만 게걸스레 자신의 음식을 갉아대는 일 외에 다른 것에는 관심을 내보이지 않았고, 플로리안도 딱히 상대할 생각도 없어 보였다, 비록 플로리안은, 심한 어지러움 속에서도 쥐가 자신을 알아챘다는 것을 알았지만, 상관하지 않았다, 마찬가지로 저쪽이 무엇을, 그리고 어떻게 갉아대든지 신경 쓰지 않았고, 다만 그는 여전히 쉬이 가시지를 않는 메스꺼움과 현기증과 씨름하기에도 버거웠다, 그는 의자에 눕지 않을 수 없었고 그 자리에 머물러야 했다, 처음 울린 종소리가 오랫동안 계속 속에서 댕댕 울렸기 때문이었다, 쥐는 거의 식사를 마쳤고, 그 작은 입은, 나머지 큰 덩치에 비해 유난히 작은 입은, 마지막 부스러기를 모아들이고, 머리를 앞뒤로 휙휙 돌리고 방향을 정하고 작은 다리로 종적도 없이, 바람처럼 잽싸게 정한 방향으로 사라졌다, 플로리안은 도망갈 정도로 조금 힘이 돌아올 때까지 신도석에 누워서 기다렸다, 교회 관리인이 쥐가 유발한 요란한 소리를 듣고, 뭐가 잘못된 일이 있나 확인하러 언제든 들어올 수도 있었다, 그래서 그런 일이 있기 전에 옆문으로 비틀거리며 나갔다, 옆문은 진짜 몸이 나아지기 전에 일찍이 열어두었는데, 이것은 나쁜 생각이 아니었다,

그때부터는 신선한 저녁 공기가 많은 도움이 되어, 몇 분 후에는 메스꺼움과 현기증이 상당히 줄어들었다, 그리고 교회가 서 있던 작은 언덕을 두르는 뒤쪽 옹벽 난간턱에 앉을 엄두는 나지 않았지만, 그 난간 옆에, 강하고 차가운 바람을 어느 정도 피하며 거기에 머물렀다, 5월이었지만, 여기는 바람이 차가웠고, 카나를 둘러싼 산으로 공기는 저녁과 아침이 매섭도록 쌀쌀했다, 게다가 오늘 밤은 보름달이 떴고, 하늘은 너무 맑아 위로는 구름 한 점 없었기 때문에 거리를 따라 보이지 않게 나아가고자 하는 사람은 어떻게 숨어 움직일지 신중하게 잘 골라야 했다, 예를 들어, 카린은 관측 지점에서 한참 전부터 움직이지 않았다, 그녀가 움직이면 플로리안의 이목을 끌까 봐 두려웠기 때문이었다, 그녀가 자신을 드러내어 그를 유인하려던 계획이 먹혀들지 않으리라는 것을 이미 터득하고 있었다, 그가 어떻게 이런 수를 부리는지 누가 알았겠는가마는, 상대방이 이제 흔치 않은 기술을 가지고 있었다, 플로리안에게 이것은 상당히 놀라운 전개였다, 항상 실수로 덜렁거리던 모습만 떠올렸는데 지금 돌아보면 어쩌면 이런 모습도 항상 한 벌의 카드 낱장처럼 들어 있었다고 인정하지 않을 수 없었다, 이 서툴지만 육중한 인물에서 그녀 혼자 붙인 말로, 언젠가 "전사"가 갑자기 뚫고 나올 수도 있다, 그녀는 매우 조심스러운 태도를 유지하며, 당분간은 그저 플로리안이 마을을 돌아다닌다면, 어디로 이동해 다니는지 관찰만 하면서, 눈에 새

기다가 그의 경로를 정확히 파악한 후에야 공격하는 것이 최선이라고 생각했다, 다만 플로리안은 더 이상 경로란 게 없었고 완전히 예측 불가능하게 위치를 바꾸고 다녔다, 그는 카린보다 훨씬 더 조심스러웠는데, 적어도 카린이 예나이셰 슈트라세의 버려진 건물 다락방에 숨어 며칠 동안 나오지 않으면서 받은 느낌은 그랬다, 이 다락방은 과거에 이미 몇 번이나 이용했던 곳으로, 지금도 그곳에 자리를 잡았는데, 거긴 알트슈타트의 특정 구역들에 움직임이 있으면 파악할 수 있는 데다가, 물론 쇼핑센터와 반호프(정거장) 부근에 사람이 나타나도 대충 그 뒤를 눈으로 쫓을 수 있었기 때문이었다, 마을에 아직 플로리안이 있다는 흔적은 전혀 보이지 않는 것 같았다, 플로리안이 전략을 바꿨나, 그래서 주변 지역 어딘가에 둥지를 틀었나, 하는 생각까지 들었다, 그 역시 때를 기다리고 있기 때문에 그럴 것이다, 오직 이런 어림짐작 때문에 어느 날 새벽 쇼핑센터 뒤편에 내려왔을 때, 상대적으로 조심성을 풀고 행동했으리라, 그리고 이번에 움직일 때 그녀는 음식을 가져오는 것을 잊어버려서, 그녀는 거기에 주차된 그날 배달 트럭에서 몇 가지 물건을 훔친 다음 그 지역을 떠날 계획으로 기차 선로를 향해 걸어가는데 평소보다 주의를 소홀히 했다, 무슨 뜻이냐 하면, 한시라도 틈을 주지 않았어야 했는데 잠시 한눈판 사이에 이미 머리 위로 이미 한 차례 그녀를 공격한 비열한 날짐승이 난데없이 나타나 이미 그녀에게 돌진하고 있을 때야 겨우 알아차렸기 때문이다, 날짐승이 이미 하강해 덮치려던 마지막 순간, 그녀는 그 일격을 피해 멀리 튀어 몸을 날렸고, 하마터면 발톱에 다시 머리통이 잡힐 뻔했다, 카린은 독수리가 그럴 작정이라는 것을 알고 옆으로 튀었다, 하지만 이번에는 충격으로 완전히 얼어붙지 않았고 주머니에서 권총을 꺼내 안전 걸쇠를 풀고 총을 겨누었다, 처음에는 목표물을 빗나갔고, 두 번째 발사에 맞췄다, 하지만 독수리는 공중에서 날개를 퍼덕거리며, 살짝 뒤로 떨어지긴 해도, 그래도 계속 상승을 멈추지 않았다, 카린은 그 꽁지를 향해 마지막 한 방을 쏘았다, 몇 번 펄럭이는 날갯짓을 끝으로, 이번에는 죽어서 땅으로 떨어지리라 예상했지만, 그저 한쪽으로 미끄러지듯 날아갔다, 마치 그녀의 시야를 벗어나려는 듯, 그래서 그녀는 독수리가 떨어지는 것을 볼 수 없었다, 아니, 독수리는 몸에 맞은 총상으로 인해 1미터 그리고 1미터 진행할 때마다 현저하게 힘이 빠지고 있는 것은 사실이지만, 버텼고, 날개를 펼치고 활강을 하며, 비행에 필요한 에너지를 최소한으로 소모했다, 아직 날아야 했기 때문에, 위로 날아올라야 했다, 그래야 마침내 내려갈 수 있는 장소를 찾을 수 있으니까, 그렇게 그 장소를 찾아 내려앉았다, 플로리안은 독수리가 그에게서 몇 미터 떨어진 곳에 착륙해도 움직이지 않았다, 새는 오른쪽 날개는 접지도 못한 채 땅에 길게 뻗어 있었다, 그들은 마을이 훤히 보이는 이 위 돌렌슈타인에 있었다, 300미터가 넘는 이 고도에서 아래에 있는 사람들의 움직임을 정확히 따라갈 수는 없었지만, 그래도 이 위에서 들키지 않기에는 최적이었다, 여기는 동굴들이 가득했고 날씨가 좋아서 마리엔글라스회흘러에서 겨울을 나며 겪었던 고초처럼 밤에 고생하지 않아도 되었고, 낮에는 망보기에 나서, 지금처럼 밖에 나앉아 보이지 않는 것을 보려고 노력했다, 그래도 그는 카린이 중요한 행동에 돌입하려고 한다면 감지하고 반응할 수 있으리라 확신했기 때문에 시도할 가치가 있다고 느꼈다, 그는 옆에서 피를 흘리며 죽어가는 독수리에게 흘깃 눈길을 주었다, 상처 입은 다리가 몸 밖으로 뻣뻣하게 뻗어 있었다, 그는 한쪽 다리에 뜯겨나간 발톱을 보았고, 피가 퍼져나가 발목 주변에 피웅덩이가 생겼다, 하지만 다른 부위에 더 많은 피가, 더 큰 피웅덩이가 어디 날개 주변에 모인 것을 보았다, 아마도 새의 멀떠구니가 다친 모양이었다, 거기서부터, 숨을 쉴 때마다 이 웅덩이는 점점 더 커졌다, 이를 쳐다보고 그걸 끝으로 플로리안은 다시 마을로 시선을 돌렸고, 완전히 어두워질 때까지 그곳에 머물렀다, 플로리안은 그날 밤을 보낼 다른 동굴을 찾았다, 하지만 새는, 더 이상 움직이지 않았고, 그 모습 그대로, 죽은 채로 밤을 보냈다, 아침이 되자 몸이 완전히 굳어, 더 이상 멀떠구니가 박동을 치며 솟구치지도, 쭈그러들지도 않았다, 새 주변의 모든 것이 조용했다, 플로리안은 동굴에서 나와 독수리 옆에 앉았을 때, 그는 새를 보지도 않고, 그는 카린이 어딘가에서 움직이고 있는지 살펴보기 위해 마을 쪽을 보았다, 하지만 그녀가 움직이지 않고 있다고 느꼈는데 그가 옳았다, 카린은 게스트하우스에서 아침을 먹고 있었기 때문이었다, 일로나와 남편은 집을 아주 잘 갖춰놓아서, 그녀가 필요한 모든 것을 찾았다, 심지어 그녀의 머리에 생긴 상처가 감염되는 것을 막아줄 항생제도 있었다, 그런 뒤 그녀는 가발에 모자를 쓰고, 카나로 걸어서 들어갔고, 다시 그녀는 예나이세 슈트라세에 있는 버려진 집으로 몰래 숨어 들어갔다, 그녀는 더 나은 발상은 떠오르지 않아서 그저 기다렸다, 그녀에게는 드문 일이 아니었다, 그들이 아직 부르크에 함께 있을 때조차도, 부대가 출격을 시작할 때면 항상 인내심이 필요했고, 카린은 인내하는 일에 남들보다 탁월했다, 다른 사람들은 항상 목표를 향해 딱 그것만 보고 달려들었다, 조바심치며 다가들기부터 해서, 예나에서 그 여섯 명의 인간 말종 스프레이어를 하나씩 하나씩 붙잡을 때도, 돌격부터 먼저 했지만, 카린은 침착을 유지하며 정확히 적절한 순간까지 기다렸고, 결국에는 다 잡아들였다, 그녀가 용케 계집애같이 겁에 질린 아이들 여섯 명을 하나씩 모아들일 수 있었기 때문이었다, 물론 보스가 심문을 맡아서 주도했고, 그녀는 심문에 참여하지 않았다, 그녀의 취미에 맞지 않아서였다, 그녀는 심문에 맞는 사람이 아니라 공격에 재주를 지녔다, 그것도 감정들에, 분노, 화, 흐린 판단력에 휩싸여 대놓고 공개적으로, 생각 없이 벌이는 전투들이 아니라, 적절한 시기를 잘 고른 후에 치고 들어가는 공격을 잘했고, 이는 인내심과 신중함이 필요했다, 그래서 그녀는 옆에 한발 비켜서 있었고, 말 그대로, 여섯 명의 개자식들은 무기고 중 한 곳의 지하실에 있는 의자에 묶여 있었다, 하지만 그 이전에 제일 처음 모두 콘크리트 바닥에 던져두고, 보스가 분노에 차 분풀이를 하며, 그들을 움찔거리지도 못할 지경까지 발로 찼고, 그런 후 얼굴에 물을 끼얹어 정신을 들게 한 뒤에, 그들을 의자에 앉히고 덕테이프로 꼼짝 못 하게 묶었고, 그리고 심문이 시작되었다, 말이 심문이었지, 실상 한쪽에서는 오직 질문만 하고 다른 쪽은, 각 질문을 받을 때마다 바로 얼굴에 한방씩 얻어맞았기 때문에 대답도 할 수 없었다, 주로 질문을 하는 것은 프리츠였고, 그리고 위르겐, 보스가 뒤로 물러나, 다시 또다시 다가들려고 벼르고, 완전히 정신이 나간 얼굴로 안달하는데, 하지만 카린과 안드레아가 그의 앞에 은근슬쩍 가로막고 서서, 더 이상 치지 못하게 끼어들었고, 프리츠가, 왜 너는 모든 것을 더럽히고 다녀? 묻고, 안드레아스가 일격을 가하고, 그러면 안드레아스가 물었다, 아이제나흐에서 뭐 하고 있었어? 퍽, 그리고 올스도르프에서, 퍽, 베흐마르에서, 퍽, 그렇게 계속되었고, 첫 번째가 묻고 두 번째가 치고 두 번째가 묻고 첫 번째가 치고 지쳐 나갈 때까지 손질이 계속되었다, 여섯 소년은 덕테이프로만 어느 정도 지탱해 앉혀둔 뒤 조금 쉬고 다시 얼굴에 물을 뿌렸다, 이제 카린의 차례였다, 그녀는 뒤쪽 배경에서 나와서 여섯 소년 앞으로 걸어가서 각각 자세히 살펴보았다, 피가 얼굴에서, 코에서 귀에서 분출되어도 아무 문제 없이 그들을 차근히 쳐다보고, 머리에 여섯 소년의 특징들을 새겼다, 그리고 그녀는 줄 끝에 앉아 있는 사람에게 몇 가지 질문을 했는데 아주 조용해서 질문 받은 사람 외에 다른 사람에게는 들리지 않았다, 그런 다음 한 걸음 앞으로 나아갔다, 이런 식으로 여섯 소년 한 명 한 명을 심문한 다음 돌아서서 보스에게 이 말만 했다, 저들이 아니다, 그런 후 그녀는 지하실을 떠나 바위 위에 앉아 담배에 불을 붙이고 전체 부대가 이렇게 마무리 지을 때까지 기다렸다, 실제로 인내심이 그녀의 유일한 힘이었기 때문에 현재 그녀의 전술도 인내에 기반을 두고 있었다, 남은 문제는 누가 더 오래 버틸 것인가, 이번 경우에도 이것이 결정적인 요소가 되리라는 것을 카린은 알았다, 플로리안이 먼저 움직이리라고 추정했다, 조금 지나면 이 모든 것을 끝내고 싶어 할 것이고, 어느 순간 갑자기 무모하게 날뛰며 그녀를 공격하려고 들 것이기 때문이었다, 하지만 지금 그는 혼자다, 이제 새가 없다, 그의 곁에 길들인 짐승이 더 이상 없다, 그녀는 강력하게, 그 짐승은 생존해 있을 수 없었으리라, 그리고 새가 그의 새라고 추측했기 때문이었다, 새가 없으면 그 혼자서는 이렇게 참고 기다릴 힘이 없을 것이고, 제 모습을 드러내리라, 그녀, 카린이 시간으로 만든, 그를 잡으러 놓은 함정에 그가 들어오리라, 시간의 함정은 그녀에게 우호적으로 작동하리라, 플로리안이 오래전에 시간에 따라 행동하고 있지 않다는 사실을 여전히 몰라서 한 생각이었다, 그리고 그의 행동에 의도나 고려가 따르지 않는다는 것도 몰랐다, 그는 전혀 생각하지 않았고, 계획도 전무했다, 그는 산 위에 앉아 카나를 바라보고, 자동차의 움직임을 보았고, 때로는 옆으로 시선을 주어 이제 사냥감으로 변한 검독수리에게 접근하려는 이런저런 동물들을 쫓아내었다, 쳐다보는 시선 정도로도 쫓기에 충분했고 그들도 이 먹잇감은 그들의 것이 되지 못하리라는 것을 이해했다, 송장은 쪼그라들었고, 커다란 몸통은 이미 그 안에 전혀 생명이 깃든 적이 없던 것처럼 보였다, 보통 산들거리며 불지만 때로는 몰아치는 칼바람에 내리뻗고 있는 오른쪽 날개의 깃털이 나부꼈다, 바람이 조금 더 강하게 일면 날개를 약간 들어 올려 마치 날개가 손짓하는 것처럼 보이기도 했지만 그러다가 죽은 가슴팍 옆으로 다시 내려앉았고, 항상 방금 상승하기 직전과 똑같은 위치로 돌아갔다, 날개를 널찍하게 펼치고, 쭉 뻗치고 있었다, 마치 날아가는 것처럼, 한쪽 날개를 플로리안 옆의 땅에, 여전히 그에게 도움이 되고자, 그를 보호하고자, 그를 위험에 빠뜨리려는 사람을 쫓아낼 수 있도록, 이 사내는, 독수리를 자신의 방식으로 인식했다, 다시 말하면, 그는 살아서 그의 곁에 있던 존재도 받아들였고, 그는 독수리가 지금 죽었어도, 그대로 받아들였다, 그게 다였다, 플로리안은 달리 처리해야 할 일이 있었고, 그 일에만 생각을 집중할 수 있었다, 그리고 결심을 하고, 어느 밤에 카나로 내려가기로 결정했을 때는, 배낭도 마지막으로 몸을 피해 머물렀던 동굴에 두고 왔다, 배낭이 왜 필요하며, 노트북이 무슨 소용인가, 더 이상 아무것도 필요 없었다, 그는 서둘러 L1062를 따라 내려갔다, 딱 봐도 누가 그를 보든 말든 신경 쓰지 않는 것 같았다, 이런 점은 그가 다리를 건너서 마을로 들어갈 때 더욱 뚜렷했다, 몇 대의 차가 속도를 늦추고 그를 뚫어지게 쳐다보며 이 몰골이 말이 아닌 부랑자가 누구인지 갸웃거렸지만 그를 알아보지는 못했다, 그래도 즉시, 여전히 차에 타고 있을 적에, 경찰에 낯선 사람을 보았다고, 신고하는 것이 낫겠다고 여겼다, 무슨 거대한 숲속 야만인이 이런저런 장소에서 목격되는데, 뭔가 속 검은 꿍꿍이를 품고 있는 것처럼 보인다, 하지만 경찰은 카나에서 물밀듯이 빠져나간 이후로 그런 일에는 그다지 관심을 두지 않았다, 게다가 마침 월요일이라 한해 이맘때는 마을의 오래된 관습에 따라 가벨스베르거 슈트라세에 있는 작은 경찰서에는 아무도 근무하지 않았고, 예전처럼 아무도 없는 경찰서 앞에 빈 경찰차만 두 대 주차되어 있었다, 경찰서는 화요일과 목요일에만 문을 열고 방문객을 받았다, 그러니까 휴일이 끼지 않는 이런 날에만 마을에 경찰관이 있었고, 중요한 축구 경기로 그들의 존재가 절대적으로 필요하다면 있긴 있었지만, 지금은, 어디 낯선 인물이 마을 안으로 와 어슬렁거리더라고는, 허, 뭘 이런 걸로, 전화를 내려놓고 메모를 했지만 당직 경찰관은 누구에게라도 알려 경보를 발할 필요가 없다고 생각했다, 그래서 플로리안은 방해받을 만한 상황은 맞지 않고 거리를 따라 걸어 다닐 수 있었다, 의심의 눈총이 빠지지는 않았다, 노부인들이 그가 지나간 후 그 자리에 서서 뒤에서 오랫동안 그를 쳐다보았지만, 그는 조금도 신경 쓰지 않는 것 같았고, 이것이 카드 게임이라면 그의 패를 모두 테이블 위에 올려놓고 있는 셈이었다, 하지만 이는 도박이 아니고, 그는 완전히 진지하게, 죽자 사자 카린에게 자신을 노출시키고 있었다, 그래서 자청해서 스스로를 내놓고 있었으며, 상대방이 자신이 무슨 전략으로 나서는지 충분히 추론한 시간을 가질 기회를 제공하고 있었다, 플로리안은 멈추지 않고 반호프슈트라세를 따라 걸으며 호흐하우스를 힐끗 쳐다본 다음 바우마르크트 앞에서 옆으로 접어들었다, 더 자연스러울 수도 없을 만한 태도로, 그릴호이젤에 들어가 늘 앉았던 자리에 앉았다, 스무 살이나 스물두 살쯤 된 청년이 카운터 뒤에서 무엇을 드리냐고 묻자, 그는 보크부어스트와 물 한 잔을 달라고 했다, 다 합쳐 모두 네 사람이 안에 있었는데, 플로리안은 그들이 누군지 알고 있었지만 신경 쓰지 않았다, 마찬가지로 그들은 그를 알아보지 못한 눈치였다, 그렇게 알아보지 못해서, 그를 한동안 곁눈으로 쳐다보았지만, 단골 중 누구도 저 사람이 플로리안이라고, 깨닫지 못했다, 예전 플로리안과 이 모르는 손님 사이에는 전혀 닮은 점이 감지되지 않았기 때문에 그런 생각은 아예 떠오르지도 않았다, 비록 굵직하고 건장한 덩치에, 떡 벌어진 어깨가, 단서가 될 수 있었지만 눈여기지 않았다, 단골들의 눈에 이 사람은 완전히 다른 방식으로 건장한 체격이었다, 플로리안일 수 없었다, 얼굴이 다르고 자세가 달랐다, 그가 앉은 태도, 다리를 벌리고 있는 모습도, 몸을 우뚝 세우고 있는 방식도 달랐다, 이런 외관에서 플로리안을 떠올릴 만한 것은 아무것도 없었다, 질문을 반갑게 응할 인상은 아니라서, 나서서 그가 누구인지 물어볼 염도 나지 않았고, 그래서 그들은 그를 내버려두고 다시 한번 하르츠 IV 수당이 또 늦어진다느니 그런 문제로 서로에게 투덜거리기 시작했다, 플로리안 앞에 보크부어스트와 물 한 잔이 나왔고, 무슨 동물처럼, 나중에 호프만이 말했듯이, 진짜 동물처럼 먹어치웠다, 음식을 이로 찢어 뜯었고, 몇 입 안 되어 이미 입안에서 사라졌고, 헐떡이며 물을 단숨에 들이킨 다음 웨이터에게 건너가서 낼 돈이 없다고 말했다, 그러자 소년은 침을 한 번 꿀꺽 삼키고, 뭐라고요?! 한마디 하고 겁을 집어먹고 마른행주를 쥐락펴락하기 시작했다, 이런 일은 미처 생각지도 못했다, 원래는 그릴호이젤의 운영을 잠시 떠맡아, 소시지를 삶고 튀기는 일을 하고, 필요하면 음료를 서빙하고 돈을 받는 정도만 하면 되었지, 이런 일은 꿈에도 생각하지 않았고, 이런 처지에 몸담을 줄은 몰랐다, 술집 주인이 되겠다는 계획은 없었고, 애초에 다른 계획을 갖고 있었다,

화가가 되려고, 그리고 네덜란드에서 살고 싶었지만, 사촌 누이와 남편이 카나 외곽에서, 알텐베르크 마을에서 멀지 않은 곳에서 사체로 발견되자 경찰에서 그릴호이젤을 폐쇄했다, 그런 뒤 열어도 된다고 다시 허가했다, 그러자 루마니아, 트란실바니아에 있던 친척들이 그에게 당분간 뷔페의 업무를 인수하라고 맡겼고, 그에게 하인리히 씨를 같이 붙여주었다, 그 끔찍한 사건이 일어난 것만 봐도 공포의 현장에 아이 홀로 살도록 두겠다는 생각은 엄두는커녕 아예 열외였기 때문이었다, 그는 동의했지만 이런 도발에 대비하지 못했다, 그는 이제 어떻게 해야 하느냐? 목전의 위험에 아주 울상이었다, 그는 계속 마른행주만 움켜쥐고서, 입을 쭉 내밀었다가 풀고, 다시 쭉 주름을 잡고 망설이며, 무슨 말을 해야 할지 고르고 있는 사이에, 플로리안은 천천히 그릴호이젤에서 걸어 나가버렸다, 아무 일도 없었다는 듯이, 단골손님들이, 특히 호프만이, 즉시 그에게 따지기 시작했다, 왜 이런 일이 일어나게 놔두느냐, 어쨌거나 그가 지금 사장이지 않느냐, 모두가 제 할 말을 큰 소리로 떠들어댔다, 이런 식으로 꾸려서야 되겠느냐, 주문을 했으면 지불을 해야 한다, 그들이 이딴 식으로 똑같이 굴면 어떻게 할 거냐? 그러면 그릴호이젤은 어떻게 되겠느냐? 쏟아지는 말에 소년을 더욱 신경이 곤두서, 얼굴에 당장이라도 마른행주를 집어던지고 바로 네덜란드로 떠나 미술가가 되고 싶은 마음이 굴뚝같았지만, 그는 계속 행주만 쥐락펴락하고 있었

572

다, 플로리안은 가던 길을 계속 갔다, 크리스티안-에크하르트-슈트라세 끝까지 올라가서 왼쪽으로 돌았고, 한동안 마을을 가로지르는 B88을, 가끔 경적을 울리며 차들이 지나는 길을 계속 따라 내려가, 알트슈타트까지 걸어 올라갔고, 몇 시간 동안 거리를 걸어 다녔다, 아무도 그를 알아보지 못했고, 아무도 그가 실종된 플로리안일지도 모른다고 생각하지 않았다, 왜냐하면 그가 눈에 들어오면 무서움이 앞섰기 때문이며, 시간이 충분하면 얼른 길 건너편으로 건너간 다음 저 사람이 대체 누구일까 돌아보고 또 돌아보았다, 폴크난트는 예를 들어 사람들이 우체국 앞에 이러이러한 인물이 지나갔다는 말을 듣고 달려가 누구인지 살펴봤지만, 플로리안을 알아보지 못했을 뿐 아니라, 그는 우체국으로 다시 들어가, 언짢은 마음에 절레절레 흔들고, 곧바로 대놓고, 여러분, 상황이 정말 잘도 돌아간다, 왜냐하면 이제 저들이 이 전염병이니 뭐니 그런 것들이 운좋게 잘 방어된 튀링겐에서 고개를 치들고 있네 마네 우리를 겁주는 일도 모자라서 이제는 인두겁을 쓰고 늑대가 돌아다닌다고 어찌저찌 평했다, 이런 재담을 내남직없이 달게 받아들인 것은 아니어서, 카나 주민들에게 보낸 최신 NABU 소식지를 읽은 사람이라면 거기서 읽은 내용이 자연스럽게 상기되었기 때문이었다, 그들은 두려워할 이유가 없다며 전한 내용이, 현 상황 독일에는 100개 이상의 완벽한 루델 그리고 이런이런 수의 쌍 그리고 이런이런 수의 독립 늑대 개체들이 목격되었으며 모두 인간과 평화롭게 공존하고 있다는 것이었다, 그리고 정확하게 왜 NABU가 유난히 그들에게 집중해서 관심 갖고, 강연하고, 정기적으로 소식지를 만드는지 그것도, 오로지 카나 주민들만을 위해 그러나, 의문은 누구에게도 떠오르지 않았다, 물론 사람들은 이 모든 일의 배후를 뭔가 있다고 의심은 했지만, 진실이 무엇인지 짐작하기란, 말하자면 실제로 잘못된 실험으로 양심이 거리낀 탓이란 건 파악해내기란 불가능했다, 다 실패로 돌아간 연구 프로젝트에 입을 다물어 비롯된 일이었다, 늑대의 놀라운 청각 및 후각 기능에 관한 새로운 데이터를 수집하려던 연구 프로젝트로, 토마시 람스탈러를 포함한 전부 세 명의 연구원에 이르는 에르푸르트 NABU 연구팀은 넉넉지 않은 예산에 당분간 그들이 무슨 일을 하는지 연구를 비밀에 부치고서, 그렇게 고안해낸 방법이 두 식별 칩을 갈아야만 하는 두 마리 늑대를 생포해, 늑대 눈을 테이프로 가려 안 보이게 하고, 새로운 추적기를 활용하여 오직 냄새와 귀로만 방향을 잡아 움직일 이 둘을 따라다니며 관찰하겠다는 것이다, 하지만 이 계획은 설계부터 다층적인 결함들이 도외시되었다, 그런 결함 중 하나는 프로젝트가 시작된 직후에야 발견되었으며, 더 심각한 오류는 실험에 착수한지 한참 후에야 분명해졌다, 물론 그들은 단순한 의료용 안대는 진정제를 맞았다가 깨어난 동물들이 즉시 제거하려고 들 것이라고 쉽게 예측했지만, 그래서 엄청나게 강한 접착제로 눈 주위의 제모한 안구 뼈대에 반창고 안대 붙였는데, 두 늑대가 '어떻게 해서든' 긁어서 떼어낼 것이라고 예상하지 못했다, 좀 더 정확하게 말하자면, 늑대들이 반창고 안대를 완전히 없애버릴 때까지 포기하지 않을 줄은 몰랐던 것이다, 그래서 자연에 풀려나 그들을 고문하던 사람들로부터 어느 정도 거리를 두게 되자, 앞다리의 발톱으로 원래는 없어야 할 것을 눈에서 떼어내려고 긁어대기 시작했다, 앞을 볼 수 없다는 것은 끔찍하게 느껴졌고, 갖은 능력을 다 동원하여 보고 싶었기 때문이었다, 접착제가 여간 강력한 게 아니어서, 낑낑대며 그들은 긁고 또 긁었고, 결국에는 도를 더해가는 엄청난 고통에도 불구하고 두 늑대는 피투성이가 되도록 눈까지 긁었고, 마침내 두 마리 다 모두 실명해버렸다, 하지만 그 당시에 NABU는 계획된 추적이 제대로 되지 않는다는 사실만 알았다, 두 동물이 왼쪽 광대뼈 피부 아래에서 심어둔 새로운 전자 태그도 긁어냈기 때문이었다, 그래서 그들은 행방불명이 되었고, 찾아 나섰지만 찾을 수 없었다, 무슨 일이 있었는지 전부 명확해졌을 때 그들은 에르푸르트에서 모임을 갖고 이 사건을 비밀에 부치겠다고 다짐했다, 하지만 토마시 람스탈러는 그의 표현대로, 과학적 양심에 따라, 그리고 차후에 있을 수도 있을 개입에 희망을 두고, 두 동물이 원래 카나 관할 아래 관찰 중이던 늑대 루델에서 나왔으니 그 마을 주민들과의 관계를 돈독하게 다지고, 정보를 제공하자고 제안했고, 이런 식이라야 늑대가 돌아왔는지 확인하기 위해 이 셋이 정기적으로 카나 주변에 나타나더라도 그렇게 이상하게 보이지 않을 것이라고 권고했다, 하지만 차마 말로 하지 못하는 제일 큰 걱정거리는 무엇보다도 접착제로 눈을 붙인 일이 발각되는 일이었다, 하지만 토마시 람스탈러는 그의 두 동료에게 이런 언급하지 않았고, 그럴 필요가 없었다, 그들 모두 이것이 아주 원시적 처리였으며, 비과학적인 방법이었고, 어쩌면 그렇게 하지 말았어야 한다는 것을 잘 알고 있었고 실험에 공인되지 않을 장치를 사용한 사실이 드러날까 봐 두려웠다, 한마디로 그들은 이 문제에 대해 입을 꾹 닫고, 카나에 가서 주변 산지들 조사하고 데이터를 수집했고, 당연히 지역 주민들을 위해 소식지를 썼는데, 이런 일이 지역 주민들은 전혀 달갑지 않았고, 외려 매번 공식 성명이 실린 후에는 사람들은 겁만 더 먹었다, 마찬가지로 우체국장의 반농담조 말을 듣고 비슷한 겁심이 등골을 스쳤다, 이 말은 짧은 시간 안에 이미 입에서 입으로 전해졌고, 그 말을 들은 모든 사람이 이런저런 토를 더해, 예를 들면 헤네베르크 박사는, 하다 하다 이제 늑대인간까지 나왔어!! 그는 신중치 못하게 집의 식당에서 아내에게 말했는데, 정오에 점심을 마친 뒤에 그는 진료실에 전화해 오늘 오후에는 진료 예약은 취소하라고 알리며, 한편으로 도자기 공장을 바라보는 작은 창문이, 지금까지는 창살만 달아두었던 창문들이 단단히 닫혀 있는지 확인하다가, 아니, 창문을 잘 닫아

걸지 않았네, 더욱 신중치 못한 말을 아내에게 반복하고 말았다, 두 손을 꼭 쥐고서 뒤를 졸졸 따라오던 아내가 계속, 여보, 왜, 벌써 그것들이 여기 왔다고 생각해서?! 거듭해서 물었다, 하지만 아내의 어리석고 귀찮은 질문을 듣고 그는 기가 막혀서 하려던 말을 뚝 끊었다, 불행히도 이것이 그의 삶이었다, 집에서는 하고 싶은 이야기를 논의할 수 없었다, 하지만 집만이 아니다, 이러한 문제들을 논의할 수 있는 진정한 친구가 없었다, 그의 치과 진료실에서 그러한 방면으로 그럴 가능성은 어림도 없었다, 그를 만나기를 기다리는 환자들의 겁에 질린 눈에서 좋은 뜻을 읽을 수가 없는데, 하물며 어떻게 한담인들 나누겠는가? 그는 속으로 외쳤다, 어떻게 그들에게 내 흉금을 다 털어놓을 수 있겠는가?! 모두가 항상 나에게서 도망치고 싶어 한다, 이 펜치와 드릴, 천공기, 다루개, 치근 거상기, 가위나 다루고 살다니, 아, 빌어먹을 인생, 때때로 그는 버럭 고함을 질렀다, 그리고 치과위생사, 멜라니만이, 그를 이해했기 때문에, 이러한 감정 폭발을 목격했다, 그녀는 치과의사를 깊이 이해했다, 하지만 이런 점에 그는 화만 더욱 치밀었다, 젠장, 나를 이해하는 사람이 멜라니만 아니었으면 좋겠다, 다른 아무라도, 동정심 가득한 촉촉한 눈으로 애잔하게 쳐다보는 멜라니만 아니면, 툭 불거진 눈에 9디옵터 안경 뒤에서, 의사가 뭐라도 폭발할 때면, 즉시 그녀는 모성애로 온통 휩싸였다, 헤네베르크 의사의 머리를 쓰다듬었으면 한이 없겠다, 두 팔로 의사를 감싸 안고 그냥 쓰다듬었으면 좋겠다, 시간의 종말까지 그를 쓰다듬고, 토닥거리다 그 끝에 다다라서야 그녀는 허용치보다 더 많은 감정을 의사에게 품고 있다고 고백하고 싶었다, 하지만 그녀는 어떤 문제도 원하지 않았고, 그녀는 가정을 파괴하는 사람이 되고 싶지 않았다, 그랬다, 그런 이유로 이 모든 것이 수년을, 아니 수십 년을 헤네베르크 의사 마음속에 꾹꾹 담겨 있었다, 그는 이를 뚫고, 이를 메웠다, 그저 이를 메우고, 썩고, 악취 나는 치근을 치료하고, 뽑고 또 뽑았지만, 그의 고독에 아무것도, 그리고 아무도 도움이 되지 않았다, 그리고 이제는, 점심을 먹으러 집으로 돌아오는 길에 공교롭게 만난 환자 덕분에 피하지 못한 불운으로, 그는 이제 갑자기 이 늑대인간에 대한 이야기를 접하게 되었고, 그는 격렬한 절망에 가득 차서 도자기 공장을 향한 작은 창문을 닫은 후 아내를 피해 거실로 도망가, 즉시 손가락 세 마디 분량으로 유명한 소화제용 약술 비터, 뢴트로펜을 부어 마셨다, 그가 보기에 이는 과거로부터 온 최상의 전갈이었다, 왜냐면 마이닝거 뢴트로펜은 최고봉이니까, 그가 기분이 좀 더 흥하는 순간에 아내에게 설명하곤 했다, 그는 뚜껑을 돌려서 열고 몇 번 더 깔짝깔짝 따른 후에 단숨에 벌컥 들이키고 가장 가까이 있던, 모조품 체스터필드 안락의자에 앉았고, 그의 아내가 거실문 뒤에 서서, 감히 들어오지도 못하고 기다리고 있다는 사실을 깨닫지 못한 척했다, 아내는 안 그러면 무슨 일이 터질지 잘 알기에, 거기 서서, 낮게 흐느끼며, 들어오란 말을 기다리고 있었다, 이게 사는 거냐고?! 헤네베르크 박사는 비통하게 혼자 한탄했다, 그리고 앞으로 몸을 숙여 안락의자 옆의 작은 탁자, 안락의자와 똑 같이 그로서는 아주 애중하는 옛 시절, 빅토리아 시대를 연상시키는 작은 탁자 위에서 작은 손거울을 집어 들었고 그는 윗잇몸을 위로 당기며 거울을 향해 입술을 들어 올리고 옆으로 벌려 이를 드러내었다, 그런 다음 검지로 왼쪽 상악 다섯 번째 치아를 두드렸다, 최근에 더 시큰하게 민감해진 것 같았는데, 아니, 아무렇지 않았다, 그는 안락의자에 다시 몸을 기대고 이번에는 네 마디 정도 다시 잔을 따르고 몇 모금 마신 다음 다시 몸을 뒤로 젖히고 한숨을 쉬고 창문 쪽을 바라보았다, 그리고 여기도 5월, 저기도 5월인데 아직도 금방 날이 어두워진다고, 서글프게 두덜거렸다, 정말 구불구불한 잘레강 너머로 해가 꽤나 일찍 지고 있었다, 아마도 산 때문에, 동쪽에서 드는 빛은 너무 늦게 들고, 서쪽에서 드는 빛은 너무 갑작스럽게 차단해버리는 탓이리라, 이제껏 우리가 이런 5월은 없었는데, 링어 부인은 새삼 느끼며 말했지만 오직 혼잣말이었다, 이런 발언은 여일하게 남편의 기운을 더욱 참담하게 꺾을 것이라 남편에게 일언반구도 하지 않을 것이었다, 링어는 상황을 그렇게 보았고, 혹시라도 입을 열고 말을 한다면, 아내에게 그런 식으로 얘기했다, 자신이 간주하기에 단지 정치적, 사회적 의미에서가 아니라 전체적인 의미에서도 그들은 전투에 졌다고 본다, 그 정도가 아니라 어쩌면 전쟁에서도 졌으리라고 덧붙였다, 그런 놈들이 기어 나와, 역사가 멈춘 시기에 항상 하수구에서 올라와, 그리고 손대는 것은 다 깨부수고, 완전히 뿌리뽑아버리고, 가치 있는 모든 것을 욕보이고, 다른 사람들에게 신성한 것을 짓밟고, 가는 곳마다 막아줄 백신이 없는 질병을 퍼뜨려, 왜냐하면 우리에게 의미 있는 위험은 창궐하는 전염병이 아니라 이 감염이, 이런 파급의 주요 증상이 사람들이 자신의 최악의 면을, 그들이 약하다는 점을 보여준다는 것이다, 헤아릴 수 없을 정도로 약하고 헤아릴 수 없을 정도로 어리석은 면면들을, 이런 일에 우리가 무엇을 할 수 있겠느냐고, 링어는 자신을 가리켰다, 보통 이 시점에서 그는 이후로는 더 할 말이 없는 사람처럼, 말할 필요도 없는 사람처럼, 더는 말을 잇지 않았다, 이제껏 그가 하고 있는 말을 훤히 알아듣지 못했다면, 지금에라도 알아먹을 리가 없었기 때문이었다, 그리고는 그는 무관심하고 무감각한 정신 상태로 다시 가라앉았고, 그의 얼굴에 아내의 걱정을 사는 텅 빈 표정이 떠올랐다, 이런 표정은 그가, 링어가 더 이상 실제로 살아 있지 않다는 왠지 그런 인상을 주었다, 왜냐면 살아도 사는 게 아니니까, 링어 부인은 헤어프스트 카페에서 친구에게 말하고서, 커피에 입을 대었다, 이건 차라리, 그러니까, 사람이 납골당 같은 지하에서 마지막 날을 보낼 때와 비슷하다, 나로서는 출구가 보이지 않는다고 그녀는 절망에 비통하게 고개를 흔들었고, 펠트만 부인은 측은지심에 그녀를 위로하고서, 그들 삶도 꼭 좋은 것만은 아니라고 전해주고 싶었지만, 하려던 말을 삼켰다, 왜 지금 꼭 한탄해야 하는가, 이 친구가 자신보다 넋두리할 이유가 훨씬 더 많은데 왜 친구에게 거추장스러운데 더 짐을 지우나, 정말 이유들이 많았다, 그녀와 그녀 남편은 맨 처음 산에서 짐승의 공격을 받았고, 링어는 살인 혐의로 의심을 받았고, 마지막으로 카나와 다른 모든 곳에서 일어난 모든 일로 자책하느라, 이런 좌절로 결딴이 났다, 하지만 그가 그럴 이유가 전혀 없어, 펠트만 씨는 집에서 아내가 상황을 이야기하자 반박했다, 링어는 순전히 원칙에 늘 충직하고, 평생, 선한 일만 추구하던 사람이라고, 꼭 내가 비치 보이즈의 이런저런 어려운 곡을 편곡할 때 항상 적절한 하모니만을 추구하는 것과 마찬가지로, 왜냐면 자, 보라고, 그러고는 피아노 위에 놓인 악보를 가리켰다, 예를 들어 여기, 유명한 "아이 겟 어라운드(I Get Around, 나는 돌아다닌다)"를 봐, 내가 벌써 이틀째 작업 중인데, 뻐기고 싶어서 하는 말이 전혀 아니지만, 나도 바흐까지 다룰 수 있어, 하지만 이런 복잡하고 정교하고 놀라운, 위대한 음악가들에게만 특징적인, 이런 화성 진행들은, 아냐, 아니올시다야, 알다시피, 나는 어떻게든 멜로디를 유지하면서 성가 합창곡이 구현해내는 것들을 짜 넣으려고 노력하는데, 하지만 정말 어려워, 펠트만 씨는 입술을 삐쭉 내밀고 다시 맡은 직무로 돌아가듯 몰두했다, 그는 음악을 부단한 노동을 요하는 직무라고 생각했고, 다른 사람들이 자신의 일을 대하는 것처럼 음악이라면 모든 것을 사랑했다, 그에게 클래식에서 팝에 이르기까지 무엇이든 해당될 수 있었고, 아무 차이를 두지 않았다, 그는 다리 설계도를 그리거나 성냥갑을 디자인하는 것과 같은 헌신으로 피아노 앞에 앉아 나는 이제 일을 할 작정이라고 말했다, 정오 무렵 그의 아내가 쾌활한 목소리로 밖에서 점심 준비가 되었다고 알리면, 그런 말로 칭했다, 여보, 딱 1분만 더, 1분만 있다가, 나 아직 일하고 있어, 그러면 펠트만 부인은 행복하게 참을성 있게 기다렸다, 펠트만 부인은 식사를 계속 따뜻하게 데워두느라 힘들다고, 분명 차갑게 식어갈 테니까, 남편을 잔소리로 쪼아대지도 않고서, 그녀는 기다렸고 식사를 계속 따뜻하게 데워두었다, 그래서 그들은 정말 엄청난 하모니를 이루며 살았다, 그녀는 애정 가득한 평일 하루가 끝날 때면 가끔 이 얘기를 꺼내듯이, 하모니가 아마 펠트만의 피아노 그리고 그의 악보의 하모니일 수도 있겠지만 이런 하모니가 그의 삶 속에도 존재한다는 뜻을 노리고 하는 말이었다, 그리고 문에 자물쇠가 채워져 있는 한, 그녀는 또 다른 무서운 소문이 고개를 들 때마다, 그러면 두렵지 않다고 딱 잘라서 말했다, 잠금장치는 그들에게 아무 일도 일어나지 않을 것이라는 보장이었기 때문이다, 자신의 현관문에 달아둔 자물쇠를 귀중하게 아꼈다, 그건 그냥 자물쇠가 아니다, 이는 아주 철저하게 잘 고안된 잠금 시스템이라고, 바트 베르카의 빼어난 자물쇠 장인의 큰 덕을 보았다고 자랑했다, 그는 그 분야의 거장이었고, 그들이 빌라를 보수하던 때, 억세게 운이 좋아, 그에게 부탁을 넣을 수 있었고, 이 자물쇠 장인은 옛날 자물쇠 자리에 여러 조합의 복잡한 자물쇠를 설치했다, 장인의 말에 따르면, 소련산 T-34 전차조차도 뚫을 수 없다고 했다, 그리고 펠트만 부인은 특히나 마을에서 주유소에서 일어난 끔찍한 사건과 세 건의 살인 사건이 벌어졌다는 소식을 전해 들은 이후 밤에 가끔 침대에 들어갔다가, 몰래 빠져나와, 항상 펠트만 씨가 코를 골기 시작할 때까지 기다렸다가 슬그머니 기어 나와 처음에는 자물쇠를 당겨서 잘 고정되어 버틸지 세게 당겨보며 확인하곤 했다, 자물쇠는 아주 잘 고정되어 있었다, 그런 다음 그녀는 자물쇠를 쓰다듬었다, 그녀는 자물쇠를 아주 귀중히 여겼다, 딱 그랬다, 카나에서는 자물쇠의 중요성이 과도하게 재평가되고 있었다, 왜냐하면 이제 숙련된 자물쇠공들도 나타났지만, 오래된 전문가들도 등장해서, 설득력 있는 주장을 하며 문 안에 있는 주민들에게 수직으로, 그리고 가로질러 완벽한 보호를 해줄 연결 고리 경첩을 설치했기 때문이었다, 카나와 튀링겐 전역에서 보호, 개인 안전이 핵심어가 되었다, 그리고 이것은 경찰관들이 그들에게 도움을 청하는 모든 사람에게 조언한 내용이기도 했다, 이러한 자물쇠가 누군가를 보호할 것이라고 확신하지 못했지만, 심리적으로는 중요해서, 경찰들은 개인 보호를 위해, 현대적인 잠금장치를 설치하고, 옛날식 사고방식과 버릇은 버려라, 모든 문과 창문에 이런저런 정밀하고, 현대적인 잠금 시스템을 설치하라고 조언했다, 그리고 미래로 눈을 돌려라, 미래가 이미 여기 있기 때문이다, 상담사들이 정보 핫라인에서 이런 말을 전했다, 이 핫라인의 통화 취급량이 갈수록 증가하고 있었는데, 처음에는 에르푸르트에서, 다른 곳에서도 마찬가지로 예나, 줄, 고타 그리고 바이마르에서도 늘고, 심지어 아이제나흐나 오르드루프, 베흐마르 등등 같은 작은 도시에서도 폭증해, 이 전화선 뒤 상담을 제공하는 사람의 수를 늘려야 했다, 있던 직원들만으로는 폭주하는 업무량을 감당할 수 없었고, 주말 근무가 필수화되었지만 그래도 충분하지 않았다, 그들은 경찰이 아니더라도, 오로지 정보 상담 직원으로만 사람을 충당하여 고용해야 했다, 그들은 그럭저럭 꾸려가긴 했지만, 과부하는 전반에 걸쳐 확연했다, 튀링겐에 사는 사람들은 기다리는 데 익숙했지만, 광고에 광고가 이어지는 엄청난 기다림 뒤에, 전화선이 그냥 끊겨버리고 다시 번호를 눌러야 하는 사태는 아직 덜 익숙했다, 허, 어쨌거나, 말하고 대리인은 또 보고해야겠다는 생각이 들어 다시 번호를 눌렀다, 끈질긴 전화가 결국 결실을 맺어, 에르푸르트로 불려 가서 플로리안의 특이한 특징 때문에 그가 진지하게 고민하지 않을 수가 없었다고 진술했다, 이런 양극단의 특질은 어떻게든 서로 조화를 이루지 못했기 때문이다, 무슨 말이냐 하면, 그는 에르푸르트 남부 경찰서 여성 경찰관에게 몸을 더 가까이 다가가며 말했다, 플로리안의 아주 남다른 체력과 겉보기에 온순한 성격 사이에 크게 간격이 진다, 큰 간격차로 벌어져 있다고 그는 반복했다, 그래서 하는 말인데, 그는 항상 이를 곱씹어보았다, 하지만 사실대로 말해서, 그는 플로리안을 의심한 적이 없었다, 그가 두 얼굴을 가진 사람, 소위 야누스를 상대하고 있다는 생각은 전혀 들지 않았다, 이제 그런 사실이 명백히 보였고, 그래서 그는 시민으로서의 책무를 다해야 한다고 생각하여, 당국은 염치 모르고, 거칠고, 공격적이고, 살기등등한 상습 살인범을 찾을 것이 아니라 정반대되는 인물을 찾아야 한다는 사실에 주의를 환기시키고 싶었다, 여기 자신의 말이 수사 방향에 조금이라도 영향을 미치기를 바라며, 그러지 말고, 그들은 어린아이 같은, 선량하고, 약간 겁에 질리고 부끄럼을 타는 아이, 겉보기에 완전히 무해해 보이는 소년을 찾아야 한다, 대리인은 더 많은 말을 했을 텐데, 여경은 참을성을 잃고 말허리를 잘랐다, 우리는 여기서 연쇄 살인범에 대해 이야기하고 있다, 말하고서, 그녀는 하던 진술 기록을 닫고, 대리인에게 서명하라고 시키고, 그를 내보내며, 경찰관은 나중에 필요할 수도 있으니 주의를 기울이고 눈을 잘 뜨고 지켜보다가 뭐든 보이는 게 있으면 연락하라고, 다만 구체적인 경우에만 연락하라고, 경찰이 강조했다, 경찰은 사실에 의거한 진상만 다룬다, 의견이나 직관이 아니라 정확하고 확실한 순수한 사실만 필요하다, 오직 그런 경우에 와서 보고하라, 그러면 기필코 보고하겠다고 약속하고 대리인은 깊은 생각에 빠져 집으로 돌아갔다, 이미 기차에서 그는 이런저런 점을 제대로 전달했어야 했는데 똑바로 표현하지 못한 데 크게 속이 상했다, 그가 이미 뱉은 문장들이 그의 머릿속에서 맴돌았고, 훨씬 더 적확하게 표현했어야 할 이런저런 요점들도 못내 아쉬워, 마음 같아서는 객차에서 내려 에르푸르트에 돌아가서 당국자에게, 진술의 이 부분이나 저 부분을 수정해주십사 요청하고 싶었다, 그러나 그는 그들에게 과중한 부담을 주고 싶지 않아서 포기했다, 그것 말고도 진술의 초기였지만 그리 몸이 나쁘지 않은 여자 경찰관으로부터 들은 말이 있어서였다, 그들이 쫓고 있는 단서가 있다고 언질을 주었던 것이다, 이는 사실에 아주 동떨어지지 않은 말로, 아쉽게도 큰 도움이 되지 않은 대리인 말고도 카나의 다른 주민이 이 직전에 예나 경찰서에 이런 플로리안 헤르쉬트의 행방을 알 수 있는 새로운 정보를 가지고 나타나는 일이 있었다, 행방을요? 근무 경찰관이 물었고, 그렇다는 대답이 돌아왔다, 확실합니까? 그 사람은 작은 사무실로 안내되었고, 이후 조서가 등록되었다, 이 경찰 기록에 따르면 토마스 호프만, 카나 거주민은 플로리안 헤르쉬트, 체포 영장이 발부된 용의자의 행방과 관련하여, 자신은 그 소재를 알고 있으며, 그 수배자가 카나에 있다고 주장했다, 카나에 있은 지도 며칠이나 되었고,

그의 외모가 완전 딴판으로 꾸미고 변장한 상태였지만, 신고자는 100퍼센트 확실하게 그를 알아보았다고 진술했다, 하지만 이 말은 완전히 진실은 아니었다, 사실 그는 고지를 하려고 온 사람에 지나지 않았다, 그릴호이젤에 언제 들어왔던 그 낯선 사람이 어딘지 낯익다고 처음 알아차린 사람은 하인리히 씨였다, 하인리히 씨는 처음에 그를 알아보지 못했다, 그 얼굴 생김새가, 그의 표현대로 골상은 아닌데, 눈은, 그래 맞다, 어디서 본 적이 있었다, 가장 먼저 TV 시리즈에서 봤나 의구심이 들더라고 다른 사람들에게 말했다, 솔직히 고이코 미티치*의 눈언저리와 닮은 듯도 하다고 했는데, 허, 웬걸, 그러다 그 낯선 사람이 마을 여기저기를 돌아다니기 시작하고 그가 다시 그를 마주쳤을 때 그의 걸음걸이도 뭔가 있는데, 그 고이코 미티치, 유명한 독일 비네토우는 더는 연상되지 않더라는 것이었다, 하지만 그때도 그에게 떠오르질 않다가, 그날 저녁이었는지 다음 날이었는지, 기억이 나지 않긴 해도 어쨌거나 누워서 잘 준비를 하고, 팔다리를 뻗고 끄응 신음을 뱉고 옆으로 돌아누워 눈을 감는데 그때야! 그제야, 그는 그릴호이젤

---

* Gojko Mitić. 세르비아-독일 배우로, 1962~1984년 동독에서 제작된, 북미 원주민 중심으로 백인 침입자에 저항하는 열 몇 편의 영화에서 1962년에 처음 비네토우로 등장, 이후 아파치 족장 등 다양한 인디언 배역으로 출연 큰 인기를 끌었다. 별명이 '동독의 비네토우'다. 비네토우는 19세기 모험소설가, 칼 마이(karl May, 1842~1912)가 쓴 서부 모험 소설 주인공으로, 마이의 소설들이 독일의 인디언 열풍에 지대한 영향을 미쳤다.

에서 왜 그 눈빛과 걸음걸이가 그렇게 익숙한지 한꺼번에 떠올랐다고 말했다, 그게 플로리안 눈과 걸음걸이였으니까, 목소리를 높였고 그릴호이젤의 고객들은 다들 한목소리로 아니라고 외쳤다, 설마, 플로리안은 닮지도 않았다! 개일 리가 없어! 하지만, 하지만 하인리히 씨는 자신이 잘못 본 게 아니라는 주장을 굽히지 않았다, 그는 특별한 능력이 있는데, 두 눈을 보면 이후 절대 잊지 않는다, 게다가 걸음걸이까지 맞는데, 한마디로, 그는 맥주를 들어 올리고, 그 낯선 인물은 다름 아닌 플로리안이다, 그리고 그는 맥주를 한 모금 마시고 더 이상 입을 닫았다, 말이 많은 사람도 아니었고, 더군다나 그릴호이젤은 완전히 벌집처럼 시끄러워, 처음에는 믿을 수 없다는 목소리가 가득하다가, 하인리히 씨가 더 말은 없이 침묵을 지키자, 처음 호프만이 와서 그에게 더 가까이 앉아, 자신도 같은 생각이 들더라 말했고, 다른 사람들도 가담하기 시작했고, 몇 분 안에 하인리히 주변에 모두 똑같은 의견이 형성되었다, 그 순간에는 아무도 달리 할 일이 없었기 때문에 이제 누가 당국에 말할 것인지 결정하는 것만 남았다, 하인리히 씨는 호프만에게 제안하자, 그는 우쭐해서 받아들였고 즉시 그 대가로 맥주도 한 잔 겸손하게 받아 들었다, 이후로는 곧장 도시로—카나에 견주면 그들에게는 도시라 도시로 통하던—예나로 나가, 그래서 그가 발견한 사실을 고스란히 보고하는 일만 남았다, 한동안 자취를 감췄던 경찰이 카나에 다시 나타났다, 처음에 파견대는 마을에 저지선을 치고 출입을 통제했고, 카나에서 나가는 모든 출구에 2인 1조의 경찰차를 배치한 후 카나를 세 구역으로 나누어 이 잡듯이 샅샅이 수색하기 시작했다, 처음에는 별다른 성과가 없었고, 그저 운이 따르지 않았다, 경찰의 존재가, 특히 많은 수의 경찰을 보고는 거리에서 순식간에 사람들이 사라져버렸다, 하지만 플로리안은 움직이지 않았다, 사실 숨어 있지도 않았다, 그는 피트니스 센터 입구 앞에 주인이 사업을 접고 영원히 문을 닫은 이후, 그 자리에 남아 있던 의자에 앉아 있었다, 거기 네토 뒷문에서 훔친 빵을 먹으며 앉아 있었고, 한 조각을 떼어내어 완전히 씹어서 삼킨 다음 또 다른 조각을 떼어냈다, 그가 앉아 있는 곳에서 바로 철도 건널목 차단기가 보였다, 이는 마을을 가로지르는 선로에 있는 두 번째 차단기였고, 첫 번째는 로젠가르텐 옆에 있고, 이게 다른 하나였지만 최근에는 둘 다 비슷한 원리로 작동해서, 때때로 뭔가 이유로 둘 다 윙윙거리기 시작하고, 그러면 삐걱거리며 차단기 막대가 내려왔고, 기다렸다, 이 방향, 저 방향, 어느 방향이든 중요하지 않지만 어디서 오든 기차가 지나기를 기다리고 기다렸다, 보통은 아무것도 통과하지 않았지만, 철도 차단기는 기다리고 기다렸다가 잠시 후, 8분이나 10분 후, 몇 분이나 될지 누가 알랴만, 어디에서 기차가 오지 않았기 때문에, 아주 서글프게도, 차단기는 올라가곤 했다, 지금 여기에도 올라가고 있었고, 플로리안은 이것을 보고 있었다, 그러나 가장 가까운 경찰 분대는 이렇게 멀리까지 오지도 않았고, 첫 번째 희생자의 집 근방을 샅샅이 훑고서 그 집 문앞에 감시 초소를 세웠다, 하루 종일 창가에서 지켜보고 있던 대리인은 그들이 보이자 급히 밖으로 나갔다, 그는 그들에게 자신이 누구인지 말하고 신분증을 보여주었다, 비록 관심이 없으실지 모르겠지만, 그들이 수배 중인 살인범 플로리안 헤르쉬트로 이 고생 하신다면, 그가 여기 살고 있었고, 그에 대해 전해줄 이야기가 엄청 많다고 언급했다, 하지만 무슨 말을 넣어도 아무 소용 없이, 두 경찰관이 지금 그 수배자를 본 적이 있느냐는 질문에 아니라고 대답하자 뚱하니 관심을 두지 않고 작전에 걸리적거리지 말라고 그를 집으로 돌려보내버렸다, 대리인이 호흐하우스로 돌아와서도 안절부절못하고 즉시 건물에 들어가지 않고 얼쩡거리자, 바깥에, 마당에 나와 있지 말라고 손짓으로 쫓았다, 이에 따라 하는 수 없이 뜻을 굽히고 그는 안으로 들어가 잽싸게 자신의 모퉁이 아파트에서 두 방향이 잘 보이는 창문 옆에 앉았지만 에른스트-텔만-슈트라세에는 아무 일도 없었다, 두 경찰관은 주변에 그냥 서 있었고 경찰차가 차를 세우고 그들에게 커피를 가져다주었다, 그게 다였다, 대부분의 경우 마을의 다른 지점에서도 상황이 다르지 않았고, 당분간 포위망 치고 수색하는 일은 중단되었고, 수배자를 찾지 못했기 때문에 감시 초소 수만 늘려 세웠다, 그런 초소 하나가 대리인 집에서도 잘 보였다, 하지만 시간은 지나고 플로리안은 어디에도 모습이 보이지 않았다, 그는 이전 체육관 입구 곁에 의자에 앉아 있었기 때문이었다, 그는 꼼짝도 하지 않고 앉아있었고, 차단기가 되풀이하여 머뭇거리며 도전을 했지만, 남쪽이나 북쪽에서 기차는 오지 않았고 플로리안은 자신의 앞을 응시하며 기다렸고 카나도 무슨 일이 일어날지 기다렸다, 다른 건 모르더라도, 경찰관들의 행동거지들이 바뀐 것을 보면, 눈에 띄게 긴장한 모습으로나, 아무것도 알 수 없긴 해도, 뭔가 큰일이 일어나리라 어림을 잡았다, 당최 무슨 일이냐를 두고 의견들은 갈렸다, 사실 상당히 가리가리 갈렸지만, 대부분 주민들은 마을을 공격하려는 늑대 무리가 틀림없다고 내기를 걸었다, 그들은 NABU에 전화했지만 NABU는 이에 대한 정보가 없었고, 하지만 50통 이상의 전화가 쌓이자 토마시 람스탈러는 원래 계획대로 내일 카나에 가지 않고 대신에 오늘 가보기로 결정했다, 오늘 그렇게 많은 전화가 오다니, 뭔가 일이 있나보다고 생각했기 때문이었다, 그가 처음 들른 곳은 산림감시인의 집이었는데, 감시인은 누군가 꿀을 사러 왔다는 생각에 기꺼이 문을 열어주었지만, 토마시 람스탈러가 그에게 의료용 마스크를 건네고 나서, 김이 확 새게, 카나 주민들에 따르면 늑대 무리가 마을을 공격한다고 하는데, 감시인은 이를 뒷받침할 만한 내용을 알고 있는지 물었다, 아니요, 아는 바가 없었다, 마지막 늑대 루델 이후로 늑대의 징후는 본 적이 없다,

그런데, 아닌 게 아니라 NABU가 늑대를 어디에서 찾을지 더 잘 알고 있을 것 아니냐, 웹사이트에 자타공인 가장 정확한 최신 정보를 게시하고 있었으니까, 내 기억이 맞다면, 지난 회보에서 NABU가 독일에 늑대가 있지만 튀링겐은 단호하게 존재하지 않는다고, 있더라도 아주 몇 마리라고, 루델들이 정착한 가장 큰 지역들은 작센에 위치한다고 카나 주민들을 안심시켰다, 아니면 그가 잘못 알고 있는 것인가? 감시인이 날카롭게 묻자 토마시 람스탈러는 고개를 저으며 아니다, 물론 아니다, 정확하게 잘 알고 있다고 했다, 감시인도 정기적으로 회보를 읽는다니 기쁘다, 그는 수많은 보고를 받은 후라 혹시 뭐라도, 그는 이 말을 강조했다, '뭐라도' 이런 소문에 근거가 될 만한 일이 있는지 확인하기 위해, 단순한 후속 조치, 꼭 조처해야 하는 사항이고, NABU 절차는 빠짐없이 따라야 하기 때문이다, 그런 일을 하려고, 어, 새로 재개된 늑대와 인간의 관계를 평화롭게 감독하려고 거기 그들이 있다, 그래요, 아무쪼록 내려가는 길 잘 살펴 가시길, 감시인은 등을 돌리고 문을 닫고 투덜거리며 집 안으로 들어갔다, 꿀을 사러 온 것도 아니었어! 그런 다음 거의 즉시 그는 돌아서서 건물 뒤쪽으로 가서 작년에 남은 항아리가, 불과 사흘 전에도 한 일이지만, 몇 개나 남아 있는지 세어보았다, 어이쿠나 '많이도' 남았네, 그는 부루퉁해 입이 나왔다, 그는 항아리를 다시 세었다, 작년에 남은 반 리터들이 열일곱 단지와 리터들이 다섯 단지 말고도 그는 검은 가시앵두 젤리 병이 열한 개가 넘는다는 슬픈 사실에 직면해야 했다, 젤리가 너무 오래 안 팔리는 것도 좋지 않은데, 그는 천연제조법을 택하여, 보존제로 화학물질을 사용하지 않았고, 그러다 보니 항상 위험이 수반되었다, 그도 잘 아는 바대로, 조만간, 아무리 철저하고 깨끗하게, 그리고 조심해서 다루더라도 그 저주받은 곰팡이가 잼 표면에 형성되기 시작할 것이다, 이미 지난겨울에 한 차례 핀 곰팡이를 아주 깔끔하게 긁어 제거했지만, 곰팡이가 겁나 멀찍이 거리를 두지도 않을 테니, 다시 나타나는 일은 분명히 시간문제였다, 그러면 깡그리 다 내다 버려야 할 것이니, 하루 내내 부엌에 낙담한 채 앉아 있는 것도 당연하다, 곤경에 슬퍼 그는 맥주 네 병을 내리 마셨다, 옆에서 얼쩡거리면 도움 될까 싶어, 그의 아내는 그가 먹어치우는 맥주의 수를 어떻게든 줄여보려고 주위를 떠나지 않고 맴돌았다, 그녀는 아무 말도 할 수 없었기 때문이었다, 이것은 그들 사이 불문율이었다, 그들은 마르크스에 대해 다른 의견을 가질 수 있지만, 맥주의 경우는 아니다, 오늘처럼 왔다 갔다 얼쩡대는 일은 도를 넘는 대담한 행동이라고 할 수 있지만, 그래도 어쩌란 말이냐, 많아도 너무 많은 것을, 네 병이나! 맥주는 공짜가 아니다, 허리끈 졸라매는 영혼이 내면에서 비명을 질렀다, 그리고 매일같이 맥주 네 병을, 그 이상을 없애버리면 어떻게 되겠느냐고? 낮게 않는 소리가 났고 남편은 이미 그 소리를 들었다, 뭘로 그래? 그가 버력 되쏘았다, 아무것도, 아무것도, 여자는 얼버무리고 부엌으로 나갔다, 내버려두었다, 지금 와서 뭘 어쩌겠느냐! 그리고 그, 감시인은 다섯 번째 병을 꺼냈다, 왜냐하면 저 꿀단지 스물두 개는 정말 많았다, 이미 내용물이 흐릿했고, 게다가 일부 병에서 이미 결정화로 굳기 시작했다, 다 처분하지 못한다면, 꿀은 완전히 딱딱해질 것이다, 그는 손에 머리를 묻었다, 아무도 저것들을 사지 않을 것이다, 보나마나 카나 주민들이 지금 당장 꿀을 살 눈치는 아니었고, 많은 이들이 작년에 그에게서 산 단지를 여전히 그득 갖고 있었다, 꿀이 맛이 없다고 할 수는 없으리라, 맛있다고 혹시라도 대화에 오르면, 칭송했다, 그냥 너무 '많았다', 계속해서 그들에게 꿀을 그가 억지로 떠안겼다, 거주민들 사이에 도출된 공통적인 의견이었다, 감시인은 우리가 그에게서 소식을 얻어야 한다는 점에 편승하여 이 모든 꿀을 우리에게 팔아먹었다, 이제 여기 좀 봐라, 이모든 꿀로 우리가 무얼 어쩌란 말이냐? 아이들을 하루도 빠짐없이 꿀만 잔뜩 먹일 수도 없다, 이제 봄이다, 다시 겨울이 오고, 목이 아프거나 콧물감기에 조금씩은 꿀이 좋게 쓰이겠지만, 그때쯤에 걸쭉하게 굳을 수도 있는데, 안 그래도 그럴텐데, 이런 꿀 문제의 해결책은 아주 요원해 보였다, 적어도 일이 분 이런 사소한 질문들로, 진정으로 그들을 위협하는 일들은 접고, 머리 돌리는 일도 괜찮았다, 왜 마을에 다시 경찰이 왔으며, 왜 그렇게 격양되고 동요한 모습인지 온갖 소문이 아주 각양각색 다양한 방향으로 계속 퍼져 나오고 있으니까, 늑대 소문은 슬그머니 배경으로 물러나는 사이, 대다수는 이후로, 경찰이 새로운 정보를 가지고 작전을 펼치고 있다고 넘겨짚었다, 그런 탓에 뭔가 '막으려고' 다시 이곳에 캠프를 차린 거지, 카나 주민들은 아무래도 대규모로 재개된 출동이 달갑지 않았다, 경찰이 무슨 짓을 벌이건 아무짝에도 소용이 없으리라는 인상을 툭하면 주니, 언제든지 어떤 이유로든 누구든지 어떤 일이든지 일어날 수 있었다, 마치 경찰은 항상 사건이 일어난 뒤에, 이미 너무 늦었을 때 뒤꽁무니만 쫓고 있는 것 같았다, 아랄 주유소가 이미 폭발했을 때, 나치가 이미 살해당했을 때, 늑대가 이미 링어와 아내를 갈가리 찢어놓은 뒤에도 그랬지, 수도 없었다, 추측이 넘쳐났지만, 대리인만 추측하지 않았고, 무슨 일로 이러고 있는지 알고 있었지만 누구에게도 벙긋하지 않았고, 경찰 당국이 누구를 쫓고 있는지 누설하지 않았다, 이런 식으로라도 수사에 도움을 주겠다는 생각에 속으로만 간직했다, 다만 한지붕 아래, 물론 호흐하우스 아파트에 사는 것이 한지붕 아래라고 할 수 있다면, 누구와 함께 그가 여기서 살았는지 생각하면 압박감으로 무거웠다, 하지만 어쨌거나, 요점은 그가 이 두 얼굴의 사이코패스가 그에게 아주 가까이 다가오도록 허용을 했다는 것이고, 자신이 그런 위험에 노출되었다니 생각만 해도 등골이 오싹해 후들거렸다, 하루 종일 창문 옆에 앉아 밖에서 일어나는 사건들을, 아무 사건도 없었지만, 지켜보았다, 그리고 그는 이 플로리안이 그를 살해할 수도 있었는데, 그가 자신의 아파트에 몇 번이나 찾았던가! 그가 원했다면 8층 창문 밖으로 몇 번이나 그를 던질 수 있었을까! 곱씹었다, 그럴 힘은 충분했다, 의심의 여지 없다, 충분히 강했다, 그런데도 그는 그를 가장 절친한 친구 한 명으로 대했다!!! 어떻게 그렇게 눈치 없이 의심도 하지 않았던가?! 대리인은 플로리안에게서 피 묻은 손을 한 살인마를 보려고 노력하고 또 노력했지만 어떻게도 되지 않았다, 그래서 그는 자신이 해야 할 일, 즉 타당하게 그리고 시기 적절하게 경찰당국에 신고했지만 그에 대해 생각하면, 속으로 그를 그려보면, 그의 태도, 걸음걸이, 미소, 시선을 떠올려보면, 그리고 플로리안이 닥터지킬과미스터하이드라는 결론에 도달하기는 그로서는 어려웠다, 특히나 나로서는 어렵기 짝이 없다, 그는 푀르트너에게 설명하고 아예 상상이 가지 않는다는 뜻으로 어깨를 으쓱했다, 아니지, 이 아이는 내가 보기에 살인자일 리가 없어, 그런 행위들은 너무나도 끔찍해서 차라리 야생동물이 이런 짓을 저질렀다고 상상하는 게 쉽지, 하지만 플로리안은 아니야! 그리고 푀르트너는 그냥 말없이 잠자코 있었다, 그는 대리인이 무슨 뜻으로 하는 말인지 알고 있었기 때문이었다, 그 역시 경찰이 대리인의 진술을 검증하기 위해 첫 번째 조사 당시 만나러 왔고, 그래서 그도 플로리안이었구나, 알고 있었다, 게다가 그는 플로리안을 그저 싸돌아다니는 반미치광이 바보 정도로 생각한다는 것 외에 그에 대한 따로 특별한 인상은 없었다, 살인자라니 그런가 보다, 그를 잘 알지도 못하는 데다 그를 거의 본 적이 없으니 왜 경찰의 말을 의심하겠는가? 그래서 그는 침묵했고, 카나의 위대한 밤에서 대리인이 이 주제를 꺼내고 또 꺼내면 기껏해야 고개만 가끔 끄덕였지만 수위는 자신의 의견은 꺼내지 않았고 대리인이 혼자서 말로 다 털어낼 때까지 내버려두었다, 그게 전부였다, 모든 일이 끝나면 그로서는 다시 평온해질 것이니, 그는 경찰이 마침내 이 범인을 잡고 이 사건을 종결하기를 열심히 응원했다, 그는 이렇게 항상 뭐든 갈등이 빨리 봉합되는 일을 좋아했다, 그는 평화를 사랑했고, 평온을 사랑했고, 어디에 흔들림 없이 차분하기를, 매일이 전날과 같기를 원했기 때문에 사건이 종결되었고 경찰이 철수한다는 소식이 전해져도 크게 흔들리지 않았다, 이제 아름답고 조용하고 평온한 저녁이 돌아오겠구나, 그런 점에서 대부분의 카나 주민들도 이런 식으로 의견이 다르지 않았다, 특히 MDR-튀링기아가 소위 일일 발병 사례 숫자 집계를 공개하기 시작한 지금은 더욱 그래서, 균형 잡힌, 평화롭고 고요한 질서, 방해받지 않는, 세월에 여일한 나날의 균일성이 중요한 점이었고, 그런 나날이 지속된다면, 삶을 어지럽힐 일은 아무것도, 다만 건강 전선에 이러한 새로운 전개를 제외하고는 아무것도 없었다, 왜냐면 사람들은, 이렇게 말해도 무방하리라, 어떤 재앙보다

이 일을 더 두려워했기 때문이었다. 건강 전선에서 모든 것이 잘 돌아가야 하는데, 사람들은 MDR-튀링기아에서 방송되는 일일 사례 수를 들으며 걱정으로 시끄러웠다. 그런 이유로 사람을 만나면 보통 첫 번째 질문, "비 게이트 에스 디어" 어떻게 지내고 계시냐고 물어오는 인사가, 상대방이 건강 전선에 아무 탈 없이 잘 지내고 계시냐 물어 오는 인사였지, "비 게이트 에스 이넨" 혹은 "비 게이트 에스 디어?" 버릇처럼 꺼내는 말이, 다른 많은 나라에서도 그랬지만 단순한 문안 인사말이 아니었다. 하지만, 특히나 이곳 튀링겐, 그리고 아마도 연방 공화국 전체에, 실제로는 건강 전선에서 진행되고 있는 상태를 염두에 둔 질의, 상대방의 건강에 관해 우선적으로 묻는 것이 아니라 대화를 건강 전선 자체로 곧장 주제로 전환하려는 의도에서 하는 질의였다. 왜냐면 그들은 실제로 유일하게 그리고 전적으로 자기 자신의 건강 상태에만 관심이 있었기 때문에 이 질문에 대한 상대방의 대답은 거의 귓등으로 흘려보내고 기다릴 새도 없이 바로 질문자는 자신은 이랬느니, 저랬느니 제 이야기로 돌아갔다. 즉 질문 받은 이가 건강 전선에 잘 지내고 있지 않다고 말하기 시작하면, 그러면 질문자는 자신은 모든 것이 괜찮다, 혹은 괜찮은 데가 하나도 없다고 대답하곤 했다. 그리고 기다리지도 않고서, 왜냐면 자신의 상태에 비해 상대방은 건강 전선에서 잘 버티고 있는지는 완전히 관심 밖이었기 때문에 질문자는 자신의 건강 전선 상황에 대한 자세한 토론에 착수했다, 그에 따라서, 평화와 건강, 더 정확하게는 건강과 평화가, 카나에서 살아가는, 그리고 아마도 연방 공화국 전체에서, 존재에 관한 모든 견해 교환의 기초를 형성했고, 나머지 것들은 모두 어린이, 청소년들 또는 일반적으로 말해서 순진해빠져서, 본질적으로 무엇이 중요한지 아직도 알지 못하는 사람들, 아니면 결국에는 소위 무슨 원대한 목표를 향해 세차게 밀고 나가는 반소경 광신자들에게 맡겨졌다, 시종 사람들은 아무리 원대해도 목표에 쏟아붓는 세찬 노력이 건강 전선에서 잘못 틀어지면 무용지물인 줄은 잊는데, 예를 들어, 링어와 펠트만과 대리인과 제시카에게 일어난 일을 보면, 이들은 서로 시간차를 두지 않고 이어지던 일련의 비극적인 사건의 희생자가 되었는데, 그래도 각 경우가 다소 다르기는 했고, 링어의 경우는 아주 다르다고 할 수 있어서, 링어는 어느 날 멋지게 새로 칠한 뒤꼍 여름 부엌에서 아내가 우울증으로 목을 매 죽은 것을 발견했기 때문이었다, 펠트만 씨와 대리인은 둘 다 정말 예상치도 못하게 갑작스러운 뇌졸중으로 쓰러졌으며, 반면에 제시카는 젊은 나이에 부당한 운명의 희생자여서, 그녀로서는 한낮 같은 인생 중반기에 드레스덴에서 칼만 임레* 오페레타 공연에 갔다가 마치고 남편과

---

* Kálmán Imre(1882~1954), 헝가리 출신 오페레타 작곡가, 20세기 초 비엔나식 오페레타 발흥에 큰 역할을 했으며, 유명한 작품으로 〈마리자 백작 부인〉, 〈차르다스 공주〉가 있다.

함께 돌아오던 중 자동차 사고로 삶을 마감했다, 따라서 이 모든 사건들 사이에는 엄청난 차이가 있음을 알 수 있지만, 서로 아주 가까이 접해 일어난 이러한 사망 사례들은 인생사의 무슨 일면을 가리키는 듯한, 마치 이런 죽음의 시간을 결정하고 주선하는 일종의 조직화된 원리나 무슨 섬뜩한 상호 관계가 있는 듯한 인상을 주었다, 하지만 그렇지 않았다, 다만 그들은 우연히 연이은 날짜에 죽었을 뿐, 세 장례식장 장의사들은 다들 은근히 반색했다, 왜냐면 이미 두 명의 브라질인, 보스가 직접 장사를 치른 때를 제외하고, 즉 그때는 지역 장례업체를 고용하지 않고 자기 사람들에게 관이며 기타 물품 준비 및 조직을 맡기긴 했지만, 최근 카나에서 죽은 고인들은 다들 카나에서 데리고 나가 다른 곳에 장지를 마련하고 묻어 꽤 곤혹스러운 처지였기 때문이었다, 하지만 이제 마침내, 이 네 사람은 모두 친척들이 관이나 유골함을 고르고 주문해야 했는데, 이런 일이 물론 하르퉁이나 바이어, 아셴바흐 장례식장이 횡재로 크게 한몫 번다는 뜻은 아니었지만, 절대 그런 계제라고 할 수 없었지만, 적어도, 이 주변 지역 속담처럼 골칫거리는 홀로 오지 않는다고 하니까, 일이 늘지 않을까 하는 조짐으로 보였고 따라서 세 명의 장의사는 지역민 사망자의 수가 마침내, 물론 자체 순수하게 자연적인 빈도로, 본궤도에 오르리란 가능성을 힘차게 꼽아보며, 그래도 당분간은 여전히 그들 중 어디에서 위임을 받을 것인지, 슬픔에 잠긴 유족들이 하르통이나 바이어 또는 아셴바흐 중에 어디에 의뢰할까 머리 굴리느라 바빴지만, 그렇게 희망을 품었는데, 불행히도 그들 모두 하르퉁으로 갔다, 화가 치민 바이어와 아셴바흐에서 말이 나왔다, 네 명 유족 모두 하르퉁으로 가, 하지만, 왜? 솔직히 말해서 바이어 또는 아셴바흐 어디도 이런 표현이 맞을지 모르겠지만, 친척들 결정이 진짜냐 조짜냐, 왜 하르퉁만 받았나, 왜 딱 저 사람인가, 얼마나 죽은 사람이 저쪽에서 우리보다 더 나은 대우를 받는다고?! 그들은 이해하지 못했고 링어의 장례식 날까지도 이해가 되지 않다가, 연달아 있던 장례 중 제일 먼저 든 날, 서로 만나서, 하르퉁이 틀림없이 비윤리적인 영향력을 행사했을 가능성이 농후하다고 결론지었다, 그러니 하르퉁은 부당한 경제적 이득을 획책, 획득했으니 전적으로 범죄다, 그렇지 않으면 이런 일이 일어날 수 없으니까, 다음 날은 펠트만과 대리인이, 더군다나 셋째 날 제시카 폴크난트도 하루퉁을 거쳐 매장되리라는 사실이 밝혀지자 그런 의심은 더욱 깊어졌다, 정의는 어디로 갔나? 정말 말이 안 되기 때문이었다, 네 명의 고인은 너무 서둘러 매장되었다, 적어도 링어의 경우 경찰 쪽에서 막고 트집을 잡았을 텐데 매장되었다, 우울증이 심했건 아니건 누군가 자신의 손으로 삶을 끝냈고 그러니 반드시 경찰의 수사가 따라야 했다, 하지만 미망인 때문에라도, 큰 슬픔에 빠졌으나 엄청 고집스러운 결단력으로 최대한 빨리 서둘러 화장하게 해달라고 요구했다고 해서, 에르푸르트 수사 책임자는 예외를 만들었다, 또한 그가 국가안보국에서 전화를 받았던 점도 한몫했다고 할 수 있어, 혹시 방편이 있다면, 미망인의 요구에 순응해 지체 없이 장례식 승인 서류를 발급하도록 요청했던 참이라, 일사천리로 진행되어, 링어는 사망 후 며칠 만에 화장되었다, 그 후 제시카는 허가를 오래 기다리지 않아도 되었다, 제시카는 장례 날짜로 치면 사실 두 번째가 아니었는데, 이 두 번째 자리도 실은 남편이 그녀의 죽음을 단순히 받아들일 수 없다는 사실 덕분에 서두른 탓도 있었다, 그는 사고로, 그녀와 함께 차에, 그가 운전하며 타고 있었지만, 털끝 하나 다치지 않았고, 심각한 충돌 후 정신이 돌아오고 차에서 내리자, 그는 공황에 빠져 주변을 미친 듯이 두리번거리고 뛰어다니기 시작했다, 옆 조수석에 있던 제시카가 안 보이고 그쪽 차 문이 찢겨 나가 있었기 때문이었다, 제시카가 거기, 그의 옆에 있어야 했는데 제시카가 보이지 않았고, 폴크난트는 그녀를 어디에서도 찾을 수 없었다, 앞으로도 달리고 뒤로 뛰어다니며 미쳐가는 사람처럼 머리카락을 쥐어뜯고 또 쥐어뜯어도 제시카는 없었다, 여기도 없고 어디에도 없이, 제시카가 사라져버렸다, 그리고 경찰이 도착하여 고속도로 옆 도랑에서 사체를, 충돌 지점에서 뒤로 한 족히 15미터 떨어져 그녀를 발견하고서, 그에게 그들이 시신을 찾았으니 시신의 신원을 확인해야 한다고 말하자, 폴크난트는 알아볼 수 없어 사체는 그녀가 아니라고 말했다, 사체는 완전히 뒤틀리고 꺾였고 이긴 얼굴에 보이는 게 거의 없었기 때문이었다, 실제로도 그저 산산이 망가져 살덩이와 뼈로 엉긴 잔해에서 제시카를 알아보기란 어려웠다, 폴크난트는 그녀에게 시선도 주지 못하고 눈물만 쏟으며 같은 말만 되풀이 물었다, 나는 이제 어떻게 해야 하죠?! 나는 이제 어떻게 해야 하나요?! 경찰관들은 부분적으로 이해하고 부분적으로 이해하지 못했고, 여전히 울고 있는 폴크난트 씨를 사고에 도착한 구급차 하나에 태우고 예나의 외상병원으로 데려갔다, 그곳에서 온갖 종류를 진정제를 투여했지만 어느 것도 효과가 없었고, 잠깐 잠들었다 깨면 의사들은 여전히 제자리걸음인 폴크난트를 참아야 했다, 폴크난트 씨는 주위를 둘러보고 다시 울기 시작했고 저는 이제 어떻게 해야 하나요? 저는 이제 어떻게 해야 합니까?! 계속 반복했기 때문이었다, 그들은 그를 도무지 어떻게 하지 못해 놓아주었다, 그를 우선 충격에서 벗어나게 했지만, 그의 울음을 어떻게 할 방도가 없었다, 우는 데는 약도 없었다, 그는 그저 울고 또 울었고, 이웃들은 그 우는 소리에 잠을 잘 수가 없었다, 우체국 위의 폴크난트의 아파트는 양쪽으로 방음이 되지 않는 얇은 벽으로 이웃과 분리되어 있어서 모든 것이 들렸다, 이웃들은 보이는 사람마다 이 폴크난트에게 무언가 조처를 취해야 한다고 호소했다, 그가 울음을 멈추지 않았기 때문에 밤도 없고, 낮도 없이, 특히나 밤이 지내기가 어려웠다, 상태가 말이 아니다, 이웃들은 라트하우스에 말을 넣고, 경찰서에 넣고, 그런 후에 최근에 권위와 인기를 얻은 심리학자 아니타 에를리히에게 말했지만 모두가 어깨만 으쓱했고, 할 수 있는 일이 없다, 울음에 대한 치료법이 없었고 어떤 종류의 법으로도 규제되지 않기 때문에 무력하다고 말했다, 이러한 불운한 상태는 마침내 하르퉁 씨가 문제를 해결했는데, 제시카 순서를 먼저 빼서 두 번째로 제시카를 묻었고, 이런 편법이 상당히 주효해서, 장례식이 끝난 후 폴크난트가 충돌사고 후 폭발적으로 울기 시작했던 것처럼, 침묵에 빠졌다, 딱 멈추고 말문을 닫아걸었다, 적어도 지금은 조용해졌다, 그의 양쪽에 사는 이웃들은 안도의 한숨을 쉬었고 그 시점부터 우체국에도 큰 침묵이 자리 잡았다, 오랫동안 카나 주민들은 우체국에서 청구서를 지불하거나 아이들에게 집에서 구운 쿠키 소포를 보낼 때 재삼재사 망설였다, 왜냐하면 폴크난트의 이런 침묵이 제시카의 죽음 이후 그의 울음만큼이나 배기기 힘들었기 때문이었다, 그리고 그는 딱 한 번 더 말을 했다, 어느 날 새벽, 집배원과 함께 들어오고 나가는 편지를 분류하던 중 한 통의 편지가 그의 손에 들어왔다, 발신인과 수취인의 이름을 보고는 딱 봐도 충격 먹은 모습이었다, 봉투의 수취인은 헤르쉬트 씨로 되어 있었지만 정확한 주소는 없이 도시 이름과 우편번호만 적혀 있었고, 발신자는 앙겔라 메르켈로 되어 있고 사서함 번호가 반송 주소로 적혀 있었다, 폴크난트는 한참을 바라보다가 봉투를 뒤집었고, 그리도 다시 뒤집으며 혼잣말로 중얼거렸다, 이제 이걸 어떻게 한다? 결국 그는 편지를 "미청구 우편" 딱지가 붙은 고리 상자에 넣었다, 이것이 그의 입을 떠난 마지막 문장이었으며 그의 목소리를 다시는 아무도 듣지 못했다, 물론 우편배달부는 소식을 널리 그리고 멀리 마을에 퍼뜨렸다, 그래서 마을에 뭐라도 할 말이 있도록, 말하자면, 나날의 삶이 다시 활기가 차오르도록, 게다가 날씨가 갑자기 좋아졌다, 5월 중순이어서, 새벽에는 기온이 영하로 떨어지지 않았고 최고기온도 평년을 웃돌았으며, 나무가 잎을 터뜨렸다, 반호프 거리와 상크트 마르가레텐 교회 주변에 심은 페튜니아가 아름답게 피었고, 헤어프스트 카페와 로젠가르텐, 잘레 강둑 주변과 산 위의 모든 것이 녹색으로 덮여 있었고, 모든 것이 녹색이 되었고, 시장이 이런 오월제 공개 모두 발언에서 5월에 벌어지는 일들을 요약할 때 쓰는 표현처럼, 자연은 지난가을에 잃어버린 모든 것을 되찾았다, 그리고 동시에 그는 또한 참을 수 없는 일련의 사건들이 이제부터는 다 끝났다고 시장이 발표했다, 그런 징표로 경찰관들이 마을에서 철수했다, 그냥 보기에 확연했다, 이 발표가 게시되기 며칠 전부터 카나 마을을 돌아다니는 근무 경찰관들이 점점 줄어들었고 한 삼사 일이 지나자, 마침내 마지막 경찰관까지 사라졌다, 이런 점이나 발표 당시 전반적인 어조로 보아, 카나 주민들은 이제 두려워할 것이 없다고 호쾌히 안심할 수 있었다, 마음을 놓을 수 없는 일이 있어, 카린만이 경계를 서고 있었다, 매일 밤 카나에 들어가긴 하지만, 날이 밝기 전에 이미 알텐베르크 근처 게스트하우스로 돌아와 있었다, 이곳은 크게 걱정 살 만한 문젯거리가 없었고, 이 집으로 돌아오기 전에 그 근처 지역에서 단 한 번 몸을 피해 있어야 했는데, 요청받은 정식 파견대가, 수색견의 도움을 받아 시체를 파냈을 때 잠시 숨었지만, 이후 건물을 점검하고 닫아걸고 봉인을 했는데, 하지만 그게 다였다, 봉인되더라도 문제가 되지 않았고, 오히려 있다면 안전장치가 되었다, 살인자가 그런 데 숨어 있다고 누가 의심하겠는가, 하지만 그렇게 숨어, 그녀는 낮시간은 여기에서 보내고 밤에는 마을에 나갔다, 플로리안은 똑같이 했지만 딱 정반대로, 그의 존재가 카린을 유인하기를 바라며, 마을에서 낮을 보내고 밤에는 산으로 물러났다, 하지만 아무 일 없이, 카린은 모습을 드러내지 않았다, 말하자면 이상한 운명의 장난으로 계속 그들은 서로 비껴갔다, 언젠가 그들 중 하나가 다른 쪽을 따라잡거나 다른 쪽이 이쪽을 따라잡을 때까지, 이 문제에 정의가 이뤄지기는 어려웠다, 마찬가지로 링어 부인도 정의를 헛되이 기다렸다, 링어가 완전히 무너지고 죽은 후 자신의 목숨도 끊기를 희망했기 때문이었는데, 그러나 이런 일은 일어나지 않고 대신 완전히 예상치 못한 일이 일어났다, 물론 모든 것이 두려움으로 시작되었기 때문에, 그녀는 실제로 일어날 수 있는 일에 대한 두려움 속에서, 링어가 언젠가 일을 저지를 수도 있다는 두려움 속에서 살았기 때문이었다, 하지만 그녀는 그런 일이 일어나리라고는 믿지 않았다, 그래도 그런 일이 일어나자, 그녀의 영혼에서 이상한 힘이 솟구치는 것을 느꼈다, 모든 사람들, 특히 과부가 지옥불에 떨어지길 바라던 츠비카우의 친척들이, 하지만 어느 누구보다 그 자신이, 이제 그녀가 무너져 내릴 것이라고 생각했지만, 아니, 그녀는 처음 이틀 동안 거의 빠져들 뻔한 심연의 유혹을 이겨냈다, 사랑하는 배우자가 끔찍한 들보에 혀를 빼물고 목을 매단 모습을 보고, 많은 이들이 완전히 심신이 황폐해져 즉시 사랑하는 사람을 따라갔지만, 알 수 없는 이유로 이런 일은 모면했다, 이것은 펠트만 부인 덕분은 아니었다, 비록 그녀가 없었다면 일이 훨씬 더 어려웠으리라 인정하지 않을 수 없긴 해도, 아니, 그녀에게 일종의 도전의식이 싹튼 탓이었다, 그녀는 포기하지 않고 살아남을 것이다, 살아남을 뿐만 아니라 어떻게 하면 존재의 의미를 찾을 수 있을지 방도를 탐구할 것이다, 이틀밖에 지속되지 않던 치료가 끝나고 예나 병원에서 퇴원하고 집으로 돌아왔을 때 장례식이 끝난 직후 그녀는 도서관을 되살리는 데 몸을 던졌다, 오랫동안 방치되었을 뿐만 아니라 1년 이상 문을 열지 않았던 도서관은, 선반, 책, 벽, 창턱, 벽의 액자와 그에 딸린 벽, 천장, 뭐든 모두 암울했다, 모든 것이 먼지로 덮여 있었고 도서관 전체가 너무 어두웠다, 이전에는 이런 모습이 신경 쓰이지도 않았는데, 사실 그런 줄은 실제로 알아차리지 못했는데, 지금은 불편할 정도로 엄청 신경 쓰여, 시장에게 자금을 대라고 구걸하기 시작했다, 우선 창문을 넓혀야 했고, 그러면 새 창문을 설치해야 한다는 뜻이고, 새 책장도 필요했다, 새 책, 새 천장 조명, 새 카펫, 커튼, 새 카탈로그 캐비닛 등 어쨌든 자금을 대라, 디 린케* 당, 막 선거 직전을 맞은 시장은, 그녀에게 자금을 주었고 도서관 개조 작업이 시작되었고, 링어 부인 은 마치 화형대 장작불을 정복하고 이제 왕국을 건설하는 잔다르크 같았다, 그렇다, 링어 부인은 도서관으로 왕국을, 집을 짓고 싶었다, 그렇게 학교에서 부모에게 설명하며 그녀는 아이들을 이 새로운 바이러스에 굴하지 말고 도서관에 보내라고 권장했다, 새 서가에 새 책, 그만한 가치가 있다고, 설명했으며 어린이에게 무조건적으로 필요한 풍부한 빛, 작은 놀이 코너를 약속했고, 여름에는 시원함을 겨울에는 아늑함과 훈훈함을 보장했다, 이 모든 것을 실현했으며, 돌렌슈타인으로 원유회를 가는 소위 시상 소풍을, 성공적으로, 조직하기도 했다, 이 소풍에 모든 참가자가 미리 선택한 특정 전망대에서 위대한 시인 하인리히 하이네의 흉내 낼 수 없는 필생의 시작에서 멋진 구절을 큰 소리로 읊어주었고, 한편으로 아이들은 웅장한 광경을 감상할 수 있었다, 부모들은 링어 부인이 조직한 도서관 동아리 중 하나에 자녀를 넣고 싶어 경쟁했다, 이제 벌

＊　　Die Linke. 좌파당. 민주사회당이 전신이다.

써 넷이기 때문에 처음에는 그 숫자를 늘리고 싶지 않았지만, 이 부모들이 바싹 둘러싸고 윽박질러대는 통에 그녀는 항복하고 더 수용했다, 이 정도가 링어 부인 이야기이고, 그 후로도 일이 따라, 호프 부인 말마따나, 넥타이를 맨 나치, 바이어란 '작자'가 시의회에 진출했지만 시장도 재선되었다, 카나 주민들은 팬데믹과 관련한 매서운 경고에 굴하지 않을 시장이 필요했기 때문이었다, 즉, 아무것도 하지 않고, 단순히 변함없고 탄탄한 안정 속에 하루가 지나가도록 내버려둘 시장이 필요했던 것이다, 두 명의 상주하는 정규 경찰이 마을에 배정되었고 이전에 예나 시에 예속되었던 두 대의 경찰차도 지급받았다, 간단히 말해, 모든 것이 가능한 한 최상으로 모양이 잡혀갔고, 사람들은 금방 잊어버렸다, 곧 아무도 여기서 몇 년 동안 무슨 일이 있었는지 이야기하지 않았고, 옛날 나치들은, 부르크슈트라세 19의 건물에서 아니 틀린 말로, 절멸되어 사라졌고, 건물은 마침내 좌파가 주축이던 시 정부에 매입되어, 여기도 수리가 시작되었다, 호프 부인은 그녀의 눈을 거의 믿을 수 없었고 남편도 그렇지만, 다른 사람들과 마찬가지로 진지하게 희망을 품기 시작했다, 시간이 지나자 그들 머리에, 관광객들이 여기에 새로이 많은 나치가 다시 등장했다는 이유로 더 이상 이 마을과 튀링겐을 피하지 않는 듯하고, 더군다나 여기저기 몇몇, 카나까지 포함하여 지방정부가 더 높은 정치적 의지에 머리를 조아리고 열에서 스무 명의 난민을 받아들이기도 해서, 그러니 이런 일들로 관광객들이 겁먹고 이 근방을 멀리하지 않는다면, 직원 두 명을 고용하고 가르니를 다시 열 수 있지도 않을까 생각이 들었다, 하지만 레스토랑은 아니다, 호프 부인은 고개를 절레절레 흔들었다, 그녀는 더 이상 그럴 의지도 없고, 힘도 없고, 도와줄 일손도 없기 때문이다, 플로리안은 입에 올리지도 말자, 제 말 하면 온다잖느냐, 그렇게 호프 부인은 말했다, 플로리안이 진짜 어떤 사람인지 알아낸 이후로 그의 이름을 입에 올린 것도 그때가 처음이었다, 믿기지 않는 사건들 후에 그녀는 너무 기겁하여 그에 대해 생각조차 하지 않으려고 했다, 왜냐하면 전에는 그 사람이 이 집주변을 걸어 다니고, 배달이 있을 때 그 집에서 그들 대신 상자나 모든 것을 날라다 주었고, 바로 여기 앉아서, 그녀는 1층 계단 아래 부엌을 가리키며, 바로 여기, 우리 집, 테이블 옆에서 스크램블드에그를 먹고 콜라나 시럽 탄 음료를 마셨기 때문이었다, 세상에, 이 거대한 킹콩에게 맞아 죽지 않았으니 정말 천운이다, 그냥 그렇게 아무 이유 없이, 그러니 말도 말자, 이때가 진상이 명확해진 직후였고, 카나 주민들은 마치 갓 태어난 순한 양처럼 수년 동안 그들 사이에서 숨어 살았던 사람을 새로 마주해야 했다, 그 후 그의 이름은 다시는, 정말 한 번도 호프 부인의 입에 오른 적이 없었다, 더구나 그녀가 〈바르바라〉에서 플로리안이란 이름을 우연히 스치게 되면 즉시 페이지를 넘겼다, 왜냐하면 이름을 보는 것만으로도 마음이 좋지 않아, 저는 그저 믿기지도 않아요, 펠트만 부인이 그녀에게 말했다, 장례식을 마치고 돌아가다가 잠깐 들러, 주변의 모든 것이 이렇게나 변했는데 커피 공동구매 일은 어떻게 해야 하겠느냐 물으며 커피를 나누고 있던 참이었다, 아니, 나는 그저 기가 차서 믿을 수가 없어요, 앞으로도 아예 알기 어렵겠지요, 하긴, 그건 그래, 호프 부인이 대답했다, 당신이 내 비유로 오해하지 않기를 바라지만, 내 생각에는 양 뒤에서는 늦든 빠르든 늘 늑대가 뚫고 나와, 그러면 그 양을 갈가리 파괴해야 하지, 이 말에 펠트만 부인은 반박하지 않았다, 바로 짚은 핵심에 고개를 끄덕이지 않을 수 없었다, 호프 부인이 정말 맞다고, 뭐든, 모든 설명에 감사했다, 그녀 자신도 깊은 충격을 받았기 때문에 모든 것을 어떻게 이해해야 하나 막막했다, 마찬가지로 모든 이들에게 말이 되지 않은 일이었다, 특히 호프 부인과 펠트만 부인보다 플로리안을 훨씬 더 잘 알고 있던 사람들은, 예를 들어 링어 부인과 같은 경우는 계속 믿기지 않는다 말만 하는 정도가 아니라 실제 정말로 믿지 않았다, 처음에 아이젠베르크에 전화를 넣었다, 거기로 이사한 이후로 쾰러 씨로부터 아무 소식도 듣지 못했기 때문이었고, 그가 플로리안에게 일어난 일에 대해 분명 알고 있을 것이라고 생각해서였다, 하지만 전화를 받은 여자는 쾰러 씨는 두 달 전에 요양원으로 옮겼고, 거기서 불과 열흘 전에 영면에 들었다고 전해주었다, 자연스레 티츠 박사가 주선해 장사를 치렀는데, 그와 그의 아내가 하르퉁 장례식장에서 황금색으로 띠를 두른 아주 아름다운 관을 골랐고, 역시 이 일도 하르퉁이 도울 수 있어서, 멋진 떡갈나무 아래 묘지에 묻혔다, 많은 사람들이 왔고, 때마침 지역 언론에 발인 날짜와 묘지 주소가 실렸고, 더군다나 MDR-튀링기아 방송에도 발표되어, 묘지 정문에 너무 많은 추모객이 몰려서 묘지 관리인이 묏자리 파는 사람들을 급히 경비원으로 지명하고서 정문에서, 붐비니까 밀지 마세요, 여러분, 모두 들어갈 수 있습니다, 질서만 잘 지켜주세요 등등, 말하며 정렬시켰다, 그래서 영안실 앞에 서 있는 관은 거의 보이지 않았고, 목사의 추도사는 확성기로 증폭시켜야 했다, 그래서 대부분의 사람들이 보지는 못하더라도 적어도 아드리안 퀼러가 얼마나 탁월한 사람이었는지, 카나의 모든 주민들이 그에게 얼마나 감사했는지, 그의 기상예보와 그의 교육 활동으로 그 자신이 얼마나 크게 마을 역사의 한 페이지를 장식하고 있는지 들을 수 있었다, 그리고 관을 무덤으로 내리면서 이어진 연설은 더욱 애잔하고 충격적이었다, 고등학교 교장과 아드리안 퀼러 씨의 전 학생들이 무덤 옆에 서서 그들이 얼마나 놀라운 사람을 잃었나 추모한 후 마지막에 낯선 사람이 추도사를 했다, 무슨 과학자처럼 보이는 사람이었는데, 그가 어디에서 나온 사람인지, 어느 도시에서 왔는지 아무도 몰랐고, 더욱이 그는 묘혈 앞에 서서 자신을 소개하는 것이 부적절한 처사인 양 이름도 밝히지 않았다, 하지만 그가 하던 말에서 그가 과학자라는 것만은 분명했다, 그는 아드리안 쾰러가 과학의 제단에 기여한 엄청난 봉사를 칭송했다, 어지러울 정도로 빠른 속도로 발전하는 우주론과 양자물리학 이론에, 특히 포트란 연구에 새로운 분야를 포함시켜야 할 필요성을 증명해냈기 때문이다, 그러니 독일 사회에, 특히 카나 주민들은 그에게 무조건적인 은혜를 입고 있다, 링어 부인은 흐느끼며 무덤의 관 위에 흰 장미 한 송이를 던지고 손수건에 얼굴을 묻었고, 또한 울면서 부르크뮐러 부인은 그녀 이웃과 함께 관에 한 줌의 흙을 던졌다, 마치 눈물짓는 두 명의 미망인처럼 팔짱을 끼고 앞으로 나섰고 그런 뒤 무덤 위에 좀체 떠나려고 하지 않아 사람들이 뒤에서 찔러 물려야 했다, 그리고 카나 주민들이 나와서 관에 흙을 한 주먹씩 던져 넣었고, 묘를 파는 사람들은 조금 과장을 섞어 말하자면, 마침내 작업에 착수할 때는 이미 할 일이 거의 없었지만 무덤을 메우고 그 위에 봉분을 다지기 시작했고 그러자 군중은 해산하기 시작해, 30분 후 공동묘지에는, 이것으로 아드리안 쾰러의 삶이 마침내 끝난 것처럼 아무도 남아 있지 않았다, 그래도 아직 끝나지는 않아서, 이미 장례식에서부터 링어 부인은 고인의 이름이 계속 살아남기 위해 무얼 할 수 있을지 열심히 생각하고 있었다, 하지만 그 전에 그녀는 링어의 친구 중 한 명인, 에르푸르트에 있는 변호사에게 전화를 걸어 플로리안 사건을 맡을지 물었다, 하지만 그녀와 자리를 같이한 변호사는 플로리안 소재가 파악되어 잡히면 플로리안의 죄책이 아예 의심의 여지도 없이 어떤 것으로든 변호가 되지 않아 필연코 종신형을 받게 될 것이라고 설명했다, 그러자 링어 부인은 모르는 변호사이지만 적당해 보이는 다른 변호사에게 전화를 걸어, 아직 유선상으로, 플로리안 자신이 살인을 저질렀다고 부인하지 않는다면 사건을 맡을 것인지 먼저 물었고, 그 변호사는 사건을 맡았고 파일을 요청했지만 그런 후 철회했다, 저기, 그는 링어 부인에게 전화로 의사를 전달했다, 이 젊은이에 대한 당신의 애착은 이해가 가지만 이렇게 딱 봐도 명백한 사건이라면 나 같은 양심을 가진 변호사는 재판부에 감형해달라고 할 수 없을 것이고, 법원에서 붙여주는 국선 변호사면 충분할 것이며, 그게 가장 실용적이고 경제적인 해결책이라고 했다, 그래서 링어 부인은 완전히 혼자 남겨졌다, 자신이 알고 있던 플로리안과 살인을 저지른 플로리안이 '한 사람 그리고 동일한 사람'이라고 전적으로 확신했고, 플로리안은 변하지 않았다, 그가 한 모든 일이 정확하게 바로 그가 그런 사람이라 그런 사람으로 남아 있어서 뒤따른 결과이었기 때문이다, 그래서 그녀는 계속 노력했다, 하지만 심리가 있을 수가 없으니, 심리가 있을 리가 없었기 때문에 아무 소용 없었다, 지역 경찰서에 호프만이 나타났는데, 하지만 너무 숨을 헐떡여서 작은 대기실에 앉혀두고 말을 할 수 있을 정도로 숨 돌리도록 했다, 그러자 그가 예전에 예나에 갔더라는 말을 먼저 하고, 하지만 지금 새로운 정보를 가지고 여기에 왔다고 했다, 플로리안을 다시 보았다고, 그는 욀비젠베크에 세들어 살고 있었기 때문에, 아니다, 그는 훔쳐보려고 하던 게 아니라고, 절대 그런 습관은 없다, 그가 말했다, 그러나 그는 우연히 창밖을 내다보고 있었는데 꾀죄죄하고 덥수룩한 형체가 운동장으로 심하게 다리를 절룩거리며 향하는 것을 보았다, 그는 얼굴에 대한 유별나게 남다른 기억력을 지니고 있어서, 즉시 이 형체가 다름 아닌 플로리안 헤르쉬트, 수배 중인 연쇄 살인범임을 알아차렸다, 물론 그는 이 괴물이 상당한 거리로 멀어질 때까지 기다렸다가 즉시 출발했고, 이제 여기 와서 그, 프레디 호프만이 수배 중인 사람을 찾았다고 보고하고 있다, 그리고 다급하게 몰아대고 싶지 않지만 이 정보에 대한 정확한 보상 금액을 알고 싶다고 했다, 금액을 하지만 그는 알아내지 못했다, 두 명의 지역 경찰관이 그의 질문은 들은 척도 하지 않고 순찰차에 뛰어들었고, 경찰은 예나 본부와 그 외 통고하기에 타당하다고 생각되는 모든 다른 사람들에게 알렸을 즈음에 그들은 이미 스포츠센터로 이어지는 도로로 접어들고 있었다, 그래서 몇 분 안에 골대 뒤쪽 지역을 공무용 휴대 무기를 풀어 손에 들고, 훑고 있었고, 약 15분 후에 예나 경찰이 나타났고, 그런 뒤 에르푸르트 경찰이 도착했고, 그리고 어디에서 얼마나 많은 부대가 왔는지 아무도 모를 많은 경찰들이 나타났다, 그들은 작센과 튀링겐 전역에 무시무시한 속도로 퍼지고 있다고 하는 새로운 바이러스에 관한 새로운 지침을 준수하기에 앞서, 이 사건을 처리하기로, 이를 분쇄하기로, 다 접기로, 이를 매듭짓고, 서둘러 종결하기로 결정했다, 두 지역 경찰들이 확립한 요점은, 아무도 여기서 살아서 나갈 수 없도록 작전 지역을 완전히 통제하에 둔다는 것이었고, 전체 지역에 에르푸르트 경찰서 부서장의 지휘 아래 통제선을 치기 시작했다, 물론 아무도 정확히 어디에서 그를 찾을지 모르지만, 말하자면, 에워싸는 울타리 중심이 어디라고 짐작해야 할지, 범인을 옥죄어 다잡을 위치를 알 수는 없지만, 원은 조여들고 더욱 조여들었고 그가 그들의 손아귀에서 빠져나갈 방법은 없으리라, 각 부대가 원이 이렇게 아주 탄탄하니까, 당연한 일로 확신했다, 그리고 이번 신고가 틀림없다면 사냥몰이 당하는 이는 뭐든지 간에 이 탄탄히 조이는 원을 뚫고 벗어날 가망성이 아예 없었지만, 그들은 저돌적으로 뚫고 달아나는 일이 없을 줄은 예상하지 못했다, 플로리안 헤르쉬트는 어떤 저항도 내보이지 않았다, 카린이 마침내 그를 발견했건 아니면 플로리안이 그녀를 먼저 보았건, 어느 쪽이건 확정하기 불가능하겠지만, 어쨌든 둘 다 즉시 엄폐물을 찾았다, 카린이 집으로 향하던 중 산업 지구의 카미쉬 거리에서, 이비스메드 건물 앞에서 플로리안을 알아챘다, 아니, 상대방이 먼저 알아보았건 지금은 중요하지 않았다, 그리고 많은 일이 눈 깜짝할 순간에 일어났다, 카린은 이비스메드 사무실 건물 입구 앞에서 왼쪽으로 돌아서서 엄폐물을 찾아 벌떡 점프

했다, 즉시 숨을 가다듬으려고 노력하는 한편, 오른손으로 권총을 왼손에 던지고, 다시 오른손으로 바지 옆주머니에서 칼을 꺼냈고, 권총의 총신을 위로 향하게 한 다음, 아무 소리도 들리지 않도록 아주 살그머니 건드려 안전쇠를 풀고, 그녀는 칼날이 바깥쪽으로 가도록 칼을 아래쪽으로, 땅 가까이로, 위쪽으로 찌를 준비를 하며 바투 잡고, 벽에 등을 대고 기다렸고, 그녀는 약간의 움직임이라도 알아차릴 것이라고 확신했지만 아무 소리도 들리지 않았다, 그녀는 플로리안도 아마 자그마한 건물 다른 편 어디 부분에서 같은 일을 하고 있을 거라고 생각했지만, 짐작대로 일은 벌어지지 않았다, 왜냐하면 벌어진 일이, 어떻게 그렇게 벌어질 수 있었는지 그녀로서는 결코 알 수 없을 것이기 때문이다, 오직 그녀가 감지한 일은, 갑자기 어스름해진 황혼 속에서 더 이상 정상적으로 숨을 쉴 수 없다는 것, 여전히 권총을 위로 들고 칼은 땅 가까이 쥐고 있지만 손을 움직일 수 없어, 겨냥도 조절도 되지 않는다는 것이었다, 이것이 그녀가 마지막으로 인지한 내용이었다, 다음 순간은 더 이상 자신의 것이 아니었기 때문에, 그녀는 지끈 갈라지는 소리를, 목이 부러지며 나던 그 끔찍한 소리를 듣지 못했고, 이 소리는, 고개가 앞으로 축 처졌다가 뒤로 떨어지는 사이, 플로리안만이 그 소리를 들었다, 뒤를 돌아보았다면 볼 수 있었겠지만, 그쪽으로 시선을 주지 않았다, 오직 앞만 보았다, 그리고 그는 미끄러지듯 카린에게 가까이 점점 가까이 다가갔다, 그의 움직임은 소리도 없었고 너무나 빨라, 그 속도는 누구도 예상할 수 없을 정도였다, 카린이 무기 준비를 마치는 사이, 그는 사무실 건물을 뒤로 빙 돌아, 카린이, 그런 짧은 시간으로는, 의심할 수 없는 방향에서 접근했기 때문이었다, 이는 너무도 조용하여 그 움직임에 뒤따르는 소리 없는 소리가 그녀의 귀에 닿지도 않았다, 마지막 몇 미터 남기고 그는 벽에 밀착해서 움직이고서, 보지도 않고 바로 카린의 목을 잡고, 부러지는 소리가 들릴 때까지, 다시는 움직이지 못할 것이라고 확신이 들 때까지 꽉 죄었다, 그는 빈 자루처럼 땅으로 미끄러지게 이를 내버려두었지만, 하지만 땅에 닿았을 때 머리가 뒤로 휙 젖혀지며 머리에 매달린 몸이 한 번 더 경련을 일으켜 권총이 발사되리라고는 예상하지 못했다, 이런 일에 대처할 만큼 아주 빠르지 않긴 했겠지만, 총소리를 들었을 때 이미 움직이기도 늦어, 날아온 총알이 허벅지를 맞췄다, 그는 총알이 다리를 관통해 나갔는지 보기 위해 아래를 내려다보았으나 주위 빛이 이미 이를 살펴보기에 너무 어둑해서, 자신의 뒤편 벽을 더듬어 총알로 파인 총알구멍을 찾아보았지만, 찾을 수가 없었다, 즉 허벅지를 빠져나오지 않았다는 뜻이었다, 그러니 총알이 박힌 채로 자취를 감춰야 했다, 총소리가 아주 커서 카나 산지 위로 총성이 몇 초 동안 울려 퍼졌기 때문이었다, 하늘에 보름달이 뜨긴 해도, 가로등 때문에 보름달이 제힘을 발휘하지 못했다, 이 보름달 아래를, 오른쪽 다리를 절뚝거리며, 상처 부위에 손을 대고, 최대한 꽉 누르며 달렸다, 기다란 카미쉬 도로를 달리고 또 달려 도심에 다다랐고, 그사이 〈틸게, 회흐스터, 마이네 준덴〉*이 머릿속에 잔잔하게 머리에 울리고 있는데, 갑자기 왜 달리고 있나? 생각이 떠올랐다, 더이상 달릴 이유가 없다, 그런 뒤 그는 속도를 늦추고 그렇게 오른쪽 다리를 힘겹게 끌며 인적 없는 마을을 가로질러 걸었다, 예나이셰 슈트라세가 명확하게 시야에 들어오는 바흐슈트라세 교차로에서 어떤 움직임도 보이지 않자, 그 방향으로 향했다, 그 길을 따라 교회 뒤로 해서 절뚝거리며 계단을 내려갈 수 있는 상크트 마르가렛던 교회에 도착했다, 그즈음에 이르자 그는 〈틸게, 회흐스터, 마이네 준덴〉이 조금 더 크게 들리고 상처에서 피가 꽤 많이 나고 있어서, 그는 상처를 뭔가 단단하게 압박하여 지혈해야겠다는 생각에 잠시 멈췄지만 목소리에, 생각을 고쳐먹었다, 열린 교회 문 사이로 소리가 새어 나오는데, 그가 교회 벽을 따라 옆으로 조금씩 움직여, 열려 있는 문에 가까워지자 안에서 목사가 설교를 하고 있구나 이내 알아챘다, 분명 예배가 진행되고 있는 모양이었다, 그 말은, 그가 거기에 머물러 있으면 누구든 나와서 그를 볼 수 있다는 말이었다, 여기는 가로등이 없었지만 "달"이 강한 빛을 발산하

---

*   Tilge, Hochster, meine Sünden. 높으신 이여, 나의 죄를 멸하소서. 바흐의 칸타타 BWV 1083.

고 있었기 때문이었다, 하지만 그래서 뭐, 고쳐 생각을 했다, 누가 되었든 나오라지, 뭐가 대수인가, 어쨌건 이러나저러나 마찬가지다, 마치 내부에서도 의견이 똑같은지, 그로 인해 아무도 교회에서 나오기를 원하지 않는 것 같았다, 어찌 되었든, 그는 교회 뒤의 계단을 내려가기 시작했고, 철로 아래 좁은 굴다리를 통과해 로젠가르텐으로 갔고, 왼쪽으로 틀어 운동장으로 향했다, 〈틸게, 회흐슈터, 마이네 준덴〉이 그의 이 머릿속에서 너무 크게 울리고 있는데, 그가 이렇게 어지러운 이유가, 피를 많이 흘린 탓인지, 아니면 승전을 이룬, 비극적인 멜로디의 힘인지, 알 수가 없었다, 강한 달빛에도 불구하고 앞이 잘 보이지 않아 발을 서둘렀다, 축구장 골대와 핸드볼 골대를 지나자 곧 그가 사색에 곧잘 잠기던 그가 가장 좋아하는 이전 장소에, 지금 가려고 마음에 두었던 장소로 접근하는데, 이 어지럽고 기운 빠진 상태에서도 잘레 강가 밤나무 아래 두 개의 벤치에 다가가자, 그가 있는 데서 멀리, 더 짧은 벤치 앞에, 두 개의 얼룩 같은 점이 보였다, 정확히 그가 앉던 그 자리에, 두 개의 흐릿한 얼룩이 있어, 그래서 그는 속도를 늦추었다, 더 이상 뭐든 보일락 말락 간신히 보여, 함정에 걸어 들어가지 않기 위해서라도, 걸음을 거의 멈추었다, 그런 뒤, 왼쪽 다리로 한 걸음 앞으로 내디디고, 오른쪽 다리를 완전히 소리 없이 끌어당기고, 모든 힘을 집중하고서 거기에 아무것도 없다, 속으로 스스로 다독였다, 그냥 그림자가 진 것일 뿐이라고, 하지만 아니, 피를 흘리느라 어지럼증이 치는 장난도 아니었고 아까부터 쩌렁쩌렁 바흐 시편이 울려대던 까닭도 아니었다, 왜냐하면 그림자가 아니라, 실제로 거기에 무언가가, 그것도 두 개가 더 멀리 뒤편 벤치 앞에 있었기 때문이었다, 이제 충분히 가까워져 그가 뒤편 벤치 앞에 두 마리의 늑대가, 더 정확하게는 한 마리는 앉아 있고 다른 한 마리는 누워 있다는 것을 알아보자, 그 자리에 우뚝 멈춰 섰다, 하지만 너무 어지러워서 즉시 앉아야 한다는 것을, 그러지 않으면 그가 쓰러지리라 알았기 때문에, 마지막 힘을 짜내 그는 두 동물이 그를 공격할 경우를 대비해 동물들을 막아내려고 안간힘을 써 근육을 긴장한 채 더 가까운 벤치를 향해 조심스럽게 한 걸음 내디뎠다, 하지만 둘 다 움직이지 않았다, 그래서 그는 한 걸음 더 디뎠다, 이 정도 거리에서 두 동물이 그가 거기에 있든 말든 관심이 없다는 것이 분명해져, 그는 최대한 숨을 죽이고 다가갔다, 그러나 늑대들은 움직이지 않았다, 더 가까이 있던, 앉아 있던 늑대가 천천히, 아주 천천히 그를 향해 고개를 돌렸지만 으르렁거리지 않고 잇몸을 살짝 당기고, 이빨이 조금 보일 정도만 드러냈지만 도로 내리고, 플로리안은 그들 중 하나일 뿐, 두려워할 필요 없다는 듯이 고개를 다시 원래대로 돌렸다, 플로리안은 늑대들이 잘레 강물을 바라보고 있다는 인상만 주었을 뿐이라는 것을 깨달았다, 왜냐하면 힘이 다 빠져서 늑대들 옆 빈 벤치에 아주 천천히 주저앉으면서 두 늑대 역시 힘이 다했으며, 눈이 있을 자리에 곪아서 고름이 흐르는 구멍만 있다는 것을 깨달았기 때문이다—그때 갑자기 시편이 플로리안의 머리에서 침묵을 지켰다, 어지럼증과 고통으로 그는 눈을 감았다, 그러고 나서 늑대들이 실제로는 아무것도 보지 않고, 자신도 이 시점부터 그렇게 하고 있듯이, 귀만 기울이고 있다는 것을, 이 시점부터 이들 셋 모두 아주 자차분하게, 다정하게, 졸졸대며 흐르는 잔물결 소리를 몇 걸음 안 떨어진 곳에서 대지 위에 내려앉은 무자비한 밤에 눈을 감고 영원히 듣게 될 것이라고 깨달았다.